GEORGE R. R. MARTIN

Zeit der Krähen

Buch

Der Krieg um die Herrschaft über die Sieben Königslande hat entsetzliche Verheerungen hinterlassen. Die Ernten sind vernichtet, die großen und kleinen Häuser haben hohen Blutzoll entrichtet. Der Kindkönig auf dem Eisernen Thron ist unfähig zu regieren, und seine Mutter, die Regentin, ist vor allem damit beschäftigt, ihre Macht gegen mögliche und eingebildete Rivalen abzusichern. Und während die Kämpfe in manchen Teilen des Reiches weiter andauern, formieren sich in anderen längst neue und alte Gegner. Die Zeit der Krähen steht bevor: Die Abtrünnigen lauern darauf, sich die größten Brocken vom daniederliegenden Reich zu sichern …

Autor

George R. R. Martin, 1948 in Bayonne/New Jersey geboren, veröffentlichte seine ersten Kurzgeschichten im Jahr 1971 und gelangte damit in der Science-Fiction-Szene zu frühem Ruhm. Gleich mehrfach wurde ihm der renommierte Hugo Award verliehen. Danach arbeitete er in der Produktion von Fernsehserien, etwa als Dramaturg der TV-Serie »Twilight Zone«, ehe er 1996 mit einem Sensationserfolg auf die Bühne der Fantasy-Literatur zurückkehrte: Sein mehrteiliges Epos »Das Lied von Eis und Feuer« wird einhellig als Meisterwerk gepriesen. George R. R. Martin lebt in Santa Fe, New Mexico.

Von George R. R. Martin lieferbar:

DAS LIED VON EIS UND FEUER: 1. Die Herren von Winterfell (24729), 2. Das Erbe von Winterfell (24730), 3. Der Thron der Sieben Königreiche (24923), 4. Die Saat des goldenen Löwen (24934), 5. Sturm der Schwerter (24733), 6. Die Königin der Drachen (24734), 7. Zeit der Krähen (24350)

Demnächst erscheint:

Das Lied von Eis und Feuer: 8. Die dunkle Königin (24416)

Außerdem von George R. R. Martin:

Die Flamme erlischt. Roman (24318)

Außerdem von George R. R. Martin gemeinsam mit Lisa Tuttle:

Sturm über Windhaven. Roman (24304)

Weitere Bände sind in Vorbereitung.

George R. R. Martin

Zeit der Krähen

Das Lied
von Eis und Feuer 7

Ins Deutsche übertragen
von Andreas Helweg

blanvalet

Die amerikanische Originalausgabe erschien 2005 unter dem Titel
»A Feast of Crows« (Seiten 1–327 und Anhänge)
bei Spectra / The Bantam Dell Publishing Group, New York.

FSC
Mix
Produktgruppe aus vorbildlich
bewirtschafteten Wäldern und
anderen kontrollierten Herkünften

Zert.-Nr. SGS-COC-1940
www.fsc.org
© 1996 Forest Stewardship Council

Verlagsgruppe Random House FSC-DEU-0100
Das für dieses Buch verwendete FSC-zertifizierte Papier
München Super liefert Mochenwangen.

1. Auflage
Deutsche Erstveröffentlichung Juni 2006 bei Blanvalet,
einem Unternehmen der Verlagsgruppe
Random House GmbH, München.

Umschlagillustration: Agt. Schlück / Fishman
Redaktion: Marie-Luise Bezzenberger
V. B. · Herstellung: Heidrun Nawrot
Satz: DTP Service Apel, Hannover
Druck und Einband: GGP Media GmbH, Pößneck
Printed in Germany
ISBN-10: 3-442-24350-5
ISBN- 13: 978-3-442-24350-1

www.blanvalet-verlag.de

Für Stephen Boucher,

Wunderwirker in Windows, Drache des DOS,
ohne den dieses Buch mit Bleistift
geschrieben worden wäre …

IRON ISLANDS
N
W
O
S
FLINTKLIPPEN
IRON ISLANDS
BLACKTYDE
OLD WYK
ORKMONT
GREAT WYK
Kap der Adler
Eisenmannbucht
Ten Towers
HARLAW
SALTCLIFFE
PYKE
Twins
Seagard
Grüner Arm
Kingsroad
Blauer Arm
Altestein
Fairmarket
Gasthaus zum Knienden Mann
Roter Arm
Baneford
Tumblestone
Riverrun
Crag
Hohes Herz
Acorn Hall
Ashemark
Roter Arm
Pinkmaiden
Faircastle
FAIR ISLE
Riverroad
Goldentooth
Gods Eye
Sarsfield
Hornvale
Kayce
Steinsepte
Casterly Rock
Deep Den
Feastfires
Lannisport
Blackwater
Silverhill
Goldroad
Cornfield
DIE WEITE
Crakehall
Tumbleton
Searoad
Mander
Roter See
Roseroad
Goldengrove

DER NORDEN
N
W
O
S
EISIGE
KÜSTE
EISIGE BUCHT
DER VERWUNSCHENE WALD
DIE MAUER
Shadow Tower
Castle Black
Eastwatch-by-the-Sea
SKAGOS
Königinkrone
SEEHUNDS-BUCHT
BEAR ISLAND
DER LETZTE HERD
Last River
SEA DRAGON POINT
Langer See
Karhold
Deepwood Motte
WOLFSWALD
Dreadfort
Winterfell
STONY SHORE
Torrhen's Square
White Knife
Kingsroad
HÜGEL-GRÄBER-LAND
RILLS
White Harbor
Witwen-wacht
Moat Cailin
Saltspear
BLAZEWATER BAY
NECK
BITE
Flints Finger
KAP DES KRAKEN
THREE SISTERS
PEBBLE
PAPS
Fingers
Greywater Watch
FLINTKLIPPEN
Twins
IRON ISLANDS
Seagard
GREAT WYK
BLACKTYDE
ORKMONT
EISENMANN-BUCHT
Grüner Arm
Die Eyrie
Bluttor
DAS GRÜNE TAL VON ARRYN
SALT CLIFFE
PYKE
HARLAW
Blauer Arm
Tumblestone
Roter Arm
Riverrun
© Kartographie Fischer-Leitl, München 2006

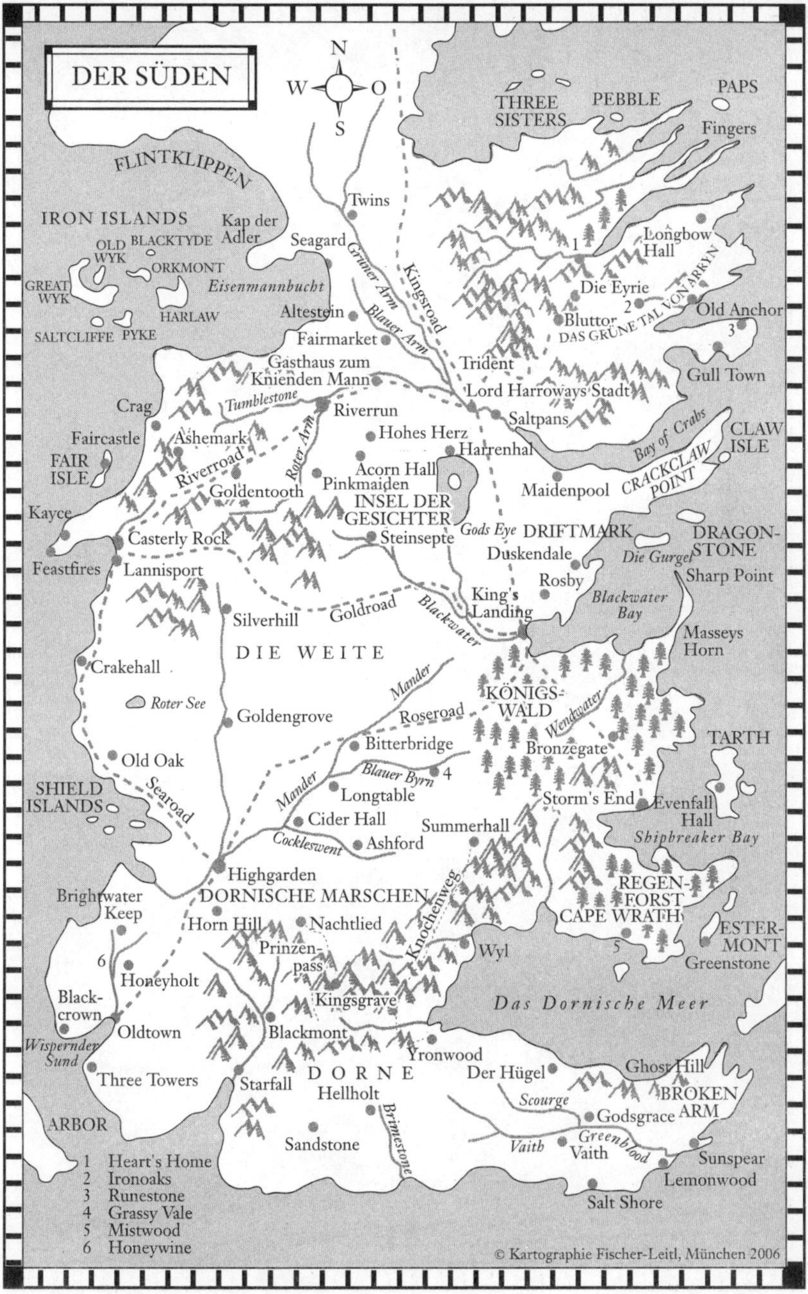
DER SÜDEN
N
W
O
S
THREE SISTERS
PEBBLE
PAPS
Fingers
FLINTKLIPPEN
IRON ISLANDS
Kap der Adler
Twins
OLD WYK
BLACKTYDE
ORKMONT
GREAT WYK
Eisenmannbucht
HARLAW
SALTCLIFFE
PYKE
Seagard
Grüner Arm
Kingsroad
Longbow Hall
Die Eyrie
DAS GRÜNE TAL VON ARRYN
Old Anchor
Altestein
Blauer Arm
Bluttor
Fairmarket
Gasthaus zum Knienden Mann
Trident
Lord Harroways Stadt
Gull Town
Tumblestone
Crag
Riverrun
Saltpans
Faircastle
Ashemark
Hohes Herz
Bay of Crabs
CLAW ISLE
Harrenhal
FAIR ISLE
Riverroad
Roter Arm
Acorn Hall
Pinkmaiden
CRACKCLAW POINT
Goldentooth
INSEL DER GESICHTER
Maidenpool
Kayce
Casterly Rock
Steinsepte
Gods Eye
DRIFTMARK
DRAGONSTONE
Duskendale
Die Gurgel
Feastfires
Lannisport
Rosby
Sharp Point
King's Landing
Blackwater Bay
Silverhill
Goldroad
Blackwater
DIE WEITE
Masseys Horn
Crakehall
Mander
KÖNIGSWALD
Roter See
Goldengrove
Roseroad
Wendwater
Bitterbridge
Bronzegate
TARTH
Old Oak
Blauer Byrn
SHIELD ISLANDS
Searoad
Longtable
Storm's End
Evenfall Hall
Cider Hall
Summerhall
Shipbreaker Bay
Cockleswent
Ashford
Highgarden
Knochenweg
REGENFORST
Brightwater Keep
DORNISCHE MARSCHEN
CAPE WRATH
ESTERMONT
Horn Hill
Nachtlied
Prinzenpass
Wyl
Greenstone
Honeyholt
Kingsgrave
Das Dornische Meer
Blackcrown
Oldtown
Blackmont
Wispernder Sund
Yronwood
Der Hügel
Ghost Hill
Three Towers
DORNE
Starfall
Hellholt
Scourge
BROKEN ARM
Brimstone
Godsgrace
ARBOR
Sandstone
Vaith
Greenblood
Sunspear
Lemonwood
Salt Shore
1 Heart's Home
2 Ironoaks
3 Runestone
4 Grassy Vale
5 Mistwood
6 Honeywine
© Kartographie Fischer-Leitl, München 2006

Prolog

»Drachen«, sagte Mollander. Er hob einen schrumpligen Apfel vom Boden auf und warf ihn von einer Hand in die andere.

»Mach schon«, verlangte Alleras die Sphinx. Er zog einen Pfeil aus dem Köcher und legte ihn auf die Sehne.

»Einen Drachen würde ich auch gern mal sehen.« Roone war der Jüngste unter ihnen, ein vierschrötiger Junge, dem zwei Jahre fehlten, bis man ihn einen Mann nennen durfte. »Sehr gern.«

Und ich würde gern in Roseys Armen schlafen, dachte Pate. Er rutschte unruhig auf der Bank hin und her. Morgen schon könnte das Mädchen ihm gehören. *Ich gehe mit ihr fort aus Oldtown, über die Meerenge, in eine der Freien Städte.* Dort gab es keine Maester, niemanden, der ihm Vorhaltungen machen könnte.

Durch die Fensterläden über ihm hörte er Emmas Lachen, das sich mit der tiefen Stimme des Mannes mischte, dem sie gerade zu Diensten war. Sie war die älteste Schankmagd im Federkiel und Fässchen, mindestens vierzig, ein wenig korpulent, aber noch immer hübsch. Rosey war ihre Tochter, fünfzehn und unlängst erblüht. Roseys Jungfräulichkeit würde einen goldenen Drachen kosten, hatte Emma verkündet. Pate hatte neun Silberhirschen und einen Topf voller Kupfersterne und Pfennige gespart, was ihm jedoch nicht viel weiterhalf. Vermutlich würde er eher einen echten Drachen ausbrüten, als jemals einen goldenen in die Hände bekommen.

»Für Drachen bist du zu spät geboren, Junge«, meinte Armen der Akolyth zu Roone. Armen trug ein Lederband um den Hals, an dem Glieder aus Zinn, Blei und Kupfer aufgereiht waren, und wie die meisten Akolythen schien er zu glauben, bei Novizen sitze anstelle des Kopfes eine Rübe zwischen den Schultern. »Der Letzte ist während der Herrschaft von König Aegon dem Dritten verendet.«

»Der letzte Drache in *Westeros*«, widersprach Mollander.

»Wirf den Apfel«, verlangte Alleras aufs Neue. Ihre Sphinx war ein schöner junger Mann. Alle Schankmädchen schwärmten für ihn. Sogar Rosey legte ihm manchmal die Hand auf den Arm, wenn sie ihm Wein brachte, und Pate tat dann stets zähneknirschend so, als bemerke er nichts.

»Der letzte Drache in Westeros *war* der letzte Drache überhaupt«, beharrte Armen. »Das ist doch allseits bekannt.«

»Der *Apfel*«, sagte Alleras. »Es sei denn, du willst ihn essen.«

»Hier.« Mollander vollführte einen kleinen Hüpfer und zog dabei seinen Klumpfuß hinter sich her, wirbelte herum und schleuderte den Apfel mit einer tief geführten Armbewegung in den Nebel, der über dem Honeywine hing. Ohne diesen Fuß wäre er ein Ritter geworden, wie sein Vater. In den dicken Armen und den breiten Schultern steckte jedenfalls ausreichend Kraft. Schnell und weit flog der Apfel …

… doch nicht so schnell wie der Pfeil, der hinterher zischte, ein schrittlanger Schaft aus goldenem Holz, der am Ende scharlachrot befiedert war. Pate sah nicht, wie der Pfeil den Apfel traf, hörte es jedoch. Ein leises *Plopp* hallte über den Fluss zu ihnen herüber, darauf folgte ein Platschen.

Mollander pfiff. »Du hast ihn glatt entkernt. Süß.«

Nicht halb so süß wie Rosey. Pate liebte ihre braunen Augen und ihre knospenden Brüste, er mochte die Art, wie sie ihn anlächelte, wann immer sie ihn sah. Auch in ihre Grübchen war er verliebt. Manchmal lief sie beim Servieren barfuß, um das Gras unter den Füßen zu spüren. Das gefiel ihm ebenfalls. Er liebte ihren sauberen Geruch und ihre Haare, die sich hinter den Ohren lockten. Sogar ihre Zehen hatten es ihm angetan. Einmal hatte sie ihm nachts erlaubt, ihr die Füße zu reiben, und er durfte sogar mit den Zehen spielen. Dabei hatte er sich für jede eine lustige Geschichte ausgedacht, damit Rosey nur nicht aufhörte zu kichern.

Vielleicht wäre es besser, auf dieser Seite der Meerenge zu bleiben. Er könnte mit seinen ersparten Münzen einen Esel kaufen, würde sich mit Rosey beim Reiten abwechseln und durch Westeros wandern. Ebrose glaubte vielleicht, Pate sei des Silbers nicht würdig, aber Pate konnte einen Knochen richten oder einen Fieberkranken zur Ader lassen. Das gemeine Volk würde seine Hilfe schätzen. Wenn er dazu noch lernte, Haare zu schneiden und Bärte zu scheren, könnte er Barbier werden. *Das würde mir genügen*, sagte er sich, *solange ich nur bei Rosey wäre*. Rosey war alles auf der Welt, was er sich wünschte.

Nicht immer war es so gewesen. Früher einmal hatte er davon geträumt, ein Maester auf einer Burg zu werden und für einen großzügigen Lord tätig zu sein, der ihn für seine Weisheit achtete und ihm zum Dank für seine Dienste ein wunderschönes weißes Pferd schenkte. Wie hoch zu Ross hätte er gesessen, wie nobel wäre er dahergeritten und hätte dem gemeinen Volk auf der Straße von oben zugelächelt …

Eines Abends hatte Pate im Schankraum vom Federkiel und Fässchen nach dem zweiten Krug dieses grässlich starken Apfelweins damit geprahlt, dass er nicht ewig ein Novize bleiben werde. »Gewiss, gewiss«, hatte der Faule Leo gerufen. »Später bist du ein ehemaliger Novize und hütest Schweine.«

Er trank den letzten Schluck aus seinem Krug. Die Fackeln auf der Terrasse des Federkiel und Fässchen bildeten eine Insel aus Licht in einem Meer aus Nebel. Weiter flussabwärts schwebte das ferne Leuchtfeuer des hohen Turms, des Hightower, in der Feuchtigkeit der Nacht wie ein orangefarbener, dunstverhangener Mond, doch auch dieses Licht hellte Pates Stimmung nicht auf.

Der Alchimist hätte längst hier sein sollen. Hatte sich der Mann lediglich einen bösen Scherz erlaubt, oder war ihm etwas zugestoßen? Es wäre nicht das erste Mal, dass sich das Schicksal für

Pate zum Schlechten wendete. So hatte er sich zunächst glücklich geschätzt, als man ihn auswählte, dem alten Erzmaester Walgrave bei den Raben zu helfen, denn er hätte sich niemals träumen lassen, dass er schon nach so kurzer Zeit dem alten Mann seine Mahlzeiten bringen, seine Gemächer kehren und ihn jeden Morgen anziehen würde. Alle behaupteten, der Greis habe über die Rabenzucht mehr vergessen, als die meisten Maester je an Wissen anhäufen würden, daher war Pate der festen Überzeugung gewesen, er dürfe zumindest auf ein schwarzes Eisenglied hoffen. Doch schließlich stellte sich heraus, dass Walgrave ihm keines verleihen konnte. Der alte Mann hatte seinen Rang als Erzmaester allein aufgrund der Höflichkeit seiner Kollegen behalten. Was für ein großer Maester er einst auch gewesen sein mochte, jetzt verhüllte seine Robe ein ums andere Mal eingenässte Unterwäsche, und vor einem halben Jahr hatte ihn ein Akolyth weinend in der Bibliothek entdeckt, weil er den Rückweg zu seinen Gemächern nicht mehr fand. Maester Gormon saß jetzt unter der eisernen Maske auf Walgraves Platz, genau jener Gormon, der Pate einst des Diebstahls bezichtigt hatte.

Im Apfelbaum am Wasser begann eine Nachtigall mit ihrem Gesang. Die lieblichen Laute boten eine willkommene Abwechslung zu dem rauen Krakeelen und dem endlosen Krächzen der Raben, um die er sich den ganzen Tag gekümmert hatte. Die weißen Raben kannten seinen Namen und murmelten ihn einander zu, sobald sie den Jungen sahen, *»Pate, Pate, Pate«*, so lange, bis ihm nur noch nach Schreien zumute war. Die weißen Vögel waren Erzmaester Walgraves ganzer Stolz. Nach seinem Tod wollte er von ihnen gefressen werden, und Pate hegte den leisen Verdacht, dass sie auch durchaus darauf erpicht waren, ihn zu verspeisen.

Vielleicht lag es an diesem grässlich starken Apfelwein – Pate war eigentlich gar nicht gekommen, um zu trinken, aber Alleras hatte zur Feier seines Kupferglieds eingeladen, und das schlechte Gewissen hatte Pates Durst geweckt – dennoch klang es fast, als trällerte die Nachtigall *Gold für Eisen, Gold für Eisen, Gold für Eisen.* Das war überaus eigenartig, das Gleiche hatte der Fremde an jenem Abend gesagt, an dem Rosey sie zusammengebracht hatte. »Wer seid Ihr?«, hatte Pate von ihm wissen wollen, und der Mann hatte geantwortet: »Ein Alchimist. Ich kann Eisen in Gold verwandeln.« Und dann hatte er plötzlich diese Münze in der Hand, ließ sie zwischen den Fingern über die Knöchel tanzen, und das Gold glänzte im Schein der Kerzen. Auf einer Seite prangte der dreiköpfige Drache, auf der anderen der Kopf irgendeines toten Königs. *Gold für Eisen,* erinnerte sich Pate, *besser kannst du es gar nicht treffen. Begehrst du sie? Liebst du sie?* »Ich bin kein Dieb«, hatte er dem Mann gesagt, der sich als Alchimist ausgab, »ich bin ein Novize der Citadel.« Der Alchimist hatte den Kopf geneigt. »Falls du es dir anders überlegst, ich bin in drei Tagen mit meinem Drachen wieder hier.«

Die drei Tage waren vergangen. Pate saß wieder im Federkiel und Fässchen, immer noch unsicher, was er war, doch anstelle des Alchimisten hatte er Mollander und Armen und die Sphinx vorgefunden, und in ihrem Schlepptau Roone. Es hätte ihr Misstrauen erregt, wenn er sich nicht zu ihnen gesellt hätte.

Das Federkiel und Fässchen schloss niemals seine Pforten. Seit sechshundert Jahren stand es auf seiner Insel im Honeywine, und in dieser Zeit hatte es kein einziges Mal zugemacht. Obwohl sich das hohe Holzgebäude nach Süden neigte, so wie Novizen manchmal nach einem Krug zu viel, ging Pate davon aus, dass das Gasthaus hier noch weitere sechshundert Jahre stehen und man Wein und Bier und grässlich starken Apfelwein an Flussleute und Seeleute ausschenken würde, an Schmiede und Sänger, Priester und Prinzen und an die Novizen und Akolythen der Citadel.

»Oldtown ist nicht die Welt«, verkündete Mollander mit zu lauter Stimme. Er war der Sohn eines Ritters und hätte betrunkener nicht sein können. Seit man ihm die Nachricht vom Tode seines Vaters am Blackwater überbracht hatte, betrank er sich fast jeden Abend. Sogar hier in Oldtown, weit entfernt von den Kämpfen und hinter den sicheren Mauern, hatte der Krieg der Fünf Könige sie erreicht.

… wobei Erzmaester Benedict darauf beharrte, es habe niemals einen Krieg von fünf Königen gegeben, da Renly Baratheon ermordet worden sei, bevor Balon Greyjoy sich die Krone aufs Haupt gesetzt habe.

»Mein Vater hat immer gesagt, die Welt ist größer als jede Burg, die ein Lord besitzen kann«, fuhr Mollander fort. »Drachen wären doch das Mindeste, was man in Qarth oder Asshai oder Yi Ti finden sollte. Diese Geschichten der Seefahrer …«

»… sind Geschichten von Seefahrern«, fiel ihm Armen ins Wort. »*Seefahrer,* mein lieber Mollander. Geh nur hinunter zum Hafen, und ich wette, dort findest du Seeleute, die dir von Meerjungfrauen erzählen, bei denen sie gelegen haben, oder die dir weismachen wollen, sie hätten ein Jahr im Bauch eines Fisches verbracht.«

»Woher weißt du denn, dass das nicht stimmt?« Mollander suchte im Gras nach weiteren Äpfeln. »Du müsstest ja selbst im Bauch eines Fisches gewesen sein, um beschwören zu können, dass sie es nicht waren. *Ein* Seemann und *eine* Geschichte, ja, darüber könnte man lachen, aber wenn die Ruderer von vier verschiedenen Galeeren die gleiche Geschichte in vier verschiedenen Sprachen erzählen …«

»Die Geschichten sind *nicht* gleich«, widersprach Armen. »Drachen in Asshai, Drachen in Qarth, Drachen in Meereen, Drachen der Dothraki, Drachen, die Sklaven befreien … jede Erzählung unterscheidet sich von den anderen.«

»Nur in den Einzelheiten.« Mollanders Sturheit steigerte sich, wenn er trank, und selbst nüchtern war er ein Dickkopf. »In allen wird von *Drachen* und einer wunderschönen jungen Königin berichtet.«

Der einzige Drache, für den sich Pate interessierte, war aus gelbem Gold geprägt. Er fragte sich, was dem Alchimisten zugestoßen war. *Am dritten Tag. Er hat gesagt, er würde kommen.*

»Da liegt ein Apfel neben deinem Fuß«, rief Alleras Mollander zu, »und ich habe noch zwei Pfeile im Köcher.«

»Scheiß auf deinen Köcher.« Mollander hob den Fallapfel auf. »Der ist wurmstichig«, beschwerte er sich, warf ihn jedoch trotzdem. Der Pfeil traf den Apfel, als dieser zu sinken begann, und teilte ihn sauber in zwei Hälften. Eine landete auf dem Dach eines Türmchens, kullerte auf ein niedrigeres Dach, hüpfte herunter und verfehlte Armen nur um einen Fuß. »Wenn du einen Wurm in zwei Stücke schneidest, hast du zwei Würmer«, erklärte der Akolyth ihnen.

»Na, das müsste bei Äpfeln auch so sein, dann bräuchte nie wieder jemand Hunger leiden«, sagte Alleras und setzte dieses milde Lächeln auf. Die Sphinx lächelte stets, als grinse er im Stillen über einen Scherz. Irgendwie niederträchtig, was gut zu dem spitzen Kinn, dem in der Stirnmitte spitz zulaufenden Haaransatz und dem dichten Wust der kurz geschnittenen, pechschwarzen Locken passte.

Alleras würde es zum Maester bringen. Obwohl er erst seit einem Jahr auf der Citadel war, hatte er bereits drei Glieder seiner Maesterkette geschmiedet. Armen hatte zwar mehr, aber er hatte für jedes ein Jahr gebraucht. Dennoch würde auch er ein Maester werden. Roone und Mollander blieben Novizen mit rosa Hals, doch Roone war noch sehr jung, und Mollander zog das Trinken dem Lesen vor.

Pate hingegen …

Er war bereits seit fünf Jahren in der Citadel, mit dreizehn war er angekommen, und trotzdem war sein Hals so rosa wie am Tag seiner Ankunft aus den Westerlanden. Zweimal hatte er geglaubt, bereit zu sein. Beim ersten Mal war er vor Erzmaester Vaellyn getreten, um ihm sein Wissen über den Himmel darzulegen. Stattdessen hatte er erfahren, wie Weinessig-Vaellyn zu seinem Spitznamen gekommen war. Zwei Jahre brauchte Pate, bis er wieder genug Mut gesammelt hatte, um es erneut zu versuchen. Diesmal wandte er sich an den freundlichen alten Erzmaester Ebrose, der für seine leise Stimme und seine sanften Hände bekannt war, doch hatten sich Ebroses Seufzer als ebenso schmerzhaft erwiesen wie Vaellyns spitze Bemerkungen.

»Einen Apfel noch«, versprach Alleras, »dann erzähle ich euch, was es meiner Vermutung nach mit diesen Drachen auf sich hat.«

»Was könntest du darüber wissen, das mir unbekannt ist?«, knurrte Mollander. An einem Ast entdeckte er einen Apfel, sprang hoch, riss ihn ab und warf ihn in die Luft. Alleras zog die Bogensehne bis ans Ohr zurück und drehte sich anmutig, während er sein davonfliegendes Ziel verfolgte. In dem Moment, wo der Apfel zu sinken begann, ließ er den Pfeil los.

»Dein letzter Schuss geht immer daneben«, sagte Roone.

Unversehrt platschte der Apfel in den Fluss.

»Siehst du?«, meinte Roone.

»Wenn du alle schaffst, kannst du dich nicht mehr verbessern.« Alleras löste die Sehne und schob den Bogen in sein Lederfutteral. Der Bogen war aus Goldherz geschnitzt, einem seltenen und berühmten Holz von den Summer Isles. Pate hatte einmal versucht, es durchzubiegen, doch er hatte es nicht geschafft. *Die Sphinx sieht schmächtig aus, aber in diesen dünnen Armen steckt eine Menge Kraft,* dachte er, während Alleras ein Bein quer über die Bank legte und nach seinem Weinbecher langte. »Der Drache hat drei Köpfe«, verkündete er in seinem breiten dornischen Dialekt.

»Soll das ein Rätsel sein?«, wollte Roone wissen. »In den Legenden sprechen Sphinxe immer in Rätseln.«

»Kein Rätsel.« Alleras nippte an seinem Wein. Die anderen tranken den grässlich starken Apfelwein, für den das Federkiel und Fässchen so bekannt war, aus großen Krügen, doch er bevorzugte den süßen Wein aus dem Land seiner Mutter. Selbst in Oldtown waren solche Weine nicht billig zu haben.

Der Faule Leo hatte Alleras den Spitznamen »Sphinx« verpasst. Eine Sphinx ist ein wenig von diesem und ein wenig von jenem; sie hat ein menschliches Gesicht, den Körper eines Löwen und die Flügel eines Falken. Das traf auch auf Alleras zu; sein Vater war ein Dornischer, seine schwarzhäutige Mutter stammte von den Summer Isles. Auch seine eigene Haut war so dunkel wie Teakholz. Und wie die grünen Marmorsphinxe, die den Haupteingang der Citadel flankierten, hatte Alleras Augen aus Onyx.

»Außer auf Schilden und Bannern hat nie ein Drache drei Köpfe gehabt«, hielt Armen der Akolyth dagegen. »Das ist eine Frage der Wappenkunde, mehr nicht. Außerdem sind die Targaryens alle tot.«

»Nicht alle«, erwiderte Alleras. »Der Bettlerkönig hatte eine Schwester.«

»Ich dachte, der hat man den Kopf an der Wand eingeschlagen«, wandte Roone ein.

»Nein«, meinte Alleras. »Das war Prinz Rhaegars kleiner Sohn Aegon, den die Männer des Lannister-Löwen mit dem Kopf gegen die Wand geschmettert haben. Ich spreche von Rhaegars Schwester, die auf Dragonstone geboren wurde, bevor die Festung gefallen ist. Die, die sie Daenerys nennen.«

»Die *Sturmgeborene*. Jetzt erinnere ich mich.« Mollander hob seinen Krug und stürzte den letzten Apfelwein hinunter. »Ich trinke auf sie!« Er schluckte, knallte den leeren Krug auf den Tisch, rülpste und wischte sich mit dem Handrücken den Mund. »Wo ist Rosey? Unsere rechtmäßige Königin verdient eine Runde Apfelwein, findet ihr nicht auch?«

Armen der Akolyth sah erschrocken aus. »Nicht so laut, du Narr. Über solche Dinge sollte man nicht einmal spotten. Man weiß nie, wer gerade zuhört. Die Spinne hat überall ihre Ohren.«

»Ach, mach dir nicht in die Hose, Armen. Ich habe nur vorgeschlagen, etwas zu trinken, nicht zu einer Rebellion aufgerufen.«

Pate hörte ein Kichern. Leise und verschlagen rief eine Stimme von hinten: »Ich wusste doch immer, dass du ein Verräter bist, Hüpffrosch.« Der Faule Leo saß am Ende der alten Brücke aus Planken; er war in grünen und goldenen Satin gehüllt, und um die Schultern hing ihm ein schwarzes Seidencape, das vorn mit einer Jaderose verschlossen war. Der Wein, der ihm vorn auf die Kleidung getropft war, musste sehr rot gewesen sein, angesichts der Farbe der Flecken. Eine Locke seines aschblonden Haars fiel ihm über das eine Auge.

Mollander nahm eine drohende Haltung an. »Ach, verflucht. Geht weg! Euch will hier niemand sehen.« Alleras legte ihm beruhigend die Hand auf den Arm, Armen runzelte die Stirn. »Leo. Mylord. Ich habe gehört, Ihr dürft die Citadel nicht verlassen, wenigstens noch für ...«

»... drei weitere Tage.« Der Faule Leo zuckte mit den Achseln. »Perestan sagt, die Welt ist vierzigtausend Jahre alt. Mollos meint, es seien fünfhunderttausend. Was machen da schon drei Tage aus, frage ich dich?« Obwohl auf der Terrasse ein Dutzend Tische frei waren, setzte sich Leo an ihren. »Spendier mir einen Becher Arborgold, Hüpffrosch, und vielleicht verrate ich dann meinem Vater nichts von deinem Trinkspruch. Im Geschachten Hasard haben sich die Spielsteine gegen mich gewendet, und meinen letzten Hirschen habe ich fürs Essen verschwendet. Ferkel in Pflaumensoße, gefüllt mit Kastanien und weißen Trüffeln. Schließlich muss ein Mann auch essen. Was gab es bei euch?«

»Hammel«, murmelte Mollander. Er klang nicht besonders begeistert. »Wir haben uns eine gekochte Hammelkeule geteilt.«

»Gewiss seid ihr satt geworden.« Leo wandte sich an Alleras. »Der Sohn eines Lords sollte freigebig sein, Sphinx. Wie mir zu Ohren kam, hast du dein Kupferglied geschmiedet. Darauf trinke ich.«

Alleras lächelte ihn an. »Ich lade nur meine Freunde zum Trinken ein. Und ich bin nicht der Sohn eines Lords, das habe ich Euch schon einmal gesagt. Meine Mutter war eine Händlerin.«

Leos Augen waren braun und glänzten vom Wein und vor Bosheit. »Deine Mutter war ein Affe von den Summer Isles. Die Dornischen vögeln doch alles, was ein Loch zwischen den Beinen hat. Womit ich dich nicht beleidigen will. Du bist zwar braun wie eine Nuss, aber wenigstens badest du. Ganz im Gegensatz zu unserem gefleckten Schweinejungen.« Er deutete auf Pate.

Wenn ich ihm meinen Krug aufs Maul haue, könnte ich ihm die Hälfte seiner Zähne ausschlagen, dachte Pate. Der Gefleckte Pate, der Schweinejunge, war der Held von tausend zotigen Geschichten, ein gutmütiger Hohlkopf, dem es stets gelang, die fetten Lords, die hochmütigen Ritter und die aufgeblasenen Septone, die ihn plagten, zu übervorteilen. Jedes Mal stellte sich am Ende heraus, dass sich hinter seiner Dummheit eine Art wunderlicher Verschlagenheit verbarg; die Erzählungen schlossen stets damit, dass der Gefleckte Pate auf dem hohen Stuhl eines Lords saß oder bei der Tochter eines Ritters im Bett lag. Aber das waren bloß Geschichten. Im richtigen Leben erging es Schweinejungen niemals so gut. Pate dachte manchmal, seine Mutter müsse ihn gehasst haben, als sie ihm diesen Namen gegeben hatte.

Alleras lächelte nicht mehr. »Ihr werdet Euch entschuldigen.«

»Ach, ja?«, entgegnete Leo. »Wie soll das gehen, wo meine Kehle so trocken ist …«

»Ihr macht Eurem Haus Schande, mit jedem Wort, das Ihr von Euch gebt«, warf ihm Alleras vor. »Ihr macht der Citadel Schande, indem Ihr einer von uns seid.«

»Ich weiß. Also spendiert mir Wein, damit ich die Schande ertränken kann.«

Mollander sagte: »Ich würde Euch am liebsten die Zunge an der Wurzel ausreißen.«

»Tatsächlich? Aber wer würde dir dann von den Drachen erzählen?« Leo zuckte abermals mit den Schultern. »Der Mischling hat Recht. Die Tochter des Irren Königs lebt, und sie hat drei Drachen ausgebrütet.«

»Drei?«, fragte Roone erstaunt.

Leo tätschelte seine Hand. »Mehr als zwei und weniger als vier. An deiner Stelle würde ich es noch nicht mit dem goldenen Glied versuchen.«

»Lasst ihn in Ruhe«, warnte Mollander.

»Was für ein ritterlicher Hüpffrosch. Wie du möchtest. Jeder Mann auf jedem Schiff im Umkreis von dreihundert Meilen von Qarth redet über diese Drachen. Einige behaupten sogar, sie mit eigenen Augen gesehen zu haben. Der Magier neigt dazu, ihnen Glauben zu schenken.«

Armen schürzte missbilligend die Lippen. »Marwyn ist nicht vertrauenswürdig. Erzmaester Perestan wäre der Erste, der Euch das bestätigen würde.«

»Erzmaester Ryam denkt das Gleiche«, warf Roone ein.

Leo gähnte. »Das Meer ist nass, die Sonne ist warm, und die Menagerie hasst den Mastiff.«

Er hat für jeden einen Spottnamen, dachte Pate, aber Marwyn sah wirklich eher aus wie ein Mastiff denn wie ein Maester, das konnte er nicht leugnen. *Als wolle er dich beißen.* Der Magier war nicht wie die anderen Maester. Es hieß, er verkehre mit Huren und Heckenzauberern, unterhielte sich mit behaarten Ibbenesern und pechschwarzen Reisenden von den Summer Isles in ihrer eigenen Sprache und opfere falschen Göttern in dem kleinen Seemannstempel unten bei den Speicherhäusern. Manche behaupteten, ihn in der Unterstadt gesehen zu haben, bei Rattenkämpfen und in schwarzen Bordellen, wo er sich mit Komödianten, Sängern, Söldnern und sogar Bettlern abgebe. Einige flüsterten einander gar zu, er habe einst einen Mann mit bloßen Fäusten getötet.

Als Marwyn nach Oldtown zurückkehrte, nachdem er acht Jahre im Osten damit verbracht hatte, Karten von fernen Ländern zu zeichnen, nach verlorenen Büchern zu suchen und bei Zauberern und Schattenbindern zu studieren, hatte Weinessig-Vaellyn ihn »Marwyn den Magier« genannt. Der Name hatte sich bald in Oldtown herumgesprochen, sehr zu Vaellyns Verdruss. »Überlass die Zauberei und die Gebete den Priestern und Septonen, und richte deinen Verstand lieber auf die Weisheiten, auf die sich ein Mann verlassen kann«, hatte Erzmaester Ryam Pate einst geraten, aber Ryams Ring und Stab und Maske waren aus gelbem Gold, und seine Maesterkette wies kein Glied aus valyrischem Stahl auf.

Armen blickte von oben herab den Faulen Leo an. Seine Nase war perfekt dafür geeignet, lang und dünn und spitz. »Erzmaester Marwyn glaubt an viele seltsame Dinge«, sagte er, »aber er hat auch nicht mehr Beweise für Drachen als Mollander. Sind doch alles nur Geschichten von Seeleuten.«

»Da irrst du dich«, erwiderte Leo. »Im Zimmer des Magiers brennt eine Glaskerze.«

Auf der fackelerleuchteten Terrasse breitete sich Schweigen aus. Armen seufzte und schüttelte den Kopf. Mollander lachte. Die Sphinx ließ Leo nicht aus den großen schwarzen Augen. Roone sah verwirrt aus.

Pate hatte von den Glaskerzen gehört, hatte allerdings nie eine brennen gesehen. Die Glaskerzen stellten eines der bestgehüteten Geheimnisse der Citadel dar. Wie es hieß, waren sie aus Valyria nach Oldtown gebracht worden, tausend Jahre vor dem Untergang. Pate hatte gehört, es sollten vier sein; eine war grün, drei waren schwarz, und alle hatten eine hohe, in sich gewundene Form.

»Wofür sind diese Glaskerzen gut?«, fragte Roone.

Armen der Akolyth räusperte sich. »In der Nacht bevor ein Akolyth sein Gelübde ablegt, muss er Wache in der Gruft halten. Dabei sind ihm weder Laternen, Fackeln, Lampen oder Wachsstöcke gestattet ... nur eine Kerze aus Obsidian. Er muss die Nacht also im Dunkeln verbringen, solange er diese Kerze nicht entzünden kann. Manche versuchen es. Die Dummen und die Sturen, diejenigen, die sich in ihren Studien mit den so genannten höheren Mysterien befasst haben. Oft zerschneiden sie sich die Finger, denn die Kanten der Kerzen sollten scharf wie Klingen sein. Dann müssen sie mit blutigen Händen auf die Dämmerung warten und können sich Gedanken über ihr Versagen machen. Weisere Männer legen sich einfach schlafen oder verbringen die Nacht im Gebet, aber jedes Jahr gibt es einige, die es unbedingt ausprobieren wollen.«

»Ja.« Pate kannte dieselben Geschichten. »Aber was ist der *Nutzen* einer Kerze, die kein Licht erzeugt?«

»Es ist eine Lektion«, erklärte Armen, »die letzte Lektion, die wir lernen müssen, ehe wir unsere Maesterketten anlegen. Die Glaskerze versinnbildlicht Wahrheit und Gelehrsamkeit, seltene und schöne und zerbrechliche Dinge. Dieses Symbol wurde in Form einer Kerze gefertigt, um uns zu mahnen, dass ein Maester überall, wo er dient, Licht spenden muss, und sie ist scharf, um uns an die Gefahren zu erinnern, die mit unserem Wissen verbunden sein können. Weise Männer werden in ihrer Weisheit vielleicht arrogant, ein Maester jedoch muss stets Demut bewahren. Auch daran gemahnt uns die Glaskerze. Selbst nachdem ein Maester sein Gelübde gesprochen und seine Kette angelegt hat und ausgezogen ist, um zu dienen, wird er an die Dunkelheit seiner Nachtwache zurückdenken und sich erinnern, dass er durch nichts, was er getan hat, die Kerze zum Brennen bringen konnte … denn allem Wissen zum Trotz sind manche Dinge unmöglich.«

Der Faule Leo brach in schallendes Gelächter aus. »Unmöglich für dich, meinst du. Ich habe die Kerze mit eigenen Augen brennen sehen.«

»Ihr habt *irgendeine* Kerze brennen sehen, das bezweifle ich nicht«, gab Armen zurück. »Vielleicht eine Kerze aus schwarzem Wachs.«

»Ich weiß, was ich gesehen habe. Das Licht war eigenartig und hell, viel strahlender, als Bienenwachs oder Talg brennt. Es hat seltsame Schatten geworfen, und die Flamme hat nicht geflackert, auch nicht, als ein Luftzug durch die offene Tür hinter mir wehte.«

Armen verschränkte die Arme. »Obsidian brennt nicht.«

»*Drachenglas*«, warf Pate ein. »Das gemeine Volk nennt es Drachenglas.« Diese Tatsache erschien ihm irgendwie wichtig.

»Das stimmt«, sagte Alleras die Sphinx nachdenklich, »und falls es tatsächlich wieder Drachen gibt …«

»Drachen und dunklere Dinge«, meinte Leo. »Die grauen Schafe haben die Augen geschlossen, aber der Mastiff erkennt die Wahrheit. Alte Mächte erwachen. Schatten rühren sich. Ein Zeitalter der Wunder und des Schreckens wird bald anbrechen, ein Zeitalter der Götter und Helden.« Er setzte sein behäbiges Lächeln auf. »Das dürfte eine Runde wert sein, nicht wahr?«

»Wir haben genug getrunken«, meinte Armen. »Der Morgen dämmert früher, als uns recht ist, und Erzmaester Ebrose wird über die Eigenschaften des Urins sprechen. Wer beabsichtigt, sich ein silbernes Glied zu schmieden, sollte seinen Vortrag besser nicht verpassen.«

»Natürlich will ich dich nicht davon abhalten, Pisse zu probieren«, sagte Leo. »Ich hingegen bevorzuge Arborgold.«

»Wenn ich die Wahl zwischen Euch und Pisse habe, trinke ich lieber Pisse.« Mollander stemmte sich vom Tisch hoch. »Komm, Roone.«

Die Sphinx griff nach dem Futteral mit dem Bogen. »Ich bin auch reif fürs Bett. Bestimmt träume ich von Drachen und Glaskerzen.«

»Geht ihr alle?« Leo zuckte mit den Schultern. »Na, Rosey wird noch da sein. Vielleicht werde ich unsere Süße wecken und eine Frau aus ihr machen.«

Alleras bemerkte den Ausdruck auf Pates Gesicht. »Wenn er kein Kupferstück für Wein hat, kann er auch keinen Drachen für das Mädchen ausgeben.«

»Genau«, stimmte Mollander zu. »Außerdem braucht es einen Mann, um ein Mädchen zur Frau zu machen. Komm mit, Pate. Der alte Walgrave wacht bei Sonnenaufgang auf. Er wird deine Hilfe brauchen, um es auf den Abort zu schaffen.«

Falls er sich heute an mich erinnert. Erzmaester Walgrave hatte keine Schwierigkeiten damit, seine Raben auseinander zu halten, aber bei Menschen gelang es ihm durchaus nicht immer. An manchen Tagen verwechselte er Pate mit jemandem, der Cressen hieß. »Ach«, sagte Pate zu seinen Freunden. »Ich bleibe noch ein wenig.« Der Morgen graute noch nicht, nicht richtig jedenfalls. Der Alchimist würde vielleicht trotz der späten Stunde kommen, und Pate wollte dann unbedingt zur Stelle sein.

»Wie du willst«, meinte Armen. Alleras warf Pate einen langen Blick zu, dann schlang er sich den Bogen über die schlanke Schulter und folgte den anderen in Richtung Brücke. Mollander war so betrunken, dass er sich beim Gehen auf Roones Schulter stützen musste. Die Citadel war nicht so weit entfernt, wie Raben fliegen, aber seine Freunde waren schließlich keine Raben, und Oldtown stellte ein hübsches Labyrinth von Stadt dar, mit engen Gassen, verschlungenen Gängen und krummen Straßen. »Vorsicht«, hörte Pate Armen sagen, während die vier von den Flussnebeln verschluckt wurden, »heute Nacht ist es feucht, und das Pflaster wird glatt sein.«

Nachdem sie gegangen waren, sah der Faule Leo über den Tisch hinweg Pate an. »Wie schade. Die Sphinx hat sich mit ihrem Silber davongestohlen und mich dem Gefleckten Pate, dem Schweinejungen, überlassen.« Er reckte sich und gähnte. »Wie geht es denn deiner lieblichen kleinen Rosey?«

»Sie schläft«, antwortete Pate knapp.

»Bestimmt nackt.« Leo grinste. »Meinst du, sie ist wirklich einen Drachen wert? Eines Tages muss ich es mal herausfinden.«

Pate war klug genug, nicht darauf zu antworten.

Leo brauchte keine Erwiderung. »Nachdem ich mir das Mädchen vorgenommen habe, wird ihr Preis sicherlich so weit fallen, dass auch Schweinejungen sie sich leisten können. Du solltest mir dankbar sein.«

Ich sollte dich umbringen, dachte Pate, doch er war nicht annähernd betrunken genug, um sein Leben sinnlos wegzuwerfen. Leo war im Umgang mit Waffen ausgebildet worden, und es war bekannt, dass er Klinge und Dolch des Meuchlers auf tödliche Weise zu führen wusste … und selbst, wenn es Pate gelingen sollte, ihn umzubringen, würde es ihn trotzdem den eigenen Kopf kosten. Leo hatte im Gegensatz zu Pate zwei Namen, und der zweite lautete *Tyrell*. Ser Moryn Tyrell, der Kommandant der Stadtwache, war Leos Vater. Mace Tyrell, Lord von Highgarden und Wächter des Südens, war Leos Vetter. Und Oldtowns Alter Mann, Lord Leyton vom Hightower, der auch »Protektor der Citadel« zu seinen vielen Titeln zählte, war ein geschworener Gefolgsmann des Hauses Tyrell. *Lass ihn,* mahnte sich Pate. *Er will mich mit seinem Gerede nur kränken.*

Im Osten wurde der Nebel heller. *Die Dämmerung,* erkannte Pate. *Die Dämmerung ist da, der Alchimist nicht.* Er wusste nicht, ob er darüber lachen oder weinen sollte. *Bin ich auch ein Dieb, wenn ich es alles zurückbringe und niemals jemand davon erfährt?* Auch auf diese Frage wusste er keine Antwort, genauso wie auf jene, die Ebrose und Vaellyn ihm einst gestellt hatten.

Als er von der Bank aufstand, stieg ihm der grässlich starke Apfelwein plötzlich in den Kopf. Er musste sich am Tisch abstützen, damit er nicht umfiel. »Lasst Rosey in Ruhe«, sagte er schon im Gehen begriffen. »Lasst sie einfach in Ruhe, sonst bringe ich Euch womöglich um.«

Leo Tyrell strich sich das Haar aus den Augen. »Ich trete nicht gegen Schweinejungen an. Hau ab.«

Pate drehte sich um und überquerte die Terrasse. Seine Absätze dröhnten über die verwitterten Planken der alten Brücke. Als er auf der anderen Seite ankam, färbte sich der Himmel im Osten langsam rosa. *Die Welt ist groß,* sagte er zu sich. *Wenn ich diesen Esel kaufe, könnte ich ja über die Straßen und Wege der Sieben Königslande wandern, das gemeine Volk zur Ader lassen und ihm Nissen aus den Haaren suchen. Oder ich könnte auf einem Schiff als Ruderer anheuern und nach Qarth am Jadetor fahren, um mir diese verfluchten*

Drachen selbst anzuschauen. Ich brauche ja nicht zum alten Walgrave und seinen Raben zurückzukehren.

Trotzdem trugen ihn seine Füße in Richtung der Citadel.

Der erste Sonnenstrahl brach durch die Wolken im Osten, und die Morgenglocken der Seemannssepte unten am Hafen begannen zu läuten. Die Septe des Lords gesellte sich kurze Zeit später dazu, dann hörte man auch die Glocken der Sieben Schreine und schließlich die der Sternensepte, die tausend Jahre vor Aegons Landung der Sitz des Hohen Septons gewesen war. Sie machten eine gewaltige Musik. *Wenn auch nicht so süß wie das Trillern einer kleinen Nachtigall.*

Neben dem Läuten der Glocken hörte er auch Gesang. Jeden Morgen beim ersten Licht versammelten sich die roten Priester, um die Sonne vor dem bescheidenen Tempel am Kai willkommen zu heißen. *Denn die Nacht ist dunkel und voller Schrecken.* Pate hatte hundertmal gehört, wie sie diese Worte gerufen und ihren Gott R'hllor angefleht hatten, sie aus der Dunkelheit zu erretten. Für ihn waren die Sieben Götter genug, doch er hatte erfahren, dass Stannis Baratheon inzwischen an den Nachtfeuern betete. Er hatte sogar das flammende Herz von R'hllor anstelle des gekrönten Hirsches auf sein Banner gesetzt. *Wenn er den Eisernen Thron erobern sollte, müssen wir alle das Lied der roten Priester lernen,* dachte Pate, aber das war nicht sehr wahrscheinlich. Tywin Lannister hatte Stannis und R'hllor am Blackwater vernichtend geschlagen, und bald würde er ihnen ein Ende bereiten und den Kopf des Thronprätendenten Baratheon über dem Tor von King's Landing auf einem Spieß zur Schau stellen.

Während sich der Nebel der Nacht auflöste, nahm Oldtown um Pate herum Gestalt an und tauchte geisterhaft aus dem Dämmerlicht auf. Pate war nie in King's Landing gewesen, doch er wusste, dass die Stadt aus Fachwerkhäusern bestand und ein Gewirr aus schlammigen Straßen, Reetdächern und Holzhütten darstellte. Oldtown hingegen hatte man aus Stein erbaut und alle Straßen gepflastert, selbst noch die armseligste Gasse. Nie wirkte die Stadt schöner als bei Tagesanbruch. Westlich des Honeywines säumten die Gildenhäuser das Ufer wie eine Reihe Paläste. Weiter flussaufwärts erhoben sich zu beiden Seiten des Stroms die Kuppeln und Türme der Citadel, zwischen denen mit Hallen und Häusern bebaute Brücken das Wasser überspannten. Flussabwärts, unterhalb der schwarzen Marmormauern und Bogenfenster der Sternensepte, drängten sich die Häuser der Frommen wie Kinder um die Füße einer alten Matrone.

Und jenseits davon, wo der Honeywine sich zum Wispernden Sund ausweitete, erhob sich Hightower, der Hohe Turm, mit seinen Leuchtfeuern hell vor der Dämmerung. Von seinem Standort auf den Felsen von Battle Island aus durchschnitt sein Schatten die Stadt wie ein Schwert. Wer in Oldtown geboren war, konnte anhand des Schattens die Tageszeit erkennen. Mancher behauptete sogar, von dort oben könnte man bis zur Mauer im Norden schauen. Vielleicht war Lord Leyton deshalb seit über einem Jahrzehnt nicht mehr heruntergestiegen, sondern zog es vor, seine Stadt aus den Wolken zu regieren.

Der Karren eines Fleischers polterte an Pate vorbei die Flussstraße entlang; auf der Ladefläche quiekten fünf verängstigte Ferkel. Als Pate auswich, entging er knapp einem Unglück, als aus einem Fenster über ihm eine Frau den Nachttopf leerte. *Wenn ich Maester in einer Burg werde, bekomme ich ein Pferd, auf dem ich reiten kann,* dachte er. Dann stolperte er über einen Pflasterstein und fragte sich, wem er eigentlich etwas vormachte. Für ihn würde es keine Kette geben, keinen Platz am Tisch eines Hohen Lords, keinen großen Schimmel. Er würde seine Tage damit verbringen, dem Krächzen der Raben zu lauschen und die Kotflecken aus Erzmaester Walgraves Unterwäsche zu schrubben.

Er hatte sich auf ein Knie gestützt und versuchte, den Dreck von seiner Robe zu reiben, als jemand sagte: »Guten Morgen, Pate.«

Der Alchimist stand über ihm.

Pate erhob sich. »Der dritte Tag … Ihr habt gesagt, Ihr würdet zum Federkiel und Fässchen kommen.«

»Du warst mit deinen Freunden zusammen. Ich wollte mich deinen Gefährten nicht aufdrängen.« Der Alchimist trug einen Reisemantel mit Kapuze, braun und unscheinbar. Die Sonne spähte hinter seinen Schultern über die Dachfirste, daher ließ sich sein Gesicht nur schwer erkennen. »Hast du dich entschieden, was du bist?«

Warum zwingt er mich, es auch noch auszusprechen? »Ich denke, ich bin ein Dieb.«

»Das habe ich mir schon gedacht.«

Der schwierigste Teil hatte darin bestanden, die Schatulle unter Erzmaester Walgraves Bett hervorzuziehen, nachdem sich Pate auf Hände und Knie niedergelassen hatte. Die Kiste war stabil gebaut und mit Eisen verstärkt, doch das Schloss war aufgebrochen. Maester Gormon hatte Pate verdächtigt, es geöffnet zu haben, doch das stimmte nicht. Walgrave hatte das Schloss selbst aufgebrochen, nachdem er den Schlüssel dafür verloren hatte.

Im Inneren entdeckte Pate einen Beutel mit Silberhirschen, eine blonde Haarlocke, die von einem Band zusammengehalten wurde, die gemalte Miniatur einer Frau, die Walgrave ähnelte (bis hin zum Schnurrbart) und den stählernen Handschuh eines Ritters. Der Handschuh hatte einem Prinzen gehört, behauptete Walgrave, konnte sich jedoch nicht mehr erinnern, welchem. Als Pate ihn schüttelte, fiel der Schlüssel heraus und landete auf dem Boden.

Wenn ich den nehme, bin ich ein Dieb, hatte er gedacht. Der Schlüssel war alt und schwer und aus schwarzem Eisen gefertigt; vermutlich konnte man damit jede Tür in der Citadel öffnen. Nur die Erzmaester verfügten über solche Schlüssel. Die anderen trugen die ihren am Leibe oder verbargen sie an einem sicheren Ort, doch wenn Walgrave seinen versteckt hätte, wäre er niemals wieder zum Vorschein gekommen. Pate nahm den

Schlüssel an sich und war schon halb an der Tür, als er umkehrte und sich auch das Silber holte. Ein Dieb war ein Dieb, ob er nun wenig oder viel stahl. »*Pate*«, rief ihm einer der weißen Raben hinterher, »*Pate, Pate, Pate.*«

»Habt Ihr meinen Drachen?«, fragte er den Alchimisten.

»Wenn du hast, was ich verlange.«

»Gebt ihn her. Ich will ihn sehen.« Pate hatte nicht vor, sich betrügen zu lassen.

»Die Straße hier am Fluss ist nicht der richtige Ort dafür. Komm mit.«

Ihm blieb keine Zeit, darüber nachzudenken und seine Möglichkeiten abzuwägen. Der Alchimist ging davon. Pate musste ihm folgen, oder er würde sowohl Rosey als auch den Drachen für immer verlieren. Also trabte er hinterher. Er schob die Hände in die Ärmel. Dort fühlte er den Schlüssel in einer verborgenen Tasche, die er eingenäht hatte. Die Roben der Maester waren voller Taschen. Das wusste er schon, seit er noch ein Knabe gewesen war.

Er musste sich beeilen, um nicht hinter dem Alchimisten mit seinen längeren Schritten zurückzubleiben. Sie gingen eine schmale Straße entlang, bogen um eine Ecke, überquerten den alten Markt der Diebe und folgten der Lumpensammlergasse. Schließlich wandte sich der Mann einer weiteren Gasse zu, die noch enger war. »Das genügt«, sagte Pate. »Niemand ist in der Nähe. Wir machen es hier.«

»Wie du wünschst.«

»Ich will meinen Drachen.«

»Gewiss.« Die Münze erschien. Der Alchimist ließ sie über seine Fingerknöchel wandern, wie schon vor drei Tagen, als Rosey die beiden miteinander bekannt gemacht hatte. Im Morgenlicht glitzerte der Drache bei jeder Bewegung und verlieh den Fingern des Alchimisten einen goldenen Schein.

Pate schnappte sie ihm aus der Hand. Das Gold fühlte sich warm an. Er nahm es in den Mund und biss zu, wie er es bei anderen Männern gesehen hatte. Um die Wahrheit zu sagen, wusste er nicht, wie Gold schmecken sollte, aber er wollte nicht wie ein Narr aussehen.

»Der Schlüssel?«, verlangte der Alchimist höflich.

Aus irgendeinem Grunde zögerte Pate. »Wollt Ihr Euch ein Buch holen?« Von einigen der alten valyrischen Schriftrollen, die in den Gewölben verschlossen waren, sagte man, es handele sich um die letzten vorhandenen Abschriften in der ganzen Welt.

»Was ich will, geht dich nichts an.«

»Nein.« *Es ist geschafft,* redete sich Pate ein. *Geh einfach. Lauf zurück zum Federkiel und Fässchen, weck Rosey mit einem Kuss, und sag ihr, sie würde dir gehören.* Dennoch verweilte er. »Zeigt mir Euer Gesicht.«

»Wie du wünschst.« Der Alchimist schlug seine Kapuze zurück.

Er war einfach nur ein Mann, und sein Gesicht war einfach nur ein Gesicht. Es war das Antlitz eines jungen Mannes, gewöhnlich, mit vollen Wangen und dem Schatten eines Bartes. Schwach sichtbar zog sich eine Narbe über die rechte Wange. Der Mann hatte eine Hakennase und dichtes schwarzes Haar, das sich um die Ohren lockte. Pate erkannte dieses Gesicht nicht. »Ich kenne dich nicht.«

»Ich dich auch nicht.«

»Wer bist du?«

»Ein Fremder. Niemand. Wirklich.«

»Oh.« Pate gingen die Worte aus. Er zog den Schlüssel hervor und legte ihn dem Fremden in die Hand, wobei ihm ein wenig benommen zumute war, fast schwindelig. *Rosey,* erinnerte er sich. »Damit wäre die Sache abgemacht.«

Er hatte die Gasse schon halb hinter sich gebracht, als sich die Pflastersteine unter seinen Füßen zu drehen begannen. *Die Steine sind glatt und nass,* schoss es ihm durch den Kopf, doch daran lag es nicht. Er spürte, wie sein Herz in der Brust klopfte. »Was ist los?«, fragte er. Seine Beine verwandelten sich in Wasser. »Ich verstehe das nicht.«

»Das wirst du auch nie«, sagte eine Stimme traurig.

Die Pflastersteine schnellten ihm zum Kuss entgegen. Pate wollte um Hilfe schreien, doch nun versagte auch seine Stimme.

Sein letzter Gedanke galt Rosey.

Der Prophet

Der Prophet ertränkte gerade Männer auf Great Wyk, als sie kamen, um ihm die Nachricht vom Tode des Königs zu überbringen.

An diesem trüben, kalten Morgen war das Meer so bleigrau wie der Himmel. Die ersten drei Männer hatten ihr Leben dem Ertrunkenen Gott ohne Furcht dargeboten, doch der Vierte erwies sich als schwach im Glauben und begann sich zu wehren, als seine Lungen nach Luft verlangten. Aeron stand bis zur Hüfte in der Brandung, hielt den nackten Jungen an den Schultern gepackt und drückte seinen Kopf nach unten. »Nur Mut«, sagte er. »Wir stammen aus dem Meer, und ins Meer müssen wir zurückkehren. Öffne den Mund, und trinke den Segen des Gottes. Fülle deine Lungen mit Wasser, damit du stirbst und wiedergeboren wirst. Es hilft nichts, wenn du dich dagegen auflehnst.«

Entweder konnte der Junge ihn nicht hören, weil er den Kopf unter Wasser hatte oder sein Glauben hatte ihn vollständig verlassen. Er schlug und trat so heftig um sich, dass Aeron Hilfe herbeirufen musste. Vier seiner Ertrunkenen wateten zu ihm heraus, packten den armen Burschen und drückten ihn unter Wasser. »Gott, der du für uns ertrunken bist«, betete der Priester mit einer Stimme, die so tief grollte wie das Meer, »lass deinen Diener Emmond aus dem Meer wiedergeboren werden, wie es auch mit dir geschah. Segne ihn mit Salz, segne ihn mit Stein, segne ihn mit Stahl.«

Schließlich war es geschafft. Aus dem Mund stiegen keine Luftblasen mehr auf, und alle Kraft hatte Emmonds Glieder verlassen. Mit dem Gesicht nach unten trieb er im seichten Wasser, bleich und kalt und von Frieden erfüllt.

In diesem Moment bemerkte Feuchthaar die drei Reiter, die sich zu seinen Ertrunkenen auf dem Kiesstrand gesellt hatten. Aeron kannte Den Sparr, einen alten Mann mit scharfen Gesichtszügen, wässrigen Augen und mit der zittrigen Stimme, die in diesem Teil von Great Wyk Recht sprach. Sein Sohn Steffarion begleitete ihn, zusammen mit einem weiteren jungen Mann, dessen dunkelroter, pelzgesäumter Mantel von einer verzierten Fibel zusammengehalten wurde, die das schwarz-goldene Schlachthorn der Goodbrothers darstellte. *Einer von Gorolds Söhnen,* entschied der Priester nach einem Blick. Drei stattliche Söhne hatte Goodbrothers Weib in fortgeschrittenem Alter zur Welt gebracht, nach einem Dutzend Töchter, und es hieß, niemand könne einen Sohn vom anderen unterscheiden. Aeron Feuchthaar geruhte nicht, sich daran zu versuchen. Ob es nun Greydon, Gormond oder Gran sein mochte, der Priester hatte keine Zeit für ihn.

Knurrend stieß er einen scharfen Befehl aus, und seine Ertrunkenen ergriffen den toten Jungen an Armen und Beinen und trugen ihn hinauf bis über die Flutlinie. Der Priester folgte ihnen, nackt bis auf ein Stück Seehundsfell, das sein Geschlecht bedeckte. Tropfend und mit Gänsehaut überzogen watete er spritzend an Land und ging über den kalten, nassen Sand und die vom Meer glatt geschliffenen Kiesel. Einer seiner Ertrunkenen reichte ihm eine Robe aus schwerem Tuch, die in einem zerlaufenen Muster aus Grün-, Blau- und Grautönen gefärbt war, den Farben des Meeres und des Ertrunkenen Gottes. Aeron streifte die Robe über und zog sein Haar heraus. Schwarz und nass war dieses Haar; keine Klinge hatte es berührt, seit das Meer sich seiner angenommen hatte. Es fiel ihm von den Schultern wie ein zerlumpter Mantel und reichte bis zur Hüfte. Aeron flocht Tangstränge hinein, auch in seinen verfilzten, ungestutzten Bart.

Seine Ertrunkenen bildeten einen Kreis um den toten Knaben

und beteten. Norjen bewegte die Arme, während Rus rittlings über ihm kniete und auf die Brust drückte, doch alle traten für Aeron zur Seite. Feuchthaar schob die kalten Lippen des Jungen mit den Fingern auseinander und gab Emmond den Kuss des Lebens, wieder und wieder, bis sich das Meer aus dem Mund ergoss. Der Junge hustete und spuckte, seine Augen öffneten sich blinzelnd; sie standen voller Angst.

Wieder einen zurückgeholt. Man sagte, es sei eine Gunst des Ertrunkenen Gottes. Jeder andere Priester verlor von Zeit zu Zeit einen Mann, sogar Tarle, der Dreimal-Ertränkte, den man für so gottgefällig hielt, dass er erwählt wurde, um einen König zu krönen. Nie jedoch Aeron Greyjoy. Er war das Feuchthaar, der die Wasserhallen des Königs betreten hatte und zurückgekehrt war, um davon zu berichten. »Erhebe dich«, sagte er zu dem prustenden Jungen und schlug ihm auf den nackten Rücken. »Du warst ertrunken und wurdest uns zurückgegeben. Was tot ist, kann niemals sterben.«

»Doch erhebt es sich.« Der Junge hustete heftig und brachte weiteres Wasser heraus. »Erhebt es sich von neuem.« Jedes Wort kam unter Qualen hervor, doch das war der Lauf der Welt; ein Mann musste kämpfen, um zu leben. »Erhebt es sich von neuem.« Emmond stand taumelnd auf. »Härter. Und stärker.«

»Jetzt gehörst du dem Gott«, erklärte Aeron ihm. Die anderen Ertrunkenen versammelten sich um sie, und jeder gab dem Neuling einen Knuff und einen Kuss, um ihn in der Bruderschaft willkommen zu heißen. Einer half ihm, eine grob gesponnene, blau-grün-graue Robe anzulegen. Ein anderer reichte ihm einen Knüppel aus Treibholz. »Du gehörst nun dem Meer, und das Meer schenkt dir eine Waffe«, sagte Aeron. »Wir beten, dass du deinen Knüppel grimmig gegen alle Feinde unseres Gottes erheben wirst.«

Erst jetzt wandte sich der Priester den drei Reitern zu, die vom Sattel aus zugeschaut hatten. »Seid Ihr gekommen, um ertränkt zu werden, Mylords?«

Der Sparr hustete. »Ich wurde schon als Kind ertränkt«, sagte er, »und mein Sohn an seinem Namenstag.«

Aeron schnaubte. Dieser Steffarion Sparr war dem Ertrunkenen Gott ohne Zweifel bald nach der Geburt dargebracht worden. Er wusste, wie das dann vonstatten ging, der Säugling wurde kurz in eine Wanne mit Meerwasser getaucht, wobei kaum der Kopf nass wurde. Wen wunderte es da, dass die Eisenmänner unterworfen worden waren, während sie einst überall geherrscht hatten, wo sich das Rauschen der Wellen vernehmen ließ. »Das ist kein richtiges Ertrinken«, sagte er zu den Reitern. »Wer nicht wahrhaft stirbt, darf nicht hoffen, von den Toten aufzuerstehen. Warum seid Ihr gekommen, wenn nicht, um Euren Glauben unter Beweis zu stellen?«

»Lord Gorolds Sohn hat nach Euch gesucht, er bringt Neuigkeiten.« Der Sparr deutete auf den jungen Mann im roten Mantel.

Der Junge sah nicht älter aus als sechzehn. »Aha, und welcher bist du?«, wollte Aeron wissen

»Gormond. Gormond Goodbrother, wenn es Mylord gefällt.«

»Dem Ertrunkenen Gott müssen wir gefallen. Wurdest du schon ertränkt, Gormond Goodbrother?«

»An meinem Namenstag, Feuchthaar. Mein Vater hat mich ausgeschickt, Euch zu suchen und zu ihm zu bringen. Er möchte Euch sehen.«

»Hier stehe ich. Soll Lord Gorold kommen und sich an meinem Anblick ergötzen.« Aeron nahm von Rus einen Lederschlauch entgegen, der mit frischem Meerwasser gefüllt war. Der Priester zog den Korken heraus und trank einen Schluck.

»Ich soll Euch zur Burg bringen«, beharrte der junge Gormond vom Pferd herab.

Er hat Angst abzusteigen, schließlich könnte er sich die Stiefel nass machen. »Ich habe das Werk des Gottes zu verrichten.« Aeron Greyjoy war ein Prophet. Er ließ sich nicht von einem armseligen Lord Befehle erteilen wie ein Leibeigener.

»Ein Vogel ist bei Gorold eingetroffen«, sagte Der Sparr.

»Der Vogel eines Maesters, von Pyke«, bestätigte Gormond.

Dunkle Schwingen, dunkle Worte. »Die Raben fliegen über Salz und Stein. Wenn es Neuigkeiten gibt, die mich etwas angehen, so sagt sie einfach.«

»Die Neuigkeiten sind allein für Eure Ohren bestimmt, Feuchthaar«, sagte Der Sparr. »Diese Angelegenheiten möchte ich vor diesen anderen nicht besprechen.«

»*Diese anderen* sind meine Ertrunkenen, Gottes Diener, ebenso wie ich. Ich habe keine Geheimnisse vor ihnen, und auch nicht vor unserem Gott, an dessen Heiligem Meer ich stehe.«

Die Reiter wechselten Blicke. »Sag es ihm«, meinte Der Sparr, und der junge Mann im roten Mantel raffte seinen Mut zusammen. »Der König ist tot«, verkündete er schlicht. Vier kurze Wörter, und dennoch bebte das Meer selbst, als er sie aussprach.

Vier Könige gab es in Westeros, trotzdem brauchte Aeron nicht zu fragen, welcher gemeint war. Balon Greyjoy herrschte auf den Iron Islands, und niemand sonst. *Der König ist tot. Wie ist das möglich?* Aeron hatte seinen ältesten Bruder erst vor einem Mond gesehen, als er nach der Plünderung der Stony Shore zu den Iron Islands zurückgekehrt war. Balons graues Haar hatte sich in der Abwesenheit des Priesters zur Hälfte weiß gefärbt, und sein Rücken war stärker gebeugt als damals, als die Langschiffe in See gestochen waren. Dennoch hatte der König keinesfalls gebrechlich gewirkt.

Aeron Greyjoy hatte sein Leben auf zwei mächtige Säulen gebaut. Diese vier kleinen Wörter hatten eine davon umgestoßen. *Mir bleibt nur der Ertrunkene Gott. Möge er mir die unermüdliche Kraft verleihen, die dem Meer innewohnt.* »Sagt mir, wie mein Bruder den Tod gefunden hat.«

»Seine Gnaden überquerte eine Brücke in Pyke, als er abstürzte und auf den Felsen unten zerschellte.«

Die Feste der Greyjoys stand auf einer zerklüfteten Landzunge; die Bergfriede und Türme waren auf riesigen Felssäulen errichtet, die aus der See aufragten. Pyke wurde von Brücken zusammengehalten, von Bogenbrücken aus behauenem Stein und schwankenden Gebilden aus Hanfseil und Holzbohlen. »Wütete ein Sturm, als er abstürzte?«, wollte Aeron von ihnen wissen.

»Ja«, bestätigte der junge Mann, »es war stürmisch.«

»Der Sturmgott hat ihn hinuntergestoßen«, verkündete der Priester. Seit tausendmal tausend Jahren führten Meer und Himmel Krieg gegeneinander. Aus dem Meer waren die Eisenmänner gekommen, und ebenso die Fische, die ihnen noch im tiefsten Winter das Überleben ermöglichten, doch die Stürme brachten nur Kummer und Leid. »Mein Bruder Balon hat uns zu neuer Größe geführt und dadurch den Zorn des Sturmgottes auf sich gezogen. Er schmaust nun an der Tafel in den Wasserhallen des Ertrunkenen Gottes, und Meerjungfrauen erfüllen ihm jeden Wunsch. Nun liegt es an uns, die wir zurückgeblieben sind in diesem trockenen, trostlosen Tal, sein großes Werk fortzuführen.« Er drückte den Korken wieder in den Wasserschlauch. »Ich werde mit Eurem Hohen Vater sprechen. Wie weit ist es von hier bis Hammerhorn?«

»Achtzehn Meilen. Ihr könnt bei mir aufsitzen.«

»Einer allein reitet schneller als zwei. Gebt mir Euer Pferd, und der Ertrunkene Gott wird Euch dafür segnen.«

»Nehmt mein Pferd, Feuchthaar«, bot Steffarion Sparr an.

»Nein. Sein Tier ist kräftiger. Euer Pferd, Junge.«

Der junge Mann zögerte einen halben Herzschlag lang, dann stieg er ab und hielt Feuchthaar die Zügel hin. Aeron setzte den nackten Fuß in den Steigbügel und schwang sich in den Sattel. Er hatte nicht viel für Pferde übrig – sie waren Wesen des grünen Landes und verweichlichten die Männer –, diesmal jedoch musste er reiten. *Dunkle Schwingen, dunkle Worte.* Ein Sturm braute sich zusammen, er konnte es an den Wellen hören, und Stürme brachten nichts als Übel. »Wir treffen uns in Pebbleton unter Lord Merlyns Turm«, sagte er zu seinen Ertrunkenen, während er das Pferd wendete.

Der Weg war beschwerlich, führte über Hügel und durch Wälder und steinige Hohlwege, eine schmale Spur, die häufig unter den Hufen des Pferdes zu verschwinden schien. Great Wyk war die größte Insel der Iron Islands, so ausgedehnt, dass die Ländereien mancher Lords nicht an das Heilige Meer grenzten. Gorold Goodbrother gehörte auch dazu. Seine Burg lag in den Hardstone Hills und war der Ort auf dem Eiland, der am weitesten vom Reich des Ertrunkenen Gottes entfernt war. Sein Volk plagte sich in Gorolds Minen, in der steinigen Dunkelheit unter der Erde. Einige lebten und starben, ohne je das Salzwasser gesehen zu haben. *Wen wundert es da, dass diese Menschen so halsstarrig und sonderbar sind?*

Während Aeron dahinritt, wandten sich seine Gedanken seinen Brüdern zu.

Neun Söhne hatte Quellon Greyjoy, der Lord der Iron Islands, aus seinen Lenden hervorgehen lassen. Harlon, Quenton und Donel hatte Lord Quellons erstes Weib, eine Frau von den Stonetrees, geboren. Balon, Euron, Victarion, Urrigon und Aeron waren die Söhne der zweiten Gemahlin, einer Sunderly von Saltcliffe. Zu seinem dritten Weib nahm Quellon ein Mädchen aus dem grünen Land, das ihm einen kränklichen Idioten namens Robin gebar, einen Bruder, den man am besten schnell vergaß. Der Priester hatte keine Erinnerung an Quenton oder Donel, sie waren als Kleinkinder gestorben. Harlon war ihm dunkel im Gedächtnis geblieben, wie er mit grauem Gesicht und sehr still in einem fensterlosen Turmzimmer saß und in einem Flüsterton sprach, der mit jedem Tag leiser wurde, da die Grauschuppen seine Zunge und seine Lippen in Stein verwandelten. *Eines Tages werden wir vier in den Wasserhallen des Ertrunkenen Gottes gemeinsam Fische schmausen, und Urri auch.*

Neun Söhne waren den Lenden von Quellon Greyjoy entsprungen, doch nur vier hatten das Mannesalter erreicht. So war der Lauf dieser kalten Welt, in der Männer auf dem Meer fischten und in der Erde gruben und starben, während Frauen unter

Blut und Schmerz Kinder gebaren, die nur eine kurze Lebensspanne erwartete. Aeron war der letzte und geringste der vier Kraken gewesen, Balon der älteste und kühnste, ein grimmiger, furchtloser Junge, der nur dafür lebte, die Eisenmänner zu alter Größe zurückzuführen. Mit zehn hatte er die Flintklippen zum verwunschenen Turm des Blinden Lords erklommen. Mit dreizehn konnte er die Ruder eines Langschiffes bedienen und den Fingertanz so gut tanzen wie kein zweiter Mann auf den Inseln. Mit fünfzehn war er bereits unter Dagmer Spaltkinn zu den Stepstones gesegelt und hatte seinen ersten Sommer der Plünderungen hinter sich. Dort hatte er zum ersten Mal einen Mann erschlagen und sich seine ersten beiden Salzweiber geholt. Mit siebzehn war Balon Kapitän auf seinem eigenen Schiff. Er war ein vollkommener älterer Bruder gewesen, dennoch hatte er Aeron gegenüber niemals Verachtung gezeigt. *Ich war schwach und voller Sünde, und ich hätte Schlimmeres als Verachtung verdient gehabt. Lieber verschmäht von Balon dem Beherzten als geliebt von Euron Krähenauge.* Und wenn Alter und Leid Balon mit den Jahren zu einem verbitterten Mann gemacht hatten, so war bei ihm gleichzeitig auch eine Entschlossenheit hervorgetreten, wie sie kein anderer lebender Mann zeigte. *Er wurde als Sohn eines Lords geboren und starb als König, gemeuchelt von einem missgünstigen Gott,* dachte Aeron, *und jetzt zieht ein Sturm auf, wie ihn diese Inseln noch nie zuvor erlebt haben.*

Lange nach Einbruch der Dunkelheit erspähte der Priester die spitzen Zinnen des Hammerhorns, die nach der Mondsichel griffen. Gorolds Burg türmte sich auf wie ein Klotz, die großen Steine stammten aus der Felswand, die dahinter aufragte. Unterhalb der Mauern gähnten die Eingänge von Höhlen und uralten Minen wie zahnlose schwarze Schlünde. Die eisernen Tore des Hammerhorns waren für die Nacht verschlossen und verrammelt. Aeron schlug mit einem Stein dagegen, bis das Pochen eine Wache weckte.

Der junge Mann, der ihn einließ, war ein Ebenbild von Gormond, dessen Pferd er genommen hatte. »Welcher bist du?«, verlangte Aeron zu wissen.

»Gran. Mein Vater erwartet Euch.«

Die Halle war feucht und zugig und voller Schatten. Eine der Töchter Gorolds bot dem Priester ein Horn Bier an. Eine zweite stocherte in einem armseligen Feuer, das mehr Rauch als Hitze erzeugte. Gorold Goodbrother unterhielt sich leise mit einem schlanken Mann in feiner grauer Robe, den die Kette aus vielen Metallen als Maester der Citadel auswies.

»Wo ist Gormond?«, fragte Gorold, als er Aeron sah.

»Er kommt zu Fuß nach Hause. Schickt Eure Frauen fort, Mylord. Und den Maester ebenfalls.« Für Maester hatte er wenig übrig. Ihre Raben waren Geschöpfe des Sturmgottes, und ihren Heilkünsten vertraute er nicht, nicht mehr seit der Sache mit Urri. *Kein wahrer Mann würde ein Leben in Leibeigenschaft wählen oder sich eine Kette der Knechtschaft schmieden, die er um den Hals tragen muss.*

»Gysella, Gwin, hinaus mit euch«, sagte Goodbrother knapp. »Du auch, Gran. Maester Murenmure bleibt hier.«

»Er verlässt uns«, beharrte Aeron.

»Wir sind hier in meiner Halle, Feuchthaar. Ihr habt nicht zu verfügen, wer anwesend sein darf und wer nicht. Der Maester bleibt.«

Dieser Mann lebt zu weit vom Meer entfernt, sagte Aeron im Stillen zu sich. »Dann gehe ich«, verkündete er. Trockene Binsen raschelten unter den rissigen Sohlen seiner bloßen schwarzen Füße, als er sich umdrehte und davonstolzierte. Anscheinend hatte er den weiten Weg umsonst gemacht.

Aeron hatte die Tür fast erreicht, da räusperte sich der Maester. »Euron Krähenauge sitzt auf dem Meersteinstuhl.«

Feuchthaar wandte sich um. Plötzlich war es in der Halle kälter geworden. *Das Krähenauge ist eine halbe Welt entfernt. Balon hat ihn vor zwei Jahren fortgeschickt und geschworen, es würde ihn das Leben kosten, wenn er je zurückkehrt.* »Sprecht«, verlangte er heiser.

»Am Tage nach dem Tod des Königs hat er in Lordsport angelegt und beanspruchte als Balons ältester Bruder Burg und Krone für sich«, berichtete Gorold Goodbrother. »Jetzt schickt er Raben und ruft Kapitäne und Könige von jeder Insel nach Pyke, damit sie das Knie vor ihm beugen und ihm als ihrem König huldigen.«

»Nein.« Aeron Feuchthaar wog seine Wort nicht ab. »Nur ein gottesfürchtiger Mann darf auf dem Meersteinstuhl sitzen. Das Krähenauge betet allein seinen eigenen Stolz an.«

»Ihr wart vor nicht allzu langer Zeit auf Pyke und habt mit dem König gesprochen«, sagte Goodbrother. »Hat sich Balon Euch gegenüber zu seiner Nachfolge geäußert.«

Ja. Sie hatten sich im Seeturm unterhalten, während draußen vor den Fenstern der Wind heulte und sich die Wellen unten rastlos überschlugen. Balon hatte verzweifelt den Kopf geschüttelt über das, was Aeron ihm von seinem letzten verbliebenen Sohn erzählte. »Die Wölfe haben einen Schwächling aus ihm gemacht, wie ich es befürchtet habe«, sagte der König. »Ich bete zum Gott, dass sie ihn getötet haben, damit er Asha nicht in den Weg treten kann.« Darin hatte Balons Blindheit bestanden; er hatte sich in seiner wilden, eigensinnigen Tochter wiedergefunden und geglaubt, sie könne seine Nachfolge antreten. In dieser Hinsicht hatte er sich geirrt, und Aeron hatte versucht, es ihm zu vermitteln. »Niemals wird eine Frau über die Eisenmänner herrschen, nicht einmal eine Frau wie Asha«, beharrte er, doch Balon stellte sich oft taub gegenüber Dingen, die er nicht hören wollte.

Ehe der Priester Gorold Goodbrother eine Antwort geben konnte, öffnete der Maester abermals den Mund. »Dem Rechte nach steht der Meersteinstuhl Theon zu oder Asha, falls der Prinz tot ist. So verlangt es das Gesetz.«

»Das Gesetz des grünen Landes«, erwiderte Aeron geringschätzig. »Was bedeutet uns das? Wir sind Eisenmänner, Söhne des Meeres, Auserwählte des Ertrunkenen Gottes. Über uns wird weder eine Frau noch ein Gottloser herrschen.«

»Und Victarion?«, fragte Gorold Goodbrother. »Er hat die Eisenflotte. Wird Victarion seinen Anspruch geltend machen, Feuchthaar?«

»Euron ist der ältere Bruder …«, begann der Maester.

Aeron brachte ihn mit einem Blick zum Schweigen. In kleinen Fischerorten und großen Steinburgen gleichermaßen ließ dieser Blick junge Mädchen fast in Ohnmacht sinken und Kinder schreiend in die Arme ihrer Mütter flüchten, und er genügte auch vollauf, um den hörigen Kettenhals zu bezwingen. »Euron ist der Ältere«, sagte der Priester, »aber Victarion ist gottesfürchtiger.«

»Wird es zwischen ihnen zum Krieg kommen?«, fragte der Maester.

»Eisenmänner dürfen nicht das Blut von Eisenmännern vergießen.«

»Eine fromme Gesinnung, Feuchthaar«, erwiderte Goodbrother, »aber keine, die Euer Bruder teilt. Er hat Sawane Botley ertränken lassen, weil der behauptet hat, der Meersteinstuhl würde dem Rechte nach Theon zustehen.«

»Wenn er durch Ertrinken starb, wurde kein Blut vergossen«, entgegnete Aeron.

Der Maester und der Lord wechselten einen Blick. »Ich muss eine Antwort nach Pyke senden, und zwar bald«, sagte Gorold Goodbrother. »Feuchthaar, ich wünsche Euren Rat. Was soll es sein, Huldigung oder Widerstand?«

Aeron zupfte sich am Bart und dachte nach. *Ich habe den Sturm gesehen, und sein Name lautet Euron Krähenauge.* »Fürs Erste schickt nur Schweigen«, empfahl er dem Lord. »Ich muss beten.«

»Betet, so viel Ihr wollt«, sagte der Maester, »das ändert nichts am Gesetz. Theon ist der rechtmäßige Erbe, und Asha steht als Nächste in der Thronfolge.«

»*Schweigt!*«, brüllte Aeron. »Zu lange haben die Eisenmänner auf Euch kettenbehängte Maester gehört, die vom grünen Land und dessen Gesetzen faseln. Es ist an der Zeit, wieder dem Meer zu lauschen. Zeit, wieder auf die Stimme des Gottes zu hören.« Seine eigene Stimme schallte durch die rauchige Halle, so mächtig, dass weder Gorold Goodbrother noch sein Maester eine Erwiderung wagten. *Der Ertrunkene Gott ist bei mir,* dachte Aeron. *Er hat mir den Weg gezeigt.*

Goodbrother bot ihm die Bequemlichkeiten der Burg für die Nacht an, doch der Priester lehnte ab. Er schlief selten unter dem Dach einer Burg und niemals so weit vom Meer entfernt. »Bequemlichkeit werde ich in den Wasserhallen des Ertrunkenen Gottes vorfinden. Wir wurden geboren, um zu leiden, und unser Leiden macht uns stark. Ich benötige lediglich ein frisches Pferd, das mich nach Pebbleton zurückträgt.«

Das überließ ihm Goodbrother gern. Er gab ihm seinen Sohn Greydon mit, der Aeron den kürzesten Weg durch die Hügel zum Meer zeigen sollte. Der Anbruch der Dämmerung stand erst in einer Stunde bevor, als sie losritten, doch die Pferde waren robust und sicher auf den Hufen, daher kamen sie trotz der Dunkelheit gut voran. Aeron schloss die Augen und sprach ein stilles Gebet, und nach einer Weile döste er im Sattel.

Das Geräusch drang leise zu ihm vor, das Kreischen einer verrosteten Türangel. »Urri«, murmelte er und erwachte angsterfüllt. *Hier gibt es keine Angel, keine Tür, keinen Urri.* Eine fliegende Axt hatte Urri die halbe Hand abgeschlagen, als er vierzehn gewesen war und den Fingertanz gespielt hatte, während sein Vater und seine älteren Brüder in den Krieg gezogen waren. Lord Quellons drittes Weib war eine Piper von Pinkmaiden Castle gewesen, ein Mädchen mit großen weichen Brüsten und braunen Rehaugen. Anstatt Urris Hand auf die Alte Weise zu heilen, mit Feuer und Meerwasser, überließ sie ihn ihrem Maester aus dem grünen Land, der schwor, er könne die Finger wieder annähen. Das tat er, und später wendete er Tränke und Umschläge und Kräuter an, doch die Hand starb ab, und Urri bekam Fieber. Als der Maester ihm schließlich den Arm absägte, war es bereits zu spät.

Lord Quellon kehrte von seiner letzten Reise nicht zurück; der Ertrunkene Gott hatte ihm in seiner Güte den Tod auf dem Meer gewährt. Stattdessen kam Lord Balon und mit ihm seine Brüder Euron und Victarion. Als Balon erfuhr, was Urri zugestoßen war, trennte er dem Maester mit einem Hackmesser aus der Küche drei Finger ab und ließ das Piper-Weib seines Vaters kommen, damit sie sie wieder annähte. Die Umschläge und Tränke wirkten bei dem Maester ebenso gut wie bei Urrigon. Er starb im Delirium, und Lord Quellons drittes Weib folgte bald darauf, als die Hebamme ihr eine totgeborene Tochter aus dem Leib zog. Aeron war froh gewesen. Es war seine Axt gewesen, die Urris Hand abgetrennt hatte, während sie den Fingertanz aufführten wie Freunde und Brüder.

Noch immer schämte er sich, wenn er an die Jahre zurückdachte, die auf Urris Tod folgten. Mit sechzehn hatte er sich einen Mann genannt, doch in Wirklichkeit war er ein Schlauch Wein mit Beinen gewesen. Er sang, er tanzte (jedoch nicht den Fingertanz, nie wieder), er scherzte und plapperte und spottete. Er spielte Dudelsack, er jonglierte, er ritt aus, und er konnte mehr trinken als alle Wynches und Botleys und die halben Harlaws dazu. Der Ertrunkene Gott bedachte jeden Mann mit einer Gabe, sogar ihn; niemand konnte länger oder weiter pissen als Aeron Greyjoy, wie er bei jedem Fest unter Beweis stellte. Einmal wettete er sein neues Langschiff gegen eine Herde Ziegen, dass er das Feuer im Kamin allein mit seinem Schwanz löschen könne. Ein Jahr lang aß Aeron Ziegen und nannte das Langschiff *Goldener Sturm*. Balon allerdings drohte, ihn am Mast aufzuhängen, als er hörte, was für eine Ramme sein Bruder für den Bug im Sinne hatte.

Am Ende ging die *Goldener Sturm* während Balons erster Rebellion vor der Fair Isle unter, in zwei Teile gebrochen von einer Kriegsgaleere mit dem Namen *Zorn*. Stannis Baratheon hatte Victarion in eine Falle gelockt und die Eisenflotte versenkt. Doch der Gott war noch nicht fertig mit Aeron und spülte ihn an die

Küste. Fischer nahmen ihn gefangen und führten ihn in Ketten nach Lannisport, und den Rest des Krieges verbrachte er in den Katakomben von Casterly Rock, wo er unter Beweis stellte, dass Kraken weiter und länger pissen können als Löwen, Eber oder Hühner.

Jener Mann ist tot. Aeron war ertrunken und aus dem Meer wiedergeboren worden, als Prophet des Gottes. Kein Sterblicher konnte ihm Angst einflößen, nicht mehr als die Dunkelheit es vermochte … und auch Erinnerungen nicht, die Knochen der Seele. *Das Geräusch einer sich öffnenden Tür, das Quietschen einer verrosteten eisernen Angel. Euron ist zurückgekehrt.* Das spielte keine Rolle. Er war das Feuchthaar, der Priester, vom Gott geliebt.

»Wird es Krieg geben?«, fragte Greydon Goodbrother. Inzwischen schien die Sonne auf die Hügel. »Einen Krieg, in dem Brüder gegen Brüder kämpfen?«

»Wenn der Ertrunkene Gott es will. Kein Gottloser darf auf dem Meersteinstuhl sitzen.« *Das Krähenauge wird kämpfen, das steht außer Frage.* Keine Frau würde ihn besiegen, nicht einmal Asha; Frauen waren dazu geschaffen, ihre Schlachten beim Gebären auszutragen. Und Theon, wenn er denn am Leben war, hatte genauso wenig Hoffnung, dieser schmollende, lächelnde Knabe. Auf Winterfell hatte er seinen Wert bewiesen, wenn man so wollte, doch das Krähenauge war kein verkrüppelter Junge. Die Decks von Eurons Schiffen waren rot gestrichen, damit man das Blut nicht sah, das die Planken tränkte. *Victarion. Victarion muss König werden, oder der Sturm wird uns alle töten.*

Greydon verließ ihn, als die Sonne aufgegangen war, um die Nachricht von Balons Tod seinen Vettern in ihren Türmen in Downdelving, Crow Spike Keep und Corpse Lake zu bringen. Aeron setzte den Weg allein fort, ritt über Hügel und durch Täler einen steinigen Pfad entlang, der breiter und bevölkerter wurde, je mehr er sich dem Meer näherte. In jedem Dorf hielt er an, um zu predigen, und ebenso in den Höfen der kleinen Lords. »Wir alle wurden aus dem Meer geboren, und ins Meer werden wir einst heimgehen«, verkündete er ihnen. Seine Stimme war tief wie der Ozean und donnerte wie die Wellen. »Der Sturmgott hat Balon in seinem Zorn von seiner Burg gerissen und in den Abgrund gestoßen, und jetzt schmaust der König unter den Wellen in den Wasserhallen des Ertrunkenen Gottes.« Er hob die Hände. »*Balon ist tot! Der König ist tot!* Doch es wird ein neuer König kommen! Denn was tot ist, kann niemals sterben, doch erhebt es sich von neuem, härter und stärker! *Ein König wird sich erheben!*«

Einige derjenigen, die ihm zuhörten, ließen Hacken und Piken fallen, um ihm zu folgen, und als er endlich das Donnern der Brandung vernahm, gingen ein Dutzend Männer hinter seinem Pferd her, die der Gott berührt hatte und die nach dem Ertrinken verlangten.

Pebbleton war die Heimat mehrerer tausend Fischer, deren Hütten sich um einen quadratischen Turm mit Türmchen an jeder Ecke scharten. Etwa vierzig von Aerons Ertrunkenen erwarteten ihn dort, lagerten in Zelten aus Seehundfell und Unterständen aus Treibholz auf dem grauen Sandstrand. Ihre Hände waren rau vom Salzwasser und vernarbt von Netzen und Tauen, wiesen Schwielen von Rudern und Hacken und Äxten auf. Jetzt jedoch hielten diese Hände Treibholzknüppel, die so hart wie Eisen waren, denn der Gott hatte sie aus seinem Arsenal unter dem Meer versorgt.

Sie hatten knapp oberhalb der Flutlinie eine Hütte für den Priester errichtet. Glücklich kroch er hinein, nachdem er seine neuesten Anhänger ertränkt hatte. *Mein Gott,* betete er, *sprich zu mir aus dem Grollen der Wellen, und sage mir, was ich tun soll. Die Kapitäne und Könige warten auf dein Wort. Wer soll an Balons Stelle unser König werden? Sing zu mir in der Sprache des Leviathans, damit ich seinen Namen erfahre. Sage mir, o Herr unter den Wellen, wer hat die Stärke, um gegen den Sturm auf Pyke zu bestehen?*

Obwohl der Ritt nach Hammerhorn ihn ermüdet hatte, fand Aeron Feuchthaar keine Ruhe in seiner mit schwarzem Seegras gedeckten Treibholzhütte. Wolken zogen auf und verhüllten

Mond und Sterne, und die Dunkelheit lastete schwer auf dem Meer und seiner Seele. *Balon hat Asha bevorzugt, das Kind seines Leibes, aber eine Frau kann nicht über die Eisenmänner herrschen. Es muss Victarion sein.* Neun Söhne waren aus Quellon Greyjoys Lenden hervorgegangen, und Victarion war der Stärkste unter ihnen, ein Bulle von einem Mann, dazu furchtlos und pflichtgetreu. *Und darin liegt die Gefahr für uns.* Ein jüngerer Bruder schuldet dem älteren Gehorsam, und Victarion war kein Mann, der gegen die Tradition segelte. *Allerdings empfindet er keine Zuneigung für Euron. Nicht seit dem Tod der Frau.*

Von draußen hörte er neben dem Schnarchen der Männer und dem Klagen des Windes das Stampfen der Brandung, den Hammer seines Gottes, der ihn in die Schlacht rief. Aeron kroch aus seiner winzigen Hütte in die kalte Nacht hinaus. Nackt stand er da, bleich, ausgemergelt und hoch gewachsen, und nackt ging er in das schwarze Salzmeer. Trotz der Eiseskälte des Wassers schreckte er nicht vor der Liebkosung seines Gottes zurück. Eine Welle schlug gegen seine Brust und ließ ihn taumeln. Er schmeckte Salz auf den Lippen und spürte die Gegenwart des Gottes, und in seinen Ohren hallte die Herrlichkeit seines Liedes wider. *Neun Söhne hat Quellon Greyjoy aus seinen Lenden gezeugt, und ich war der Geringste unter ihnen, schwach und furchtsam wie ein Mädchen. Doch das ist vorüber. Jener Mann ist ertrunken, und der Gott hat mich stark gemacht.* Die kalte salzige See umschloss ihn, umarmte ihn, drang durch das schwache Menschenfleisch bis zu seinen Knochen vor. *Knochen,* dachte er. *Die Knochen der Seele. Balons Knochen und Urris. Die Wahrheit liegt in unseren Knochen, denn das Fleisch verfault, der Knochen hingegen hat Bestand. Und auf dem Hügel von Nagga, die Knochen der Halle des Grauen Königs …*

Ausgemergelt und bleich und zitternd kämpfte sich Aeron Feuchthaar zurück an den Strand, weiser nun als zuvor, ehe er ins Meer gegangen war. Denn er hatte die Antwort in seinen Knochen gefunden, und der Weg lag offen vor ihm. Die Nacht war so kalt, dass sein Körper zu dampfen schien, als er zu seiner Hütte zurückkehrte, doch in seinem Herzen brannte ein Feuer, und nun stellte sich der Schlaf leicht ein und wurde nicht mehr vom Quietschen der eisernen Angeln gestört.

Beim Erwachen war es hell und windig. Aeron trank eine Brühe aus Muscheln und Seegras, die auf einem Treibholzfeuer gekocht worden war. Er hatte seine Mahlzeit kaum beendet, als Der Merlyn, begleitet von einem halben Dutzend Wachen, von seinem Turm herunterkam. »Der König ist tot«, verkündete ihm Feuchthaar.

»Ja. Ein Vogel ist angekommen. Und jetzt noch einer.« Der Merlyn war ein dicklich-runder Mann mit kahlem Kopf, der sich in der Art des grünen Lands als »Lord« bezeichnete und sich in Pelz und Samt kleidete. »Ein Rabe ruft mich nach Pyke, ein anderer nach Ten Towers. Ihr Kraken habt zu viele Arme und reißt einen Mann in Stücke. Was sagt Ihr, Priester? Wohin soll ich meine Langschiffe senden?«

Aeron zog eine finstere Miene. »Nach Ten Towers, sagt Ihr? Welcher Krake ruft Euch dorthin?« Ten Towers war der Sitz des Lords von Harlaw.

»Prinzessin Asha. Sie hat Segel gesetzt, um nach Hause zu fahren. Der Leser hat Raben ausgeschickt und ruft all ihre Freunde nach Harlaw. Er sagt, Balon habe sie für den Meersteinstuhl vorgesehen.«

»Der Ertrunkene Gott soll entscheiden, wer auf dem Meersteinstuhl sitzen wird«, sagte der Priester. »Kniet nieder, damit ich Euch segnen kann.« Lord Merlyn sank auf die Knie, und Aeron entkorkte seinen Schlauch und goss Meerwasser auf den kahlen Schädel. »Gott, der du für uns ertrunken bist, lass Meldred deinen Diener aus dem Meer wiedergeboren werden. Segne ihn mit Salz, segne ihn mit Stein, segne ihn mit Stahl.« Wasser rann über Merlyns fette Wangen und durchtränkte seinen Bart und den Fuchspelzmantel. »Was tot ist, kann niemals sterben«, endete Aeron, »doch erhebt es sich von neuem, härter und stärker.« Doch als Merlyn aufstand, sagte Aeron zu ihm: »Bleibt und hört zu, damit Ihr Gottes Wort verbreiten könnt.«

Drei Fuß vom Wasserrand entfernt, schlugen die Wellen gegen einen abgerundeten Granitfelsen. Dort stand er, auf dass ihn seine ganze Schule sehen und seine Worte hören konnte.

»Wir wurden aus dem Meer geboren, und ins Meer werden wir einst heimgehen«, begann er wie schon hundert Mal zuvor. »Der Sturmgott hat in seinem Zorn Balon von seiner Burg gerissen und in die Tiefe gestoßen, und nun schmaust unser König unter den Wellen.« Er hob die Hände. *»Der Eisenkönig ist tot!* Doch es wird wieder ein König kommen! Denn was tot ist, kann niemals sterben, doch erhebt es sich von neuem, härter und stärker!«

»Ein König wird sich erheben!«, riefen die Ertrunkenen.

»Wird sich erheben. Muss sich erheben. Aber wer?« Feuchthaar lauschte einen Augenblick, doch nur die Wellen antworteten. *»Wer soll unser König werden?«*

Die Ertrunkenen fingen an, ihre Treibholzknüppel aneinander zu schlagen. *»Feuchthaar!«*, riefen sie. *»Feuchthaar König! Aeron König! Wir wollen Feuchthaar!«*

Aeron schüttelte den Kopf. »Wenn ein Vater zwei Söhne hat und einem eine Axt gibt und dem anderen ein Netz, von welchem erwartet er, ein Krieger zu werden?«

»Die Axt ist für den Krieger«, rief Rus, »das Netz für den Fischer auf dem Meer.«

»Ja«, sagte Aeron. »Der Gott holte mich tief unter die Wellen und ertränkte das wertlose Wesen, das ich war. Als er mich wieder an Land warf, gab er mir Augen, um zu sehen, Ohren, um zu hören, und eine Stimme, um sein Wort zu verbreiten, auf dass ich sein Prophet werde und seine Wahrheit allen lehre, die sie vergessen haben. Ich wurde nicht geschaffen, um auf dem Meersteinstuhl zu sitzen … nicht mehr als Euron Krähenauge. Denn ich habe den Gott gehört, der sagt: *Kein gottloser Mann soll auf meinem Meersteinstuhl sitzen!«*

Der Merlyn verschränkte die Arme vor der Brust. »Also Asha? Oder Victarion? Sagt es uns, Prophet!«

»Der Ertrunkene Gott wird es euch sagen, aber nicht hier.« Aeron zeigte auf das fette weiße Gesicht des Merlyn. »Schaut nicht auf mich, schaut nicht auf die Gesetze der Menschen, sondern zum Meer. Setzt die Segel, und lasst die Ruder zu Wasser, Mylord, und brecht auf nach Old Wyk. Ihr und alle Kapitäne und Könige. Geht nicht nach Pyke, um Euch vor dem Gottlosen zu verneigen, nicht nach Harlaw, um mit diesem verschlagenen Weib gemeinsame Sache zu machen. Richtet Euren Bug gen Old Wyk, wo die Halle des Grauen Königs stand. Im Namen des Ertrunkenen Gottes rufe ich Euch dazu auf. *Ich rufe euch alle auf!* Verlasst eure Hallen und Hütten, eure Burgen und Türme, und kehrt zu Naggas Hügel zurück, um dort ein Königsthing abzuhalten!«

Der Merlyn starrte ihn mit offenem Mund an. »Ein Königsthing? Es hat kein Königsthing mehr gegeben, seit …«

»*… seit viel zu langer Zeit!*«, rief Aeron voller Qualen. »Doch in uralten Zeiten haben die Eisenmänner ihre Könige selbst gewählt und den Würdigsten unter ihnen auf den Thron erhoben. Die Zeit ist gekommen, zu den Alten Sitten zurückzukehren, denn nur dadurch erlangen wir die alte Größe. Auf einem Königsthing wurde Urras Eisenfuß zum Hochkönig gewählt, und man setzte ihm eine Krone aus Treibholz aufs Haupt. Sylas Flachnase, Harrag Raureif, der alte Krake, sie alle wurden vom Königsthing ernannt. Und aus *diesem* Königsthing wird ein Mann hervorgehen, der das Werk beendet, das König Balon begonnen hat, und der uns unsere Freiheit zurückgeben wird. Fahrt *nicht* nach Pyke, nicht nach Ten Towers auf Harlaw, sondern nach Old Wyk, ich sage es nochmals. Sucht den Hügel von Nagga auf und die Knochen in der Halle der Grauen Könige, denn an diesem heiligen Ort werden wir uns, nachdem der Mond ertrunken und wiedergekommen ist, einen würdigen König schaffen, einen *gottesfürchtigen* König.« Abermals hob er die knochigen Hände. »*Horcht!* Hört auf die Wellen! Hört auf euren Gott! Er spricht zu uns, und er sagt: *Wir werden keinen anderen König annehmen, außer den, der aus dem Königsthing hervorgeht!*«

Ein begeistertes Aufbrüllen folgte seinen Worten, und wieder schlugen die Ertrunkenen die Stöcke gegeneinander. »Ein *Königsthing*!«, riefen sie. »*Ein Königsthing, ein Königsthing. Wir wollen keinen König, der nicht aus einem Königsthing hervorgeht!*« Und das Getöse, das sie machten, war so gewaltig, dass das Krähenauge es sicherlich noch auf Pyke hören musste, und der schändliche Sturmgott in seiner Wolkenhalle.

Und Aeron Feuchthaar wusste, er hatte das Richtige getan.

Der Hauptmann der Wache

»Die Blutorangen sind überreif«, bemerkte der Prinz mit müder Stimme an, als der Hauptmann ihn auf die Terrasse rollte.

Danach sagte er wieder stundenlang nichts.

Was die Orangen betraf, hatte er Recht. Einige waren auf den hellen rosa Marmor gefallen und aufgeplatzt. Der scharfe süße Duft stieg Hotah mit jedem Atemzug in die Nase. Ohne Frage konnte der Prinz es ebenfalls riechen, während er dort unter den Bäumen in dem rollenden Stuhl saß, den Maester Caleotte für ihn gebaut hatte, mit den Daunenkissen und den rumpelnden Rädern aus Eisen und Ebenholz.

Eine Weile hörte man nur den Lärm der Kinder, die in Becken und Fontänen tobten, und einmal ein leises *Plopp*, als abermals eine Orange auf die Terrasse fiel und aufplatzte. Dann vernahm der Hauptmann von der anderen Seite des Palastes her das ferne Dröhnen von Stiefeln auf Marmor.

Obara. Er kannte ihren Schritt; lange Beine, hastig, stürmisch. In den Stallungen am Tor würde ihr Pferd mit Schaum bedeckt stehen, blutig von ihren Sporen. Sie ritt stets Hengste, und es hieß, sie habe geprahlt, jedes Pferd in Dorne bändigen zu können … und auch jeden Mann. Der Hauptmann hörte weitere Schritte: das rasche leise Schlurfen von Maester Caleotte, der ihr nacheilte.

Obara Sand ging immer zu schnell. *Sie jagt etwas hinterher, das sie niemals erhaschen wird,* hatte der Prinz einst in Gegenwart des Hauptmanns zu seiner Tochter gesagt.

Als sie unter dem dreifachen Bogen erschien, schwang Areo Hotah seine Langaxt nach außen und versperrte ihr den Weg.

Der Kopf der Waffe saß auf einem sechs Fuß langen Schaft aus Eberesche, daher kam Obara nicht vorbei. »Mylady, nicht weiter.« In seinem basstiefen Knurren war der Akzent von Norvos nicht zu überhören. »Der Prinz wünscht nicht gestört zu werden.«

Ihre Miene war schon bevor er sprach wie versteinert gewesen; nun wurden ihre Züge noch härter. »Ihr steht mir im Weg, Hotah.« Obara war die älteste Sandschlange, eine grobknochige Frau von fast dreißig Jahren; die eng stehenden Augen und das rattenbraune Haar hatte sie von der Hure aus Oldtown geerbt, die sie zur Welt gebracht hatte. Unter dem Überwurf aus gesprenkelter Sandseide in Grau und Gold trug sie abgetragenes, geschmeidiges Leder. Die Kleidung war das Weichste an ihr. An einer Hüfte hing eine aufgerollte Peitsche, über den Rücken hatte sie einen Rundschild aus Stahl und Kupfer geschlungen. Ihren Speer hatte sie draußen gelassen. Dafür war Areo Hotah ihr dankbar. Obwohl sie flink und stark war, wäre diese Frau ihm nicht gewachsen, wie er wusste … nur wusste *sie* das nicht, und er wollte ihr Blut nicht auf dem rosa Marmor vergießen.

Maester Caleotte trat von einem Fuß auf den anderen. »Lady Obara, ich habe versucht, Euch zu sagen …«

»Weiß er, dass mein Vater tot ist?«, fragte Obara den Hauptmann und zollte dem Maester nicht mehr Beachtung als einer Fliege, falls eine Fliege so töricht gewesen wäre, ihr um den Kopf zu schwirren.

»Ja«, antwortete der Hauptmann. »Ein Vogel ist eingetroffen.«

Der Tod war auf Rabenschwingen nach Dorne gekommen, in einem kleinen, mit einem Tropfen harten roten Wachses versiegelten Schreiben. Caleotte musste geahnt haben, was darin stand, denn er hatte es Hotah überlassen, es auszuhändigen. Der Prinz hatte sich bedankt, doch lange, lange Zeit das Siegel nicht aufgebrochen. Den ganzen Nachmittag hatte er dagesessen, mit dem Pergament im Schoß, und den Kindern beim Spiel zugeschaut. Er beobachtete sie, bis die Sonne unterging, bis die

Abendluft kühl wurde und sie ins Haus trieb; danach betrachtete er das Sternenlicht, das sich auf dem Wasser spiegelte. Erst bei Mondaufgang schickte er Hotah, um eine Kerze zu holen, damit er den Brief unter den Orangenbäumen im Dunkel der Nacht lesen konnte.

Obara berührte ihre Peitsche. »Tausende durchqueren die Sande zu Fuß, um den Knochenweg zu erklimmen, damit sie Ellaria helfen können, meinen Vater heimzubringen. Die Septen sind bis zum Bersten gefüllt, und die roten Priester haben ihre Tempelfeuer entzündet. In den Kissenhäusern geben sich die Frauen jedem Mann hin, der zu ihnen kommt, und weigern sich, Geld dafür anzunehmen. In Sunspear, auf dem Broken Arm, entlang des Greenbloods, in den Bergen, draußen im tiefen Sand, überall, *überall* raufen sich Frauen die Haare und schreien Männer ihren Zorn heraus. In allen Sprachen hört man die gleiche Frage – was wird Doran tun? *Was wird der Bruder tun, um unseren ermordeten Prinzen zu rächen?*« Sie trat näher an den Hauptmann heran. »Und Ihr sagt, *er wünscht, nicht gestört zu werden!*«

»Er wünscht nicht gestört zu werden«, wiederholte Areo Hotah.

Der Hauptmann der Wache war genauso alt wie der Prinz, für dessen Schutz er zuständig war. Einst, vor langer Zeit, war ein unreifer junger Mann aus Norvos gekommen, ein Junge mit breiten Schultern und einem dunklen Schopf. Heute war das Haar weiß, und der Körper wies Narben von vielen Kämpfen auf … doch seine Kraft war geblieben, und er hielt seine Langaxt scharf, wie die bärtigen Priester es ihn gelehrt hatten. *Sie darf nicht passieren,* sagte er sich, und laut verkündete er: »Der Prinz schaut den Kindern beim Spiel zu. Man darf ihn *niemals* stören, wenn er den Kindern zuschaut.«

»Hotah«, sagte Obara Sand, »Ihr werdet mir aus dem Weg treten, sonst nehme ich diese Langaxt und –«

»Hauptmann«, kam der Befehl von hinten. »Lasst sie passieren. Ich werde mit ihr sprechen.« Die Stimme des Prinzen klang heiser.

Areo Hotah hob die Langaxt und trat zur Seite. Obara sah ihn noch einmal unverwandt an und schritt an ihm vorbei, dicht gefolgt von dem Maester. Caleotte war kaum größer als fünf Fuß und so kahl wie ein Ei. Sein Gesicht war glatt und fett, und es war schwer, sein Alter zu schätzen, doch er war bereits vor dem Hauptmann am Hofe gewesen, hatte sogar schon der Mutter des Prinzen gedient. Alter und Leibesumfang zum Trotz war er behände, klug, wenn es darauf ankam, und dabei dennoch demütig. *Er ist keiner der Sandschlangen ebenbürtig,* dachte der Hauptmann.

Im Schatten der Orangenbäume saß der Prinz in seinem Stuhl. Die gichtigen Beine hatte er hochgelegt, unter den Augen hingen schwere Tränensäcke ... allerdings wusste Hotah nicht zu sagen, ob die Gicht oder die Trauer für die Schlaflosigkeit verantwortlich war. Unten in den Fontänen und Becken spielten die Kinder noch immer. Die jüngsten zählten nicht mehr als fünf Jahre, die ältesten neun und zehn. Zur Hälfte waren es Mädchen, zur anderen Jungen. Hotah hörte ihr Planschen und ihr schrilles Geschrei. »Vor nicht allzu langer Zeit warst du eins der Kinder in den Becken, Obara«, sagte der Prinz, als sie vor seinem rollenden Stuhl das Knie beugte.

Sie schnaubte. »Das ist zwanzig Jahre her, oder zumindest annähernd, so dass es keinen Unterschied macht. Und ich war nicht lange hier. Ich bin das Balg einer Hure, oder habt Ihr das vergessen?« Da er nicht antwortete, erhob sie sich wieder und stemmte die Hände in die Hüften. »Mein Vater wurde ermordet.«

»Er starb bei einem Zweikampf während eines Gerichtsverfahrens«, sagte Prinz Doran. »Dem Gesetze nach ist das kein Mord.«

»Er war Euer *Bruder.*«

»Das stimmt.«

»Was wollt Ihr wegen seines Todes unternehmen?«

Mühsam drehte sich der Prinz in seinem Stuhl zu ihr um. Obwohl er erst zweiundfünfzig war, wirkte Doran Martell deutlich älter. Unter der Leinenrobe zeichnete sich sein Körper schwammig und formlos ab, und die Beine konnte man kaum ansehen. Die Gicht hatte die Gelenke grotesk anschwellen lassen und gerötet; sein linkes Knie war ein Apfel, das rechte eine Melone, und die Zehen hatten sich in so reife, dunkelrote Weintrauben verwandelt, dass man fürchten musste, sie würden bei der nächsten Berührung platzen. Allein das Gewicht der Decke ließ ihn manchmal schon erschauern, und doch ertrug er den Schmerz ohne Klage. *Schweigen ist eines Prinzen Freund,* hatte der Hauptmann ihn einst zu seiner Tochter sagen hören. *Worte sind wie Pfeile, Arianne. Einmal losgelassen, kannst du sie nicht zurückrufen.* »Ich habe Lord Tywin geschrieben –«

»*Geschrieben?* Wenn Ihr nur halb der Mann wärt, der mein Vater war –«

»Ich bin nicht dein Vater.«

»Das weiß ich.« In Obaras Stimme schwang Verachtung mit.

»Du möchtest, dass ich in den Krieg ziehe.«

»Da weiß ich etwas Besseres. Ihr braucht nicht einmal Euren Stuhl zu verlassen. Lasst *mich* meinen Vater rächen. Ihr habt ein Heer im Prinzenpass. Lord Yronwood hat eines im Knochenweg. Gebt mir das eine und Nym das andere. Sie soll über die Kingsroad reiten, während ich die Lords der Marschen aus ihren Burgen hole, einen Haken schlage und nach Oldtown marschiere.«

»Und wie kannst du hoffen, Oldtown halten zu können?«

»Es würde genügen, die Stadt zu plündern. Der Reichtum von Hightower –«

»Geht es dir um Gold?«

»Mir geht es um Blut.«

»Lord Tywin soll uns den Kopf des Reitenden Berges aushändigen.«

»Und wer wird uns Lord Tywins Kopf aushändigen? Der Berg war stets sein Schoßhündchen, das wisst Ihr sehr wohl.«

Der Prinz deutete zu den Becken hinüber. »Obara, sieh dir die Kinder an, wenn es dir recht ist.«

»Es ist mir gar nicht recht. Ich möchte lieber Lord Tywin meinen Speer in den Bauch rammen. Dann lasse ich ihn ›Regen von Castamere‹ singen, während ich ihm die Eingeweide herausreiße und nach Gold suche.«

»*Sieh hin*!«, wiederholte der Prinz. »Das ist ein Befehl.«

Einige der älteren Kinder lagen bäuchlings auf dem glatten Marmor und ließen sich von der Sonne bräunen. Andere paddelten im Meer dahinter. Drei bauten eine Sandburg mit einer großen Spitze, die dem Speerturm des Alten Palastes ähnelte. An die zwei Dutzend hatten sich in dem großen Becken versammelt, wo sie die Reiterkämpfe beobachteten, bei denen kleinere Kinder auf den Schultern der größeren durch das hüfttiefe Wasser ritten und versuchten, sich gegenseitig umzustoßen. Jedes Mal, wenn ein Paar stürzte, folgte stürmisches Gelächter. Sie schauten zu, wie ein nussbraunes Mädchen einen flachshaarigen Jungen von den Schultern seines Bruders riss, so dass er kopfüber in das Becken fiel.

»Dein Vater hat das gleiche Spiel gespielt, so wie ich vor ihm«, sagte der Prinz. »Wir waren zehn Jahre auseinander, daher bin ich schon nicht mehr in die Becken gegangen, als er alt genug war, um dort zu spielen, aber ich habe ihm immer zugeschaut, wenn ich Mutter besucht habe. Er war so ungestüm, schon als Knabe. Schnell wie eine Wasserschlange. Oft habe ich gesehen, wie er viel größere Jungen umwarf. Daran hat er mich an dem Tag erinnert, an dem er nach King's Landing aufgebrochen ist. Er hat geschworen, er würde es noch einmal tun, sonst hätte ich ihn nicht ziehen lassen.«

»Ihn ziehen *lassen*?« Obara lachte. »Als hättet Ihr ihn aufhalten können. Die Rote Viper von Dorne ist gegangen, wohin sie wollte.«

»Gewiss. Ich wünschte, ich hätte ein Wort des Trostes für dich –«

»Ich bin nicht hergekommen, um *Trost* zu suchen.« Ihre Stimme war voller Hohn. »An dem Tag, an dem mein Vater mich zu sich holen wollte, hat sich meine Mutter geweigert, mich gehen zu lassen. ›Sie ist ein Mädchen‹, hat sie eingewandt, ›und ich glaube, sie ist überhaupt nicht von dir. Ich habe es mit tausend anderen Männern getrieben.‹ Er hat mir seinen Speer vor die Füße geworfen und meiner Mutter ins Gesicht geschlagen, so dass sie zu weinen begann. ›Mädchen oder Junge, wir müssen unsere Kämpfe austragen‹, erwiderte er, ›immerhin erlauben die Götter uns, die Waffen zu wählen.‹ Er hat auf den Speer gezeigt, dann auf die Tränen meiner Mutter, und ich habe den Speer genommen. ›Ich habe dir doch gesagt, sie ist von mir‹, meinte mein Vater und nahm mich mit. Meine Mutter hat sich innerhalb eines Jahres totgesoffen. Es heißt, sie habe noch bei ihrem Tode geweint.« Obara schob sich näher an den Prinzen in seinem Stuhl heran. »Erlaubt mir, den Speer zu benutzen, um mehr bitte ich Euch nicht.«

»Du verlangst eine Menge, Obara. Ich werde darüber schlafen.«

»Ihr habt schon viel zu lange geschlafen.«

»Möglicherweise hast du Recht. Ich werde dir eine Nachricht nach Sunspear schicken.«

»Solange die Nachricht nur Krieg bedeutet.« Obara machte auf dem Absatz kehrt und schritt ebenso zornig davon, wie sie gekommen war, zurück zu den Stallungen, wo ein frisches Pferd und ein weiterer ungestümer Galopp die Straße hinunter auf sie warteten.

Maester Caleotte blieb. »Mein Prinz?«, fragte der kleine rundliche Mann. »Schmerzen Eure Beine?«

Der Prinz lächelte schwach. »Ist die Sonne heiß?«

»Darf ich Euch einen Trank gegen die Schmerzen holen?«

»Nein. Ich muss bei klarem Verstand bleiben.«

Der Maester zögerte. »Mein Prinz, ist es … ist es besonnen, Lady Obara die Rückkehr nach Sunspear zu gestatten? Gewiss wird sie das gemeine Volk aufstacheln. Es hat Euren Bruder ebenfalls geliebt.«

»Wir haben ihn alle geliebt.« Er presste die Finger gegen die Schläfen. »Nein. Ihr habt Recht. Auch ich muss nach Sunspear zurückkehren.«

Zögernd fragte der kleine Mann: »Ist das weise?«

»Nicht weise, aber dennoch unvermeidlich. Am besten schickt Ihr einen Reiter zu Ricasso, damit er meine Gemächer im Sonnenturm herrichten lässt. Teilt meiner Tochter Arianne mit, dass ich morgen dort sein werde.«

Meine kleine Prinzessin. Der Hauptmann hatte sie schmerzlich vermisst.

»Man wird Euch sehen«, warnte der Maester.

Der Hauptmann begriff, worauf der Maester hinauswollte. Vor zwei Jahren, als sie Sunspear um des Friedens und der Zurückgezogenheit der Wassergärten willen verlassen hatten, war Prinz Dorans Gicht nicht halb so schlimm gewesen. Damals konnte er noch langsam gehen, wenn auch nur mit Hilfe eines Stocks, wobei er bei jedem Schritt das Gesicht verzogen hatte. Der Prinz wollte nicht, dass seine Feinde erfuhren, wie gebrechlich er geworden war, und der Alte Palast und seine Schattenstadt waren voller Augen. *Augen,* dachte der Hauptmann, *und Stufen, die er nicht erklimmen kann. Er müsste fliegen können, um oben im Sonnenturm zu sitzen.*

»Ich *muss* gesehen werden. Jemand muss die Wogen glätten. Dorne muss sich daran erinnern, dass es noch einen Prinzen hat.« Er lächelte matt. »Selbst wenn er alt und gichtig ist.«

»Wenn Ihr nach Sunspear zurückkehrt, müsst Ihr Prinzessin Myrcella eine Audienz gewähren«, gab Caleotte zu bedenken. »Ihr weißer Ritter wird sie begleiten … und Ihr *wisst*, dass er Briefe an seine Königin schickt.«

»Davon gehe ich aus.«

Der weiße Ritter. Der Hauptmann runzelte die Stirn. Ser Arys war nach Dorne gekommen, um *seine* Prinzessin zu begleiten, so wie Areo Hotah einst mit der seinen hierher gekommen war. Sogar ihre Namen klangen seltsam ähnlich; Areo und Arys. An diesem Punkt endeten die Gemeinsamkeiten allerdings. Der Hauptmann hatte Norvos und seine bärtigen Priester hinter sich gelassen, Ser Arys Oakheart jedoch diente weiterhin dem Eisernen Thron. Hotah hatte stets eine gewisse Traurigkeit verspürt, wenn er den Mann in dem langen schneeweißen Mantel erblickte, bei den Anlässen, zu denen der Prinz ihn nach Sunspear geschickt hatte. Eines Tages, das fühlte er, würden sie gegeneinander antreten; an diesem Tag würde Oakheart sterben, würde die Langaxt des Hauptmanns den Schädel des Ritters zertrümmern. Er strich über den glatten Eschenschaft und fragte sich, ob dieser Tag nahte.

»Der Nachmittag ist fast vorüber«, sagte der Prinz. »Wir warten bis morgen. Sorgt dafür, dass meine Sänfte beim ersten Tageslicht bereitsteht.«

»Wie Ihr befehlt.« Caleotte verneigte sich. Der Hauptmann trat zur Seite, damit er passieren konnte, und lauschte seinen verklingenden Schritten.

»Hauptmann?« Der Prinz sprach mit sanfter Stimme.

Hotah trat vor, in einer Hand die Langaxt. Das Eschenholz fühlte sich so glatt an wie die Haut einer Frau. Als er den rollenden Stuhl erreichte, stieß er den Knauf hart auf den Boden, um seine Gegenwart kundzutun, doch der Prinz hatte nur Augen für die Kinder. »Hattet Ihr Brüder, Hauptmann?«, wollte er wissen. »Damals in Norvos, als Ihr jung wart? Oder Schwestern?«

»Beides«, antwortete Hotah. »Zwei Brüder, drei Schwestern. Ich war der Jüngste.« *Der Jüngste, und nicht erwünscht. Ein weiteres Maul, das gestopft werden wollte, ein großer Junge, der zu viel aß und zu schnell aus seinen Kleidern herauswuchs.* Kein Wunder, dass sie ihn an die bärtigen Priester verkauft hatten.

»Ich war der Älteste«, sagte der Prinz, »und dennoch bin ich jetzt der Letzte. Nachdem Mors und Olywar in der Wiege gestorben sind, habe ich die Hoffnung aufgegeben, Brüder zu bekommen. Ich war neun und Page in Salt Shore, da wurde Elia geboren. Als der Rabe mit der Nachricht eintraf, dass meine Mutter einen Monat zu früh niedergekommen sei, war ich alt genug, um zu verstehen, dass das bedeutete, dass das Kind nicht überleben würde. Als Lord Gargalen mir mitteilte, ich hätte eine Schwester, versicherte ich ihm, sie müsse bald sterben. Doch sie überlebte durch die Gnade der Mutter. Und ein Jahr später war Oberyn da und schrie und strampelte. Ich war bereits ein erwachsener Mann, als sie in den Becken gespielt haben. Nun sitze ich hier, und sie sind tot.«

Areo Hotah wusste nicht, was er darauf antworten sollte. Er war nur der Hauptmann der Wache und noch immer ein Fremder in diesem Land mit seinem siebengesichtigen Gott, selbst nach all den Jahren. *Diene. Gehorche. Beschütze.* Dieses Gelübde hatte er mit sechzehn abgelegt, an dem Tag, an dem er sich mit seiner Axt vermählt hatte. *Einfache Gelübde für einfache Männer,* hatten die Priester gesagt. Trauernde Prinzen zu trösten hatte man ihn nicht gelehrt.

Er suchte noch immer nach Worten, als wieder eine Orange mit lautem Klatschen kaum einen Fuß von dem Prinzen entfernt auf den Boden fiel. Doran zuckte bei dem Geräusch zusammen, als habe es ihn verletzt. »Genug«, seufzte er. »Es ist genug. Lasst mich allein, Areo. Lasst mich noch ein paar Stunden den Kindern zuschauen.«

Bei Sonnenuntergang kühlte sich die Luft ab, und die Kinder gingen zum Abendmahl hinein, doch der Prinz verharrte unter seinen Orangenbäumen und betrachtete die stillen Becken und das Meer dahinter. Ein Diener brachte ihm eine Schale mit purpurroten Oliven, Fladenbrot, Käse und Kichererbsenpaste. Davon aß der Prinz ein wenig und trank einen Becher des süßen schweren Starkweins, den er so gern mochte. Als der Becher geleert war, füllte er ihn nach. Irgendwann in den tiefschwarzen

Stunden des Morgens suchte ihn der Schlaf in seinem Stuhl heim. Erst dann rollte der Hauptmann ihn die mondbeschienene Galerie entlang, vorbei an kannelierten Säulen und durch einen eleganten Bogengang, zu einem großen Bett mit frischen, kühlen Leinenlaken in einem Zimmer am Meer. Doran stöhnte, als der Hauptmann ihn umbettete, doch die Götter meinten es gut mit ihm und weckten den Prinzen nicht.

Die Schlafzelle des Hauptmanns grenzte an die Gemächer des Prinzen. Hotah ließ sich auf dem schmalen Bett nieder, holte Wetzstein und Öltuch hervor und machte sich an die Arbeit. *Halte deine Langaxt scharf,* hatten ihm die bärtigen Priester an dem Tag gesagt, an dem sie ihm das Zeichen einbrannten. Das hatte er stets befolgt.

Während er die Axt wetzte, dachte er an Norvos, an die Oberstadt auf dem Hügel und die Unterstadt am Fluss. Er erinnerte sich an die drei Glocken, an das tiefe Läuten von Noom, das durch Mark und Bein ging, an die stolze, kräftige Stimme von Narrah und das silbrig süße Lachen von Nyel. Er konnte den Winterkuchen wieder schmecken, den Ingwer, die Pinienkerne und die Kirschen, dazu *nahsa,* die fermentierte Ziegenmilch, die mit Honig gesüßt in einem Metallbecher gereicht wurde. Seine Mutter sah er vor sich, in ihrem Kleid mit dem Fehkragen, das sie nur einmal im Jahr trug, wenn sich die Familie anschaute, wie die Bären die Sündertreppe hinuntertanzten. Und er roch den Gestank verbrannter Haare, als der bärtige Priester ihm das Brandmal in die Mitte der Brust setzte. Bei dem heftigen Schmerz hatte er geglaubt, sein Herz würde aussetzen, trotzdem hatte Areo Hotah nicht mit der Wimper gezuckt. Das Haar über der Axt war niemals nachgewachsen.

Erst als beide Schneiden so scharf waren, dass man sich damit hätte rasieren können, legte der Hauptmann sein Weib aus Eberesche und Eisen aufs Bett. Gähnend zog er seine schmutzige Kleidung aus, warf sie zu Boden und streckte sich auf der Strohmatratze aus. Wenn er an das Brandzeichen dachte, begann es zu jucken, und er musste sich kratzen, ehe er die Augen schloss. *Ich hätte die heruntergefallenen Orangen einsammeln sollen,* dachte er und fiel in Schlaf, derweil er von dem säuerlich süßen Geschmack träumte und davon, wie klebrig sich der rote Saft an den Fingern anfühlte.

Zu bald stellte sich die Dämmerung ein. Vor den Stallungen stand die kleinste Pferdesänfte mit drei Tieren bereit, die aus Zedernholz mit dem roten Seidenbehang. Der Hauptmann wählte als Begleitung zwanzig Speere von den dreißig aus, die in den Wassergärten postiert waren; die Übrigen blieben und wachten über Gelände und die Kinder, von denen einige Söhne und Töchter großer Lords und reicher Kaufleute waren.

Obwohl der Prinz davon gesprochen hatte, beim ersten Tageslicht aufzubrechen, wusste Areo Hotah, dass es noch dauern würde. Der Maester half Doran Martell beim Bad und verband ihm die geschwollenen Gelenke mit Leinen, welches in lindernde Tinkturen getaucht war, während der Hauptmann ein Schuppenhemd aus Kupfer anlegte, wie es seinem Rang gebührte, und darüber einen wallenden Mantel aus grau-gelber Seide, damit die Sonne nicht auf das Kupfer brannte. Es versprach, ein heißer Tag zu werden, und der Hauptmann hatte sich schon vor langer Zeit von dem schweren Pferdehaarumhang und dem nietenbeschlagenen Lederpanzer verabschiedet, die er in Norvos getragen hatte, denn in Dorne wurde man darunter gekocht. Den eisernen Halbhelm mit dem Scheitel aus spitzen Stacheln hatte er behalten, doch jetzt trug er ihn in orange Seide gehüllt, wobei er den Stoff um die Stacheln geflochten hatte. Wenn die Sonne ungehindert auf das Metall prallen durfte, würde ihm der Kopf dröhnen, ehe sie den Palast erblickten.

Der Prinz war noch immer nicht zum Aufbruch bereit. Er hatte entschieden, vorher zu frühstücken: eine Blutorange und einen Teller mit gewürfelten Möweneiern, dazu Schinkenstücke und scharfe Paprika. Dann musste er sich von einigen Kindern verabschieden, die er besonders lieb gewonnen hatte, dem Dalt-

Jungen und Lady Blackmonts Nachkommenschaft und dem rundgesichtigen Waisenmädchen, dessen Vater entlang des Greenbloods mit Tuchen und Gewürzen gehandelt hatte. Doran hatte eine schöne myrische Decke über seine Beine gebreitet, um den Kindern den Anblick seiner geschwollenen, verbundenen Gelenke zu ersparen.

Es wurde Mittag, bevor sie sich auf den Weg machten; der Prinz in seiner Sänfte, Maester Caleotte auf einem Esel, die anderen zu Fuß. Jeweils fünf Speerträger marschierten vor und hinter ihnen sowie an den Seiten. Areo Hotah nahm seinen gewohnten Platz zur Linken des Prinzen ein und legte beim Gehen die Langaxt über die Schulter. Die Straße von den Wassergärten nach Sunspear führte am Meer entlang, daher verschaffte ihnen die frische Brise eine gewisse Abkühlung, während sie durch das karge, rotbraune Land aus Stein und Sand und verkrüppelten Bäumen zogen.

Auf halbem Wege wurden sie von der zweiten Sandschlange überrascht.

Sie tauchte plötzlich hinter einer Düne auf, saß auf einem goldenen Sandross mit einer Mähne, die wie feinste weiße Seide wirkte. Selbst hoch zu Pferde verlor Lady Nym nichts von ihrer Anmut, in ihren schimmernden violetten Gewändern und dem sahne- und kupferfarbenen Seidenumhang, der sich bei der leisesten Böe bauschte, als würde sich die Trägerin in die Luft erheben. Nymeria Sand war fünfundzwanzig und gertenschlank. Ihr glattes schwarzes Haar trug sie als langen Zopf, der mit rotgoldenem Draht gebunden war, was den spitzen Haaransatz über den dunklen Augen betonte, den sie mit ihrem Vater gemeinsam hatte. Ihre hohen Wangenknochen, die vollen Lippen und die milchbleiche Haut verliehen ihr die Schönheit, die der älteren Schwester fehlte ... doch Obaras Mutter war eine Hure in Oldtown gewesen, wohingegen Nym vom edelsten Blut des alten Volantis abstammte. Die Düne hinunter folgte ihr ein Dutzend berittener Speerträger, deren Rundschilde in der Sonne glänzten.

Der Prinz hatte die Vorhänge seiner Sänfte geöffnet, damit er die Meeresbrise besser genießen konnte. Lady Nym zügelte ihre hübsche goldene Stute und ließ sie neben der Sänfte gehen. »Schön, dass wir uns begegnen, Onkel«, rief sie, als hätte sie der Zufall hergeführt. »Darf ich mich Euch auf dem Ritt nach Sunspear anschließen?« Der Hauptmann befand sich auf der anderen Seite der Sänfte, dennoch konnte er jedes Wort von Lady Nym verstehen.

»Es wäre mir eine Freude«, erwiderte Prinz Doran, doch der Hauptmann hörte aus seiner Stimme keine Freunde heraus. »Gicht und Gram sind armselige Reisegefährten.« Damit meinte er, wie der Hauptmann wusste, dass ihm jede auch nur kieselsteingroße Unebenheit der Straße Schmerzen bereitete, als würde ihm ein Stachel durch die geschwollenen Gelenke gespießt.

»Gegen die Gicht kann ich nichts ausrichten«, sagte sie, »doch mein Vater hatte für Gram nichts übrig. Rache entsprach eher seinem Geschmack. Stimmt es, dass Gregor Clegane gestanden hat, Elia und ihre Kinder ermordet zu haben?«

»Er hat seine Schuld vor versammeltem Hofe herausgebrüllt«, räumte der Prinz ein. »Lord Tywin hat uns seinen Kopf versprochen.«

»Und ein Lannister begleicht stets seine Schulden«, sagte Lady Nym, »obwohl mir scheint, Lord Tywin beabsichtigt, sie uns mit unserer eigenen Münze heimzuzahlen. Ich habe einen Vogel von unserem süßen Ser Daemon erhalten, der beschwört, mein Vater habe dieses Ungeheuer während des Kampfes mehr als einmal gekitzelt. Falls das stimmt, dürfte Ser Gregor so gut wie tot sein, und Tywin Lannister gebührt dafür kein Dank.«

Der Prinz schnitt eine Grimasse. Ob wegen der Schmerzen oder der Worte seiner Nichte, vermochte der Hauptmann nicht zu beurteilen. »Das mag sein.«

»Mag sein? Ich sage, es ist so.«

»Obara wollte, dass ich in den Krieg ziehe.«

Nym lachte. »Ja, sie würde Oldtown zu gern niederbrennen.

Die Stadt ist ihr ebenso verhasst, wie unsere kleine Schwester sie liebt.«

»Und du?«

Nym blickte über die Schulter zu ihren Begleitern, die ein paar Dutzend Längen hinter ihr ritten. »Ich habe mit den Fowler-Zwillingen im Bett gelegen, als mich die Nachricht erreichte«, hörte der Hauptmann sie sagen. »Kennt Ihr die Worte der Fowlers? *Lasst Mich Aufsteigen!* Das ist alles, worum ich Euch bitte. Lasst mich aufsteigen, Onkel. Ich brauche kein mächtiges Heer, nur eine süße Schwester.«

»Obara?«

»Tyene. Obara ist zu laut. Tyene ist so lieblich und sanft, kein Mann wird einen Verdacht gegen sie hegen. Obara würde Oldtown zum Scheiterhaufen für das Begräbnis unseres Vaters machen, doch so gierig bin ich nicht. Mir würden vier Tote genügen. Lord Tywins goldene Zwillinge als Ausgleich für Elias Kinder. Den alten Löwen, für Elia selbst. Und zum Schluss noch den kleinen König, für meinen Vater.«

»Der Junge hat uns nie ein Unrecht zugefügt.«

»Der Knabe ist ein Bastard, der aus Verrat, Inzucht und Ehebruch hervorgegangen ist, wenn man Lord Stannis glauben darf.« Der schelmische Ton hatte sich aus ihrer Stimme verabschiedet, und der Hauptmann ertappte sich dabei, wie er die Sandschlange mit zusammengekniffenen Augen beobachtete. Ihre Schwester Obara trug eine Peitsche an der Hüfte und einen Speer, wo ihn jedermann sehen konnte. Lady Nym war nicht weniger tödlich, doch sie verbarg ihre Messer gut. »Nur königliches Blut kann den Mord an meinem Vater sühnen.«

»Oberyn ist in einem Zweikampf gefallen, der wegen einer Angelegenheit ausgetragen wurde, mit der er nichts zu schaffen hatte. Ich würde das nicht Mord nennen.«

»Nennt es, wie Ihr wollt. Wir haben ihnen den besten Mann von Dorne geschickt, und sie senden uns einen Sack mit Gebeinen zurück.«

»Er hat mehr getan, als ich von ihm verlangt habe. ›Schau dir diesen Knabenkönig und seinen Rat an, und suche nach den Stärken und Schwächen‹, habe ich ihm auf der Terrasse gesagt. Wir habe Orangen gegessen. ›Finde Freunde für uns, wenn es möglich ist. Bring über Elias Tod in Erfahrung, was du kannst, aber achte darauf, dass du Lord Tywin nicht übermäßig verärgerst‹, das waren meine Worte an ihn. Oberyn hat gelacht und gesagt: ›Wann habe ich je einen Mann gereizt … *übermäßig*? Du solltest die Lannisters lieber davor warnen, mich zu reizen.‹ Ihn dürstete nach Gerechtigkeit für Elia, aber er wollte nicht warten –«

»Er hat siebzehn Jahre gewartet«, unterbrach ihn Lady Nym. »Wäret Ihr und nicht mein Vater getötet worden, hätte er seine Banner nach Norden geführt, ehe Eure Leiche erkaltet wäre. Hätte es sich um Euch gehandelt, würden inzwischen Speere wie Regen auf die Marschen niedergehen.«

»Das bezweifle ich nicht.«

»Und an etwas anderem solltet Ihr auch nicht zweifeln – meine Schwestern und ich werden nicht zehn und sieben Jahre auf *unsere* Rache warten.« Sie gab ihrer Stute die Sporen, galoppierte in Richtung Sunspear davon, und ihr Gefolge preschte hinterher.

Der Prinz lehnte sich in die Kissen zurück und schloss die Augen, doch Hotah wusste, er würde nicht schlafen. *Er hat Schmerzen.* Einen Moment lang überlegte er, ob er Maester Caleotte zur Sänfte rufen sollte, doch wenn Prinz Doran das wünschte, hätte er selbst danach verlangt.

Die Schatten waren lang und dunkel geworden, und die Sonne schwoll rot an wie die Gelenke des Prinzen, als sie im Osten den ersten Blick auf die Türme von Sunspear erhaschten. Zuerst sahen sie den schlanken Speerturm, einhundert und einen halben Fuß hoch und gekrönt mit einem Speer aus vergoldetem Stahl, der seiner Höhe noch weitere dreißig Fuß hinzufügte; dann der mächtige Sonnenturm mit seiner Kuppel aus Gold und verbleitem Glas; zuletzt das graubraune Sandschiff, das aussah wie eine riesige Dromone, die an Land gespült worden war und sich in Stein verwandelt hatte.

Lediglich etwa zehn Meilen Küstenstraße trennten Sunspear von den Wassergärten, trotzdem hatte man den Eindruck, dass es sich um zwei unterschiedliche Welten handelte. Dort tobten Kinder nackt in der Sonne, wurde in gefliesten Höfen Musik gespielt, und in der Luft hing der Duft von Zitronen und Orangen. Hier roch man Staub, Schweiß und Rauch, und die Nächte waren erfüllt von Stimmengewirr. Statt aus rosa Marmor, wie die Wassergärten, war Sunspear aus Lehm und Stroh erbaut, die Farben Grau und Braun herrschten vor. Die uralte Feste des Hauses Martell stand am Ostende eines kleinen Vorsprungs aus Stein und Sand und war an drei Seiten vom Meer umgeben. Im Westen, im Schatten der massiven Mauern von Sunspear, klebten Lehmziegelwerkstätten und fensterlose Hütten an der Burg wie Seepocken am Rumpf einer Galeere. Ställe und Wirtshäuser, Weinspelunken und Kissenhäuser waren westlich davon entstanden, viele waren von eigenen Mauern umgeben, und an *diesen* Mauern hatte man weitere Hütten errichtet. *Und so weiter und so weiter und so fort, wie die bärtigen Priester gesagt hätten.* Verglichen mit Tyrosh oder Myr oder Groß-Norvos war die Schattenstadt nur ein winziger Ort, und dennoch kam Sunspear von allem, was die Dornischen hatten, am ehesten einer richtigen Stadt nahe.

Lady Nyms Ankunft war der ihren einige Stunden vorausgegangen, und ohne Zweifel hatte sie die Wachen von ihrem Kommen in Kenntnis gesetzt, denn das Dreifache Tor stand offen, als Prinz Dorans Truppe es erreichte. Nur an dieser einen Stelle waren die Tore hintereinander aufgereiht und gewährten Besuchern unmittelbaren Zugang durch alle drei Wendelmauern zum Alten Palast, ohne zuerst einen meilenweiten Umweg durch schmale Gassen, versteckte Höfe und laute Basare machen zu müssen.

Prinz Doran hatte die Vorhänge zugezogen, sobald der Speerturm in Sicht gekommen war, trotzdem ertönten viele Zurufe aus dem Volk, wenn die Sänfte vorüberkam. *Die Sandschlangen haben die Stimmung zum Sieden gebracht,* dachte der Hauptmann voller Unbehagen. Sie durchquerten das Elend der äußeren Sichel und schritten durch das zweite Tor. Dahinter stank der Wind nach Teer und Salzwasser und faulendem Seegras, und die Menschenmenge wurde mit jedem Schritt dichter. »*Macht Platz für Prinz Doran!*«, brüllte Areo Hotah dröhnend und stieß mit dem Knauf seiner Langaxt auf die Ziegel. »*Macht Platz für den Prinzen von Dorne!*«

»Der Prinz ist tot!«, schrie eine Frau gellend hinter ihm.

»Zu den Speeren!«, rief ein Mann von einem Balkon.

»*Doran!*«, schrie eine adlige Stimme. »Zu den Speeren!«

Hotah gab es auf, nach den Rufern Ausschau zu halten; das Gedränge war zu dicht, und ein Drittel der Versammelten brüllte aus vollem Hals. »*Zu den Speeren! Rache für die Viper!*« Bei der Ankunft am dritten Tor schoben die Wachen das Volk zur Seite, um einen Weg für die Sänfte des Prinzen zu bahnen, und aus der Menge wurden nun Wurfgeschosse geschleudert. Ein zerlumpter Junge sauste mit einem halb verfaulten Granatapfel in der Hand an den Speerträgern vorbei, doch als er Areo Hotah mit erhobener Langaxt vor sich sah, ließ er die Frucht fallen und nahm Reißaus. Von weiter hinten flogen Zitronen, Limonen und Orangen heran, und die Werfer schrien: »*Krieg! Krieg! Zu den Speeren!*« Eine der Wachen traf eine Zitrone ins Auge, und dem Hauptmann selbst spritzten Orangenstücke an den Fuß.

Aus der Sänfte kam keine Antwort. Doran Martell verbarg sich hinter seinen seidenen Mauern, bis die dickeren aus Stein ihn aufgenommen hatten, und hinter den letzten Wachen rasselte knirschend das Fallgitter herab. Allmählich blieb der Lärm der Menge hinter ihnen zurück. Prinzessin Arianne wartete im äußeren Hof, um ihren Vater zu begrüßen, und hatte den halben Hofstaat um sich versammelt; den alten blinden Seneschall Ricasso, den Kastellan Ser Manfrey Martell, den jungen Maester Myles mit seiner grauen Robe und dem lieblich parfümierten Bart, vier Dutzend dornische Ritter in wallendem Leinen von einem halben Hundert verschiedener Farbtöne. Die kleine Myrcella Baratheon stand bei ihrer Septa und bei Ser Arys von der Königswache, der in seinem weiß emaillierten Harnisch vor Hitze fast umkam.

Prinzessin Arianne trat in Sandalen aus Schlangenhaut, die bis zu den Oberschenkeln hinauf geschnürt waren, an die Sänfte. Die rabenschwarzen Ringellocken fielen ihr als Mähne weit den Rücken herab, und um die Stirn trug sie ein Band aus Kupfersonnen. *Sie ist immer noch klein,* dachte der Hauptmann. Während die Sandschlangen hoch gewachsen waren, kam Arianne nach ihrer Mutter, die nur fünf Fuß und zwei Zoll groß war. Doch unter dem edelsteinbesetzten Gürtel und den lockeren Schichten purpurner Seide und gelben Samts besaß sie den Körper einer Frau, wohl gerundet und üppig. »Vater«, grüßte sie, als sich die Vorhänge öffneten, »Sunspear freut sich über Eure Rückkehr.«

»Ja, die Freude habe ich vernommen.« Der Prinz lächelte matt und legte seiner Tochter eine gerötete und geschwollene Hand auf die Wange. »Schön siehst du aus. Hauptmann, seid so freundlich, und helft mir heraus.«

Hotah schob die Langaxt in eine Schlaufe auf seinem Rücken und umfasste den Prinzen behutsam, um seine geschwollenen Gelenke nicht zu drücken. Trotzdem musste Doran Martell ein gequältes Stöhnen unterdrücken.

»Ich habe die Köche angewiesen, für den Abend ein Festmahl zu bereiten«, sagte Arianne, »mit all Euren Lieblingsspeisen.«

»Ich fürchte, ich werde ihre Künste nicht würdigen können.« Der Prinz blickte sich langsam auf dem Hof um. »Ich sehe Tyene nicht.«

»Sie bittet Euch um ein Wort unter vier Augen. Ich habe sie in den Thronsaal geschickt, um dort auf Euch zu warten.«

Der Prinz seufzte. »Wohlan. Hauptmann? Je eher ich es hinter mir habe, desto früher kann ich mich ausruhen.«

Hotah trug ihn die lange Steintreppe des Sonnenturms zum großen runden Empfangszimmer unter der Kuppel hinauf, wo das letzte Licht des Tages schräg durch die dicken Fenster aus buntem Glas fiel und den hellen Marmorboden mit Rauten in einem halben Hundert Farben sprenkelte. Dort erwartete ihn die dritte Sandschlange.

Sie saß mit untergeschlagenen Beinen auf einem Kissen vor dem Podest mit den Hohen Sitzen, erhob sich jedoch beim Eintreten des Hauptmanns und des Prinzen. In ihrem eng anliegenden Kleid aus hellblauem Samt mit Ärmeln aus myrischer Spitze sah sie so unschuldig aus wie die Jungfrau selbst. In einer Hand hielt sie eine Stickerei, mit der sie sich beschäftigt hatte, in der anderen zwei goldene Nadeln. Auch ihr Haar war golden, und ihre Augen leuchteten tiefblau ... und erinnerten den Hauptmann an die Augen ihres Vaters, obgleich Oberyns Augen schwarz wie die Nacht gewesen waren. *Alle Töchter von Prinz Oberyn haben diese Vipernaugen,* erkannte Hotah plötzlich, *die Farbe spielt keine Rolle.*

»Onkel«, sagte Tyene Sand. »Ich habe auf Euch gewartet.«

»Hauptmann, helft mir auf den Hohen Sitz.«

Es gab zwei Stühle auf dem Podest, die einander beinahe wie Zwillinge glichen, nur trug der eine den Speer der Martells als goldene Einlegearbeit auf der Rückenlehne, der andere die glühende rhoynische Sonne, die an den Masten von Nymerias Schiffen geflattert hatte, als sie nach Dorne kamen. Der Hauptmann setzte den Prinzen unter den Speer und trat zur Seite.

»Sind die Schmerzen so arg?« Lady Tyene sprach mit zarter Stimme und sah so süß aus wie eine Sommererdbeere. Ihre Mutter war eine Septa gewesen, und Tyene umgab eine Aura von nahezu jenseitiger Unschuld. »Kann ich etwas tun, um Euren Schmerz zu lindern?«

»Sag mir, was du möchtest, und lass mich dann ruhen. Ich bin müde, Tyene.«

»Ich habe dies für Euch gemacht, Onkel.« Tyene entfaltete die Stickerei, an der sie gearbeitet hatte. Darauf saß ihr Vater, Prinz Oberyn, lächelnd und in voller roter Rüstung auf einem Sandross. »Wenn es fertig ist, soll es Euch gehören, um Euch zu helfen, Euch an ihn zu erinnern.«

»Ich werde deinen Vater vermutlich kaum vergessen.«

»Das ist gut zu wissen. Viele waren sich dessen nicht sicher.«

»Lord Tywin hat uns den Kopf des Berges versprochen.«

»Er ist ja *so* gütig ... aber das Schwert des Henkers wäre nicht das passende Ende für den tapferen Ser Gregor. Wir haben so lange um seinen Tod gebetet, daher ist es nur gerecht, wenn er selbst ihn ebenfalls herbeifleht. Ich kenne das Gift, das mein Vater benutzt hat, und keines tötet langsamer und bereitet mehr Qualen. Bald werden wir die Schreie des Bergs sogar hier in Sunspear hören.«

Prinz Doran seufzte. »Obara will, dass ich in den Krieg ziehe. Nym wäre schon mit Mord zufrieden. Und du?«

»Krieg«, antwortete Tyene, »wenn auch nicht denselben wie meine Schwester. Die Dornischen kämpfen am besten daheim, daher würde ich vorschlagen, die Speere zu schärfen und zu warten. Sobald die Lannisters und die Tyrells zu uns herunterkommen, lassen wir sie in den Pässen bluten und begraben sie unter den Sandwehen, wie wir es schon hundertmal gemacht haben.«

»*Falls* sie kommen.«

»Oh, sie müssen, sonst wird das Reich abermals zerrissen, wie schon damals, bevor wir die Drachen heirateten. Vater hat mir das gesagt. Er sagte, wir müssten dem Gnom danken, weil er uns Prinzessin Myrcella geschickt hat. Ist sie nicht wirklich hübsch? Ich wünschte, ich hätte solche Locken. Sie wurde geboren, um eine Königin zu werden, so wie ihre Mutter.« Grübchen zeigten sich in Tyenes Wangen. »Ich würde mich geehrt fühlen, wenn ich die Hochzeit ausrichten dürfte, und mich auch gern um die Kronen kümmern. Trystane und Myrcella sind so unschuldig, daher dachte ich an Weißgold … mit Smaragden, die zu Myrcellas Augen passen. Oh, Diamanten und Perlen wären genauso gut, solange die Kinder nur verheiratet und gekrönt werden. Dann brauchen wir nur noch Myrcella als Erste Ihres Namens, Königin der Andalen, der Rhoynar und der Ersten Menschen und rechtmäßige Erbin der Sieben Königslande von Westeros zu huldigen … und auf die Löwen zu warten.«

»*Rechtmäßige* Erbin?«, schnaubte der Prinz.

»Sie ist älter als ihr Bruder«, erklärte Tyene, als wäre er irgendein törichter Narr. »Dem Gesetz nach sollte sie den Eisernen Thron besteigen.«

»*Dornischem* Gesetz nach.«

»Als der gute König Daeron Prinzessin Moriah ehelichte und uns in sein Königreich holte, wurde vereinbart, dass in Dorne stets dornisches Recht gelten würde. Und *Myrcella* ist in Dorne, wie es der Zufall will.«

»Das stimmt.« Sein Tonfall klang widerwillig. »Lass mich darüber nachdenken.«

Tyene wurde ärgerlich. »Ihr denkt zu viel nach, Onkel.«

»Tatsächlich?«

»Das hat Vater gesagt.«

»Oberyn hat zu wenig nachgedacht.«

»Manche Männer *denken nach*, weil sie Angst haben, zu *handeln*.«

»Zwischen Furcht und Vorsicht besteht ein Unterschied.«

»Oh, dann muss ich darum beten, Euch niemals *furchtsam* zu sehen, Onkel. Ihr könntet das Atmen vergessen.« Sie hob die Hand …

Der Hauptmann ließ den Knauf seiner Langaxt dröhnend auf den Marmorboden krachen. »Mylady, erdreistet Euch nicht. Tretet vom Podest zurück, wenn es Euch beliebt.«

»Ich hatte nichts Unrechtes im Sinn, Hauptmann. Ich liebe meinen Onkel, denn ich weiß, er hat meinen Vater geliebt.« Tyene beugte das Knie vor dem Prinzen. »Ich habe alles gesagt, weshalb ich zu Euch gekommen bin, Onkel. Vergebt mir, wenn ich Anstoß erregt habe, doch mein Herz ist gebrochen. Darf ich Eurer Liebe noch gewiss sein?«

»Jederzeit.«

»Erteilt mir also Euren Segen, und dann gehe ich.«

Doran zögerte einen Moment, ehe er seiner Nichte die Hand auf den Kopf legte. »Sei tapfer, Kind.«

»Oh, wie könnte ich nicht. Ich bin *seine* Tochter.«

Sobald sie den Raum verlassen hatte, eilte Maester Caleotte zum Podest. »Mein Prinz, sie hat doch nicht … bitte, lasst mich Eure Hand sehen.« Zunächst untersuchte er die Handfläche, dann drehte er sie um und roch an der Rückseite der Finger. »Nein, gut. Das ist gut. Keine Kratzer, also …«

Der Prinz zog seine Hand zurück. »Maester, dürfte ich Euch wegen etwas Mohnblumenmilch bemühen? Ein Fingerhut voll würde mir genügen.«

»Mohn. Ja, gewiss.«

»Sofort, denke ich«, drängte Doran Martell milde, und Caleotte eilte zur Treppe.

Draußen war die Sonne untergegangen. In der Kuppel leuchtete das Blau der Dämmerung, und die Rauten auf dem Boden erstarben. Der Prinz saß auf dem Hohen Sitz unter dem Martellspeer; sein Gesicht war bleich vor Schmerzen. Nach langem Schweigen wandte er sich an Areo Hotah. »Hauptmann«, sagte er, »wie treu ergeben sind meine Wachen?«

»Treu.« Der Hauptmann wusste nicht, wie er sonst darauf antworten sollte.

»Alle? Oder nur manche?«

»Es sind gute Männer. Gute *Dornische.* Sie werden tun, was ich ihnen befehle.« Er pochte mit der Langaxt auf den Boden. »Ich bringe Euch den Kopf jedes Mannes, der Euch verraten würde.«

»Ich will keine Köpfe. Ich will Gehorsam.«

»Dessen dürft Ihr gewiss sein.« *Diene. Gehorche. Beschütze. Ein-*

fache Gelübde für einen einfachen Mann. »Wie viele Männer braucht Ihr?«

»Diese Entscheidung überlasse ich Euch. Vielleicht sind einige wenige gute Männer dienlicher als zwei Dutzend. Ich möchte diese Angelegenheit so schnell und so unauffällig wie möglich erledigt wissen, und zwar ohne Blutvergießen.«

»Schnell und unauffällig und ohne Blut, ja. Wie lautet Euer Befehl?«

»Ihr werdet die Töchter meines Bruders suchen, sie in Gewahrsam nehmen und sie in die Zellen auf dem Speerturm sperren.«

»Die Sandschlangen?« Die Kehle des Hauptmanns wurde trocken. »Alle … alle acht, mein Prinz? Auch die Kleinen?«

Der Prinz überlegte. »Ellarias Mädchen sind zu jung, um eine Gefahr darzustellen, aber es gibt manchen, der versuchen könnte, sie gegen mich einzusetzen. Am besten wäre es, sie in der Hand zu haben. Ja, auch die Kleinen … aber kümmert Euch zunächst um Tyene, Nymeria und Obara.«

»Wie mein Prinz befiehlt.« Sein Herz war betrübt. *Meiner kleinen Prinzessin wird das nicht gefallen.* »Und Sarella? Sie ist eine erwachsene Frau, fast zwanzig.«

»Solange sie nicht nach Dorne zurückkehrt, gibt es nichts, was ich unternehmen könnte, außer zu beten, dass sie vernünftiger ist als ihre Schwestern. Überlasst sie ihrem … Spiel. Holt die anderen zusammen. Ich werde nicht schlafen, bis ich weiß, dass sie unter Bewachung stehen.«

»Es wird geschehen.« Der Hauptmann zögerte. »Wenn das auf den Straßen bekannt wird, wird ein Aufschrei durch das gemeine Volk gehen.«

»Ganz Dorne wird aufschreien«, sagte Doran Martell müde. »Ich bete nur, dass Lord Tywin diesen Schrei in King's Landing hört, damit er weiß, was für einen treu ergebenen Freund er in Sunspear hat.«

CERSEI

Sie träumte, sie säße auf dem Eisernen Thron, hoch über allen.

Die Höflinge standen unten wie leuchtend bunte Mäuse. Große Lords und stolze Ladys knieten vor ihr. Kühne junge Ritter legten ihr die Schwerter zu Füßen und erbaten ihre Gunst, und die Königin schenkte ihnen ein Lächeln. Bis der Zwerg wie aus dem Nichts erschien, auf sie zeigte und vor Lachen brüllte. Die Lords und Ladys begannen ebenfalls zu kichern und verbargen ihre Belustigung hinter vorgehaltener Hand. Erst da merkte die Königin, dass sie nackt war.

Voller Entsetzen wollte sie sich mit den Händen bedecken. Die Klingen und Spitzen des Eisernen Throns stachen ihr ins Fleisch, als sie sich zusammenkauerte, um ihre Scham zu verbergen. Rot rann das Blut über ihre Beine, als stählerne Zähne an ihrem Gesäß nagten. Als sie versuchte aufzustehen, glitt ihr Fuß durch einen Spalt in dem verbogenen Metall. Je heftiger sie sich freikämpfen wollte, desto fester umfing der Thron sie, riss Fleischfetzen aus Brüsten und Bauch, schlitzte ihr die Arme und Beine auf, bis sie nass und rot glänzten.

Und während all dessen hüpfte ihr Bruder unten lachend auf und ab.

Sein Gelächter hallte ihr noch in den Ohren wider, als sie eine leichte Berührung an der Schulter spürte und jäh erwachte. Einen halben Herzschlag lang schien die Hand dem Albtraum zu entspringen, und Cersei schrie auf und fuhr heftig zurück, doch war es nur Senelle. Die Zofe blickte sie mit weißem, verängstigtem Gesicht an.

Wir sind nicht allein, begriff die Königin. Schatten ragten um ihr Bett auf, hohe Schemen, unter deren Umhängen Kettenhemden glitzerten. Bewaffnete Männer hatten hier nichts verloren. *Wo sind meine Wachen?* Ihr Schlafgemach war dunkel, nur eine Laterne, die einer der Eindringlinge hochhielt, spendete Licht. *Ich darf keine Angst zeigen.* Cersei strich sich das vom Schlaf zerzauste Haar zurück und fragte: »Was wollt Ihr von mir?« Ein Mann trat in den Schein der Laterne, und Cersei sah, dass sein Mantel weiß war. »Jaime?« *Von dem einen Bruder habe ich geträumt, der andere kommt, um mich zu wecken.*

»Euer Gnaden.« Die Stimme gehörte nicht ihrem Bruder. »Der Lord Commander sagt, wir sollten Euch holen.« Das Haar war gelockt, wie das von Jaime, doch hatte das ihres Bruders, dem ihren gleich, die Farbe von Blattgold, wohingegen der Schopf dieses Mannes schwarz und ölig war. Sie starrte ihn an, während er von einem Abort und einer Armbrust redete und den Namen ihres Vaters nannte. *Ich träume noch,* dachte Cersei. *Ich bin nicht wach, der Albtraum dauert an. Gleich wird Tyrion unter dem Bett hervorkriechen und mich auslachen.*

Das war töricht. Ihr zwergenhafter Bruder saß unten in den schwarzen Zellen und war dazu verurteilt, am heutigen Tag zu sterben. Sie schaute auf ihre Hände, drehte sie und versicherte sich, dass alle ihre Finger noch da waren. Als sie über ihren Arm strich, fühlte sie eine Gänsehaut, doch keine Wunden. Sie hatte keine Schnitte an den Beinen, keine Verletzungen an den Fußsohlen. *Ein Traum, mehr nicht, nur ein Traum. Gestern Abend habe ich zu viel getrunken, diese Ängste sind bloß Verrücktheiten, die der Wein hervorgebracht hat. Wenn der Morgen graut, werde ich wieder lachen. Meine Kinder sind in Sicherheit, Tommens Thron ist nicht in Gefahr, und mein verschrobener kleiner* valonqar *wird bald einen Kopf kürzer sein und verrotten.*

Jocelyn Swift stand an ihrer Seite und drängte ihr einen Becher auf. Cersei trank einen Schluck: Wasser, vermischt mit dem Saft ausgepresster Zitronen, so sauer, dass sie es ausspuckte. Der Nachtwind rüttelte an den Fensterläden, und sie sah die Welt mit einer eigenartig scharf umrissenen Klarheit. Jocelyn zitterte wie Espenlaub, sie war ebenso verängstigt wie Senelle. Ser Osmund Kettleblack ragte über ihr auf. Hinter ihm stand Ser Boros Blount mit einer Laterne. An der Tür warteten die Wachen der Lannisters, auf dem Scheitel ihrer Helme glänzte der vergoldete Löwe. Auch sie sahen furchtsam aus.

Sie erhob sich und ließ sich von Senelle ihren Morgenmantel um die Schultern legen, um ihre Blöße zu bedecken. Cersei schloss ihn selbst mit steifen, unbeholfenen Fingern. »Mein Hoher Vater hat bei Tag und Nacht Wachen um sich«, sagte sie. Ihre Zunge fühlte sich geschwollen an. Sie trank erneut einen Schluck Zitronenwasser und spülte den Mund, um ihren Atem zu erfrischen. Eine Motte hatte sich in die Laterne verirrt, die Ser Boros hielt; sie hörte das Brummen und sah den Schatten der Flügel, während das Insekt immer wieder gegen das Glas flog.

»Die Wachen waren auf ihren Posten, Euer Gnaden«, sagte Osmund Kettleblack. »Wir haben eine verborgene Tür hinter dem Kamin gefunden. Einen Geheimgang. Der Lord Commander ist hinuntergestiegen und schaut nach, wohin er führt.«

»Jaime?« Schrecken befiel sie mit der Wucht eines Sturms. »Jaime sollte beim *König* sein …«

»Dem Jungen wurde kein Leid zugefügt. Ser Jaime hat ein Dutzend Männer abkommandiert, die auf ihn aufpassen. Seine Gnaden schläft friedlich.«

Hoffentlich hat er süßere Träume als ich und darf sanfter erwachen. »Wer ist jetzt beim König?«

»Ser Loras hat die Ehre, wenn es Euch beliebt.«

Es beliebte ihr nicht. Die Tyrells waren lediglich Kämmerer, die von den Drachenkönigen weit über ihren Stand erhoben worden waren. Ihre Eitelkeit wurde allein von ihrem Ehrgeiz übertroffen. Ser Loras mochte so schön sein wie der Traum einer Jungfrau, doch unter dem weißen Mantel war er durch und durch ein Tyrell. Wenn sie sich nicht sehr täuschte, war das

Pflänzchen, das die faule Frucht dieser Nacht trug, in Highgarden gepflanzt und gehegt worden …

Doch diesen Verdacht wagte sie nicht laut auszusprechen. »Gebt mir einen Moment, damit ich mich ankleiden kann. Ser Osmund, Ihr werdet mich in den Turm der Hand begleiten. Ser Boros, weckt die Kerkermeister, und vergewissert Euch, dass der Zwerg in seiner Zelle sitzt.« Sie würde seinen Namen nicht in den Mund nehmen. *Er hätte niemals den Mut aufgebracht, die Hand gegen Vater zu erheben,* redete sie sich ein, doch sie musste sich Gewissheit verschaffen.

»Wie Euer Gnaden befehlen.« Blount übergab Ser Osmund die Laterne. Cersei war es nicht unangenehm, seinen Rücken zu sehen. *Vater hätte ihm nie das Weiß zurückgeben sollen.* Der Mann hatte sich als Feigling erwiesen.

Als sie Maegors Bergfried verließen, hatte der Himmel ein tiefes Kobaltblau angenommen, doch die Sterne schienen noch. *Alle außer einem,* dachte Cersei. *Der helle Stern des Westens ist gesunken, und die Nacht wird nun dunkler sein.* Sie blieb an der Zugbrücke stehen, die den trockenen Burggraben überspannte, und schaute hinunter. *Sie würden es nicht wagen, mich in einer solchen Angelegenheit zu belügen.* »Wer hat ihn gefunden?«

»Eine seiner Wachen«, antwortete Ser Osmund. »Lum. Er ist dem Ruf der Natur gefolgt und entdeckte seine Lordschaft auf dem Abtritt.«

Nein, das kann nicht sein. So sterben Löwen nicht. Die Königin verspürte eine seltsame Ruhe. Sie erinnerte sich daran, wie sie als kleines Mädchen ihren ersten Zahn verloren hatte. Es hatte nicht wehgetan, aber das Loch in ihrem Mund hatte sich eigenartig angefühlt, so dass sie nicht hatte aufhören können, mit der Zunge darin zu bohren. *Jetzt ist ein Loch in der Welt, an der Stelle, wo Vater stand, und Löcher wollen gefüllt werden.*

Falls Tywin Lannister tatsächlich tot war, befand sich niemand mehr in Sicherheit … am wenigsten ihr Sohn auf dem Thron. Wenn die Löwen fallen, treten die niederen Tiere an ihren

Platz, die Schakale und die Aasgeier und die wilden Hunde. Die würden versuchen, sie zur Seite zu drängen, wie sie es stets getan hatten. Daher musste sie rasch handeln, so wie schon nach Roberts Tod. Dies könnte das Werk von Stannis Baratheon sein, ausgeführt von einem Handlanger. Ebenso gut mochte es das Vorspiel zu einem weiteren Angriff auf die Stadt sein. Sie hoffte es. *Soll er kommen. Ich werde ihn vernichtend schlagen, so wie Vater, und diesmal wird er sterben.* Stannis flößte ihr keine Furcht ein, nicht mehr als Mace Tyrell. Niemand machte ihr Angst. Sie war eine Tochter des Rock, eine Löwin. *Jetzt hat wenigstens das Gerede ein Ende, mich zu einer weiteren Heirat zu zwingen.* Casterly Rock gehörte nun ihr, und damit die ganze Macht des Hauses Lannister. Niemand würde sie je wieder übergehen. Selbst wenn Tommen keine Regentin mehr brauchte, würde die Lady von Casterly Rock eine Macht im Lande bleiben.

Die aufgehende Sonne überzog die Turmspitzen mit tiefem Rot, doch hinter den Mauern verharrte die Nacht. In der äußeren Burg war es so still, dass sie hätte glauben können, alle Bewohner seien tot. *Sie sollten tot sein. Es gebührt Tywin Lannister nicht, allein zu sterben. Ein solcher Mann verdient ein Gefolge, das in der Hölle seine Wünsche erfüllt.*

Vier Speerträger in roten Mänteln, den Löwenhelm auf dem Kopf, waren an der Tür zum Turm der Hand postiert. »Niemand darf ohne meine Erlaubnis das Gebäude betreten oder verlassen«, sagte sie zu ihnen. Der Befehl ging ihr leicht über die Lippen. *Auch mein Vater hatte Stahl in der Stimme.*

Im Inneren reizte der Rauch der Fackeln ihre Augen, doch Cersei weinte nicht, nicht mehr, als es ihr Vater getan hätte. *Ich bin der einzige wahre Sohn, den er je hatte.* Ihre Absätze scharrten über die Steine, als sie hinaufstieg, und noch immer hörte sie die Motte, die wild in Ser Osmunds Laterne umherflatterte. *Stirb,* dachte die Königin verärgert, *flieg in die Flamme, und bring es hinter dich.*

Zwei weitere Rotröcke standen oben an der Treppe. Der Rote

Lester sprach ihr murmelnd sein Beileid aus, als sie an ihm vorbeiging. Die Königin atmete kurz, und sie fühlte ihr Herz in der Brust klopfen. *Die Treppe,* redete sie sich ein, *dieser verfluchte Turm hat zu viele Stufen.* Sie hatte nicht übel Lust, das ganze Gebäude niederzureißen.

Der Gang war voller Narren, die sich im Flüsterton unterhielten, als schliefe Lord Tywin und sie hätten Angst ihn zu wecken. Wachen und Diener wichen gleichermaßen vor ihr zurück und machten die Münder auf und zu. Sie sah das rosa Zahnfleisch und die hin und her fahrenden Zungen, doch die Worte ergaben nicht mehr Sinn als das Brummen der Motte. *Was tun sie hier? Woher wissen sie Bescheid?* Eigentlich hätte man sie als Erste rufen sollen. Sie war die Regentin, die Königin, hatten sie das vergessen?

Vor dem Schlafgemach der Hand stand Ser Meryn Trant in weißer Rüstung und weißem Mantel. Das Visier des Helms war offen, und wegen der Tränensäcke unter seinen Augen sah er aus, als schliefe er noch halb. »Vertreibt diese Leute«, forderte Cersei ihn auf. »Ist mein Vater auf dem Abort?«

»Sie haben ihn in sein Bett zurückgetragen, M'lady.« Ser Meryn schob die Tür für sie auf.

Das Morgenlicht brach durch die Fensterläden und malte goldene Striche auf die Binsen, die auf dem Boden lagen. Ihr Onkel Kevan kniete neben dem Bett und versuchte zu beten, doch er brachte kaum die Worte heraus. Um den Kamin drängten sich Wachen. Die Geheimtür, von der Ser Osmund gesprochen hatte, klaffte hinter der Asche auf, kaum größer als die Klappe eines Backofens. Ein Mann würde kriechen müssen, um hindurchzugelangen. *Tyrion ist nur ein halber Mann.* Der Gedanke machte sie zornig. *Nein, der Zwerg ist weggesperrt in einer schwarzen Zelle.* Dies konnte nicht sein Werk sein. *Stannis,* sagte sie sich, *Stannis steckt dahinter. Er hat noch immer Anhänger in der Stadt. Er oder die Tyrells …*

Es hatte schon immer Gerede über Geheimgänge im Red

Keep gegeben. Maegor der Grausame hatte angeblich die Männer umbringen lassen, die die Burg gebaut hatten, um das Wissen über die Pläne geheim zu halten. *Wie viele andere Schlafgemächer haben solche Türen?* Plötzlich hatte Cersei ein Bild vor Augen, wie der Zwerg mit einer Klinge in der Hand hinter einem Wandbehang in Tommens Zimmer hervorkroch. *Tommen wird gut bewacht.* Aber auch Lord Tywin hatte sich gut bewachen lassen.

Einen Augenblick lang erkannte sie den Toten nicht. Er hatte das gleiche Haar wie ihr Vater, ja, doch das hier war ein anderer Mann, ganz bestimmt, kleiner … und viel älter. Sein Schlafrock war ihm bis zur Brust hochgezogen worden und ließ den Körper unterhalb der Taille nackt. Der Bolzen hatte ihn in der Leistengegend zwischen Nabel und Gemächt getroffen und war so tief eingedrungen, dass nur die Befiederung zu sehen war. Das Schamhaar war mit geronnenem Blut verklebt. Noch mehr Blut trocknete im Nabel.

Der Geruch, der von ihm ausging, ließ sie die Nase rümpfen. »Zieht den Bolzen heraus«, befahl sie. »Dies ist die Hand des Königs!« *Und mein Vater. Mein Hoher Vater. Soll ich jetzt schreien und mir das Haar raufen?* Es hieß, Catelyn Stark habe sich das ganze Gesicht blutig gekratzt, als die Freys ihren geliebten Robb erschlagen hatten. *Würde dir das gefallen, Vater?*, wollte sie ihn fragen. *Oder möchtest du mich lieber stark sehen? Hast du um deinen Vater geweint?* Ihr Großvater war gestorben, als sie ein Jahr alt gewesen war, doch sie kannte die Geschichte. Lord Tytos war äußerst fett geworden, und eines Tages platzte ihm das Herz, als er die Treppe zu seiner Mätresse hinaufstieg. Ihr Vater hatte sich zu dem Zeitpunkt in King's Landing aufgehalten und dem Irren König als Hand gedient. Lord Tywin war häufig in King's Landing gewesen, als sie und Jaime klein gewesen waren. Falls er geweint hatte, als man ihm die Nachricht vom Tod seines Vaters überbrachte, dann an einem Ort, wo niemand seine Tränen sehen konnte.

Die Königin spürte, wie sich ihre Nägel in die Handflächen

gruben. »Wie konntet Ihr ihn so liegen lassen? Mein Vater war die Hand von drei Königen, ein großer Mann der Sieben Königlande. Die Glocken müssen für ihn läuten, wie sie für Robert geläutet haben. Man muss ihn baden und bekleiden, wie es seiner Größe angemessen ist, in Hermelin und golddurchwirktes Tuch und rote Seide. Wo ist Pycelle? *Wo ist Pycelle?*« Sie wandte sich an die Wachen. »Puckens, hol sofort Grand Maester Pycelle. Er soll sich um Lord Tywin kümmern.«

»Er war schon hier, Euer Gnaden«, erwiderte Puckens. »Er ist gekommen, hat ihn gesehen und ist gegangen, um die Schweigenden Schwestern zu rufen.«

Mich haben sie als Letzte benachrichtigt. Diese Erkenntnis ließ solche Wut in ihr aufsteigen, dass es ihr fast die Sprache verschlug. *Und Pycelle rennt davon, um eine Nachricht zu versenden, damit er sich die runzligen Hände nicht schmutzig machen muss.* »Sucht Maester Ballabar«, befahl sie. »Sucht Maester Frenken. Irgendwen.« Puckens und Kurzohr rannten eilig los. »Wo ist mein Bruder?«

»Unten im Tunnel. Da gibt es einen Schacht mit Eisensprossen, die in den Stein geschlagen sind. Ser Jaime schaut nach, wie tief es hinuntergeht.«

Er hat nur eine Hand, wollte sie schreien. *Einer von euch hätte gehen sollen. Er sollte keine Leitern hinunterklettern. Die Männer, die Vater ermordet haben, könnten noch dort sein und ihm auflauern.* Ihr Zwillingsbruder war schon immer zu unbesonnen gewesen, und wie es schien, hatte selbst der Verlust der Hand ihn keine Vorsicht gelehrt. Sie wollte den Wachen gerade befehlen, ihm nach unten zu folgen und ihn zurückzuholen, als Puckens und Kurzohr mit einem grauhaarigen Mann zwischen sich zurückkehrten. »Euer Gnaden«, sagte Kurzohr, »dieser Mann hier behauptet, er sei ein Maester.«

Der Mann verneigte sich tief. »Wie kann ich Euer Gnaden zu Diensten sein?« Sein Gesicht war ihr vage bekannt, allerdings konnte Cersei es nicht recht einordnen. *Alt, aber nicht so alt wie*

Pycelle. Der hier hat noch Kraft. Er war groß, wenn auch leicht gebeugt, und hatte Falten unter seinen kecken blauen Augen. *Sein Hals ist nackt.* »Ihr tragt nicht die Kette eines Maesters.«

»Sie wurde mir genommen. Ich heiße Qyburn, wenn es Euer Gnaden belieben. Ich habe die Hand Eures Bruders behandelt.«

»Den Stumpf, meint Ihr.« Jetzt erinnerte sie sich an ihn. Er war mit Jaime aus Harrenhal gekommen.

»Ich konnte Ser Jaimes Hand nicht retten, das stimmt. Meine Künste haben ihm immerhin den Arm bewahrt, vielleicht sogar das Leben. Die Citadel hat mir die Kette genommen, aber mein Wissen mussten sie mir lassen.«

»Ihr solltet genügen«, entschied sie. »Wenn Ihr versagt, verliert Ihr mehr als nur die Kette, das verspreche ich Euch. Entfernt den Bolzen aus dem Leib meines Vaters, und bereitet ihn für die Schweigenden Schwestern vor.«

»Wie meine Königin befiehlt.« Qyburn ging zum Bett, zögerte und blickte zurück. »Und was soll ich mit dem Mädchen machen, Euer Gnaden?«

»Mädchen?« Cersei hatte die zweite Leiche übersehen. Sie ging zum Bett, schlug die blutigen Decken zur Seite, und da lag sie, nackt, kalt und rosig … abgesehen von ihrem Gesicht, das so schwarz geworden war wie Joffs bei seinem Hochzeitsfest. Eine Kette aus goldenen Händen hatte sich halb in das Fleisch an ihrem Hals gegraben und war so fest zusammengedreht, dass die Haut aufgeplatzt war. Cersei fauchte wie eine wütende Katze. »Was hat *sie* hier zu suchen?«

»Wir haben sie dort gefunden, Euer Gnaden«, sagte Kurzohr. »Es ist die Hure des Gnoms.« Als würde das ihre Anwesenheit erklären.

Mein Hoher Vater hatte nichts für Huren übrig, dachte sie. *Nach dem Tod unserer Mutter hat er keine Frau mehr angerührt.* Sie warf der Wache einen eisigen Blick zu. »Das ist nicht … als Lord Tywins Vater starb, ist die Hand nach Casterly Rock zurückgekehrt und fand eine … eine Frau dieser Sorte … vor, die den Schmuck und ein Kleid seiner Hohen Mutter trug. Er hat ihr den Schmuck abgenommen, ihr das Kleid und auch die Leibwäsche ausgezogen. Vierzehn Tage lang wurde sie in den Straßen von Lannisport zur Schau gestellt, und sie musste jedem Mann, dem sie begegnete, sagen, dass sie eine Diebin und eine Metze war. So pflegte Lord Tywin Lannister Huren zu behandeln. Er hat niemals … diese Frau war aus irgendeinem anderen Grunde hier, nicht … nicht um …«

»Vielleicht hat seine Lordschaft das Mädchen wegen seiner Herrin verhört«, meinte Qyburn. »Sansa Stark ist in der Nacht verschwunden, in der der König ermordet wurde, so ist es mir zu Ohren gekommen.«

»Das stimmt.« Cersei griff den Vorschlag eifrig auf. »Er hat sie verhört, ganz sicher. Daran gibt es keinen Zweifel.« Sie konnte Tyrions anzügliches Grinsen sehen, sah, wie sich sein Mund unter der Ruine seiner Nase verzog. *Und wie könnte man sie besser verhören als nackt und mit gespreizten Beinen,* flüsterte der Zwerg. *So möchte ich sie auch befragen.*

Die Königin wandte sich ab. *Ich werde sie mir nicht länger anschauen.* Plötzlich wurde es ihr sogar zu viel, sich im gleichen Raum aufzuhalten wie die Tote. Sie schob sich an Qyburn vorbei und trat in den Gang hinaus.

Zu Ser Osmund hatten sich seine Brüder Osney und Osfryd gesellt. »Im Schlafgemach der Hand liegt eine tote Frau«, berichtete Cersei den drei Kettleblacks. »Niemand wird je erfahren, dass sie dort war.«

»Jawohl, M'lady.« Ser Osney hatte einige verblasste Kratzer auf der Wange, die von einer der anderen Huren Tyrions stammten. »Und was sollen wir mit ihr tun?«

»Verfüttert sie an die Hunde. Behaltet sie als Bettgenossin. Was geht es mich an? *Sie war niemals hier.* Ich lasse jedem die Zunge herausreißen, der es wagt, das Gegenteil zu behaupten. Versteht Ihr?«

Osney und Osfryd wechselten einen Blick. »Ja, Euer Gnaden.«

Sie folgte ihnen zurück in das Gemach und sah zu, wie sie das Mädchen in eine der blutigen Decken ihres Vaters wickelten. *Shae, sie hieß Shae.* Sie hatten zuletzt in der Nacht vor dem gerichtlichen Zweikampf des Zwergs miteinander gesprochen, nachdem die lächelnde Schlange aus Dorne sich angeboten hatte, für Tyrion einzutreten. Shae hatte nach dem Schmuck gefragt, den Tyrion ihr geschenkt hatte, und nach gewissen Versprechungen, die Cersei ihr gemacht hatte, ein Haus in der Stadt und ein Ritter, der sie heiraten sollte. Die Königin hatte ihr eindeutig erklärt, dass sie nichts von all dem bekommen würde, solange sie ihr nicht verriet, wohin Sansa Stark verschwunden war. »Du warst ihre Zofe, soll ich dir etwa glauben, dass du nichts von ihren Plänen gewusst hast?«, hatte sie gesagt. Shae hatte sie in Tränen aufgelöst verlassen.

Ser Osfryd warf sich die eingewickelte Leiche über die Schulter. »Ich will die Kette haben«, verlangte Cersei. »Passt auf, dass Ihr das Gold nicht zerkratzt.« Osfryd nickte und ging auf die Tür zu. »Nein, nicht über den Hof.« Sie deutete auf den Geheimgang. »Dort führt ein Schacht zu den Kerkern hinunter. Da entlang.«

Während Ser Osfryd vor dem Kamin auf ein Knie ging, wurde es in dem Loch plötzlich heller, und die Königin hörte Geräusche. Jaime kam zum Vorschein, gebückt wie eine alte Frau, seine Stiefel wirbelten die Asche von Lord Tywins letztem Feuer auf. »Geht mir aus dem Weg«, herrschte er die Kettleblacks an.

Cersei eilte auf ihn zu. »Hast du sie gefunden? Hast du die Mörder gefunden? Wie viele waren es?« Bestimmt waren es mehr als einer. Ein Mann allein konnte ihren Vater nicht getötet haben.

Das Gesicht ihres Zwillingsbruders sah abgehärmt aus. »Der Schacht führt zu einer Kammer, wo ein halbes Dutzend Tunnel aufeinander treffen. Sie sind durch eiserne Tore versperrt und mit Ketten verschlossen. Ich muss die Schlüssel finden.« Er blickte sich im Schlafgemach um. »Wer immer dafür verantwortlich ist, lauert vielleicht noch in den Wänden. Es ist ein richtiges Labyrinth, und dunkel dazu.«

Sie stellte sich vor, wie Tyrion einer riesigen Ratte gleich hinter den Mauern herumkroch. *Nein. Du bist töricht. Der Zwerg ist in seiner Zelle.* »Schlagt die Wände mit Hämmern ein. Reißt den ganzen Turm ein, wenn es sein muss. Ich will, dass sie gefunden werden. Wer immer es getan hat. Ich will seinen Tod.«

Jaime umarmte sie, seine gute Hand drückte ihr ins Kreuz. Er roch nach Asche, doch die Morgensonne verlieh seinem Haar ein goldenes Leuchten. Gern hätte sie sein Gesicht an ihres gezogen und ihn geküsst. *Später,* sagte sie sich, *später wird er zu mir kommen, zum Trösten.* »Wir sind seine Erben, Jaime«, flüsterte sie. »Es ist unsere Aufgabe, sein Werk zu beenden. Du musst Vaters Platz als Hand einnehmen. Bestimmt siehst du das doch jetzt ein. Tommen braucht dich …«

Er wich von ihr zurück und hob den Arm, hielt ihr den Stumpf vors Gesicht. »Eine Hand ohne Hand? Ein schlechter Scherz, Schwester. Bitte mich nicht zu regieren.«

Ihr Onkel hörte die Zurückweisung. Qyburn ebenfalls, und die Kettleblacks, die sich abmühten, ihr Bündel durch die Asche zu zerren. Sogar die Wachen bekamen es mit, Puckens und Hoke der Pferdefuß und Kurzohr. *Bis zum Abend wird es sich in der ganzen Burg herumgesprochen haben.* Cersei fühlte, wie ihr die Hitze ins Gesicht stieg. »Regieren? Von Regieren habe ich nichts gesagt. Ich werde regieren, bis mein Sohn alt genug ist.«

»Ich weiß nicht, wen ich mehr bemitleiden soll«, erwiderte ihr Bruder. »Tommen oder die Sieben Königslande.«

Sie versetzte ihm eine Ohrfeige. Jaime hob den Arm, um den Hieb abzuwehren, schnell wie eine Katze … doch diese Katze hatte an Stelle einer rechten Hand nur einen Armstumpf. Ihre Finger hinterließen rote Striemen auf seiner Wange.

Das Klatschen brachte ihren Onkel dazu, sich zu erheben. »Euer Vater liegt *tot* hier. Habt wenigstens den Anstand und tragt euren Streit draußen aus.«

Jaime neigte entschuldigend den Kopf. »Vergib uns, Onkel. Meine Schwester ist krank vor Gram. Sie hat sich vergessen.«

Am liebsten hätte sie ihn dafür erneut geohrfeigt. *Ich muss verrückt gewesen sein, ernsthaft zu denken, er könne die Hand werden.* Eher würde sie das Amt abschaffen. Wann hatte eine Hand ihr je etwas anderes als Kummer bereitet? Jon Arryn hatte ihr Robert Baratheon ins Bett gelegt, und vor seinem Tod hatte er begonnen, um sie und Jaime herumzuschnüffeln. Eddard Stark hatte dort weitergemacht, wo Arryn aufgehört hatte; seine Einmischung hatte sie gezwungen, sich Roberts früher zu entledigen, als es ihr eigentlich recht gewesen war, ehe sie sich mit seinen unausstehlichen Brüdern befassen konnte. Tyrion hatte Myrcella an die Dornischen verhökert, hatte einen ihrer Söhne zu seiner Geisel gemacht und den anderen ermordet. Und als Lord Tywin nach King's Landing zurückgekehrt war …

Die nächste Hand wird wissen, wo ihr Platz ist, schwor sie sich. Es würde Ser Kevan sein müssen. Ihr Onkel war unermüdlich, besonnen und bis zum Letzten gehorsam. Sie konnte sich auf ihn verlassen, wie ihr Vater. *Die Hand streitet sich nicht mit dem Kopf.* Cersei musste das Reich regieren, aber sie brauchte Männer, die sie dabei unterstützten. Pycelle war ein Speichellecker, Jaime hatte seinen Mut zusammen mit seiner Schwerthand eingebüßt, und Mace Tyrell mit seinen Kumpanen Redwyne und Rowan konnte man nicht über den Weg trauen. Sie konnte sich durchaus vorstellen, dass sie in diese Sache verwickelt waren. Lord Tyrell hatte niemals Aussichten gehabt, über die Sieben Königslande zu herrschen, solange Tywin Lannister lebte, was ihm gewiss nicht unbekannt gewesen sein dürfte.

Ich sollte vorsichtig mit ihm verfahren. In der Stadt wimmelte es von seinen Männern, und es war ihm sogar gelungen, einen seiner Söhne in der Königsgarde unterzubringen, und seine Tochter wollte er Tommen ins Bett legen. Noch immer erfüllte sie der Gedanke mit Zorn, dass Vater zugestimmt hatte, Tommen mit Margaery Tyrell zu verloben. *Das Mädchen ist doppelt so alt und schon zweimal verwitwet.* Mace Tyrell behauptete, seine Tochter sei noch Jungfrau, doch Cersei hatte ihre Zweifel. Joffrey war ermordet worden, ehe er das Mädchen in sein Bett nehmen konnte, doch vorher war sie schon mit Renly verheiratet gewesen … *Mag ein Mann auch den Geschmack von Hippokras bevorzugen, so wird er dennoch trinken, wenn man ihm einen Krug Bier vorsetzt.* Sie musste Lord Varys befehlen, möglichst viel herauszufinden.

Abrupt blieb sie stehen. Varys hatte sie vollkommen vergessen. *Er sollte hier sein. Er ist immer dabei.* Wann immer sich etwas Bedeutsames im Red Keep ereignete, tauchte der Eunuch wie aus dem Nichts auf. *Jaime und Onkel Kevan sind da, Pycelle war hier und ist wieder gegangen … nur Varys nicht.* Ihr lief es kalt den Rücken hinunter. *Er hat seine Finger im Spiel. Vermutlich hatte er Angst, Vater wolle seinen Kopf, und da hat er als Erster zugeschlagen.* Lord Tywin hatte nie viel für den affektierten Meister der Ohrenbläser übrig gehabt. Und wenn irgendjemand die Geheimnisse des Red Keeps kannte, war es sicherlich der Eunuch. *Er muss gemeinsame Sache mit Lord Stannis gemacht haben. Sie haben schließlich zusammen in Roberts Rat gesessen …*

Cersei schritt zur Tür des Schlafgemachs, zu Ser Meryn Trant. »Trant, bringt mir Lord Varys. Zeternd und zappelnd, wenn es sein muss, aber unversehrt.«

»Wie Euer Gnaden befehlen.«

Doch kaum hatte der eine Angehörige der Königsgarde den Raum verlassen, kehrte ein anderer zurück. Ser Boros Blount hatte ein rotes Gesicht und schnaufte, weil er die Treppe hinaufgerannt war. »Weg«, keuchte er, als er die Königin sah. Er sank auf ein Knie. »Der Gnom … die Zelle steht offen, Euer Gnaden … keine Spur von ihm …«

Der Traum ist Wirklichkeit geworden. »Ich hatte Befehle erteilt«, sagte sie. »Er sollte Tag und Nacht unter Bewachung stehen …«

Blounts Brust hob und senkte sich. »Einer der Kerkermeister wird ebenfalls vermisst. Rugen, so hieß er. Zwei weitere Männer wurden schlafend vorgefunden.«

Sie musste sich beherrschen, um nicht laut zu schreien. »Ich hoffe, Ihr habt sie nicht geweckt, Ser Boros. Lasst sie schlafen.«

»Schlafen?« Er blickte auf, mit vorgeschobenem Kinn und verwirrt. »Ja, Euer Gnaden. Wie lange soll –«

»Für immer. Sorgt dafür, dass sie für ewig schlafen, Ser. Ich dulde keine Männer, die während ihrer Wache schlafen.« *Er ist in den Mauern. Er hat Vater umgebracht, so wie er Mutter umgebracht hat, wie er Joff umgebracht hat.* Der Zwerg würde auch ihr nachstellen, das wusste sie, genauso wie es ihr die alte Frau in der Dunkelheit jenes Zeltes vorausgesagt hatte. *Ich habe ihr ins Gesicht gelacht, doch sie verfügte über geheime Kräfte. Meine Zukunft habe ich in einem Tropfen Blut gesehen. Mein Verhängnis.* Ihre Beine waren so kraftlos wie Wasser. Ser Boros wollte ihren Arm nehmen, doch die Königin zuckte vor seiner Berührung zurück. Schließlich könnte auch er mit Tyrion unter einer Decke stecken. »Lasst mich«, sagte sie. »Lasst mich!« Sie taumelte zu einer Sitzbank.

»Euer Gnaden?«, fragte Blount. »Soll ich Euch einen Becher Wasser holen?«

Ich brauche Blut, kein Wasser. Tyrions Blut, das Blut des valonqar. Die Fackeln drehten sich um sie. Cersei schloss die Augen und sah den Zwerg, wie er sie angrinste. *Nein,* dachte sie, *nein, ich wäre dich beinahe losgeworden.* Aber seine Hände hatten sich um ihren Hals geschlossen, und sie spürte, wie die Finger langsam zudrückten.

BRIENNE

»Ich suche nach einer Jungfer von dreizehn Jahren«, sagte sie zu der grauhaarigen Frau am Brunnen des Dorfes. »Einer Jungfer von hoher Geburt und großer Schönheit, mit blauen Augen und kastanienbraunem Haar. Möglicherweise reist sie mit einem beleibten Ritter um die vierzig oder auch mit einem Narren. Habt Ihr sie gesehen?«

»Nicht, dass ich mich erinnerte, Ser«, antwortete die Frau und fuhr sich über die Stirn. »Aber ich werde die Augen offen halten, bestimmt.«

Der Schmied hatte sie ebenfalls nicht gesehen, und auch der Septon in der Dorfsepte nicht, weder der Schweinehirt bei seiner Herde noch das Mädchen, das in einem Garten Zwiebeln zog, und auch sonst niemand vom einfachen Volk, dem die Jungfrau von Tarth zwischen den Fachwerkkaten von Rosby begegnete. Dennoch gab Brienne nicht auf. *Dies ist der kürzeste Weg nach Duskendale,* sagte sie sich. *Falls Sansa hier entlanggekommen ist, muss jemand sie gesehen haben.* Am Burgtor stellte sie ihre Frage zwei Speerträgern, deren Abzeichen drei rote Sparren auf Hermelin zeigten, das Wappen des Hauses Rosby. »Wenn sie in diesen Zeiten auf der Straße unterwegs ist, wird sie nicht lange Jungfer bleiben«, meinte der ältere Mann. Der Jüngere wollte wissen, ob das Mädchen auch zwischen den Beinen kastanienbraunes Haar hatte.

Hier finde ich keine Hilfe. Als Brienne wieder aufs Pferd stieg, sah sie am anderen Ende des Dorfes einen mageren Jungen auf einem Schecken. *Mit dem habe ich noch nicht gesprochen,* dachte sie, doch er verschwand hinter der Septe, ehe sie ihn erreichte.

Sie machte sich nicht die Mühe, ihm zu folgen. Wahrscheinlich wusste er nicht mehr als die anderen. Rosby war lediglich ein kleiner Flecken an der Straße; Sansa hätte keinen Grund gehabt, hier zu verweilen. Also kehrte Brienne zur Straße zurück und ritt nach Nordosten, vorbei an Apfelgärten und Gerstenfeldern. In Duskendale würde sie das Mädchen finden, machte sie sich Mut. *Wenn es überhaupt diesen Weg eingeschlagen hat.*

»Ich werde sie finden und beschützen«, hatte Brienne Ser Jaime in King's Landing versprochen. »Um ihrer Hohen Mutter willen. Und um Euretwillen.« Große Worte, aber Worte gingen leicht über die Lippen. Taten hingegen musste man vollbringen. Sie hatte sich zu lange in der Stadt aufgehalten und zu wenig erfahren. *Ich hätte eher aufbrechen sollen … nur wohin?* Sansa Stark war in der Nacht verschwunden, in der König Joffrey den Tod gefunden hatte, und falls jemand sie seitdem gesehen hatte oder auch nur eine dunkle Ahnung davon hatte, wohin sie verschwunden sein mochte, so redete derjenige nicht. *Jedenfalls nicht mit mir.*

Brienne glaubte, dass das Mädchen die Stadt verlassen hatte. Wäre sie in King's Landing geblieben, hätten die Goldröcke sie gefunden. Demnach musste sie anderswo sein … aber anderswo war ein weites Gebiet. *Wenn ich eine junge Frau wäre, erst jüngst erblüht, allein und von Angst getrieben, in auswegloser Gefahr, was würde ich tun?*, fragte sie sich. *Wohin würde ich gehen?* Ihr selbst fiel die Antwort leicht. Sie würde nach Tarth zurückkehren, zu ihrem Vater. Sansas Vater hingegen hatte man in ihrem Beisein enthauptet. Ihre Hohe Mutter war ebenfalls tot, ermordet auf den Twins; Winterfell, die große Feste der Starks, war geplündert und niedergebrannt worden, und die Bewohner hatten den Tod durch das Schwert gefunden. *Sie hat kein Zuhause, das ihr Zuflucht bietet, keinen Vater, keine Mutter, keine Brüder.* Vielleicht hielt sie sich in der nächsten Stadt auf, vielleicht befand sie sich auf einem Schiff nach Asshai; das eine war so wahrscheinlich wie das andere.

Selbst wenn Sansa Stark nach Hause zurückkehren wollte, wie sollte sie dorthin gelangen? Die Kingsroad war gefährlich, sogar ein Kind musste das wissen. Die Eisenmänner saßen in Moat Cailin vor dem Neck, und auf den Twins hockten die Freys, die ihren Bruder und ihre Hohe Mutter ermordet hatten. Mit ausreichend Geld hätte das Mädchen den Seeweg wählen können, doch der Hafen von King's Landing und seine Kais lagen noch immer in Trümmern, der Fluss war durch verbrannte und gesunkene Galeeren versperrt. Brienne hat sich im Hafen umgehört, aber niemand erinnerte sich an ein Schiff, das in der Nacht von König Joffreys Tod ausgelaufen war. Einige Handelsschiffe lagen in der Bucht vor Anker und wurden mit Booten entladen, teilte ihr ein Mann mit, die meisten jedoch segelten lieber die Küste hinauf bis Duskendale, wo geschäftigeres Treiben herrschte als je zuvor.

Briennes Stute war schön anzuschauen und legte ein hübsches Tempo vor. Es waren mehr Reisende unterwegs, als Brienne angenommen hatte. Bettelbrüder, denen die Schüsseln am Riemen um den Hals baumelten, zogen über die Straße. Ein junger Septon galoppierte auf einem edlen Zelter daher, der einem Lord hätte gehören mögen, und später begegnete sie einer Gruppe Schweigender Schwestern, die den Kopf schüttelten, als Brienne ihnen ihre Frage stellte. Ein Tross Ochsenkarren rumpelte mit Getreide und Säcken voller Wolle gen Süden, und schließlich passierte sie einen Schweinehirten, der seine Tiere trieb, und eine alte Frau in einer Pferdesänfte, die von berittenen Wachen eskortiert wurde. Alle fragte sie, ob sie ein hochgeborenes Mädchen von dreizehn Jahren mit blauen Augen und kastanienbraunem Haar gesehen hätten. Keiner hatte sie gesehen. Sie erkundigte sich auch nach der vor ihr liegenden Straße. »Zwischen hier und Duskendale kann man sich einigermaßen sicher fühlen«, meinte ein Mann, »aber hinter Duskendale treiben die Vogelfreien ihr Unwesen, und durch die Wälder streifen Gebrochene.«

Nur die Soldatenkiefern und Wachbäume zeigten noch Grün, die Breitblattbäume hatten sich in Rotbraun und Gold gehüllt oder sich entkleidet, um mit braunen, kahlen Äste am Himmel zu kratzen. Bei jeder Windböe wirbelten Wolken toten Laubs über die Furchen der Straße. Raschelnd trieben sie an den Hufen der großen braunen Stute vorbei, die Jaime ihr überlassen hatte. *Ebenso leicht könnte man ein Blatt im Wind finden wie ein Mädchen, das durch Westeros irrt.* Sie ertappte sich bei der Frage, ob Jaime sich einen grausamen Scherz erlaubt hatte, indem er ihr diesen Auftrag erteilte. Vielleicht war Sansa Stark tot, enthauptet für ihren Anteil an König Joffreys Tod, und lag in einem Grab ohne Stein. Wie hätte man den Mord an ihr besser verschleiern können, als die dumme Maid aus Tarth auf die Suche nach ihr zu schicken?

Jaime würde das nicht tun. Er war aufrichtig. Er hat mir ein Schwert gegeben, und er nannte es Oathkeeper. Im Übrigen machte es keinen Unterschied. Sie hatte Lady Catelyn versprochen, dass sie ihre Töchter zurückholen würde, und kein Versprechen war so heilig wie das einer Toten gegenüber. Die jüngere Schwester lebte längst nicht mehr, hatte Jaime behauptet; bei der Arya, welche die Lannisters nach Norden geschickt hatten, um sie mit Roose Boltons Bastard zu vermählen, handelte es sich um einen Schwindel. Blieb also nur Sansa. Brienne musste sie finden.

Bei Einbruch der Dunkelheit entdeckte sie ein Lagerfeuer an einem Bach. Zwei Männer saßen dort und brieten Forellen; Rüstung und Waffen hatten sie an einen Baum gelehnt. Einer war alt, der andere jünger, jedoch bei weitem nicht mehr jung. Der nicht ganz so Alte erhob sich und begrüßte sie. Sein mächtiger Bauch spannte die Bänder seines gesprenkelten Rehlederwamses. Ein ungepflegter, ungeschnittener Bart bedeckte Kinn und Wangen in der Farbe von altem Gold. »Wir haben Forellen genug für drei, Ser«, rief er.

Nicht zum ersten Mal wurde Brienne irrtümlich für einen Mann gehalten. Sie nahm den Topfhelm ab und schüttelte ihr

Haar aus. Es war gelb wie schmutziges Stroh und fast ebenso spröde. Lang und dünn wehte es ihr um die Schultern. »Ich danke Euch, Ser.«

Der Heckenritter blinzelte sie ernsthaft an; offensichtlich war er, wie sie nun begriff, kurzsichtig. »Eine Lady, wie? Bewaffnet und in Rüstung? Illy, bei den guten Göttern, sieh dir an, wie *groß* sie ist.«

»Ich habe sie auch für einen Ritter gehalten«, meinte der Ältere und wendete die Forellen.

Wäre Brienne ein Mann gewesen, hätte man sie als groß bezeichnet; für eine Frau war sie riesig. *Absonderlich*, dieses Wort hatte sie ihr Leben lang gehört. Sie hatte breite Schultern und noch breitere Hüften. Ihre Beine waren lang, ihre Arme dick. Ihre Brust bestand mehr aus Muskeln als aus Busen. Die Hände waren groß, die Füße gewaltig. Und zudem war sie auch noch hässlich, hatte ein sommersprossiges Pferdegesicht und Zähne, die zu groß für ihren Mund zu sein schienen. An nichts davon brauchte man sie zu erinnern. »Sers«, sagte sie, »habt Ihr eine Jungfer von dreizehn Jahren auf der Straße gesehen? Mit blauen Augen und kastanienbraunem Haar, vielleicht in Gesellschaft eines beleibten, rotgesichtigen Mannes von vierzig.«

Der kurzsichtige Heckenritter kratzte sich am Kopf. »Ich kann mich nicht entsinnen. Wie sieht kastanienbraun aus?«

»Rötlich braun«, warf der Ältere ein. »Nein, wir haben sie nicht gesehen.«

»Wir haben sie nicht gesehen, M'lady«, erklärte der Jüngere ihr. »Kommt, steigt ab, der Fisch ist fast gar. Habt Ihr Hunger?«

Hunger hatte sie, doch war Vorsicht geboten. Heckenritter hatten einen zweifelhaften Ruf. »Ein Heckenritter und ein Raubritter sind zwei Seiten des gleichen Schwerts«, hieß es. *Diese beiden sehen nicht allzu gefährlich aus.* »Dürfte ich Eure Namen erfahren, Sers?«

»Ich habe die Ehre, Ser Creighton Longbough zu sein, von dem die Sänger erzählen«, verkündete der Dickbauch. »Ihr habt vielleicht von meinen Heldentaten am Blackwater vernommen. Mein Gefährte ist Ser Illifer der Mittellose.«

Falls es tatsächlich ein Lied über Creighton Longbough gab, hatte Brienne es nie gehört. Die Namen sagten ihr nicht mehr als die Wappen. Ser Creightons grüner Schild zeigte lediglich ein braunes Schildhaupt und eine tiefe Furche, die von einer Streitaxt stammen mochte. Ser Illifers Wappen bestand aus geständertem Gold und Hermelin, allerdings deutete alles andere an dem Mann darauf hin, dass er Gold und Hermelin nie in anderer Form als gemalt zu sehen bekommen hatte. Er war mindestens sechzig und hatte ein spitzes, schmales Gesicht, das unter der Kapuze des geflickten Mantels hervorschaute. Seinen Kettenpanzer sprenkelten Rostflecken wie Sommersprossen. Brienne war einen Kopf größer als beide, hatte ein besseres Pferd und bessere Waffen. *Wenn ich mich vor solchen Kerlen fürchte, kann ich mein Langschwert gleich gegen Stricknadeln eintauschen.*

»Ich danke Euch, gute Sers«, sagte sie. »Ich lasse mich gern zu einer Forelle einladen.« Brienne schwang sich vom Pferd, sattelte die Stute ab und tränkte sie, ehe sie das Tier zum Grasen anpflockte. Waffen, Schild und Satteltaschen legte sie unter einer Ulme ab. Inzwischen waren die Forellen knusprig gebraten. Ser Creighton brachte ihr einen der Fische, und sie ließ sich mit gekreuzten Beinen nieder und aß.

»Wir wollen nach Duskendale, M'lady«, erzählte Longbough ihr, während er seine Forelle mit den Fingern auseinander zupfte. »Ihr würdet gut daran tun, Euch uns anzuschließen. Die Straßen sind gefährlich.«

Brienne hätte ihnen mehr über die Gefahren auf den Straßen erzählen können, als sie vermutlich wissen wollten. »Ich danke Euch, Sers, aber ich bedarf Eures Schutzes nicht.«

»Ich bestehe darauf. Ein wahrer Ritter muss stets das zarte Geschlecht verteidigen.«

Sie legte die Hand auf ihren Schwertknauf. »Dies hier wird mich verteidigen, Ser.«

»Ein Schwert ist nur so gut wie der Mann, der es führt.«

»Ich führe es hinlänglich gut.«

»Wie Ihr meint. Es wäre nicht höflich, mit einer Lady zu streiten. Wir werden Euch heil nach Duskendale bringen. Für drei ist es sicherer als für einen allein.«

Wir waren zu dritt, als wir von Riverrun aufgebrochen sind, und doch hat Jaime seine Hand verloren und Cleos Frey das Leben. »Eure Tiere können nicht mit meinem mithalten.« Ser Creightons Wallach war ein alter Gaul mit Senkrücken und Triefaugen, und Ser Illifers Pferd sah klapprig und halb verhungert aus.

»Mein Ross hat mir schon am Blackwater gut gedient«, beharrte Ser Creighton. »Fürwahr, dort habe ich ein großes Gemetzel angerichtet und mir ein Dutzend Lösegelder verdient. Kannte M'lady zufällig Ser Herbert Bolling? Jetzt werdet Ihr ihn nicht mehr kennen lernen. Ich habe ihn dort erschlagen. Wenn der Sturm der Schwerter beginnt, findet Ihr Ser Creighton Longbough niemals in den hinteren Reihen.«

Sein Gefährte gab ein trockenes Kichern von sich. »Creigh, hör auf. Eine wie sie braucht solche wie uns nicht.«

»Eine wie ich?« Brienne war sich nicht sicher, worauf er hinauswollte.

Ser Illifer zeigte mit knochigem Finger auf ihren Schild. Obwohl die Farbe zerkratzt war und abblätterte, ließ sich das Wappen noch gut erkennen: Silber und Gold, schräg geteilt, darauf eine schwarze Fledermaus. »Ihr tragt den Schild eines Lügners, und dazu habt Ihr kein Recht. Der Großvater meines Großvaters hat mitgeholfen, den Letzten der Lothstons zu töten. Seitdem hat es niemand mehr gewagt, diese Fledermaus zu zeigen, die so schwarz ist wie die Taten derjenigen, die sie im Schilde führten.«

Bei dem Schild handelte es sich um den, den Jaime aus der Waffenkammer von Harrenhal mitgenommen hatte. Brienne hatte ihn in den Stallungen bei ihrer Stute gefunden, zusammen mit weiteren Ausrüstungsgegenständen: Sattel und Zaumzeug, Kettenhemd, Halsberge und Topfhelm, Beutel mit Gold und Silber sowie ein Pergament von größerem Wert als alles Übrige. »Ich habe meinen eigenen Schild verloren«, erklärte sie.

»Ein wahrer Ritter ist der einzige Schild, den eine Jungfrau braucht«, verkündete Ser Creighton mannhaft.

Ser Illifer schenkte ihm keine Beachtung. »Ein barfüßiger Mann sucht nach Stiefeln, ein frierender nach einem Mantel. Aber wer würde sich den Mantel der Schande überziehen? Lord Lucas der Kuppler hat diese Fledermaus getragen, und Manfryd mit der Schwarzen Haube, sein Sohn. Warum tragt Ihr ein solches Wappen, frage ich mich, wenn nicht Eure eigenen Sünden noch abscheulicher sind ... und *jünger.*« Er zog seinen Dolch aus der Scheide, ein hässliches Stück aus billigem Eisen. »Eine Frau, absonderlich groß und absonderlich stark, verbirgt ihre angestammten Farben ... Creigh, hier haben wir die Jungfrau von Tarth vor uns, die Renly die königliche Kehle aufgeschlitzt hat.«

»Das ist eine Lüge.« Renly Baratheon war für sie mehr als ein König gewesen. Sie hatte ihn geliebt, seit er zum ersten Mal nach Tarth gekommen war, auf seiner Rundreise, mit der er sein Amt nach Erreichen der Mündigkeit antrat. Ihr Vater hatte ihn mit einem Festmahl willkommen geheißen und ihr befohlen, daran teilzunehmen; sonst hätte sie sich vermutlich in ihrem Zimmer versteckt wie ein waidwundes Tier. Damals war sie nicht älter gewesen als Sansa und hatte mehr Angst vor höhnischem Gekicher gehabt als vor Schwertern. *Sie werden über die Rose Bescheid wissen,* hatte sie zu Lord Sewyn gesagt, *sie werden mich auslachen.* Doch der Abendstern hatte sich nicht erweichen lassen.

Und Renly Baratheon hatte ihr alle gebührende Höflichkeit erwiesen, wie einer richtigen und dazu hübschen Jungfrau. Er hatte sogar mit ihr getanzt, und in seinen Armen hatte sie sich anmutig gefühlt, und ihre Füße waren über den Boden geschwebt. Später hatten auch andere, seinem Beispiel folgend, sie um einen Tanz gebeten. Von diesem Tag an hatte sie Lord Renly immer nahe sein wollen, hatte ihm dienen und ihn beschützen wollen. Doch am Ende hatte sie versagt. *Renly ist in meinen Ar-*

men, aber nicht durch meine Hand gestorben, dachte sie, doch diese Heckenritter würden das niemals verstehen. »Ich hätte mein Leben mit Freuden für König Renly gegeben«, sagte sie. »Ich habe ihm kein Leid zugefügt. Ich schwöre es bei meinem Schwert.«

»Ein Ritter schwört bei seinem Schwert«, sagte Ser Creighton.

»Schwört es bei den Sieben«, drängte Ser Illifer der Mittellose.

»Dann eben bei den Sieben. Ich habe König Renly kein Leid zugefügt. Ich schwöre es bei der Mutter. Möge mir ihre Gnade verwehrt bleiben, wenn ich lüge. Ich schwöre es beim Vater, und ich bitte, dass er gerecht über mich urteilen möge. Ich schwöre es bei der Jungfrau und dem Alten Weib, beim Schmied und dem Krieger. Und ich schwöre es beim Fremden, möge er mich auf der Stelle holen, wenn ich die Unwahrheit spreche.«

»Ihr Schwur ist gut für eine Jungfrau«, räumte Ser Creighton ein.

»Ja.« Ser Illifer der Mittellose zuckte die Schultern. »Nun, wenn sie gelogen hat, werden die Götter sich ihrer annehmen.« Er schob den Dolch zurück in die Scheide. »Die erste Wache übernehmt Ihr.«

Während die Heckenritter schliefen, schritt Brienne unruhig um das kleine Lager und lauschte dem Knistern des Feuers. *Ich sollte weiterreiten, solange ich kann.* Sie kannte diese Männer nicht, trotzdem konnte sie sich nicht überwinden, sie ohne Wache liegen zu lassen. Selbst in der stockfinsteren Nacht waren Reiter auf der Straße unterwegs, und aus dem Wald hörte sie Geräusche, die von Eulen oder Füchsen stammen mochten oder auch nicht. Also ging Brienne hin und her und hatte die Klinge locker in der Scheide sitzen.

Alles in allem war ihre Wache leicht. Erst *danach* wurde es schwierig, als Ser Illifer aufstand und sagte, er werde sie ablösen. Brienne breitete eine Decke auf dem Boden aus, rollte sich darin ein und schloss die Augen. *Ich werde nicht schlafen,* sagte sie zu sich, obwohl sie todmüde war. In der Anwesenheit von Männern hatte sie noch nie gut geschlafen. Selbst in Lord Renlys Lager bestand stets das Risiko einer Vergewaltigung … eine Lektion, die sie unter den Mauern von Highgarden gelernt hatte, und erneut, als sie und Jaime den Tapferen Kameraden in die Hände gefallen waren.

Die Kälte der Erde kroch Brienne durch die Decke in die Knochen. Bald fühlte sich jeder Muskel verspannt und verkrampft an, vom Kiefer bis zu den Zehen. Sie fragte sich, ob Sansa Stark wohl ebenfalls fror, wo immer sie auch sein mochte. Lady Catelyn hatte gesagt, Sansa sei eine sanfte Seele, die Zitronenkuchen liebte, Seidenkleider und Lieder über Rittersleute, dennoch hatte das Mädchen zuschauen müssen, wie ihrem Vater der Kopf abgehauen wurde, und man hatte sie gezwungen, später einen seiner Mörder zu ehelichen. Wenn nur die Hälfte der Geschichten der Wahrheit entsprachen, war der Zwerg der Grausamste der Lannisters. *Falls sie tatsächlich König Joffrey vergiftet hat, dann hat der Gnom sie bestimmt dazu gezwungen.* In King's Landing hatte Brienne eine gewisse Brella ausfindig gemacht, die Sansas Zofe gewesen war. Die Frau hatte ihr erzählt, dass zwischen Sansa und dem Zwerg nur wenig Wärme geherrscht hatte. Vielleicht war sie nicht nur wegen des Mordes an Joffrey, sondern auch vor ihrem Gemahl geflohen.

Was für Träume Brienne während der Nacht auch hatte, sie verflogen im Nu, als die Dämmerung sie weckte. Ihre Glieder waren vom kalten Boden steif wie Holz, doch niemand hatte sie belästigt oder ihre Habe angerührt. Die Heckenritter waren bereits auf den Beinen. Ser Illifer zerlegte ein Eichhörnchen für das Frühstück, während Ser Creighton an einem Baum stand und ausgiebig pisste. *Heckenritter,* dachte sie, *alt und eitel und dick und kurzsichtig und trotz alledem anständige Männer.* Es munterte sie auf, dass es noch solche Männer auf der Welt gab.

Sie aßen geröstetes Eichhörnchen zum Frühstück, dazu Eichelbrei und Eingelegtes, während Ser Creighton sie mit Geschichten über seine Heldentaten am Blackwater unterhielt, wo er ein Dutzend Furcht erregende Ritter erschlagen hatte, von denen sie allerdings noch nie gehört hatte. »Oh, das war ein gewaltiger Kampf, M'lady«, beteuerte er, »ein selten blutiges Gemetzel.« Er räumte ein, dass Ser Illifer sich in der Schlacht ebenfalls wacker geschlagen hatte. Illifer sagte wenig.

Als es Zeit wurde, die Reise fortzusetzen, hielt sich jeweils ein Ritter an jeder Seite von Brienne, wie Wachen, die eine große Lady eskortieren … allerdings überragte diese Lady beide Beschützer und war besser bewaffnet und gerüstet. »Ist während Eurer Wachen jemand auf der Straße vorbeigekommen?«, erkundigte sich Brienne.

»Etwa eine Jungfer von dreizehn mit kastanienbraunem Haar?«, fragte Ser Illifer der Mittellose zurück. »Nein, Mylady. Niemand.«

»Während meiner schon ein paar«, warf Ser Creighton ein. »Ein Bauernjunge auf einem Schecken, und eine Stunde später ein halbes Dutzend Männer mit Stöcken und Sensen zu Fuß. Sie haben unser Feuer bemerkt und sind stehen geblieben, um sich ausgiebig die Pferde anzuschauen, aber ich habe ihnen einen Blick auf meinen Stahl gewährt und sie geheißen, sich zu trollen. Raue Burschen, dem Äußeren nach, und auch verzweifelt, aber nicht verzweifelt genug, um sich mit Ser Creighton Longbough anzulegen.«

Nein, dachte Brienne, *so verzweifelt nicht.* Sie wandte sich ab, um ihr Lächeln zu verbergen. Glücklicherweise war Ser Creighton zu sehr mit seiner Schilderung des heldenhaften Kampfes gegen den Ritter vom Roten Huhn beschäftigt, um die Erheiterung der Jungfrau zu bemerken. Es war gut, auf der Straße zwei Gefährten zu haben, selbst wenn es solche wie diese hier waren.

Zur Mittagszeit hörte Brienne Gesang aus den kahlen braunen Bäumen. »Was ist das?«, fragte Ser Creighton.

»Stimmen, die beten.« Brienne kannte das Gebet. *Sie erflehen Schutz vom Krieger und bitten das Alte Weib, dass es ihnen den Weg erhelle.*

Ser Illifer der Mittellose zog seine schartige Klinge blank und zügelte das Pferd, um die Betenden zu erwarten. »Sie sind nahe.«

Der Singsang hallte durch den Wald wie frommer Donner. Und plötzlich erschienen die Urheber des Lärms vor ihnen auf der Straße. Eine Gruppe Bettelbrüder ging voran, heruntergekommene bärtige Männer in grob gesponnenen Roben, manche barfuß, andere in Sandalen. Hinter ihnen marschierten fünf Dutzend zerlumpte Männer, Frauen und Kinder, eine scheckige Sau und mehrere Schafe. Einige der Männer trugen Äxte, die Mehrzahl plumpe Holzkeulen und Knüppel. In ihrer Mitte rollte ein zweirädriger Karren aus grauem, gesplittertem Holz, auf dem sich Schädel und Knochen türmten. Als die Bettelbrüder die Heckenritter erblickten, blieben sie stehen, und der Gesang erstarb. »Wackere Ritter«, sagte einer, »die Mutter liebt Euch.«

»Und Euch auch, Bruder«, erwiderte Ser Illifer. »Wer seid ihr?«

»Arme Tröpfe«, sagte ein großer Kerl mit einer Axt. Trotz der Kälte im herbstlichen Wald trug er kein Hemd, und in seine Brust war ein siebenzackiger Stern geritzt. Andalische Krieger hatten sich solche Sterne ins Fleisch geschnitten, als sie die Meerenge überquerten und die Königreiche der Ersten Menschen eroberten.

»Wir marschieren zur Stadt«, sagte eine hoch gewachsene Frau hinter dem Wagen, »um dem Seligen Baelor diese heiligen Gebeine zu bringen und um Beistand und Schutz vom König zu erbitten.«

»Schließt euch uns an, Freunde«, drängte ein magerer kleiner Mann in der abgetragenen Robe eines Septons, der einen Kristall an einem Band um den Hals trug. »Westeros braucht jedes Schwert.«

»Wir wollen nach Duskendale«, erklärte Ser Creighton, »aber vielleicht können wir euch nach King's Landing geleiten.«

»Falls ihr Geld habt, um uns für diese Eskorte zu bezahlen«, fügte Ser Illifer hinzu, der ebenso praktisch veranlagt schien wie er mittellos war.

»Spatzen brauchen kein Gold«, sagte der Septon.

Ser Creighton verstand nicht. »Spatzen?«

»Der Spatz ist der ärmste und gewöhnlichste Vogel, und wir sind die ärmsten und gewöhnlichsten Menschen.« Der Septon hatte ein schmales, scharf geschnittenes Gesicht und einen kurzen braunen Bart, der mit Grau durchsetzt war. Das dünne Haar hatte er hinter dem Kopf zusammengebunden, und seine Füße waren nackt und schwarz, knorrig und hart wie Baumwurzeln. »Dies sind die Gebeine heiliger Männer, die für ihren Glauben gestorben sind. Sie dienten den Sieben bis zu ihrem Tode. Manche verhungerten, andere wurden gefoltert. Septen wurden ausgeraubt, Jungfrauen und Mütter von gottlosen Männern und Dämonenanbetern geschändet. Sogar an Schweigenden Schwestern hat man sich vergangen. Unsere Mutter Im Himmel schreit auf vor Pein. Es ist an der Zeit, dass alle gesalbten Ritter ihre weltlichen Herren verlassen und unseren heiligen Glauben verteidigen. Kommt mit uns in die Stadt, wenn ihr die Sieben liebt.«

»Ich liebe sie durchaus«, meinte Illifer, »aber ich muss auch essen.«

»Das müssen alle Kinder der Mutter.«

»Wir wollen nach Duskendale«, gab Ser Illifer unumwunden zurück.

Einer der Bettelbrüder spuckte aus, und eine Frau jammerte. »Ihr seid treulose Ritter«, sagte der große Mann mit dem eingeritzten Stern. Andere schwangen ihre Knüppel.

Der barfüßige Septon beruhigte sie mit einem Wort. »Urteilt nicht, denn das Gericht ist des Vaters. Lasst sie in Frieden ziehen. Auch sie sind arme Wichte, die sich auf Erden verirrt haben.«

Brienne drängte ihre Stute nach vorn. »Meine Schwester hat sich ebenfalls verirrt. Ein Mädchen von dreizehn, mit kastanienbraunem Haar, hübsch anzusehen.«

»Alle Kinder der Mutter sind hübsch anzusehen. Möge die Jungfrau über dieses arme Mädchen wachen … und auch über Euch, denke ich.« Der Septon legte sich einen der Zugriemen des

Karrens über die Schulter und begann zu ziehen. Die Bettelbrüder stimmten ihren Gesang von neuem an. Brienne und die Heckenritter saßen auf ihren Pferden, während die Prozession langsam vorbeizog und den Furchen der Straße in Richtung Rosby folgte. Nach einer Weile verklangen die Gebete in der Ferne.

Ser Creighton hob eine Gesäßhälfte aus dem Sattel und kratzte sich am Hinterteil. »Was für Menschen bringen denn heilige Septone um?«

Brienne wusste, was für Menschen das taten. In der Nähe von Maidenpool, so erinnerte sie sich, hatten die Tapferen Kameraden einen Septon an den Füßen an den Ast eines Baumes gehängt und seine Leiche als Zielscheibe zum Bogenschießen benutzt. Sie fragte sich, ob seine Knochen sich wohl in diesem Gebeinhaufen befanden.

»Ein Mann muss schon verrückt sein, wenn er eine Schweigende Schwester schändet«, sagte Ser Creighton. »Allein Hand an eine zu legen … es heißt, sie seien mit dem Fremden vermählt, und ihre Weiblichkeit sei kalt und nass wie Eis.« Er warf einen raschen Blick auf Brienne. »Äh … bitte um Verzeihung.«

Brienne trieb ihre Stute in Richtung Duskendale voran. Einen Moment später folgte Ser Illifer, und Ser Creighton bildete den Schluss.

Drei Stunden später stießen sie auf eine weitere Reisegesellschaft, die in Richtung Duskendale unterwegs war, auf einen Kaufmann und seine Gesellen, die von einem Heckenritter begleitet wurden. Der Händler ritt eine Apfelschimmelstute, während seine Männer abwechselnd den Wagen zogen. Vier mühten sich an den Zugriemen, die anderen zwei gingen neben den Rädern, doch als sie Hufschläge hörten, bildeten sie gemeinsam einen Kreis um den Wagen und hielten Bauernspieße aus Esche kampfbereit. Der Händler hob eine Armbrust, der Ritter ein Schwert. »Ihr werdet mir mein Misstrauen verzeihen«, rief der Kaufmann, »aber die Zeiten sind unruhig, und ich habe nur den guten Ser Shadrich zu meinem Schutze. Wer seid Ihr?«

»Nun«, erwiderte Ser Creighton gekränkt, »ich bin der berühmte Ser Creighton Longbough, der gerade von der Schlacht am Blackwater kommt, und dies ist mein Gefährte, Ser Illifer der Mittellose.«

»Wir führen nichts gegen Euch im Schilde«, sagte Brienne.

Der Händler betrachtete sie skeptisch. »Mylady, Ihr hättet in der Sicherheit Eures Heims bleiben sollen. Warum tragt Ihr diese widernatürliche Aufmachung?«

»Ich suche nach meiner Schwester.« Sie wagte es nicht, Sansas Namen zu erwähnen, schließlich wurde das Mädchen des Königsmordes bezichtigt. »Sie ist von hoher Geburt und hat blaue Augen und kastanienbraunes Haar. Vielleicht habt Ihr sie mit einem beleibten Ritter von etwa vierzig Jahren oder einem betrunkenen Narren gesehen.«

»Die Straßen sind voller betrunkener Narren und beraubter Jungfrauen. Was beleibte Ritter betrifft, ist es schwer für jeden ehrlichen Mann, seinen Bauch rund zu behalten, wo so viele hungern … obwohl Euer Ser Creighton auch nicht darben muss, wie es scheint.«

»Ich habe große Knochen«, gab Ser Creighton zurück. »Sollen wir eine Weile lang zusammen reiten? Ich zweifle nicht an Ser Shadrichs Tapferkeit, aber er wirkt ein wenig klein, und drei Klingen sind besser als eine.«

Vier Klingen, dachte Brienne, schwieg jedoch.

Der Händler blickte seine Eskorte an. »Was sagt Ihr, Ser?«

»Oh, von diesen drei haben wir nichts zu befürchten.« Ser Shadrich war ein sehniger Bursche mit Fuchsgesicht, spitzer Nase und orangefarbenem Haarschopf. Er saß auf einem schlanken Renner. Obwohl er nicht größer als fünf Fuß und zwei Zoll sein mochte, war er offensichtlich sehr von sich eingenommen. »Der eine ist alt, der andere fett, und der Große ist eine Frau. Sollen sie mitkommen.«

»Wie Ihr meint.« Der Händler senkte die Armbrust.

Während sie die Reise fortsetzten, ließ sich der angeheuerte

Ritter zurückfallen und begutachtete Brienne von oben bis unten wie eine gepökelte Schweinehälfte. »Ihr seid ein strammes gesundes Ding, würde ich sagen.«

Ser Jaimes Spott hatte sie stets tief getroffen; die Worte des kleinen Mannes berührten sie kaum. »Eine Riesin, verglichen mit anderen.«

Er lachte. »An den Stellen, auf die es ankommt, bin ich groß genug, Mädchen.«

»Der Händler nannte Euch Shadrich.«

»Ser Shadrich vom Shady Glen. Man nennt mich auch die Irre Maus.« Er drehte den Schild, um ihr das Wappen zu zeigen, eine große weiße Maus mit flammend roten Augen auf Braun und Blau, schräg geteilt. »Das Braun steht für das Land, das ich schon bereist habe, das Blau für die Flüsse, die ich überquerte. Die Maus bin ich.«

»Und, seid Ihr irre?«

»Oh, ziemlich. Eine normale Maus würde vor Blut und vor dem Kampfe fliehen. Die Irre Maus sucht danach.«

»Man möchte denken, die Maus findet selten einen Kampf.«

»Ich finde oft genug Kämpfe. Es stimmt wohl, ich bin kein Turnierritter. Ich hebe mir meine Tapferkeit für das Schlachtfeld auf, Weib.«

Weib war immerhin eine Spur besser als *Mädel*, dachte sie. »Ihr und der gute Ser Creighton habt also viel gemeinsam.«

Ser Shadrich lachte. »Oh, das bezweifle ich … aber vielleicht befinden Ihr und ich uns auf der Suche nach der gleichen Person. Nach einer kleinen verschollenen Schwester, ja? Mit blauen Augen und kastanienbraunem Haar?« Abermals lachte er. »Ihr seid nicht der einzige Jäger in den Wäldern. Auch ich suche nach Sansa Stark.«

Brienne ließ ihr Gesicht zu einer Maske werden, um ihr Entsetzen zu verbergen. »Wer ist diese Sansa Stark, und warum sucht Ihr nach dem Mädchen?«

»Aus Liebe, warum sonst?«

»Aus Liebe?« Sie legte die Stirn in Falten.

»Ja, aus Liebe zum Gold. Im Gegensatz zu Eurem guten Ser Creighton habe ich tatsächlich am Blackwater gekämpft, allerdings auf der Verliererseite. Das Lösegeld hat mich ruiniert. Ihr wisst doch, wer Varys ist, hoffe ich? Der Eunuch hat einen dicken Beutel Gold ausgelobt, eben für dieses Mädchen, von dem Ihr noch nie gehört habt. Ich bin kein habgieriger Mann. Wenn eine zu groß gewordene Maid mir helfen würde, dieses ungezogene Kind zu finden, würde ich die Münzen der Spinne mit ihr teilen.«

»Ich dachte, Ihr stündet in Diensten des Kaufmannes.«

»Nur bis Duskendale. Hibald ist genauso geizig, wie er furchtsam ist. Und er ist *sehr* furchtsam. Was meint Ihr, Mädchen?«

»Ich kenne keine Sansa Stark«, beharrte sie. »Ich suche nach meiner Schwester, einem Mädchen von hoher Geburt …«

»… mit blauen Augen und kastanienbraunem Haar, ja. Bitte, wer mag denn dieser Ritter sein, der Eure Schwester begleitet? Oder habt Ihr gesagt, es sei ein Narr?« Ser Shadrich wartete ihre Antwort nicht ab, was gut war, da ihr keine einfiel. »Aus King's Landing ist in der Nacht, in der König Joffrey starb, ein bestimmter Narr verschwunden, ein stämmiger Kerl mit einer Nase voller geplatzter Adern, ein gewisser Ser Dontos der Rote, ursprünglich aus Duskendale. Hoffentlich hält man Eure Schwester und *ihren* betrunkenen Narren nicht versehentlich für das Stark-Mädchen und Ser Dontos. Das könnte sich verhängnisvoll für die beiden auswirken.« Er gab seinem Renner die Sporen und trabte nach vorn.

Selbst Jaime Lannister gegenüber war sich Brienne selten so töricht vorgekommen. *Ihr seid nicht der einzige Jäger in den Wäldern.* Diese Brella hatte ihr erzählt, wie Joffrey Ser Dontos die Sporen weggenommen und wie Lady Sansa Joffrey um das Leben des Ritters angefleht hatte. *Er hat ihr bei der Flucht geholfen,* hatte Brienne entschieden, als sie diese Geschichte hörte. *Wenn ich Ser Dontos finde, habe ich auch Sansa.* Natürlich hätte sie sich denken können, dass andere zu der gleichen Schlussfolgerung gelangen würden. *Manche werden möglicherweise noch unangenehmer sein als Ser Shadrich.* Ihre einzige Hoffnung bestand darin, dass Ser Dontos Sansa gut versteckt hatte. *Aber wie soll ich sie dann je finden?*

Sie ließ die Schultern hängen und ritt mit gerunzelter Stirn weiter.

Die Nacht brach an, als die Gesellschaft ein Gasthaus erreichte, ein hohes Fachwerkgebäude am Zusammenfluss zweier Flüsse, quer über einer alten Steinbrücke errichtet. Und so hieß das Gasthaus auch, wie Ser Creighton ihnen mitteilte: Zur Alten Steinbrücke. Der Wirt war ein Freund von ihm. »Kein schlechter Koch, und in den Zimmern gibt es nicht mehr Flöhe als anderswo auch«, beteuerte er. »Wer möchte heute Nacht ein warmes Bett?«

»Wir nicht, es sei denn, Euer Freund lässt uns umsonst dort schlafen«, sagte Ser Illifer der Mittellose. »Wir haben kein Geld für Zimmer.«

»Ich kann für uns drei bezahlen.« Brienne mangelte es nicht an Geld; dafür hatte Jaime gesorgt. In ihren Satteltaschen hatte sie einen dicken Beutel mit Silberhirschen und Kupfersternen gefunden, dazu einen kleineren mit Golddrachen, und einen Brief auf Pergament, der alle treuen Untertanen aufforderte, der Inhaberin, Brienne aus dem Hause Tarth, zu helfen, da sie in Angelegenheiten Seiner Gnaden handelte. Das Schreiben war von Tommen, dem Ersten Seines Namens, König der Andalen, der Rhoynar und der Ersten Menschen und Herr der Sieben Königslande, in kindlicher Schrift unterzeichnet.

Hibald machte ebenfalls Halt und bat seine Männer, den Wagen in der Nähe des Stalls abzustellen. Durch die rautenförmigen Fensterscheiben des Gasthauses schien warmes gelbes Licht nach draußen, und Brienne hörte das dröhnende Wiehern eines Hengstes, der ihre Stute witterte. Sie war gerade dabei, den Sattel abzunehmen, als ein Bursche aus der Stalltür kam und sagte: »Lasst mich das machen, Ser.«

»Ich bin kein *Ser*«, erklärte sie ihm, »aber du kannst die Stute nehmen. Sorg dafür, dass sie gestriegelt wird und Wasser und Futter bekommt.«

Der Bursche errötete. »Bitte um Vergebung, M'lady. Ich dachte …«

»Das kommt häufig vor.« Brienne gab ihm die Zügel und folgte den anderen in das Gasthaus, wobei sie die Satteltaschen über einer Schulter trug und ihre Schlafdecke unter einem Arm.

Sägemehl bedeckte den Holzboden des Schankraums, und es roch nach Hopfen und Rauch und Fleisch. Ein Braten zischte und brutzelte über dem Feuer, doch im Augenblick kümmerte sich niemand darum. Sechs Einheimische saßen um einen Tisch und unterhielten sich, allerdings verstummte ihr Gespräch, als die Fremden eintraten. Brienne spürte ihre Blicke. Kettenhemd, Mantel und Wams zum Trotz fühlte sie sich nackt. Einer der Männer sagte: »Seht euch das an«, und sie wusste, er meinte nicht Ser Shadrich.

Der Gastwirt erschien mit drei Krügen in jeder Hand und verschüttete bei jedem Schritt Bier.

»Habt Ihr Zimmer, guter Mann?«, fragte der Händler ihn.

»Vielleicht«, erwiderte der Wirt, »für diejenigen, die Münzen haben.«

Ser Creighton Longbough machte ein beleidigtes Gesicht. »Naggle, begrüßt man so einen alten Freund? Ich bin es, Longbough.«

»Ja, Ihr seid es. Und Ihr schuldet mir sieben Hirschen. Zeigt mir Euer Silber, und ich zeige Euch ein Bett.« Der Gastwirt stellte die Krüge einen nach dem anderen ab und vergoss dabei weiteres Bier auf dem Tisch.

»Ich bezahle ein Zimmer für mich und ein zweites für meine zwei Gefährten.« Brienne deutete auf Ser Creighton und Ser Illifer.

»Ich nehme ebenfalls ein Zimmer«, sagte der Händler, »für mich und den guten Ser Shadrich. Meine Männer übernachten im Stall, wenn es Euch recht ist.«

Der Gastwirt schaute zu ihnen hinüber. »Es ist mir nicht recht, aber vielleicht erlaube ich es trotzdem. Wollt Ihr essen? Da brät eine gute Ziege auf dem Spieß.«

»Ich werde selbst beurteilen, ob sie gut ist«, meinte Hibald. »Meine Männer werden sich mit Brot und Bratensaft begnügen.«

Und so speisten sie. Brienne versuchte die Ziege, nachdem sie mit dem Wirt nach oben gegangen war, ihm ein paar Münzen in die Hand gedrückt und ihr Gepäck in dem zweiten Zimmer, das er ihr zeigte, verstaut hatte. Sie bestellte auch Ziege für Ser Creighton und Ser Illifer, weil diese ihre Forellen mit ihr geteilt hatten. Die Heckenritter und der Händler spülten das Fleisch mit Bier herunter, doch Brienne trank Ziegenmilch. Sie lauschte den Gesprächen und gab die Hoffnung nicht auf, etwas zu erfahren, das ihr bei der Suche nach Sansa helfen würde.

»Kommt Ihr aus King's Landing«, fragte einer der Einheimischen Hibald. »Stimmt es, dass der Königsmörder verkrüppelt ist?«

»Das stimmt«, antwortete Hibald. »Er hat seine Schwerthand verloren.«

»Ja«, pflichtete Ser Creighton bei, »die hat ihm ein Schattenwolf abgebissen, habe ich gehört, eines der Ungeheuer, die aus dem Norden heruntergekommen sind. Aus dem Norden ist noch nie Gutes gekommen. Selbst ihre Götter sind falsch.«

»Es war kein Wolf«, hörte Brienne sich sagen. »Ser Jaime hat seine Hand durch einen Qohorik-Söldner verloren.«

»Jedenfalls ist es nicht leicht, ohne die Schwerthand zu kämpfen«, warf die Irre Maus ein.

»Pah«, meinte Ser Creighton Longbough. »Ich zum Beispiel kämpfe mit beiden Händen gleich gut.«

»Oh, daran zweifele ich nicht.« Ser Shadrich hob den Krug und prostete ihm zu.

Brienne erinnerte sich an ihren Kampf gegen Jaime Lannister im Wald. Sie hatte sich nur mit Mühe gegen seine Klinge verteidigen können. *Nach der Gefangenschaft war er geschwächt, und seine Hände waren mit Ketten gefesselt. Kein Ritter in den Sieben Königslanden hätte gegen ihn bestehen können, wenn er bei Kräften gewesen wäre, und ohne diese Ketten, die ihn behinderten.* Jaime hatte sicherlich viele böse Dinge getan, aber *kämpfen* konnte er! Ihn zu verstümmeln war unsäglich grausam gewesen. Es war eine Sache, einen Löwen zu töten, jedoch eine ganz andere, ihm die Pfote abzuhacken und ihn zu brechen.

Plötzlich wurde es ihr im Schankraum zu laut, um es noch länger hier auszuhalten. Sie verabschiedete sich für die Nacht und zog sich zurück. Die Decke des Raumes war niedrig; mit dem Wachsstock in der Hand musste sich Brienne ducken, sonst hätte sie sich den Kopf gestoßen. Die einzigen Einrichtungsgegenstände waren ein Bett, in dem sechs Männer schlafen konnten, und der Stumpf einer Talgkerze auf dem Fensterbrett. Sie zündete das Licht mit dem Wachsstock an, verriegelte die Tür und hängte ihr Langschwert an einen Bettpfosten. Die Scheide war schlicht, mit rissigem braunem Leder bezogenes Holz, und ihr Schwert war noch schlichter. Sie hatte es in King's Landing gekauft, als Ersatz für die Klinge, die ihr die Tapferen Kameraden gestohlen hatten. *Renlys Schwert.* Es schmerzte immer noch, es verloren zu haben.

Doch sie hatte ein weiteres Langschwert in ihrer Schlafdecke versteckt. Sie setzte sich aufs Bett und holte die Waffe hervor. Im Kerzenlicht glänzte das Gold gelb, die Rubine glühten rot. Als sie Oathkeeper aus der edlen Scheide zog, stockte ihr der Atem. Schwarz und rot zogen sich die Wellenlinien in der Tiefe der Klingen dahin. *Valyrischer Stahl, mit Zauberkraft geschmiedet.* Dieses Schwert gebührte einem Helden. Als sie klein gewesen war, hatte das Kindermädchen ihr Geschichten von Tapferkeit erzählt, Geschichten über die noblen Heldentaten von Ser Galladon von Morne, von Florian dem Narren, Prinz Aemon dem

Drachenritter und anderen Kämpfern. Jeder dieser Männer hatte ein berühmtes Schwert geführt, und gewiss gehörte Oathkeeper in diese Gesellschaft, auch wenn das auf sie nicht zutraf. »Ihr werdet Ned Starks Tochter mit Ned Starks eigenem Stahl verteidigen«, hatte Jaime ihr versprochen.

Sie kniete zwischen Bett und Wand nieder, hielt die Klinge und sprach ein stummes Gebet zum Alten Weib, dessen goldene Lampe den Menschen den Weg durchs Leben zeigte. *Führe mich*, bat sie, *erhelle mir den Weg, zeige mir den Pfad, der zu Sansa führt.* Sie hatte Renly gegenüber versagt, sie hatte Lady Catelyn gegenüber versagt. Doch Jaime durfte sie nicht enttäuschen. *Er hat mir sein Schwert anvertraut. Er hat mir seine Ehre anvertraut.*

Danach streckte sie sich auf dem Bett aus, so gut es eben ging. Trotz der Breite war es nicht lang genug, also legte sich Brienne schräg hinein. Sie vernahm das Klappern der Krüge unten und die Stimmen, die über die Treppe heraufhallten. Die Flöhe, von denen Longbough gesprochen hatte, machten ihre Aufwartung. Das Kratzen hielt sie wach.

Schließlich hörte sie, wie Hibald die Treppe hinaufstieg, einige Zeit später auch die Ritter. »... habe niemals seinen Namen erfahren«, sagte Ser Creighton, während er vorbeiging, »doch auf dem Schild trug er ein rotes Huhn, und von seiner Klinge troff das Blut ...« Seine Stimme verklang, und irgendwo oben wurde eine Tür geöffnet und wieder geschlossen.

Die Kerze brannte nieder. Dunkelheit breitete sich in der Alten Steinbrücke aus, im Gasthaus kehrte Stille ein, und Brienne konnte das Murmeln des Flusses hören. Erst jetzt erhob sie sich und packte ihre Sachen zusammen. Leise schob sie die Tür auf, lauschte und ging barfüßig zur Treppe. Draußen zog sie die Stiefel an und eilte zum Stall, sattelte ihre braune Stute, bat Ser Creighton und Ser Illifer im Stillen um Verzeihung und stieg auf. Einer von Hibalds Männern erwachte, als sie an ihm vorbeiritt, doch machte er keinerlei Anstalten, sie aufzuhalten. Die Hufe des Pferdes hallten über die alte Steinbrücke. Dann schlossen sich die Bäume um sie, pechschwarz und voller Geister und Erinnerungen. *Ich komme, Lady Sansa,* dachte sie, während sie durch die Dunkelheit ritt. *Habt keine Angst. Ich werde nicht ruhen, ehe ich Euch gefunden habe.*

SAMWELL

Sam las gerade über die Anderen, als er die Maus bemerkte.

Seine Augen waren gerötet und brannten. *Ich sollte sie nicht so viel reiben,* mahnte er sich stets, wenn er es gerade wieder tat. Vom Staub juckten und tränten sie, und Staub gab es hier unten überall. Kleine Wolken stoben in die Luft, wann immer er eine Seite umblätterte, und große graue stiegen auf, wenn er einen Stapel Bücher umschichtete, um zu schauen, was sich darin verbergen mochte.

Sam wusste nicht, wann er zuletzt geschlafen hatte, doch die dicke Talgkerze, die er angezündet hatte, als er mit dem ausgefransten Bündel loser, mit Bindfaden verschnürter Blätter begonnen hatte, war kaum mehr einen Zoll hoch. Er war so entsetzlich müde, trotzdem fiel es ihm schwer aufzuhören. *Ein Buch noch,* hatte er sich gesagt, *dann ist Schluss. Einen Folianten noch, nur noch einen. Eine Seite noch, dann gehe ich nach oben und ruhe mich aus und hole mir einen Bissen zu essen.* Dennoch folgte immer eine weitere Seite, und danach noch eine, und das nächste Buch wartete schon in dem Stapel. *Ich werfe nur schnell einen Blick hinein, damit ich weiß, worum es geht,* dachte er dann, und ehe er sich versah, hatte er es schon halb durchgelesen. Seit der Suppe aus Bohnen und Speck zusammen mit Pyp und Grenn war er nicht mehr zum Essen gekommen. *Nun ja, außer dem Brot und Käse, aber das war ja nur ein Happen,* dachte er. In diesem Moment hatte er auf den leeren Teller geschaut und die Maus entdeckt, die sich an den Brotkrümeln gütlich tat.

Die Maus war halb so lang wie sein kleiner Finger, hatte schwarze Augen und weiches graues Fell. Eigentlich hätte Sam sie töten sollen. Mäuse fraßen zwar lieber Brot und Käse, aber eben auch Papier. Zwischen den Regalen und Stapeln hatte er viel Mäusekot gefunden, und manche Ledereinbände ließen erkennen, dass sie angeknabbert worden waren.

Sie ist so klein. Und hungrig. Wie konnte er ihr diese wenigen Krümel missgönnen? *Aber sie frisst Bücher …* Nach Stunden auf dem Stuhl war Sams Rücken steif wie ein Brett, seine Beine kribbelten. Um die Maus zu fangen, würde er nicht schnell genug sein, das wusste er, aber er könnte sie vielleicht erschlagen. Neben seinem Arm lag eine schwere, in Leder gebundene Abschrift der *Annalen des Schwarzen Zentauren*, Septon Jorquens erschöpfend ausführliche Darstellung der neun Jahre, in denen Orbert Caswell als Lord Commander der Nachtwache gedient hatte. Für jeden Tag seiner Dienstzeit gab es eine Seite, und jeder Eintrag begann offensichtlich mit: »Lord Orbert erhob sich im Morgengrauen und entleerte seinen Darm«, außer dem letzten, der lautete: »Lord Orbert war, wie sich herausstellte, im Laufe der Nacht gestorben.«

Mit Septon Jorquen kann es keine Maus aufnehmen. Ganz langsam packte Sam das Buch mit der linken Hand. Es war dick und schwer, und als er es mit einer Hand anheben wollte, glitt es ihm aus den fleischigen Fingern und fiel mit einem Plumps zurück. Binnen eines Herzschlags war die Maus davongehuscht. Sam war erleichtert. Das arme Wesen erschlagen zu haben hätte ihm Albträume bereitet. »Trotzdem darfst du keine Bücher fressen«, sagte er laut. Vielleicht sollte er nächstes Mal mehr Käse mitbringen.

Es überraschte ihn, wie weit die Kerze heruntergebrannt war. Hatte er die Bohnen-Speck-Suppe heute oder gestern gegessen? *Gestern. Es musste gestern gewesen sein.* Bei dieser Erkenntnis konnte er ein Gähnen nicht unterdrücken. Jon würde sich fragen, was aus ihm geworden war, Maester Aemon hingegen würde es zweifelsohne verstehen. Bevor der Maester sein Augenlicht eingebüßt hatte, war seine Liebe zu Büchern ebenso groß gewesen wie Samwell Tarlys. Er begriff, wie man manchmal geradewegs in sie hineinfallen konnte, als wäre jede Seite ein Loch, das sich zu einer anderen Welt hin auftat.

Sam stemmte sich auf die Beine und verzerrte das Gesicht wegen des Kribbelns in den Waden. Der Stuhl war sehr hart und drückte sich in die Rückseite seiner Oberschenkel, wenn Sam sich über ein Buch beugte. *Ich darf nicht vergessen, mir ein Kissen mitzubringen.* Es wäre sogar noch besser, wenn er hier unten schlafen könnte, in der Zelle, die er entdeckt hatte, halb verborgen hinter vier Truhen voller loser Seiten, die sich aus ihren Büchern gelöst hatten. Doch er wollte Maester Aemon nicht so lange allein lassen. In letzter Zeit war der Maester nicht bei Kräften gewesen, und er brauchte Hilfe, vor allem mit den Raben. Natürlich hatte Aemon auch Clydas, doch Sam war jünger und konnte besser mit den Vögeln umgehen.

Mit einem Stapel Bücher und Schriftrollen unter dem linken Arm und der Kerze in der Rechten machte er sich auf den Weg durch die Tunnel, die von den Brüdern Wurmhöhlen genannt wurden. Fahler Lichtschein erhellte die steilen Steinstufen, die hinaufführten; demnach war oben der Tag angebrochen. Sam ließ die Kerze in einer Wandnische brennen und begann mit dem Aufstieg. Bei der fünften Stufe schnaufte er bereits. Auf der zehnten blieb er stehen und schob die Bücher vom linken unter den rechten Arm.

Der Himmel, unter dem er herauskam, hatte die Farbe von Bleiweiß. *Ein Schneehimmel,* dachte Sam und schaute blinzelnd in die Höhe. Bei dieser Aussicht wurde ihm unbehaglich zumute. Er erinnerte sich an die Nacht auf der Faust der Ersten Menschen, als die Wiedergänger und der Schnee zusammen gekommen waren. *Sei nicht so eine Memme,* dachte er. *Um dich herum sind alle Geschworenen Brüder versammelt, nicht zu vergessen Stannis Baratheon mit seiner gesamten Ritterschaft.* Die Türme und Bergfriede von Castle Black ragten über ihm auf, Zwerge angesichts der eisigen Riesenhaftigkeit der Mauer. Eine kleine Armee kletterte ein Viertel des Wegs nach oben über das Eis, wo eine neue Treppe im Zickzack zu den Überresten der alten hinaufkroch. Der Lärm von Sägen und Hämmern hallte vom Eis wider. Jon ließ die Baumeister Tag und Nacht daran arbeiten. Sam hatte einige sich beim Abendessen darüber beschweren gehört, sie hatten behauptet, Lord Mormont habe sie niemals auch nur halb so schwer schuften lassen. Ohne diese große Treppe gab es jedoch außer der Kettenwinde keine andere Möglichkeit, auf die Mauer zu gelangen. Sosehr Samwell Tarly Treppen auch verabscheute, den Käfig mochte er noch weniger. Wann immer er darin fuhr, schloss er die Augen, weil er überzeugt war, die Kette würde reißen. Jedes Mal, wenn der Eisenkäfig über das Eis scharrte, setzte sein Herz für einen Moment aus.

Vor zweihundert Jahren waren hier Drachen. Samwell ertappte sich bei diesem Gedanken, während er zuschaute, wie der Käfig langsam herunterkam. *Die wären einfach hinaufgeflogen.* Königin Alysanne hatte Castle Black auf ihrem Drachen besucht, und Jaehaerys, ihr König, war ihr auf seinem gefolgt. Könnte Silberschwinge ein Ei hinterlassen haben? Oder hatte Stannis ein Ei auf Dragonstone gefunden? *Selbst wenn er ein Ei hat, wie kann er hoffen, es zum Leben zu erwecken?* Baelor der Selige hatte über seinen Eiern gebetet, und andere Targaryens hatten versucht, ihre mit Zauberei auszubrüten. Es hatte ihnen nur Possenspiele und Tragödien eingebracht.

»Samwell«, sagte eine niedergeschlagene Stimme. »Ich wollte dich gerade holen. Mir wurde aufgetragen, dich zum Lord Commander zu bringen.«

Eine Schneeflocke landete auf Sams Nase. »Jon will mich sehen?«

»Dazu kann ich nichts sagen«, meinte der Schwermütige Edd Tollett. »Nie wollte ich nur die Hälfte der Dinge sehen, die ich sehen musste, und ich habe nicht einmal die Hälfte der Dinge gesehen, die ich gern sehen wollte. Ich glaube, wollen trifft es nicht genau. Trotzdem solltest du hingehen. Lord Snow möchte mit dir sprechen, sobald er mit Crasters Weib fertig ist.«

»Goldy.«

»Genau, mit der. Wenn meine Amme so ausgesehen hätte, würde ich ihr heute noch an den Zitzen hängen. Meine hatte einen Bart.«

»Den haben die meisten Ziegen«, rief Pyp, der mit Grenn um die Ecke bog, die Langbögen in der Hand und die Köcher mit Pfeilen auf dem Rücken. »Wo bist du gewesen, Töter? Wir haben dich gestern Abend beim Essen vermisst. Ein ganzer gerösteter Ochse ist übrig geblieben.«

»Nenn mich nicht Töter.« Sam ignorierte den Spott mit dem Ochsen. So war Pyp nun einmal. »Ich habe gelesen. Da war eine Maus …«

»Sprich vor Grenn nicht von Mäusen. Er hat Angst vor ihnen.«

»Habe ich nicht«, widersprach Grenn entrüstet.

»Du würdest dich nicht trauen, eine zu essen.«

»Ich würde mehr Mäuse essen als du.«

Der Schwermütige Edd stieß einen Seufzer aus. »Als ich klein war, haben wir Mäuse nur an Festtagen bekommen. Ich war der Jüngste, deshalb gab es für mich immer nur den Schwanz. Am Schwanz ist überhaupt kein Fleisch.«

»Wo ist dein Langbogen, Sam?«, fragte Grenn. Ser Alliser pflegte ihn *Auerochs* zu nennen, und jeden Tag schien er diesem Namen mehr gerecht zu werden. Groß, aber langsam und schwerfällig, mit dickem Nacken, dickem Bauch und rotem Gesicht war er zur Mauer gekommen. Obwohl sein Nacken immer noch rot anlief, wenn Pyp ihn mit irgendetwas aufzog, hatte die stundenlange Arbeit mit Schwert und Schild den Bauch flach, die Brust breit und die Arme hart werden lassen. Er war *stark* und auch so zottelig wie ein Auerochs. »Ulmer hatte dich bei den Zielscheiben erwartet.«

»Ulmer«, wiederholte Sam verlegen. Eine der ersten Anordnungen, die Jon Snow als Lord Commander gegeben hatte, war tägliches Üben mit Pfeil und Bogen für die gesamte Garnison, sogar für die Burschen und Köche. Die Wache habe sich in der Vergangenheit zu sehr auf das Schwert und zu wenig auf den Bogen konzentriert, so hatte er gesagt, ein Relikt aus den Tagen, in denen jeder zehnte Bruder ein Ritter gewesen war, anstatt jeder hundertste wie heute. Sam sah diesen Erlass durchaus ein, doch er verabscheute das Bogenschießen fast so sehr wie das Treppensteigen. Wenn er seine Handschuhe trug, traf er so gut wie nie, wenn er sie auszog, bekam er Blasen an den Fingern. Diese Bögen waren zudem *gefährlich.* Satin hatte sich mit einer Bogensehne den halben Fingernagel abgerissen. »Habe ich vergessen.«

»Du hast der Wildlingsprinzessin das Herz gebrochen, Töter«, sagte Pyp. Seit kurzem hatte Val sich angewöhnt, ihnen vom Fenster ihres Zimmers im Königsturm zuzuschauen. »Sie hat nach dir Ausschau gehalten.«

»Hat sie nicht! Sag das nicht!« Sam hatte nur zweimal mit Val gesprochen, als Maester Aemon sie besucht hatte, um sich zu vergewissern, dass die Säuglinge gesund waren. Die Prinzessin war so hübsch, dass Sam in ihrer Gegenwart ständig stammelte und errötete.

»Warum nicht?«, wollte Pyp wissen. »Sie will Kinder von dir haben. Vielleicht sollten wir dich Sam der Verführer nennen.«

Sam errötete. König Stannis hatte Pläne mit Val, das wusste er; sie war der Mörtel, mit dem er den Frieden zwischen den Nordmännern und dem freien Volk festmauern wollte. »Ich habe heute keine Zeit zum Bogenschießen, ich muss zu Jon.«

»Jon? Jon? Kennen wir jemanden namens Jon, Grenn?«

»Er meint den Lord Commander.«

»*Ohhh.* Der Große Lord Snow. Freilich. Warum willst du zu ihm? Er kann nicht einmal mit den Ohren wackeln.« Pyp bewegte seine hin und her, um zu demonstrieren, dass er diesen Trick beherrschte. Seine Ohren waren groß und vor Kälte gerötet. »Jetzt ist er wirklich *Lord* Snow, zu verflucht hochgeboren für unsereins.«

»Jon hat Pflichten«, verteidigte Sam ihn. »Er muss sich um die Mauer kümmern und um alles, was damit zu tun hat.«

»Ein Mann hat auch eine Pflicht gegenüber seinen Freunden. Ohne uns wäre Janos Slynt jetzt vielleicht unser Lord Commander. Lord Janos hätte Snow nackt mit einem Maultier auf Patrouille geschickt. ›Auf zu Crasters Bergfried‹, hätte er gesagt, ›und hol mir Mantel und Stiefel des Alten Bären zurück.‹ Wir haben ihn davor bewahrt, aber jetzt hat er zu viele *Pflichten*, um am Feuer einen Becher Würzwein mit uns zu trinken.«

Grenn stimmte zu. »Seine Pflichten halten ihn nicht vom Hof fern. An den meisten Tagen kämpft er dort mit jemandem.«

Da hatte er Recht, das musste Sam einräumen. Einmal, als Jon kam, um sich mit Maester Aemon zu beraten, hatte Sam ihn gefragt, warum er so viel Zeit mit dem Schwertkampf verbringe. »Der Alte Bär hat nie so viel geübt, während er Lord Commander war«, hatte er gesagt. Zur Antwort hatte Jon ihm Longclaw in die Hand gedrückt. Er hatte ihn die Leichtigkeit spüren lassen, die Ausgewogenheit, hatte ihn die Klinge drehen und wenden lassen, so dass die Riffelung in dem rauchdunklen Metall glänzte. »Valyrischer Stahl«, hatte er erklärt, »unter Zaubersprüchen geschmiedet und messerscharf, nahezu unzerstörbar. Ein Schwertkämpfer sollte so gut sein wie seine Waffe, Sam. Longclaw ist aus valyrischem Stahl, aber ich nicht. Die Halbhand hätte mich so leicht umbringen können, wie du eine Fliege totschlägst.«

Sam reichte ihm das Schwert zurück. »Wenn ich versuche, eine Fliege totzuschlagen, surrt sie immer davon. Ich haue mir dabei nur auf den Arm. Das tut weh.«

Darüber hatte Jon lachen müssen. »Wie du willst. Qhorin hätte mich so leicht umbringen können, wie du eine Schüssel Haferbrei isst.« Sam mochte Haferbrei, besonders, wenn er mit Honig gesüßt war.

»Dafür habe ich jetzt keine Zeit.« Sam ließ seine Freunde stehen, machte sich auf den Weg zur Waffenkammer und hielt die

Bücher vor der Brust. *Ich bin der Schild, der die Reiche der Menschen schützt*, erinnerte er sich. Er fragte sich, was diese Menschen wohl sagen würden, wenn sie erfuhren, dass sie von Burschen wie Grenn, Pyp und dem Schwermütigen Edd geschützt wurden.

Der Turm des Lord Commanders war völlig ausgebrannt, und Stannis Baratheon hatte den Königsturm als Quartier für sich beansprucht, daher hatte sich Jon Snow in Donal Noyes bescheidenen Räumen hinter der Waffenkammer eingerichtet. Goldy ging gerade, als Sam eintraf, sie hatte sich in den alten Mantel gehüllt, den er ihr gegeben hatte, als sie aus Crasters Bergfried geflohen waren. Fast rannte sie an ihm vorbei, doch Sam erwischte sie am Arm und ließ dabei zwei Bücher fallen. »Goldy.«

»Sam.« Ihre Stimme klang belegt. Goldy war schlank, hatte dunkles Haar und die großen braunen Augen eines Rehs. Sie verschwand fast in Sams altem Mantel, ihr Gesicht wurde halb von dessen Kapuze verborgen, doch trotzdem zitterte sie. Ihr Gesicht sah bleich und verängstigt aus.

»Was ist denn los?«, fragte Sam. »Wie geht es den Kleinen?«

Goldy machte sich aus seinem Griff los. »Denen geht es gut, Sam. Gut.«

»Es ist ein Wunder, dass du bei den beiden überhaupt schlafen kannst«, meinte Sam freundlich. »Welches hat denn letzte Nacht die ganze Zeit geschrien? Ich dachte, es würde niemals aufhören.«

»Dallas Junge. Er schreit, wenn er die Brust will. Meiner … meiner brüllt fast nie. Manchmal gluckst er, aber …« Ihr stiegen die Tränen in die Augen. »Ich muss gehen. Es ist längst an der Zeit, sie zu füttern. Wenn ich nicht gleich gehe, tropft mir die Milch aus den Brüsten.« Sie ließ Sam verwirrt stehen und lief über den Hof.

Er musste sich hinknien, um die Bücher aufzusammeln, die er fallen gelassen hatte. *Ich hätte nicht so viele mitnehmen sollen*, sagte er sich, während er den Schmutz von Colloquo Votars *Jadekompendium* wischte, einem dicken Wälzer mit Geschichten und Legenden, den zu finden Maester Aemon ihm aufgetragen hatte. Das Buch schien nicht beschädigt zu sein. Maester Thomax' *Das Drachengeschlecht. Eine historische Abhandlung über das Haus Targaryen von der Verbannung bis zur Apotheose, unter Berücksichtigung von Leben und Tod der Drachen* hatte nicht so viel Glück gehabt. Es war beim Fall aufgeschlagen, und einige Seiten waren mit Schlamm beschmutzt, darunter auch eine mit einem recht hübschen Bild in bunter Tinte von Balerion dem Schwarzen Schrecken. Sam schalt sich einen ungeschickten Tölpel, während er die Seiten glatt strich und abrieb. In Goldys Gegenwart wurde er immer nervös, und sie erregte bei ihm stets eine gewisse … nun, *Erregung.* Ein Geschworener Bruder der Nachtwache sollte solche Gefühle eigentlich nicht empfinden, wie Goldy sie bei ihm auslöste, besonders wenn sie über ihre Brüste sprach und …

»Lord Snow wartet.« Zwei Wachen in schwarzen Mänteln und Halbhelmen aus Eisen stand vor der Tür der Waffenkammer und lehnten sich auf ihre Speere. Der Haarige Hal hatte ihn angesprochen. Mully half Sam wieder auf die Füße. Sam stieß seinen Dank hervor und eilte an ihnen vorüber, wobei er sich den Stapel Bücher vor die Brust presste, als er an der Schmiede mit dem Amboss und den Balgen vorbeiging. Auf seiner Werkbank lag ein halb fertiges Kettenhemd. Ghost hatte sich unter dem Amboss ausgestreckt und nagte an einem Ochsenknochen herum, um an das Mark zu gelangen. Der große weiße Schattenwolf schaute auf, als Sam ihn passierte, gab jedoch keinen Laut von sich.

Jons Solar lag hinter den Gestellen für Speere und Schilde. Bei Sams Eintreten las Jon ein Pergament. Lord Commander Mormonts Rabe saß auf seiner Schulter und linste auf das Blatt, als lese er ebenfalls, doch als der Vogel Sam bemerkte, breitete er die Flügel aus, flatterte auf ihn zu und schrie: »*Korn, Korn!*«

Sam schob die Bücher zurecht, griff in den Sack neben der Tür und holte eine Hand voll Getreide hervor. Der Rabe landete auf seinem Handgelenk, pickte ihm ein Korn von der Handfläche und hackte dabei so fest, dass Sam aufjaulte und die Hand zurückzog. Der Rabe erhob sich wieder in die Luft, und überall lagen gelbe und rote Körner verstreut.

»Mach die Tür zu, Sam.« Schwach zeigten sich noch die Narben auf Jons Wange, wo ein Adler einst versucht hatte, ihm das Auge auszuhacken. »Hat dir der gemeine Bursche die Haut aufgerissen?«

Sam legte die Bücher vorsichtig ab und zog den Handschuh aus. »Ja.« Er fühlte sich der Ohnmacht nahe. »Ich *blute*.«

»Wir alle vergießen unser Blut für die Wache. Zieh dickere Handschuhe an.« Jon schob ihm mit dem Fuß einen Stuhl zu. »Setz dich, und schau dir das an.« Er reichte ihm das Pergament.

»Was ist das?«, fragte Sam. Der Rabe machte sich daran, zwischen den Binsen nach Körnern zu suchen.

»Ein Schild aus Papier.«

Sam saugte das Blut von seiner Hand, während er las. Er erkannte auf Anhieb Maester Aemons Schrift. Sie war klein und präzise, nur konnte der alte Mann Tintenkleckse nicht sehen, und deshalb hinterließ er manchmal unansehnliche Schmierflecke. »Ein Brief an König Tommen?«

»Auf Winterfell haben Tommen und mein Bruder Bran mit Holzschwertern gekämpft. Tommen war so dick gepolstert, dass er ausgesehen hat wie eine gestopfte Gans. Bran hat ihn zu Boden geschlagen.« Jon trat ans Fenster. »Und doch ist Bran tot, und der pummelige Tommen mit seinem rosa Gesicht sitzt auf dem Eisernen Thron und trägt eine Krone auf den goldenen Locken.«

Bran ist nicht tot, hätte Sam am liebsten gesagt. *Er ist jenseits der Mauer, bei Kalthand.* Die Worte blieben ihm im Halse stecken. *Ich habe geschworen, es nicht zu verraten.* »Du hast den Brief nicht unterschrieben.«

»Der Alte Bär hat den Eisernen Thron hundertmal um Hilfe

gebeten. Man hat ihm Janos Slynt geschickt. Ein Brief wird die Lannisters nicht dazu veranlassen, uns mehr Liebe entgegenzubringen. Nicht, wenn sie hören, dass wir Stannis geholfen haben.«

»Nur bei der Verteidigung der Mauer, nicht bei seiner Rebellion.« Rasch las Sam den Brief von neuem. »Das *steht* doch hier.«

»Dieser feine Unterschied könnte Lord Tywin entgehen.« Jon nahm den Brief zurück. »Weshalb sollte er uns jetzt helfen? Er hat es nie getan.«

»Na ja«, meinte Sam, »er will vielleicht nicht, dass es heißt, Stannis sei zur Verteidigung des Reiches geritten, während König Tommen sich seinem Spielzeug gewidmet hat. Das würde dem Hause Lannister Spott einbringen.«

»Tod und Vernichtung will ich über das Haus Lannister bringen, keinen Spott.« Jon hielt den Brief in die Höhe. »*Die Nachtwache beteiligt sich nicht an den Kriegen in den Sieben Königslanden*«, las er. »*Unser Eid gilt dem Reiche, und das Reich ist in äußerster Gefahr. Stannis Baratheon steht uns gegen die Feinde jenseits der Mauer bei, dennoch sind wir nicht seine Männer …*«

»Ja«, bekräftigte Sam und wand sich. »*Sind* wir doch auch nicht. Oder?«

»Ich habe Stannis Vorräte, Obdach und das Nachtfort gewährt, dazu die Erlaubnis, Angehörige des freien Volks in der Schenkung anzusiedeln. Das ist alles.«

»Lord Tywin wird sagen, es sei zu viel gewesen.«

»Stannis sagt, es reicht nicht aus. Je mehr man einem König gibt, desto mehr verlangt er. Wir tappen über eine Brücke aus Eis, mit einem Abgrund zu beiden Seiten. Es einem König recht zu machen ist schwierig genug. Zwei zufrieden zu stellen ist kaum möglich.«

»Ja, aber … falls die Lannisters siegen und Lord Tywin entscheidet, wir hätten ihn verraten, indem wir Stannis geholfen haben, könnte das das Ende der Nachtwache bedeuten. Er hat die Tyrells hinter sich und damit die ganze Macht von Highgarden. Außerdem hat er Lord Stannis am Blackwater besiegt.« Vielleicht wurde Sam beim Anblick von Blut schwindelig, doch wusste er, wie Kriege gewonnen wurden. Sein Vater hatte dafür gesorgt.

»Am Blackwater hat nur eine Schlacht stattgefunden. Robb hat keine seiner Schlachten verloren und trotzdem seinen Kopf eingebüßt. Wenn Stannis den Norden hinter sich bringen kann …«

Er versucht, sich selbst zu überzeugen, begriff Sam, *aber es gelingt ihm nicht.* Die Raben waren in einem Sturm schwarzer Schwingen von Castle Black ausgeflogen, um die Lords des Nordens aufzurufen, sich für Stannis Baratheon zu erklären und ihre Macht mit seiner zu vereinen. Bisher war nur ein Vogel zurückgekehrt, der von Karhold. Ansonsten herrschte beredtes Schweigen.

Selbst wenn Stannis die Nordmänner für sich gewinnen würde, vermochte Sam nicht zu erkennen, wie Lord Baratheon hoffen konnte, es mit den vereinten Kräften von Casterly Rock, Highgarden und den Twins aufzunehmen. *Genauso dem Untergang geweiht wie die Nachtwache, wenn Lord Tywin uns als Verräter abstempelt.* »Die Lannisters haben selbst Nordmänner auf ihrer Seite: Lord Bolton und seinen Bastard.«

»Stannis hat die Karstarks. Wenn wir White Harbor überzeugen können …«

»Wenn«, betonte Sam. »Wenn nicht … Mylord, selbst ein Schild aus Papier ist besser als gar keiner.«

Jon wedelte mit dem Brief. »Wahrscheinlich.« Er seufzte, nahm eine Feder und kritzelte seine Unterschrift ans Ende des Schriftstücks. »Hol mir das Siegelwachs.« Sam erhitzte ein Stück schwarzes Wachs über einer Kerze und tröpfelte ein wenig davon auf das Pergament, dann schaute er zu, wie Jon das Siegel des Lord Commanders hineindrückte. »Nimm es mit zu Maester Aemon, wenn du zu ihm gehst«, befahl er, »und sag ihm, er soll einen Vogel nach King's Landing schicken.«

»Wird erledigt.« Sam zögerte. »Mylord, wenn ich mir die Frage erlauben darf … ich habe Goldy vor der Tür gesehen. Sie hat fast geweint.«

»Val hat sie wieder geschickt, um für Mance zu bitten.«

»Oh.« Val war die Schwester der Frau, die der König-jenseits-der-Mauer sich zu seiner Königin erkoren hatte. *Die Wildlingsprinzessin* nannten Stannis und seine Männer sie. Ihre Schwester Dalla war während der Schlacht gestorben, wenn auch nicht durch eine Waffe; sie hatte die Geburt von Mance Rayders Sohn nicht überlebt. Rayder würde ihr bald ins Grab folgen, wenn die Gerüchte, die Sam gehört hatte, der Wahrheit entsprachen. »Was habt Ihr zu ihr gesagt?«

»Dass ich mit Stannis sprechen werde, obwohl ich bezweifle, dass meine Worte Einfluss auf ihn haben. Die oberste Pflicht eines Königs besteht darin, das Reich zu verteidigen, und Mance hat es angegriffen. Seine Gnaden wird das wahrscheinlich nicht vergessen. Mein Vater hat immer gesagt, Stannis Baratheon sei ein gerechter Mann. Allerdings hat nie jemand behauptet, er würde leicht vergeben.« Jon hielt inne und runzelte die Stirn. »Ich würde Mance lieber selbst enthaupten. Früher war er ein Mann der Nachtwache. Eigentlich gehört sein Leben uns.«

»Pyp sagt, die Lady Melisandre will ihn den Flammen übergeben, für irgendeine Hexerei.«

»Pyp sollte lieber lernen, seine Zunge im Zaum zu halten. Allerdings habe ich das Gleiche von anderen gehört. Königsblut, um einen Drachen zu wecken. Wo Melisandre einen schlafenden Drachen finden will, weiß niemand so genau. Es ist Unsinn. Mance' Blut ist nicht königlicher als meins. Er hat nie eine Krone getragen oder auf einem Thron gesessen. Ein Brigant ist er, mehr nicht. Brigantenblut hat keine Macht.«

Der Rabe blickte vom Boden auf. *»Blut«*, kreischte er.

Jon achtete nicht auf ihn. »Ich schicke Goldy fort.«

»Oh.« Sams Kopf fuhr hoch. »Nun, das … das ist gut, Mylord.« Es wäre das Beste für sie, einen warmen und sicheren Ort zu finden, fern von der Mauer und den Kämpfen.

»Sie und den Jungen. Wir müssen eine andere Amme für seinen Milchbruder finden.«

»Ziegenmilch dürfte ausreichen, bis wir eine haben. Für Säuglinge ist sie besser als Kuhmilch.« Sam hatte das einmal gelesen. Er rutschte auf seinem Stuhl hin und her. »Mylord, als ich die Annalen durchgeschaut habe, bin ich auf einen weiteren Knaben als Commander gestoßen. Vierhundert Jahre vor der Eroberung. Osric Stark war zehn, als er gewählt wurde, aber er hat sechzig Jahre lang gedient. Das wären vier, Mylord. Ihr seid nicht einmal annähernd der jüngste Gewählte. Bisher seid Ihr nur der fünftjüngste.«

»Die jüngeren vier waren Söhne, Brüder oder Bastarde des Königs im Norden. Erzähl mir etwas Nützliches. Zum Beispiel etwas über unseren Feind.«

»Die Anderen.« Sam fuhr sich mit der Zunge über die Lippen. »Sie werden in den Annalen erwähnt, wenn auch nicht so oft, wie ich geglaubt hätte. Jedenfalls in den Annalen, die ich gefunden und durchgesehen habe. Es gibt noch andere, die ich bisher nicht entdeckt habe, das weiß ich. Einige der älteren Bücher fallen auseinander. Die Seiten zerbröseln, wenn ich versuche umzublättern. Und bei den *ganz* alten Büchern … entweder sind sie schon zu Staub zerfallen, oder sie liegen irgendwo verborgen, wo ich noch nicht gesucht habe, oder … nun, vielleicht gibt es diese Bücher gar nicht und gab sie auch nie. Die ältesten Bände, die wir haben, wurden geschrieben, nachdem die Andalen in Westeros eintrafen. Die Ersten Menschen haben uns nur Runen in Steinen hinterlassen, also stammt alles, was wir über das Zeitalter der Helden und das Zeitalter der Dämmerung zu wissen glauben, aus Aufzeichnungen, die Septone tausende Jahre später angefertigt haben. In der Citadel gibt es Erzmaester, die das insgesamt in Frage stellen. Die alten Geschichten sind voller Könige, die Hunderte von Jahren herrschten, und voller Ritter, die tausend Jahre durch die Lande zogen, ehe es überhaupt Ritter *gegeben* hat. Ihr kennt die Legenden, Brandon der Erbauer, Symeon Sternaugen, der König der Nacht … Wir sagen, Ihr seid der neunhundertachtundneunzigste Lord Commander der Nachtwache, aber die älteste Liste, die ich aufgetrieben habe, nennt sechshundertvierundsiebzig Lord Commander, was darauf hindeutet, dass sie geschrieben wurde, als …«

»Jedenfalls vor langer Zeit«, unterbrach ihn Jon. »Was ist mit den Anderen?«

»Ich habe eine Stelle gefunden, wo Drachenglas erwähnt wird. Die Kinder des Waldes pflegten der Nachtwache jedes Jahr hundert Obsidiandolche zu schenken, während des Zeitalters der Helden. Die Anderen kommen, wenn es kalt ist, darin stimmen die meisten Geschichten überein. Oder es wird kalt, wenn sie kommen. Manchmal erscheinen sie während eines Schneesturms und verschwinden, sobald der Himmel aufklart. Sie verbergen sich vor dem Licht der Sonne und zeigen sich bei Nacht … oder die Nacht bricht an, wenn sie sich zeigen. Manche Erzählungen berichten davon, dass sie auf den Kadavern toter Tiere reiten. Auf Bären, Schattenwölfen, Mammuten, Pferden, es spielt keine Rolle, solange die Tiere nur tot sind. Der, der den Kleinen Paul umgebracht hat, saß auf einem toten Pferd, dieser Teil stimmt also offensichtlich. Manche Aufzeichnungen sprechen auch von riesigen Eisspinnen. Ich weiß nicht, was das sein soll. Männer, die im Kampf mit den Anderen fallen, müssen verbrannt werden, sonst erheben sie sich von den Toten und werden zu Leibeigenen der Anderen.«

»Das wissen wir alles. Die Frage lautet: Wie können wir sie bekämpfen?«

»Die Rüstung der Anderen widersteht gewöhnlichen Klingen, wenn man den Geschichten glauben darf«, berichtete Sam, »und ihre eigenen Schwerter sind so kalt, dass sie Stahl zerspringen lassen. Feuer schreckt sie, und durch Obsidian sind sie verwundbar.« Er erinnerte sich an den Anderen, dem er im Verwunschenen Wald gegenübergestanden hatte, und daran, wie er sich einfach aufzulösen schien, als er mit dem Drachenglasdolch auf ihn eingestochen hatte, den Jon für ihn gemacht hatte. »Ich habe einen Bericht über die Lange Nacht entdeckt, in dem von einem letzten Helden die Rede ist, der die Anderen mit einer Klinge aus Drachenstahl tötet. Angeblich konnten sie dem nicht standhalten.«

»Drachenstahl?« Jon runzelte die Stirn. »*Valyrischer* Stahl?«

»Das habe ich auch als Erstes gedacht.«

»Wenn ich die Lords der Sieben Königslande also einfach davon überzeugen kann, uns ihre valyrischen Klingen zu überlassen, ist alles gerettet? Das ist nicht schwer.« In seinem Lachen war keine Heiterkeit. »Hast du in Erfahrung gebracht, wer die Anderen sind, woher sie kommen und was sie wollen?«

»Noch nicht, Mylord, aber es könnte sein, dass ich bisher schlicht die falschen Bücher gelesen habe. Es gibt Hunderte, die ich mir noch nicht angeschaut habe. Mit ein wenig mehr Zeit werde ich alles herausfinden, was es herauszufinden gibt.«

»Dazu bleibt keine Zeit mehr.« Jon klang traurig. »Du musst deine Sachen packen, Sam. Du brichst mit Goldy auf.«

»Aufbrechen?« Einen Augenblick lang verstand Sam nicht. »Ich breche auf? Nach Eastwatch, Mylord? Oder … wohin soll ich …«

»Nach Oldtown.«

»*Oldtown?*« Es kam heraus wie ein Piepsen. Horn Hill lag nahe bei Oldtown. *Zuhause.* Bei dem Gedanken schwindelte ihm. *Mein Vater.*

»Aemon auch.«

»Aemon? *Maester* Aemon? Aber … er ist hundertundzwei Jahre alt, Mylord, er kann nicht … Ihr schickt ihn *und* mich? Wer wird sich um die Raben kümmern? Wenn sie krank werden oder sich verletzen, wer …«

»Clydas. Er ist schon seit Jahren bei Aemon.«

»Clydas ist nur ein Bursche, und seine Augen werden immer schlechter. Ihr braucht einen *Maester.* Maester Aemon ist so gebrechlich, eine Seereise …« Er dachte an den Arbor und die *Ar-*

bor-Königin, und beinahe wäre er an seiner Zunge erstickt. »Es könnte ... er ist alt, und ...«

»Gewiss stellt die Reise ein Risiko für sein Leben dar. Dessen bin ich mir bewusst, Sam, aber hier droht ihm noch größere Gefahr. Stannis weiß, wer Aemon ist. Falls die rote Frau Königsblut für ihre Zauberei braucht ...«

»Oh.« Sam erbleichte.

»Dareon wird sich euch in Eastwatch anschließen. Ich setze meine Hoffnung darauf, dass er mit seinen Liedern im Süden ein paar Männer für uns gewinnen kann. Die *Schwarzdrossel* bringt euch nach Braavos. Dort sucht ihr euch selbst eine Überfahrt nach Oldtown. Wenn du Goldys Kind immer noch als Bastard annehmen willst, schick sie und den Säugling nach Horn Hill. Ansonsten wird Aemon für sie einen Platz als Magd in der Citadel finden.«

»Mein B-b-bastard.« Das hatte er gesagt, ja, aber ... *So viel Wasser. Ich könnte ertrinken. Immer wieder sinken Schiffe, und der Herbst ist eine stürmische Jahreszeit.* Wenigstens wäre Goldy bei ihm, und das Kind würde in Sicherheit aufwachsen. »Ja, ich ... meine Mutter und meine Schwestern werden Goldy mit dem Kind helfen.« *Ich kann einen Brief schicken, ich brauche nicht selbst nach Horn Hill zu reisen.* »Dareon könnte sie genauso gut nach Oldtown bringen wie ich. Ich bin ... Ich übe jeden Nachmittag Bogenschießen mit Ulmer, wie Ihr befohlen habt ... nun, nur dann nicht, wenn ich in den Gewölben bin, aber Ihr habt mir aufgetragen, Wissen über die Anderen zusammenzutragen. Von dem Langbogen schmerzen meine Schultern, und ich bekomme Blasen an den Fingern.« Er zeigte Jon eine Stelle, wo eine aufgegangen war. »Trotzdem übe ich. Ich treffe das Ziel jetzt schon öfter, als ich vorbeischieße, auch wenn ich noch immer der schlechteste Schütze bin, der je einen Bogen gespannt hat. Aber ich mag Ulmers Geschichten. Jemand sollte sie aufschreiben und ein Buch daraus machen.«

»Tu du das. In der Citadel haben sie Pergament und Tinte und außerdem Langbögen. Ich erwarte, dass du deine Übungen fortsetzt. Sam, die Nachtwache hat Hunderte von Männern, die mit Pfeil und Bogen umgehen können, aber nur eine Hand voll, die lesen oder schreiben kann. Ich brauche dich als meinen neuen Maester.«

Bei diesem Wort zuckte Sam zusammen. *Nein, Vater, nein, ich werde nie wieder davon sprechen, ich schwöre es bei den Sieben. Lass mich hinaus, bitte, lass mich hinaus.* »Mylord, ich … Meine Arbeit ist hier, die Bücher …«

»… werden noch hier sein, wenn du zu uns zurückkehrst.«

Sam legte die Hand an die Kehle. Fast konnte er die Kette dort spüren, wie sie ihn würgte. »Mylord, die Citadel … sie lassen einen Leichen aufschneiden.« *Sie zwingen dich, eine Kette um den Hals zu tragen. Wenn es dir um eine Kette geht, komm mit.* Drei Tage und drei Nächte lang hatte sich Sam in den Schlaf geweint, Hände und Füße an eine Wand gekettet. Die Kette um seinen Hals hatte so fest gesessen, dass die Haut aufgeschürft wurde, und wann immer er sich im Schlaf in die falsche Richtung wälzte, würgte sie ihm die Luft ab. »Ich kann keine Kette tragen.«

»Du kannst. Und du wirst. Maester Aemon ist alt und blind. Seine Kräfte verlassen ihn. Wer wird an seine Stelle treten, wenn er stirbt? Maester Mullin im Shadow Tower ist mehr ein Kämpfer als ein Gelehrter, und Maester Harmune von Eastwatch ist öfter betrunken als nüchtern.«

»Wenn Ihr die Citadel um weitere Maester bittet …«

»Das habe ich vor. Wir brauchen jeden, den wir bekommen. Aemon Targaryen ist allerdings nicht so leicht zu ersetzen.« Jon schien verblüfft. »Ich war überzeugt, dass dir der Vorschlag gefallen würde. In der Citadel gibt es so viele Bücher, dass niemand sich erträumen kann, sie alle zu lesen. Du würdest dich dort gut machen, Sam. Das weiß ich.«

»Nein. Ich könnte die Bücher lesen, aber … ein Maester muss ein Heiler sein, und beim Anblick von Blut werde ich ohnmächtig.« Er streckte die zitternde Hand aus, damit Jon sie sehen konnte. »Ich bin Sam der Furchtsame, nicht Sam der Töter.«

»Furcht? Wovor? Dem Tadel alter Männer? Sam, du hast gesehen, wie die Wiedergänger die Faust hinaufgeströmt sind, eine Flut lebender Toter mit schwarzen Händen und grellblauen Augen. Du hast einen Anderen getötet.«

»Das war das Drachenglas, nicht ich.«

»Sei still. Du hast gelogen und Ränke geschmiedet und intrigiert, um mich zum Lord Commander zu machen. Jetzt *wirst* du mir gehorchen. Du gehst zur Citadel und schmiedest eine Kette, und wenn du Leichen aufschneiden musst, sei es drum. Wenigstens werden die Leichen in Oldtown keinen Einspruch erheben.«

Er versteht es nicht. »Mylord«, sagte Sam, »mein V-v-vater, Lord Randyll, er, er, er, er, er … Das Leben eines Maesters ist ein Leben in *Knechtschaft*.« Er faselte, das war ihm klar. »Kein Sohn des Hauses Tarly wird jemals eine Kette tragen. Die Männer von Horn Hill katzbuckeln nicht vor kleinen Lords.« *Wenn es dir um eine Kette geht, komm mit.* »Jon, ich kann meinem *Vater* gegenüber nicht ungehorsam sein.«

Jon, hatte er gesagt, aber Jon gab es nicht mehr. Jetzt hatte er Lord Snow vor sich, die grauen Augen so hart wie Eis. »Du hast keinen Vater«, sagte Lord Snow. »Nur Brüder. Nur uns. Dein Leben gehört der Nachtwache, also geh und stopf deine Unterwäsche in einen Sack und dazu alles andere, was du nach Oldtown mitnehmen möchtest. Eine Stunde vor Sonnenaufgang brichst du auf. Und gleich noch ein Befehl. Von heute an wirst du dich *nicht* mehr als Feigling bezeichnen. Du kannst dich auch der Citadel stellen, und du wirst es tun wie ein Geschworener Bruder der Nachtwache. Ich kann dir nicht befehlen, mutig zu sein, aber ich kann dir sehr wohl befehlen, deine Angst zu verbergen. Du hast die Worte gesprochen, Sam. Schon vergessen?«

Ich bin das Schwert in der Dunkelheit. Aber Sam war miserabel im Umgang mit dem Schwert und fürchtete sich vor der Dunkelheit. »Ich … ich werde es versuchen.«

»Du wirst es nicht versuchen. Du wirst gehorchen.«

»*Gehorchen.*« Mormonts Rabe flatterte mit den großen schwarzen Flügeln.

»Wie Mylord befiehlt. Weiß ... weiß Maester Aemon Bescheid?«

»Es war ebenso seine Idee wie meine.« Jon öffnete ihm die Tür. »Keine große Verabschiedung. Je weniger es erfahren, desto besser. Eine Stunde vor dem ersten Tageslicht am Totenhof.«

Sam konnte sich hinterher nicht erinnern, die Waffenkammer verlassen zu haben. Das Nächste, was er bewusst wahrnahm, war, wie er durch Schlamm und alten Schnee auf Maester Aemons Gemächer zutaumelte. *Ich könnte mich verstecken,* sagte er sich. *Ich könnte mich in den Kellergewölben zwischen den Büchern verstecken. Dort unten könnte ich mit der Maus hausen und nachts nach oben schleichen, um mir Essen zu stehlen.* Verrückte Gedanken, das wusste er, und ebenso aussichtslos wie verzweifelt. Die Kellergewölbe waren der Ort, wo sie als Erstes nach ihm suchen würden. Als *Letztes* würden sie ihn jenseits der Mauer vermuten, aber das war noch wahnsinniger. *Die Wildlinge würden mich fangen und mich ganz gemächlich umbringen. Vielleicht würden sie mich bei lebendigem Leibe verbrennen, so wie die rote Frau Mance Rayder verbrennen will.*

Bei Maester Aemon im Rabenschlag angekommen, übergab er ihm Jons Brief und stieß seine Ängste in einem großen grünen Wortschwall hervor: »Er *versteht* nicht.« Sam war, als müsse er sich erbrechen. »Wenn ich eine Kette anlege, wird mein Hoher Vater ... er, er, er ...«

»Mein Vater hat dieselben Einwände erhoben, als ich ein Leben im Zeichen des Dienstes gewählt habe«, sagte der alte Mann. »Es war allerdings *sein* Vater, der mich zu Citadel geschickt hat. König Daeron hatte vier Söhne gezeugt, und drei davon hatten ebenfalls Söhne. *Zu viele Drachen stellen eine ebensolche Gefahr dar wie zu wenige,* habe ich Seine Gnaden zu meinem Hohen Vater sagen hören, an dem Tag, an dem sie mich fortschickten.« Aemon griff mit einer fleckigen Hand an die Kette aus vielen Metallen, die locker um seinen dünnen Hals baumelte. »Die Kette ist schwer, Sam, aber mein Großvater hatte Recht. Und das gilt auch für deinen Lord Snow.«

»*Snow*«, murmelte einer der Raben. »*Snow*«, wiederholte ein anderer. Alle übrigen fielen ein. »*Snow, Snow, Snow, Snow, Snow.*« Sam hatte sie den Namen gelehrt. Hier fand er keine Hilfe, erkannte er. Maester Aemon saß ebenso in der Falle wie er selbst. *Er wird auf See sterben*, dachte er voller Verzweiflung. *Für eine solche Reise ist er zu alt. Goldys kleiner Sohn wird es vielleicht auch nicht überleben, er ist nicht so groß und stark wie Dallas Junge. Will Jon uns alle umbringen?*

Am nächsten Morgen sattelte Sam die Stute, auf der er von Horn Hill hergeritten war und führte sie zum Totenhof neben der Straße nach Osten. Die Satteltaschen wölbten sich über Käse und Würsten, hart gekochten Eiern und einem gesalzenen Schinken, den ihm Drei-Finger-Hobb an seinem Namenstag geschenkt hatte. »Du bist doch einer, der Kochkünste zu *würdigen* weiß, Töter«, hatte der Koch damals zu ihm gesagt. »Von deiner Sorte bräuchten wir mehr.« Der Schinken würde ohne Zweifel eine Hilfe sein. Eastwatch war einen langen, kalten Ritt entfernt, und im Schatten der Mauer gab es weder Ortschaften noch Gasthäuser.

Die Stunde vor der Dämmerung war dunkel und still. Über Castle Black hing eine eigentümliche Stille. Am Totenhof wartete ein Paar zweirädriger Karren mit dem Schwarzen Jack Bulwer und einem Dutzend erfahrener Grenzer, die ebenso zäh waren wie die kleinen Pferde, auf denen sie ritten. Kedge Weißauge fluchte laut, als er Sam mit seinem einen gesunden Auge erspähte. »Kümmere dich nicht um ihn«, sagte der Schwarze Jack. »Er hat eine Wette verloren, weil er meinte, wir müssten dich schreiend unter deinem Bett hervorzerren.«

Maester Aemon war zu gebrechlich, um zu reiten, deshalb hatte man einen Karren für ihn bereitgestellt, dessen Ladefläche dick mit Fellen ausgelegt und zum Schutz vor Regen und Schnee mit einer Lederplane überdacht war. Goldy und ihr Kind würden mit ihm fahren. Auf dem zweiten Wagen sollten ihre Kleidung und Habseligkeiten befördert werden, zusammen mit einer Truhe seltener alter Bücher, von denen Aemon glaubte, sie würden in der Citadel vielleicht fehlen. Sam hatte die halbe Nacht damit verbracht, danach zu suchen, und trotzdem hatte er nur jedes vierte auftreiben können. *Ein Glück, sonst hätten wir einen weiteren Wagen gebraucht.*

Der Maester erschien; er war in ein Bärenfell gehüllt, das dreimal so groß war wie er. Als Clydas ihn zum Karren führte, erhob sich eine Windböe, und der alte Mann schwankte. Sam eilte hinzu und stützte ihn. *Die nächste Böe könnte ihn über die Mauer wehen.* »Haltet Euch an meinem Arm fest, Maester. Es ist nicht weit.«

Der blinde Mann nickte, während der Wind ihre Kapuzen zurückwarf. »In Oldtown ist es immer warm. Auf einer Insel im Honeywine steht ein Wirthaus, das ich als junger Novize oft aufgesucht habe. Es wird schön sein, dort wieder zu sitzen und Apfelwein zu trinken.«

Als sie den Maester in den Karren gesetzt hatten, war auch Goldy eingetroffen; sie trug das Kind fest eingewickelt auf dem Arm. Unter der Kapuze sah er ihre verweinten Augen. Jon tauchte zur gleichen Zeit auf, zusammen mit dem Schwermütigen Edd. »Lord Snow«, rief Maester Aemon, »ich habe ein Buch für Euch in meinen Gemächern zurückgelassen. Das *Jadekompendium.* Es wurde von einem Abenteurer aus Volantis geschrieben, Colloquo Votar, der den Osten bereist und alle Länder der Jadesee besucht hat. Ein Passus daraus wird vielleicht von Interesse für Euch sein. Ich habe Clydas gesagt, er soll ihn anstreichen.«

»Ich werde es ganz bestimmt lesen«, antwortete Jon Snow.

Heller Rotz lief Maester Aemon aus der Nase. Er wischte ihn mit dem Rücken seines Handschuhs weg. »Wissen ist eine Waffe, Jon. Wappnet Euch gut, ehe Ihr in die Schlacht zieht.«

»Das werde ich tun.« Leichter Schneefall hatte eingesetzt, die großen weichen Flocken trieben träge aus dem Himmel herab. Jon wandte sich an den Schwarzen Jack Bulwer. »Beeilt euch nach Möglichkeit, aber geht keine unnötigen Risiken ein. Ihr habt einen alten Mann und einen Säugling bei euch. Sorgt dafür, dass sie es warm haben und genug zu essen bekommen.«

»Das gilt auch für Euch, M'lord«, sagte Goldy. »Sorgt für den anderen. Findet eine Amme, wie Ihr gesagt habt. Ihr habt es mir versprochen. Der Junge … Dallas Junge … der kleine Prinz, ich meine … Findet eine gute Frau für ihn, damit er groß und stark wird.«

»Mein Wort darauf«, sagte Jon ernst.

»Gebt ihm keinen Namen. Nicht, ehe er älter als zwei Jahre ist. Es bringt Unglück, wenn man ihnen einen Namen gibt, solange sie noch die Brust nehmen. Ihr Krähen wisst das vielleicht nicht, aber es ist wahr.«

»Wie Ihr befehlt, Mylady.«

Zorn blitzte über Goldys Gesicht. »Nennt mich nicht so. Ich bin eine Mutter, keine Lady. Ich bin Crasters Weib und Crasters Tochter, und eine *Mutter.*«

Der Schwermütige Edd hielt den Säugling, während Goldy auf den Karren stieg und ihre Beine mit einem muffigen Pelz zudeckte. Inzwischen war der Himmel im Osten mehr grau als schwarz. Der Linkshändige Lew wollte unbedingt endlich aufbrechen. Edd reichte das Kind hinauf, und Goldy legte es sich an die Brust. *Vielleicht sehe ich Castle Black zum letzten Mal,* dachte Sam, während er sich auf seine Stute schwang. Sosehr er Castle Black einst gehasst hatte, jetzt zerriss es ihn fast, von hier fortzugehen.

»*Also dann*«, befahl Bulwer. Eine Peitsche knallte, und die Karren rumpelten langsam durch die Furchen der Straße, während um sie herum Schnee niederging. Sam verweilte bei Clydas und dem Schwermütigen Edd und Jon Snow. »Also«, sagte er, »lebt wohl.«

»Du auch, Sam«, sagte der Schwermütige Edd. »Das Boot wird schon nicht sinken, ganz bestimmt. Boote gehen nur unter, wenn ich an Bord bin.«

Jon schaute den Karren nach. »Als ich Goldy das erste Mal gesehen habe«, sagte er, »saß sie in Crasters Bergfried, dieses magere Mädchen mit dem dunklen Haar und seinem dicken Bauch, und drückte sich aus Angst vor Ghost mit dem Rücken an die Wand. Er war zwischen ihre Kaninchen geraten, und ich glaube, sie hatte Angst, er würde ihr den Leib aufreißen und den Säugling verschlingen ... Aber sie hätte sich nicht vor dem Wolf fürchten sollen, nicht wahr?«

Nein, dachte Sam. *Craster war die Gefahr, ihr eigener Vater.*

»Sie hat mehr Mut, als sie ahnt.«

»Das gilt auch für dich, Sam. Ich wünsche dir eine schnelle, sichere Reise, und pass gut auf sie und Aemon und das Kind auf.« Jon lächelte sonderbar und traurig. »Und setz deine Kapuze auf. Die Schneeflocken schmelzen in deinem Haar.«

ARYA

Fern und schwach brannte das Licht, tief am Horizont leuchtete es durch den Meeresdunst.

»Es sieht aus wie ein Stern«, sagte Arya.

»Der Stern der Heimat«, erwiderte Denyo.

Sein Vater erteilte Befehle. Seeleute kletterten die drei hohen Masten hinauf und herunter, huschten am Takelwerk entlang und refften die schweren purpurfarbenen Segel. Unten zogen und zerrten die Ruderer auf zwei großen Bänken mit aller Kraft an ihren Riemen. Das Deck neigte sich knarrend, als die Galeasse *Tochter des Titans* nach Steuerbord krängte und langsam herumkam.

Der Stern der Heimat. Arya stand am Bug, eine Hand ruhte auf der vergoldeten Galionsfigur, einer Jungfrau mit einer Schale voller Früchte. Einen halben Herzschlag lang erlaubte sie sich, so zu tun, als läge *ihre* Heimat vor ihr.

Aber das war *dumm.* Ihre Heimat war dahin, ihre Eltern waren tot, und ihre Brüder hatte man erschlagen, alle außer Jon Snow auf der Mauer. Dorthin hatte sie eigentlich gewollt. Das hatte sie dem Kapitän *gesagt,* doch selbst die eiserne Münze vermochte ihn nicht umzustimmen. Arya schien niemals dorthin zu gelangen, wohin sie sich auf den Weg gemacht hatte. Yoren hatte geschworen, sie in Winterfell abzuliefern, nur war sie stattdessen in Harrenhal gelandet und Yoren im Grab. Als sie von Harrenhal nach Riverrun geflohen war, hatten Zit und Anguy und Tom von den Sieben sie gefangen genommen und sie zum hohlen Berg geschleppt. Dann hatte der Bluthund sie entführt und zu den Twins mitgenommen. Arya hatte ihn sterbend am Fluss liegen lassen und war nach Saltpans weitergezogen, wo sie eine Überfahrt nach Eastwatch-by-the-Sea zu finden hoffte, nur …

Braavos könnte gar nicht so schlecht sein. Syrio stammte aus Braavos, und Jaqen ist möglicherweise auch dort. Jaqen hatte ihr die Eisenmünze geschenkt. Er war eigentlich kein richtiger Freund gewesen, nicht so wie Syrio, aber was hatten Freunde ihr je eingebracht? *Ich brauche keine Freunde, solange ich Needle habe.* Sie strich mit dem Daumenballen über den glatten Knauf des Schwertes und wünschte sich, wünschte sich …

Ehrlich gesagt hatte Arya keine Ahnung, was sie sich wünschen sollte, nicht mehr, als sie wusste, was sie unter diesem fernen Licht erwartete. Der Kapitän hatte ihr die Überfahrt gewährt, jedoch keine Zeit gehabt, sich mit ihr zu unterhalten. Ein paar Mitglieder der Mannschaft mieden sie, andere machten ihr Geschenke – eine Silbergabel, fingerlose Handschuhe, einen Schlapphut aus Wolle mit Lederflicken. Ein Mann zeigte ihr, wie man Seemannsknoten band. Ein anderer goss ihr winzige Becher mit Feuerwein ein. Die Freundlichen tippten sich an die Brust und sagten wieder und wieder ihren Namen, bis Arya ihn wiederholte, obwohl sich keiner nach *ihrem* Namen erkundigte. Man nannte sie Salty, weil sie in Saltpans an Bord gekommen war, nahe der Mündung des Trident. Der Name war wohl ebenso gut wie jeder andere.

Der letzte Stern der Nacht war verschwunden … nicht jedoch das Paar, das sich direkt vor ihnen befand. »Jetzt sind es *zwei* Sterne.«

»Zwei Augen«, erklärte Denyo. »Der Titan sieht uns.«

Der Titan von Braavos. Old Nan hatte ihnen damals in Winterfell Geschichten über den Titan erzählt. Er war ein Riese, groß wie ein Berg, und wann immer Braavos bedroht wurde, erwachte er mit Feuer in den Augen und watete mit knirschenden, ächzenden Gliedern hinaus ins Meer, um den Feind zu zerschmettern. »Die Braavosi füttern ihn mit dem saftigen rosa Fleisch kleiner hochgeborener Mädchen«, endete Nan stets, und Sansa stieß ein törichtes Quieken aus. Aber Maester Luwin behauptete, der Titan sei bloß eine Statue und Nans Geschichten eben nur Geschichten.

Winterfell ist gefallen und niedergebrannt, rief sich Arya in Erinnerung. Old Nan und Maester Luwin waren aller Wahrscheinlichkeit nach tot, und Sansa auch. Es hatte keinen Sinn, an sie zu denken. *Alle Menschen müssen sterben.* Das bedeuteten die Worte, diejenigen, die Jaqen H'ghar sie gelehrt hatte, als er ihr die abgenutzte Eisenmünze geschenkt hatte. Seit ihrem Aufbruch von Saltpans hatte sie weitere Braavosi-Worte gelernt, *bitte* und *danke* und *Meer* und *Stern* und *Feuerwein,* doch stets in dem Wissen, dass *alle Menschen sterben müssen.* Die meisten Seeleute auf der *Tochter* kannten einige Brocken der Gemeinen Zunge aus den Nächten, die sie in Oldtown und King's Landing und Maidenpool an Land verbracht hatten, obwohl nur der Kapitän und seine Söhne sie gut genug beherrschten, um sich mit ihr zu unterhalten. Denyo war der jüngste dieser Söhne, ein rundlicher, fröhlicher Junge von zwölf Jahren, der seinem Vater die Kabine sauber hielt und seinem ältesten Bruder bei den Rechnereien half.

»Ich hoffe, dein Titan ist nicht hungrig«, sagte Arya zu ihm.

»Hungrig?«, fragte Denyo verwirrt.

»Nicht weiter wichtig.« Selbst wenn der Titan saftiges rosa Mädchenfleisch aß, würde sich Arya nicht vor ihm fürchten. Sie war mager und kein anständiges Mahl für einen Riesen, und dazu schon fast elf und somit praktisch eine erwachsene Frau. *Und Salty ist auch keine Hochgeborene.* »Ist der Titan der Gott von Braavos?«, fragte sie. »Oder gibt es bei euch die Sieben?«

»In Braavos werden alle Götter geehrt.« Der Sohn des Kapitäns sprach fast genauso gern über seine Stadt wie über das Schiff seines Vaters. »Deine Sieben haben eine Septe hier, die Septe-jenseits-des-Meeres, aber dort beten nur Seeleute aus Westeros.«

Es sind nicht meine Sieben. Sie waren die Götter meiner Mutter, und sie haben zugelassen, dass meine Mutter von den Freys auf den Twins ermordet wurde. Arya fragte sich, ob sie in Braavos einen Götterhain finden würde, in dessen Mitte ein Wehrholzbaum stand. Denyo würde es vielleicht wissen, doch ihn konnte sie nicht fragen. Salty stammte aus Saltpans, und was sollte ein Mädchen aus Saltpans schon über die alten Götter des Nordens wissen? *Die alten Götter sind tot,* sagte sie zu sich, *zusammen mit Mutter und Vater und Robb und Bran und Rickon, alle tot.* Vor langer Zeit hatte ihr Vater einmal gesagt, dass der einsame Wolf stirbt, wenn die kalten Winde wehen, das Rudel hingegen überlebt. *Er hat es genau verkehrt herum gesagt.* Arya, der einsame Wolf, lebte noch, aber die Wölfe des Rudels waren gefangen, getötet und gehäutet worden.

»Die Mondsänger haben uns zu diesem Ort der Zuflucht geführt, wo die Drachen von Valyria uns nicht finden konnten«, erklärte Denyo. »Ihnen gehört der größte Tempel. Wir achten auch den Vater des Wassers sehr, aber sein Haus wird neu errichtet, wann immer er sich seine Braut nimmt. Der Rest der Götter wohnt gemeinsam auf einer Insel inmitten der Stadt. Dort findest du den … den Vielgesichtigen Gott.«

Die Augen des Titans wirkten jetzt heller und standen weiter auseinander. Arya kannte keinen Vielgesichtigen Gott, aber wenn der ihre Gebete erhörte, wäre er der Gott, nach dem sie suchte. *Ser Gregor,* dachte sie, *Dunsen, Raff der Liebling, Ser Ilyn, Ser Meryn, Königin Cersei. Nur noch sechs.* Joffrey war tot, der Bluthund hatte Polliver getötet, den Kitzler hatte sie selbst erstochen und auch diesen dummen Knappen mit dem Pickel. *Ich hätte ihn nicht umgebracht, wenn er mich nicht festgehalten hätte.* Der Bluthund hatte im Sterben gelegen, als sie ihn glühend vor Wundfieber am Ufer des Trident zurückgelassen hatte. *Ich hätte ihm das Geschenk der Gnade zuteil werden und ihm ein Messer ins Herz stechen sollen.*

»Salty, schau!« Denyo nahm sie am Arm und drehte sie herum. »Kannst du es sehen? *Dort.*« Er zeigte auf etwas.

Der Nebel teilte sich vor ihnen wie ein fransiger grauer Vorhang, der von ihrem Bug auseinander gedrückt wurde. Die *Tochter des Titans* schnitt mit aufgeblähten purpurfarbenen Segeln durch graugrünes Wasser. Arya konnte die Schreie der Seevögel über sich hören. An der Stelle, auf die Denyo zeigte, wuchs unvermittelt eine Linie felsiger Berge aus dem Meer, deren steile Hänge mit Soldatenkiefern und schwarzen Fichten bedeckt waren. Doch genau vor ihnen hatte sich die See einen Durchbruch verschafft, und dort ragte der Titan über dem offenen Wasser empor, mit flammenden Augen und langem grünem Haar, das im Wind wehte.

Mit gespreizten Beinen stand er über der Lücke, jeweils einen Fuß auf einem Berg, die Schultern hoch über dem zerklüfteten Kamm. Die Beine waren aus massivem Stein gehauen, demselben schwarzen Granit wie dem der Seeberge, auf denen er ruhte, doch um die Hüften trug er einen gepanzerten Rock aus grünlicher Bronze. Sein Brustharnisch bestand ebenfalls aus Bronze, und der Kopf steckte in einem Halbhelm mit Scheitelkamm. Das wehende Haar hatte man aus grün gefärbten Hanfseilen gefertigt, und in den Höhlen der Augen brannten riesige Feuer. Eine Hand ruhte auf dem Bergrücken zur Linken, die bronzenen Finger schlossen sich um einen Steinbuckel; die andere reckte sich hoch in die Luft und hielt das Heft eines abgebrochenen Schwertes.

Er ist nur ein bisschen größer als König Baelors Statue in King's Landing, redete sie sich ein, als sie noch weit draußen auf dem Meer waren. Während die Galeasse sich der Linie näherte, welche die Brandung dort bildete, wo sie sich gegen die Berge wälzte, wurde der Titan jedoch immer größer. Sie hörte Denyos Vater, der mit tiefer Stimme Befehle brüllte, und oben in der Takelage holten Männer die Segel ein. *Wir rudern unter den Beinen des Titanen hindurch.* Arya konnte die Schießscharten in dem großen bronzenen Brustpanzer sowie Flecken und Sprenkel auf den Armen und Schultern sehen, wo Seevögel nisteten. Sie musste sich fast den Hals verrenken. *Baelor der Selige würde ihm nicht einmal bis zum Knie reichen. Der Titan könnte einfach über die Mauern von Winterfell hinwegsteigen.*

Dann stieß der Titan ein mächtiges Gebrüll aus.

Der Laut war ebenso ungeheuerlich wie die Statue selbst, ein schreckliches Ächzen und Krächzen, das selbst die Stimme des Kapitäns und das Krachen der Wellen gegen die von Kiefern bedeckten Berge übertönte. Tausend Seevögel stoben gleichzeitig auf, und Arya zuckte zusammen, bevor sie sah, dass Denyo lachte. »Er verkündet dem Arsenal unsere Ankunft, das ist alles«, rief er. »Du brauchst keine Angst zu haben.«

»Habe ich auch nicht«, rief Arya zurück. »Es war nur sehr laut.«

Wind und Wellen hatten die *Tochter des Titans* nun mit harter Hand erfasst, und das Schiff trieb rasch auf den Kanal zu. Die Doppelreihe der Ruder bewegte sich geschmeidig und schlug das Wasser zu weißem Schaum, während sie in den Schatten des Titanen einfuhren. Einen Augenblick lang schien es, als würden sie unausweichlich an den Felsen unter seinen Beinen zerschellen. Neben Denyo geduckt, schmeckte Arya das Salz auf der Zunge, als ihr die Gischt ins Gesicht sprühte. Sie musste steil in die Höhe schauen, wenn sie den Kopf des Titanen sehen wollte. »Die Braavosi füttern ihn mit dem saftigen rosa Fleisch kleiner hochgeborener Mädchen«, hörte sie Nan abermals sagen, doch sie war *kein* kleines Mädchen, und sie würde sich nicht vor einer dummen *Statue* fürchten.

Trotzdem ließ sie die Hand auf Needle ruhen, während sie zwischen den Beinen hindurchschlüpften. Auf der Innenseite waren die Oberschenkel mit weiteren Schießscharten übersät, und als Arya den Hals reckte, um zu beobachten, wie das Krähennest mit guten zehn Schritten Luft darüber unter dem Titanen hindurchglitt, entdeckte sie Wehrlöcher unter dem gepanzerten Rock, und bleiche Gesichter starrten sie hinter Eisengittern hervor an.

Dann waren sie vorbei.

Der Schatten blieb zurück, zusammen mit den von Pinien bewachsenen Bergketten zu beiden Seiten, der Wind ließ nach, und sie glitten nun durch eine große Lagune. Vor ihnen erhob sich ein weiterer Seeberg, eine Felsknolle, die sich aus dem Wasser reckte wie eine stachelbewehrte Faust, auf deren steinernen Zinnen es von Skorpionen, Feuerspeiern und Trebuchets nur so wimmelte. »Das Arsenal von Braavos«, nannte Denyo es voller Stolz, als hätte er es selbst errichtet. »Sie können in nur einem Tag eine Kriegsgaleere bauen.« Arya sah Dutzende von Galeeren an den Kais oder auf Hellingen liegen. Die bemalten Buge anderer ragten aus unzähligen Holzschuppen entlang der felsigen Küste hervor, wie Hunde in ihrer Hütte, heimtückisch, hager und hungrig, als warteten sie auf das Jagdhorn, das sie hervorrufen würde. Arya versuchte, die Schiffe zu zählen, doch es waren zu viele, und es folgten weitere Anleger und Schuppen und Kais hinter dem Schwung der Küstenlinie.

Zwei Galeeren kamen ihnen entgegen. Sie schienen über das Wasser zu gleiten wie Libellen, ihre hellen Ruder blitzten im Takt auf. Arya hörte, wie der Kapitän ihnen etwas zurief und die Kapitäne der Galeeren antworteten, doch sie verstand die Worte nicht. Ein großes Horn erscholl. Die Galeeren passierten die *Tochter* zu beiden Seiten, so dicht, dass Arya die dumpfen Töne der Trommeln hören konnte, die in den purpurfarbenen Rümpfen dröhnten, *bum bum bum bum bum bum bum,* wie der Schlag eines lebendigen Herzens.

Schon lagen die Galeeren und auch das Arsenal hinter ihnen. Vor ihnen breitete sich eine erbsengrüne Wasserfläche aus, gewellt wie eine farbige Glasscheibe. Aus ihrem nassen Herzen erhob sich die eigentliche Stadt, eine große Ansammlung verstreuter Kuppeln und Türme und Brücken, grau und golden und rot. *Die hundert Inseln von Braavos im Meer.*

Maester Luwin hatte ihnen von Braavos erzählt, aber Arya hatte viel davon vergessen. Es war eine flache Stadt, das konnte sie selbst aus der Ferne erkennen, nicht wie King's Landing auf seinen drei hohen Hügeln. Die einzigen Hügel hier waren die, die Menschen aus Ziegeln und Granit, aus Bronze und Marmor errichtet hatten. Auch fehlte etwas, und Arya brauchte einen Moment, bis ihr klar wurde, was. *Die Stadt hat keine Mauer.* Als sie Denyo darauf aufmerksam machte, lachte er. »Unsere Mauer besteht aus Holz und Purpurfarbe«, erklärte er ihr. »Unsere *Galeeren* sind unsere Mauer. Eine andere brauchen wir nicht.«

Hinter ihnen knarrte das Deck. Arya drehte sich um und sah Denyos Vater, der in seinem langen Kapitänsmantel aus purpurner Wolle vor ihnen aufragte. Kaufmann-Kapitän Ternesio Terys trug keinen Bart, und das graue Haar, kurz geschnitten und gepflegt, umrahmte sein kantiges, vom Wind gerötetes Gesicht. Während der Überfahrt hatte sie oft gesehen, wie er mit seiner Mannschaft scherzte, doch sobald er die Stirn runzelte, suchten alle das Weite wie vor einem Sturm. Jetzt runzelte er die Stirn. »Unsere Reise ist zu Ende«, erklärte er Arya. »Wir fahren zum Geschachten Hafen weiter, wo die Zöllner des Seelords an Bord kommen und unsere Frachträume inspizieren werden. Damit werden sie sich einen halben Tag beschäftigen, wie immer, aber du brauchst nicht zu warten. Such deine Habseligkeiten zusammen. Ich lasse ein Boot zu Wasser, und Yorko bringt dich an Land.«

An Land. Arya biss sich auf die Lippe. Sie hatte die Meerenge überquert, um hierher zu gelangen, doch hätte der Kapitän sie gefragt, hätte sie ihm gesagt, sie wolle lieber an Bord der *Tochter des Titans* bleiben. Salty war zu klein, um an einem Ruder Dienst zu tun, das wusste sie inzwischen, aber sie hätte lernen können, Taue zu spleißen und Segel zu reffen und einen Kurs über die großen Salzmeere zu steuern. Denyo hatte sie einmal ins Krähennest mitgenommen, und sie hatte überhaupt keine Angst gehabt, obwohl das Deck unter ihr winzig ausgesehen hatte. *Ich kann auch rechnen und eine Kabine sauber halten.*

Aber die Galeasse brauchte keinen zweiten Schiffsjungen.

Außerdem brauchte sie bloß einen Blick in das Gesicht des Kapitäns zu werfen, um zu wissen, dass er sie loswerden wollte. Also nickte Arya. »An Land«, sagte sie, obwohl »an Land« für sie nur Fremde bedeutete.

»*Valar dohaeris.*« Er berührte seine Stirn mit zwei Fingern. »Ich bitte dich, Ternesio Terys nicht zu vergessen und auch nicht den Dienst, den er dir geleistet hat.«

»Bestimmt nicht«, sagte Arya mit dünner Stimme. Der Wind zupfte, beharrlich wie ein Gespenst, an ihrem Mantel. Es war Zeit zu gehen.

Such deine Habseligkeiten zusammen, hatte der Kapitän gesagt, viel hatte sie allerdings nicht. Nur die Kleider, die sie am Leibe trug, ihren kleinen Beutel mit Münzen, die Geschenke der Mannschaft, den Dolch an der linken Hüfte und Needle an der rechten.

Das Boot war noch vor ihr fertig, und Yorko saß an den Rudern. Auch er war einer der Söhne des Kapitäns, jedoch älter als Denyo und nicht so freundlich. *Ich habe Denyo gar nicht Lebewohl gesagt,* dachte sie, während sie hinunterstieg. Sie fragte sich, ob sie den Jungen jemals wiedersehen würde. *Ich hätte ihm Lebewohl sagen sollen.*

Die *Tochter des Titans* wurde hinter ihnen kleiner, während die Stadt mit jedem von Yorkos Ruderschlägen an Größe zunahm. Zu ihrer Rechten kam ein Hafen in Sicht, ein Gewirr von Landungsstegen und Kais, und dort drängten sich die dickbauchigen Walfänger aus Ibben, Schwanenschiffe von den Summer Isles und mehr Galeeren, als ein Mädchen zählen konnte. Weiter entfernt zur Linken befand sich ein weiterer Hafen, hinter einer absackenden Landspitze, wo sich die Dächer halb versunkener Gebäude aus dem Wasser reckten. Arya hatte niemals zuvor so viele große Gebäude an einem Ort gesehen. In King's Landing gab es den Red Keep und die Große Septe von Baelor und die Drachengrube, Braavos jedoch durfte sich zwanzig solcher Tempel und Türme und Paläste rühmen, die genauso gewaltig oder sogar noch gewaltiger waren. *Ich werde wieder eine Maus sein,* dachte sie verdrießlich, *so wie in Harrenhal, ehe ich weggelaufen bin.*

Vom Titan aus hatte die Stadt wie eine große Insel ausgesehen, doch als Yorko näher heranruderte, sah Arya, dass sie aus vielen kleinen Inseln bestand, die dicht beieinander lagen und durch steinerne Bogenbrücken verbunden waren, welche sich über unzählige Kanäle spannten. Jenseits des Hafens folgten Straßen mit grauen Steinhäusern, die so eng zusammengebaut waren, dass sie sich aneinander lehnten. In Aryas Augen wirkten sie sonderbar, vier oder fünf Geschosse hoch und sehr schmal, und die steilen Ziegeldächer kamen ihr vor wie spitze Hüte. Strohdächer sah sie nirgends, und auch nur wenige Häuser aus Holz, wie sie ihr aus Westeros bekannt waren. *Sie haben keine Bäume,* begriff sie. *Braavos besteht ganz aus Stein, eine graue Stadt in einem grünen Meer.*

Yorko lenkte sie nördlich vom Hafen fort in die Rinne eines großen Kanals, einer breiten grünen Wasserstraße, die geradewegs in die Mitte der Stadt führte. Sie glitten unter den Bögen einer Steinbrücke hindurch, deren gemeißelte Verzierungen ein halbes Hundert verschiedener Sorten Fische und Krebse und Tintenfische darstellte. Eine zweite Brücke tauchte vor ihnen auf, in die filigrane Ranken gemeißelt waren, und dahinter eine dritte, von der tausend gemalte Gesichter auf sie herabschauten. Zu beiden Seiten mündeten kleinere Kanäle, von denen noch schmalere abzweigten. Manche der Häuser waren *über* die Wasserstraßen gebaut und verwandelten die Kanäle in eine Art Tunnel. Schlanke Boote, in der Form von Wasserschlangen gestaltet und mit bemalten Köpfen und in die Höhe gereckten Schwänzen versehen, schoben sich unter ihnen her. Diese wurden nicht gerudert, sondern gestakt, wie sie feststellte, von Männern, die in grauen und braunen und moosgrünen Mänteln am Heck standen. Sie sah riesige Stechkähne, auf denen sich Kisten und Fässer stapelten und die von zwanzig Mann mit Stangen vorwärts bewegt wurden, und kunstvolle schwimmende Häuser mit Laternen aus farbigem Glas, Samtvorhängen und Galionsfiguren aus Messing. In der Ferne überragte eine graue Steinstraße, die von drei Lagen übereinander liegender Bögen getragen wurde, Kanäle und Häuser gleichermaßen und verschwand südlich im Dunst. »Was ist das?«, fragte Arya Yorko und zeigte dorthin. »Der Süßwasserfluss«, erklärte er. »Er bringt frisches Wasser vom Festland herüber, über das Watt und die salzigen Untiefen hinweg. Gutes, süßes Wasser für die Brunnen.«

Als sie einen Blick zurückwarf, waren Hafen und Lagune nicht mehr zu sehen. Vor ihnen standen entlang beider Seiten des Kanals mächtige Statuen in Reihe, ehrwürdige Steinmänner in langen Bronzeroben, die mit dem Kot der Seevögel gesprenkelt waren. Einige hielten Bücher in den Händen, manche Dolche, andere Hämmer. Einer umklammerte einen goldenen Stern in der hochgereckten Hand. Wieder ein anderer hielt einen umgedrehten Steinkrug, aus dem ein endloser Wasserstrom in den Kanal floss. »Sind das Götter?«, fragte Arya.

»Seelords«, sagte Yorko. »Die Insel der Götter liegt weiter hinten. Siehst du? Nach den nächsten sechs Brücken auf dem rechten Ufer. Das ist der Tempel der Mondsänger.«

Es war eines der Gebäude, die Arya schon von der Lagune aus erspäht hatte, eine kolossale Anhäufung schneeweißen Marmors, auf der eine riesige versilberte Kuppel saß, deren Milchglasfenster alle Phasen des Mondes darstellten. Zwei marmorne Jungfrauen flankierten den Eingang, ebenso hoch wie die Seelords, und trugen einen halbmondförmigen Türsturz.

Jenseits davon stand ein weiterer Tempel, ein rotes Steingebäude, trotzig wie eine Festung. Auf dem großen viereckigen Turm loderte in einem Kohlenbecken von zwanzig Fuß Durchmesser ein Feuer, kleinere Feuer brannten neben den Bronzetüren. »Die roten Priester lieben ihre Feuer«, erzählte ihr Yorko. »Der Herr des Lichts ist ihr Gott, der rote R'hllor.«

Ich weiß. Arya erinnerte sich an Thoros von Myr in seiner alten

Rüstung, die er über einer so ausgeblichenen Robe trug, dass er eher wie ein rosa als ein roter Priester erschien. Doch sein Kuss hatte Lord Beric von den Toten zurückgeholt. Sie betrachtete das Haus des roten Gottes, während es vorbeizog, und fragte sich, ob seine Priester in Braavos dasselbe vollbringen konnten.

Als Nächstes folgte ein riesiges Ziegelgebäude, das mit Flechten überzogen war. Arya hätte es für ein Lagerhaus gehalten, hätte Yorko nicht gesagt: »Das ist die Heilige Zuflucht, wo wir die kleinen Götter ehren, die die Welt vergessen hat.« Ein kleiner Kanal verlief zwischen den aufragenden Mauern, und hier bog Yorko ein. Sie passierten einen Tunnel und kamen wieder ins Licht. Weitere Heiligtümer standen zu beiden Seiten.

»Ich wusste nicht, dass es so viele Götter gibt«, sagte Arya.

Yorko brummte etwas. Es ging um eine Biegung und unter der nächsten Brücke hindurch. Zur Linken tauchte eine Felskuppe auf, die von einem fensterlosen Tempel aus dunkelgrauem Stein gekrönt war. Eine gerade Treppe führte von den Türen zu einem überdachten Anleger hinab.

Yorko bremste das Boot mit den Rudern ab und ließ es sanft gegen Steinpfeiler gleiten. Er packte einen Eisenring, der dort eingelassen war, um sich einen Moment lang festzuhalten. »Hier verlasse ich dich.«

Der Anleger lag im Schatten, die Treppe war steil. Das schwarze Ziegeldach des Tempels lief zu einer scharfen Spitze zusammen, wie bei vielen Häusern entlang der Kanäle. Arya kaute auf ihrer Lippe. *Syrio stammte aus Braavos. Vielleicht hat er diesen Tempel auch besucht. Vielleicht ist er diese Stufen hinaufgestiegen.* Sie ergriff einen der Ringe und zog sich auf den Anleger.

»Du kennst meinen Namen«, sagte Yorko aus dem Boot.

»Yorko Terys.«

»*Valar dohaeris.*« Er stieß sich mit seinem Ruder ab und trieb zurück ins tiefere Wasser. Arya schaute ihm nach, als er den Weg zurückfuhr, den sie gekommen waren, bis er im Schatten der Brücke verschwand. Während das Klatschen der Ruder schwächer wurde, konnte sie fast ihr Herz klopfen hören. Plötzlich war sie an einem anderen Ort … vielleicht wieder in Harrenhal bei Gendry, oder mit dem Bluthund in den Wäldern entlang des Trident. *Salty ist ein dummes Kind,* sagte sie sich. *Ich bin ein Wolf und werde keine Angst haben.* Sie umfasste Needles Heft wie einen Glücksbringer, tauchte in den Schatten ein und nahm mit jedem Schritt zwei Stufen, damit niemand behaupten könnte, sie habe Angst gehabt.

Oben stand sie vor einer mit Schnitzereien verzierten Flügeltür, die zwölf Fuß in die Höhe reichte. Der linke Flügel war aus knochenbleichem Wehrholz gefertigt, der rechte glänzte ebenholzschwarz. In der Mitte befand sich ein geschnitzter Mond: Ebenholz auf der Wehrholzseite, Wehrholz im Ebenholz. Der Anblick erinnerte sie an den Herzbaum im Götterhain von Winterfell. *Die Tür sieht mich an,* dachte sie. Sie drückte gleichzeitig mit den behandschuhten Handflächen gegen beide Flügel, doch sie rührten sich nicht. *Verriegelt und verrammelt.* »Lasst mich rein, ihr Dummköpfe. Ich habe die Meerenge überquert.« Sie ballte die Faust und pochte gegen die Tür. »Jaqen hat gesagt, ich soll herkommen. Ich habe die Eisenmünze.« Sie zog das Geldstück aus dem Beutel und hielt es in die Höhe. »Hier! *Valar morghulis.*«

Die Tür antwortete nicht, sondern öffnete sich einfach.

Lautlos schwenkten die Flügel nach innen, ohne dass sie von einer menschlichen Hand bewegt wurden. Arya machte einen Schritt nach vorn, dann einen zweiten. Die Tür schloss sich hinter ihr. Einen Augenblick war Arya blind, und sie hielt Needle in der Hand, obwohl sie sich nicht erinnern konnte, das Schwert gezogen zu haben.

Entlang der Wände brannten einige Kerzen, doch in dem trüben Licht konnte Arya nicht einmal ihre eigenen Füße erkennen. Jemand flüsterte, zu leise, um die Worte zu verstehen. Jemand anderes weinte. Sie hörte leise Schritte, Leder, das über Stein schlurfte, eine Tür, die sich öffnete und schloss. *Wasser, ich höre auch Wasser.*

Langsam gewöhnten sich ihre Augen an das Dämmerlicht. Der Tempel wirkte von innen viel größer als von außen. Die Septen in Westeros waren siebeneckig, hatten sieben Altäre für die sieben Götter, hier jedoch gab es mehr Götter als sieben. Ihre Statuen reihten sich wuchtig und bedrohlich entlang der Wände auf. Zu ihren Füßen flackerten rote Kerzen, trüb wie ferne Sterne. Eine marmorne Frau von zwölf Fuß Höhe stand Arya am nächsten. Echte Tränen rannen ihr aus den Augen und füllten eine Schale, die sie in den Armen hielt. Darauf folgte ein Mann mit einem Löwenkopf, der auf einem aus Ebenholz geschnitzten Thron saß. Auf der anderen Seite bäumte sich ein riesiges Pferd aus Bronze und Eisen auf den Hinterbeinen auf. Weiter hinten sah Arya ein großes Steingesicht, ein bleiches Kind mit einem Schwert, eine zottelige schwarze Ziege von der Größe eines Auerochsen, einen Mann mit Kapuze, der auf einem Stab lehnte. Die Figuren dahinter waren in der Düsternis lediglich als hohe Schemen zu erkennen. Zwischen den Göttern befanden sich verborgene Nischen, und in manchen brannte eine Kerze.

Leise wie ein Schatten schlich Arya zwischen Reihen langer Steinbänke hindurch, das Schwert in der Hand. Der Boden bestand aus Stein, verrieten ihr ihre Füße; nicht aus poliertem Marmor wie in der Großen Septe von Baelor, sondern aus rauerem Material. Sie kam an ein paar Frauen vorbei, die sich flüsternd unterhielten. Die Luft war warm und schwer, so drückend, dass sie gähnte. Arya konnte die Kerzen riechen. Der Duft war ihr nicht vertraut, sie schrieb ihn irgendeinem sonderbaren Weihrauch zu, doch als sie tiefer in den Tempel vordrang, schien es nach Schnee und Kiefernnadeln und heißem Schmortopf zu riechen. *Gute Gerüche,* sagte sich Arya und fühlte sich ein wenig mutiger. Mutig genug, um Needle in die Scheide zurückzustecken.

In der Mitte des Tempels fand sie das Wasser, das sie gehört hatte; ein Becken mit einem Durchmesser von zehn Fuß, tintenschwarz und von trübe brennenden roten Kerzen erhellt. Daneben saß ein Mann in einem silberglänzenden Mantel und weinte leise. Sie beobachtete, wie er eine Hand ins Wasser tauchte und rote Wellen durch das Becken schickte. Als er die Finger herauszog, saugte er an ihnen, an einem nach dem anderen. *Er muss durstig sein.* Auf dem Rand standen Steinbecher. Arya füllte einen und brachte ihn dem Mann, damit er trinken konnte. Der junge Mann starrte sie eine Weile lang an, als sie ihm den Becher anbot. »*Valar morghulis*«, sagte er.

»*Valar dohaeris*«, antwortete sie.

Er trank einen tiefen Schluck und ließ den Becher mit einem leisen *Plopp* in das Becken fallen. Dann stemmte er sich hoch, schwankte und hielt sich den Leib. Einen Augenblick lang glaubte Arya, er würde umfallen. Erst da sah sie unter seinem Gürtel den dunklen Fleck, der sich ausbreitete, während sie zuschaute. »Das ist eine Stichwunde«, stieß sie hervor, doch der Mann beachtete sie nicht. Er taumelte unsicher zur Wand und kroch in einer der Nischen auf ein hartes Steinbett. Als Arya sich umschaute, entdeckte sie noch mehr Nischen. Auf manchen schliefen alte Leute.

Nein, schien eine fast vergessene Stimme in ihrem Kopf ihr zuzuflüstern. *Sie sind tot oder sterben. Sieh mit deinen Augen.*

Eine Hand berührte sie am Arm.

Arya fuhr herum, doch es war nur ein kleines Mädchen: ein bleiches kleines Mädchen in einer Kapuzenrobe, die es vollkommen einhüllte, schwarz auf der einen und weiß auf der anderen Seite. Unter der Kapuze schaute ein hageres, knochiges Gesicht hervor, mit hohlen Wangen und dunklen, großen Augen. »Fass mich nicht an«, warnte Arya die Herrenlose. »Den Jungen, der mich als Letzter angefasst hat, habe ich umgebracht.«

Das Mädchen sagte einige Worte, die Arya nicht verstand.

Sie schüttelte den Kopf. »Sprichst du die Gemeine Zunge?«

Eine Stimme hinter ihr sagte: »Ich spreche sie.«

Arya gefielen diese ständigen Überraschungen nicht. Der Mann mit der Kapuze war hoch gewachsen und in eine größere

Ausführung der schwarzweißen Robe des Mädchens gehüllt. Unter der Kapuze sah sie lediglich das schwache Glitzern der roten Kerzen, die sich in seinen Augen spiegelten. »Was ist dies für ein Ort?«, fragte sie ihn.

»Ein Ort des Friedens.« Seine Stimme klang gütig. »Hier bist du sicher. Es ist das Haus von Schwarz und Weiß, mein Kind. Obwohl du noch sehr jung bist, um den Vielgesichtigen Gott um seine Gunst zu bitten.«

»Ist er wie der Gott im Süden, der mit den sieben Gesichtern?«

»Sieben? Nein. Er hat Gesichter ohne Zahl, Kleine, so viele, wie es Sterne am Himmel gibt. In Braavos beten die Menschen, wie sie wollen und zu wem sie wollen ... aber Er mit den Vielen Gesichtern steht am Ende jeder Straße und wartet. Eines Tages wird er auch für dich da sein, fürchte dich nicht. Du brauchst seiner Umarmung nicht entgegenzueilen.«

»Ich bin nur gekommen, weil ich Jaqen H'ghar suche.«

»Diesen Namen kenne ich nicht.«

Ihr Herz wurde schwer. »Er war aus Lorath. Sein Haar war auf der einen Seite weiß, auf der anderen rot. Er hat gesagt, er würde mich Geheimnisse lehren, und er hat mir dies hier gegeben.« Sie hielt die Eisenmünze in der Faust. Als sie die Finger öffnete, klebte das Geldstück an der verschwitzten Handfläche.

Der Priester betrachtete die Münze, machte jedoch keine Anstalten, sie zu berühren. Das Kind mit den großen Augen sah sie sich ebenfalls an. Schließlich verlangte der Mann mit der Kapuze: »Sag mir deinen Namen, Kind.«

»Salty. Aus Saltpans am Trident.«

Zwar konnte sie sein Gesicht nicht sehen, trotzdem spürte sie sein Lächeln. »Nein«, sagte er, »deinen Namen.«

»Jungtaube«, antwortete sie diesmal.

»Deinen richtigen Namen, Kind.«

»Meine Mutter hat mich Nan genannt, aber man nennt mich Wiesel –«

»Dein Name.«

Sie schluckte. »Arry. Ich bin *Arry.*«

»Schon besser. Und jetzt die Wahrheit?«

Angst schneidet tiefer als Schwerter, sagte sie zu sich. »Arya.« Beim ersten Mal flüsterte sie das Wort. Beim zweiten Mal schleuderte sie es ihm entgegen. »Ich bin *Arya* aus dem Hause Stark.«

»Das bist du«, sagte er, »aber das Haus von Schwarz und Weiß ist kein Ort für Arya aus dem Hause Stark.«

»Bitte, ich weiß nicht, wo ich sonst hin soll.«

»Fürchtest du den Tod?«

Sie biss sich auf die Lippe. »Nein.«

»Lass sehen.« Der Priester schlug die Kapuze zurück. Darunter hatte er kein Gesicht, nur einen vergilbten Schädel mit ein paar Hautfetzen, die noch an den Wangen hingen, und ein weißer Wurm wand sich aus einer leeren Augenhöhle. »Küss mich, Kind«, krächzte er mit einer Stimme, die so trocken und heiser klang wie ein Todesröcheln.

Glaubt er, damit kann er mich erschrecken? Arya küsste ihn dorthin, wo die Nase hätte sein sollen, zog den Grabwurm aus seinem Auge und wollte ihn essen, doch er löste sich in ihrer Hand auf wie ein Schatten.

Auch der gelbe Schädel löste sich auf, und der gütigste alte Mann, den sie je gesehen hatte, lächelte auf sie herab. »Niemand hat je versucht, meinen Wurm zu essen«, sagte er. »Hast du Hunger, Kind?«

Ja, dachte sie, *aber nicht auf Essen.*

CERSEI

Kalter Regen ging nieder und färbte die Mauern und Brustwehren des Red Keeps rot wie Blut. Die Königin hielt die Hand des Königs und führte ihn entschlossen über den schlammigen Hof zu der Sänfte, die mit ihrer Eskorte wartete. »Onkel Jaime hat gesagt, ich darf auf meinem Pferd reiten und Münzen unter das Volk werfen«, wandte der Junge ein.

»Willst du dich erkälten?« Das Risiko würde sie nicht eingehen; Tommen war nie so robust gewesen wie Joffrey. »Dein Großvater hätte gewollt, dass du bei seiner Totenwache wie ein richtiger König aussiehst. Wir werden doch nicht nass und schmutzig vor der Großen Septe erscheinen.« *Schlimm genug, dass ich wieder Trauer tragen muss.* Schwarz hatte ihr noch nie besonders gut gestanden. Mit ihrer hellen Haut sah sie darin selbst halb wie eine Leiche aus. Cersei war eine Stunde vor Tagesanbruch aufgestanden, um zu baden und ihr Haar zu richten, und sie beabsichtigte nicht, ihre Bemühungen vom Regen zunichte machen zu lassen.

Im Inneren der Sänfte lehnte sich Tommen in seine Kissen und spähte hinaus in den fallenden Regen. »Die Götter weinen um Großvater. Lady Jocelyn sagt, die Regentropfen seien die Tränen der Götter.«

»Jocelyn Swift ist töricht. Wenn die Götter weinen könnten, hätten sie um deinen Bruder geweint. Regen ist Regen. Mach den Vorhang zu, bevor es hereintropft. Der Mantel ist aus Zobel, und du willst doch nicht, dass er nass wird?«

Tommen tat wie geheißen. Seine Unterwürfigkeit bereitete ihr Sorgen. Ein König musste Stärke zeigen. *Joffrey hätte widerspro-*

chen. Er war nicht so leicht einzuschüchtern. »Sitz nicht so krumm«, wies sie Tommen an. »Setz dich hin wie ein König. Brust heraus und rück die Krone gerade. Oder soll sie dir vor deinen versammelten Lords vom Kopf rutschen?«

»Nein, Mutter.« Der Junge richtete sich auf und langte nach oben, um die Krone zurechtzurücken. Joffs Krone war ihm zu groß. Tommen hatte stets zur Rundlichkeit geneigt, doch jetzt wirkte sein Gesicht schmaler. *Isst er auch genug?* Sie musste daran denken, den Haushofmeister zu fragen. Tommen durfte nicht krank werden, das konnte sie nicht riskieren, nicht, solange Myrcella in der Hand der Dornischen war. *Mit der Zeit wird er in Joffs Krone hineinwachsen.* Bis dahin würde er eine kleinere brauchen, eine, die seinen Kopf nicht zu verschlingen drohte. Sie würde mit den Goldschmieden darüber reden.

Langsam bewegte sich die Sänfte Aegons Hohen Hügel hinunter. Zwei Mann der Königsgarde ritten voran, weiße Ritter auf weißen Pferden, in weißen Umhängen, die durchnässt an ihren Schultern klebten. Hinter der Sänfte folgten fünfzig Wachen der Lannisters in Gold und Rot.

Tommen spähte durch den Vorhang auf die leeren Straßen. »Ich dachte, es würden mehr Leute da sein. Als Vater gestorben ist, haben sich alle Menschen versammelt, um zuzuschauen, wie wir vorbeiziehen.«

»Der Regen hat sie in die Häuser getrieben.« King's Landing hatte Lord Tywin nie geliebt. *Allerdings wollte er auch nie Liebe.* Einmal hatte sie gehört, wie er zu Jaime sagte: *»Liebe kann man nicht essen, auch kann man kein Pferd damit kaufen, und deine Halle wärmt sie nicht in einer kalten Nacht.«* Jaime war damals nicht älter gewesen als Tommen jetzt.

Vor der Großen Septe von Baelor, dieser Herrlichkeit in Marmor auf Visenyas Hügel, wurde die kleine Gruppe der Trauergäste von den Goldröcken, die Ser Addam Marbrand auf dem Platz hatte aufmarschieren lassen, an Zahl übertroffen. *Später werden mehr kommen,* redete sich die Königin ein, während Ser

Meryn Trant ihr aus der Sänfte half. Nur die Hochgeborenen und ihre Gefolge durften an der Morgenandacht teilnehmen; am Nachmittag würde eine weitere für das gemeine Volk stattfinden, und das Abendgebet stand allen offen. Cersei würde dann erneut anwesend sein müssen, damit die Leute ihre Trauer sehen konnten. *Der Pöbel braucht sein Schauspiel.* Es war lästig. Sie musste sich um ihre Ämter kümmern, einen Krieg gewinnen, ein Reich regieren. Ihr Vater hätte das verstanden.

Der Hohe Septon kam ihnen oben an der Treppe entgegen. Dem gebeugten alten Mann mit dem dünnen grauen Bart lag das Gewicht der reich bestickten Roben so schwer auf den Schultern, dass sich seine Augen auf Höhe von Cerseis Brüsten befanden … obwohl seine Krone, ein zartes Stück aus geschliffenem Kristall und Goldgespinst, ihm gute anderthalb Fuß zusätzlich verlieh.

Lord Tywin hatte ihm diese Krone als Ersatz für diejenige geschenkt, die verschollen war, als der Pöbel den Vorgänger des Hohen Septons ermordet hatte. Das Gesindel hatte den fetten Narren aus seiner Sänfte gezerrt und in Stücke gerissen, an dem Tag, an dem Myrcella nach Dorne in See gestochen war. *Er war ein großer Vielfraß und fügsam dazu. Dieser …* Diesen Hohen Septon hatten sie Tyrion zu verdanken, fiel Cersei plötzlich ein. Der Gedanke beunruhigte sie.

Die fleckige Hand des alten Mannes schob sich wie eine Hühnerkralle aus dem mit goldenen Schneckenverzierungen und kleinen Kristallen verzierten Ärmel hervor. Cersei kniete auf dem nassen Marmor nieder und küsste ihm die Finger, und sie gebot Tommen, das Gleiche zu tun. *Was weiß er über mich? Wie viel hat ihm der Zwerg erzählt?* Der Hohe Septon lächelte, während er sie in die Septe geleitete. Aber war es ein bedrohliches Lächeln, hinter dem sich unausgesprochenes Wissen verbarg, oder nur das geistesabwesende Zucken der runzligen Lippen eines Greises? Die Königin vermochte es nicht zu entscheiden.

Sie schritten durch die Halle der Lampen unter bunten Kugeln aus Bleiglas entlang, und Tommens Hand lag in ihrer. Trant und Kettleblack flankierten sie; von ihren nassen Umhängen tropfte Wasser auf den Boden. Der Hohe Septon ging langsam und stützte sich dabei auf seinen Wehrholzstab, an dessen Spitze eine Kristallkugel saß. Sieben der Höchst Frommen begleiteten ihn in ihren schimmernden, golddurchwirkten Gewändern. Tommen trug ebenfalls golddurchwirktes Tuch unter seinem Zobelmantel, die Königin hingegen ein altes Kleid aus schwarzem Samt mit Hermelinsäumen. Sie hatte keine Zeit gehabt, sich ein neues schneidern zu lassen, und sie konnte schlecht dasselbe Kleid tragen wie bei Joffreys Beerdigung oder das, in dem sie Robert zu Grabe getragen hatte.

Zumindest wird man nicht von mir erwarten, dass ich für Tyrion Trauer anlege. Ich werde ein Kleid aus roter, golddurchwirkter Seide tragen und Rubine im Haar. Der Mann, der ihr den Kopf des Zwergs brachte, würde in den Stand eines Lords erhoben werden, hatte sie verkünden lassen, gleichgültig, von welch armseliger und niedriger Geburt er sein mochte. Raben brachten ihr Versprechen in alle Teile der Sieben Königslande, und bald würde die Nachricht auch die Meerenge überqueren und sich in den Neun Freien Städten und den Ländern jenseits davon verbreiten. *Soll der Gnom ruhig bis ans Ende der Welt fliehen, mir entkommt er nicht.*

Die königliche Prozession gelangte durch die inneren Türen in das höhlenartige Herz der Großen Septe und folgte einem breiten Gang, einem von sieben, die unter der Kuppel zusammenliefen. Rechts und links beugten die hochgeborenen Trauergäste das Knie, wenn König und Königin vorbeigingen. Viele der Gefolgsleute ihres Vaters hatten sich versammelt, und Ritter, die in einem halben Hundert Schlachten an Lord Tywins Seite gefochten hatten. Ihr Anblick stärkte ihre Zuversicht. *Ich stehe nicht ohne Freunde da.*

Unter der aus Glas und Gold und Kristall bestehenden hohen Kuppel der Großen Septe ruhte Lord Tywin Lannisters Leichnam auf einer gestuften Marmorbahre. An ihrem Kopfende hielt Jaime die Totenwache, die Hand um den Knauf eines Großschwerts gelegt, dessen Spitze auf dem Boden ruhte. Der Kapuzenumhang, den er trug, war so weiß wie frisch gefallener Schnee, und die Schuppen seines langen Panzerhemdes bestanden aus Perlmutt und getriebenem Gold. *Lord Tywin wäre das Gold und Rot der Lannisters lieber gewesen,* dachte sie. *Es hat ihn stets verdrossen, Jaime ganz in Weiß zu sehen.* Ihr Bruder ließ sich auch wieder den Bart wachsen. Stoppeln bedeckten Kinn und Wangen und verliehen seinem Gesicht etwas Raues und Ungehobeltes. *Wenigstens hätte er warten können, bis Vaters Gebeine unter dem Rock bestattet sind.*

Cersei führte den König drei kleine Stufen empor, um neben dem Leichnam niederzuknien. Tommen traten die Tränen in die Augen. »Weine leise«, hieß sie ihn und beugte sich dicht zu ihm. »Du bist ein König, kein heulendes Kleinkind. Deine Lords schauen auf dich.« Der Junge wischte die Tränen mit dem Handrücken fort. Er hatte ihre Augen, smaragdgrün, und sie waren ebenso groß und hell, wie Jaimes Augen in Tommens Alter gewesen waren. Ihr Bruder war ein so *hübsches* Kind gewesen … aber auch wild, so wild wie Joffrey, ein richtiger kleiner Löwe. Die Königin legte den Arm um Tommen und küsste ihren Sohn auf die goldenen Locken. *Er braucht mich, damit ich ihn lehre, wie man herrscht, und damit ich ihn vor seinen Feinden schütze.* Einige der Letzteren standen auch jetzt in ihrer Nähe und gaben sich als Freunde aus.

Die Schweigenden Schwestern hatten Lord Tywin gerüstet, als zöge er in seine letzte Schlacht. Er trug seinen besten Panzer, schweren Stahl, der in tiefem Dunkelrot emailliert war; Panzerhandschuhe, Beinschienen und Brustpanzer waren mit Goldeinlagen verziert. Die Schwebescheiben waren goldene Sonnenräder; eine goldene Löwin hockte auf jeder Schulter, ein Löwe mit dichter Mähne bildete den Kamm des Topfhelms neben seinem Kopf. Auf der Brust lag ein Langschwert in einer vergoldeten

Scheide, die mit Rubinen besetzt war; die Hände steckten in vergoldeten Handschuhen und waren um das Heft gefaltet. *Noch im Tode ist sein Gesicht edel,* dachte sie, *obwohl, der Mund …* Die Mundwinkel ihres Vaters waren, wenn auch nur leicht, nach oben gezogen, und so erweckte er den Eindruck einer leisen Verwunderung. *Das sollte nicht sein.* Sie lastete es Pycelle an; er hätte den Schweigenden Schwestern sagen müssen, dass Lord Tywin Lannister niemals lächelte. *Dieser Mann ist so nützlich wie Brustwarzen auf einem Harnisch.* Durch dieses angedeutete Lächeln erschien Lord Tywin in gewisser Weise weniger Furcht erregend. Dadurch, und durch die Tatsache, dass er die Augen geschlossen hatte. Die Augen ihres Vaters waren beunruhigend gewesen; hellgrün, beinahe leuchtend, mit Gold gesprenkelt. Mit diesem Blick konnte er in einen hineinsehen, konnte erkennen, wie schwach und wertlos und schändlich man im tiefsten Innern war. *Wenn er einen anblickte, hat man es gespürt.*

Ungebeten meldeten sich die Erinnerungen an das Fest, welches König Aerys gegeben hatte, als Cersei zum ersten Mal an den Hof gekommen war, ein Mädchen, grün wie das Sommergras. Der alte Merryweather hatte davon geredet, die Zölle auf Wein zu erhöhen, da hatte Lord Rykker verkündet: »Wenn wir Gold brauchen, sollte Seine Gnaden doch einfach Lord Tywin auf seinen Nachttopf setzen.« Aerys und seine Speichellecker hatten laut gelacht, während Vater Rykker lediglich über seinen Weinbecher hinweg angestarrt hatte. Dieser Blick hatte noch lange angedauert, nach dem die Belustigung längst verflogen war. Rykker hatte sich abgewandt, sich dann wieder umgedreht und Vater in die Augen gesehen, den Blick ignoriert, seinen Krug Bier leer getrunken und war dann mit rotem Gesicht von dannen geschlichen, geschlagen von einem Paar unerbittlicher Augen.

Jetzt haben sich Lord Tywins Augen für immer geschlossen, dachte Cersei. *Von nun an werden alle vor meinem Blick zusammenzucken, jetzt müssen alle mein Stirnrunzeln fürchten. Auch ich bin ein Löwe.*

In der Septe herrschte Dämmerlicht, weil der Himmel draußen so grau war. Sollte der Regen jemals aufhören, würde die Sonne durch die hängenden Kristalle hereinscheinen und den Leichnam in Regenbogen hüllen. Der Lord von Casterly Rock hatte Regenbogen verdient. Er war ein großer Mann gewesen. *Ich werde allerdings noch größer werden. In tausend Jahren, wenn die Maester über diese Zeit schreiben, wird man sich deiner nur noch als Königin Cerseis Erzeuger erinnern.*

»Mutter.« Tommen zupfte an ihrem Ärmel. »Was ist das für ein Gestank?«

Mein Hoher Vater. »Der Tod.« Sie konnte es ebenfalls riechen; ein leiser Hauch von Verwesung hätte sie am liebsten die Nase rümpfen lassen. Cersei achtete nicht darauf. Die sieben Septone in ihren silbernen Roben standen hinter der Bahre und flehten inständig den Vater an, Lord Tywin Gerechtigkeit widerfahren zu lassen. Als sie fertig waren, versammelten sich siebenundsiebzig Septas vor dem Altar der Mutter und begannen mit einem Gesang, in dem sie um Erbarmen baten. Tommen zappelte bereits unruhig, und sogar die Knie der Königin schmerzten. Sie sah Jaime an. Ihr Zwillingsbruder stand da, als wäre er aus Stein gehauen, und erwiderte ihren Blick nicht.

In den Bänken kniete ihr Onkel Kevan mit hängenden Schultern, neben ihm sein Sohn. *Lancel sieht schlimmer aus als Vater.* Obwohl er erst siebzehn war, hätte er für siebzig durchgehen können, ausgemergelt, mit grauem Gesicht, eingefallenen Wangen, tief liegenden Augen, und Haar, so weiß und spröde wie Kreide. *Wie kann Lancel unter den Lebenden weilen und Tywin Lannister tot sein? Haben die Götter den Verstand verloren?*

Lord Gyles hustete mehr als gewöhnlich und bedeckte die Nase mit einem Viereck aus roter Seide. *Er riecht es auch.* Grand Maester Pycelle hatte die Augen geschlossen. *Wenn er einschläft, wird er die Peitsche spüren, das schwöre ich.* Zur Rechten der Bahre knieten die Tyrells: der Lord von Highgarden, seine abscheuliche Mutter und seine geistlose Gemahlin, sein Sohn Garlan und seine Tochter Margaery. *Königin Margaery,* ermahnte sie sich;

Joffs Witwe und Tommens zukünftige Gemahlin. Margaery ähnelte ihrem Bruder sehr, dem Ritter der Blumen. Die Königin fragte sich, ob sie darüber hinaus noch mehr gemeinsam hatten. *Unsere kleine Rose hat viele Ladys, von denen sie bei Tag und Nacht umgeben ist.* Sie waren ebenfalls anwesend, fast ein Dutzend. Cersei betrachtete ihre Gesichter und fragte sich: *Wer ist die Ängstlichste, die Leichtfertigste, welche ist am meisten auf Gunst erpicht? Welche kann ihre Zunge nicht im Zaum halten?* Sie würde sich darum kümmern müssen, das herauszufinden.

Es war eine Wohltat, als der Gesang schließlich endete. Der Geruch, den der Leichnam ihres Vaters verströmte, schien stärker geworden zu sein. Die meisten Trauergäste hatten den Anstand, so zu tun, als bemerkten sie nichts, Cersei erwischte jedoch zwei Kusinen von Lady Margaery dabei, wie sie die kleinen Tyrellnasen rümpften. Während sie und Tommen den Gang wieder zurückgingen, glaubte sie zu hören, wie jemand »Abort« murmelte und kicherte, doch als sie den Kopf wandte, um zu sehen, wer gesprochen hatte, blickte sie in ein Meer ernster Gesichter, die sie ausdruckslos ansahen. *Sie hätten es niemals gewagt, sich über ihn lustig zu machen, solange er lebte. Ein Blick von ihm, und ihre Eingeweide hätten sich in Wasser verwandelt.*

Draußen in der Halle der Lampen umschwärmten die Trauergäste sie wie Fliegen und überschütteten sie mit ihren überflüssigen Beileidsbezeugungen. Die Redwyne-Zwillinge küssten ihr die Hand, ihr Vater küsste sie auf die Wange. Hallyne der Pyromantiker versprach ihr, dass an dem Tag, an dem die Gebeine ihres Vaters nach Westen gebracht wurden, eine brennende Hand am Himmel über der Stadt lodern würde. Von Husten unterbrochen berichtete ihr Lord Gyles von einem Meistersteinmetz, den er beauftragt habe, eine Statue von Lord Tywin anzufertigen, damit er ewig am Löwentor Wache halten würde. Ser Lambert Turnberry erschien mit einer Klappe über dem rechten Auge und schwor, er würde sie so lange tragen, bis er ihr den Kopf ihres Zwergenbruders bringen konnte.

Kaum war die Königin diesen Narren entronnen, sah sie sich Lady Falyse von Stokeworth und ihrem Gemahl, Ser Balman Byrch gegenüber. »Meine Hohe Mutter lässt Euch Ihr Bedauern ausrichten, Euer Gnaden«, plapperte Falyse. »Lollys wurde zu Bett gebracht, die Geburt steht bevor, und meine Mutter hielt es für angebracht, bei ihr zu bleiben. Sie bittet Euch um Verzeihung und sagte, ich solle Euch fragen … Meine Mutter hat Euren Vater mehr bewundert als jeden anderen Mann. Sollte meine Schwester einen kleinen Jungen bekommen, ist es ihr Wunsch, ihn Tywin zu nennen, wenn … wenn Ihr damit einverstanden seid.«

Cersei starrte sie entgeistert an. »Eure schwachsinnige Schwester lässt sich von halb King's Landing schänden, und Tanda will den Bastard mit dem Namen meines Hohen Vaters ehren? Wohl kaum.«

Falyse fuhr zurück, als habe sie einen Schlag ins Gesicht erhalten, doch ihr Gemahl strich sich nur mit dem Daumen über den dicken blonden Schnurrbart. »Das habe ich Lady Tanda ebenfalls gesagt. Wir werden einen, äh … angemesseneren Namen für Lollys Bastard finden, darauf habt Ihr mein Wort.«

»Sorgt dafür.« Cersei zeigte ihnen die kalte Schulter und ließ sie stehen. Tommen war Margaery Tyrell und ihrer Großmutter in die Hände gefallen. Die Königin der Dornen war so klein, dass Cersei sie einen Moment lang für ein Kind gehalten hatte. Ehe sie ihren Sohn vor den Rosen retten konnte, wurde sie zu ihrem Onkel abgedrängt. Als die Königin ihn an ihre spätere Verabredung erinnerte, nickte er matt und bat um Erlaubnis, sich zurückziehen zu dürfen. Lancel dagegen blieb, das vollkommene Abbild eines Mannes, der mit einem Bein im Grabe steht. *Fragt sich nur, ob er hinein- oder heraussteigt.*

Cersei rang sich ein Lächeln ab. »Lancel, wie schön, dass Ihr wieder so viel kräftiger ausseht. Maester Ballabar hat uns Beängstigendes berichtet, wir fürchteten schon um Euer Leben. Aber ich hatte gedacht, Ihr wärt inzwischen unterwegs nach Darry, um Eure Lordschaft anzutreten.« Nach der Schlacht am Blackwater hatte ihr Vater Lancel zum Lord erhoben, um seinen Bruder Kevan zu beschwichtigen.

»Noch nicht. In meiner Burg sitzen Geächtete.« Die Stimme ihres Vetters war so dünn wie der Bart auf seiner Oberlippe. Im Gegensatz zu dem weiß gewordenen Haar hatte der Bartflaum seine rotblonde Farbe behalten. Cersei hatte oft darauf gestarrt, wenn der Junge in ihr war und pflichtbewusst zustieß. *Es sieht aus wie verschmierter Schmutz auf der Oberlippe.* Sie hätte ihm gern damit gedroht, ihn mit ein wenig Speichel fortzuwischen. »Die Flusslande brauchen eine starke Hand, sagt mein Vater«, fügte Lancel hinzu.

Nur schade, dass sie deine Hand bekommen, hätte sie am liebsten gesagt. Stattdessen lächelte sie. »Und Ihr werdet auch Hochzeit feiern.«

Der junge Ritter verzog das schwer gezeichnete Gesicht zu einer düsteren Miene. »Ein Frey-Mädchen, und keines, das ich mir selbst ausgesucht hätte. Nicht einmal Jungfrau ist sie. Eine Witwe, in deren Adern Darry-Blut fließt. Mein Vater sagt, das würde mir beim Bauernvolk helfen, aber die Bauern sind alle tot.« Er griff nach ihrer Hand. »Es ist so schrecklich, Cersei. Euer Gnaden wissen, dass meine Liebe allein –«

»– dem Hause Lannister gilt«, beendete sie den Satz an seiner Stelle. »Niemand hegt daran Zweifel, Lancel. Möge Eure Gemahlin Euch starke Söhne schenken.« *Und lass die Hochzeit lieber nicht von ihrem Hohen Großvater ausrichten.* »Ich weiß, Ihr werdet in Darry viele große Taten vollbringen.«

Lancel nickte jämmerlich. »Als es so aussah, als würde ich sterben, hat mein Vater den Hohen Septon geholt, damit er für mich betet. Er ist ein guter Mann.« Die Augen ihres Vetters glänzten feucht, die Augen eines Kindes im Gesicht eines Greises. »Er hat gesagt, die Mutter habe mich um eines heiligen Zweckes willen verschont, damit ich für meine Sünden büßen kann.«

Cersei fragte sich, wie er beabsichtigte, für die Tändelei mit ihr Buße zu tun. *Ihn zum Ritter zu schlagen war ein Fehler, mit ihm ins Bett zu steigen ein noch ärgerer.* Lancel war so schwach wie ein Schilfhalm, und seine neu entdeckte Frömmigkeit gefiel ihr ganz und gar nicht; er war viel amüsanter gewesen, als er noch Jaime nachgeeifert hatte. *Was hat dieser wimmernde Narr dem Hohen Septon erzählt? Und was wird er seiner kleinen Frey erzählen, wenn sie zusammen in der Dunkelheit liegen?* Falls er offenbarte, mit Cersei im Bett gewesen zu sein, würde sie das überstehen. Männer logen stets, wenn es Frauen betraf; sie würde es als Prahlerei eines unreifen Jungen abtun, der von ihrer Schönheit hingerissen war. *Wenn er jedoch über Robert und den Starkwein singt …* »Buße tut man am besten im Gebet«, sagte Cersei zu ihm. »Im *stillen* Gebet.« Sie ließ ihn stehen, damit er darüber nachdenken konnte, und wappnete sich für die Begegnung mit der Tyrell-Schar.

Margaery umarmte sie wie eine Schwester, was die Königin als anmaßend empfand, doch dies war nicht der rechte Ort, sie zurückzuweisen. Lady Alerie und die Kusinen begnügten sich damit, ihr die Hand zu küssen. Lady Graceford, die unübersehbar ein Kind unter dem Herzen trug, bat die Königin um die Erlaubnis, ihm den Namen Tywin geben zu dürfen, falls es ein Junge wurde, oder Lanna, falls sie ein Mädchen zur Welt brachte. *Noch einen?*, hätte Cersei fast gestöhnt. *Das Reich wird in Tywins ertrinken.* So liebenswürdig sie konnte, gab sie ihre Zustimmung und täuschte Freude vor.

Es war Lady Merryweather, die ihr echte Freude bereitete. »Euer Gnaden«, sagte sie in ihrem sinnlichen myrischen Tonfall, »ich habe meine Freunde jenseits der Meerenge benachrichtigt und sie gebeten, den Gnom zu ergreifen, sollte er sein hässliches Gesicht in den Freien Städten zeigen.«

»Habt Ihr viele Freunde jenseits des Wassers?«

»In Myr sind es viele. Ebenso in Lys und Tyrosh. Männer mit Macht.«

Das mochte Cersei gern glauben. Diese myrische Frau war entschieden zu schön; lange Beine, volle Brüste, glatte Olivenhaut, blühende Lippen, riesige dunkle Augen und dichtes schwarzes

Haar, das stets aussah, als sei sie gerade aus dem Bett gestiegen. *Sie riecht sogar nach Sünde wie ein exotischer Lotus.* »Lord Merryweather und ich möchten Euer Gnaden und dem kleinen König nur zu Diensten sein«, säuselte Lady Merryweather mit einem Blick, der ebenso von Bedeutung geschwängert war wie Lady Graceford mit ihrem Kinde.

Sie hat Ehrgeiz, und ihr Lord ist stolz, aber arm. »Wir müssen uns bald wieder unterhalten, Mylady. Taena, nicht wahr? Ihr seid ungemein liebenswürdig. Gewiss werden wir gute Freundinnen.«

Dann stürzte sich der Lord von Highgarden auf sie.

Mace Tyrell war nur zehn Jahre älter als Cersei, dennoch betrachtete sie ihn als einen Mann im Alter ihres Vaters, nicht in ihrem eigenen. Er war nicht ganz so hoch gewachsen wie der verstorbene Lord Tywin, ansonsten jedoch war an ihm alles größer, die dicke Brust und der noch dickere Bauch. Sein Haar war von kastanienbrauner Farbe, in seinem Bart jedoch zeigten sich weiße und graue Strähnen. Sein Gesicht rötete sich häufig. »Lord Tywin war ein großer Mann, ein *außergewöhnlicher* Mann«, verkündete er umständlich, nachdem er sie auf beide Wangen geküsst hatte. »Seinesgleichen werden wir nicht mehr zu sehen bekommen, fürchte ich.«

Ihr habt seinesgleichen vor Euch, Narr, dachte Cersei. *Ihr steht vor seiner Tochter.* Doch sie brauchte Tyrell und die Macht von Highgarden, damit Tommen seinen Thron nicht verlor, daher antwortete sie lediglich: »Man wird ihn sehr vermissen.« Tyrell legte ihr die Hand auf die Schulter. »Kein lebender Mann ist würdig, Lord Tywins Rüstung anzulegen, das steht außer Zweifel. Dennoch besteht das Reich weiter und muss regiert werden. Falls ich etwas tun kann, um Euch in dieser dunklen Stunde dienlich zu sein, brauchen Euer Gnaden nur darum zu bitten.«

Wenn Ihr des Königs Hand werden wollt, Mylord, so habt den Mut, es offen zu sagen. Die Königin lächelte. *Mag er das deuten, wie er möchte.* »Gewiss wird Mylord doch in der Weite gebraucht?«

»Mein Sohn Willas ist ein tüchtiger Bursche«, erwiderte der Mann und weigerte sich, ihre unmissverständliche Andeutung zur Kenntnis zu nehmen. »Sein Bein mag verkrümmt sein, doch mangelt es ihm nicht an Verstand. Und Garlan wird bald Brightwater übernehmen. Bei ihnen wird die Weite in guten Händen sein, falls ich möglicherweise an anderer Stelle gebraucht werde. Die Regierung des Reiches hat Vorrang, wie Lord Tywin so oft sagte. Und ich freue mich, Euer Gnaden in dieser Hinsicht gute Neuigkeiten überbringen zu dürfen. Mein Onkel Garth hat sich bereit erklärt, als Meister der Münze zu dienen, so wie es Euer Hoher Vater wünschte. Er ist bereits auf dem Weg nach Oldtown, um dort ein Schiff zu nehmen. Seine Söhne begleiten ihn. Lord Tywin hat etwas davon erwähnt, dass er für die beiden ebenfalls einen Platz finden würde. Vielleicht in der Stadtwache.«

Das Lächeln der Königin war zu solcher Härte erstarrt, dass sie befürchtete, ihre Zähne könnten zerbrechen. *Garth der Grobe im Kleinen Rat, und seine beiden Bastarde in Goldröcken … glauben die Tyrells, ich werde ihnen das Reich auf einem Goldteller darreichen?* Diese Arroganz raubte ihr den Atem.

»Garth hat mir gut als Lord Seneschall gedient, so wie vor mir meinem Vater«, fuhr Tyrell fort. »Littlefinger hatte einen Riecher für Gold, das will ich gern zugeben, aber Garth –«

»Mylord«, unterbrach ihn Cersei, »ich fürchte, da besteht ein Missverständnis. Ich habe bereits Lord Gyles Rosby gebeten, mir als neuer Meister der Münze zu dienen, und er hat mir die Ehre gewährt zuzusagen.«

Mace glotzte sie mit offenem Mund an. »Rosby? Der … *Huster*? Aber … die Angelegenheit war abgemacht, Euer Gnaden. Garth ist unterwegs nach Oldtown.«

»Am besten schickt Ihr einen Raben zu Lord Hightower und bittet ihn sicherzustellen, dass Euer Onkel nicht an Bord geht. Der Gedanke, dass Garth sich dem herbstlichen Meer ganz umsonst stellen muss, wäre uns unerträglich.« Sie lächelte liebenswürdig.

Röte kroch an Tyrells dickem Hals hinauf. »Das … Euer Hoher Vater hat mir versichert …«, begann er zu stottern.

Dann erschien seine Mutter und schob ihren Arm unter den seinen. »Es sieht so aus, als hätte Lord Tywin seine Pläne unserer Regentin nicht mitgeteilt, wenn ich mir auch nicht *vorstellen* kann, wieso. Doch ist es nun einmal so, und es hat keinen Zweck, Ihre Gnaden zu bedrängen. Sie hat ganz Recht, Ihr müsst Lord Leyton schreiben, bevor Garth in See sticht. Ihr wisst doch, dass er auf dem Meer krank werden wird, und dann wird es schlimmer mit seinen Fürzen.« Lady Olenna schenkte Cersei ein zahnloses Lächeln. »Euer Ratssaal wird mit Lord Gyles süßer duften, allerdings würde mich dieser Husten zum Wahnsinn treiben. Wir alle verehren den lieben alten Onkel Garth, aber der Mann leidet an der Blähsucht, das kann man nicht leugnen. Ich verabscheue üble Gerüche.« Ihr zerfurchtes Gesicht legte sich in noch tiefere Falten. »In der heiligen Septe ist mir auch etwas Unerfreuliches in die Nase gestiegen. Vielleicht habt Ihr es auch gerochen?«

»Nein«, erwiderte Cersei kalt. »Ein Geruch, sagt Ihr?«

»Eher ein Gestank.«

»Vielleicht vermisst Ihr Eure Herbstrosen. Wir haben Euch schon zu lange hier aufgehalten.« Je eher sie die Hofgesellschaft von Lady Olenna los war, desto besser. Lord Tyrell würde eine stattliche Anzahl seiner Ritter entsenden, um seine Mutter sicher nach Hause zu geleiten, und je weniger Tyrell-Schwerter sich in der Stadt befanden, desto ruhiger würde die Königin schlafen.

»Ich sehne mich nach den Düften von Highgarden, das gestehe ich gern«, sagte die alte Frau, »aber natürlich kann ich nicht eher aufbrechen, als bis ich gesehen habe, wie meine reizende Margaery Euren werten kleinen Tommen geehelicht hat.«

»Diesem Tag sehe ich ebenfalls sehnlichst entgegen«, warf Tyrell ein. »Lord Tywin und ich hatten schon fast einen Termin festgelegt. Vielleicht werden Ihr und ich uns nun dessen annehmen, Euer Gnaden.«

»Bald.«

»Bald ist rechtzeitig genug«, sagte Lady Olenna und rümpfte die Nase. »Komm jetzt, Mace, lass Ihre Gnaden sich weiter ihrer … Trauer hingeben.«

Ich werde den Tag deines Todes erleben, alte Frau, schwor sich Cersei, während die Königin der Dornen zwischen ihren sieben Fuß großen Wachen davonwankte, die sie zu ihrer Belustigung Links und Rechts nannte. *Wir werden ja sehen, was für eine liebliche Leiche du abgeben wirst.* Die Greisin war doppelt so schlau wie ihr Sohn, daran bestand kein Zweifel.

Die Königin rettete ihren Sohn vor Margaery und deren Kusinen und strebte auf die Türen zu. Draußen hatte der Regen endlich aufgehört. Die Herbstluft roch süß und frisch. Tommen nahm seine Krone ab. »Setz sie wieder auf«, befahl Cersei.

»Mein Hals tut mir davon weh«, beschwerte sich der Junge, folgte jedoch ihrer Aufforderung. »Werde ich bald heiraten? Margaery sagt, sobald wir vermählt sind, können wir nach Highgarden reisen.«

»Du wirst nicht nach Highgarden reisen, aber du darfst zur Burg zurückreiten.« Cersei winkte Ser Meryn Trant heran. »Bringt Seiner Gnaden ein Pferd, und fragt Lord Gyles, ob er mir die Ehre erweist, mich in meiner Sänfte zu begleiten.« Die Dinge entwickelten sich schneller, als sie erwartet hatte; sie durfte keine Zeit vergeuden.

Tommen freute sich über die Aussicht auf den Ritt, und natürlich fühlte sich Lord Gyles von der Einladung geehrt … wenngleich er, auf ihre Frage hin, ob er ihr Meister der Münze werden wolle, so heftig zu husten begann, dass sie fürchtete, er könne auf der Stelle sterben. Doch die Mutter erwies sich gnädig, und schließlich erholte sich Gyles so weit, dass er ihr Angebot annehmen konnte, und dann begann er die Namen der Männer hervorzuhusten, die er ersetzen wollte, Zöllner und Wollfaktoren, die Littlefinger ernannt hatte, und sogar einen Schlüsselbewahrer.

»Nennt die Kuh, wie Ihr möchtet, solange nur die Milch fließt. Und sollte jemand fragen, Ihr seid gestern in den Rat aufgenommen worden.«

»Gestern –« Er sackte in einem Hustenanfall zusammen. »Gestern. Gewiss.« Lord Gyles hustete in ein rotes Seidenviereck, als wollte er das Blut in seinem Speichel verbergen. Cersei gab vor, es nicht zu bemerken.

Wenn er stirbt, finde ich jemand anderes. Vielleicht sollte sie Littlefinger zurückrufen. Die Königin konnte sich nicht vorstellen, dass es Petyr Baelish lange erlaubt sein würde, Lord Protektor im Tal zu bleiben, nachdem Lysa Arryn tot war. Die Lords im Tal rührten sich bereits, wenn man glauben durfte, was Pycelle sagte. *Wenn sie ihm diesen elenden Jungen weggenommen haben, wird Lord Petyr wieder angekrochen kommen.*

»Euer Gnaden?« Lord Gyles hustete und tupfte sich den Mund ab. »Dürfte ich …« Wieder hustete er. »… fragen, wer …« Erneutes Husten schüttelte ihn. »… wer die Hand des Königs wird?«

»Mein Onkel«, erwiderte sie abwesend.

Mit Erleichterung sah sie die Tore des Red Keeps vor sich aufragen. Sie überließ Tommen der Obhut seiner Pagen und zog sich dankbar in ihre Gemächer zurück, um sich auszuruhen.

Kaum hatte sie ihre Schuhe ausgezogen, trat Jocelyn schüchtern ein und sagte, dass Qyburn draußen sei und um eine Audienz bitte. »Schick ihn herein«, befahl die Königin. *Ein Herrscher findet nie Ruhe.*

Qyburn war alt, doch sein Haar zeigte noch immer mehr Asche als Schnee, und die Lachfalten um seinen Mund verliehen ihm etwas von einem freundlichen Großvater. *Ein ziemlich schäbiger Großvater allerdings.* Der Kragen seine Robe war ausgefranst, und ein Ärmel war gerissen und schlecht genäht. »Ich muss Euer Gnaden um Verzeihung für mein Äußeres bitten«, begann er. »Ich war unten in den Verliesen und habe, Eurem Befehl entsprechend, Nachforschungen über die Flucht des Gnoms angestellt.«

»Und was habt Ihr herausgefunden?«

»Seit der Nacht, in der Lord Varys und Euer Bruder verschwanden, wird auch ein dritter Mann vermisst.«

»Ja, der Kerkermeister. Was ist mit ihm?«

»Der Mann hieß Rugen. Ein Unterkerkermeister, der für die schwarzen Zellen zuständig war. Der Oberste Kerkermeister beschreibt ihn als beleibt, unrasiert und barsch. Er war vom alten König Aerys ernannt worden und kam und ging, wie es ihm beliebte. Die schwarzen Zellen waren in den letzten Jahren nicht häufig belegt. Die anderen Schließer hatten Angst vor ihm, scheint es, aber niemand wusste viel über ihn. Er hatte weder Freunde noch Verwandte. Auch trank er nicht und hat keine Bordelle besucht. Seine Schlafzelle war feucht und trostlos, und das Stroh, auf dem er schlief, war verschimmelt. Sein Nachttopf lief über.«

»Das alles weiß ich.« Jaime hatte Rugens Zelle durchsucht, und Ser Addams Goldröcke ebenfalls.

»Ja, Euer Gnaden«, sagte Qyburn, »aber war Euch auch bekannt, dass sich unter diesem stinkenden Nachttopf ein lockerer Stein befand, der einen kleinen Hohlraum verschloss? Eine Nische von der Art, in der ein Mann wertvolle Gegenstände versteckt, die nicht gefunden werden sollen?«

»Wertvolle Gegenstände?« Das war neu. »Geld, meint Ihr?« Schon die ganze Zeit hatte sie vermutet, dass Tyrion diesen Wärter irgendwie bestochen hatte.

»Ohne Zweifel. Natürlich war das Loch leer, als ich es entdeckt habe. Gewiss hat Rugen seinen unrechtmäßig erworbenen Schatz bei seiner Flucht mitgenommen. Aber als ich mit meiner Fackel in das Loch leuchtete, habe ich etwas glitzern sehen, also habe ich im Dreck gekratzt und es ausgegraben.« Qyburn öffnete die Hand. »Eine Goldmünze.«

Gold, ja, aber in dem Augenblick, in dem Cersei sie in die Hand nahm, erkannte sie, dass die Münze falsch war. *Zu klein,* dachte sie, *zu dünn.* Das Goldstück war alt und abgewetzt. Auf der einen Seite sah sie das Gesicht eines Königs im Profil, auf der anderen den Abdruck einer Hand. »Das ist kein Drache«, stellte sie fest.

»Nein«, stimmte Qyburn zu. »Sie stammt aus der Zeit vor der Eroberung, Euer Gnaden. Bei dem König handelt es sich um Garth den Zwölften, und die Hand ist das Wappen des Hauses Gardener.«

Aus Highgarden. Cersei schloss die Hand um die Münze. *Was für ein Verrat verbarg sich dahinter?* Mace Tyrell hatte zu Tyrions Richtern gehört und laut seinen Tod verlangt. *War das eine List? Könnte er mit dem Gnom gemeinsame Sache gemacht und Vaters Tod geplant haben?* Wenn Tywin Lannister im Grab läge, hätte sich Lord Tyrell als beste Wahl für die Hand des Königs angeboten, aber trotzdem … »Ihr werdet mit niemandem darüber sprechen«, ordnete sie an.

»Euer Gnaden dürfen sich meiner Verschwiegenheit gewiss sein. Jeder Mann, der in der Gesellschaft von Söldnern reitet, lernt sehr schnell, seine Zunge im Zaum zu halten, sonst behält er sie nicht lange.«

»Für meine Gesellschaft gilt das Gleiche.« Die Königin legte die Münze fort. Darüber würde sie später nachdenken. »Was ist mit der anderen Angelegenheit?«

»Ser Gregor.« Qyburn zuckte die Achseln. »Ich habe ihn untersucht, wie Ihr befohlen habt. Das Gift der Viper stammt vom Mantikor aus dem Osten, darauf würde ich mein Leben wetten.«

»Pycelle ist anderer Meinung. Er hat meinem Hohen Vater erklärt, Mantikorgift würde in dem Moment töten, in dem es das Herz erreicht.«

»Das stimmt. Aber dieses Gift wurde irgendwie *verdickt*, um den Tod des Berges hinauszuzögern.«

»Verdickt? *Wie* verdickt? Mit anderen Substanzen?«

»Es könnte so sein, wie Euer Gnaden sagen, doch in den meisten Fällen schwächt ein Verfälschen des Giftes seine Wirksamkeit. Möglicherweise ist die Ursache … sagen wir, nicht ganz so natürlich. Ein Zauber, denke ich.«

Ist er genau so ein Narr wie Pycelle? »Ihr wollt mir weismachen, dass der Reitende Berg aufgrund schwarzer *Magie* im Sterben liegt?«

Qyburn achtete nicht auf den Hohn in ihrer Stimme. »Er stirbt an dem Gift, jedoch langsam und unter ungeheuren Schmerzen. Meine Bemühungen, seine Pein zu lindern, haben genauso wenig Früchte getragen wie Pycelles. Ser Gregor hat sich übermäßig an den Mohn gewöhnt, fürchte ich. Sein Knappe sagt, er würde von rasenden Kopfschmerzen geplagt und trinke die Mohnblumenmilch wie andere Männer Bier. Mag es sein, wie es will, seine Adern sind von Kopf bis Fuß schwarz geworden, sein Wasser ist trübe vom Eiter, und das Gift hat ihm ein Loch in die Seite gefressen, so groß wie meine Faust. Es ist ehrlich gesagt ein Wunder, dass der Mann überhaupt noch lebt.«

»Seine Größe«, meinte die Königin stirnrunzelnd. »Gregor ist ein sehr großer Mann. Und auch ein sehr dummer. Zu dumm, um zu wissen, wann er sterben soll, scheint es.« Sie streckte die Hand mit ihrem Becher aus, und Senelle füllte ihn neu. »Sein Geschrei ängstigt Tommen. Er hat sogar mich schon mitten in der Nacht geweckt. Ich würde sagen, es ist höchste Zeit, Ilyn Payne zu rufen.«

»Euer Gnaden«, sagte Qyburn, »vielleicht könnte ich Ser Gregor in die Verliese verlegen? Dort werden Euch seine Schreie nicht stören, und ich wäre in der Lage, mich ungehinderter um ihn zu kümmern.«

»Um ihn zu kümmern?« Sie lachte. »Soll sich Ser Ilyn um ihn kümmern.«

»Wenn Euer Gnaden es so wünschen«, erwiderte Qyburn, »aber dieses Gift … es wäre nützlich, mehr darüber in Erfahrung zu bringen, nicht wahr? Schickt einen Ritter, um einen Ritter zu töten, und einen Bogenschützen, um einen Bogenschützen umzubringen, heißt es im gemeinen Volk. Im Kampf gegen die schwarzen Künste …« Er brachte den Gedanken nicht zu Ende, sondern lächelte sie nur an.

Er ist nicht wie Pycelle, das ist klar. Die Königin musterte ihn staunend. »Warum hat Euch die Citadel die Kette genommen?«

»Die Erzmaester sind im Grunde Feiglinge. Die grauen Schafe, nennt Marwyn sie. Ich war ein ebenso erfahrener Heiler wie Ebrose, aber ich strebte danach, ihn zu übertreffen. Seit Hunderten von Jahren haben die Männer der Citadel die Leiber von Toten geöffnet, um das Wesen des Lebens zu studieren. Ich wollte das Wesen des Todes verstehen, also öffnete ich die Leiber von Lebenden. Für dieses Verbrechen haben die grauen Schafe Schande über mich gebracht und zwangen mich, in die Verbannung zu gehen … aber ich verstehe die Natur von Leben und Tod besser als jeder andere Mann in Oldtown.«

»Tatsächlich?« Das machte sie neugierig. »Also gut. Der Berg gehört Euch. Stellt mit ihm an, was Ihr wollt, aber beschränkt Eure Studien auf die schwarzen Zellen. Wenn er stirbt, bringt mir seinen Kopf. Mein Vater hat ihn Dorne versprochen. Prinz Doran würde Gregor zweifellos lieber selbst töten, aber wir müssen im Leben nun einmal gewisse Enttäuschungen hinnehmen.«

»Sehr wohl, Euer Gnaden.« Qyburn räusperte sich. »Allerdings bin ich nicht so gut ausgestattet wie Pycelle. Ich müsste mir unbedingt bestimmte Ausrüstungsstücke beschaffen …«

»Ich werde Lord Gyles anweisen, Euch mit ausreichend Gold zu versorgen. Kauft Euch auch eine neue Robe. Ihr seht aus, als kämet Ihr geradewegs aus Flea Bottom.« Sie sah ihm in die Augen und fragte sich, wie weit sie ihm trauen durfte. »Muss ich erwähnen, wie übel es Euch ergehen wird, wenn irgendein Wort Eurer … Bemühungen aus diesem Raum gelangt?«

»Nein, Euer Gnaden.« Qyburn lächelte sie beruhigend an. »Eure Geheimnisse sind bei mir bestens aufgehoben.«

Nachdem er gegangen war, schenkte Cersei sich einen Becher Starkwein ein und trank ihn am Fenster. Sie schaute zu, wie die Schatten draußen auf dem Hof länger wurden und dachte über die Münze nach. *Gold aus der Weite. Warum besitzt ein Kerkermeister in King's Landing Gold aus der Weite, wenn nicht, weil er bezahlt worden ist, um an Vaters Ermordung mitzuwirken?*

Sosehr sie sich auch bemühte, es gelang ihr nicht, sich Lord Tywins Gesicht vor Augen zu rufen, ohne dieses alberne Halblächeln zu sehen und sich an den Gestank seines Leichnams zu erinnern. Sie fragte sich, ob auch dahinter Tyrion steckte. *Das wäre armselig und grausam, genau wie er.* Hatte Tyrion Pycelle zu seinem Handlanger gemacht? *Er hat den alten Mann in die schwarzen Zellen gesteckt, und dieser Rugen hatte dort die Aufsicht,* fiel ihr ein. Alle Fäden hatten sich zu einem Gewirr verknäult, das ihr nicht gefiel. *Dieser Hohe Septon ist ebenfalls Tyrions Günstling,* schoss es Cersei durch den Kopf, *und Vaters armer Leichnam war von früh bis spät in seiner Obhut.*

Pünktlich zum Sonnenuntergang traf ihr Onkel ein; er trug ein dunkelgraues wattiertes Wollwams, so düster wie seine Miene. Wie alle Lannisters war Ser Kevan hellhäutig und blond, obwohl er jetzt, mit fünfundfünfzig, den Großteil seines Haars eingebüßt hatte. Niemand würde ihn je ansehnlich nennen. Dick in der Taille und rund an den Schultern erinnerte er mit seinem kantigen, vorspringenden Kinn, das der kurze gelbe Bart kaum verhüllte, an einen alten Mastiff … aber ein treuer alter Mastiff war genau das, was sie brauchte.

Sie nahmen ein einfaches Abendessen zu sich, Rote Bete und Brot und blutiges Rindfleisch, und spülten es mit einer Flasche dornischem Roten hinunter. Ser Kevan sprach wenig und rührte seinen Weinkelch kaum an. *Er grübelt zu viel,* entschied sie. *Man muss ihm Arbeit geben, damit er seinen Gram überwindet.*

Das sagte sie auch, als die Diener die Reste abgeräumt hatten und hinausgegangen waren. »Ich weiß, wie sehr Vater sich auf Euch verlassen hat, Onkel. Und auch ich muss mich jetzt auf Euch verlassen können.«

»Du brauchst eine Hand«, sagte er, »und Jaime hat abgelehnt.«

Er spricht frei heraus. Also gut. »Jaime … Ich habe mich bei Vaters Tod so verloren gefühlt, dass ich kaum wusste, was ich sagte. Jaime ist tapfer, aber auch ein wenig töricht, wenn wir ehrlich sind. Tommen braucht einen erfahreneren Mann. Einen älteren …«

»Mace Tyrell ist älter.«

Ihre Nasenflügel bebten. »Niemals.« Cersei strich sich eine Locke aus der Stirn. »Die Tyrells treiben es zu weit.«

»Du wärest eine Närrin, wenn du Mace Tyrell zur Hand ernennst«, räumte Ser Kevan ein, »aber eine noch größere, wenn du ihn dir zum Feind machst. Ich habe gehört, was in der Halle der Lampen vorgefallen ist. Mace hätte es besser wissen sollen, als eine solche Angelegenheit in der Öffentlichkeit anzusprechen, aber trotzdem war es unklug, ihn vor dem halben Hof zu beschämen.«

»Besser das, als einen weiteren Tyrell im Rat ertragen zu müssen.« Sein Tadel ärgerte sie. »Rosby wird einen passablen Meister der Münze abgeben. Ihr habt seine Sänfte gesehen, mit den Schnitzarbeiten und Seidenvorhängen. Seine Pferde tragen besseres Zeug als die meisten Ritter. Ein Mann, der so reich ist, sollte keine Probleme haben, Gold aufzutreiben. Was die neue Hand angeht … wer wäre besser geeignet, das Werk meines Vaters zu vollenden, als der Bruder, der in all seine Entscheidungen eingeweiht war?«

»Jeder Mann braucht jemanden, dem er vertrauen kann. Tywin hatte mich, und früher deine Mutter.«

»Er hat sie sehr geliebt.« Cersei weigerte sich, an die tote Hure in seinem Bett zu denken. »Ich weiß, dass sie jetzt vereint sind.«

»Dafür bete ich.« Ser Kevan sah ihr einen Moment lang ins Gesicht, ehe er antwortete: »Du verlangst zu viel von mir, Cersei.«

»Nicht mehr als Vater.«

»Ich bin müde.« Ihr Onkel langte nach seinem Weinkelch und trank einen Schluck. »Ich habe eine Frau, die ich seit zwei Jahren nicht gesehen habe, einen toten Sohn, um den ich trauere, einen zweiten Sohn, den ich vermählen und zu einem Lord machen muss. Die Burg von Darry muss wieder befestigt werden, die Ländereien müssen beschützt, die verbrannten Felder gepflügt und neu bestellt werden. Lancel braucht meine Hilfe.«

»Tommen auch.« Cersei hatte nicht erwartet, dass sie Kevan würde zureden müssen. *Bei meinem Vater hat er sich nie geziert.* »Das Reich braucht Euch.«

»Das Reich. Ja. Und das Haus Lannister.« Er nippte abermals an seinem Wein. »Sehr wohl. Ich bleibe und diene Seiner Gnaden ...«

»Sehr gut«, wollte sie sagen, doch Ser Kevan hob die Stimme und übertönte sie.

»... wenn du mich nicht nur zur Hand, sondern auch zum Regenten ernennst und dich nach Casterly Rock zurückziehst.«

Einen halben Herzschlag lang starrte Cersei ihn fassungslos an. »*Ich* bin die Regentin«, erinnerte sie ihn.

»Du warst es. Tywin hegte nicht die Absicht, dir diese Rolle weiterhin zu lassen. Er hat mir von seinen Plänen erzählt, dich zum Rock zurückzuschicken und einen neuen Gemahl für dich zu suchen.«

Cersei spürte, wie der Zorn in ihr aufstieg. »Davon hat er gesprochen, ja. Und ich habe ihm gesagt, es sei nicht mein Wunsch, abermals zu heiraten.«

Ihr Onkel blieb ungerührt. »Wenn du dich gegen eine neue Heirat entscheidest, werde ich dich nicht zwingen. Was alles andere betrifft ... du bist jetzt die Lady von Casterly Rock. Dein Platz ist dort.«

Wie kannst du es wagen?, hätte sie am liebsten geschrien. Stattdessen sagte sie: »Ich bin jedoch auch die regierende Königin. Mein Platz ist bei meinem Sohn.«

»Dein Vater dachte da anders.«

»Mein Vater ist tot.«

»Zu meinem Kummer und zum Leid des ganzen Reiches.

Mach die Augen auf, und sieh dich um, Cersei. Das Königreich liegt in Trümmern. Tywin wäre vielleicht in der Lage gewesen, die Dinge wieder ins Lot zu rücken, aber …«

»*Ich* werde die Dinge ins Lot bringen.« Cersei dämpfte ihre Stimme. »Mit Eurer Hilfe, Onkel. Wenn Ihr mir so treu dient wie meinem Vater –«

»Du bist nicht dein Vater. Und Tywin hat stets Jaime als seinen rechtmäßigen Erben betrachtet.«

»*Jaime* … Jaime hat ein Gelübde abgelegt. Jaime denkt nicht, er lacht nur über alles und jeden und spricht aus, was immer ihm in den Kopf kommt. Jaime ist ein hübscher Narr.«

»Und dennoch war er deine erste Wahl für die Hand des Königs. Was sagt das über dich, Cersei?«

»Ich habe Euch doch gesagt, ich war vor Trauer von Sinnen, ich habe nicht nachgedacht –«

»Ja«, stimmte Ser Kevan zu. »Und genau deshalb solltest du nach Casterly Rock zurückkehren und den König denen überlassen, die denken.«

»*Der König ist mein Sohn!*« Cersei erhob sich.

»Ja«, erwiderte ihr Onkel, »und angesichts dessen, was ich von Joffrey gesehen habe, bist du als Mutter ebenso untauglich wie als Herrscherin.«

Sie schleuderte ihm den Inhalt ihres Weinbechers ins Gesicht.

Ser Kevan erhob sich mit schwerfälliger Würde. »Euer Gnaden.« Wein rann seine Wangen hinunter und tropfte aus dem kurz geschorenen Bart. »Mit Eurer Erlaubnis, darf ich mich zurückziehen?«

»Mit welchem Recht stellt Ihr *mir* Bedingungen? Ihr seid nur ein Ritter vom Hofe meines Vaters.«

»Ich besitze kein eigenes Land, das ist wahr. Aber ich habe gewisse Einnahmen, und zudem habe ich einige Truhen Gold beiseite gelegt. Mein Vater hat bei seinem Tod keines seiner Kinder vergessen, und Tywin wusste, wie man gute Dienste entlohnt. Ich ernähre zweihundert Ritter und kann die Zahl verdoppeln, wenn es erforderlich wird. Es gibt fahrende Ritter, die meinem Banner folgen werden, und ich habe genug Gold, um Söldner anzuheuern. Ihr wärt gut beraten, mich nicht auf die leichte Schulter zu nehmen, Euer Gnaden … und besser noch, mich nicht zu Eurem Feind zu machen.«

»Wollt Ihr mir *drohen*?«

»Ich biete Euch lediglich meinen Rat an. Wenn Ihr die Regentschaft nicht an mich übergeben wollt, ernennt mich zu Eurem Kastellan in Casterly Rock, und macht entweder Mathis Rowan oder Randyll Tarly zur Hand des Königs.«

Gefolgsleute der Tyrells, alle beide. Der Vorschlag verschlug ihr die Sprache. *Ist er gekauft?*, fragte sie sich. *Hat er das Gold der Tyrells genommen, um das Haus Lannister zu verraten?*

»Mathis Rowan ist vernünftig, besonnen und beliebt«, fuhr ihr Onkel fort, ohne etwas zu bemerken. »Randyll Tarly ist der beste Soldat des Reiches. Eine schlechte Hand für Friedenszeiten, aber jetzt, wo Tywin tot ist, gibt es keinen besseren Mann, um diesen Krieg zu beenden. Lord Tyrell kann sich nicht beleidigt fühlen, wenn Ihr einen seiner Vasallen zur Hand ernennt. Sowohl Tarly als auch Rowan sind tüchtige Männer … und *treu*. Gleichgültig, wen Ihr wählt, er wird ganz Euch gehören. Damit stärkt Ihr Euch und schwächt Highgarden, und trotzdem wird Mace Euch wahrscheinlich dankbar dafür sein.« Er zuckte mit den Schultern. »Das ist mein Rat, beherzigt ihn oder nicht. Meinetwegen könnt Ihr Mondbub zur Hand ernennen. Mein Bruder ist tot, Weib. Ich werde ihn nach Hause bringen.«

Verräter, dachte sie, *Abtrünniger.* Sie fragte sich, wie viel Mace Tyrell ihm gegeben hatte. »Ihr würdet also Euren König im Stich lassen, wenn er Euch am meisten braucht«, sagte sie. »Ihr würdet Tommen im Stich lassen.«

»Tommen hat seine Mutter.« Ser Kevan sah sie ungerührt an. Ein letzter Tropfen roter Wein hing an seinem Kinn und löste sich schließlich. »Ja«, fügte er leise nach einer Pause hinzu, »und auch seinen Vater, denke ich.«

JAIME

Ser Jaime Lannister stand ganz in Weiß neben der Totenbahre seines Vaters, seine fünf Finger um das Heft eines goldenen Schwertes gelegt.

Mit einsetzender Dämmerung wurde es in der Großen Septe von Baelor dunkel und unheimlich. Das letzte Tageslicht fiel durch die hohen Fenster und tauchte die hohen Bildnisse der Sieben in rote Düsternis. An den Altären flackerten duftende Kerzen, in den Querschiffen sammelten sich tiefe Schatten und krochen still über den Marmorboden. Die Abendlieder waren verhallt, seit die letzten Trauernden die Septe verlassen hatten.

Balon Swann und Loras Tyrell blieben noch, nachdem die anderen gegangen waren. »Kein Mann kann sieben Tage und Nächte Totenwache stehen«, sagte Ser Balon. »Wann habt Ihr das letzte Mal geschlafen, Mylord?«

»Als mein Vater noch lebte«, antwortete Jaime.

»Erlaubt mir, für eine Nacht an Eure Stelle zu treten«, bot Ser Loras an.

»Er war nicht Euer Vater.« *Ihr habt ihn nicht getötet. Sondern ich. Tyrion mag die Armbrust abgeschossen haben, deren Bolzen ihn niedergestreckt hat, aber ich habe Tyrion aus dem Kerker befreit.* »Lasst mich allein.«

»Wie Mylord befiehlt«, erwiderte Swann. Ser Loras sah aus, als hätte er gern weiter versucht, Jaime zu überzeugen, doch Ser Balon fasste ihn am Arm und zog ihn fort. Jaime lauschte den verklingenden Echos ihrer Schritte. Und dann war er wieder allein mit seinem Hohen Vater, zwischen Kerzen und Kristallen und dem widerwärtig süßen Geruch des Todes. Sein Rücken schmerzte von der schweren Rüstung, seine Beine waren beinahe taub. Er verlagerte das Gewicht und packte das goldene Großschwert fester. Zwar konnte er kein Schwert mehr schwingen, doch immerhin vermochte er noch, eines zu halten. Seine fehlende Hand pochte. Das reizte ihn fast zum Lachen: Er hatte mehr Gefühl in der Hand, die er verloren hatte, als im Rest seines Körpers, der ihm geblieben war.

Meine Hand sehnt sich nach einem Schwert. Ich muss jemanden töten. Varys, für den Anfang, aber zunächst muss ich den Stein finden, unter dem er sich verkrochen hat. »Ich habe dem Eunuchen befohlen, ihn auf ein Schiff zu bringen, nicht in Euer Schlafgemach«, erklärte er dem Toten. »Das Blut klebt ebenso an seinen Händen wie an … Tyrions.« *Das Blut klebt ebenso an seinen Händen wie an meinen,* hatte er sagen wollen, doch die Worte waren ihm im Hals stecken geblieben. *Was immer Varys getan hat, ich habe ihn dazu veranlasst.*

In jener Nacht hatte er in der Kammer des Eunuchen gewartet, nachdem er sich schließlich entschieden hatte, seinen kleinen Bruder nicht sterben zu lassen. Während er dasaß, hatte er seinen Dolch mit einer Hand geschärft und eigentümlichen Trost aus dem Kratzen des Stahls gezogen, über den er den Stein zog. Als er Schritte hörte, stellte er sich neben die Tür. Varys kam in einer Wolke aus Puder und Lavendel herein. Jaime trat hinter ihm hervor, versetzte ihm einen Tritt in die Kniekehle, kniete sich auf seine Brust, setzte ihm das Messer unter das weiche, weiße Kinn und drückte seinen Kopf nach oben. »Ach, Lord Varys«, sagte er freundlich, »was für ein Zufall, dass wir uns hier treffen.«

»Ser Jaime?«, keuchte Varys. »Ihr habt mich erschreckt.«

»Das lag in meiner Absicht.« Als er den Dolch drehte, rann ein Tropfen Blut über die Klinge. »Ich dachte, Ihr würdet mir vielleicht helfen, meinen Bruder aus seiner Zelle zu holen, ehe Ser Ilyn ihm den Kopf abschlägt. Es ist zwar ein hässlicher Kopf, das stimmt, aber mein Bruder hat nur den einen.«

»Ja … also … wenn Ihr nur … die Klinge fortnehmt … ja, vorsichtig, wenn es Euch beliebt, Mylord, vorsichtig, oh, ich bin verletzt …« Der Eunuch berührte seinen Hals und starrte das Blut an seinen Fingern an. »Den Anblick meines eigenen Blutes habe ich schon immer verabscheut.«

»Ihr werdet noch einiges mehr zu verabscheuen haben, solltet Ihr mir nicht helfen.«

Varys richtete sich mühsam zum Sitzen auf. »Euer Bruder … falls der Gnom unerklärlicherweise aus seiner Zelle verschwinden sollte, wird man F-Fragen stellen. Ich würde um mein Leben f-fürchten …«

»Euer Leben gehört mir. Mir ist es gleichgültig, was für Geheimnisse Ihr kennt. Wenn Tyrion stirbt, werdet Ihr ihn nicht lange überleben, das verspreche ich Euch.«

»Ah.« Der Eunuch leckte das Blut von seinen Fingern. »Ihr verlangt da etwas Ungeheuerliches von mir … den Gnom freizulassen, der unseren liebreizenden König umgebracht hat. Oder haltet Ihr ihn für unschuldig?«

»Unschuldig oder nicht«, hatte Jaime gesagt, ganz der Narr, der er war, »ein Lannister begleicht stets seine Schulden.« Die Worte waren ihm so leicht über die Lippen gegangen.

Seitdem hatte er nicht mehr geschlafen. Er sah seinen Bruder vor sich, wie sich sein Mund unter dem Nasenstummel zu einem Grinsen verzog, während der Fackelschein über sein Gesicht spielte. »Du armer, dummer, blinder, verkrüppelter Narr«, hatte er bösartig gefaucht. »Cersei ist eine verlogene Hure, sie hat Lancel und Osmund Kettleblack gevögelt, und vermutlich auch Mondbub, nach allem, was ich weiß. Und ich bin das Ungeheuer, als das mich alle bezeichnen. Ja, ich habe deinen schrecklichen Sohn getötet.«

Er hat nicht gesagt, dass er auch unseren Vater umbringen will. Hätte er es gesagt, wäre ich eingeschritten. Dann wäre ich jetzt der Brudermörder, er aber nicht der Vatermörder.

Jaime fragte sich, wo sich Varys verstecken mochte. Wohlweislich war der Meister der Ohrenbläser nicht in seine Gemächer zurückgekehrt, und auch bei der Durchsuchung des Red Keeps war er nicht zum Vorschein gekommen. Möglicherweise hatte der Eunuch dasselbe Schiff genommen wie Tyrion, um nicht bleiben und peinliche Fragen beantworten zu müssen. Falls es sich so verhielt, befanden sich die beiden inzwischen auf hoher See und teilten in der Kabine einer Galeere eine gute Flasche Arborgold.

Solange mein Bruder nicht auch Varys ermordet und seine Leiche unter der Burg versteckt hat, damit sie dort verrotten kann. Dort unten konnte es Jahre dauern, bis man die Knochen fand. Jaime hatte ein Dutzend Wachen hinuntergeführt, mit Fackeln, Seilen und Laternen ausgerüstet. Vier Stunden lang hatten sie die gewundenen Tunnel, schmalen Kriechgänge, verborgenen Türen und geheimen Treppen erkundet und dazu Schächte, die sich tief in völliger Dunkelheit verloren. Selten hatte er sich so sehr wie ein Krüppel gefühlt. Ein Mann betrachtet vieles als selbstverständlich, wenn er zwei Hände hat. Leitern zum Beispiel. Sogar Kriechen war nicht leicht; nicht umsonst hieß es »auf *Händen* und Knien«. Auch konnte er nicht wie die anderen gleichzeitig eine Fackel halten und klettern.

Und alles vergeblich. Sie hatten Dunkelheit, Staub und Ratten vorgefunden. *Und Drachen, die dort unten lauerten.* Er erinnerte sich an das trübe orangefarbene Glühen der Kohlen in einem eisernen Drachenmaul. Das Kohlenbecken wärmte eine Kammer am Grunde eines Schachtes, wo ein halbes Dutzend Tunnel aufeinander stießen. Am Boden hatte er ein abgetretenes Mosaik aus roten und schwarzen Kacheln mit dem dreiköpfigen Drachen des Hauses Targaryen entdeckt. *Ich kenne dich, Königsmörder,* schien die Bestie zu sagen. *Ich war die ganze Zeit hier und habe auf dich gewartet.* Und Jaime kam es so vor, als kenne er diese Stimme, diesen unnachgiebigen Ton, die zu Rhaegar gehörten, dem Prinzen von Dragonstone.

Der Tag, an dem er sich im Hof des Red Keeps von Rhaegar

verabschiedet hatte, war windig gewesen. Der Prinz trug seine nachtschwarze Rüstung, auf deren Brustpanzer der dreiköpfige Drache in Rubinen prangte. »Euer Gnaden«, hatte Jaime inständig gebeten, »lasst diesmal Darry zurück, um den König zu bewachen, oder Ser Barristan. Ihre Mäntel sind ebenso weiß wie meiner.«

Prinz Rhaegar schüttelte den Kopf. »Mein königlicher Vater fürchtet Lord Tywin mehr als unseren Vetter Robert. Er möchte Euch in der Nähe wissen, damit Lord Tywin ihm nichts zuleide tun kann. Ich wage es nicht, ihm in dieser Stunde eine solche Krücke zu nehmen.«

In Jaime war Wut aufgestiegen. »Ich bin keine Krücke. Ich bin ein Ritter der Königsgarde.«

»Dann bewacht den König«, fuhr Ser Jon Darry ihn an. »Als Ihr diesen Mantel angelegt habt, habt Ihr Gehorsam geschworen.«

Rhaegar hatte Jaime die Hand auf die Schulter gelegt. »Nach dieser Schlacht beabsichtige ich, einen Rat einzuberufen. Es wird Veränderungen geben. Das habe ich schon seit langer Zeit vor, aber … nun, es bringt nichts ein, über die Wege zu reden, die man im Leben nicht eingeschlagen hat. Wir sprechen darüber, wenn ich zurückkehre.«

Das waren die letzten Worte gewesen, die Rhaegar zu ihm gesagt hatte. Vor den Toren hatte sich eine Armee versammelt, eine zweite war vom Trident her unterwegs. Und so hatte der Prinz von Dragonstone sein Pferd bestiegen, hatte den hohen schwarzen Helm aufgesetzt und war in sein Verderben geritten.

Er lag richtiger, als er ahnte. Nach der Schlacht folgten in der Tat Veränderungen. »Aerys hat geglaubt, ihm könne nichts geschehen, solange ich in seiner Nähe sei«, erzählte er dem Leichnam seines Vaters. »Ist das nicht zum Lachen?« Lord Tywin stimmte dem anscheinend zu; sein Lächeln war breiter als zuvor. *Offensichtlich genießt er es, tot zu sein.*

Es war sonderbar, doch Jaime verspürte keine Trauer. *Wo blei-*

ben meine Tränen? Wo bleibt mein Zorn? An Zorn hatte es Jaime Lannister nie gemangelt. »Vater«, sagte er zu dem Toten, »Ihr wart es doch, der mir erklärt hat, Tränen seien bei einem Mann ein Zeichen von Schwäche, also könnt Ihr nicht erwarten, dass ich um Euch weine.«

Tausend Lords und Ladys waren am Morgen gekommen, um an der Bahre vorbeizudefilieren, und am Nachmittag mehrere Tausend aus dem gemeinen Volke. Alle trugen dunkle Gewänder und feierliche Mienen, doch Jaime hegte den Verdacht, dass sich viele, viele im Geheimen darüber freuten, diesen großen Mann gedemütigt zu sehen. Selbst im Westen hatte man Lord Tywin eher geachtet als geliebt, und King's Landing hatte die Plünderung nicht vergessen.

Von allen Trauernden schien Grand Maester Pycelle am heftigsten erschüttert zu sein. »Ich habe sechs Königen gedient«, sagte er nach der zweiten Andacht zu Jaime, während er skeptisch schnüffelte, »dennoch liegt vor uns ohne Zweifel der größte Mann, den ich je gesehen habe. Lord Tywin trug keine Krone, und dennoch war er alles, was ein König sein sollte.«

Ohne seinen Bart wirkte Pycelle nicht nur alt, sondern auch kraftlos. *Ihn zu rasieren war das Grausamste, was Tyrion ihm antun konnte,* dachte Jaime, der wusste, wie es war, wenn man einen Teil von sich verlor, den Teil, der einen zu dem machte, was man war. Pycelles Bart war prachtvoll gewesen, weiß wie Schnee und weich wie Lammwolle war er von Wangen und Kinn fast bis zum Gürtel gewallt. Der Grand Maester pflegte mit den Händen darüber zu streichen, wenn er sich über etwas ausließ. Der Bart hatte ihm eine Aura von Weisheit verliehen und alle möglichen Unansehnlichkeiten verdeckt: die schlaffe Haut, die unter dem Kinn des alten Mannes hing, den kleinen, verdrossenen Mund und die fehlenden Zähne, die unzähligen Warzen, Falten und Altersflecken. Pycelle versuchte, den Bart nachwachsen zu lassen, allerdings gelang ihm das nicht. Nur Büschel und Fransen sprossen aus den runzligen Wangen und dem weichen Kinn, und zwar so kärglich, dass Jaime die fleckige rosa Haut darunter erkennen konnte.

»Ser Jaime, im Laufe meines Lebens bin ich Zeuge vieler schrecklicher Ereignisse geworden«, hatte der alte Mann gesagt. »Kriege, Schlachten, die abscheulichsten Morde ... Ich war noch ein Junge, als die graue Pest in Oldtown die halbe Stadt und drei Viertel der Citadel geholt hat. Lord Hightower verbrannte jedes Schiff im Hafen, schloss die Tore und befahl seinen Wachen, jeden zu töten, der einen Fluchtversuch unternähme, ob Mann, Frau oder Säugling. Sie brachten ihn um, als die Pest vorüber war. An dem Tag, an dem er den Hafen wieder öffnete, rissen sie ihn vom Pferd und schlitzten ihm und seinem kleinen Sohn die Kehle auf. Bis zum heutigen Tag spucken die Unwissenden aus, wenn sie seinen Namen hören, und dabei hat Quenton Hightower nur getan, was nötig war. Euer Vater war auch so ein Mann. Ein Mann, der tat, was notwendig ist.«

»Sieht er deshalb so aus, als wäre er mit sich zufrieden?«

Die Gase, die von dem Leichnam aufstiegen, trieben Pycelle die Tränen in die Augen. »Das Fleisch ... das Fleisch trocknet, die Muskeln spannen sich und ziehen die Lippen nach oben. Das ist kein Lächeln, sondern nur ... ein *Austrocknen*, mehr nicht.« Er blinzelte die Tränen fort. »Entschuldigt mich. Ich bin so müde.« Pycelle stützte sich schwer auf seinen Stock und wankte langsam aus der Septe. *Auch er stirbt*, begriff Jaime. Wen wunderte es, dass Cersei ihn nutzlos genannt hat.

Natürlich hielt seine liebe Schwester den halben Hof für entweder nutzlos oder verräterisch; Pycelle, die Königsgarde, die Tyrells, Jaime selbst ... sogar Ser Ilyn Payne, den stummen Ritter und Henker. Die Kerker fielen in seine Verantwortlichkeit als Richter des Königs. Da es ihm an einer Zunge mangelte, hatte er die Verliese seinen Untergebenen überlassen, dennoch gab Cersei ihm die Schuld an Tyrions Flucht. *Es war mein Werk, nicht seins*, hätte Jaime beinahe zu ihr gesagt. Stattdessen versprach er herauszufinden, welche Antworten der Hauptunterkerkermeister, ein gebeugter alter Mann namens Rennifer Longwaters, geben konnte.

»Ich sehe schon, Ihr wundert Euch, was das für ein Name ist?«, hatte der Mann zu plappern begonnen, als Jaime ihn befragte. »Ein alter Name, fürwahr. Ich bin keiner, der gern prahlt, doch in meinen Adern fließt königliches Blut. Schließlich stamme ich von einer Prinzessin ab. Mein Vater hat mir die Geschichte erzählt, als ich noch ein kleiner Junge war.« Longwaters war schon seit vielen Jahren kein kleiner Junge mehr, wenn man die vielen Flecken auf seinem Kopf und die weißen Haare an seinem Kinn betrachtete. »Sie war der hübscheste Schatz des Jungfrauengewölbes. Lord Oakenfist, der große Admiral, hatte sein Herz an sie verloren, obwohl er mit einer anderen vermählt war. Sie gab ihrem Sohn den Bastardnamen ›Waters‹, zu Ehren seines Vaters, und er wuchs heran und wurde ein großer Ritter, so wie auch sein Sohn, der das ›Long‹ vor das ›Waters‹ stellte, damit jeder sehen konnte, dass er selbst nicht von niedriger Geburt war. In mir steckt also ein kleiner Drache.«

»Ja, ich hätte Euch fast mit Aegon dem Eroberer verwechselt«, hatte Jaime geantwortet. »Waters« war ein weit verbreiteter Name für Bastarde an der Blackwater-Bucht; der alte Longwaters stammte vermutlich eher von einem niedrigen Hofritter als von einer Prinzessin ab. »Einerlei, ich habe dringendere Dinge mit Euch zu besprechen als Eure Abstammung.«

Longwaters neigte den Kopf. »Der verlorene Gefangene.«

»Und der vermisste Kerkermeister.«

»Rugen«, hatte der alte Mann ergänzt. »Ein Unterkerkermeister. Er hatte die Aufsicht über den dritten Stock, die schwarzen Zellen.«

»Erzählt mir von ihm«, musste Jaime sagen. *Ein verfluchtes Possenspiel.* Er wusste, wo Rugen war, auch wenn Longwaters keine Ahnung hatte.

»Ungekämmt, unrasiert, derbe Ausdrucksweise. Fürwahr, ich habe den Mann nicht gemocht, das gebe ich zu. Rugen war schon hier, als ich vor zwölf Jahren kam. Noch König Aerys hatte ihn eingesetzt. Der Mann war selten anwesend, muss man sagen. Ich habe das in meinen Berichten erwähnt, Mylord. Ganz gewiss habe ich das erwähnt, darauf gebe ich Euch mein Wort, das Wort eines Mannes von königlichem Blute.«

Erwähne dein königliches Blut noch ein einziges Mal, und ich vergieße es vielleicht, dachte Jaime. »Wer bekam diese Berichte zu lesen?«

»Manche gingen an den Meister der Münze, andere an den Meister der Ohrenbläser. Alle jedoch zunächst an den Obersten Kerkermeister und den Richter des Königs.« Longwaters kratzte sich die Nase. »Rugen war hier, wenn es erforderlich war, Mylord. Muss man sagen. Die schwarzen Zellen werden selten genutzt. Bevor der Bruder Eurer Lordschaft heruntergeschickt wurde, hatten wir eine Zeit lang Grand Maester Pycelle hier, und davor Lord Stark, den Verräter. Es gab noch drei weitere gewöhnliche Männer, aber Lord Stark hat sie zur Nachtwache geschickt. Ich hielt es nicht für richtig, diese drei freizulassen, aber die Dokumente waren in Ordnung. In einem Bericht habe ich ebenfalls eine Anmerkung dazu gemacht, da könnt Ihr sicher sein.«

»Erzählt mir von den beiden Kerkermeistern, die eingeschlafen sind.«

»Kerkermeister?« Longwaters schnaubte. »Die waren keine Kerkermeister. Bloß *Schließer*. Die Krone zahlt Sold für zwanzig Schließer, Mylord, aber solange ich hier bin, hat es nie mehr als ein Dutzend gegeben. Wir sollten auch sechs Unterkerkermeister haben, zwei auf jedem Stock, aber es gibt nur drei.«

»Euch und die beiden anderen?«

Erneut schnaubte Longwaters. »Ich bin der *Haupt*unterkerkermeister, Mylord. Ich stehe *über* den Unterkerkermeistern. Deshalb obliegt mir auch das Zählen. Wenn Mylord sich die Bücher anschauen will, wird er sehen, dass alle Zahlen korrekt sind.« Longwaters hatte das große in Leder eingebundene Buch zu Rate gezogen, das aufgeschlagen vor ihm lag. »Gegenwärtig haben wir vier Gefangene im ersten Stock und einen im zweiten, zusätzlich zum Bruder Euer Lordschaft.« Der alte Mann runzelte die Stirn. »Der geflohen ist. Fürwahr. Ich werde ihn ausstreichen.« Er nahm eine Feder und begann, sie anzuspitzen.

Sechs Gefangene, dachte Jaime säuerlich, *und wir zahlen Lohn für zwanzig Schließer, sechs Unterkerkermeister, einen Hauptunterkerkermeister, einen Kerkermeister und einen Richter des Königs.* »Ich möchte diese beiden Schließer befragen.«

Rennifer Longwaters unterbrach das Spitzen der Feder und blickte Jaime zweifelnd an. »Sie befragen, Mylord?«

»Ihr habt mich gehört.«

»Ja, Mylord, gewiss habe ich Euch gehört, nur, äh … Mylord mag befragen, wen er möchte, fürwahr, es steht mir nicht zu, ihm das zu verbieten. Allerdings, Ser, wenn ich so frei sein darf, glaube ich, sie werden wohl kaum antworten. Sie sind tot, Mylord.«

»*Tot?* Auf wessen Befehl?«

»Auf Euren, dachte ich, oder … den des Königs vielleicht? Ich habe nicht gefragt. Es … es steht mir nicht zu, die Handlungen der Königsgarde in Frage zu stellen.«

Das war Salz in seinen Wunden; Cersei hatte seine Männer benutzt, um ihr blutiges Werk zu tun, sie und ihre geschätzten Kettleblacks.

»Ihr einfältigen Narren«, hatte Jaime anschließend Boros Blount und Osmund Kettleblack angefahren, in einem Verlies, das nach Blut und Tod stank. »Was habt ihr euch dabei gedacht?«

»Nur, was uns gesagt wurde, Mylord.« Ser Boros war kleiner als Jaime, jedoch kräftiger gebaut. »Ihre Gnaden haben es befohlen. Eure Schwester.«

Ser Osmund schob den Daumen in den Schwertgurt. »Sie hat gesagt, die Kerle sollten für immer schlafen. Also haben meine Brüder und ich dafür gesorgt.«

Das stimmt. Eine der Leichen lag mit dem Gesicht nach unten auf einem Tisch wie ein Zecher, der bei einem Gelage ohnmächtig geworden ist, nur hatte sich unter seinem Kopf eine Blutlache ausgebreitet, keine Weinlache. Der zweite Schließer hatte versucht, sich von der Bank zu erheben und seinen Dolch zu ziehen, ehe ihm jemand ein Langschwert in die Rippen gebohrt hatte. Sein Ende hatte sich länger hingezogen und mehr Spuren hinterlassen. *Ich habe Varys gesagt, bei dieser Flucht solle niemand zu Schaden kommen,* dachte Jaime, *aber ich hätte es besser meinem Bruder und meiner Schwester sagen sollen.* »Das war schlecht, Ser.«

Ser Osmund zuckte die Achseln. »Niemand wird sie vermissen. Ich wette, sie waren daran beteiligt, und der, der verschwunden ist, ebenfalls.«

Nein, hätte Jaime sagen können. *Varys hat ihnen etwas in den Wein getan, damit sie schlafen.* »Falls das so wäre, hätten wir die Wahrheit von ihnen erfahren können.« *… sie hat Lancel und Osmund Kettleblack gevögelt, und vermutlich auch Mondbub, nach allem, was ich weiß …* »Wenn ich ein misstrauischer Mensch wäre, würde ich mich vielleicht fragen, warum Ihr in solcher Hast dafür gesorgt habt, dass diese beiden niemals verhört werden. Musstet Ihr sie zum Schweigen bringen, damit Euer eigener Anteil an dieser Flucht nicht zum Vorschein kommt?«

»Wir?« Das musste Kettleblack erst einmal verdauen. »Wir haben lediglich den Befehl der Königin ausgeführt. Bei meinem Wort als Euer Geschworener Bruder.«

Jaimes Phantomfinger zuckten, als er sagte: »Holt Osney und Osfryd her, und beseitigt diese Schweinerei, die Ihr angerichtet habt. Und beim nächsten Mal, wenn meine Schwester Euch befiehlt, jemanden umzubringen, kommt Ihr zuerst zu mir. Ansonsten bleibt mir aus den Augen, Ser.«

In der Dunkelheit von Baelors Septe hallten die Worte in seinem Kopf nach. Über ihm waren die Fenster schwarz geworden, und er konnte das schwache Licht der fernen Sterne sehen. Die Sonne war endgültig untergegangen. Der Gestank des Todes nahm zu, trotz der Duftkerzen. Der Geruch erinnerte Jaime Lannister an den Pass unter dem Golden Tooth, wo er in den ersten Tagen des Krieges einen glorreichen Sieg errungen hatte. Der Morgen nach der Schlacht war die Zeit der Krähen gewesen, die sich gleichermaßen über Sieger und Besiegte hermachten, so wie sie auch am Trident ihren Festschmaus an Rhaegar Targaryen gehalten hatten. *Wie viel kann eine Krone wert sein, wenn die Krähen sich an einem König gütlich tun?*

Auch jetzt umkreisten wohl Krähen die sieben Türme und die große Kuppel von Baelors Septe, vermutete Jaime, ihre schwarzen Schwingen schlugen in die Nachtluft, während sie einen Weg ins Innere suchten. *Jede Krähe in den Sieben Königslanden würde dir huldigen, Vater. Von Castamere bis zum Blackwater hast du sie gut genährt.* Diese Vorstellung gefiel Lord Tywin; sein Lächeln wurde breiter. *Verflucht, er grinst wie ein Bräutigam bei seiner Bettzeremonie.*

Das war so grotesk, dass Jaime lachen musste.

Sein Lachen dröhnte durch die Seitenschiffe und Krypten und Kapellen, als wären die Toten, die in den Wänden bestattet waren, mit eingefallen. *Warum nicht? Das hier ist absurder als ein Possenspiel, dass ich die Totenwache für den Vater halte, bei dessen Ermordung ich mitgewirkt habe, dass ich Männer ausschicke, um den Bruder einzufangen, den ich selbst befreit habe ...* Er hatte Ser Addam Marbrand befohlen, in der Straße der Seide zu suchen. »Seht unter jedes Bett, Ihr wisst, wie sehr mein Bruder Bordelle schätzt.« Die Goldröcke würden unter den Röcken der Huren Interessanteres entdecken als unter den Betten. Jaime fragte sich, wie viele Bastarde diese sinnlose Suche wohl hervorbringen würde.

Ungebeten schweiften seine Gedanken zu Brienne von Tarth. *Dummes, stures, hässliches Mädchen.* Wo mochte sie im Augenblick sein? *Vater, gib ihr Kraft.* Beinahe ein Gebet ... aber war es der Gott, den er zu Hilfe rief, der Vater, dessen vergoldetes Bildnis im Kerzenlicht auf der anderen Seite der Septe schimmerte? Oder betete er zu dem Leichnam, der vor ihm lag? *Spielt das eine*

Rolle? Beide haben mich nie erhört. Seit Jaime alt genug gewesen war, ein Schwert zu halten, war der Krieger sein Gott gewesen. Andere Männer waren Väter, Söhne, Ehemänner, nicht jedoch Jaime Lannister, dessen Schwert so golden glänzte wie sein Haar. Er war ein Krieger, und das würde er immer sein.

Ich sollte Cersei die Wahrheit sagen, gestehen, dass ich unseren kleinen Bruder aus seiner Zelle gelassen habe. Schließlich hatte es mit der Wahrheit bei Tyrion hervorragend geklappt. *Ich habe deinen schrecklichen Sohn getötet, und jetzt gehe ich los und bringe auch noch deinen Vater um.* Jaime hörte den Gnom im Dunkeln lachen. Er drehte den Kopf und suchte, doch es war nur sein eigenes Gelächter, das zurückhallte. Er schloss die Augen und riss sie sofort wieder auf. *Ich darf nicht schlafen.* Wenn er schlief, würde er träumen. Oh, wie Tyrion kicherte ... *Eine verlogene Hure ... hat Lancel und Osmund Kettleblack gevögelt ...*

Gegen Mitternacht knarrten die Angeln an den Türen des Vaters, und mehrere Hundert Septone strömten zum Gebet herein. Manche trugen silberdurchwirkte Ornate und Kristallstirnreife, an denen man sie als Höchst Fromme erkannte; ihren bescheideneren Brüdern hingen die Kristalle an Riemen um den Hals, und sie hatten ihre weißen Roben mit Gürteln aus sieben Strängen geschnürt, von denen jeder eine andere Farbe aufwies. Durch die Türen der Mutter marschierten zu siebt nebeneinander weiße Septas aus ihrem Kloster herein und sangen, während die Schweigenden Schwestern in einer Reihe die Treppe des Fremden hinunterstiegen. Die Dienerinnen des Todes waren in weiches Grau gekleidet, Kapuzen und Tücher verhüllten ihre Gesichter, so dass man nur die Augen sehen konnte. Dazu gesellte sich ein Heer von Brüdern in braunen, graubraunen oder nussbraunen Roben, manche sogar in Kutten aus ungefärbtem grobem Stoff, die mit langen Hanfseilen gegürtet waren. Einige trugen den Hammer des Schmieds um den Hals, andere Bettelschalen.

Keiner der Frommen beachtete Jaime. Sie zogen im Kreis

durch die Septe und beteten bei jedem der sieben Altäre, um die sieben Gestalten der Göttlichkeit zu ehren. Jedem Gott brachten sie ein Opfer dar, jedem Gott sangen sie eine Hymne. Süß und feierlich klangen ihre Stimmen. Jaime schloss die Augen und hörte zu, schlug sie wieder auf, als er zu schwanken begann. *Ich bin müder, als ich dachte.*

Jahre waren seit seiner letzten Nachtwache vergangen. *Damals war ich jünger, erst fünfzehn.* Er hatte keine Rüstung getragen, nur ein einfaches weißes Gewand. Die Septe, in der er die Nacht verbracht hatte, war kaum ein Drittel so groß gewesen wie eines der Seitenschiffe von Baelors Septe. Jaime hatte dem Krieger sein Schwert und seine Rüstung zu Füßen gelegt und war auf den rauen Steinboden vor dem Altar niedergekniet. Als der Morgen dämmerte, waren seine Knie wund und blutig. »Alle Ritter müssen bluten, Jaime«, hatte Ser Arthur Dayne gesagt, als er das sah. »Blut ist das Siegel unserer Ergebenheit.« Beim ersten Tageslicht tippte er ihm mit dem Schwert behutsam auf die Schulter; die helle Klinge war so scharf, dass sogar diese leichte Berührung durch Jaimes Gewand schnitt. Wieder hatte er geblutet. Gespürt hatte er es nicht. Ein Knabe hatte sich hingekniet; ein Ritter hatte sich erhoben. *Der Junge Löwe, nicht der Königsmörder.*

Doch das hatte sich vor langer Zeit zugetragen, und der Junge war tot.

Er hätte nicht sagen können, wann die Gebete endeten. Vielleicht hatte er im Stehen geschlafen. Nachdem die Frommen die Große Septe verlassen hatten, kehrte abermals Stille ein. Die Kerzen bildeten in der Dunkelheit eine Wand aus brennenden Sternen, in der Luft hing der Geruch des Todes. Jaime veränderte den Griff ein wenig, mit dem er das goldene Großschwert hielt. Vielleicht hätte er sich doch von Ser Loras ablösen lassen sollen. *Cersei hätte es mir übel genommen.* Der Ritter der Blumen war noch ein halber Knabe, arrogant und eitel, dennoch steckte Größe in ihm, und er würde Taten vollbringen, die des Weißen Buches würdig waren.

Das Weiße Buch würde nach der Totenwache auf Jaime warten, aufgeschlagen wie zum stummen Vorwurf. *Eher haue ich das verdammte Buch in Stücke, bevor ich Lügen hineinschreibe.* Und wenn er nicht log, was konnte er außer der Wahrheit niederschreiben?

Eine Frau stand vor ihm.

Es regnet wieder, dachte er, als ihm auffiel, wie nass sie war. Das Wasser tropfte in Strömen von ihrem Mantel und bildete eine Lache um ihre Füße. *Wie ist sie hergekommen? Ich habe sie nicht hereinkommen hören.* Gekleidet war sie wie ein Schankmädchen, in einen einfachen, schlecht gefärbten Mantel, in verwaschenen Brauntönen und am Saum ausgefranst. Eine Kapuze verbarg ihr Gesicht, doch er sah, wie die Flammen der Kerzen in den grünen Teichen ihrer Augen tanzten, und als sie sich bewegte, erkannte er sie.

»Cersei.« Er sprach leise, wie ein Mann, der aus einem Traum erwacht und sich noch immer fragt, wo er ist. »Welche Stunde haben wir?«

»Die Stunde des Wolfes.« Seine Schwester schlug die Kapuze zurück und verzog das Gesicht. »Des ertrunkenen Wolfes vielleicht.« Sie lächelte so süß für ihn. »Erinnerst du dich an das erste Mal, als ich so zu dir gekommen bin? Es war in einem trostlosen Gasthaus in der Wieselgasse, und ich habe das Gewand einer Dienerin angelegt, um mich an Vaters Wachen vorbeizuschleichen.«

»Ich weiß es noch. Es war die Aalgasse.« *Sie will etwas von mir.* »Warum bist um diese Zeit hier? Was möchtest du von mir?« Sein letztes Wort hallte hin und her durch die Septe, *mirmirmirmirmirmirmirmirmirmir,* und verklang zu einem Wispern. Einen Augenblick lang wagte er zu hoffen, sie sei gekommen, um in seinen Armen Trost zu finden.

»Sprich leise.« Ihre Stimme klang seltsam … atemlos, fast ängstlich. »Jaime, Kevan hat sich geweigert. Er will mir nicht als Hand dienen, er … er weiß über uns Bescheid. Er hat etwas in dieser Art gesagt.«

»Geweigert?« Das überraschte ihn. »Woher könnte er es wissen? Er wird gelesen haben, was Stannis geschrieben hat, aber es gibt kein …«

»*Tyrion* wusste es«, erinnerte sie ihn. »Wer kann sagen, was für Geschichten dieser giftige Zwerg herumerzählt hat, und wem? Onkel Kevan ist noch der Unbedeutendste. Der Hohe Septon … Tyrion hat ihm zu seiner Krone verholfen, als der Fette umgekommen ist. Er weiß es vielleicht auch.« Sie trat näher. »Du *musst* Tommens Hand sein. Ich traue Mace Tyrell nicht. Wenn er nun an Vaters Tod beteiligt war? Möglicherweise hat er sich mit Tyrion verschworen. Der Gnom könnte längst nach Highgarden unterwegs sein …«

»Ist er nicht.«

»Sei meine Hand«, bat sie inständig, »und wir herrschen gemeinsam über die Sieben Königslande, wie König und Königin.«

»Du warst Roberts Königin. Und du wirst nicht meine werden.«

»Ich würde, wenn ich es wagte. Aber unser Sohn –«

»Tommen ist nicht mein Sohn, nicht mehr als Joffrey es war.« Seine Stimme klang hart. »Du hast ihn zu Roberts Sohn gemacht.«

Seine Schwester fuhr zusammen. »Du hast geschworen, dass du mich ewig lieben wirst. Es ist keine Liebe, wenn du mich jetzt betteln lässt.«

Jaime konnte ihre Angst riechen, trotz des Gestanks der Leiche. Er hätte sie am liebsten in die Arme geschlossen und geküsst, sein Gesicht in ihren goldenen Locken vergraben und ihr versprochen, dass ihr niemals jemand etwas zuleide tun würde … *nicht hier,* dachte er, *nicht in Gegenwart der Götter und in Gegenwart von Vater.* »Nein«, sagte er. »Ich kann nicht. Ich werde es nicht tun.«

»Ich *brauche* dich. Ich brauche meine andere Hälfte.« Er hörte, wie hoch oben der Regen gegen die Fenster prasselte. »Du bist ich, und ich bin du. Ich brauche dich bei mir. *In* mir. Bitte, Jaime. *Bitte.*«

Jaime blickte zu Lord Tywin hinüber, um sich zu vergewissern, dass dieser nicht zornerfüllt von seiner Bahre aufsprang, doch sein Vater lag still und kalt da und verrottete. »Ich wurde nicht für den Ratssaal geschaffen, sondern für das Schlachtfeld. Und vielleicht tauge ich jetzt nicht einmal mehr dafür.«

Cersei wischte sich mit dem abgewetzten braunen Ärmel die Tränen ab. »Also gut. Wenn du Schlachtfelder willst, sollst du Schlachtfelder bekommen.« Zornig zog sie sich die Kapuze über den Kopf. »Ich war eine Närrin, hierher zu kommen. Ich war eine Närrin, dich jemals zu lieben.« Ihre Schritte hallten laut durch die Stille und hinterließen feuchte Flecken auf dem Marmorboden. Die Dämmerung hätte Jaime beinahe überrascht. Während das Glas in der Kuppel heller wurde, schimmerten plötzlich überall Regenbögen auf Wänden und Böden und Säulen und tauchten Lord Tywins Leichnam in einen Dunst aus vielfarbigem Licht. Die Hand des Königs verweste sichtlich. Das Gesicht hatte einen grünlichen Ton angenommen, die Augen waren tief in den Höhlen versunken, zwei schwarze Löcher. Auf seinen Wangen hatten sich Risse aufgetan, und übel riechende weiße Flüssigkeit tropfte aus den Nahtstellen der prächtigen goldroten Rüstung und sammelte sich unter dem Körper.

Die Septone stellten sich als Erste ein, sie kamen zu ihren Morgengebeten. Sie sangen ihre Lieder und sprachen ihre Gebete und rümpften die Nasen, und einem der Höchst Frommen wurde so übel, dass man ihn aus der Septe geleiten musste. Kurz darauf trat eine Schar Novizen ein, die Weihrauchfässer schwangen, und die Luft wurde so dick, dass die Bahre von Rauch verhüllt zu sein schien. In diesem parfümierten Nebel verschwanden die Regenbögen, doch der Gestank blieb, ein süßlicher Verwesungsgeruch, bei dem Jaime am liebsten gewürgt hätte.

Als sich die Türen öffneten, gehörten die Tyrells zu den Ersten, die eintraten, so wie es ihnen dem Range nach zustand.

Margaery hatte einen großen Strauß goldener Rosen mitgebracht. Sie legte sie auffällig am Fuße von Lord Tywins Bahre ab, behielt jedoch eine in der Hand und hielt sie sich unter die Nase, als sie Platz nahm. *Das Mädchen ist also genauso klug wie hübsch. Tommen könnte es mit seiner Königin viel schlechter treffen. Anderen ist das durchaus so ergangen.* Margaerys Damen folgten ihrem Beispiel.

Cersei wartete, bis alle anderen Platz genommen hatten, ehe sie mit Tommen an ihrer Seite Einzug hielt. Ser Osmund Kettleblack schritt in seiner weiß emaillierten Rüstung und seinem weißen Wollmantel neben ihnen.

... sie hat Lancel und Osmund Kettleblack gevögelt, und vermutlich auch Mondbub, nach allem, was ich weiß ...

Jaime hatte Kettleblack im Badehaus nackt gesehen, das schwarze Haar auf der Brust und das gröbere Stroh zwischen den Beinen. Er stellte sich vor, wie sich diese Brust gegen seine Schwester drückte, wie das Haar über die weiche Haut ihrer Brüste kratzte. *Das würde sie niemals tun. Der Gnom hat gelogen.* Gesponnenes Gold und schwarzer Draht vermischten sich im Schweiß. Kettleblacks Gesäßbacken spannten sich jedes Mal, wenn er zustieß. Jaime hörte seine Schwester stöhnen. *Nein. Eine Lüge.*

Bleich und mit roten Augen stieg Cersei die Stufen hinauf, wobei sie Tommen hinter sich herzog, und kniete neben ihrem Vater nieder. Der Junge zuckte beim Anblick des Leichnams zurück, doch seine Mutter packte ihn am Handgelenk, ehe er sich befreien konnte. »*Bete*«, flüsterte sie, und Tommen versuchte es. Aber er war erst acht, und Lord Tywin war ein wahrer Schrecken. Ein verzweifelter Atemzug, und der König begann zu schluchzen. »*Hör auf!*«, sagte Cersei. Tommen drehte den Kopf und krümmte sich würgend. Die Krone fiel herunter und rollte über den Marmorboden. Seine Mutter wich angeekelt zurück, und plötzlich rannte der König zur Tür, so schnell ihn seine achtjährigen Beine tragen mochten.

»Ser Osmund, löst mich ab«, befahl Jaime scharf, als Kettleblack sich anschickte, der Krone nachzueilen. Er reichte dem Mann das goldene Schwert und folgte seinem König. In der Halle der Lampen holte er ihn ein, unter den Augen von zwei Dutzend erschreckten Septas. »Es tut mir Leid«, weinte Tommen. »Morgen mache ich es besser. Mutter sagt, ein König muss den Weg weisen, aber von dem Gestank ist mir schlecht geworden.«

Das geht nicht. Zu viele neugierige Ohren und Augen. »Am besten gehen wir nach draußen, Euer Gnaden.« Jaime führte den Jungen hinaus, wo die Luft so frisch und rein war, wie sie es in King's Landing jemals sein konnte. Vierzig Goldröcke waren um den Platz herum postiert und bewachten Pferde und Sänften. Jaime nahm den König zur Seite, ein wenig abseits von den anderen, und setzte ihn auf die Marmorstufen. »Ich hatte keine Angst«, beharrte der Junge. »Mir ist von dem Geruch schlecht geworden. Ist Euch nicht schlecht geworden? Wie konntet Ihr das ertragen, Onkel, Ser?«

Ich habe gerochen, wie meine eigene Hand verfault ist, als Vargo Hoat sie mir um den Hals gehängt hat. »Ein Mann kann fast alles ertragen, wenn er muss«, sagte Jaime zu seinem Sohn. *Ich habe einen bratenden Mann gerochen, als König Aerys ihn in seiner eigenen Rüstung geröstet hat.* »Die Welt ist voller Schrecken, Tommen. Man kann dagegen ankämpfen, darüber lachen oder sie anschauen, ohne sie zu sehen ... innerlich weggehen.«

Darüber dachte Tommen nach. »Ich ... ich bin manchmal auch innerlich weggegangen«, gestand er, »wenn Joffy ...«

»*Joffrey.*« Cersei ragte über ihnen auf. Der Wind ließ ihre Röcke um die Beine wirbeln. »Dein Bruder hieß *Joffrey*. Er hätte mich niemals so beschämt.«

»Ich wollte das nicht. Ich hatte keine Angst, Mutter. Nur, Euer Hoher Vater hat so gestunken ...«

»Glaubst du, für mich hat er süßer gerochen? Ich habe auch eine Nase.« Sie packte ihn am Ohr und zog ihn auf die Füße. »Lord Tyrell hat eine Nase. Hat er sich vielleicht in der heiligen

Septe übergeben? Hast du Lady Margaery flennen sehen wie einen Säugling?«

Jaime erhob sich. »Genug, Cersei.«

Ihre Nasenflügel bebten. »Ser? Warum seid Ihr hier? Ihr habt geschworen, so lange auszuharren, bis Vaters Totenwache vorüber ist, wenn ich mich recht entsinne.«

»Sie *ist* vorüber. Schau ihn dir doch an.«

»Nein. Sieben Tage und sieben Nächte, habt Ihr gesagt. Gewiss kann der Lord Commander bis sieben zählen. Nehmt die Anzahl Eurer Finger, und fügt zwei hinzu.«

Auch andere strömten jetzt auf den Platz, flohen vor dem ungesunden Geruch in der Septe. »Cersei, nicht so laut«, warnte Jaime. »Lord Tyrell kommt.«

Damit drang er zu ihr durch. Die Königin zog Tommen an ihre Seite. Mace Tyrell verneigte sich vor ihnen. »Seiner Gnaden ist hoffentlich nicht unwohl?«

»Den König hat die Trauer überwältigt«, erwiderte Cersei.

»Wie uns alle. Falls ich etwas für Euch tun kann …«

Hoch oben kreischte laut eine Krähe. Sie hockte auf der Statue von König Baelor und schiss auf seinen heiligen Kopf. »Es gibt vieles, was Ihr für Tommen tun könnt, Mylord«, sagte Jaime. »Vielleicht würde ihr Ihrer Gnaden die Ehre erweisen, nach den Abenddiensten mit ihr zu speisen.«

Cersei warf ihm einen vernichtenden Blick zu, doch zumindest hatte sie Verstand genug, sich auf die Zunge zu beißen.

»Speisen?« Tyrell war sprachlos. »Ich denke wohl … natürlich, wir sollten uns geehrt fühlen. Meine Hohe Gemahlin und ich.«

Die Königin zwang sich zum Lächeln und gab freundliche Laute von sich. Doch nachdem Tyrell gegangen war und sie Tommen mit Ser Addam Marbrand fortgeschickt hatte, fuhr sie Jaime wütend an: »Seid Ihr betrunken, Ser, oder träumt Ihr? Könnt Ihr mir bitte verraten, warum ich mit diesem habgierigen Narren und seiner kindischen Frau speisen soll?« Eine Böe ließ ihr goldenes Haar wehen. »Ich werde ihn *nicht* zur Hand ernennen, wenn es das ist –«

»Du brauchst Tyrell«, unterbrach Jaime sie, »aber nicht *hier*. Bitte ihn, Storm's End für Tommen einzunehmen. Schmeichle ihm, und sage ihm, du würdest ihn im Felde brauchen, um an Vaters Stelle zu treten. Mace hält sich für einen großen Krieger. Entweder gewinnt er Storm's End für dich, oder er verpfuscht es und steht wie ein Versager da. In beiden Fällen bist du die Gewinnerin.«

»Storm's End?« Cersei machte ein nachdenkliches Gesicht. »Ja, aber … Lord Tyrell hat äußerst klar gemacht, dass er King's Landing nicht eher verlassen wird, als bis Tommen Margaery geheiratet hat.«

Jaime seufzte. »Dann lass sie heiraten. Es wird noch Jahre dauern, ehe Tommen alt genug ist, um die Ehe zu vollziehen. Bis dahin kann die Verbindung jederzeit gelöst werden. Gib Tyrell seine Hochzeit, und schick ihn fort, damit er ein wenig Krieg spielt.«

Langsam breitete sich ein Lächeln auf dem Gesicht seiner Schwester aus. »Auch bei Belagerungen drohen Gefahren«, murmelte sie. »Wirklich, unser Lord von Highgarden könnte bei einer solchen Unternehmung sogar umkommen.«

»Das Risiko besteht durchaus«, räumte Jaime ein. »Insbesondere, wenn ihn die Geduld verlässt und er sich entscheidet, das Tor zu stürmen.«

Cersei warf ihm einen langen Blick zu. »Weißt du«, sagte sie, »einen Moment lang hast du dich ganz wie Vater angehört.«

BRIENNE

Das Tor von Duskendale war geschlossen und verriegelt. Im Dämmerlicht des Morgengrauens schimmerten die Mauern der Stadt matt. Über die Wehrgänge trieben Nebelfetzen wie gespenstische Wächter. Ein Dutzend Karren und Ochsenwagen stand vor dem Tor und wartete auf den Sonnenaufgang. Brienne nahm ihren Platz hinter einigen Rüben ein. Ihre Waden schmerzten, und es tat gut, abzusteigen und sich die Beine zu vertreten. Kurz darauf rumpelte ein weiterer Wagen aus dem Wald. Als der Himmel langsam hell wurde, war die Reihe schon eine Viertelmeile lang.

Das Bauernvolk beäugte sie neugierig, doch niemand sprach sie an. *Ich müsste sie ansprechen,* sagte Brienne zu sich, aber sie fand es stets schwierig, mit Fremden zu reden. Schon als junges Mädchen war sie schüchtern gewesen. Lange Jahre, in denen sie Spott ertragen musste, hatten ihre Schüchternheit nur noch wachsen lassen. *Ich sollte nach Sansa fragen. Wie soll ich sie sonst finden?* Sie räusperte sich. »Gute Frau«, sagte sie zu der Bäuerin auf dem Rübenkarren, »habt Ihr vielleicht meine Schwester auf der Straße gesehen? Eine Jungfrau von dreizehn, ein hübsches Gesicht, blaue Augen und kastanienbraunes Haar. Vielleicht ist sie mit einem betrunkenen Ritter unterwegs.«

Die Frau schüttelte den Kopf, ihr Mann jedoch antwortete: »Dann ist sie bestimmt keine Jungfrau mehr, möchte ich wetten. Hat das arme Mädchen einen Namen?«

Briennes Kopf war leer. *Ich hätte mir einen Namen für sie ausdenken sollen.* Jeder Name wäre recht, aber ihr wollte keiner einfallen.

»Kein Name? Nun, auf den Straßen gibt es viele namenlose Mädchen.«

»Und auf dem Totenhof noch mehr«, fügte seine Frau hinzu.

Bei Tagesanbruch erschienen Wächter hinter den Zinnen. Die Bauern kletterten auf ihre Karren und schnalzten mit den Zügeln. Brienne stieg ebenfalls auf und warf einen Blick nach hinten. Bei den meisten, die warteten, um nach Duskendale eingelassen zu werden, handelte es sich um Bauersleute, die Obst oder Gemüse verkaufen wollten. Zwei wohlhabende Bürger saßen auf rassigen Zeltern, und ein Stück dahinter erspähte sie einen mageren Jungen auf einem Schecken. Von den beiden Rittern oder Ser Shadrich der Irren Maus war keine Spur zu sehen.

Die Wachen winkten die Wagen durch das Tor und widmeten ihnen kaum einen Blick, doch als Brienne das Tor erreichte, wurde sie angehalten. »Halt!«, rief der Hauptmann. Zwei Männer in Kettenhemden kreuzten die Speere und versperrten ihr den Weg. »Erklärt den Zweck Eures Aufenthalts hier.«

»Ich suche den Lord von Duskendale oder seinen Maester.«

Der Hauptmann starrte unverwandt auf ihren Schild. »Die schwarze Fledermaus von Lothston. Ein Wappen von schlechtem Leumund.«

»Es ist nicht mein Wappen. Ich habe vor, den Schild neu bemalen zu lassen.«

»Ja?« Der Hauptmann rieb sich das stoppelige Kinn. »Zufällig erledigt meine Schwester solche Arbeiten. Ihr findet sie in dem Haus mit den bemalten Türen, gegenüber den Sieben Schwertern.« Er gab den Wachen einen Wink. »Lasst sie passieren, Jungs. Es ist ein Mädchen.«

Aus dem Torhaus gelangte man auf einen Marktplatz, wo die Bauern, die vor Brienne hereingekommen waren, ihre Rüben, Gemüsezwiebeln und Säcke mit Gerste abluden und feilhielten. Auch Waffen und Rüstungen wurden zum Verkauf angeboten, schlechte jedoch, wenn man nach den Preisen ging, die ausgerufen wurden, als sie vorbeiritt. *Die Fledderer kommen mit den Aaskrä-*

hen nach jeder Schlacht. Brienne ritt ihr Pferd im Schritt an Kettenhemden vorbei, an denen noch getrocknetes braunes Blut haftete, an verbeulten Helmen und schartigen Langschwertern. Auch Kleidung war zu haben: Lederstiefel, Fellmäntel, verschmutzte Umhänge mit verdächtigen Rissen. Viele der Abzeichen kannte sie: die gepanzerte Faust, die weiße Sonne, die Doppelaxt, sämtlich Wappen des Nordens. Tarly-Männer waren ebenfalls gefallen, und viele aus den Sturmlanden. Sie sah rote und grüne Äpfel, einen Schild mit den drei Donnerkeilen von Leygood, eine Schabracke mit den Ameisen von Ambrose. Lord Tarlys schreitender Jägersmann war auf vielen Abzeichen, Fibeln und Wämsern zu sehen. *Ob Freund, ob Feind, die Krähen kümmert's nicht.*

Für wenig Geld konnte man Schilde aus Kiefern- und Lindenholz erstehen, doch Brienne ritt an ihnen vorbei. Sie wollte den schweren Eichenschild behalten, den Jaime von Harrenhal nach King's Landing getragen und ihr dann geschenkt hatte. Ein Kiefernschild hatte seine Vorteile. Er hatte weniger Gewicht und war deshalb leichter zu tragen, und im weichen Holz blieb die Axt oder das Schwert des Gegners eher stecken. Eiche hingegen bot besseren Schutz, wenn man genug Kraft hatte, sie zu halten.

Duskendale war um den Hafen herum errichtet worden. Im Norden der Stadt ragten Kreidefelsen auf; im Süden schützte eine felsige Landspitze die ankernden Schiffe vor Stürmen, die aus der Meerenge heraufzogen. Die Burg erhob sich über dem Hafen, der viereckige Bergfried und die halbrunden Mauertürme waren von jedem Punkt der Stadt aus zu sehen. Im Gedränge der gepflasterten Straßen war es weniger umständlich, zu Fuß zu gehen statt zu reiten, daher brachte Brienne ihre Stute in einem Stall unter, schlang den Schild über den Rücken, klemmte die eingerollte Decke unter den Arm und setzte den Weg zu Fuß fort.

Die Schwester des Hauptmanns war leicht zu finden. Die Sieben Schwerter war das größte Gasthaus der Stadt, ein vierstöckiges Gebäude, das seine Nachbarn überragte, und die Flügeltür des Hauses gegenüber war prächtig bemalt. Sie zeigte eine Burg in einem herbstlichen Wald, dessen Bäume Laub in Gold- und Rottönen trugen. Efeu schlang sich um die alten Eichenstämme, und sogar die Eicheln waren mit liebevoller Sorgfalt ausgeführt worden. Als Brienne genauer hinschaute, entdeckte sie im Blätterwerk Tiere: einen verstohlenen roten Fuchs, zwei Spatzen auf einem Zweig und hinter den Blättern den Schemen eines Keilers.

»Die Tür ist sehr schön«, sagte sie zu der dunkelhaarigen Frau, die ihr auf ihr Klopfen hin öffnete. »Welche Burg soll das sein?«

»Alle Burgen«, antwortete die Schwester des Hauptmanns. »Die Einzige, die ich kenne, ist Dun Fort am Hafen. Ich habe mir einfach vorgestellt, wie eine Burg aussehen sollte. Einem Drachen, einem Greif oder einem Einhorn bin ich ja auch noch nie begegnet.« Sie hatte ein fröhliches Wesen, doch ihre Miene verdüsterte sich, als Brienne ihr den Schild zeigte. »Meine alte Mutter hat immer erzählt, dass in mondlosen Nächten riesige Fledermäuse von Harrenhal losfliegen und böse Kinder verschleppen würden, um sie der Irren Danelle für ihre Kochtöpfe zu bringen. Manchmal habe ich sie an den Fensterläden scharren hören.« Sie sog nachdenklich Luft durch die Zähne. »Was soll denn drauf?«

Das Wappen von Tarth war rot und blau geviert und trug eine gelbe Sonne und eine Mondsichel. Doch solange Brienne für eine Mörderin gehalten wurde, wollte sie es nicht tragen. »Eure Tür hat mich an einen alten Schild erinnert, den ich einmal in der Waffenkammer meines Vaters gesehen habe.« Sie beschrieb das Wappen, so gut sie es der Erinnerung nach konnte.

Die Frau nickte. »Ich kann gleich damit anfangen, aber die Farbe muss trocknen. Nehmt Euch ein Zimmer in den Sieben Schwertern, wenn Ihr mögt. Dann bringe ich Euch morgen früh den Schild.«

Brienne hatte eigentlich nicht beabsichtigt, in Duskendale zu übernachten, doch vielleicht war es das Beste. Sie wusste weder, ob der Lord der Burg anwesend war, noch ob er sie empfangen würde. Also bedankte sie sich bei der Malerin und ging über die gepflasterte Straße zum Gasthaus. Über der Tür schwangen sieben Holzschwerter an einem eisernen Haken. Die weiße Tünche war gerissen und blätterte, aber Brienne begriff trotzdem, was gemeint war. Die Schwerter symbolisierten die sieben Söhne von Darklyn, die den weißen Mantel der Königsgarde getragen hatten. Kein Haus im ganzen Reich konnte eine solche Zahl für sich beanspruchen. *Sie waren der Ruhm ihres Hauses. Und jetzt sind sie das Schild eines Gasthauses.* Brienne betrat den Schankraum und fragte den Wirt nach einem Zimmer und einem Bad.

Er quartierte sie im ersten Stock ein, und eine Frau mit einem rotbraunen Muttermal im Gesicht brachte einen Holzzuber und dann das Wasser, Eimer für Eimer. »Gibt es in Duskendale noch Darklyns?«, fragte Brienne sie, während sie in die Wanne stieg.

»Nun, es gibt die Darkes, ich bin selbst eine. Man kann in Duskendale keinen Stein werfen, ohne einen Darke oder Darkwood oder Dargood zu treffen, doch die hochgeborenen Darklyns sind ausgestorben. Lord Denys war der letzte, der süße junge Narr. Wusstet Ihr, dass die Darklyns in Duskendale Könige waren, ehe die Andalen kamen? Man würde es ja nicht meinen, wenn man mich anschaut, aber in meinen Adern fließt königliches Blut. Versteht Ihr? Ich sollte die Leute sagen lassen: ›Euer Gnaden, noch einen Krug Bier‹. ›Euer Gnaden, der Nachttopf muss geleert werden, und holt frisches Reisig, verdammt, Euer Gnaden, das Feuer geht aus.‹« Sie lachte und schüttete die letzten Tropfen aus dem Eimer. »So, fertig. Ist das Wasser heiß genug?«

»Es wird schon gehen.« Das Wasser war lauwarm.

»Ich würde ja noch mehr bringen, aber dann schwappt es über. Eine Maid von Eurer Größe füllt einen Zuber ganz gut aus.«

Nur einen winzigen Zuber wie diesen. In Harrenhal waren die Zuber riesig und aus Stein gewesen. Im Badehaus hatte dichter

Dampf in der Luft gehangen, und Jaime war durch diesen Dunst hereingekommen, nackt wie an seinem Namenstag, und hatte halb wie eine Leiche und halb wie ein Gott ausgesehen. *Er ist zu mir ins Bad gestiegen,* erinnerte sie sich und errötete. Sie nahm ein Stück dicke harte Seife, schrubbte sich unter den Armen und versuchte, sich Renlys Gesicht wieder vor Augen zu rufen.

Als das Wasser kalt wurde, war Brienne so sauber, wie es nur ging. Sie zog die gleiche Kleidung an, die sie zuvor getragen hatte, und schnallte sich den Schwertgurt um, verzichtete jedoch auf Kettenhemd und Helm, damit sie auf Dun Fort nicht als Bedrohung betrachtet werden würde. Es tat gut, sich die Beine zu vertreten. Die Wachen am Burgtor trugen Lederkoller mit einem Abzeichen, das gekreuzte Streithämmer auf weißem Schrägkreuz zeigte. »Ich möchte mit Eurem Lord sprechen«, sagte Brienne zu ihnen.

Einer lachte. »Dann solltet Ihr lieber laut schreien.«

»Lord Rykker ist mit Randyll Tarly nach Maidenpool geritten«, sagte der andere. »Er hat Ser Rufus Leek als Kastellan hier gelassen, damit er auf Lady Rykker und die Kleinen Acht gibt.«

Und zu Leek führten die beiden sie. Ser Rufus war ein kleiner, stämmiger Graubart, dessen linkes Bein in einem Stumpf endete. »Gewiss verzeiht Ihr mir, wenn ich mich nicht erhebe«, sagte er. Brienne reichte ihm ihren Brief, doch Leek konnte nicht lesen, daher schickte er sie zum Maester, einem kahlköpfigen Mann mit sommersprossigem Schädel und steifem roten Schnurrbart.

Als der Maester den Namen Hollard hörte, legte er verärgert die Stirn in Falten. »Wie oft muss ich dieses Lied noch singen?« Ihr Gesicht verriet sie offenbar. »Habt Ihr geglaubt, Ihr wäret die Erste, die nach Dontos sucht? Eher die Einundzwanzigste. Die Goldröcke waren binnen Tagen nach der Ermordung des Königs hier, mit einer Vollmacht von Lord Tywin. Und was habt Ihr, bitte?«

Brienne zeigte ihm den Brief mit Tommens Siegel und kindlicher Unterschrift. Der Maester machte *hmmm* und *ääähhh,* zupfte an dem Wachs und reichte ihr das Dokument schließlich zurück. »Scheint mir in Ordnung zu sein.« Er ließ sich auf einem Hocker nieder und bot Brienne mit einem Wink ebenfalls einen an. »Ser Dontos habe ich nie kennen gelernt. Er hat Duskendale schon als Junge verlassen. Einst waren die Hollards ein edles Haus, wohl wahr. Kennt Ihr ihr Wappen? Gebalkt in Rot und Rosa, mit drei goldenen Kronen auf blauem Schildhaupt. Die Darklyns waren unbedeutende Könige im Zeitalter der Helden, und drei haben Hollard-Frauen geheiratet. Später ging ihr kleines Reich in größeren auf, aber die Darklyns blieben, und die Hollards dienten ihnen … ja, selbst im Aufstand. Wusstet Ihr das?«

»Zum Teil.« Ihr Maester hat immer gesagt, erst der Aufstand von Duskendale habe König Aerys in den Wahnsinn getrieben.

»In Duskendale wird Lord Denys immer noch verehrt, trotz des Leids, das er über die Stadt gebracht hat. Lady Serala, seiner myrischen Gemahlin, gibt man die Schuld. Die Spitzenschlange nennt man sie. Hätte Lord Darklyn doch nur eine Staunton oder eine Stokeworth geheiratet … nun, Ihr wisst, wie das gemeine Volk redet. Die Spitzenschlange hat ihrem Gemahl myrisches Gift ins Ohr geträufelt, heißt es, bis Lord Denys sich gegen seinen König erhob und ihn gefangen nahm. Dabei hat Ser Symon Hollard, sein Waffenmeister, Ser Gwayne Gaunt von der Königsgarde erschlagen. Ein halbes Jahr lang wurde Aerys in diesen Mauern festgehalten, während die Hand des Königs mit einem mächtigen Heer vor Duskendale lag. Lord Tywin hätte die Stadt jederzeit stürmen können, hätte er das gewünscht, doch Lord Denys ließ ihm mitteilen, dass er beim ersten Zeichen eines Angriffs den König töten würde.«

Brienne erinnerte sich an das, was nun folgte. »Der König wurde gerettet«, sagte sie. »Barristan der Kühne hat ihn herausgeholt.«

»In der Tat«, bestätigte der Maester. »Nachdem Lord Denys seine Geisel verloren hatte, öffnete er seine Tore und beendete seinen Aufstand lieber, als die Stadt von Lord Tywin erstürmen zu lassen. Er beugte das Knie und bat um Gnade, doch dem König stand der Sinn nicht nach Vergebung. Lord Denys verlor seinen Kopf, zusammen mit seinen Brüdern und seinen Schwestern, seinen Onkels, Kusinen und allen hochgeborenen Darklyns. Die Spitzenschlange wurde bei lebendigem Leibe verbrannt, die Arme, und vorher wurden ihr die Zunge und die weiblichen Teile herausgerissen, denn damit, so hieß es, hatte sie ihren Lord ihrem Willen unterworfen. Halb Duskendale wird Euch sagen, dass Aerys sie allzu gütig behandelt hat.«

»Und die Hollards?«

»Wurden ihrer Titel enthoben und vernichtet«, sagte der Maester. »Damals schmiedete ich gerade meine Kette in der Citadel, doch ich habe die Aufzeichnungen über die Prozesse und die Bestrafungen gelesen. Ser Jon Hollard war mit Lord Denys' Schwester verheiratet und starb mit ihr, ebenso ihr junger Sohn, ein halber Darklyn. Robin Hollard war ein Knappe, er war bei der Gefangennahme des Königs um diesen herumgetanzt und hatte ihn am Bart gezogen. Er starb auf der Folterbank. Ser Symon Hollard wurde bei der Flucht des Königs von Ser Barristan erschlagen. Den Hollards wurde das Land genommen, die Burg wurde geschleift, ihre Dörfer niedergebrannt. Wie die Darklyns wurde auch das Haus Hollard ausgelöscht.«

»Bis auf Dontos.«

»Richtig. Der junge Dontos war der Sohn von Ser Steffon Hollard, Ser Symons Zwillingsbruder, der einige Jahre zuvor am Fieber gestorben war, und er hatte sich nicht an dem Aufstand beteiligt. Aerys hätte den Jungen trotzdem gern um einen Kopf kürzer gemacht, aber Ser Barristan bat ihn, sein Leben zu schonen. Der König konnte dem Mann, der ihn gerettet hatte, den Wunsch nicht abschlagen, und daher wurde Dontos als Knappe mit nach King's Landing genommen. Meines Wissens nach ist er nie nach Duskendale zurückgekehrt, warum hätte er das auch tun sollen? Er besaß hier keine Ländereien, hatte keine Verwandten und keine Burg. Falls Dontos und dieses Nord-Mädchen sich an der Ermordung unseres geliebten Königs beteiligt haben, möchte mir scheinen, dass sie bestrebt sein sollten, so viele Meilen wie möglich zwischen sich und die Gerechtigkeit zu bringen. Sucht in Oldtown nach ihnen, wenn es denn sein muss, oder jenseits der Meerenge. Sucht sie in Dorne oder auf der Mauer. Sucht *woanders*.« Er erhob sich. »Meine Raben rufen. Ihr werdet mir vergeben, wenn ich Euch einen Guten Morgen wünsche.«

Der Weg zurück kam ihr länger vor als der Gang nach Dun Fort, was aber möglicherweise an ihrer Stimmung lag. Sie würde Sansa Stark in Duskendale nicht finden, das schien offensichtlich. Falls Ser Dontos sie nach Oldtown oder über die Meerenge gebracht hatte, wie der Maester vermutete, war Briennes Suche aussichtslos. *Was gibt es für sie in Oldtown?*, fragte sie sich. *Der Maester kennt sie nicht und auch Hollard nicht. Sie wäre niemals zu Fremden gegangen.*

In King's Landing hatte Brienne eine der früheren Zofen von Sansa als Waschmagd in einem Bordell aufgespürt. »Ich habe Lord Renly gedient, ehe ich zu M'lady Sansa kam, und beide haben sich als Verräter entpuppt«, hatte sich Brella bitterlich bei ihr beklagt. »Kein Lord möchte nun noch etwas von mir wissen, also muss ich für die Huren waschen.«

Brienne fragte nach Sansa, und Brella antwortete: »Ich sage Euch, was ich schon Lord Tywin erzählt habe. Das Mädchen hat ständig gebetet. Sie ist in die Septe gegangen und hat ihre Kerzen angezündet wie eine anständige Lady, aber fast jede Nacht hat sie den Götterhain aufgesucht. Sie ist in den Norden zurückgekehrt, ganz bestimmt. Dort wohnen ihre *Götter*.«

Der Norden allerdings war riesig, und Brienne hatte keine Ahnung, welchem der Vasallen ihres Vaters Sansa am meisten vertrauen würde. *Oder würde es sie zu ihrem eigenen Blut ziehen?* Zwar waren all ihre Geschwister tot, doch Brienne wusste, dass Sansa einen Onkel und einen Bastard-Halbbruder auf der Mauer hatte, die in der Nachtwache Dienst taten. Ein weiterer Onkel, Edmure Tully, saß als Gefangener in den Twins, doch *sein* Onkel, Ser Brynden, hielt immer noch Riverrun. Zudem regierte Lady Catelyns jüngere Schwester im Tal von Arryn. *Blut ruft Blut.* Sansa hätte zu einem von ihnen fliehen können. Nur, zu welchem?

Die Mauer war zu weit entfernt und obendrein ein trostloser, unwirtlicher Ort. Und um Riverrun zu erreichen, musste das Mädchen die vom Krieg verheerten Flusslande durchqueren und den Belagerungsring der Lannisters überwinden. Zur Eyrie zu gelangen wäre leichter, und Lady Lysa würde die Tochter ihrer Schwester sicherlich willkommen heißen …

Vor ihr machte die Gasse eine Biegung. Irgendwo war Brienne falsch abgebogen. Jetzt stand sie in einer Sackgasse, in einem kleinen, schlammigen Hof, wo drei Schweine um einen niedrigen Steinbrunnen lagen. Eins der Tiere quiekte, als es sie sah, und eine alte Frau, die Wasser holte, schaute auf und beäugte sie misstrauisch. »Was wollt Ihr?«

»Ich suche die Sieben Schwerter.«

»Da müsst Ihr zurückgehen. An der Septe links.«

»Ich danke Euch.« Brienne drehte sich um und stieß mit jemandem zusammen, der um die Biegung geeilt kam. Durch den Aufprall wurde der andere umgestoßen und landete auf dem Hinterteil im Schlamm. »Verzeihung«, murmelte sie. Es war nur ein Knabe; ein dürrer Bursche mit glattem dünnen Haar und einem Gerstenkorn an einem Auge. »Bist du verletzt?« Sie reichte ihm die Hand und wollte ihm aufhelfen, doch der Junge schob sich auf Ellbogen und Fersen rückwärts. Er mochte nicht älter sein als zehn oder zwölf, dennoch trug er eine Kettenbrünne und hatte ein Langschwert in einer Lederscheide über den Rücken geschlungen. »Kenne ich dich?«, fragte Brienne. Sein Gesicht kam ihr irgendwie bekannt vor, obwohl sie es nicht einordnen konnte.

»Nein. Bestimmt nicht. Ihr habt mich nie …« Er rappelte sich auf. »V-v-vergebt mir. Mylady. Ich habe nicht geguckt. Ich meine, schon, aber nach unten. Ich habe nach unten geguckt. Auf meine Füße.« Der Junge nahm die Beine in die Hand und stürzte in die Richtung davon, aus der er gekommen war.

Irgendetwas weckte Briennes Misstrauen, doch sie wollte den Jungen nicht durch die Straßen von Duskendale verfolgen. *Heute Morgen vor dem Tor, das war er,* schoss es ihr durch den Kopf. *Er hat einen Schecken geritten.* Und sie hatte das Gefühl, ihn davor schon einmal gesehen zu haben, aber wo?

Als Brienne zu den Sieben Schwertern zurückgefunden hatte, war der Schankraum gut gefüllt. Vier Septas in von der Straße staubigen und verschmutzten Roben saßen am Feuer. Ansonsten hockten Einheimische auf den Bänken und tunkten Brotstücke in heiße Krebssuppe. Bei dem Geruch knurrte Briennes Magen, doch sie sah keinen freien Platz. Da sagte eine Stimme hinter ihr: »M'lady, hier, setzt Euch auf meinen Platz.« Erst als der Sprecher von der Bank hüpfte, erkannte sie, dass es ein Zwerg war. Der kleine Mann war kaum fünf Fuß groß. Seine Knollennase wies rote Äderchen auf, und seine Zähne hatte das Bitterblatt rot gefärbt, er trug die braune, grob gesponnene Robe eines heiligen Bruders und hatte den eisernen Hammer des Schmieds um den Hals hängen.

»Bleibt sitzen«, sagte sie. »Ich kann ebenso gut stehen wie Ihr.«

»Ja, aber mein Kopf wird vermutlich nicht an die Decke stoßen.« Der Zwerg führte eine derbe, jedoch höfliche Sprache. Brienne sah die Kopfhaut an der Stelle, wo er sich rasiert hatte. Viele heilige Brüder trugen solche Tonsuren. Septa Roelle hatte ihr erklärt, damit wollten sie zeigen, dass sie vor dem Vater über uns allen nichts zu verbergen hatten.

»Kann denn der Vater nicht durch das Haar gucken?«, hatte Brienne wissen wollen. *Was für eine dumme Frage.* Als Kind war sie schwer von Begriff gewesen; Septa Roelle hatte ihr das oft gesagt. Jetzt kam sie sich fast genauso dumm vor, also setzte sie sich auf den Platz des kleinen Mannes am Ende der Bank, winkte dem Wirt zu, er möge Suppe bringen, und wandte sich dem

Zwerg zu, um sich zu bedanken. »Dient Ihr in einem heiligen Haus in Duskendale, Bruder?«

»Es lag näher an Maidenpool, M'lady, aber die Wölfe haben uns ausgeräuchert«, antwortete der Mann und knabberte an einem Kanten Brot. »Wir haben alles so gut wie möglich wieder aufgebaut, und dann kamen die Söldner. Ich weiß nicht, wessen Männer es waren, aber sie haben uns die Schweine gestohlen und die Brüder getötet. Ich habe mich in einen hohlen Baum gequetscht und mich versteckt, aber die anderen waren zu groß. Es hat eine Weile gedauert, bis ich sie alle begraben hatte, und der Schmied hat mir Kraft gegeben. Als ich fertig war, habe ich ein paar Münzen ausgegraben, die der älteste Bruder versteckt hatte, und bin allein losgezogen.«

»Ich habe andere Brüder getroffen, die nach King's Landing ziehen.«

»Ja, auf den Straßen sind Hunderte unterwegs. Nicht nur Brüder, auch Septone und gemeines Volk. Alles Spatzen. Vielleicht bin ich auch ein Spatz. Der Schmied hat mich klein genug erschaffen.« Er kicherte. »Und was habt Ihr für eine traurige Geschichte zu erzählten, M'lady?«

»Ich suche nach meiner Schwester. Sie ist von hoher Geburt, erst dreizehn, eine hübsche Jungfer mit blauen Augen und kastanienbraunem Haar. Vielleicht habt Ihr sie in Begleitung eines Mannes gesehen, entweder eines Ritters oder eines Narren. Wer mir hilft, sie zu finden, dem winkt Gold.«

»Gold?« Der Bruder entblößte die roten Zähne zu einem Lächeln. »Eine Schüssel Krebssuppe würde schon genügen, um mich zu belohnen, nur fürchte ich, ich kann Euch nicht helfen. Narren habe ich wohl getroffen, und durchaus viele, hübsche Jungfern jedoch weniger.« Er legte den Kopf auf die Seite und überlegte kurz. »Jetzt, wo ich drüber nachdenke, da war ein Narr in Maidenpool. Seine Kleidung war zwar zerlumpt, soweit ich zu sagen weiß, aber unter dem Dreck trug er das Narrenkleid.«

Trug Dontos Hollard ein Narrengewand? Niemand hatte Brienne davon erzählt … jedoch hatte auch niemand etwas Gegenteiliges erwähnt. Aber warum sollte der Mann hingegen in Lumpen gehen? Hatte ihn und Sansa nach ihrer Flucht aus King's Landing ein missliches Schicksal ereilt? Auf diesen gefährlichen Straßen ließ sich das nicht ausschließen. *Vielleicht ist er es gar nicht gewesen.* »Hatte der Narr eine rote Nase, voller geplatzter Adern?«

»Beschwören kann ich es nicht. Ehrlich gesagt habe ich ihm wenig Beachtung geschenkt. Nachdem ich meine Brüder bestattet hatte, bin ich nach Maidenpool aufgebrochen, weil ich gehofft habe, ein Schiff zu finden, mit dem ich nach King's Landing komme. Den Narren habe ich zuerst unten am Hafen gesehen. Er hatte etwas Verstohlenes an sich und ist Lord Tarlys Soldaten aus dem Weg gegangen. Später bin ich ihm in der Stinkenden Gans wieder begegnet.«

»In der Stinkenden Gans?«, fragte sie unsicher.

»Ein unappetitlicher Ort«, räumte der Zwerg ein. »Lord Tarlys Männer gehen im Hafen von Maidenpool Streife, aber in der Gans wimmelt es von Seeleuten, und die schmuggeln blinde Passagiere an Bord ihrer Schiffe, wenn der Preis stimmt. Dieser Narr hat eine Passage für drei über die Meerenge gesucht. Ich habe ihn häufig gesehen, wie er sich mit den Ruderern der Galeeren unterhalten hat. Manchmal hat er auch ein lustiges Lied gesungen.«

»Er suchte Passage für *drei*? Nicht für zwei?«

»Drei, M'lady. Das würde ich bei den Sieben schwören.«

Drei, dachte sie. *Sansa, Ser Dontos … aber wer mochte der Dritte sein? Der Gnom?* »Hat der Narr sein Schiff gefunden?«

»Das vermag ich nicht zu sagen«, erwiderte der Zwerg, »aber eines Nachts sind ein paar von Lord Tarlys Soldaten in die Gans gekommen und haben nach ihm gesucht, und einige Tage später hörte ich einen Mann prahlen, er haben einen Narren genarrt und hätte das Gold als Beweis. Er war betrunken und spendierte Bier für alle.«

»›Einen Narren genarrt‹«, wiederholte sie. »Was hat er damit gemeint?«

»Ich habe keine Ahnung. Er hieß Flinker Dick, daran kann ich mich erinnern.« Der Zwerg hob die gespreizten Hände. »Ich fürchte, mehr kann ich Euch nicht anbieten.«

Brienne hielt Wort und kaufte ihm eine Schüssel Krebssuppe … und dazu heißes frisches Brot und einen Becher Wein. Während er essend neben ihr stand, ging sie im Kopf erneut durch, was er ihr berichtet hatte. *Könnte sich der Gnom ihnen angeschlossen haben?* Falls Tyrion Lannister hinter Sansas Verschwinden steckte und nicht Dontos Hollard, mussten sie zweifellos über die Meerenge fliehen.

Als der kleine Mann mit seiner Krebssuppe fertig war, aß er auch noch die Reste der ihren. »Ihr solltet mehr essen«, sagte er. »Eine Frau von Eurer Größe muss bei Kräften bleiben. Bis nach Maidenpool ist es weit, und in diesen Zeiten ist die Straße sehr gefährlich.«

Ich weiß. Genau auf dieser Straße ist Ser Cleos Frey gestorben, und sie und Ser Jaime waren dem Blutigen Mummenschanz in die Hände gefallen. *Jaime hat versucht, mich zu töten,* erinnerte sie sich, *obwohl er ausgemergelt und schwach war und Ketten an den Handgelenken trug.* Dennoch war der Kampf knapp ausgegangen; doch das war gewesen, bevor Zollo ihm die Hand abgehackt hatte. Zollo und Rorge und Shagwell hätten sie ein halbes Hundert Mal geschändet, hätte Ser Jaime ihnen nicht eingeredet, sie sei ihr Gewicht in Saphiren wert.

»M'lady? Ihr seht betrübt aus. Denkt Ihr an Eure Schwester?« Der Zwerg tätschelte ihre Hand. »Das Alte Weib wird Euch zu ihr führen, habt keine Angst. Die Jungfrau wird für ihre Sicherheit sorgen.«

»Ich bete, dass Ihr Recht habt.«

»Bestimmt habe ich Recht.« Er verneigte sich. »Aber jetzt muss ich aufbrechen. Ich habe noch einen weiten Weg bis King's Landing vor mir.«

»Habt Ihr ein Pferd? Ein Maultier?«

»Zwei Maultiere.« Der kleine Mann lachte. »Da unten, am Ende meiner Beine. Die bringen mich überallhin, wo ich hinwill.« Er verneigte sich, watschelte hinaus und schwankte bei jedem Schritt hin und her.

Sie blieb am Tisch sitzen und verweilte bei einem Becher verdünnten Weins. Brienne trank nicht oft Wein, doch hin und wieder beruhigte ein Becher ihren Magen. *Und wohin will ich jetzt?*, fragte sie sich. *Nach Maidenpool, um einen Mann namens Flinker Dick in einer Spelunke namens Zur Stinkenden Gans zu suchen?*

Bei ihrem letzten Aufenthalt in Maidenpool hatte die Stadt einen trostlosen Eindruck gemacht; der Lord hatte sich in der Burg verbarrikadiert, die einfachen Leute waren tot gewesen oder geflohen, oder sie hielten sich versteckt. Sie erinnerte sich an ausgebrannte Häuser, leere Straßen und an die zerstörten Stadttore. Wilde Hunde waren ihren Pferden hinterhergeschlichen, während aufgedunsene Leichen wie riesige Seerosen in dem quellgespeisten Becken trieben, das der Stadt den Namen gab. *Jaime hat gesungen »Sechs Maiden baden in einem Quell« und gelacht, als ich ihn gebeten habe, still zu sein.* Und Randyll Tarly hielt sich ebenfalls in Maidenpool auf, ein weiterer Grund, einen Bogen um die Stadt zu machen. Sie sollte besser ein Schiff nach Gulltown oder White Harbor nehmen. *Ich könnte auch beides tun. Zuerst statte ich der Stinkenden Gans einen Besuch ab und rede mit diesem Flinken Dick, dann suche ich mir in Maidenpool ein Schiff, das mich nach Norden bringt.*

Der Schankraum leerte sich langsam. Brienne brach ein Stück Brot in zwei Teile und lauschte den Gesprächen an den anderen Tischen. Die meisten drehten sich um den Tod von Lord Tywin Lannister. »Ermordet vom eigenen Sohn, heißt es«, sagte ein Einheimischer, ein Schuster, wie es schien, »von diesem bösen kleinen Zwerg.«

»Und der König ist noch ein Kind«, meinte die älteste der vier Septas. »Wer soll uns nun regieren, bis er erwachsen ist?«

»Lord Tywins Bruder«, sagte ein Mann der Wache. »Oder dieser Lord Tyrell, könnte auch sein. Oder der Königsmörder.«

»Nicht der«, widersprach der Gastwirt. »Nicht der Eidbrecher.« Er spuckte ins Feuer. Brienne ließ das Brot fallen und wischte sich die Krümel von der Hose. Sie hatte genug gehört.

In dieser Nacht träumte sie wieder von Renlys Zelt. Alle Kerzen erloschen flackernd, und Kälte hüllte Brienne dicht ein. Durch die grüne Dunkelheit bewegte sich etwas, etwas Abscheuliches, Grauenhaftes, auf ihren König zu. Sie wollte ihn beschützen, doch ihre Glieder fühlten sich steif und starr an, und es erforderte mehr Kraft, die Hand zu heben, als sie aufbringen konnte. Und als das Schattenschwert durch die grünen Stahlhalsberge schlitzte und das Blut zu strömen begann, sah sie, dass der sterbende König gar nicht Renly war, sondern Jaime Lannister, und sie hatte ihn im Stich gelassen.

Die Schwester des Hauptmanns fand sie am nächsten Morgen im Schankraum, wo Brienne einen Becher Milch mit Honig und drei rohen Eiern trank. »Eine wundervolle Arbeit«, lobte die Jungfrau von Tarth, als die Frau ihr den frisch bemalten Schild zeigte. Darauf befand sich jetzt eher ein Bild als ein richtiges Wappen, und der Anblick versetzte sie viele Jahre zurück, in die kühle Dunkelheit der Waffenkammer ihres Vaters. Sie erinnerte sich daran, wie sie mit den Fingerspitzen über die abblätternde, verblassende Farbe gestrichen hatte, über die grünen Blätter und über die Bahn des sinkenden Sterns.

Brienne legte der Schwester des Kapitäns noch einmal die Hälfte der Summe drauf, auf die sie sich geeinigt hatten, und schlang den Schild über die Schulter, als sie das Gasthaus verließ, nachdem sie ein wenig Zwieback, Käse und Mehl vom Koch erstanden hatte. Die Stadt verließ sie durch das Nordtor und ritt langsam durch die Felder und Höfe, wo die heftigsten Kämpfe stattgefunden hatten, als die Wölfe nach Duskendale heruntergekommen waren. Lord Randyll Tarly hatte Joffreys Armee kommandiert, die aus Westerländern, Sturmländern und

Rittern aus der Weite bestanden hatte. Seine Gefallenen hatte er in die Mauern zurückbringen lassen und in den Heldengruften unter den Septen von Duskendale bestattet. Die Toten aus dem Norden hingegen, die weitaus zahlreicher waren, wurden in einem Gemeinschaftsgrab am Meer beerdigt. Über dem Hügelgrab, das sich über ihrem Ruheplatz erhob, hatten die Sieger ein grob gezimmertes Schild aufgestellt. HIER LIEGEN DIE WÖLFE, mehr stand darauf nicht zu lesen. Brienne hielt daneben an und sprach ein stilles Gebet für sie, und für Catelyn Stark und ihren Sohn Robb und all die Männer, die mit ihnen gestorben waren.

Sie erinnerte sich an die Nacht, in der Lady Catelyn vom Tod ihrer beiden jüngeren Söhne erfahren hatte, die sie auf Winterfell in vermeintlicher Sicherheit zurückgelassen hatte. Brienne hatte sofort bemerkt, dass etwas nicht stimmte. Sie hatte gefragt, ob die Lady Nachricht von ihren Söhnen erhalten habe. »Ich habe keine Söhne außer Robb«, hatte Lady Stark erwidert. Sie hatte geklungen, als hätte man ihr ein Messer in den Leib gestoßen und umgedreht. Brienne hatte sich über den Tisch gebeugt und sie trösten wollen, hatte jedoch gezögert, ehe ihre Finger die der Älteren berührten, denn sie fürchtete, ihre Herrin würde zurückweichen. Lady Catelyn hatte ihre Hände umgedreht, um Brienne die Narben zu zeigen, wo ihr ein Messer einst tief ins Fleisch geschnitten hatte. Dann hatte sie begonnen, über ihre Töchter zu sprechen. »Sansa war eine kleine Lady«, hatte sie gesagt, »stets höflich und zuvorkommend. Sie liebte Geschichten über Helden. Aus ihr wird einmal eine schönere Frau werden als ich, das kann man schon sehen. Ich habe ihr oft selbst das Haar gebürstet. Sie hat kastanienbraunes Haar, dick und weich … das Rot darin glänzte im Licht der Fackeln wie Kupfer.«

Auch von Arya hatte sie erzählt, von ihrer jüngeren Tochter, doch Arya war verschollen und höchstwahrscheinlich längst tot. Sansa hingegen … *Ich werde sie finden, Mylady,* hatte Brienne Lady Catelyns ruhelosem Schatten geschworen. *Ich werde nicht aufhören zu suchen. Ich werde mein Leben geben, wenn es sein muss, meine Ehre, meine Träume, doch ich werde sie finden.*

Hinter dem Schlachtfeld verlief die Straße an der Küste entlang, zwischen dem brandenden graugrünen Meer und einer Kette niedriger Kalksteinhügel. Brienne war nicht die einzige Reisende, die hier unterwegs war. Es gab Fischerdörfer, und die Fischer benutzten die Straße, um ihren Fang zum Markt zu bringen. Sie ritt an einem Fischweib mit seinen Töchtern vorbei, die mit leeren Körben auf den Schultern nach Hause zurückkehrten. Brienne in ihrer Rüstung hielten sie für einen Ritter, bis sie ihr Gesicht sahen. Dann tuschelten die Mädchen miteinander und warfen ihr Blicke zu. »Habt ihr vielleicht eine dreizehnjährige Jungfer gesehen?«, fragte Brienne. »Ein Mädchen von edler Geburt, mit blauen Augen und kastanienbraunem Haar?« Ser Shadrich hatte ihren Argwohn geweckt, trotzdem musste sie es weiter versuchen. »Vielleicht reist sie zusammen mit einem Narren.« Doch die Angesprochenen schüttelten nur den Kopf und kicherten hinter vorgehaltener Hand.

Im ersten Dorf, in das sie kam, rannten barfüßige Jungen neben ihrem Pferd her. Das Kichern der Fischermädchen hatte sie getroffen, daher hatte sie den Helm aufgesetzt und wurde nun für einen Mann gehalten. Einer der Jungen bot ihr Klaffmuscheln an, ein anderer Krebse und ein dritter seine Schwester.

Brienne kaufte drei Krebse von dem zweiten Jungen. Als sie das Dorf wieder verließ, hatte es zu regnen begonnen, und der Wind wurde stärker. *Sturm im Anzug,* dachte sie mit einem Blick aufs Meer hinaus. Die Regentropfen prasselten auf den Stahl ihres Helms und ließen ihr beim Reiten die Ohren klingen, doch es war besser, als draußen in einem Boot auf dem Wasser zu sein.

Eine Stunde weiter nördlich teilte sich die Straße an einem Steinhaufen, den Überresten einer kleinen Burg. Der rechte Abzweig folgte der Küste und wand sich am Wasser entlang nach Crackclaw Point, einem trostlosen Landstrich aus Sümpfen und mit Kiefern bewachsenem Ödland; die linke Straße führte durch Hügel, Felder und Wälder nach Maidenpool. Inzwischen hatte der Regen an Heftigkeit zugenommen. Brienne stieg ab und führte ihre Stute von der Straße, um Schutz in der Ruine zu suchen. Den Verlauf der Mauern konnte man zwischen Brombeeren, Sträuchern und Ulmen noch erkennen, doch die Steine waren wie die Bauklötze eines Kindes zwischen den Straßen verteilt. Ein Teil des Bergfrieds stand noch. Das aus drei Türmen bestehende Gebäude war aus grauem Granit errichtet, so wie auch die niedergerissenen Mauern, doch die Zinnen bestanden aus gelbem Sandstein. *Drei Kronen,* erkannte sie, während sie durch den Regen nach oben schaute. *Drei goldene Kronen.* Diese Burg hatte den Hollards gehört. Ser Dontos war wahrscheinlich hier geboren worden.

Sie führte ihre Stute über den Schutt hinweg durch den Haupteingang des Bergfrieds. Von der Tür waren nur verrostete Angeln geblieben, doch das Dach hielt dicht, und im Innern war es trocken. Brienne band das Tier an einem Fackelhalter fest, nahm den Helm ab und schüttelte ihr Haar aus. Sie suchte nach trockenem Holz, um ein Feuer zu machen, da hörte sie den Hufschlag eines anderen Pferdes, das näher kam. Einem Impuls folgend trat sie in den Schatten, wo sie von der Straße aus nicht gesehen werden konnte. Dies war die Straße, auf der sie und Ser Jaime gefangen genommen worden waren. Brienne beabsichtigte nicht, das noch einmal durchzumachen.

Der Reiter war ein kleiner Mann. *Die Irre Maus,* dachte sie beim ersten Blick. *Irgendwie ist er mir gefolgt.* Ihre Hand fuhr zum Schwertheft, und sie fragte sich, ob Ser Shadrich sie als leichte Beute betrachtete, weil sie eine Frau war. Lord Grandisons Kastellan hatte diesen Fehler einmal begangen. Humfrey Wagstaff war sein Name gewesen, ein stolzer alter Mann von fünfundsechzig mit einer Hakennase und geflecktem Kahlkopf. Am Tage ihrer Verlobung hatte er Brienne gewarnt, dass er von ihr erwarte, sich nach der Vermählung wie eine anständige Frau zu benehmen. »Ich werde meine Hohe Gemahlin nicht in einer Männerrüstung herumtanzen lassen. In dieser Hinsicht werdet Ihr mir gehorchen, sonst muss ich Euch züchtigen.«

Sie war sechzehn gewesen, und der Umgang mit dem Schwert war ihr nicht fremd, trotz ihrer Tapferkeit auf dem Übungshof jedoch war sie schüchtern. Dennoch hatte sie den Mut aufgebracht, Ser Humfrey zu erwidern, sie würde Züchtigung nur von einem Mann erdulden, der sie im Kampfe besiegte. Der alte Ritter wurde purpurrot, stimmte jedoch zu, seine Rüstung anzulegen, um einer Frau zu zeigen, wo ihr Platz zu sein hatte. Sie kämpften mit stumpfen Turnierwaffen, daher hatte Briennes Streitkolben keine Stacheln. Dessen ungeachtet brach sie Ser Humfrey das Schlüsselbein, zwei Rippen und löste gleichzeitig ihre Verlobung. Er war ihr dritter künftiger Gemahl gewesen und der Letzte. Ihr Vater beharrte nicht noch einmal auf einem Verlöbnis.

Falls ihr also wirklich Ser Shadrich auf den Fersen war, stand ihr möglicherweise ein Kampf bevor. Sie beabsichtigte nicht, sich mit dem Mann zusammenzutun oder sich von ihm zu Sansa verfolgen zu lassen. *Er legt diese gelassene Überheblichkeit an den Tag, die mit Geschick an den Waffen einhergeht,* dachte sie, *aber er ist klein. Ich habe eine größere Reichweite und sollte stärker sein.*

Brienne war so kräftig wie die meisten Ritter, und ihr alter Waffenmeister pflegte zu sagen, sie bewege sich behänder, als es einer Frau von ihrer Größe zustehe. Die Götter hatten sie außerdem mit Ausdauer gesegnet, die Ser Goodwin als edle Gabe betrachtete. Mit Schwert und Schild zu kämpfen war eine ermüdende Angelegenheit, und der Sieg ging häufig an den Mann mit dem besseren Stehvermögen. Ser Goodwin hatte sie gelehrt, mit Bedacht zu kämpfen und ihre Kräfte zu schonen, während sich der Gegner in wilden Attacken verausgaben sollte. »Männer werden Euch stets unterschätzen«, hatte er ihr eingeschärft, »und ihr Stolz wird sie drängen, Euch rasch zu überwältigen, damit es nicht heißt, eine Frau habe sie ernstlich auf die Probe gestellt.« Die Wahrheit dieser Worte hatte sie schnell erkannt, nachdem sie in die Welt hinausgezogen war. Sogar Jaime Lannister war diesem Irrtum in den Wäldern bei Maidenpool verfallen. Wenn die Götter es gut mit ihr meinten, würde auch die Irre Maus diesen Fehler begehen. *Vielleicht ist er ein erfahrener Ritter,* dachte sie, *aber kein Jaime Lannister.* Sie ließ das Schwert aus der Scheide gleiten.

Doch war es nicht Ser Shadrichs Fuchs, der an der Weggabelung erschien, sondern ein klappriger alter Schecke mit einem mageren Jungen auf dem Rücken. Als Brienne das Pferd sah, wich sie verwirrt zurück. *Nur ein Knabe,* dachte sie, bis sie das Gesicht unter der Kapuze erkannte. *Der Junge aus Duskendale, mit dem ich zusammengestoßen bin. Er ist es.*

Der Junge würdigte die Burgruine keines Blickes, sondern schaute zunächst die eine Straße hinunter und dann die andere. Nachdem er einen Moment gezögert hatte, lenkte er den Schecken in Richtung der Hügel und trabte weiter. Brienne beobachtete, wie er im Regen verschwand, und plötzlich begriff sie, dass sie den Jungen auch schon in Rosby gesehen hatte. *Er folgt mir,* wurde ihr klar, *aber den Spieß kann man auch umdrehen.* Sie band die Stute los, stieg in den Sattel und ritt ihm nach.

Der Junge starrte beim Reiten auf den Boden und achtete auf die Furchen in der Straße, die sich langsam mit Wasser füllten. Der Regen übertönte den Hufschlag ihres Pferdes, und zweifelsohne half auch die Kapuze des Jungen. Denn dieser drehte sich nicht ein einziges Mal um, bis Brienne ihn erreicht hatte und seinem Traber mit dem flachen Langschwert einen Schlag aufs Hinterteil versetzte.

Das Pferd bäumte sich auf, und der hagere Junge flog aus dem Sattel, sein Mantel flatterte auf wie ein paar Flügel. Er landete im Schlamm und kam mit Dreck und braunen Grasstängeln zwischen den Zähnen wieder hoch, und plötzlich ragte Brienne vor ihm auf. Ganz sicher war es derselbe Junge. Sie erkannte das Gerstenkorn. »Wer bist du?«, verlangte sie zu wissen.

Der Mund des Jungen bewegte sich lautlos. Die Augen waren groß wie Eier. »Puh«, war alles, was er herausbekam. »Puh.« Seine Kettenbrünne rasselte, als er erschauerte. »Puh. Puh.«

»Puh?«, fragte Brienne. »Wieso sagst du dauernd *puh*?« Sie setzte ihm die Schwertspitze an die Kehle. »Sag mir, wer du bist und warum du mir folgst?«

»Nicht *puh.*« Er steckte sich den Finger in den Mund, pulte einen Erdklumpen heraus und spuckte. »Puh-Puh-*Pod.* Mein Name. Puh-Puh-*Podrick.* Puh-Payne.«

Brienne senkte das Schwert. Plötzlich empfand sie Mitleid mit dem Jungen. Sie erinnerte sich an einen Tag in Evenhall und an einen jungen Ritter mit einer Rose in der Hand. *Er hat mir die Rose gebracht, wollte sie mir schenken.* Jedenfalls hatte ihre Septa das erzählt. Sie sollte ihn eigentlich nur auf der Burg ihres Vaters willkommen heißen. Er war achtzehn, das lange rote Haar wallte auf die Schultern. Sie war zwölf, eng in ihr neues, steifes Kleid geschnürt, auf dessen Mieder Granate leuchteten. Sie waren beide gleich groß gewesen, dennoch konnte sie ihm nicht in die Augen sehen oder auch nur die einfachen Worte sprechen, die ihre Septa sie gelehrt hatte. *Ser Ronnet. Ich heiße Euch in der Halle meine Hohen Vaters willkommen. Es ist schön, Euch endlich von Angesicht zu Angesicht zu sehen.*

»Warum bist du mir gefolgt?«, wollte sie von dem Jungen wissen. »Hat man dir aufgetragen, mir nachzuspionieren? Gehörst du zu Varys oder zur Königin?«

»Nein. Nicht zu denen. Zu keinem.«

Brienne schätzte ihn auf zehn, allerdings war sie fürchterlich schlecht darin, das Alter von Kindern zu beurteilen. Meist hielt sie die Kinder für jünger, als sie waren, vielleicht, weil sie selbst für ihr Alter immer zu groß gewesen war. *Absonderlich groß,* pflegte Septa Roelle zu sagen, *und unweiblich.* »Die Straße ist zu gefährlich für einen Jungen, der allein reist.«

»Nicht für einen *Knappen.* Ich bin sein Knappe. Der Knappe der Hand.«

»Meinst du Lord Tywin?« Brienne schob ihr Schwert in die Scheide.

»Nein. Nicht die Hand. Die davor. Sein Sohn. Ich habe mit ihm in der Schlacht gekämpft. Ich habe gebrüllt: *›Halbmann! Halbmann!‹*«

Der Knappe des Gnoms. Brienne hatte nicht gewusst, dass der Zwerg überhaupt einen gehabt hatte. Tyrion Lannister war kein Ritter. Bei ihm hätte man einen Diener erwartet, einen Pagen und einen Mundschenk, jemanden, der ihm beim Ankleiden half. Aber einen *Knappen*? »Warum schleichst du mir nach?«, fragte sie. »Was willst du?«

»Ich will sie finden.« Der Junge kam wieder auf die Beine. »Seine Lady. Ihr sucht nach ihr. Brella hat es mir gesagt. Sie ist seine Gemahlin. Nicht Brella, Lady Sansa. Da dachte ich, wenn Ihr sie findet …« Plötzlich verzerrte sich seine Miene gequält. »Ich bin sein *Knappe*«, wiederholte er, und der Regen rann ihm über das Gesicht, »aber er hat mich *zurückgelassen.*«

SANSA

Einmal, als sie noch ein kleines Mädchen gewesen war, hatte sich ein Wandersänger ein halbes Jahr lang bei ihnen in Winterfell aufgehalten. Ein alter Mann war er, mit weißem Haar und wettergegerbten Wangen, doch er sang von Rittern und Fahrten und schönen Damen, und Sansa hatte bittere Tränen vergossen, als er sie verließ, und hatte ihren Vater angefleht, er möge ihn nicht ziehen lassen. »Der Mann hat uns jedes Lied, das er kennt, doppelt und dreifach vorgesungen«, hatte ihr Lord Eddard milde geantwortet, »ich kann ihn nicht gegen seinen Willen hier festhalten. Du brauchst nicht zu weinen. Ich verspreche dir, es werden andere Sänger kommen.«

Doch waren keine gekommen, nicht im Laufe des nächsten Jahres und auch später nicht. Sansa hatte zu den Sieben in ihrer Septe und zu den alten Göttern vom Herzbaum gebetet und sie angefleht, ihr den alten Mann zurückzuschicken, oder besser noch einen anderen Sänger, jung und stattlich. Doch die Götter antworteten nicht, und in den Hallen von Winterfell herrschte Stille.

Damals war sie ein kleines und törichtes Mädchen gewesen. Jetzt war sie eine Jungfer, dreizehn Jahre alt und erblüht. Alle Nächte waren voller Lieder, und bei Tage betete sie um Stille.

Wäre die Eyrie so gebaut gewesen wie andere Burgen, hätten nur die Ratten und die Kerkermeister den toten Mann singen gehört. Die Mauern eines Verlieses sind dick genug, um Lieder und Schreie gleichermaßen zu verschlucken. Die Himmelszellen jedoch umgab eine Mauer aus leerer Luft, und so hallte jeder Ton, den der tote Mann spielte, vom steinigen Rücken der Giant's Lance wider. Und die Lieder, die er wählte … Er sang vom

Tanz der Drachen, von der schönen Jonquil und ihrem Narren, von Jenny von Altestein und dem Prinzen der Drachenfinger. Er sang von Treuebruch und niederträchtigsten Morden, von gehenkten Männern und blutiger Rache. Er sang von Trauer und Leid.

Gleichgültig, wohin Sansa in der Burg auch floh, der Musik konnte sie nicht entkommen. Die Töne folgten ihr die Wendeltreppe im Turm hinauf, fanden sie nackt im Bade, speisten mit ihr zu Abend und stahlen sich in ihr Schlafgemach, selbst wenn sie die Fensterläden fest verschlossen hatte. Sie kamen mit der kalten, dünnen Luft herein, und wie die Luft ließen sie Sansa frösteln. Obwohl es seit dem Tag, an dem Lady Lysa abgestürzt war, nicht mehr geschneit hatte, herrschte in den Nächten bittere Kälte.

Des Sängers Stimme war kräftig und süß. Sansa fand, er sänge besser als je zuvor, irgendwie volltönender, erfüllt von Schmerz und Furcht und Sehnsucht. Sie begriff nicht, warum die Götter einen so verderbten Mann mit einer solchen Stimme gesegnet hatten. *Auf den Fingers hätte er mich mit Gewalt genommen, hätte Petyr nicht Ser Lothor angewiesen, auf mich aufzupassen,* musste sie sich in Erinnerung rufen. *Und er hat gespielt, um meine Schreie zu übertönen, als Tante Lysa mich umbringen wollte.*

Dadurch wurde es nicht leichter, die Lieder zu ertragen. »Bitte«, flehte sie Lord Petyr an, »könnt Ihr ihn nicht dazu bringen aufzuhören?«

»Ich habe dem Mann mein Wort gegeben, Liebste«, sagte Petyr Baelish, Lord von Harrenhal, oberster Lehnsherr vom Trident und Lord Protektor der Eyrie und des Tals von Arryn, und schaute von dem Brief auf, den er gerade schrieb. Er hatte seit Lady Lysas Sturz Hunderte von Briefen geschrieben. Sansa hatte das Kommen und Gehen der Raben gesehen. »Ich höre lieber seine Lieder als sein Schluchzen.«

Ja, es ist wohl besser, wenn er singt, aber … »Muss er denn die ganze Nacht singen, Mylord? Lord Robert kann nicht schlafen. Er weint …«

»… nach seiner Mutter. Dagegen kann man nichts tun, das Weib ist tot.« Petyr zuckte mit den Schultern. »Lange wird es nicht mehr dauern. Lord Nestor wird morgen zu uns heraufsteigen.«

Sansa war Lord Nestor Royce bereits einmal begegnet, nach Petyrs Hochzeit mit ihrer Tante. Royce war der Hüter der Mondtore, jener großen Burg, die am Fuß des Berges stand und über die Stufen wachte, die zur Eyrie hinaufführten. Die Hochzeitsgesellschaft hatte bei ihm übernachtet, ehe sie mit dem Aufstieg begann. Lord Nestor hatte Sansa kaum eines zweiten Blickes gewürdigt, doch die Aussicht auf seinen Besuch versetzte sie in Angst. Er war auch der Haushofmeister des Tals, Jon Arryns und Lady Lysas getreuer Lehnsmann. »Er wird doch nicht … Ihr werdet nicht zulassen, dass Lord Nestor mit Marillion spricht, oder?«

Ihre Furcht musste sich auf ihrem Gesicht widergespiegelt haben, denn Petyr legte den Federkiel zur Seite. »Im Gegenteil. Ich werde sogar darauf bestehen.« Er bot ihr mit einer Geste einen Platz neben sich an. »Wir sind zu einer Vereinbarung gekommen, Marillion und ich. Unser lieber Kerkermeister Mord kann recht überzeugend sein. Und falls unser Sänger uns enttäuscht und ein Lied singt, das wir nicht hören mögen, nun, dann müssen Ihr und ich einfach nur behaupten, dass er lügt. Wem, meint Ihr, wird Lord Nestor glauben?«

»Uns?« Sansa wünschte sich, sie wäre sich dessen sicher.

»Natürlich. Unsere Lügen werden ihm nützen.«

Im Solar war es warm, das Feuer knisterte munter, und doch zitterte Sansa. »Ja, aber … wenn nun …«

»Wenn Lord Nestor die Ehre höher ansieht als den Nutzen?« Petyr legte den Arm um sie. »Wenn er die Wahrheit hören will und Gerechtigkeit für seine ermordete Herrin verlangt?« Er lächelte. »Ich kenne Lord Nestor, Liebste. Meint Ihr, ich würde jemals zulassen, dass er meiner Tochter etwas antut?«

Ich bin nicht Eure Tochter, dachte sie. *Ich bin Sansa Stark, Lord Ed-*

dards und Lady Catelyns Tochter, in mir fließt das Blut von Winterfell. Doch sie sprach es nicht aus. Ohne Petyr Baelishs Eingreifen wäre es *Sansa* gewesen, die anstelle von Lysa Arryn sechshundert Fuß tief durch den kalten, blauen Himmel in einen steinigen Tod gestürzt wäre. *Er ist so kühn.* Sansa wünschte sich seinen Mut. Sie wäre am liebsten ins Bett gekrochen, hätte sich unter ihrer Decke versteckt und geschlafen und geschlafen. Seit Lady Lysas Tod hatte sie keine ganze Nacht mehr durchgeschlafen. »Könnten wir nicht Lord Nestor sagen, ich sei … unpässlich, oder …«

»Er wird auch Euren Bericht über Lysas Tod hören wollen.«

»Mylord, wenn … wenn Marillion sagt, was wirklich …«

»Wenn er lügt, meint Ihr?«

»Lügt? Ja … wenn er lügt, wird seine Geschichte gegen meine stehen, und Lord Nestor schaut mir in die Augen und sieht, wie viel Angst ich habe …«

»Ein Hauch Angst wäre gar nicht so unangemessen, Alayne. Ihr habt ein schreckliches Ereignis mit angesehen. Nestor wird gerührt sein.« Petyr betrachtete ihre Augen, als sähe er sie zum ersten Mal. »Ihr habt die Augen Eurer Mutter. Ehrliche Augen, unschuldige. Blau wie das Meer im Sonnenschein. Wenn Ihr ein wenig älter seid, werden viele Männer in diesen Augen ertrinken.«

Sansa wusste nicht, was sie darauf antworten sollte.

»Ihr braucht Lord Nestor nur dieselbe Geschichte zu erzählen, die Ihr Lord Robert aufgetischt habt«, fuhr Petyr fort.

Robert ist bloß ein kleiner kranker Junge, dachte sie, *Lord Nestor ist ein erwachsener Mann, ernst und misstrauisch.* Robert war nicht stark und brauchte Schutz, auch vor der Wahrheit. »Manche Lügen geschehen aus Liebe«, hatte Petyr ihr versichert. Daran erinnerte sie ihn nun. »Als wir Lord Robert angelogen haben, wollten wir ihn doch nur schonen«, brachte sie hervor.

»Und diese Lüge könnte *uns* verschonen. Sonst müssten Ihr und ich die Eyrie durch die gleiche Tür verlassen wie Lysa.« Petyr nahm seine Feder wieder auf. »Wir werden ihm Lügen und Arborgold einschenken, und er wird sie trinken und mehr verlangen, das verspreche ich Euch.«

Mir schenkt er ebenfalls Lügen ein, erkannte Sansa. Tröstende Lügen zwar, und sie glaubte, dass er es gut mit ihr meinte. *Eine Lüge ist nicht so schlimm, wenn sie gut gemeint ist.* Wenn es ihr nur gelänge, sie zu glauben …

Die Dinge, die ihre Tante kurz vor ihrem Sturz gesagt hatte, bereiteten ihr nach wie vor großes Unbehagen. »Irres Gerede«, nannte Petyr es. »Meine Gemahlin war dem Wahnsinn verfallen, das habt Ihr selbst gesehen.« Und das stimmte durchaus. *Ich habe doch bloß eine Schneeburg gebaut, und sie wollte mich dafür durch die Mondtür stoßen. Petyr hat mich gerettet. Er hat meine Mutter sehr geliebt, und …*

Und sie? Wie konnte sie daran zweifeln? Er hatte sie gerettet.

Er hat Alayne gerettet, seine Tochter, flüsterte eine Stimme in ihr. Aber sie war auch Sansa … und manchmal erschien es ihr, als bestehe auch der Lord Protektor aus zwei Personen. Er war Petyr, ihr Beschützer, freundlich und lustig und gütig … und außerdem Littlefinger, der Lord, den sie in King's Landing gekannt hatte, der verschlagen lächelte und sich durch den Bart strich, während er Königin Cersei etwas ins Ohr flüsterte. Und Littlefinger war nicht ihr Freund. Als Joff sie geschlagen hatte, war der Gnom ihr beigesprungen, nicht Littlefinger. Als der Pöbel sie schänden wollte, hatte der Bluthund sie in Sicherheit gebracht, nicht Littlefinger. Als die Lannisters sie gegen ihren Willen mit Tyrion verheirateten, hatte Ser Garlan der Kavalier ihr Trost gespendet, nicht Littlefinger. Littlefinger hatte nicht einmal den kleinen Finger für sie krumm gemacht.

Außer, um mich fortzubringen. Das hat er für mich getan. Ich habe geglaubt, es sei Ser Dontos gewesen, mein armer, alter, betrunkener Florian, doch die ganze Zeit steckte Petyr dahinter. Littlefinger war lediglich eine Maske, die er tragen musste. Allerdings fiel es Sansa manchmal schwer zu entscheiden, wo der wahre Mann endete und die Maske begann. Littlefinger und Lord Petyr sahen sich so ähnlich. Vielleicht wäre sie vor beiden davongelaufen, doch es gab keinen Ort, wohin sie gehen konnte. Winterfell war niedergebrannt und zerstört, Bran und Rickon waren tot und kalt. Robb war in den Twins verraten und ermordet worden, gemeinsam mit ihrer Hohen Mutter. Tyrion hatte man für Joffreys Tod hingerichtet, und falls sie jemals nach King's Landing zurückkehrte, würde die Königin ihr ebenfalls den Kopf abschlagen lassen. Die Tante, bei der sie sich Sicherheit erhofft hatte, hatte stattdessen versucht, sie umzubringen. Ihr Onkel Edmure war ein Gefangener der Freys, während ihr Großonkel, der Blackfish, in Riverrun belagert wurde. *Für mich gibt es keinen sicheren Ort außer diesem,* dachte Sansa kläglich, *und außer Petyr habe ich keinen wahren Freund.*

In dieser Nacht sang der tote Mann »Der Tag, an dem sie den Schwarzen Robin hängten«, »Die Tränen der Mutter« und »Der Regen von Castamere«. Dann hörte er für eine Weile auf, doch gerade, als Sansa einzudämmern begann, fing er von neuem an. Er sang »Sechs Sorgen«, »Gefallenes Laub« und »Alysanne«. *So traurige Lieder,* dachte sie. Als sie die Augen schloss, konnte sie ihn in der Himmelszelle sehen, wie er sich in die Ecke drängte, möglichst fern von dem kalten, schwarzen Himmel, und mit einem Fell bedeckt dort hockte, die Waldharfe in die Arme geschmiegt. *Ich darf ihn nicht bedauern,* redete sie sich ein. *Er war eitel und grausam, und bald wird er tot sein.* Sie konnte ihn nicht retten. Und warum sollte sie das auch wollen? Marillion hatte versucht, sie zu schänden, und Petyr hatte ihr nicht einmal, sondern zweimal das Leben gerettet. *Manche Lügen sind unumgänglich.* In King's Landing hatte sie nur durch Lügen überlebt. Hätte sie Joffrey nicht angelogen, hätte seine Königsgarde sie blutig geprügelt.

Nach »Alysanne« machte der Sänger abermals Pause, lange genug, dass Sansa eine Stunde Ruhe fand. Doch als das erste Morgenlicht durch die Fensterläden hereindrängte, hörte sie die sanften Klänge von »An einem nebligen Morgen«, die von unten heraufhallten, und sie erwachte sofort. Das war eigentlich das Lied einer Frau, eine Klage, die eine Mutter vorbrachte, während sie in der Dämmerung nach einer schrecklichen Schlacht unter den Toten nach dem Leichnam ihres einzigen Sohnes sucht. *Die Mutter singt über ihren Gram wegen des toten Sohnes,* dachte Sansa, *aber Marillion trauert um seine Finger und seine Augen.* Die Worte flogen wie Pfeile herauf und durchbohrten sie in der Finsternis.

Oh, saht Ihr meinen Knaben, Ser?
Sein Haar so rötlich braun,
Heim zu uns wollte er,
Heim nach Wendish Town.

Sansa drückte sich ein Gänsedaunenkissen auf die Ohren, damit sie den Rest nicht hören musste, doch half es wenig. Der Tag war angebrochen, sie war wach, und Lord Nestor Royce würde auf den Berg kommen.

Der Haushofmeister und sein Gefolge erreichten die Eyrie am späten Nachmittag, als das Tal unter ihnen golden und rot beschienen wurde und der Wind zunahm. Er brachte seinen Sohn Ser Albar mit, dazu ein Dutzend Ritter und zwanzig Krieger. *So viele Fremde.* Sansa betrachtete ängstlich ihre Gesichter und fragte sich, ob sie Freunde oder Feinde waren.

Petyr begrüßte seine Gäste in einem schwarzen Samtwams mit grünen Ärmeln, die zu seiner wollenen Kniebundhose passten und seinen graugrünen Augen etwas Düsteres verliehen. Maester Colemon stand neben ihm, die Kette aus den vielen Metallen hing locker um seinen langen, hageren Hals. Obwohl der Maester Petyr an Größe übertraf, war es der Lord Protektor, der die Blicke auf sich zog. Für diesen Tag hatte er das Lächeln abgelegt, schien es. Ernst lauschte er, während Royce die Ritter seines Gefolges vorstellte, dann sagte er: »Ich heiße Mylords willkommen. Ihr alle kennt gewiss Maester Colemon. Lord Nestor, Ihr erinnert Euch sicherlich an Alayne, meine uneheliche Tochter.«

»Natürlich.« Lord Nestor Royce hatte einen Stiernacken und einen riesigen Brustkorb, sein Haar war schütter, sein Bart grau durchsetzt, und er hatte einen strengen Blick. Zum Gruße neigte er den Kopf um einen ganzen halben Zoll.

Sansa knickste und brachte vor Angst, sich zu versprechen, kein Wort heraus. Petyr zog sie wieder hoch. »Liebste, sei ein gutes Mädchen, und bring Lord Robert in die Hohe Halle, damit er seine Gäste empfangen kann.«

»Ja, Vater.« Ihre Stimme klang dünn und gepresst. *Die Stimme einer Lügnerin,* dachte sie, während sie die Treppe hinauf und über die Galerie zum Mondturm lief. *Eine schuldbewusste Stimme.*

Gretchel und Maddy halfen Robert Arryn gerade, sich in die Bundhose zu zwängen, als Sansa in sein Schlafgemach trat. Der Lord der Eyrie hatte wieder geweint. Seine Augen waren rot verschwollen, seine Wimpern krustig, seine Nase lief. Unter dem einen Nasenloch glitzerte Rotz, und die Unterlippe war blutig, wo sich Robert gebissen hatte. *Lord Nestor darf ihn nicht so sehen,* dachte Sansa verzweifelt. »Gretchel, hol mir das Waschbecken.« Sie nahm den Jungen an die Hand und zog ihn zum Bett. »Hat mein lieber Süßrobin heute Nacht gut geschlafen?«

»Nein.« Er schniefte. »Ich habe kein bisschen geschlafen, Alayne. Er hat wieder *gesungen,* und meine *Tür* war verschlossen. Ich habe gerufen, dass sie mich hinauslassen sollen, aber es ist niemand gekommen. Jemand hat mich eingesperrt.«

»Das ist aber gemein.« Sie tauchte ein weiches Tuch ins warme Wasser und wusch ihm das Gesicht … sanft, ganz sanft. Wenn man Robert zu kräftig schrubbte, würde er wieder zu zittern anfangen. Der Junge war zart und furchtbar klein für sein Alter. Acht Jahre zählte er, allerdings hatte Sansa schon größere Fünfjährige gesehen.

Roberts Lippen bebten. »Ich wollte bei dir schlafen.«

Ich weiß. Süßrobin war daran gewöhnt gewesen, bei seiner Mutter ins Bett zu kriechen, bis sie Lord Petyr geheiratet hatte. Seit Lady Lysas Tod war er des Nachts häufig auf der Suche nach einem anderen Bett durch die Eyrie gewandert. Am liebsten kam er zu Sansa … und deshalb hatte sie Ser Lothor Brune letzte Nacht gebeten, seine Tür abzuschließen. Es hätte ihr nichts ausgemacht, wenn er nur schlafen würde, doch er versuchte ständig, mit dem Gesicht an ihren Brüsten zu wühlen, und wenn er seine Schüttelanfälle hatte, nässte er oft das Bett ein.

»Lord Nestor ist von den Toren heraufgekommen, um Euch zu besuchen.« Sansa wischte die Haut unter seiner Nase sauber.

»Ich will *ihn* nicht sehen«, entgegnete er. »Ich will eine Geschichte. Eine Geschichte vom Geflügelten Ritter.«

»Später«, erwiderte Sansa. »Zuerst müsst Ihr Lord Nestor empfangen.«

»Lord Nestor hat ein Muttermal«, sagte er und wand sich. Robert fürchtete sich vor Männern mit Muttermalen. »Mutter hat gesagt, er sei *grässlich.*«

»Mein armer Süßrobin.« Sansa strich ihm das Haar zurück. »Ihr vermisst sie sehr, ich weiß. Lord Petyr vermisst sie auch. Er hat sie genauso geliebt wie Ihr.« Das war eine Lüge, aber eine gut gemeinte. Die einzige Frau, die Petyr je geliebt hatte, war Sansas ermordete Mutter. Das hatte er Lady Lysa gestanden, bevor er sie durch die Mondtür gestoßen hatte. *Sie war wahnsinnig und gefährlich. Sie hat ihren Hohen Gemahl getötet und hätte auch mich umgebracht, wäre Petyr nicht dazugekommen und eingeschritten.*

Allerdings brauchte Robert das nicht zu wissen. Er war ein kranker kleiner Junge, der seine Mutter geliebt hatte. »So«, sagte Sansa, »jetzt seht Ihr aus wie ein richtiger Lord. Maddy, hol seinen Umhang.« Der Mantel war aus Lammwolle, weich und warm und von einem hübschen Himmelblau, das die Cremefarbe seines Hemds hervortreten ließ. Sie schloss ihn vorn mit einer

Silberfibel in Form einer Mondsichel und nahm den Jungen an die Hand. Ausnahmsweise folgte Robert ihr widerstandslos.

Die Hohe Halle war seit Lady Lysas Sturz verschlossen gewesen, und Sansa fröstelte, als sie nun eintrat. Die Halle war lang und prachtvoll und wunderschön, das musste Sansa zugeben, doch ihr gefiel es hier nicht. Es war auch zu den besten Zeiten ein kalter Raum. Die schlanken Säulen sahen aus wie Fingerknochen, und die blaue Äderung des weißen Marmors erinnerte sie an die Adern in den Beinen eines alten Weibes. Obwohl fünfzig Fackelhalter die Wände säumten, hatte man kaum ein Dutzend Fackeln angezündet, und so tanzten Schatten über den Boden und bildeten in jeder Ecke dunkle Flecken. Ihre Schritte hallten vom Marmor wider, und Sansa hörte, wie der Wind an der Mondtür rüttelte. *Ich darf nicht hinsehen,* schärfte sie sich ein, *sonst fange ich genauso schlimm an zu zittern wie Robert.*

Mit Maddys Hilfe setzten sie Robert auf den Wehrholzthron, der mit einem Stapel Kissen gepolstert war, und ließen melden, dass seine Lordschaft nun seine Gäste empfangen würde. Zwei Wachen in himmelblauen Mänteln öffneten die Flügel der Tür am hinteren Ende der Halle, und Petyr geleitete sie herein und den langen blauen Teppich hinunter, der zwischen den beinweißen Säulen verlief.

Der Junge begrüßte Lord Nestor höflich und mit Piepsstimme und erwähnte das Muttermal nicht. Als sich der Haushofmeister nach seiner Hohen Mutter erkundigte, fingen Roberts Hände ganz schwach zu zittern an. »Marillion hat meiner Mutter wehgetan. Er hat sie durch die Mondtür geworfen.«

»Hat Eure Lordschaft gesehen, wie es passiert ist?«, fragte Ser Marwyn Belmore, ein schlaksiger Ritter mit rötlich braunem Schopf, der Lysas Hauptmann der Wache gewesen war, bis Petyr ihn durch Ser Lothor Brune ersetzt hatte.

»Alayne hat es gesehen«, antwortete der Junge. »Und mein Hoher Stiefvater.«

Lord Nestor blickte sie an. Ser Albar, Ser Marwyn, Maester

Colemon, alle schauten sie an. *Sie war meine Tante, aber sie wollte mich töten,* dachte Sansa. *Sie hat mich zur Mondtür gezerrt und versucht, mich hinauszustoßen. Ich wollte gar keinen Kuss, ich habe nur eine Burg im Schnee gebaut.* Fest schlang sie die Arme um ihren Körper, damit sie nicht zitterte.

»Vergebt ihr, Mylords«, sagte Petyr Baelish leise. »Sie hat wegen dieses Tages noch immer Albträume. Kein Wunder, dass sie nicht darüber sprechen kann.« Er trat hinter sie und legte die Hände sanft auf ihre Schultern. »Ich weiß, wie schwer es dir fällt, Alayne, aber unsere Freunde müssen die Wahrheit erfahren.«

»Ja.« Ihr Hals fühlte sich so trocken an, es schmerzte fast zu sprechen. »Ich habe gesehen … Ich war bei Lady Lysa, als …« Eine Träne kullerte über ihre Wange. *Das ist gut, eine Träne ist gut.* »… als Marillion sie … gestoßen hat.« Und wieder erzählte sie die Geschichte und hörte kaum die Worte, die aus ihr hervorsprudelten.

Ehe sie halb fertig war, begann Robert zu weinen, und die Kissen unter ihm verrutschten gefährlich. »Er hat meine *Mutter* getötet. Ich will, dass er fliegt!« Das Zittern seiner Hände war heftiger geworden, und auch seine Arme bebten jetzt. Der Junge ruckte mit dem Kopf hin und her, und seine Zähne klapperten. »*Er soll fliegen!*«, kreischte er. »*Fliegen, fliegen!*« Nun zuckten auch seine Arme und Beine. Lothor Brune trat gerade rechtzeitig auf das Podest, um den Jungen aufzufangen, als er vom Thron kippte. Maester Colemon war nur einen Schritt hinter ihm, doch er konnte nichts für Robert tun.

Hilflos wie die Übrigen, konnte Sansa nur dabeistehen und zuschauen, wie der Schüttelkrampf seinen Lauf nahm. Eines von Roberts Beinen traf Ser Lothor ins Gesicht. Brune fluchte, hielt den zuckenden Knaben, der sich nun einnässte, jedoch weiterhin fest. Die Besucher sagten kein Wort; zumindest Lord Nestor hatte diese Anfälle bereits erlebt. Es dauerte Augenblicke, die unendlich lang erschienen, bis Roberts Krämpfe nachließen. Am Ende war der kleine Lord so geschwächt, dass er nicht mehr stehen konnte. »Am besten bringen wir seine Lordschaft ins Bett und lassen ihn zur Ader«, sagte Lord Petyr. Brune hob den Jungen hoch und trug ihn aus der Halle. Maester Colemon folgte mit grimmigem Gesicht.

Als ihre Schritte verklungen waren, war in der Hohen Halle der Eyrie kein Laut zu vernehmen. Sansa hörte das Ächzen des Windes, der von draußen an der Mondtür zerrte. Ihr war sehr kalt, und sie fühlte sich sehr müde. *Muss ich die Geschichte noch einmal erzählen?*, fragte sie sich.

Doch offensichtlich hatte sie ihre Sache gut genug gemacht. Lord Nestor räusperte sich. »Mir hat dieser Sänger vom ersten Moment an nicht gefallen«, knurrte er. »Ich habe Lady Lysa gedrängt, ihn fortzuschicken. Sehr oft habe ich sie gedrängt.«

»Ihr habt ihr stets mit gutem Rat gedient, Mylord«, antwortete Petyr.

»Sie hat nicht darauf gehört«, beschwerte sich Royce. »Sie hat mir nur widerstrebend ihr Ohr geliehen und nicht auf mich gehört.«

»Mylady war zu vertrauensselig für diese Welt.« Petyr sprach so zärtlich, dass Sansa hätte glauben können, dass er seine Frau geliebt hatte. »Lysa konnte in einem Mann nicht das Böse erkennen, nur das Gute. Marillion sang süße Lieder, und sie hat das mit seinem Charakter verwechselt.«

»Er hat uns Schweine genannt«, sagte Ser Albar Royce. Der raue, breitschultrige Ritter, der sich das Kinn rasierte, jedoch einen Backenbart trug, der sein schlichtes Gesicht umrahmte wie eine Hecke, war eine jüngere Ausgabe seines Vaters. »Er hat ein Lied über zwei Schweine gedichtet, die um einen Berg herumschnüffeln und die Hinterlassenschaften eines Falken fressen. Das war auf uns gemünzt, aber als ich es ihm sagte, hat er nur gelacht. ›Aber bitte, Ser, es ist ein Lied über Schweine‹, hat er behauptet.«

»Über mich hat er sich ebenfalls lustig gemacht«, berichtete

Ser Marwyn Belmore. »Ser Ding-Dong hat er mich genannt. Ich habe ihm geschworen, ihm die Zunge herauszureißen, da ist er zu Lady Lysa gerannt und hat sich hinter ihren Röcken versteckt.«

»Wie er es oft getan hat«, meinte Lord Nestor. »Der Mann war ein Feigling, aber die Gunst, die Lady Lysa ihm erwies, hat ihn unverschämt werden lassen. Sie hat ihn eingekleidet wie einen Lord und ihm Goldringe geschenkt und einen Mondsteingürtel.«

»Sogar Lord Jons Lieblingsfalken.« Das Wams des Ritters zeigte die sechs weißen Kerzen von Waxley. »Seine Lordschaft hat diesen Vogel geliebt. Er war ein Geschenk von König Robert.«

Petyr Baelish seufzte. »Es war unziemlich«, stimmte er zu, »und ich habe dem ein Ende bereitet. Lysa hat sich bereit erklärt, ihn fortzuschicken. Deshalb hat sie sich hier mit ihm getroffen an jenem Tag. Ich hätte bei ihr sein sollen, aber ich habe nicht im Traum daran gedacht ... wenn ich nicht darauf bestanden hätte ... ich war es, der sie getötet hat.«

Nein, dachte Sansa, *das dürft Ihr nicht sagen, Ihr dürft es ihnen nicht erzählen, nicht doch.* Doch Albar Royce schüttelte den Kopf. »Nein, Mylord, Ihr braucht Euch keine Vorwürfe zu machen«, sagte er.

»Es war das Werk des Sängers«, stimmte sein Vater zu. »Lasst ihn heraufholen, Lord Petyr. Bringen wir diese betrübliche Angelegenheit hinter uns.«

Petyr Baelish erlangte die Fassung wieder. »Wie Ihr wünscht, Mylord.« Er wandte sich an seine Wachen und erteilte ihnen einen Befehl, und der Sänger wurde aus der Zelle geholt. Der Kerkermeister Mord begleitete ihn, ein monströser Kerl mit kleinen, schwarzen Augen und schiefem, vernarbtem Gesicht. Ein Ohr und einen Teil der Wange hatte man ihm in irgendeiner Schlacht abgehauen, doch zweieinhalb Zentner bleichen weißen Fleisches waren geblieben. Seine Kleider saßen schlecht, und er verströmte einen widerwärtigen Geruch.

Marillion wirkte im Gegensatz dazu fast elegant. Jemand hatte ihn gebadet und in eine himmelblaue Bundhose sowie ein weites Hemd mit Puffärmeln gekleidet, dazu trug er eine silbrige Schärpe, ein Geschenk von Lady Lysa. Weiße Seidenhandschuhe hüllten seine Hände ein, und ein weißes Seidentuch ersparte den Lords den Anblick seiner Augen.

Mord stand mit einer Peitsche hinter ihm. Als er dem Sänger in die Rippen stieß, beugte dieser ein Knie. »Edle Lords, ich bitte Euch um Vergebung.«

Lord Nestor schaute finster drein. »Gesteht Ihr Euer Verbrechen?«

»Wenn ich Augen hätte, würde ich weinen.« Die Stimme des Sängers, die des Nachts so stark und sicher klang, wirkte nun brüchig und flüsterleise. »Ich habe sie so geliebt, ich konnte es nicht ertragen, sie in den Armen eines anderen Mannes zu sehen, zu wissen, dass sie mit ihm das Bett teilte. Ich wollte meiner süßen Herrin kein Leid zufügen, das schwöre ich. Die Tür habe ich nur versperrt, damit uns niemand stören könnte, während ich ihr meine Leidenschaft gestehen wollte, aber Lady Lysa war so kalt … als sie mir gesagt hat, sie trage Lord Petyrs Kind unter dem Herzen, erfasste mich eine … eine Raserei …«

Sansa starrte auf seine Hände, während er sprach. Die fette Maddy behauptete, Mord habe ihm drei Finger abgenommen, die beiden kleinen Finger und einen Ringfinger. Seine kleinen Finger wirkten steifer als die anderen, doch angesichts der Handschuhe war es schwer zu erkennen. *Es könnte einfach nur eine Geschichte sein. Woher soll Maddy das wissen?*

»Lord Petyr war so gütig, mir meine Harfe zu lassen«, fuhr der blinde Sänger fort. »Meine Harfe und … meine Zunge … damit ich meine Lieder singen kann. Lady Lysa liebte meinen Gesang …«

»Schafft mir dieses Wesen aus den Augen, oder ich bringe den Kerl eigenhändig um«, knurrte Lord Nestor. »Sein Anblick macht mich krank.«

»Mord, führ ihn zurück in seine Himmelszelle«, sagte Petyr.

»Ja, M'lord.« Mord packte Marillion grob am Kragen. »Nichts mehr mit Reden.« Als er sprach, sah Sansa zu ihrem Erstaunen, dass der Kerkermeister Zähne aus Gold hatte. Sie schaute zu, wie er den Sänger halb zu den Türen zerrte und halb schob.

»Der Mann muss sterben«, stellte Ser Marwyn Belmore fest, nachdem die beiden gegangen waren. »Er hätte Lady Lysa gleich durch die Mondtür folgen sollen.«

»Ohne seine Zunge«, fügte Ser Albar Royce hinzu. »Ohne diese verlogene, spottende Zunge.«

»Ich war zu nachsichtig mit ihm, ich weiß«, sagte Petyr Baelish reumütig. »Ehrlich gesagt, bedauere ich ihn. Er hat aus Liebe getötet.«

»Aus Liebe oder aus Hass«, erwiderte Belmore, »er muss sterben.«

»Und wird es gewiss bald genug tun«, meinte Lord Nestor schroff. »Niemand verweilt lange in den Himmelszellen. Das Blau wird ihn zu sich rufen.«

»Vielleicht«, sagte Petyr Baelish, »aber ob Marillion auf diesen Ruf hört, weiß nur er selbst.« Er gab seinen Wachen einen Wink, und diese öffneten die Türen am anderen Ende der Halle. »Sers, gewiss seid Ihr nach Eurem Aufstieg müde. Es wurden Zimmer für Euch vorbereitet, und Speisen und Wein erwarten Euch in der Unteren Halle. Oswell, zeig ihnen den Weg, und kümmere dich darum, dass es ihnen an nichts mangelt.« Er wandte sich an Nestor Royce. »Mylord, würdet Ihr Euch auf einen Becher Wein in meinem Solar zu mir gesellen? Alayne, Liebes, komm, schenk für uns ein.«

Das Feuer im Solar war niedergebrannt, aber ein Krug Wein erwartete sie. *Arborgold.* Sansa füllte Lord Nestors Becher, während Petyr mit einem eisernen Schürhaken in der Glut stocherte.

Lord Nestor setzte sich neben das Feuer. »Damit ist die Angelegenheit noch nicht erledigt«, sagte er zu Petyr, als sei Sansa nicht anwesend. »Mein Vetter will den Sänger selbst verhören.«

»Der Bronze Yohn misstraut mir.« Petyr schob einen Kloben zur Seite.

»Er beabsichtigt, mit großem Gefolge zu erscheinen. Symond Templeton wird sich zu ihm gesellen, daran solltet Ihr nicht zweifeln. Und auch Lady Waynwood, fürchte ich.«

»Und Lord Belmore, der Junge Lord Hunter, Horton Redfort. Sie werden den Starken Sam Stone mitbringen, die Tolletts, die Shetts, die Coldwaters und einige Corbrays.«

»Ihr seid wohl unterrichtet. Welche Corbrays? Nicht Lord Lyonel?«

»Nein, seinen Bruder. Ser Lyn mag mich aus irgendeinem Grunde nicht.«

»Lyn Corbray ist ein gefährlicher Mann«, sagte Lord Nestor beharrlich. »Was gedenkt Ihr zu tun?«

»Was *kann* ich tun, außer sie willkommen zu heißen?« Petyr stocherte in den Flammen und legte den Schürhaken zur Seite.

»Mein Vetter hat vor, Euch als Lord Protektor abzusetzen.«

»Wenn dem so ist, kann ich ihn nicht daran hindern. Ich habe eine Truppe von zwanzig Mann. Lord Royce und seine Freunde können zwanzigtausend aufstellen.« Petyr ging zu der Eichentruhe, die unter dem Fenster stand. »Bronze Yohn wird tun, was er tun will«, sagte er und kniete sich hin. Er öffnete die Truhe, holte ein zusammengerolltes Pergament hervor und brachte es Lord Nestor. »Mylord. Dies ist ein Zeichen der Zuneigung, die Mylady für Euch hegte.«

Sansa schaute zu, wie Royce das Pergament aufrollte. »Dies … das habe ich nicht erwartet, Mylord.« Es erschreckte sie, Tränen in seinen Augen zu sehen.

»Unerwartet, aber nicht unverdient. Mylady hat Euch mehr geschätzt als ihre anderen Vasallen. Ihr wart Ihr Fels, hat sie mir gesagt.«

»Ihr Fels.« Lord Nestor errötete. »Das hat sie gesagt?«

»Oft. Und dies« – Petyr deutete auf das Pergament – »ist der Beweis dafür.«

»Das … das ist gut zu wissen. Jon Arryn schätzte meine Dienste, wie mir wohl bekannt ist, aber Lady Lysa … sie hat mich verhöhnt, als ich ihr den Hof machte, und ich fürchtete …« Lord Nestor runzelte die Stirn. »Das Pergament trägt das Siegel der Arryns, wie ich sehe, aber die Unterschrift …«

»Lysa wurde ermordet, ehe ihr das Dokument zur Unterschrift vorgelegt werden konnte, deshalb habe ich als ihr Lord Protektor unterschrieben. Ich wusste, dass es ihr Wunsch war.«

»Ich verstehe.« Lord Nestor rollte das Pergament auf. »Ihr seid … pflichtbewusst, Mylord. Ja, und es mangelt Euch nicht an Mut. Manche werden diese Übereignung für ungebührlich halten, für einen Fehler sogar. Das Amt des Hüters war nie erblich. Die Arryns haben die Tore errichtet, in den Tagen, als sie noch die Falkenkrone trugen und das Tal als Könige regierten. Die Eyrie war ihr Sommersitz, doch mit dem ersten Schnee stieg der Hof ins Tal. Manch einer würde behaupten, die Tore sind ebenso königlich wie die Eyrie.«

»Seit dreihundert Jahren gibt es keinen König mehr im Tal«, hielt Petyr Baelish dagegen.

»Die Drachen kamen«, stimmte Lord Nestor zu. »Doch auch danach blieben die Tore eine Burg der Arryns. Jon Arryn selbst war Hüter der Tore, solange sein Vater lebte. Nach seinem Aufstieg erwies er seinem Bruder Ronnel die Ehre, und danach seinem Vetter Denys.«

»Lord Robert hat keine Brüder, nur entfernte Vettern.«

»Wohl wahr.« Lord Nestor umklammerte das Pergament. »Ich will nicht sagen, ich hätte nicht darauf gehofft. Während Lord Jon als Hand über das Reich herrschte, oblag es mir, das Tal für ihn zu regieren. Ich habe alles getan, was er von mir verlangte, und nichts für mich erbeten. Aber bei den Göttern, ich habe es verdient!«

»Das habt Ihr«, sagte Petyr, »und Lord Robert wird besser schlafen, wenn er weiß, dass Ihr stets da sein werdet, ein zuverlässiger Freund am Fuße seines Berges.« Er hob den Becher.

»Also … ein Trinkspruch, Mylord. Auf das Haus Royce, Hüter der Tore des Mondes … jetzt und immerdar.«

»Jetzt und immerdar, ja!« Die Silberbecher stießen aneinander.

Später, viel später, nachdem der Krug Arborgold geleert war, entschuldigte sich Lord Nestor, um sich zu seinen Rittern zu gesellen. Sansa schlief bereits im Stehen und wollte nur noch in ihr Bett kriechen, doch Petyr packte sie am Handgelenk. »Siehst du, welche Wunder man mit Lügen und Arborgold bewirken kann?«

Warum war ihr zum Weinen zumute? Es war gut, Nestor Royce auf ihrer Seite zu wissen. »Waren es alles Lügen?«

»Nicht *alles*. Lysa hat Lord Nestor oft als Fels bezeichnet, aber ich glaube, sie meinte es nicht als Kompliment. Seinen Sohn hat sie einen Erdklumpen genannt. Natürlich wusste sie, dass Lord Nestor davon träumte, die Tore aus eigenem Recht zu halten, ein echter Lord zu sein, wie es seinem Titel entspricht, aber Lysa hat von weiteren Söhnen geträumt und wollte die Burg an Roberts kleinen Bruder geben.« Er erhob sich. »Verstehst du, was hier geschehen ist, Alayne?«

Sansa zögerte einen Moment, nicht nur, weil er sie Alayne nannte, sondern auch, weil er sie duzte. In Gegenwart der Lords musste das sein, da sie seine uneheliche Tochter spielte, hier jedoch, wo sie allein waren …

»Ihr habt Lord Nestor die Tore geschenkt, um Euch seiner Unterstützung zu versichern«, antwortete sie schließlich.

»In der Tat«, gab Petyr zu, »aber unser Fels ist ein Royce, was bedeutet, dass er übermäßig stolz und reizbar ist. Hätte ich ihn einfach nach seinem Preis gefragt, wäre er wie eine wütende Kröte angeschwollen, weil er sich in seiner Ehre verletzt gefühlt hätte. Auf diese Weise … der Mann ist durchaus *nicht* dumm, aber die Lügen, die ich ihm aufgetischt habe, waren süßer als die Wahrheit. Er *möchte* glauben, dass Lysa ihn mehr geschätzt hat als ihre anderen Gefolgsleute. Einer von ihnen ist schließlich

Bronze Yohn, und Nestor weiß sehr wohl, dass er selbst einem *niedrigeren* Zweig des Hauses Royce entstammt. Für seinen Sohn will er mehr erreichen. Ehrenmänner tun für ihre Kinder Dinge, die sie für sich persönlich niemals in Erwägung ziehen würden.«

Sie nickte. »Die Unterschrift … Ihr hättet auch Lord Robert das Dokument unterschreiben und besiegeln lassen können, doch stattdessen …«

»… habe ich meinen Namen darunter gesetzt, als Lord Protektor. Warum?«

»Weil … wenn Ihr abgesetzt werdet oder … oder getötet …«

»… steht Lord Nestors Anspruch auf die Tore plötzlich in Frage. Ich verspreche dir, das ist ihm nicht entgangen. Es war schlau von dir, das Ganze zu durchschauen. Obwohl ich von meiner eigenen Tochter nichts anderes erwartet habe.«

»Danke.« Sie verspürte einen absurden Stolz, weil sie das alles verstanden hatte, und gleichzeitig war sie verwirrt. »Das bin ich doch gar nicht. Eure Tochter. Eigentlich nicht. Ich meine, ich spiele zwar Alayne, aber *Ihr* wisst …«

Littlefinger legte ihr den Zeigefinger auf die Lippen. »Ich weiß, was ich weiß, und du auch. Manche Dinge sollte man trotzdem nicht aussprechen, Liebes.«

»Sogar wenn wir allein sind?«

»*Besonders* wenn wir allein sind. Sonst kommt ein Tag, an dem ein Diener unangekündigt das Zimmer betritt oder ein Wächter an der Tür etwas mit anhört, das nicht für seine Ohren bestimmt ist. Willst du noch mehr Blut an deinen kleinen Händen kleben haben, mein Liebling?«

Plötzlich sah sie Marillions Gesicht vor sich, den hellen Verband, den er über den Augen trug. Hinter ihm sah sie Ser Dontos, aus dem ein Armbrustbolzen ragte. »Nein«, sagte Sansa, »bitte nicht.«

»Ich bin versucht zu sagen, dass das hier kein Spiel ist, Tochter, aber natürlich ist es eins. Das Spiel der Throne.«

Ich habe nicht darum gebeten, es zu spielen. Das Spiel war zu gefährlich. *Ein falscher Zug, und ich bin tot.* »Oswell … Mylord, Oswell hat mich von King's Landing fortgerudert, in der Nacht meiner Flucht. Er muss wissen, wer ich bin.«

»Wenn er nur halb so klug ist wie ein Stück Schafsdung, müsste man das annehmen. Ser Lothor weiß es auch. Aber Oswell steht schon seit langer Zeit in meinen Diensten, und Brune ist von Natur aus verschwiegen. Kettleblack beobachtet Brune für mich, und Brune passt auf Kettleblack auf. *Vertraut niemandem,* habe ich einst Eddard Stark gesagt, doch er wollte nicht auf mich hören. Du bist Alayne, und du musst *immer* Alayne sein.« Er tippte ihr mit zwei Fingern auf die linke Brust. »Sogar hier. In deinem Herzen. Kannst du das? Kannst du in deinem Herzen meine Tochter sein?«

»Ich …« *Ich weiß nicht, Mylord,* hätte sie beinahe gesagt, doch das wollte er nicht hören. *Lügen und Arborgold,* ging es ihr durch den Kopf. »Ich bin Alayne, Vater. Wer sollte ich sonst sein?«

Lord Littlefinger küsste sie auf die Wange. »Mit meinem Verstand und Cats Schönheit wird die Welt dir gehören, Liebes. Und jetzt zu Bett.«

Gretchel hatte in ihrem Zimmer den Kamin angeheizt und das Federbett aufgeschüttelt. *Er wird heute Nacht nicht singen,* betete sie, *nicht, während Lord Nestor und die anderen in der Burg sind. Er wird es nicht wagen.* Sie schloss die Augen.

Irgendwann im Laufe der Nacht erwachte sie, als der kleine Robert in ihr Bett kletterte. *Ich habe vergessen, Lothor zu sagen, er soll ihn wieder einschließen,* fiel ihr ein. Jetzt konnte sie nichts mehr daran ändern, also legte sie den Arm um den Jungen. »Süßrobin? Ihr könnt bleiben, aber bitte, wälzt Euch nicht so herum. Schließt einfach die Augen und schlaft, mein Kleiner.«

»Ja.« Er schmiegte sich an sie und legte den Kopf zwischen ihre Brüste. »Alayne? Bist du jetzt meine Mutter?«

»Ich denke schon«, sagte sie. Wenn eine Lüge gut gemeint war, schadete sie niemandem.

Die Tochter des Kraken

In der Halle lärmten betrunkene Harlaws, entfernte Vettern allesamt. Jeder Lord hatte sein Banner hinter den Bänken aufgehängt, auf denen seine Männer saßen. *Zu wenige,* dachte Asha Greyjoy, die von der Galerie hinunterschaute, *viel zu wenige.* Die Bänke waren zu drei Vierteln leer.

Qarl die Jungfrau hatte das bereits gesagt, als die *Schwarzer Wind* vom Meer herannahte. Er hatte die Langschiffe gezählt, die unterhalb der Burg seines Onkels vertäut lagen. »Sie sind nicht gekommen«, meinte er, »jedenfalls nicht genug.« Damit hatte er sich nicht getäuscht, doch Asha konnte ihm nicht offen zustimmen, nicht dort draußen, wo ihre Mannschaft sie hören konnte. Sie zweifelte nicht an der Treue ihrer Männer, doch selbst Eisenmänner zögern, wenn sie ihr Leben für eine von vornherein verlorene Sache geben sollen.

Habe ich so wenig Freunde? Unter den Bannern sah sie den silbernen Fisch von Botley, den Steinbaum von Stonetrees, den schwarzen Leviathan von Volmark, die Schlingen der Myres. Der Rest bestand aus den Sensen der Harlaws. Boremund hatte seine auf ein hellblaues Feld platziert, Hothos war in einen gezinnten Rand eingefasst, und der Ritter hatte das Wappen geviertelt und den bunten Pfau des Hauses seiner Mutter hinzugefügt. Sogar Sigfryd Silberhaar zeigte zwei Sensen auf schräg geteiltem Feld in gewechselten Tinkturen. Allein *der* Lord Harlaw zeigte die silberne Sense auf einem nachtschwarzen Feld, so wie das Banner schon in der Dämmerung der Zeiten geweht hatte: Rodrik, genannt der Leser, Lord von Ten Towers, Lord von Harlaw, Harlaw von Harlaw … ihr Lieblingsonkel.

Lord Rodriks hoher Sitz stand leer. Zwei Sensen aus gehämmertem Silber kreuzten sich darüber, so groß, dass sogar ein Riese sie nur unter Schwierigkeiten hätte schwingen können, doch darunter sah Asha nur leere Kissen. Das überraschte sie nicht. Das Fest war längst beendet. Auf den Tischen waren nurmehr Knochen und fettige Platten übrig. Jetzt wurde getrunken, und ihr Onkel Rodrik hatte die Gesellschaft streitsüchtiger Trunkenbolde nie geschätzt.

Sie wandte sich an Dreizahn, eine alte Frau von Furcht einflößendem Alter, die ihrem Onkel den Haushalt führte, seit sie noch Zwölfzahn genannt worden war. »Mein Onkel ist bei seinen Büchern?«

»Ja, wo sonst?« Die Frau war so alt, dass ein Septon einmal gesagt hatte, sie müsse das Alte Weib gestillt haben. Das war zu der Zeit gewesen, als man den Glauben auf den Inseln noch geduldet hatte. Lord Rodrik hatte Septone in Ten Towers gehabt, nicht um seiner Seele willen, sondern wegen der Bücher. »Bei den Büchern, mit Botley zusammen. Der war bei ihm.«

Botleys Fahne hing in der Halle, ein Schwarm Silberfische auf hellgrünem Feld, obwohl Asha die *Schnelle Flosse* nicht unter den anderen Schiffen gesehen hatte. »Ich habe gehört, mein Onkel Krähenauge hätte den alten Sawane Botley ertränkt.«

»Lord *Tristifer* Botley, den meine ich.«

Tris. Sie fragte sich, was wohl mit Sawanes ältestem Sohn Harren passiert war. *Ohne Zweifel werde ich es früh genug herausfinden. Das könnte unangenehm werden.* Sie hatte Tris Botley nicht mehr gesehen, seit … nein, daran wollte sie jetzt gar nicht denken. »Und meine Hohe Mutter?«

»Im Bett«, antwortete Dreizahn, »im Witwenturm.«

Ja, wo sonst? Die Witwe, nach welcher man den Turm benannt hatte, war ihre Tante. Lady Gwynesse war heimgekommen, um zu trauern, nachdem ihr Gemahl während der ersten Rebellion von Balon Greyjoy bei der Fair Isle gefallen war. »Ich bleibe nur so lange, bis ich meine Trauer überwunden habe«, hatte sie bekanntlich ihrem Bruder mitgeteilt, »obwohl Ten Towers von Rechts wegen mir gehören sollte, denn ich bin sieben Jahre älter als Ihr.« Seitdem waren viele Jahre vergangen, doch die Witwe blieb, trauerte und murmelte von Zeit zu Zeit, die Burg solle eigentlich in ihrem Besitz sein. *Und jetzt hat Lord Rodrik eine zweite halbverrückte und verwitwete Schwester unter seinem Dach,* überlegte Asha. *Kein Wunder, wenn er bei seinen Büchern Trost sucht.*

Immer noch fiel es ihr schwer zu glauben, dass die gebrechliche, kränkliche Lady Alannys ihren so harten und starken Gemahl Lord Balon überlebt hatte. Als Asha in den Krieg aufgebrochen war, hatte sie es schweren Herzens getan, in der Furcht, ihre Mutter könnte vielleicht vor ihrer Rückkehr sterben. Nicht ein einziges Mal war ihr in den Sinn gekommen, ihr Vater könne stattdessen umkommen. *Der Ertrunkene Gott treibt seine grausamen Scherze mit uns allen, aber die Menschen übertreffen ihn an Grausamkeit.* Ein plötzlicher Sturm und ein gerissenes Seil hatten Balon Greyjoy in den Tod geschickt. *Jedenfalls behaupten sie das.*

Asha hatte ihre Mutter zum letzten Mal gesehen, als sie bei Ten Towers angelegt hatte, um Trinkwasser an Bord zu nehmen, auf dem Weg nach Norden, wo sie Deepwood Motte angreifen wollte. Alannys Harlaw war nie die Sorte Schönheit gewesen, welcher Sänger ihre Lieder widmen, doch ihre Tochter liebte das strenge, starke Gesicht und die lachenden Augen. Beim letzten Besuch hatte sie Lady Alannys in einem Sitz am Fenster vorgefunden, wo sie mit dicken Fellen zugedeckt aufs Meer hinausstarrte. *Ist dies wirklich meine Mutter oder nur ihr Geist?* Asha erinnerte sich, dass ihr diese Frage durch den Kopf gegangen war, als sie die alte Frau auf die Wange geküsst hatte.

Die Haut ihrer Mutter war dünn gewesen wie Pergament, ihr langes Haar schlohweiß. Zwar hielt sie den Kopf mit einem Rest des alten Stolzes, die Augen jedoch waren trüb, und bei der Frage nach Theon bebte ihr Mund. »Hast du meinen Kleinen mitgebracht?«, hatte sie sich erkundigt. Im Alter von zehn Jahren hatte man Theon als Geisel nach Winterfell verschleppt, und so weit es Lady Alannys betraf, würde er wohl immer zehn Jahre alt bleiben. »Theon konnte nicht kommen«, musste Asha sie enttäuschen. »Vater hat ihn zum Raubzug an die Stony Shore geschickt.« Lady Alannys hatte darauf nichts zu antworten gewusst. Sie hatte lediglich langsam genickt, und dennoch ließ sich nicht verkennen, wie tief die Worte ihrer Tochter sie getroffen hatten.

Und nun muss ich ihr sagen, dass Theon tot ist, und ihr einen weiteren Dolch ins Herz treiben. Zwei Messer hatten es bereits durchbohrt. Auf den Klingen standen die Worte *Rodrik* und *Maron*, und des Nachts drehten sie sich grausam hin und her. *Ich werde sie morgen besuchen,* schwor sich Asha. Die Reise war lang und anstrengend gewesen, und im Augenblick konnte sie ihrer Mutter nicht entgegentreten.

»Ich muss mit Lord Rodrik sprechen«, sagte sie zu Dreizahn. »Kümmere dich um meine Mannschaft, wenn sie mit dem Entladen der *Schwarzer Wind* fertig ist. Sie werden Gefangene mitbringen. Die Männer sollen eine warme Mahlzeit und bequeme Betten erhalten.«

»In der Küche gibt es kaltes Rindfleisch. Und Mostrich aus Oldtown, in einem großen Steintopf.« Beim Gedanken an diesen Mostrich lächelte die alte Frau. Ein einzelner langer brauner Zahn ragte aus ihrem Zahnfleisch.

»Das wird nicht genügen. Wir hatten eine raue Überfahrt. Ich möchte, dass sie etwas Warmes in den Bauch bekommen.« Asha schob einen Daumen in den nietenbeschlagenen Gurt um ihre Hüften. »Lady Glover und den Kindern soll es weder an Holz noch an Wärme mangeln. Bring sie in einem der Türme unter, nicht im Kerker. Der Säugling ist krank.«

»Säuglinge sind häufig krank. Die meisten sterben, und die Menschen trauern um sie. Ich werde Mylord fragen, wohin ich dieses Wolfsvolk stecken soll.«

Asha packte die Nase der Frau mit Daumen und Zeigefinger und kniff zu. »Du tust, was ich sage. Und falls *dieser* Säugling stirbt, wirst vor allem du deswegen trauern.« Dreizahn quiekte und versprach zu gehorchen, bis Asha sie losließ und sich auf die Suche nach ihrem Onkel machte.

Es tat gut, wieder durch diese Hallen zu schreiten. In Ten Towers hatte sich Asha stets mehr zu Hause gefühlt als auf Pyke. *Nicht eine Burg, zehn Burgen, die sich aneinander drängen,* hatte sie bei ihrem ersten Aufenthalt hier gedacht. Sie erinnerte sich an die atemlosen Wettrennen die Treppen hinauf und hinunter, über die langen Wehrgänge und überdachten Brücken, an das Angeln drüben am Langen Steinkai, an die Tage und Nächte, in denen sie sich in dem Bücherschatz ihres Onkels verloren hatte. Der Großvater seines Großvaters hatte die Burg erbaut, die neueste auf den Inseln. Lord Theomore Harlaw hatte drei Söhne in der Wiege verloren und die Schuld den überfluteten Kellern, feuchten Steinen und dem wuchernden Salpeter in der alten Harlaw-Halle zugeschrieben. Die Ten Towers waren luftiger, behaglicher und günstiger gelegen … doch Lord Theomore war ein wankelmütiger Mann, wie jede seiner Frauen wohl hätte bestätigen können. Und davon hatte er sechs gehabt, so verschieden wie seine zehn Türme.

Der Bücherturm war der mächtigste der zehn Türme, achteckig in der Form und aus großen behauenen Steinen errichtet. Die Treppe war in die dicken Mauern hineingebaut. Asha stieg rasch hinauf, zum fünften Stockwerk, zum Lesezimmer ihres Onkels. *Nicht, dass es Zimmer gäbe, in denen er nicht läse.* Lord Rodrik bekam man selten ohne ein Buch in der Hand zu sehen, ob nun auf dem Abort oder auf Deck seiner *Seelied* oder während einer Audienz. Asha hatte ihn häufig gesehen, wie er unter den silbernen Sensen seines hohen Sitzes las. Er hörte sich jeden Fall an, der ihm vorgelegt wurde, verkündete sein Urteil … und nutzte die Zeit, um ein paar Zeilen zu lesen, während sein Hauptmann der Wache den nächsten Bittsteller hereinführte.

Sie fand ihn über einen Tisch am Fenster gebeugt, umgeben von Pergamentrollen, die noch aus der Zeit vor dem Untergang von Valyria stammen mochten, und schweren Lederbänden mit Verschlüssen aus Bronze und Eisen. Bienenwachskerzen von Armesdicke brannten zu beiden Seiten seines Stuhls in verzierten Eisenleuchtern. Lord Rodrik Harlaw war weder fett noch schlank, weder groß noch klein, weder hässlich noch ansehnlich. Sein Haar war braun, das galt auch für die Augen, lediglich der kurze, ordentliche Bart war grau. Alles in allem war er ein gewöhnlicher Mann, der sich von anderen nur durch seine Liebe zum geschriebenen Wort unterschied, die so viele Eisenmänner für unmännlich und widernatürlich hielten.

»Onkel.« Sie schloss die Tür hinter sich. »Welche Lektüre ist so wichtig, dass Ihr Eure Gäste ohne ihren Gastgeber lasst?«

»Erzmaester Marwyns *Buch der verlorenen Bücher.*« Er hob den Blick von der Seite und betrachtete Asha. »Hotho hat mir ein Exemplar aus Oldtown mitgebracht. Er hat eine Tochter, mit der er mich gern verheiraten würde.« Lord Rodrik tippte mit dem Fingernagel auf das Buch. »Siehst du, hier? Marwyn behauptet, drei Seiten von *Zeichen und Wunder* entdeckt zu haben, Visionen, die von der jungfräulichen Tochter Aenar Targaryens vor dem Untergang von Valyria verfasst wurden. Weiß Lanny, dass du hier bist?«

»Noch nicht.« *Lanny* war sein Kosename für ihre Mutter; nur der Leser nannte sie so. »Ich wollte sie nicht stören.« Asha nahm einen Stapel Bücher von einem Hocker und setzte sich. »Dreizahn hat offensichtlich zwei weitere Zähne verloren. Ruft Ihr sie jetzt Einzahn?«

»Ich rufe sie überhaupt nur selten. Die Frau macht mir Angst. Welche Stunde ist es?« Lord Rodrik blickte aus dem Fenster auf das mondbeschienene Meer. »Schon dunkel? Das habe ich gar nicht bemerkt. Du kommst spät. Wir haben schon seit Tagen nach dir Ausschau gehalten.«

»Der Wind meinte es nicht gut mit uns, und ich hatte Gefangene an Bord, die mir Sorgen bereitet haben. Robett Glovers Frau und Kinder. Das Jüngste hängt noch an der Brust, und

Lady Glovers Milch ist während der Überfahrt versiegt. Mir blieb keine andere Wahl, als an der Stony Shore anzulanden und meine Männer auf die Suche nach einer Amme zu schicken. Stattdessen haben sie eine Ziege aufgetrieben. Das Mädchen gedeiht nicht gut. Gibt es im Ort eine stillende Mutter? Deepwood ist wichtig für meine Pläne. Ich brauche Deepwood für das, was ich vorhabe.«

»Du musst deine Pläne ändern. Du kommst zu spät.«

»Spät und hungrig.« Sie streckte die langen Beine neben dem Tisch aus und blätterte die Seiten des ihr am nächsten liegenden Buches auf, der Abhandlung eines Septons über den Krieg, den Maegor der Grausame gegen die Armen Gefährten geführt hatte. »Oh, und durstig bin ich auch. Gegen ein Horn Bier hätte ich nichts einzuwenden, lieber Onkel.«

Lord Rodrik spitzte die Lippen. »Du weißt, in meiner Bibliothek erlaube ich weder Speise noch Trank. Die Bücher –«

»– könnten Schaden nehmen.« Asha lachte.

Ihr Onkel legte die Stirn in Falten. »Es macht dir Spaß, mich zu reizen.«

»Oh, schaut nicht so gekränkt. Ich habe noch keinen Mann kennen gelernt, den ich nicht gereizt hätte, das solltet Ihr doch inzwischen wissen. Aber wir haben genug über mich gesprochen. Geht es Euch gut?«

Er zuckte mit den Schultern. »Einigermaßen gut. Meine Augen werden schwächer. Ich habe nach Myr schicken lassen wegen einer Linse, die mir beim Lesen hilft.«

»Und wie geht es meiner Tante?«

Lord Rodrik seufzte. »Sie ist immer noch sieben Jahre älter als ich und überzeugt, Ten Towers sollte ihr gehören. Gwynesse wird vergesslich, aber *das* ist ihr nicht entfallen. Sie trauert ebenso sehr um ihren toten Gemahl wie an dem Tag, an dem er starb, allerdings kann sie sich nicht immer an seinen Namen erinnern.«

»Ich bin mir nicht sicher, ob sie seinen Namen je wusste.«

Asha schlug das Buch des Septon mit einem Knall zu. »Wurde mein Vater ermordet?«

»Das jedenfalls glaubt deine Mutter.«

Es gab Zeiten, da hätte sie ihn liebend gern selbst umgebracht, dachte sie. »Und was glaubt mein lieber Onkel?«

»Balon ist zu Tode gestürzt, als eine Seilbrücke unter seinen Füße gerissen ist. Ein Sturm kam auf, und die Brücke hat bei jeder Böe heftig geschwankt.« Rodrik zuckte die Achseln. »So wurde es wenigstens erzählt. Ein Vogel von Maester Wendamyr ist bei deiner Mutter eingetroffen.«

Asha zog ihren Dolch aus der Scheide und begann, ihre Fingernägel damit zu säubern. »Nach drei Jahren Abwesenheit kehrt das Krähenauge ausgerechnet an dem Tag zurück, an dem mein Vater stirbt.«

»Am Tag danach, haben wir gehört. Die *Schweigen* war auf dem Meer, als Balon den Tod fand, jedenfalls wird das behauptet. Trotzdem stimme ich zu, Euron ist gerade ... zum rechten Zeitpunkt zurückgekehrt, sollen wir es so ausdrücken?«

»So würde ich es bestimmt nicht ausdrücken.« Asha rammte die Dolchspitze in den Tisch. »*Wo sind meine Schiffe?* Ich habe vierzig Langschiffe gezählt, und das ist nicht einmal annähernd genug, um das Krähenauge vom Stuhl meines Vaters zu vertreiben.«

»Ich habe sie rufen lassen. In deinem Namen, im Namen der Liebe, die ich für dich und deine Mutter hege. Das Haus Harlaw hat sich versammelt. Stonetree ebenfalls, und Volmark. Einige Myres ...«

»Allesamt von der Insel Harlaw ... einer Insel von sieben. Ich habe ein einsames Botley-Banner in der Halle gesehen, von Pyke. Wo sind die Schiffe von Saltcliffe, von Orkwood, von den Wyks?«

»Baelor Blacktyde ist von Blacktyde herübergekommen, um sich mit mir zu beraten, und er hat schnell wieder Segel gesetzt.« Lord Rodrik schloss *Das Buch der verlorenen Bücher*. »Er ist inzwischen auf Old Wyk.«

»Old Wyk?« Asha hatte befürchtet, er wäre nach Pyke aufgebrochen, um dem Krähenauge zu huldigen. »Warum auf Old Wyk?«

»Ich dachte, du hättest davon gehört. Aeron Feuchthaar hat zu einem Königsthing gerufen.«

Arya warf den Kopf in den Nacken und lachte. »Der Ertrunkene Gott muss Onkel Aeron einen Stichling in den Hintern geschoben haben. Ein *Königsthing*? Ist das ein Scherz, oder meint er es etwa ernst?«

»Das Feuchthaar hat nicht mehr gescherzt, seit er ertränkt wurde. Und die anderen Priester haben seinen Aufruf weiterverbreitet. Der Blinde Beron Blacktyde, Tarle, der Dreimal-Ertränkte ... sogar die Alte Graue Möwe hat den Felsen verlassen, auf dem er lebt, um die Nachricht von dem Königsthing überall auf Harlaw kundzutun. Die Kapitäne versammeln sich gerade jetzt auf Old Wyk, während wir uns hier unterhalten.«

Asha staunte. »Hat das Krähenauge sich einverstanden erklärt, an diesem heiligen Possenspiel teilzunehmen und sich dessen Entscheidung zu unterwerfen?«

»Das Krähenauge vertraut sich mir nicht an. Seit er mich nach Pyke gerufen hat, damit ich ihm huldige, habe ich nichts mehr von Euron gehört.«

Ein Königsthing. Das ist mal etwas Neues ... oder besser gesagt, etwas sehr Altes. »Und mein Onkel Victarion? Was hält er von der Idee des Feuchthaars?«

»Victarion wurde die Nachricht vom Tod deines Vaters überbracht. Und auch die von dem Königsthing, daran zweifele ich nicht. Darüber hinaus weiß ich nichts.«

Besser ein Königsthing als ein Krieg. »Ich glaube, ich werde dem Feuchthaar die stinkenden Füße küssen und das Seegras zwischen seinen Zehen herauszupfen.« Asha zog ihren Dolch aus dem Tisch und schob ihn in die Scheide zurück. »Ein verfluchtes *Königsthing*!«

»Auf Old Wyk«, bestätige Lord Rodrik. »Allerdings bete ich,

dass kein Fluch auf dieser Versammlung liegt. Ich habe in Haeregs *Geschichte der Eisernen* nachgeschlagen. Als die Salzkönige und die Felskönige sich zum letzten Mal zu einem Königsthing versammelt haben, ließ Urron von Orkmont seine Axtmänner wüten, und Naggas Rippen färbten sich rot vom Blut. Von jenem finsteren Tag an regierte das Haus Greyiron tausend Jahre lang, ohne gewählt zu sein, bis die Andalen kamen.«

»Ihr müsst mir Haeregs Buch leihen, Onkel.« Sie musste so viel wie möglich über das Königsthing erfahren, ehe sie auf Old Wyk eintraf.

»Du kannst es hier lesen. Es ist alt und empfindlich.« Er betrachtete sie stirnrunzelnd. »Erzmaester Rigney hat einmal geschrieben, die Geschichte sei wie ein Rad, denn das Wesen des Menschen würde sich niemals grundlegend ändern. Was einmal geschehen ist, wird sich zwangsläufig irgendwann wiederholen, sagt er. Daran muss ich jedes Mal denken, wenn mir das Krähenauge durch den Kopf geht. Euron Greyjoy klingt in meinen alten Ohren seltsam ähnlich wie Urron Greyiron. Ich werde nicht nach Old Wyk fahren. Und du solltest es auch nicht tun.«

Asha lächelte. »Und das erste Königsthing seit … seit wie langer Zeit … verpassen, Onkel?«

»Seit viertausend Jahren, wenn wir Haereg Glauben schenken dürfen. Die Hälfte, wenn man Maester Denestrans Erörterung in *Fragen* gelten lässt. Nach Old Wyk zu fahren ist vergeblich. Dieser Traum vom Königtum ist ein Wahnsinn, der uns im Blute liegt. Ich habe es deinem Vater gesagt, als er sich zum ersten Mal erhoben hat, und heute trifft es noch mehr zu als damals. Wir brauchen Land, keine Kronen. Während sich Stannis Baratheon und Tywin Lannister um den Eisernen Thron streiten, bietet sich uns die seltene Gelegenheit, unser Los zu verbessern. Wir sollten uns auf die eine oder die andere Seite stellen, dieser mit unserer Flotte zum Sieg verhelfen und von einem dankbaren König das Land verlangen, das wir brauchen.«

»Darüber könnte man nachdenken, wenn ich erst auf dem Meersteinstuhl sitze«, sagte Asha.

Ihr Onkel seufzte. »Du hörst es bestimmt nicht gern, Asha, aber sie werden dich nicht wählen. Die Eisenmänner wurden noch nie von einer Frau regiert. Gwynesse ist wirklich sieben Jahre älter als ich, aber als unser Vater gestorben ist, fiel Ten Towers an mich. Für dich gilt das Gleiche. Du bist Balons Tochter, nicht sein Sohn. Und du hast drei Onkel.«

»Vier.«

»Drei Kraken. Ich zähle nicht.«

»Für mich schon. Solange ich meinen Onkel von Ten Towers habe, habe ich Harlaw.« Harlaw war zwar nicht die größte der Inseln, aber die wohlhabendste und bevölkerungsreichste, und Lord Rodriks Macht durfte man nicht verschmähen. Auf Harlaw hatte Harlaw keinen Rivalen. Die Volmarks und Stonetrees hatten großen Grundbesitz auf der Insel und durften sich berühmter Kapitäne und grimmiger Krieger rühmen, doch selbst die Grimmigsten neigten sich vor der Sense. Die Kennings und die Myres, einst erbitterte Feinde, waren schon vor langer Zeit niedergeschlagen und zu Vasallen gemacht worden.

»Meine Vettern sind mir treu ergeben, und im Krieg führe ich den Befehl über ihre Schwerter und ihre Segel. In einem Königsthing jedoch …« Lord Rodrik schüttelte den Kopf. »Unter den Gebeinen von Nagga sind alle Kapitäne gleich. Manche werden deinen Namen rufen, daran zweifle ich nicht. Aber nicht genug. Und wenn die Rufe für Victarion oder das Krähenauge erschallen, werden diejenigen, die jetzt in meiner Halle trinken, mit den Übrigen einstimmen. Ich sage es dir noch einmal: Segele nicht in diesen Sturm. Dein Kampf ist hoffnungslos.«

»Kein Kampf ist hoffnungslos, ehe er ausgetragen wurde. Ich habe den rechtmäßigsten Anspruch. Schließlich bin ich Balons leiblicher Erbe.«

»Du bist immer noch ein halsstarriges Kind. Denk an deine arme Mutter. Du bist alles, was Lanny geblieben ist. Ich werde die *Schwarzer Wind* verbrennen, wenn es sein muss, um dich hier zu behalten.«

»Was, damit ich nach Old Wyk schwimme?«

»Ein weiter, kalter Weg, um zu schwimmen, für eine Krone, die du sowieso nicht halten könntest. Dein Vater hatte mehr Mut als Verstand. Die Alten Sitten haben den Inseln gute Dienste geleistet, als wir ein kleines Königreich unter vielen waren, aber Aegons Eroberung hat dem ein Ende bereitet. Balon hat sich geweigert anzuerkennen, was nicht zu übersehen war. Die Alten Sitten sind mit dem Schwarzen Harren und seinen Söhnen gestorben.«

»Das weiß ich.« Asha hatte ihren Vater geliebt, gab sich jedoch keinen Illusionen hin. Balon war in mancher Hinsicht blind gewesen. *Ein tapferer Mann, aber ein schlechter Lord.* »Heißt das, wir müssen als Leibeigene des Eisernen Throns leben und sterben? Wenn an Steuerbord Felsen aufragen und backbords ein Sturm lauert, steuert ein weiser Kapitän den dritten Kurs.«

»Zeig mir diesen dritten Kurs.«

»Gewiss … bei meinem Königinnenthing. Onkel, wie könnt Ihr auch nur daran denken, nicht daran teilzunehmen. Das wird lebendige Geschichte sein …«

»Ich mag Geschichte lieber tot. Tote Geschichte wird mit Tinte geschrieben, die lebendige hingegen mit Blut.«

»Wollt Ihr als alter Feigling im Bett sterben?«

»Wie denn sonst? Allerdings habe ich noch nicht alles gelesen.« Lord Rodrik ging zum Fenster. »Du hast gar nicht nach deiner Hohen Mutter gefragt.«

Davor hatte ich Angst. »Wie geht es ihr?«

»Sie ist kräftiger. Möglicherweise überlebt sie uns alle. Dich jedenfalls ganz bestimmt, wenn du auf dieser Torheit beharrst. Sie isst mehr als damals, als sie zu uns gekommen ist, und häufig schläft sie die ganze Nacht durch.«

»Gut.« In den letzten Jahren auf Pyke hatte Lady Alannys nicht schlafen können. Des Nachts wandelte sie mit einer Kerze durch die Gänge und suchte nach ihren Söhnen. »*Maron?*«, rief sie dann stets schrill. »*Rodrik? Wo seid ihr? Theon, mein Kind, komm zu deiner Mutter.*« Oft hatte Asha zugesehen, wie der Maester am Morgen Splitter aus den Fersen der Mutter entfernte, weil sie die schwankende Plankenbrücke zum Seeturm barfuß überquert hatte. »Ich werde morgen nach ihr schauen.«

»Sie wird dich nach Theon fragen.«

Der Prinz von Winterfell. »Was habt Ihr ihr erzählt?«

»Wenig, sehr wenig. Es gab nichts zu erzählen.« Er zögerte. »Bist du sicher, dass er tot ist?«

»Ich bin mir überhaupt nicht sicher.«

»Hast du eine Leiche gefunden?«

»Wir haben Teile von vielen Leichen gefunden. Die Wölfe waren vor uns da … die vierbeinige Sorte, aber sie haben ihren zweibeinigen Verwandten wenig Respekt gezollt. Die Knochen der Erschlagenen lagen weithin verstreut und waren aufgebrochen, das Mark herausgeholt. Ich gestehe, es ließ sich kaum nachvollziehen, was dort geschehen ist. Es sah aus, als hätten die Nordmänner gegeneinander gekämpft.«

»Krähen kämpfen um das Fleisch eines toten Mannes und bringen sich wegen seiner Augen um.« Lord Rodrik starrte über das Meer und schaute zu, wie der Mond auf den Wellen spielte. »Wir hatten einen König, dann fünf. Jetzt sehe ich nur noch Krähen, die sich um die Leiche von Westeros zanken.« Er schloss die Fensterläden. »Fahr nicht nach Old Wyk, Asha. Bleib bei deiner Mutter. Wir werden sie nicht mehr lange bei uns haben, fürchte ich.«

Asha rutschte auf ihrem Hocker hin und her. »Meine Mutter hat mich zur Kühnheit erzogen. Wenn ich nicht fahre, werde ich mich den Rest meines Lebens fragen, was geschehen wäre, wenn ich es getan hätte.«

»Wenn du gehst, wird der Rest deines Lebens vielleicht zu kurz sein, um dich das zu fragen.«

»Immer noch besser, als wenn ich meine verbleibenden Tage

damit zubringe, mich zu beklagen, dass der Meersteinstuhl von Rechts wegen mir gehört. Ich bin nicht wie Gwynesse.«

Das ließ ihn zusammenzucken. »Asha, meine beiden großen Söhne dienen den Krebsen von Fair Isle als Futter. Ich werde vermutlich nicht wieder heiraten. Bleibe, und ich ernenne dich zur Erbin von Ten Towers. Gib dich damit zufrieden.«

»Ten Towers?« *Ich wünschte, das könnte ich.* »Euren Vettern wird das nicht gefallen. Dem Ritter, dem alten Sigfryd, dem Buckel-Hotho …«

»Sie alle haben ihr eigenes Land und ihren eigenen Sitz.«

Wohl wahr. Die feuchte, verfallende Harlaw Hall gehörte dem alten Sigfryd Harlaw dem Silberhaar; der buckelige Hotho Harlaw hatte seinen Sitz im Turm von Glimmering, auf einer Klippe an der Westküste. Der Ritter, Ser Harras Harlaw, hielt in Grey Garden Hof; Boremund der Blaue regierte auf dem Harridan Hill. Doch jeder von ihnen war Lord Rodrik untertan. »Boremund hat drei Söhne, Sigfryd Silberhaar hat Enkel, und Hotho ist ehrgeizig«, erwiderte Asha. »Sie alle wollen Euer Nachfolger werden, sogar Sigfryd. Der hat die Absicht, ewig zu leben.«

»Der Ritter wird nach mir Lord von Harlaw«, sagte ihr Onkel, »doch er kann auch von Grey Garden aus regieren. Schwöre ihm die Treue für die Burg, und Ser Harras wird dich beschützen.«

»Ich kann mich selbst beschützen. Onkel, ich bin ein Krake. Asha aus dem Hause *Greyjoy*.« Sie erhob sich. »Ich will den Sitz meines Vaters, nicht den Euren. Eure Sensen sehen gefährlich aus. Eine könnte herunterfallen und mir den Kopf abschlagen. Nein, ich werde auf dem Meersteinstuhl sitzen.«

»Dann bist du auch nur eine Krähe, die nach Aas schreit.« Rodrik setzte sich wieder hinter seinen Tisch. »Geh. Ich möchte mich wieder Erzmaester Marwyn und seiner Suche widmen.«

»Lasst es mich wissen, wenn er noch eine Seite finden sollte.« Ihr Onkel war ihr Onkel. Er würde sich niemals ändern. *Aber er wird nach Old Wyk kommen, ganz gleich, was er sagt.*

Inzwischen würde ihre Mannschaft in der Halle beim Essen

sitzen. Asha wusste, dass sie sich eigentlich zu ihnen gesellen sollte, um ihnen von dem Thing auf Old Wyk zu berichten und ihnen zu erklären, was dies für sie bedeutete. Ihre eigenen Männer würden fest hinter ihr stehen, doch sie brauchte auch die anderen, ihre Harlaw-Vettern, die Volmarks und die Stonetrees. *Das sind diejenigen, die ich überzeugen muss.* Ihr Sieg bei Deepwood Motte würde ihr gut zustatten kommen, wenn ihre Männer erst einmal damit geprahlt hatten, und dass sie das tun würden, dessen war sie sich sicher. Die Mannschaft der *Schwarzer Wind* empfand einen eigentümlichen Stolz auf die Taten ihrer Anführerin. Die eine Hälfte liebte sie wie eine Tochter, die andere Hälfte hätte ihr am liebsten die Schenkel auseinander gedrückt, aber alle würden für sie in den Tod gehen. *Und ich für sie,* dachte sie, während sie durch die Tür unten an der Treppe in den mondhellen Hof trat.

»Asha?« Ein Schatten glitt hinter dem Brunnen hervor.

Sofort hatte sie die Hand am Dolch … bis das Mondlicht den dunklen Schemen in einen Mann mit einem Mantel aus Seehundsfell verwandelte. *Noch ein Geist.* »Tris. Ich habe dich in der Halle vermutet.«

»Ich wollte dich sehen.«

»Fragt sich nur, welchen Teil von mir?« Sie grinste. »Also, hier stehe ich, richtig erwachsen. Du kannst dir alles ansehen.«

»Eine Frau.« Er kam näher. »Und eine schöne.«

Tristifer Botley war seit ihrer letzten Begegnung fülliger geworden, doch das widerspenstige Haar und die treuen, großen Seehundsaugen waren noch so, wie sie es in Erinnerung hatte. *Hübsche Augen, in der Tat.* Das war das Problem mit dem armen Tristifer; er war zu hübsch für die Iron Islands. *Er sieht gut aus,* dachte sie. Als Junge hatte Tris sehr unter Pickeln gelitten. Asha war es nicht anders ergangen; vielleicht hatte sie das einander nahe gebracht.

»Ich habe von der Sache mit deinem Vater gehört. Mein Beileid«, sagte sie zu ihm.

»Ich trauere um deinen.«

Warum?, hätte Asha beinahe gefragt. Balon hatte den Jungen als Mündel von Pyke fort zu Baelor Blacktyde geschickt. »Bist du jetzt wirklich Lord Botley?«

»Zumindest dem Namen nach. Harren ist bei Moat Cailin gefallen. Einer der Sumpfteufel hat ihn mit einem vergifteten Pfeil getroffen. Aber eigentlich bin ich der Lord von Nichts. Als mein Vater den Anspruch des Krähenauges auf den Meersteinstuhl bestritten hat, hat der ihn ertränkt, und meine Onkel haben Euron die Treue geschworen. Danach hat er das halbe Land meines Vaters an Iron Holt gegeben. Lord Wynch war der Erste, der das Knie vor ihm gebeugt und ihn König genannt hat.«

Das Haus Wynch war stark auf Pyke, doch Asha wollte ihre Bestürzung nicht zeigen. »Wynch hat nicht den Mut deines Vaters.«

»Dein Onkel hat ihn gekauft«, erwiderte Tris. »Als die *Schweigen* zurückkehrte, waren die Frachträume voller Schätze. Perlen und Prunkgeschirr, Smaragde und Rubine, Saphire, groß wie Augen, Beutel voller Münzen, zu schwer, als dass ein Mann sie heben könnte ... das Krähenauge hat sich eine Menge Freunde gekauft. Mein Onkel Germund nennt sich jetzt Lord Botley und regiert in Lordsport als Mann deines Onkels.«

»Du bist der rechtmäßige Lord Botley«, versicherte sie ihm. »Wenn ich erst auf dem Meersteinstuhl sitze, wirst du das Land deines Vaters erhalten.«

»Wenn du möchtest. Mir bedeutet es nichts. Du siehst so lieblich aus im Mondlicht, Asha. Du bist eine erwachsene Frau, aber ich kann mich an die Zeit erinnern, als du noch ein mageres Mädchen warst und lauter Pickel im Gesicht hattest.«

Warum müssen alle ständig über diese Pickel sprechen? »Ich mich auch.« *Wenn auch nicht so gern wie du.* Von den fünf Knaben, die ihre Mutter als Mündel nach Pyke geholt hatte, nachdem Ned Stark ihr den letzten lebenden Sohn als Geisel genommen hatte, war Tris Asha vom Alter her am nächsten gewesen. Zwar war er nicht der Erste gewesen, den sie geküsst hatte, dafür jedoch derjenige, der als Erstes die Schnüre ihres Wamses gelöst und ihre knospenden Brüste betastet hatte.

Ich hätte ihn auch noch mehr betätscheln lassen, wäre er nur kühn genug gewesen. Während des Krieges war sie zum ersten Mal erblüht, und damit war das Verlangen erwacht, doch schon davor hatte Asha Neugier verspürt. *Er war da, er war in meinem Alter, er war willig, und das war alles … das und das Mondblut.* Dennoch nannte sie es Liebe, bis Tris von den Kindern zu reden begann, die sie ihm gebären sollte; wenigstens ein Dutzend Söhne, und, ach ja, auch ein paar Töchter. »Ich will kein Dutzend Söhne«, hatte sie ihm entsetzt erklärt. »Ich will *Abenteuer*.« Nicht lange danach hatte Maester Qalen sie bei ihren Spielchen erwischt, und der junge Tristifer Botley war nach Blacktyde geschickt worden.

»Ich habe dir Briefe geschrieben«, sagte er, »aber Maester Joseran wollte sie nicht absenden. Einmal habe ich einem Ruderer von einem Handelsschiff, das nach Lordsport in See stechen sollte, einen Hirschen gegeben, und er hat mir versprochen, dir den Brief auszuhändigen.«

»Der Ruderer hat dich übers Ohr gehauen und den Brief ins Meer geworfen.«

»Das habe ich auch befürchtet. Sie haben mir auch deine Briefe nie gegeben.«

Ich habe keine geschrieben. Eigentlich war sie erleichtert gewesen, als Tris fortgeschickt wurde. Inzwischen hatten seine unbeholfenen Liebkosungen begonnen, sie zu langweilen. Das wollte er allerdings gewiss nicht gern hören. »Aeron Feuchthaar hat ein Königsthing einberufen. Kommst du mit und sprichst für mich?«

»Ich würde mit dir überall hingehen, aber … Lord Blacktyde hält dieses Königsthing für eine gefährliche Torheit. Er glaubt, dein Onkel wird über sie herfallen und alle umbringen, so wie es Urron getan hat.«

Wahnsinnig genug wäre er. »Dazu mangelt es ihm an Macht.«

»Du kennst seine Macht nicht. Er zieht Männer auf Pyke zusammen. Orkwood von Orkmont hat ihm zwanzig Langschiffe gebracht, und Knautschgesicht Jon Myre ein Dutzend. Linkshand Lucas Codd gehört zu ihnen. Und Harren Halbhoare der Rote Ruderer, Kemmett Pyke der Bastard, Rodrik Freeborn, Torwold Braunzahn ...«

»Männer von geringem Ansehen.« Asha kannte sie alle. »Die Söhne von Salzweibern, die Enkel von Leibeigenen. Die Codds ... kennst du ihre *Worte*?«

»*Wenn Uns Alle Männer Verachten*«, sagte Tris, »aber wenn sie dich in einem ihrer Netze gefangen haben, bis du so tot, als wären es die Drachenlords gewesen. Und es gibt noch Schlimmere. Das Krähenauge hat Ungeheuer aus dem Osten mitgebracht, ja, und sogar *Zauberer*.«

»Der Onkel hatte stets eine Vorliebe für Missgeburten und Narren«, sagte Asha. »Mein Vater hat deswegen immer mit ihm gestritten. Sollen die Zauberer doch ihre Götter anbeten. Das Feuchthaar ruft die unseren an und wird sie ertränken. Habe ich deine Stimme bei dem Königinnenthing, Tris?«

»Du sollst alles von mir haben. Ich bin auf ewig dein Mann. Asha, ich möchte dich heiraten. Deine Hohe Mutter hat ihre Zustimmung gegeben.«

Sie unterdrückte ein Stöhnen. *Du hättest vielleicht zuerst mich fragen können ... obwohl dir die Antwort nicht halb so gut gefallen hätte.*

»Ich bin jetzt nicht mehr der zweite Sohn«, fuhr er fort, »ich bin der rechtmäßige Lord Botley, wie du selbst gesagt hast. Und du bist –«

»Was ich bin, wird sich auf Old Wyk herausstellen. Tris, wir sind keine Kinder mehr, die aneinander herumtasten und erkunden, was wohin gehört. Du glaubst, du möchtest mich heiraten, aber eigentlich willst du das gar nicht.«

»Doch. Ich träume nur von dir. Asha, ich schwöre dir bei den

Knochen von Nagga, dass ich nie eine andere Frau angerührt habe.«

»Dann geh und rühre eine an … oder zwei oder drei, oder so viele du willst. Ich habe mehr Männer gehabt, als ich zählen kann. Manche habe ich mit den Lippen berührt, manche mit der Axt.« Sie hatte ihre Jungfräulichkeit mit sechzehn geopfert, einem wunderschönen blonden Seemann auf einer Handelsgaleere aus Lys. Er kannte nur sechs Worte in der Gemeinen Zunge, aber »ficken« gehörte dazu – das einzige Wort, das zu hören sie gehofft hatte. Danach hatte Asha genug Verstand besessen, eine Waldhexe aufzusuchen, die ihr zeigte, wie man den Mondtee kocht, damit der Bauch flach bleibt.

Botley blinzelte, als habe er nicht ganz verstanden, was sie gesagt hatte. »Du … ich dachte, du würdest warten. Warum …« Er rieb sich den Mund. »Asha, hat man dich *gezwungen*?«

»So sehr gezwungen, dass ich ihm das Wams zerrissen habe. Du willst mich eigentlich gar nicht heiraten, mein Wort darauf. Du bist ein süßer Junge, und der warst du schon immer, aber ich bin kein süßes Mädchen. Wenn wir heiraten, würdest du mich bald hassen.«

»Niemals. Asha, ich habe mich nach dir *gesehnt*.«

Sie hatte genug davon. Eine kranke Mutter, ein ermordeter Vater und eine Plage aufrührerischer Onkel waren genug für eine Frau; sie brauchte dazu nicht auch noch einen liebeskranken Knaben. »Geh in ein Bordell, Tris. Dort wirst du von dieser Sehnsucht geheilt werden.«

»Ich könnte niemals …« Tristifer schüttelte den Kopf. »Du und ich, wir beide sind füreinander bestimmt, Asha. Ich habe immer gewusst, dass du meine Frau werden würdest, die Mutter meiner Söhne.« Er packte sie am Oberarm.

Blitzschnell hatte sie ihm den Dolch an die Kehle gesetzt. »Nimm deine Hand weg, oder du wirst nicht mehr lange genug leben, um einen Sohn zu zeugen. *Sofort*.« Als er gehorchte, senkte sie die Klinge. »Du willst eine Frau, schön und gut. Ich werde dir heute Nacht eine ins Bett legen. Stell dir vor, ich sei es, wenn dir das Vergnügen bereitet, aber fass mich nicht wieder an. Ich bin deine Königin, nicht dein Weib. Vergiss das nicht.« Asha schob den Dolch in die Scheide und ließ ihn stehen. Ein dicker Tropfen Blut rann ihm langsam den Hals hinunter und schimmerte schwarz im bleichen Licht des Mondes.

CERSEI

»Oh, ich bete zu den Sieben, dass sie es zur Hochzeit des Königs nicht regnen lassen«, sagte Jocelyn Swyft, während sie der Königin das Kleid schnürte.

»Niemand möchte Regen«, antwortete Cersei. Im Stillen wünschte sie sich Graupel und Eisregen, heulenden Wind und Donner, der die Steine des Red Keeps zum Beben brächte. Sie wünschte sich einen Sturm, der es an Heftigkeit mit ihrem Zorn aufnehmen konnte. Zu Jocelyn sagte sie: »Fester. Zieht *fester*, Ihr einfältige kleine Närrin.«

Es war die Hochzeit, die ihre Wut entfachte, obgleich die schwerfällige kleine Swift ein besseres Ziel abgab. Tommen saß nicht fest genug auf dem Eisernen Thron, als dass Cersei es riskieren könnte, Highgarden zu kränken. Nicht solange Stannis Baratheon Dragonstone und Storm's End hielt, solange Riverrun weiterhin trotzte und die Eisenmänner wie Wölfe auf den Meeren umherstreiften. Daher musste Jocelyn schlucken, was Cersei lieber Margaery Tyrell und ihrer abscheulichen, verrunzelten Großmutter verabreicht hätte.

Zum Frühstück hatte sich die Königin zwei gekochte Eier, einen Laib Brot und ein Töpfchen Honig aus der Küche kommen lassen. Doch als sie das erste Ei aufschlug und ein blutiges, halb entwickeltes Küken zum Vorschein kam, rebellierte ihr Magen. »Bring das weg, und hol mir heißen, gewürzten Wein«, befahl sie Senelle. Die Kälte kroch ihr in die Knochen, und sie hatte einen langen, unangenehmen Tag vor sich.

Auch besserte sich ihre Laune nicht, als Jaime erschien, ganz in Weiß und noch immer nicht rasiert, und ihr berichtete, wie er zu verhindern gedachte, dass ihr Sohn vergiftet würde. »Ich postiere Männer in der Küche, die bei der Zubereitung jeder Speise zuschauen«, erklärte er. »Ser Addams Goldröcke werden die Diener begleiten, wenn sie die Speisen zu Tische bringen, und sicherstellen, dass sich unterwegs niemand daran zu schaffen macht. Ser Boros probiert jeden Gang, ehe Tommen einen Bissen in den Mund nimmt. Und sollte trotz alledem etwas passieren, so wird Maester Ballabar hinten im Saal sitzen und etwas zum Abführen sowie Mittel gegen die zwanzig verbreitetsten Gifte bei sich haben. Tommen ist in Sicherheit, das verspreche ich dir.«

»Sicherheit.« Das Wort hatte einen bitteren Beigeschmack. Jaime begriff es nicht. Niemand begriff es. Nur Melara war in dem Zelt gewesen und hatte die gekrächzten Drohungen der alten Hexe mit angehört, und Melara war schon lange tot. »Tyrion wird nicht zweimal auf die gleiche Weise töten. Dazu ist er zu schlau. Er könnte in diesem Moment hier unter dem Boden hocken und jedes Wort belauschen, das wir sprechen, und währenddessen Pläne schmieden, Tommen die Kehle durchzuschneiden.«

»Angenommen, es wäre so«, meinte Jaime. »Was für Pläne er auch schmiedet, er bleibt immer noch klein und verkümmert. Tommen wird von den besten Rittern Westeros' umgeben sein. Die Königsgarde beschützt ihn.«

Cersei schaute dorthin, wo der Ärmel des weißen Seidengewandes ihres Bruders über dem Stumpf mit Nadeln zusammengesteckt war. »Ich weiß noch, wie gut sie Joffrey bewacht haben, diese famosen Ritter. Ich möchte, dass du die ganze Nacht bei Tommen bleibst, hast du verstanden?«

»Ich werde eine Wache vor seiner Tür aufstellen.«

Sie packte ihn am Arm. »Kein Wache. Du. Und zwar *in* seinem Schlafzimmer.«

»Für den Fall, dass Tyrion aus dem Kamin kriecht? Das wird er nicht tun.«

»Das sagst du. Möchtest du vielleicht behaupten, dass du alle geheimen Tunnel in diesen Gemäuern entdeckt hast?« Sie wussten es beide besser. »Ich werde Tommen *nicht* mit Margaery allein lassen, nicht einmal einen halben Herzschlag lang.«

»Sie werden nicht allein sein. Ihre Kusinen werden bei ihr sein.«

»Und du ebenfalls. Ich befehle es dir, im Namen des Königs.« Cersei hatte gar nicht gewollt, dass Tommen und seine Gemahlin im gleichen Bett schliefen, doch die Tyrells hatten darauf bestanden. »Mann und Weib sollten beieinander schlafen«, hatte die Königin der Dornen gesagt, »selbst wenn sie nicht anderes tun als friedlich schlummern. Das Bett Seiner Gnaden ist gewiss groß genug für zwei.« Lady Alerie plapperte der Mutter ihres Gemahls nach dem Maul. »Sollen die Kinder sich in der Nacht doch gegenseitig wärmen. Es bringt sie einander näher. Margaery teilt ihre Decken häufig mit ihren Kusinen. Sie singen und spielen und flüstern sich Geheimnisse zu, wenn die Kerzen erloschen sind.«

»Wie reizend«, hatte Cersei erwidert. »Mögen sie das ruhig tun. Im Jungfrauengewölbe.«

»Gewiss weiß Ihre Gnaden es am besten«, hatte Lady Olenna zu Lady Alerie gesagt. »Sie ist die Mutter des Jungen, *das* immerhin steht außer Frage. Und sicherlich werden wir uns über die Hochzeitsnacht einigen? Ein Mann sollte die Hochzeitsnacht nicht von seiner Frau getrennt verbringen. Das bringt Unglück für die Ehe.«

Eines Tages werde ich Euch lehren, was »Unglück« bedeutet, hatte sich die Königin geschworen. »Margaery mag mit Tommen eine Nacht lang das Zimmer teilen«, hatte sie schließlich zugestehen müssen. »Länger nicht.«

»Euer Gnaden sind so gütig«, hatte die Königin der Dornen geantwortet, und alle hatten sich angelächelt.

Cerseis Finger gruben sich so fest in Jaimes Arm, dass sie Abdrücke hinterließen. »Ich brauche *Augen* in diesem Gemach«, sagte sie.

»Um *was* zu sehen?«, fragte er. »Es besteht wohl kaum die Gefahr, dass die Ehe vollzogen wird. Tommen ist viel zu jung.«

»Und Ossifer Plumm war viel zu tot, aber das hat ihn nicht davon abgehalten, ein Kind zu zeugen, oder?«

Ihr Bruder sah sie verwirrt an. »Wer war Ossifer Plumm? Lord Philips Vater … oder wer?«

Er ist fast genauso beschränkt wie Robert. Sein gesamter Verstand hat in seiner Schwerthand gesteckt. »Vergiss Plumm, aber denk an das, was ich dir gesagt habe. Schwöre mir, dass du bei Tommen bleibst, bis die Sonne aufgeht.«

»Wie du befiehlst«, sagte er, als wären ihre Befürchtungen grundlos. »Willst du wirklich den Turm der Hand niederbrennen?«

»Nach dem Fest.« Es war voraussichtlich der einzige Teil der Feierlichkeiten am heutigen Tage, den Cersei genießen würde. »Unser Hoher Vater wurde in diesem Turm ermordet. Ich kann den Anblick nicht mehr ertragen. Wenn uns die Götter günstig gesonnen sind, treibt das Feuer auch ein paar Ratten aus dem Schutt.«

Jaime verdrehte die Augen. »Du meinst Tyrion.«

»Ihn und Lord Varys und diesen Kerkermeister.«

»Falls sich einer von ihnen in dem Turm versteckt hätte, hätten wir ihn längst gefunden. Ich habe eine kleine Armee mit Hammer und Meißel hineingeschickt. Wir haben die Wände aufgeschlagen und die Böden herausgerissen und ein halbes Hundert geheimer Gänge entdeckt.«

»Und nach allem, was wir wissen, könnten dort noch ein weiteres halbes Hundert sein.« Einige der geheimen Tunnel waren so eng gewesen, dass Jaime Pagen und Stallburschen eingesetzt hatte, um sie zu erkunden. Ein Gang zu den schwarzen Zellen war gefunden worden und ein Steinschacht, der keinen Grund zu haben schien. Sie hatten eine Kammer mit Schädeln und gelben Knochen entdeckt und vier Säcke mit angelaufenen Silbermünzen aus der Herrschaftszeit des ersten Königs Viserys.

Außerdem waren Tausende von Ratten zum Vorschein gekommen … allerdings waren weder Tyrion noch Varys darunter gewesen, und Jaime hatte schließlich darauf bestanden, die Suche zu beenden. Ein Junge war in einem schmalen Durchlass stecken geblieben und musste schreiend an den Füßen herausgezogen werden. Ein anderer war in einen Schacht gestürzt und hatte sich die Beine gebrochen. Und zwei Wachen waren bei der Erkundung eines Seitentunnels spurlos verschwunden. Einige der anderen Wachmänner schworen, sie hätten leise Rufe durch den Stein gehört, doch als Jaimes Männer die Wand einrissen, stießen sie auf der anderen Seite nur auf Erde und Schutt. »Der Gnom ist klein und schlau. Er steckt vielleicht noch in den Mauern. Falls dem so ist, wird das Feuer ihn ausräuchern.«

»Selbst wenn sich Tyrion in der Burg versteckt hält, wird er nicht mehr im Turm der Hand sein. Wir haben von dem Gebäude nur eine leere Hülle stehen lassen.«

»Wenn wir das nur auch mit dem Rest dieser entsetzlichen Burg tun könnten«, sagte Cersei. »Nach dem Krieg beabsichtige ich, einen neuen Palast am anderen Ufer zu errichten.« Sie hatte in der vorletzten Nacht von einer prächtigen weißen Burg inmitten von Wäldern und Gärten geträumt, weit entfernt vom Gestank und Lärm der Stadt. »King's Landing ist eine Jauchegrube. Für einen halben Groschen würde ich den Hof nach Lannisport verlegen und das Reich von Casterly Rock aus regieren.«

»Damit würdest du die Torheit, den Turm der Hand niederzubrennen, noch übertreffen. Solange Tommen auf dem Eisernen Thron sitzt, betrachtet ihn das Reich als wahren König. Versteck ihn unter dem Rock, und er steht wie ein weiterer Thronprätendent da, der sich nicht von Stannis unterscheidet.«

»Das weiß ich«, entgegnete die Königin scharf. »Ich habe lediglich gesagt, ich *würde* den Hof nach Lannisport verlegen, nicht, dass ich es tun werde. Warst du schon immer so schwer von Begriff, oder bist du erst verdummt, als du deine Hand eingebüßt hast.«

Jaime achtete nicht auf ihre Worte. »Falls die Flammen sich über den Turm hinweg ausbreiten, brennst du vielleicht die ganze Burg nieder, ob du das nun vorhast oder nicht. Seefeuer ist tückisch.«

»Lord Hallyne hat mir versichert, dass seine Pyromantiker das Feuer unter Kontrolle halten werden.« Die Gilde der Alchimisten hatte vor zwei Wochen begonnen, frisches Seefeuer zu brauen. »Soll doch ganz King's Landing die Flammen sehen. Es wird unseren Feinden eine Lehre sein.«

»Jetzt hörst du dich an wie Aerys.«

Ihre Nasenflügel bebten. »Hütet Eure Zunge, Ser.«

»Ich liebe dich auch, süße Schwester.«

Wie habe ich jemals Liebe für dieses erbärmliche Wesen empfinden können?, fragte sie sich, nachdem er gegangen war. *Er war dein Zwilling, dein Schatten, deine andere Hälfte,* flüsterte eine Stimme in ihrem Kopf. *Früher vielleicht,* dachte sie. *Jetzt nicht mehr. Jetzt ist er mir ein Fremder geworden.*

Im Vergleich zu dem Prunk bei Joffreys Trauung fand die Hochzeit von König Tommen in bescheidenem Rahmen und im kleinen Kreise statt. Niemandem war nach einer überschwänglichen Zeremonie zumute, am wenigsten den Tyrells. Also nahm der junge König Margaery Tyrell in der Septe des Red Keep zur Gemahlin, und anstelle der Tausende, die zugeschaut hatten, wie sein Bruder mit derselben Braut vermählt wurde, fanden sich nun weniger als hundert Gäste ein.

Die Braut war hold und fröhlich und wunderschön, der Bräutigam pummelig, mit rundem Kindergesicht. Er sagte sein Gelübde mit hoher, kindlicher Stimme auf und gelobte Mace Tyrells zweimal verwitweter Tochter Liebe und Treue. Margaery trug dasselbe Kleid wie bei der Trauung mit Joffrey, einen Traum aus hauchdünner elfenbeinfarbener Seide, myrischer Spitze und Staubperlen. Cersei kleidete sich noch immer schwarz, als Zeichen ihrer Trauer um ihren ermordeten Erstgeborenen. Seine Witwe mochte lachen und trinken und tanzen und die Erinnerungen an Joff verdrängen, die Mutter hingegen würde ihren Sohn nicht so leicht vergessen.

Es ist nicht recht, dachte sie. *Viel zu früh. Ein Jahr oder zwei hätte man warten müssen. Highgarden hätte mit dem Verlöbnis zufrieden sein sollen.* Cersei schaute zu Mace Tyrell hinüber, der zwischen seiner Gemahlin und seiner Mutter stand. *Ihr habt mich zu diesem Zerrbild einer Hochzeit gezwungen, Mylord, und das werde ich nicht so bald vergessen.*

Als es Zeit war, die Mäntel zu tauschen, sank die Braut anmutig auf die Knie, und Tommen legte ihr das schwere, golddurchwirkte Ungetüm um, das Robert schon Cersei bei ihrer Vermählung umgehängt hatte und auf dessen Rücken der aus Onyxperlen gearbeitete gekrönte Hirsch der Baratheons prangte. Cersei wäre der feine rote Seidenmantel lieber gewesen, der bei Joffreys Hochzeit zum Einsatz gekommen war. »Diesen Mantel hat schon mein Hoher Vater meiner Hohen Mutter umgehängt«, erklärte sie den Tyrells, doch die Königin der Dornen hatte sich auch hier widersetzt. »Dieses alte Ding?«, hatte die Greisin gefragt. »Das sieht doch schon ein bisschen schäbig aus … und, darf ich sagen, wäre das nicht eine unglückliche Wahl? Wäre ein *Hirsch* nicht angemessener für König Roberts leiblichen Sohn? Zu meinen Zeiten hat eine Braut die Farben ihres *Gemahls* angelegt, und nicht die seiner Hohen Mutter.«

Dank Stannis und seinem unflätigen Brief kursierten bereits zu viele Gerüchte über Tommens Herkunft. Cersei wagte nicht, noch mehr Öl ins Feuer zu gießen, indem sie darauf bestand, seiner Braut das Rot der Lannisters umzulegen, daher gab sie sich so würdevoll wie möglich geschlagen. *Je mehr wir diesen Tyrells gewähren, desto unverschämter werden sie.*

Nachdem die Gelübde gesprochen waren, traten der König und seine neue Königin vor die Septe, um Glückwünsche entgegenzunehmen. »Westeros hat jetzt zwei Königinnen, und die junge ist ebenso wunderschön wie die alte«, tönte Lyle Crakehall, ein grober Klotz von einem Ritter, der Cersei oft an ihren verstorbenen, unbetrauerten Gemahl erinnerte. Am liebsten hätte sie ihn mit einer Ohrfeige belohnt. Gyles Rosby wollte ihr die Hand küssen, schaffte es jedoch lediglich, auf ihre Finger zu husten. Lord Redwyne küsste sie auf eine Wange, Mace Tyrell auf beide. Grand Maester Pycelle erklärte Cersei, sie habe nicht einen Sohn verloren, sondern eine Tochter gewonnen. Zumindest blieb ihr Lady Tandas tränenreiche Umarmung erspart. Keine der Stokeworth-Frauen war erschienen, und immerhin das erfüllte die Königin mit Dankbarkeit.

Zu den letzten Gratulanten gehörte Kevan Lannister. »Wie mir zu Ohren gekommen ist, wollt Ihr uns wegen einer anderen Hochzeit verlassen«, sagte die Königin.

»Hartstein hat die Gebrochenen aus Burg Darry vertrieben«, antwortete er. »Lancels Braut erwartet uns dort.«

»Wird Eure Hohe Gemahlin zu den Feierlichkeiten anreisen?«

»Die Flusslande sind noch immer zu gefährlich. Vargo Hoats Abschaum treibt sich herum, und Beric Dondarrion hat Freys aufgeknüpft. Stimmt es, dass Sandor Clegane sich ihm angeschlossen hat?«

Woher weiß er das? »Manche behaupten das. Die Berichte sind nicht eindeutig.« Der Vogel war gestern Nacht eingetroffen, aus einer Septe auf einer Insel in der Trident-Mündung. Die nahe gelegene Stadt Saltpans war von einer Bande Geächteter geplündert worden, und einige der Überlebenden behaupteten, sie hätten eine brüllende Bestie im Helm des Bluthunds unter den Plünderern gesehen. Angeblich hatte er ein Dutzend Männer getötet und ein zwölfjähriges Mädchen vergewaltigt. »Zweifelsohne wird Lancel erpicht darauf sein, Clegane und Lord Beric zur Strecke zu bringen, um den Königsfrieden in den Flusslanden wiederherzustellen.«

Ser Kevan sah ihr einen Moment in die Augen. »Mein Sohn ist nicht der richtige Mann, um sich mit Sandor Clegane anzulegen.«

Immerhin darin sind wir uns einig. »Vielleicht aber sein Vater.«

Der Mund ihres Onkels nahm einen harten Zug an. »Wenn meine Dienste nicht auf dem Rock gebraucht werden …«

Eure Dienste wurden hier gebraucht. Cersei hatte ihren Vetter Damion Lannister zum Kastellan des Rock und einen anderen Vetter, Ser Daven Lannister, zum Wächter des Westens ernannt. *Unverschämtheit hat ihren Preis, Onkel.* »Bringt uns Sandors Kopf, und ich bin gewiss, Seine Gnaden wird sich dankbar zeigen. Joff mag den Mann gemocht haben, aber Tommen hatte stets Angst vor ihm … mit gutem Grund, scheint mir.«

»Wenn ein Hund bösartig wird, liegt die Schuld bei seinem Herrn«, erwiderte Ser Kevan. Damit drehte er sich um und ging davon.

Jaime eskortierte sie zum Kleinen Saal, wo das Fest vorbereitet wurde. »Ich gebe dir die Schuld an alldem«, flüsterte sie unterwegs. »*Lass sie heiraten,* hast du gesagt. Margaery sollte lieber um Joffrey trauern und nicht seinen Bruder ehelichen. Sie sollte ebenso krank vor Gram sein wie ich. Ich glaube nicht, dass sie Jungfrau ist. Renly hatte einen Schwanz, oder vielleicht nicht? Er war Roberts Bruder, er hatte *bestimmt* einen Schwanz. Wenn diese ekelhafte alte Vettel denkt, ich würde meinem Sohn erlauben –«

»Du bist Lady Olenna bald los«, unterbrach Jaime sie leise. »Sie bricht morgen nach Highgarden auf.«

»Sagt sie.« Cersei traute dem Versprechen einer Tyrell nicht.

»Sie wird uns verlassen«, beharrte er. »Mace führt die halbe Streitmacht der Tyrells nach Storm's End, und die andere Hälfte kehrt mit Ser Garlan in die Weite zurück, um seinen Anspruch auf Brightwater durchzusetzen. In ein paar Tagen sind von den Rosen nur noch Margaery, ihre Damen und ein paar Wachen hier.«

»Und Ser Loras. Oder hast du deinen *Geschworenen Bruder* vergessen?«

»Ser Loras ist ein Ritter der Königsgarde.«

»Ser Loras ist so sehr ein Tyrell, dass er Rosenwasser pisst. Man hätte ihm niemals den weißen Mantel umlegen dürfen.«

»Meine Wahl wäre er nicht gewesen, das gebe ich zu. Niemand hat sich die Mühe gemacht, mich zu Rate zu ziehen. Mit Loras wird es keine Probleme geben, glaube ich. Wenn ein Mann diesen Mantel angelegt hat, verändert ihn das.«

»Dich hat es ganz gewiss verändert, und nicht zum Besseren.«

»Ich liebe dich auch, süße Schwester.« Er hielt ihr die Tür auf und führte sie zum hohen Tisch und zu ihrem Platz neben dem König. Margaery saß auf Tommens anderer Seite, dem Ehrenplatz. Als sie Arm in Arm mit dem kleinen König eintrat, bestand sie darauf, Cersei auf die Wangen zu küssen und ihr um den Hals zu fallen. »Euer Gnaden«, sagte das Mädchen und strahlte wie poliertes Messing, »mir ist, als hätte ich eine zweite Mutter bekommen. Ich bete, dass wir einander sehr nahe kommen und dass uns die Liebe zu Eurem süßen Sohn verbindet.«

»Ich liebe meine beiden Söhne.«

»Joffrey schließe ich ebenfalls in meine Gebete ein«, antwortete Margaery, »ich habe ihn von ganzem Herzen geliebt, auch wenn ich keine Gelegenheit bekommen habe, ihn richtig kennen zu lernen.«

Lügnerin, dachte die Königin. *Wenn du ihn auch nur eine Sekunde lang geliebt hättest, wärest du nicht in solch unziemlicher Hast mit seinem Bruder zum Altar geschritten. Seine Krone war es, die du wolltest.* Für einen halben Groschen hätte sie der rosigen Braut gleich hier auf dem Podest vor dem halben Hof eine Ohrfeige versetzt.

Wie die Zeremonie selbst war auch die Feier bescheiden. Lady Alerie hatte die Vorbereitungen getroffen; Cersei hatte sich nicht überwinden können, diese Aufgabe nach dem traurigen Ausgang von Joffreys Hochzeit abermals auf sich zu laden. Lediglich sieben Gänge wurden serviert. Butterstampfer und Mondbub unterhielten die Gäste zwischen den Speisen, und während des Essens gab es Musik. Sie lauschten Dudelsäcken und Fiedeln, einer Laute, einer Flöte und einer hohen Harfe. Der einzige Sänger war ein Günstling von Lady Margaery, ein ansehnlicher junger Gockel, der in alle möglichen Azurtöne gekleidet war und sich der Blaue Barde nannte. Er sang ein paar Liebeslieder und zog sich zurück. »Was für eine Enttäuschung«, beklagte sich Lady Olenna laut. »Ich hatte so gehofft, er würde ›Der Regen von Castamere‹ zum Besten geben.«

Wann immer Cersei zu dem alten Weib hinüberschaute, tauchte das Gesicht von Maggy dem Frosch vor ihr auf, runzlig und furchtbar und weise. *Alle alten Weiber sehen gleich aus,* versuchte sie sich einzureden, *mehr ist es nicht.* In Wahrheit hatte die Zauberin mit dem krummen Rücken keinerlei Ähnlichkeit mit der Königin der Dornen gehabt, dennoch versetzte sie der Anblick von Lady Olennas abstoßendem Lächeln zurück in Maggys Zelt. Sie erinnerte sich an den Geruch der sonderbaren Gewürze aus dem Osten, an das weiche Zahnfleisch, als Maggy ihr das Blut aus dem Finger gesogen hatte. *Königin wirst du werden,* hatte die alte Frau mit roten, nassen und glänzenden Lippen versprochen, *bis eine andere kommt, eine Jüngere und Schönere, die dich erniedrigt und dir alles nimmt, was dir lieb und teuer ist.*

Cersei blickte an Tommen vorbei zu Margaery hinüber, die mit ihrem Vater lachte. *Hübsch genug ist sie wohl,* musste sie einräumen, *aber das liegt vor allem an ihrer Jugend. Sogar Bauernmädchen sind in einem gewissen Alter hübsch, wenn sie noch frisch und unschuldig und unverdorben sind, und die meisten haben genau solch braunes Haar und braune Augen wie sie. Nur ein Narr würde behaupten, sie wäre schöner als ich.* Allerdings war die Welt voller Narren. Und das galt ebenso für den Hof ihres Sohnes.

Ihre Stimmung besserte sich auch nicht, als sich Mace Tyrell erhob und den ersten Trinkspruch ausbrachte. Er hielt den goldenen Kelch in die Höhe, lächelte seine liebreizende kleine Tochter an und sagte mit lauter Stimme: »Auf König und Königin!« Die anderen Schafe *bäääääääh*ten im Chor: *»Auf König und Königin!«* Sie hatte keine andere Wahl, als mit ihnen zu trinken, und sie wünschte sich, die Gesichter der Gäste würden zu einem verschmelzen, damit sie ihnen den Wein hineinschleudern und sie daran erinnern könnte, dass *sie* die wahre Königin war. Der einzige von Tyrells Speichelleckern, der daran zu denken schien, war Paxter Redwyne, der sich leicht schwankend erhob und ebenfalls einen Trinkspruch ausbrachte. »*Auf unsere beiden Königinnen!*«, zirpte er. »*Auf die junge und die alte Königin!*«

Cersei trank mehrere Becher Wein und schob die Speisen auf dem goldenen Teller hin und her. Jaime aß noch weniger und nahm selten seinen Platz auf dem Podest ein. *Er ist ebenso unruhig wie ich,* erkannte die Königin, während sie beobachtete, wie er durch den Saal streifte und mit seiner einen Hand die Wandbehänge vorzog, um sich zu vergewissern, dass sich niemand dahinter verbarg. Um das gesamte Gebäude herum waren Speerträger der Lannisters postiert, das wusste sie. Ser Osmund Kettleblack bewachte die eine Tür, Ser Meryn Trant die andere. Balon Swann stand hinter dem Stuhl des Königs, Lord Tyrell hinter der Königin. Außer den weißen Rittern war es niemandem erlaubt worden, bei dem Fest ein Schwert zu tragen.

Mein Sohn ist in Sicherheit, redete sich Cersei ein. *Ihm kann kein Leid zustoßen, nicht hier, nicht jetzt.* Dennoch sah sie jedes Mal, wenn sie zu Tommen schaute, Joffrey vor sich, wie er seine Kehle umklammerte. Und als der Junge zu husten begann, stockte der Königin einen Moment lang das Herz, sie stieß eine Dienerin zur Seite und eilte zu ihrem Sohn.

»Nur ein wenig Wein, der in die falsche Kehle geraten ist«, versicherte Margaery Tyrell lächelnd. Sie nahm Tommens Hand und küsste seine Finger. »Mein kleiner Liebster sollte nicht so große Schlucke nehmen. Schaut, Ihr habt Eure Hohe Mutter halb zu Tode erschreckt.«

»Es tut mir Leid, Mutter«, sagte Tommen verlegen.

Das war mehr, als Cersei ertragen konnte. *Ich darf sie nicht sehen lassen, dass ich weine;* dachte sie, als sie spürte, wie ihr die Tränen in die Augen stiegen. Sie ging an Ser Meryn Trant vorbei hinaus in den hinteren Gang. Allein stand sie unter einer Talgkerze, gestattete sich ein tiefes Aufschluchzen und dann ein zweites. *Eine Frau mag weinen, nicht aber eine Königin.*

»Euer Gnaden?«, sagte jemand hinter ihr. »Störe ich Euch?«

Es war die Stimme einer Frau, geprägt vom Akzent des Ostens. Einen Augenblick fürchtete Cersei, Maggy der Frosch habe aus dem Grab zu ihr gesprochen. Doch es war nur die Gemahlin von Merryweather, die mandeläugige Schönheit, die Lord Orton während seiner Verbannung geheiratet und später mit nach Longtable gebracht hatte. »Im Kleinen Saal ist es so stickig«, hörte sich Cersei sagen. »Von dem Rauch tränen mir die Augen.«

»Mir auch, Euer Gnaden.« Lady Merryweather war so groß wie die Königin, doch sie war dunkel, nicht hellhäutig, hatte rabenschwarze Haare und Olivenhaut und war um ein Jahrzehnt jünger. Sie bot der Königin ein hellblaues Seidentaschentuch mit Spitzensaum an. »Ich habe auch einen Sohn. An dem Tag, an dem er heiratet, werde ich Ströme von Tränen vergießen.«

Cersei wischte sich die Wangen ab und zürnte sich selbst, weil sie ihre Tränen hatte sehen lassen. »Ich danke Euch«, sagte sie steif.

»Euer Gnaden, ich …« Die myrische Frau senkte die Stimme. »Da gibt es etwas, das Ihr wissen solltet. Eure Zofe ist gekauft und bezahlt. Sie erstattet Lady Margaery Bericht über alles, was Ihr tut.«

»Senelle?« Plötzlich brodelte Wut in ihr auf. Konnte sie denn niemandem mehr vertrauen? »Seid Ihr sicher?«

»Lasst sie verfolgen. Margaery trifft sich nie persönlich mit ihr. Ihre Kusinen sind ihre Raben, sie überbringen die Nachrichten. Manchmal Elinor, manchmal Alla, manchmal Megga. Sie alle stehen Margaery so nahe wie Schwestern. Sie treffen sich in der Septe und tun so, als würden sie beten. Stellt morgen einen Mann auf die Empore, und er wird sehen, wie Senelle und Megga unter dem Altar der Jungfrau miteinander flüstern werden.«

»Wenn das stimmt, warum erzählt Ihr es mir? Ihr seid eine von Margaerys Hofdamen. Warum verratet Ihr sie?« Cersei hatte an ihres Vaters Knie gelernt, stets misstrauisch zu sein. Hier konnte es sich um eine Falle handeln, um eine Lüge, mit der

Zwietracht zwischen den Löwen und der Rose gesät werden sollte.

»Longtable ist zwar Highgarden verschworen«, erwiderte die Frau und warf das schwarze Haar zurück, »aber ich stamme aus Myr, und meine Treue gilt allein meinem Gemahl und meinem Sohn. Ich möchte nur das Beste für sie.«

»Ich verstehe.« In der Enge des Gangs konnte die Königin das Parfüm der anderen Frau riechen, einen moschusartigen Duft nach Moos und Erde und Wildblumen. Darunter roch Cersei Ehrgeiz. *Sie hat bei Tyrions Gerichtsverfahren als Zeugin ausgesagt,* erinnerte sich Cersei plötzlich. *Sie hat gesehen, wie der Gnom Joff das Gift in den Becher getan hat, und hat sich nicht gefürchtet, es offen auszusprechen.* »Ich werde das überprüfen«, versprach sie. »Wenn es stimmt, was Ihr sagt, dürft Ihr auf gerechten Lohn hoffen.« *Und wenn Ihr mich belogen habt, verliert Ihr Eure Zunge und Euer Hoher Gemahl sein Land und sein Gold.*

»Euer Gnaden sind zu gütig. Und sehr schön.« Lady Merryweather lächelte. Ihre Zähne waren weiß, ihre Lippen voll und dunkel.

Als die Königin in den Kleinen Saal zurückkehrte, sah sie, wie ihr Bruder rastlos hin und her schritt. »Er hat sich nur am Wein verschluckt. Trotzdem habe ich mich auch erschreckt.«

»Mir ist so flau im Magen, dass ich keinen Bissen essen kann«, knurrte sie ihn an. »Der Wein schmeckt nach Galle. Diese Hochzeit war ein Fehler.«

»Diese Hochzeit war notwendig. Der Junge ist in Sicherheit.«

»Narr. Niemand, der eine Krone trägt, darf sich je in Sicherheit wähnen.« Sie blickte sich im Saal um. Mace Tyrell lachte in der Runde seiner Ritter. Die Lords Redwyne und Rowan unterhielten sich zurückgezogen. Ser Kevan brütete im hinteren Teil des Raums über seinem Wein, während Lancel einem Septon etwas zuraunte. Senelle ging zwischen den Tischen umher und füllte den Kusinen der Braut die Becher mit Wein, so rot wie Blut. Grand Maester Pycelle war eingeschlafen. *Auf niemanden kann ich mich verlassen, nicht einmal auf Jaime,* begriff sie grimmig. *Ich werde sie alle hinwegfegen und den König mit meinen eigenen Leuten umgeben müssen.*

Später, nachdem Süßspeisen, Nüsse und Käse serviert und wieder abgetragen worden waren, eröffneten Margaery und Tommen den Tanz, und während sie sich im Kreis drehten, sahen sie einfach absurd aus. Das Tyrell-Mädchen überragte ihren kleinen Gemahl um gut anderthalb Fuß, und Tommen war bestenfalls ein unbeholfener Tänzer; von Joffreys leichtfüßiger Anmut hatte er nichts mitbekommen. Er gab sich ernsthaft Mühe und schien nicht zu begreifen, was für einen lächerlichen Anblick er bot. Und kaum war Margaery mit ihm fertig, traten ihre Kusinen eine nach der anderen vor und bestanden auf einem Tanz mit Seiner Gnaden. *Am Ende wird er stolpern und schlurfen wie ein Narr,* grollte Cersei beim Zuschauen. *Der halbe Hof wird sich hinter seinem Rücken lustig über ihn machen.*

Derweil sich Alla, Elinor und Megga beim Tanz mit Tommen abwechselten, tanzte Margaery nacheinander mit ihrem Vater und ihrem Bruder Loras. Der Ritter der Blumen trug weiße Seide, einen Gürtel aus goldenen Rosen um die Taille und eine Jaderose als Mantelschließe. *Sie könnten Zwillinge sein,* dachte Cersei. Ser Loras war ein Jahr älter als seine Schwester, aber er hatte die gleichen großen braunen Augen, die gleiche makellose Haut und das gleiche braune Haar, das sich in Locken auf die Schultern ringelte. *Ein paar dicke Pickel würden sie Demut lehren.* Loras war größer, in seinem Gesicht spross weicher brauner Flaum, und Margaery hatte die Figur einer Frau, doch ansonsten ähnelten sie einander mehr als sie selbst und Jaime. Das verdross sie auch.

Ihr eigener Zwillingsbruder riss sie aus ihren Gedanken. »Würden Euer Gnaden Ihrem weißen Ritter die Ehre eines Tanzes erweisen?«

Sie warf ihm einen vernichtenden Blick zu. »Damit du mit deinem Stumpf an mir herumstocherst? Nein. Aber du darfst mir meinen Weinbecher nachfüllen. Wenn du glaubst, dass dir das gelingt, ohne etwas zu verschütten.«

»Einem Krüppel wie mir? Unwahrscheinlich.« Er ging davon und drehte eine weitere Runde um den Saal. Sie musste sich selbst nachschenken.

Cersei wies Mace Tyrell ebenfalls ab, später dann auch Lancel. Den anderen entging dies nicht, und danach trat niemand mehr an sie heran. *Unsere treuen Freunde und loyalen Lords.* Nicht einmal den Westermännern, den geschworenen Schwertern und Gefolgsleuten ihres Vaters, konnte sie vertrauen. Nicht, wenn der eigene Onkel mit dem Feind gemeinsame Sache machte …

Margaery tanzte mit ihrer Kusine Alla, Megga mit Ser Tallad dem Stattlichen. Die andere Kusine, Elinor, trank einen Becher Wein mit dem hübschen Bastard von Driftmark, Aurane Waters. Es war nicht das erste Mal, dass Waters der Königin auffiel, ein schlanker junger Mann mit graugrünen Augen und langem, silbergoldenem Haar. Als sie ihn zum ersten Mal gesehen hatte, hatte sie einen halben Herzschlag lang fast geglaubt, Rhaegar Targaryen sei aus der Asche wiederauferstanden. *Das liegt an seinem Haar,* sagte sie sich. *Er sieht nicht halb so gut aus wie Rhaegar. Sein Gesicht ist zu schmal, und er hat eine Kinnspalte.* Die Velaryons stammten aus einem alten valyrischen Geschlecht, und manche hatten das gleiche silbrige Haar wie die alten Drachenkönige.

Tommen kehrte zu seinem Platz zurück und knabberte an einem Apfelküchlein. Der Stuhl ihres Onkels war leer. Die Königin entdeckte ihn endlich in einer Ecke, wo er in ein Gespräch mit Mace Tyrells Sohn Garlan vertieft war. *Was haben die beiden zu besprechen?* In der Weite mochte Ser Garlan als Kavalier gelten, doch sie vertraute ihm nicht mehr als Margaery oder Loras. Sie hatte die Goldmünze, die Qyburn unter dem Nachttopf des Kerkermeisters gefunden hatte, nicht vergessen. *Eine goldene Hand aus Highgarden. Und Margaery lässt mich bespitzeln.* Als Senelle zu ihr kam und Wein nachschenkte, musste Cersei sich beherrschen, um sie nicht an der Gurgel zu packen und zu würgen. *Er-*

dreiste dich ja nicht, mich anzulächeln, du verräterisches kleines Miststück. Bevor ich mit dir fertig bin, wirst du um Erbarmen flehen.

»Ich denke, Ihre Gnaden hatten genug Wein für heute Abend«, hörte sie ihren Bruder Jaime sagen.

Nein, dachte die Königin. *Aller Wein der Welt würde nicht genügen, um mich durch diese Hochzeit zu bringen.* Sie erhob sich so schnell, dass sie beinahe gestürzt wäre. Jaime packte sie am Arm und stützte sie. Sie befreite sich aus seinem Griff und klatschte in die Hände. Die Musik brach ab, die Stimmen verstummten. »*Lords und Ladys*«, rief Cersei laut, »wenn Ihr so gut sein möchtet, mich nach draußen zu begleiten, so werden wir eine Kerze entzünden, um die Vereinigung von Highgarden und Casterly Rock und damit ein neues Zeitalter des Friedens und des Überflusses für unsere Sieben Königslande zu feiern.«

Dunkel und verlassen stand der Turm der Hand da, und wo einst Eichentüren und Fensterläden gewesen waren, klafften nun Löcher. Doch noch als Ruine ragte er massiv über dem äußeren Burghof auf. Während die Hochzeitsgäste aus dem Kleinen Saal kamen, gingen sie durch seinen Schatten. Als Cersei aufblickte, sah sie die Zinnen des Turms am Jägermond nagen, und einen Augenblick lang fragte sie sich, wie viele Hände von wie vielen Königen dort während der vergangenen drei Jahrhunderte ihre Wohnstatt gehabt hatten.

Hundert Schritte vor dem Turm holte sie tief Luft, damit die Welt aufhörte, sich um sie zu drehen. »Lord Hallyne! Ihr mögt beginnen!«

Hallyne der Pyromantiker sagte »*Hmmmmmm*« und winkte mit der Fackel, die er hielt, woraufhin die Bogenschützen auf den Mauern ihre Bögen spannten und ein Dutzend brennende Pfeile durch die offenen Fenster schossen.

Der Turm ging mit einem *Wuuusch* in Flammen auf. Binnen eines halben Herzschlags erwachte das Licht in seinem Innern zum Leben, rot, gelb, orange … und grün, ein unheilvolles Grün, die Farbe von Galle und Jade und Pyromantikerpisse. »Die Substanz«, so bezeichneten die Alchimisten es, das gemeine Volk jedoch nannte es *Seefeuer.* Fünfzig Töpfe hatte man im Turm der Hand platziert, dazu Balken und Fässer mit Pech, und den größten Teil der weltlichen Besitztümer eines Zwergs namens Tyrion Lannister.

Die Königin spürte die Hitze dieser grünen Flammen. Die Pyromantiker behaupteten, nur drei Dinge würden heißer brennen als ihre Substanz: Drachenflammen, die Feuer unter der Erde und die Sommersonne. Einigen der Damen stockte der Atem, als die ersten Flammen aus den Fenstern schlugen und die grünen Zungen an den Außenmauern leckten. Andere Gäste jubelten und brachten Trinksprüche aus.

Schön, dachte sie, *so schön wie Joffrey, als sie ihn in meine Arme gelegt haben.* Kein Mann hatte je solche Gefühle bei ihr ausgelöst wie in diesem Moment, da er ihre Brustwarze in den Mund nahm und saugte.

Tommen starrte das Feuer mit großen Augen an, gleichermaßen fasziniert wie verängstigt, bis Margaery ihm etwas ins Ohr flüsterte, worüber er lachen musste. Einige Ritter schlossen Wetten darauf ab, wie lange es dauern würde, bis der Turm einstürze. Lord Hallyne stand da, wippte auf den Fersen und summte vor sich hin.

Cersei dachte an alle Hände von Königen, die sie im Laufe der Jahre erlebt hatte. An Owen Merryweather, Jon Connington, Qarlton Chelsted, Jon Arryn, Eddard Stark, an ihren Bruder Tyrion. Und an ihren Vater, Lord Tywin Lannister, vor allem an ihren Vater dachte sie. *Sie alle brennen jetzt,* dachte sie und kostete den Gedanken genüsslich aus. *Sie sind tot und brennen, ein jeder von ihnen, mit all ihren Komplotten und Ränken und Treuebrüchen. Jetzt bricht meine Zeit an. Jetzt ist es meine Burg und mein Königreich.*

Der Turm der Hand ächzte plötzlich so laut, dass jegliche Unterhaltung verstummte. Stein sprang und splitterte, und ein Teil der oberen Wehrgänge stürzte krachend ein, ließ den Hügel erbeben und eine Wolke aus Staub und Rauch aufsteigen. Da nun frische Luft in das geborstene Mauerwerk nachströmte, loderte das Feuer wild auf. Grüne Flammen schlugen wirbelnd in den Himmel. Tommen wich zurück, bis Margaery seine Hand ergriff und sagte: »Schaut nur, die Flammen tanzen. Genau wie wir, mein Liebster.«

»Ja.« Seine Stimme war von Verwunderung erfüllt. »Mutter, schaut, sie tanzen.«

»Ich sehe es. Lord Hallyne, wie lange wird das Feuer brennen?«

»Die ganze Nacht, Euer Gnaden.«

»Eine wirklich hübsche Kerze, das muss ich zugeben«, sagte Lady Olenna Tyrell und lehnte sich zwischen Links und Rechts auf ihren Stock. »Hell genug, damit wir sicher in den Schlaf finden, denke ich. Alte Knochen werden müde, und dieses Jungvolk hatte ausreichend Aufregung für einen Abend. Es ist Zeit, dass der König und die Königin zu Bett gebracht werden.«

»Ja.« Cersei rief Jaime zu sich. »Lord Commander, eskortiert Seine Gnaden und seine kleine Königin zu ihren Kissen, wenn es Euch beliebt.«

»Wie Ihr befehlt. Euch ebenfalls?«

»Nicht notwendig.« Cersei fühlte sich zu munter, um zu schlafen. Das Seefeuer reinigte sie, verbrannte ihren Zorn und ihre Angst, erfüllte sie mit Entschlossenheit. »Die Flammen sind so hübsch. Ich möchte noch eine Weile zuschauen.«

Jaime zögerte. »Ihr solltet nicht allein bleiben.«

»Ich werde nicht allein sein. Ser Osmund kann sich um meine Sicherheit kümmern. Euer Geschworener Bruder.«

»Wenn Euer Gnaden wünschen«, sagte Kettleblack.

»Ja.« Cersei hakte sich bei ihm ein, und Seite an Seite sahen sie dem Wüten des Feuers zu.

Der befleckte Ritter

Die Nacht war für die Jahreszeit sehr kühl, selbst für den Herbst. Ein kräftiger, feuchter Wind wehte durch die Gassen und wirbelte den Staub des Tages auf. *Nordwind, und er bringt Kälte mit sich.* Ser Arys Oakheart zog seine Kapuze hoch, um sein Gesicht zu verhüllen. Es wäre nicht gut, wenn man ihn erkannte. Vor vierzehn Tagen hatte man einen Kaufmann in der Schattenstadt niedergemacht, einen harmlosen Mann, der nach Dorne gekommen war, um Obst zu kaufen, und anstelle von Datteln den Tod gefunden hatte. Sein einziges Verbrechen hatte darin bestanden, aus King's Landing zu stammen.

In mir würde der Pöbel einen härteren Gegner finden. Fast hätte er einen Überfall begrüßt. Seine Hand strich sanft über das Heft seines Langschwerts, das halb in den Falten seiner beiden Leinenroben verborgen war: eine mit türkisfarbenen Streifen und aufgereihten goldenen Sonnen und darunter ein leichteres Gewand in Orange. Die dornische Kleidung war bequem, doch sein Vater wäre entsetzt gewesen, hätte er noch gelebt und seinen Sohn in solcher Aufmachung gesehen. Er war ein Mann aus der Weite, und die Dornischen waren der alte Feind, wie die Wandbehänge von Old Oak bezeugten. Arys brauchte nur die Augen zu schließen, um sie vor sich zu sehen. Lord Edgerran der Freigebige, der in ganzer Pracht dasaß, während sich die Köpfe von hundert Dornischen um seine Füße häuften. Die Drei Blätter im Prinzenpass, von dornischen Speeren durchbohrt; Alester, der mit letztem Atem in sein Kriegshorn stieß. Ser Olyvar die Grüne Eiche, ganz in Weiß, wie er an der Seite des Jungen Drachen starb. *Dorne ist nicht der rechte Ort für einen Oakheart.*

Bereits vor Prinz Oberyns Tod hatte sich der Ritter jedes Mal in seiner Haut nicht wohl gefühlt, wenn er den Bereich von Sunspear verließ und durch die Gassen der Schattenstadt ging. Wo immer er auftauchte, spürte er Blicke auf sich ruhen, kleine, schwarze dornische Augen, die ihn mit kaum verhohlener Feindseligkeit anstarrten. Die Händler versuchten nach Kräften, ihn bei jeder Gelegenheit zu betrügen, und manchmal fragte er sich, ob die Schankwirte wohl in seine Getränke spuckten. Einmal hatte eine Gruppe zerlumpter Jungen ihn mit Steinen beworfen, bis er das Schwert zog und sie daraufhin das Weite suchten. Der Tod der Roten Viper hatte die Dornischen noch mehr in Wallung gebracht, obzwar sich die Lage in den Straßen ein wenig beruhigt hatte, seit Prinz Doran die Sandschlangen in einen Turm gesperrt hatte. Dennoch wäre es regelrecht eine Aufforderung zu einem Überfall gewesen, in der Schattenstadt den weißen Mantel zu tragen. Er hatte drei mitgebracht: zwei aus Wolle, einen leichten und einen schweren, und einen dritten aus feiner weißer Seide. Ohne den weißen Umhang fühlte er sich nackt.

Besser nackt als tot, sagte er sich. *Ich bleibe trotzdem ein Mitglied der Königsgarde, auch ohne Mantel. Sie muss das respektieren. Ich muss es ihr begreiflich machen.* Er hätte sich niemals in diese Sache hineinziehen lassen sollen, doch wie der Sänger sagte, vermag die Liebe aus jedem Mann einen Toren zu machen.

In der Hitze des Tages, wenn nur Fliegen durch die staubigen Gassen schwirrten, wirkte Sunspears Schattenstadt wie ausgestorben, doch mit Anbruch des Abends erwachten die Straßen zum Leben. Ser Arys hörte leise Musik, die von einem der mit Jalousien verschlossenen Fenster herunterdrang, und irgendwo wurde die Fingertrommel im raschen Rhythmus eines Speertanzes geschlagen und gab der Nacht einen Puls. Wo sich drei Gassen unterhalb der zweiten Wendelmauer trafen, rief ihm ein Kissenmädchen etwas von einem Balkon zu. Sie war lediglich in Juwelen und Öl gekleidet. Er warf ihr einen Blick zu, zog die

Schultern hoch und ging weiter durch den bissigen Wind. *Wir Männer sind so schwach. Unsere Körper üben selbst beim Edelsten Verrat.* Er dachte an König Baelor den Seligen, der bis zur Ohnmacht gefastet hatte, um die Lüsternheit zu bezähmen, die ihm Schande bereitete. Sollte er seinem Beispiel folgen?

Ein kleiner Mann stand in einem Torbogen, schmorte Schlangenstücke über einem Kohlenbecken und wendete sie mit einer Holzzange, wenn sie knusprig wurden. Der stechende Geruch der Soßen trieb dem Ritter die Tränen in die Augen. Die beste Schlangensoße enthielt einen Tropfen Gift, hatte er gehört, und außerdem Senfkörner und Drachenpfefferschoten. Myrcella hatte sich ebenso rasch für das dornische Essen begeistert wie für den dornischen Prinzen, und von Zeit zu Zeit probierte Ser Arys ihr zuliebe eine oder zwei der Speisen. Sie versengten ihm den Mund, so dass er keuchend nach dem Wein griff, und brannten sogar noch schlimmer, wenn sie wieder herauskamen. Seine kleine Prinzessin jedoch hatte eine Leidenschaft dafür entwickelt.

Er hatte sie in ihren Gemächern zurückgelassen, wo sie sich gegenüber von Prinz Trystane über einen Spieltisch beugte und hübsche Spielsteine über Vierecke aus Jade und Karneol und Lapislazuli schob. Myrcella hatte die vollen Lippen leicht geöffnet, die grünen Augen konzentriert zusammengekniffen. *Cyvasse* nannte sich das Spiel. Es war mit einer Handelsgaleere aus Volantis in die Plankenstadt gelangt, und die Waisenkinder hatten es überall am Greenblood verbreitet. Der dornische Hof war verrückt danach.

Ser Arys dagegen machte es verrückt. Es gab zehn Steine mit jeweils verschiedenen Eigenschaften und Kräften, und das Brett veränderte sich von einem Spiel zum anderen, je nachdem, wie die Spieler ihre Vierecke anordneten. Prinz Trystane war sofort in das Spiel vernarrt gewesen, und Myrcella hatte es gelernt, damit sie mit ihm spielen konnte. Sie war noch nicht ganz elf, ihr Verlobter schon dreizehn; trotzdem gewann sie inzwischen die meisten Partien gegen ihn. Trystane störte das anscheinend wenig. Die beiden Kinder hätten unterschiedlicher nicht sein können, er mit seiner Olivenhaut und dem glatten schwarzen Haar, sie blass wie Milch und mit wallenden goldenen Locken; hell und dunkel, wie Königin Cersei und König Robert. Er betete, dass Myrcella an ihrem dornischen Knaben mehr Freude finden würde als ihre Mutter an ihrem Sturmlord.

Sie allein zu lassen bereitete ihm Unbehagen, obwohl sie in der Burg sicher sein müsste. Es gab nur zwei Türen, die in den Sonnenturm führten, und Ser Arys hatte vor jeder zwei Männer aufgestellt, Wachen vom Hofe der Lannisters, Männer, die mit ihm aus King's Landing gekommen waren, kampferprobt, zäh und treu bis zum Äußersten. Myrcella hatte außerdem ihre Zofen und Septa Eglantine bei sich, und Prinz Trystane wurde von seinem geschworenen Schild Ser Gascoyne vom Greenblood begleitet. *Niemand wird sie behelligen,* redete er sich ein, *und in vierzehn Tagen sind wir abgereist und in Sicherheit.*

Das hatte Prinz Doran versprochen. Obwohl es Arys schockiert hatte, wie alt und gebrechlich der dornische Prinz wirkte, zweifelte er nicht an dessen Wort. »Es tut mir Leid, dass ich Euch bislang nicht empfangen und Prinzessin Myrcella kennen lernen konnte«, hatte Martell gesagt, nachdem Arys in sein Solar vorgelassen worden war, »aber ich hoffe, meine Tochter Arianne hat Euch hier in Dorne herzlichst empfangen, Ser.«

»Das hat sie, mein Prinz«, antwortete er und betete, dass er sich nicht durch Erröten verraten würde.

»Unser Land ist rau und arm, und doch hat es seine Schönheiten. Wie schade, dass Ihr bisher außer Sunspear nichts von Dorne gesehen habt, allerdings fürchte ich, außerhalb dieser Mauern wäre es weder für Euch noch für die Prinzessin sicher. Wir Dornischen sind ein heißblütiges Volk, das rasch in Zorn gerät und nur langsam verzeiht. Es würde mein Herz erfreuen, wenn ich wüsste, dass nur die Sandschlangen allein den Krieg wollen, aber ich werde Euch keine Lügen auftischen, Ser. Ihr habt das gemeine Volk in den Straßen gehört, es verlangt lauthals, ich solle zu den Speeren rufen. Die Hälfte meiner Lords stimmt mit ihm überein, fürchte ich.«

»Und Ihr, mein Prinz?«, hatte der Ritter zu fragen gewagt.

»Meine Mutter hat mich vor langer Zeit gelehrt, dass nur Verrückte Kriege führen, die sie nicht gewinnen können.« Wenn die Unverblümtheit der Frage Prinz Doran beleidigt hatte, verbarg er es gut. »Dennoch ist der Frieden bedroht ... so bedroht wie Eure Prinzessin.«

»Nur ein Ungeheuer könnte einem kleinen Mädchen etwas zuleide tun.«

»Meine Schwester Elia hatte ebenfalls ein kleines Mädchen. Es hieß Rhaenys. Sie war auch eine Prinzessin.« Der Prinz seufzte. »Diejenigen, die Prinzessin Myrcella ein Messer in den Leib rammen würden, hegen keinen Groll gegen sie, nicht mehr, als Ser Armory Lorch gegen Rhaenys gehegt hat, als er sie umbrachte, falls er es tatsächlich war. Sie würden mich lediglich zum Handeln drängen wollen. Denn wenn Myrcella in Dorne ermordet würde, solange sie unter meinem Schutz steht, wer würde meinen Beteuerungen dann noch Glauben schenken?«

»Niemand wird Myrcella ein Leid zufügen, solange ich lebe.«

»Ein edles Gelübde«, sagte Doran Martell und lächelte schwach, »doch Ihr seid nur *ein* Mann, Ser. Ich hatte gehofft, meine halsstarrigen Nichten in Gewahrsam zu nehmen würde die Wogen ein wenig glätten, aber wir haben die Schaben nur unter die Binsen getrieben. Jede Nacht höre ich sie wispern und ihre Klingen wetzen.«

Er hat Angst, begriff Ser Arys in diesem Moment. *Sogar seine Hand zittert. Der Prinz von Dorne fürchtet sich.* Ihm fehlten die Worte.

»Ich muss mich entschuldigen, Ser«, sagte Prinz Doran. »Ich bin gebrechlich und schwach, und manchmal ... Sunspear, mit seinem Lärm und Schmutz und Gestank, ermüdet mich. Sobald es die Pflicht erlaubt, beabsichtige ich zu den Wassergärten zurückzukehren. Und dann nehme ich Prinzessin Myrcella mit.« Ehe der Ritter protestieren konnte, hob der Prinz die Hand, deren Fingergelenke rot und geschwollen waren. »Ihr werdet mich begleiten. Und ihre Septa, ihre Zofen und ihre Wachen. Die Mauern von Sunspear sind stark, aber unter ihnen liegt die Schattenstadt. Selbst innerhalb der Burg kommen und gehen jeden Tag Hunderte von Menschen. Die Gärten sind meine Zuflucht. Prinz Maron hat sie als Geschenk für seine Targaryen-Braut errichten lassen, um Dornes Verbundenheit mit dem Eisernen Thron zum Ausdruck zu bringen. Dort ist der Herbst eine wunderschöne Jahreszeit … heiße Tage, kühle Nächte, die salzige Brise vom Meer, die Brunnen und Becken. Und es gibt auch andere Kinder, Jungen und Mädchen von hoher und edler Geburt. Myrcella wird Freunde in ihrem Alter finden, mit denen sie spielen kann. Dort wird sie nicht einsam sein.«

»Wie Ihr sagt.« Die Worte des Prinzen hallten in seinem Kopf wider. *Dort wird sie in Sicherheit sein.* Nur, warum hatte Doran Martell ihn gedrängt, über den Umzug nichts nach King's Landing zu melden? *Myrcella wird sicherer sein, wenn niemand weiß, wo sie sich aufhält.* Ser Arys hatte zugestimmt, allein, was war ihm schon anderes übrig geblieben? Er war ein Ritter der Königsgarde, und eben nur einer, genau, wie der Prinz gesagt hatte.

Die Gasse mündete in einen mondbeschienenen Hof. *An der Kerzengießerwerkstatt vorbei,* hatte sie geschrieben, *bis zum Tor, dann die kurze Außentreppe hinauf.* Er ging durch das Tor und stieg die ausgetretenen Stufen zu einer Tür ohne Schild hinauf. *Soll ich klopfen?* Stattdessen schob er die Tür auf und stand in einem großen dunklen Raum mit niedriger Decke, in dem lediglich zwei Duftkerzen in Nischen der Lehmwände flackerten. Er sah die gemusterten myrischen Teppiche unter seinen Sandalen, einen Behang an der einen Wand und ein Bett. »Mylady?«, rief er. »Wo seid Ihr?«

»Hier.« Sie trat aus dem Schatten hinter der Tür.

Eine prunkvolle Schlange wand sich um ihren rechten Unterarm, deren kupferne und goldene Schuppen glänzten, wenn sich die Frau bewegte. Mehr trug sie nicht.

Nein, wollte er sagen, *ich bin nur gekommen, um Euch zu sagen, dass ich fort muss,* aber als er sie da im Kerzenlicht sah, schien er keiner Worte mehr mächtig zu sein. Seine Kehle fühlte sich so trocken an wie der dornische Sand. Schweigend stand er da, nahm die Pracht ihres Leibes gierig in sich auf, die Mulde an ihrem Hals, die prallen Brüste mit den großen dunklen Warzen, die üppigen Rundungen von Taille und Hüfte. Und dann hielt er sie plötzlich in den Armen, während sie ihm die Robe herunterriss. Als sie zu seinem Untergewand kam, packte sie es an den Schultern und riss die Seide bis zum Nabel auf, doch Arys kümmerte es nicht mehr. Ihre Haut fühlte sich unter seinen Fingern weich an, warm wie der Sand, der in der dornischen Sonne backt. Er hob ihren Kopf und fand ihre Lippen. Ihr Mund öffnete sich für seinen, und ihre Brüste füllten seine Hände. Er spürte, wie die Warzen hart wurden, als er mit den Daumen darüberstrich. Ihr Haar war schwarz und dicht und verströmte den Duft von Orchideen, einen dunklen und erdigen Geruch, bei dem er so steif wurde, dass es fast schmerzte.

»Berührt mich, Ser«, flüsterte die Frau ihm ins Ohr. Seine Hand fuhr über den runden Bauch zu dem süßen feuchten Ort unter dem Dickicht schwarzen Haars. »Ja, dort«, murmelte sie, während sein Finger in sie hineinglitt. Sie gab ein Wimmern von sich, zog ihn zum Bett und stieß ihn darauf. »Mehr, mehr, ja, süß, mein Ritter, mein Ritter, mein süßer weißer Ritter, ja, Ihr, ich will Euch.« Ihre Hände halfen ihm in sie hinein, dann legte sie die Arme um seinen Rücken und zog ihn enger an sich. »Tiefer«, flüsterte sie. »Ja, ja.« Als sie die Beine um ihn schlang, fühlten sie sich wie Stahl an. Ihre Fingernägel kratzten über seinen Rücken, während er zustieß, wieder und wieder und wieder, bis sie aufschrie und den Rücken unter ihm wölbte. Ihre Finger fanden seine Brustwarzen und kniffen zu, bis er seinen Samen in sie verströmte. *Jetzt könnte ich sterben, in aller Glückseligkeit,* dachte der

Ritter, und zumindest ein Dutzend Herzschläge lang fand er Frieden.

Er starb nicht.

Sein Verlangen war so tief und grenzenlos wie das Meer, doch als die Flut sich zurückzog, ragten die Felsen der Scham und der Schuld so schroff auf wie zuvor. Manchmal gelang es den Wellen, sie zu verdecken, unter Wasser hingegen lauerten sie, hart und schwarz und von Schlamm überzogen. *Was tue ich?*, fragte er sich. *Ich bin ein Ritter der Königsgarde.* Er wälzte sich von ihr herunter und starrte an die Decke. Ein großer Riss verlief über die Fläche, von einer Wand zur anderen. Den hatte er zuvor nicht bemerkt, und ebenso wenig das Bild auf dem Wandbehang, eine Szene, die Nymeria und ihre zehntausend Schiffe darstellte. *Ich sehe nur sie. Ein Drachen hätte zum Fenster hereinschauen können, und ich hätte doch nur ihre Brüste, ihr Gesicht, ihr Lächeln wahrgenommen.*

»Dort steht Wein«, murmelte sie an seinem Hals. Sie strich über seine Brust. »Seid Ihr durstig?«

»Nein.« Er rollte sich zur Seite und setzte sich auf die Bettkante. Im Zimmer war es heiß, dennoch zitterte er.

»Ihr blutet«, sagte sie. »Ich habe zu heftig gekratzt.«

Sie berührte seinen Rücken, und er zuckte, als ständen ihre Finger in Flammen. »Nicht.« Nackt erhob er sich. »Nicht mehr.«

»Ich habe Balsam. Für die Kratzer.«

Aber der hilft nicht gegen meine Schande. »Die Kratzer sind nichts. Vergebt mir, Mylady, ich muss gehen …«

»Jetzt schon?« Sie sprach mit heiserer Stimme; ihr großer Mund war zum Flüstern geschaffen, die vollen Lippen lockten zum Küssen. Ihr Haar fiel schwarz und dicht über die nackten Schultern bis zu den großen Brüsten. Es ringelte sich zu großen weichen Locken. Selbst die Haare über ihrem Hügel waren weich und lockig. »Bleibt heute Nacht bei mir, Ser. Ich habe Euch noch viel zu lehren.«

»Ich habe bereits genug von Euch gelernt.«

»Ihr schient damals recht froh über die Lektionen zu sein, Ser. Seid Ihr sicher, dass es Euch nicht in ein anderes Bett zieht, zu einer anderen Frau? Sagt mir, wer sie ist. Ich werde gegen sie um Euch kämpfen, mit nackten Brüsten, Messer gegen Messer.« Sie lächelte. »Solange sie keine Sandschlange ist. In dem Fall könnten wir Euch teilen. Ich liebe meine Kusinen sehr.«

»Ihr wisst, dass ich keine andere Frau habe. Nur ... die Pflicht.«

Sie stützte sich auf einen Ellbogen und schaute zu ihm hoch; ihre großen schwarzen Augen glänzten im Kerzenschein. »Diese verseuchte Hure? Ich kenne sie. Staubtrocken ist sie zwischen den Beinen, und ihre Küsse lassen einen bluten. Lasst die Pflicht einmal allein schlafen, und bleibt heute Nacht bei mir.«

»Mein Platz ist im Palast.«

Sie seufzte. »Bei Eurer anderen Prinzessin. Ihr macht mich eifersüchtig. Ich glaube, Ihr liebt sie mehr als mich. Die Jungfrau ist zu jung für Euch. Ihr braucht eine Frau, kein kleines Mädchen, aber ich kann die Unschuld spielen, falls Euch das erregt.«

»Solche Dinge solltet Ihr nicht sagen.« *Vergiss nicht, sie ist eine Dornische.* In der Weite sagten die Männer, es sei das Essen, das die Dornischen so heißblütig und ihre Frauen so wild und wollüstig machte. *Scharfe Pfefferschoten und fremde Gewürze erhitzen das Blut, dafür kann sie nichts.* »Ich liebe Myrcella wie eine Tochter.« Eine eigene Tochter durfte er niemals haben, und ebenso keine Gemahlin. Stattdessen besaß er einen feinen weißen Mantel. »Wir reisen zu den Wassergärten.«

»Irgendwann«, erwiderte sie, »denn bei meinem Vater dauert alles viermal so lange, wie es sollte. Wenn er sagt, er beabsichtige morgen aufzubrechen, werdet Ihr gewiss innerhalb von zwei Wochen abreisen. In den Gärten werdet Ihr einsam sein, das kann ich Euch versichern. Und wo ist der tapfere junge Recke, der sagte, er wollte den Rest seines Lebens in meinen Armen verbringen?«

»Ich war betrunken, als ich das gesagt habe.«

»Ihr hattet drei Becher verdünnten Wein getrunken.«

»Ich war trunken von Euch. Es war zehn Jahre her, seit … ich habe keine Frau angerührt, außer Euch, nicht, seit ich das Weiß angelegt habe. Ich wusste nicht, wie Liebe sein kann, aber jetzt … jetzt habe ich Angst.«

»Was könnte meinen weißen Ritter ängstigen?«

»Ich fürchte um meine Ehre«, sagte er, »und um Eure.«

»Meine Ehre lasst meine Sorge sein.« Sie berührte ihre Brust mit einem Finger und malte einen Kreis um die Warze. »Und auch mein Vergnügen, wenn es sein muss. Ich bin eine erwachsene Frau.«

Das war sie, ohne Zweifel. Wie er sie so auf dem Federbett liegen sah, wie sie sündig lächelte und mit der Brust spielte … hatte es je eine Frau gegeben, deren Brustwarzen so groß und so empfindlich gewesen waren? Er konnte sie kaum ansehen, ohne den Wunsch zu verspüren, sie anzufassen und an ihnen zu saugen, bis sie hart und feucht waren und glänzten …

Er wandte den Blick ab. Seine Leibwäsche lag auf den Teppichen verstreut. Der Ritter bückte sich, um sie einzusammeln.

»Eure Hände zittern«, stellte sie fest. »Sie möchten mich liebkosen, glaube ich. Müsst Ihr Euch so eilen, Euch anzukleiden, Ser? Mir gefallt Ihr so besser. Im Bett und unbekleidet sind wir unser wahres Ich, ein Mann und eine Frau, Liebende, ein Fleisch, so nahe, wie zwei sich sein können. Unsere Kleider machen uns zu anderen Menschen. Ich wäre lieber aus Fleisch und Blut als aus Seide und Juwelen, und Ihr … Ihr seid nicht Euer weißer Mantel, Ser.«

»Doch«, erwiderte Ser Arys. »Ich *bin* mein Mantel. Und dies muss enden, um Euret- und um meinetwillen. Wenn wir entdeckt werden …«

»Die Männer werden Euch glücklich preisen.«

»Die Männer werden mich einen Eidbrecher nennen. Wenn nun jemand zu Eurem Vater geht und ihm erzählt, wie ich Euch entehrt habe?«

»Mein Vater mag vieles sein, aber niemand hat je behauptet, er sei ein Narr. Der Bastard von Godsgrace hat mir die Unschuld genommen, als wir vierzehn waren. Wisst Ihr, was mein Vater getan hat, als er davon erfuhr?« Sie nahm die Bettdecke und zog sie bis zum Kinn, um ihre Blöße zu verbergen. »Nichts. Mein Vater ist sehr gut darin, nichts zu tun. Er nennt es *Nachdenken*. Sagt mir die Wahrheit, Ser, ist es meine Unehre, die Euch Sorgen macht, oder Eure eigene?«

»Beides.« Der Vorwurf traf ihn. »Deshalb muss dies unser letztes Treffen sein.«

»Das habt Ihr früher schon gesagt.«

Ja, und ich habe es auch so gemeint. Nur bin ich schwach, sonst wäre ich jetzt nicht hier. Das konnte er ihr nicht sagen; sie gehörte zu jener Sorte Frau, die Schwäche verachtete, so viel spürte er. *Sie trägt mehr von ihrem Onkel als von ihrem Vater in sich.* Er wandte sich ab und fand sein gestreiftes Seidenuntergewand auf einem Stuhl. Sie hatte den Stoff bis zum Nabel eingerissen, als sie es ihm vom Leib gezerrt hatte. »Das ist ruiniert«, klagte er. »Wie kann ich das noch tragen?«

»Mit der Vorderseite nach hinten«, schlug sie vor. »Wenn Ihr Eure Robe angelegt habt, wird niemand den Riss sehen. Vielleicht kann es Eure kleine Prinzessin für Euch nähen. Oder soll ich Euch ein neues zu den Wassergärten schicken?«

»Schickt mir keine Geschenke.« Das würde nur Aufmerksamkeit erregen. Er schüttelte das Untergewand aus und zog es verkehrt herum über den Kopf. Die Seide fühlte sich kühl auf der Haut an, obwohl sie an den Kratzern am Rücken klebte. Immerhin konnte er so zum Palast zurückkehren. »Es muss ein Ende haben mit dieser … dieser …«

»Ist das sehr ritterlich, Ser? Ihr kränkt mich. Allmählich fange ich an zu denken, all Eure Worte von Liebe waren Lügen.«

Euch könnte ich niemals anlügen. Ser Arys war, als habe man ihm eine Ohrfeige versetzt. »Warum sollte ich meine Ehre aufgegeben haben, wenn nicht aus Liebe? Wenn ich bei Euch bin, dann … dann kann ich kaum denken. Ihr seid alles, wovon ich je geträumt habe, aber …«

»Worte sind Wind. Wenn Ihr mich liebt, verlasst mich nicht.«

»Ich habe ein *Gelübde* abgelegt …«

»… nicht zu heiraten und keine Kinder zu zeugen. Gut, ich habe meinen Mondtee getrunken, und Ihr wisst, ich kann Euch niemals heiraten.« Sie lächelte. »Obwohl ich mich überreden lassen würde, Euch zu meinem Geliebten zu nehmen.«

»Jetzt verspottet Ihr mich.«

»Ein wenig vielleicht. Glaubt Ihr, Ihr seid der einzige Angehörige der Königsgarde, der je eine Frau geliebt hat?«

»Es gab stets Männer, denen es leichter gefallen ist, ein Gelübde abzulegen, als es einzuhalten«, räumte er ein. Ser Boros Blount war in der Straße der Seide kein Unbekannter, und Ser Preston Greenfield pflegte regelmäßig das Haus eines bestimmten Tuchhändlers aufzusuchen, wenn dieser nicht daheim war, doch Arys würde seine Geschworenen Brüder nicht beschämen, indem er über ihre Schwächen redete. »Ser Terrence Toyne wurde mit der Mätresse seines Königs im Bett gefunden«, sagte er stattdessen. »Es sei Liebe, schwor er, und doch kostete es ihn und sie das Leben und führte zum Untergang seines Hauses und des edelsten Ritters, der je gelebt hat.«

»Ja, und was war mit Lucamore dem Lüsternen, mit seinen drei Frauen und sechzehn Kindern? Dieses Lied bringt mich immer zum Lachen.«

»Die Wirklichkeit ist nicht so lustig. Solange er lebte, hat ihn niemand Lucamore den Lüsternen genannt. Er hieß Lucamore Strong, und sein ganzes Leben bestand aus einer Lüge. Als seine Falschheit entdeckt wurde, kastrierten seine Geschworenen Brüder ihn, und der Alte König schickte ihn zur Mauer. Die sechzehn Kinder blieben weinend zurück. Er war kein wahrer Ritter, nicht mehr als Terrence Toyne …«

»Und der Drachenritter?« Sie warf die Decke zur Seite und schwang die Füße über die Bettkante auf den Boden. »Der edelste Ritter, der je gelebt hat, habt Ihr gesagt, und er nahm seine Königin ins Bett und hat ihr ein Kind gemacht.«

»Das glaube ich nicht«, sagte er empört. »Die Geschichte von Prinz Aemons Verrat mit Königin Naerys war eben nur eine Geschichte, eine Lüge, die sein Bruder verbreitete, als der den rechtmäßigen Sohn zugunsten seines Bastards beiseite drängen wollte. Aegon wurde nicht ohne Grund der Unwerte genannt.« Er fand seinen Schwertgurt und legte ihn sich um die Hüfte. Obwohl es über dem dornischen Seidengewand sonderbar aussah, erinnerte ihn das vertraute Gewicht von Langschwert und Dolch daran, wer und was er war. »Ich werde nicht zulassen, dass man sich meiner als Ser Arys der Unwerte erinnert«, verkündete er. »Ich werde meinen Mantel nicht beflecken.«

»Ja«, sagte sie. »Diesen hübschen weißen Mantel. Ihr vergesst, mein Großonkel trug den gleichen Mantel. Er starb, als ich noch klein war, aber ich erinnere mich noch an ihn. Groß wie ein Turm war er, und er hat mich gekitzelt, bis ich vor Lachen keine Luft mehr bekam.«

»Ich hatte nie die Ehre, Prinz Lewyn kennen zu lernen«, sagte Arys, »aber alle stimmen darin überein, dass er ein großer Ritter war.«

»Ein großer Ritter mit einer Geliebten. Heute ist sie eine alte Frau, in ihrer Jugend jedoch war sie eine außergewöhnliche Schönheit, sagen die Männer.«

Prinz Lewyn? Diese Geschichte hatte Ser Arys nie gehört. Sie schockierte ihn. Terrence Toynes Verrat und die Betrügereien von Lucamore dem Lüsternen ließen sich im Weißen Buch nachlesen, doch auf Prinz Lewyns Seite gab es keinen Hinweis auf eine Frau.

»Mein Onkel hat immer gesagt, es sei das Schwert in der Hand eines Mannes, das seinen Wert bestimmt, nicht das zwischen seinen Beinen«, fuhr sie fort, »erspart mir also das fromme Gerede von befleckten Mänteln. Es ist nicht unsere Liebe, die Euch entehrt hat, es sind die Ungeheuer, denen Ihr gedient, und die Untiere, die Ihr Brüder genannt habt.«

Dieser Stich ging durch bis auf den Knochen. »Robert war kein Ungeheuer.«

»Er hat den Thron über die Leichen von Kindern bestiegen«, sagte sie, »obwohl ich eingestehen will, dass er kein Joffrey war.«

Joffrey. Er war ein hübscher Knabe gewesen, groß und stark für sein Alter, aber mehr Gutes ließ sich über ihn nicht sagen. Noch immer schämte sich Ser Arys, wenn er daran dachte, wie oft er dieses arme Stark-Mädchen auf Befehl des Jungen geschlagen hatte. Als Tyrion ihn ausgewählt hatte, Myrcella nach Dorne zu begleiten, hatte er dem Krieger zum Dank eine Kerze angezündet. »Joffrey ist tot, vom Gnom vergiftet.« Er hätte dem Zwerg eine solche Untat niemals zugetraut. »Jetzt ist Tommen König, und er ist nicht wie sein Bruder.«

»Und auch nicht wie seine Schwester.«

Das stimmte. Tommen war ein gutherziger kleiner Mann, der stets sein Bestes versuchte, doch als Ser Arys ihn das letzte Mal gesehen hatte, hatte er auf dem Kai gestanden und geweint. Myrcella hatte nicht eine einzige Träne vergossen, obwohl sie diejenige gewesen war, die Heim und Herd verließ, um mit ihrer Jungfräulichkeit ein Bündnis zu besiegeln. In Wahrheit war die Prinzessin tapferer als ihr Bruder, schlauer und selbstsicherer. Ihr Verstand arbeitete schneller, ihr Benehmen war gewandter. Nichts schüchterte sie ein, nicht einmal Joffrey. *Die Frauen sind die eigentlich Starken.* Er dachte nicht nur an Myrcella, sondern auch an ihre Mutter und an seine eigene, an die Königin der Dornen und an die hübschen, tödlichen Sandschlangen der Roten Viper. Und an Prinzessin Arianne Martell, vor allem an sie. »Ich will Euch nicht widersprechen.« Seine Stimme war belegt.

»Ihr wollt nicht? Ihr *könnt* nicht! Myrcella ist besser zum Herrschen geeignet …«

»Ein Sohn kommt vor einer Tochter.«

»*Warum?* Welcher Gott hat das so eingerichtet? Ich bin die Erbin meines Vaters. Sollte ich mein Recht zugunsten meiner Brüder aufgeben?«

»Ihr verdreht mir die Worte im Mund. Ich habe nicht gesagt, dass … In Dorne ist es anders. Die Sieben Königslande hatten nie eine Königin.«

»Der erste Viserys beabsichtigte, dass ihm seine Tochter Rhaenys auf dem Thron folgen sollte, wollt Ihr das leugnen? Aber als der König im Sterben lag, entschied der Lord Commander seiner Königsgarde, dass dem nicht so sein sollte.«

Ser Criston Cole. Criston der Königsmacher hatte Bruder gegen Schwester ausgespielt und dabei die Königsgarde gespalten, wodurch es zu einem fürchterlichen Krieg gekommen war, den die Sänger den Tanz der Drachen nannten. Einige behaupteten, er habe aus Ehrgeiz gehandelt, da Prinz Aegon fügsamer war als seine eigenwillige ältere Schwester. Andere unterstellten ihm noblere Motive und behaupteten, er habe nur die alten andalischen Sitten verteidigt. Ein paar wenige munkelten, Ser Criston sei Prinzessin Rhaenys Liebhaber gewesen, bevor er das Weiß angelegt habe, und er habe sich an der Frau, die ihn verschmäht hatte, rächen wollen. »Der Königsmacher hat schweren Schaden angerichtet«, sagte Ser Arys, »und er musste teuer dafür bezahlen, aber …«

»… aber vielleicht haben die Sieben Euch hierher geschickt, damit ein weißer Ritter wieder gutmacht, was ein anderer verdorben hat. Ihr wisst, warum mein Vater plant, Myrcella mitzunehmen, wenn er zu den Wassergärten zurückkehrt?«

»Um sie vor jenen zu schützen, die ihr Leid zufügen wollen.«

»Nein. Um sie vor denen zu verbergen, die sie *krönen* wollen. Prinz Oberyn Viper hätte ihr die Krone selbst aufs Haupt gesetzt, würde er noch leben, aber mein Vater hat nicht den Mut dazu.« Sie erhob sich. »Ihr sagt, Ihr liebt das Mädchen wie eine leibliche Tochter. Würdet Ihr Eure Tochter ihrer Rechte berauben und sie in ein Gefängnis sperren lassen?«

»Die Wassergärten sind kein Gefängnis«, hielt er schwach dagegen.

»In einem Gefängnis gibt es keine Springbrunnen und keine

Feigenbäume, denkt Ihr das? Dennoch wird man dem Mädchen, sobald es einmal dort ist, nicht mehr erlauben, die Wassergärten zu verlassen. Und Euch ebenfalls nicht. Hotah wird dafür sorgen. Ihr kennt ihn nicht so gut wie ich. Er ist ein wahrer Schrecken, wenn man ihn reizt.«

Ser Arys runzelte die Stirn. Der große Norvoshi-Hauptmann mit dem Narbengesicht löste stets Unbehagen bei ihm aus. *Es heißt, er schläft mit dieser großen Axt neben sich.* »Was soll ich also für Euch tun?«

»Nicht mehr, als Ihr geschworen habt. Beschützt Myrcella mit Eurem Leben. Verteidigt sie … *und* ihre Rechte. Setzt ihr die Krone aufs Haupt.«

»Ich habe einen *Eid* geschworen!«

»Joffrey, nicht Tommen.«

»Ja, aber Tommen ist ein gutmütiger Junge. Er wird ein besserer König sein als Joffrey.«

»Aber nicht besser als Myrcella. Sie liebt den Jungen doch auch. Ich weiß, sie wird nicht zulassen, dass ihm etwas zustößt. Storm's End gehört dem Rechte nach ihm, da Lord Renly keinen Erben hinterlassen hat und Lord Stannis verbannt wurde. Irgendwann wird über seine Hohe Mutter auch Casterly Rock an den Jungen fallen. Er wird der größte Lord im Reiche sein … aber Myrcella sollte dem Rechte nach auf dem Eisernen Thron sitzen.«

»Das Gesetz … ich weiß nicht …«

»Ich schon.« Im Stehen fiel ihr das lange schwarze Haar bis weit den Rücken hinunter. »Aegon der Drache hat die Königsgarde und ihre Gelübde ins Leben gerufen, was jedoch ein König einführen kann, vermag ein anderer abzuschaffen oder zu verändern. Früher hat jeder Ritter der Königsgarde ein Leben lang gedient, aber Joffrey hat Ser Barristan entlassen, damit sein Bluthund den Mantel tragen konnte. Myrcella möchte, dass Ihr glücklich seid, und sie mag auch mich. Sie wird uns gestatten zu heiraten, wenn wir sie darum bitten.« Arianne schloss die Arme um ihn und legte das Gesicht an seine Brust. Ihr Scheitel reichte ihm gerade bis zum Kinn. »Ihr könnt mich bekommen und Euren weißen Mantel behalten, wenn Ihr möchtet.«

Sie zerreißt mich. »Ihr wisst, wie sehr ich das möchte, und doch …«

»Ich bin eine Prinzessin von Dorne«, sagte sie heiser, »und es schickt sich nicht, mich betteln zu lassen.«

Ser Arys roch das Parfüm in ihrem Haar und fühlte das Klopfen ihres Herzens, als sie sich an ihn drängte. Sein Körper reagierte auf ihre Nähe, und ohne Zweifel konnte sie das spüren. Er legte seine Arme auf ihre Schultern und bemerkte, dass sie zitterte. »Arianne? Meine Prinzessin? Was ist, meine Liebste?«

»Muss ich es aussprechen, Ser? Ich habe Angst. Ihr nennt mich Eure *Liebste*, dennoch verweigert Ihr Euch mir, wenn ich Euch am dringendsten brauche. Ist es so falsch von mir, mir einen Ritter zu wünschen, der für meine Sicherheit sorgt?«

Nie zuvor hatte sie so verletzlich geklungen. »Nein«, sagte er, »nur dachte ich, die Wachen Eures Vaters kümmern sich um Eure Sicherheit, wieso –«

»Gerade vor den Wachen meines Vaters fürchte ich mich.« Einen Moment lang hörte sie sich jünger an als Myrcella. »Es waren die Wachen meines Vaters, die meine geliebten Kusinen in Ketten gelegt haben.«

»Nicht in Ketten. Ich habe gehört, man gesteht ihnen jede Bequemlichkeit zu.«

Sie lachte bitter. »Habt Ihr sie gesehen? Er erlaubt mir nicht, sie zu besuchen, wusstet Ihr das?«

»Sie haben verräterische Worte geäußert und Kriegshetze betrieben …«

»Loreza ist sechs, Dorea acht. Zu was für Kriegen könnten sie aufstacheln? Dennoch hat mein Vater sie mit ihren Schwestern eingesperrt. Ihr habt ihn gesehen. Die Furcht bringt selbst starke Männer dazu, Dinge zu tun, zu denen sie ansonsten niemals fähig wären, und mein Vater war noch nie stark. Arys, mein Herz, hört mich an, wenn Ihr mich wirklich so liebt, wie Ihr sagt. Ich war nie so furchtlos wie meine Kusinen, denn ich bin aus schwächerem Samen entsprungen, aber Tyene und ich sind im gleichen Alter, und wir standen uns nahe wie Schwestern, als wir Mädchen waren. Zwischen uns gibt es keine Geheimnisse. Wenn sie eingesperrt wird, kann mir das aus demselben Grund ebenfalls passieren … wegen Myrcella.«

»Euer Vater würde so etwas niemals tun.«

»Ihr kennt meinen Vater nicht. Seit ich ohne Schwanz zwischen den Beinen auf diese Welt gekommen bin, war ich eine einzige Enttäuschung für ihn. Ein halbes Dutzend Mal hat er versucht, mich an zahnlose Graubärte zu verheiraten, von denen einer nichtswürdiger war als der andere. Gewiss, er hat mir nicht *befohlen*, sie zu ehelichen, das will ich wohl einräumen, aber die Vorschläge allein beweisen, wie wenig er von mir hält.«

»Dennoch seid Ihr seine Erbin.«

»Bin ich das?«

»Er hat Euch in Sunspear die Regierung übertragen, während er in den Wassergärten weilte, nicht wahr?«

»*Regierung?* Nein. Er hat seinen Vetter Ser Manfrey als Kastellan hier gelassen, den alten blinden Ricasso als Seneschall, seine Vollstrecker, um Abgaben und Steuern für seine Schatzmeisterin Alyse Ladybright einzutreiben, seine Shariffs, um in der Schattenstadt die Ordnung zu wahren, seine Richter, um Gericht zu halten, und Maester Myles, um sich mit jeglichen Briefen zu befassen, die nicht die unmittelbare Aufmerksamkeit des Prinzen erforderten. Über sie alle hat er die Rote Viper gestellt. Mir oblagen Feste und Feiern und die Unterhaltung vornehmer Gäste. Oberyn hat die Wassergärten zweimal in vierzehn Tagen besucht. Mich hat mein Vater zweimal im Jahr gerufen. Ich bin nicht der Erbe, den sich mein Vater wünscht, so viel hat er deutlich gemacht. Unser Gesetz zwingt ihn, dennoch würde er lieber meinen Bruder als Nachfolger sehen, das weiß ich.«

»Euren Bruder?« Ser Arys legte ihr die Hand unter das Kinn

und hob den Kopf, damit er ihr besser in die Augen schauen konnte. »Ihr meint doch nicht etwa Trystane, er ist doch noch ein Knabe.«

»Nicht Trys. Quentyn.« Ihre kühnen Augen waren schwarz wie die Sünde, unnachgiebig. »Ich kenne die Wahrheit, seit ich vierzehn bin, seit dem Tag, an dem ich in das Solar meines Vaters ging, um ihm einen Gutenachtkuss zu geben, und ihn nicht vorfand. Meine Mutter hatte nach ihm geschickt, wie ich später erfahren habe. Er hat die Kerze brennen lassen. Als ich sie löschen wollte, habe ich einen angefangenen Brief entdeckt, der daneben lag, einen Brief an meinen Bruder Quentyn, der in Yronwood war. Mein Vater erklärte Quentyn, er müsse alles tun, was seine Maester und Waffenmeister von ihm verlangten, denn *›eines Tages wirst du auf meinem Platz sitzen und ganz Dorne regieren, und ein Herrscher muss stark an Leib und Seele sein.‹*« Eine Träne kroch über Ariannes glatte Wange. »Die Worte meines Vaters, geschrieben von eigener Hand. Sie haben sich mir ins Gedächtnis gebrannt. In dieser Nacht habe ich mich in den Schlaf geweint, und auch in vielen folgenden Nächten.«

Ser Arys war Quentyn Martell noch nicht begegnet. Der Prinz wurde seit jungen Jahren als Mündel von Lord Yronwood aufgezogen, hatte ihm als Page und später als Knappe gedient und sogar den Ritterschlag von seiner und nicht von der Hand der Roten Viper erhalten. *Wenn ich ein Vater wäre, würde ich mir ebenfalls meinen Sohn als Nachfolger wünschen,* dachte er, doch er hörte die Kränkung in ihrer Stimme und wusste, würde er aussprechen, was er wirklich dachte, hätte er sie verloren. »Vielleicht habt Ihr es missverstanden«, sagte er. »Ihr wart noch ein Kind. Vielleicht wollte er Euren Bruder nur zu größerem Fleiß anstacheln.«

»Glaubt Ihr das? Dann sagt mir, wo ist Quentyn jetzt?«

»Der Prinz ist mit Lord Yronwoods Heer im Knochenweg«, sagte Ser Arys vorsichtig. Das hatte ihm Sunspears alter Kastellan erzählt, als er in Dorne eingetroffen war. Der Maester mit dem seidigen Bart sagte dasselbe.

Arianne zögerte. »Das will uns mein Vater glauben machen, aber ich habe Freunde, die anderes behaupten. Mein Bruder hat heimlich die Meerenge überquert und gibt sich als gemeiner Händler aus. Und warum?«

»Woher soll ich das wissen? Dafür könnte es hundert Gründe geben.«

»Oder einen einzigen. Ist Euch bekannt, dass die Goldene Kompanie ihren Vertrag mit Myr aufgelöst hat?«

»Söldner lösen ständig ihre Verträge auf.«

»Nicht die Goldene Kompanie. *Unser Wort ist so gut wie Gold,* dessen rühmen sie sich seit den Zeiten von Bitterstahl. Myr steht am Rande eines Krieges mit Lys und Tyrosh. Warum sollten sie einen Vertrag auflösen, der ihnen guten Sold und fette Beute verspricht?«

»Vielleicht hat Lys ihnen besseren Sold angeboten. Oder Tyrosh.«

»Nein«, entgegnete sie. »Bei jeder anderen freien Kompanie würde ich das glauben, ja. Die meisten würden für einen halben Groschen die Seite wechseln. Aber nicht die Goldene Kompanie. Sie ist eine Bruderschaft aus Verbannten und Söhnen von Verbannten, die Bitterstahls Traum zusammenhält. Sie wollen ihre Heimat, genauso sehr wie Gold. Lord Yronwood weiß das so gut wie ich. Seine Vorfahren sind während drei der Blackfyre-Rebellionen an Bitterstahls Seite geritten.« Sie nahm Ser Arys an der Hand und verschränkte ihre Finger mit seinen. »Habt Ihr je das Wappen des Hauses Toland von Ghost Hill gesehen?«

Er musste einen Moment lang überlegen. »Ein Drache, der seinen eigenen Schwanz frisst?«

»Der Drache stellt die Zeit dar. Er hat keinen Anfang und kein Ende, alle Dinge kehren also wieder. Anders als Yronwood ist der wiedergeborene Criston Cole. Er flüstert meinem Bruder ins Ohr, dass *er* nach dem Tode meines Vaters herrschen solle, dass es nicht recht sei, wenn Männer vor Frauen knien … dass Arianne besonders ungeeignet für die Herrschaft ist, eigensinnig und wollüstig, wie sie ist.« Trotzig warf sie ihr Haar zurück. »Eure beiden Prinzessinnen teilen also eine gemeinsame Sorge, Ser … und sie teilen einen Ritter, der behauptet, sie beide zu lieben, aber nicht für sie kämpfen will.«

»Ich werde kämpfen.« Ser Arys sank auf ein Knie. »Myrcella *ist* die Ältere und besser geeignet, die Krone zu tragen. Wer wird ihr Recht vertreten, wenn nicht die Königsgarde? Mein Schwert, mein Leben, meine Ehre, das alles gehört ihr … und Euch, Wonne meines Herzens. Ich schwöre: Kein Mann wird Euch Eures Geburtsrechtes berauben, solange ich die Kraft habe, ein Schwert zu führen. Ich gehöre Euch. Was wünscht Ihr von mir?«

»Alles.« Sie kniete nieder und küsste ihn. »*Alles*, mein Liebster, mein getreuer Liebster, mein süßer Liebster, und das auf ewig. Doch zuerst …«

»Sprecht es aus, und es gehört Euch.«

»… Myrcella.«

BRIENNE

Die alte Steinmauer auf dem Feld war verfallen, doch bei ihrem Anblick stellten sich Brienne die Nackenhaare auf.

Hier lagen die Bogenschützen im Hinterhalt und haben den armen Cleos Frey erschossen, dachte sie … doch eine halbe Meile weiter kam sie an einer weiteren Mauer vorbei, die der ersten stark ähnelte, und plötzlich war sie sich nicht mehr sicher. Die Furchen der Straße schlängelten und wanden sich, und die kahlen braunen Bäume sahen ganz anders aus als die grünen, an die sie sich erinnerte. War sie schon an der Stelle vorbeigeritten, wo Ser Jaime seinem Vetter das Schwert aus der Scheide gerissen hatte? Wo war der Wald, in dem sie gekämpft hatte? Der Bach, in dem sie Wasser spritzend aufeinander eingeschlagen hatten und dadurch die Tapferen Kameraden auf sich aufmerksam gemacht hatten?

»Mylady? Ser?« Podrick schien nie recht zu wissen, wie er sie ansprechen sollte. »Wonach haltet Ihr Ausschau?«

Nach Geistern. »Nach einer Mauer, an der ich einst vorbeigeritten bin. Es ist nicht weiter wichtig.« *Damals hatte Ser Jaime noch beide Hände. Wie ich ihn verabscheut habe, seinen Spott und sein Lächeln.* »Leise, Podrick. In diesen Wäldern könnten sich Geächtete verstecken.«

Der Junge betrachtete die kahlen braunen Bäume, das nasse Laub, die verschlammte Straße vor ihnen. »Ich habe ein Langschwert. Ich kann kämpfen.«

Nicht gut genug. Brienne zweifelte nicht am Mut des Jungen, nur an seiner Ausbildung. Er mochte ein Knappe sein, wenn auch nur dem Namen nach, doch die Männer, deren Knappe er gewesen war, hatten ihm schlechte Dienste erwiesen.

Sie hatte seine Geschichte stückchenweise aus ihm herausbekommen, während sie auf der Straße von Duskendale nach Maidenpool unterwegs waren. Er gehörte einem unbedeutenden Zweig des Hauses Payne an und war der verarmte Sprössling eines der jüngeren Söhne. Sein Vater hatte sein Leben damit verbracht, reicheren Vettern als Knappe zu dienen; Podrick hatte er mit einer Krämerstochter gezeugt, die er geheiratet hatte, bevor er auszog, um in der Greyjoy-Rebellion zu fallen. Seine Mutter hatte ihn bei einem der Vettern zurückgelassen, als er vier gewesen war, und war mit einem Wandersänger durchgebrannt, der ihr ein weiteres Kind gemacht hatte. Podrick erinnerte sich nicht einmal daran, wie sie ausgesehen hatte. Ser Cedric Payne war für Podrick so etwas wie ein Vater gewesen, obwohl es sich in den hervorgestotterten Schilderungen eher so anhörte, als habe Vetter Cedric den Jungen mehr wie einen Diener als wie einen Sohn behandelt. Als Casterly Rock zu den Fahnen rief, hatte der Ritter ihn mitgenommen, damit er sich um sein Pferd kümmerte und seine Rüstung säuberte. Schließlich war Ser Cedric in den Flusslanden als Kämpfer in Lord Tywins Heer gefallen.

Fernab der Heimat, allein und mittellos, hatte sich der Junge einem fetten Ritter namens Ser Lorimer der Wanst angeschlossen, der zu Lord Leffords Kontingent gehörte und mit dem Schutz des Gepäckzuges betraut war. »Die Jungen, die den Proviant bewachen, essen immer am besten«, sagte Ser Lorimer gern, bis er mit einem gesalzenen Schinken erwischt wurde, den er aus Lord Tywins persönlichen Vorräten gestohlen hatte. Tywin Lannister hatte ihn gehängt, um für andere mögliche Diebe ein Exempel zu statuieren. Podrick hatte seinen Teil von dem Schinken bekommen und hätte wohl neben dem Ritter gehangen, sein Name rettete ihn jedoch. Ser Kevan Lannister nahm ihn in seine Obhut, und einige Zeit später schickte er den Jungen als Knappen zu seinem Neffen Tyrion.

Ser Cedric hatte Podrick beigebracht, wie man ein Pferd striegelt und die Hufe nach Steinen untersucht, und Ser Lorimer hatte ihm gezeigt, wie man stiehlt; der Ausbildung mit dem Schwert hatte jedoch keiner der beiden viel Zeit gewidnet. Der Gnom hatte ihn wenigstens zum Waffenmeister des Red Keep geschickt. Doch während der Hungerunruhen hatte Ser Aron Santagar zu denen gehört, die dem Pöbel zum Opfer fielen, und damit hatten auch Podricks Schwertübungen ein Ende gefunden.

Brienne schnitzte zwei Holzschwerter aus abgebrochenen Ästen, um Podricks Können zu überprüfen. Der Junge war zwar langsam mit der Zunge, hingegen nicht mit der Hand, stellte sie erfreut fest. Obgleich furchtlos und aufmerksam, war er unterernährt und dürr und besaß nicht annähernd genug Kraft. Falls er tatsächlich die Schlacht am Blackwater überlebt hatte, wie er behauptete, dann wohl nur, weil niemand es als lohnend erachtet hatte, ihn zu töten. »Du magst dich Knappe nennen«, sagte sie zu ihm, »aber ich habe schon Pagen gesehen, die nur halb so alt waren wie du und dich blutig geprügelt hätten. Wenn du bei mir bleibst, wirst du dich fast jede Nacht mit Blasen an den Händen und blauen Flecken an den Armen hinlegen, und vor Muskelschmerzen wirst du kaum Schlaf finden. Das willst du doch gewiss nicht.«

»Doch«, beharrte der Junge. »Das will ich. Die blauen Flecken und die Blasen. Ich meine, ich will sie nicht, aber ich will. Ser. Mylady.«

Bislang hatte er zu seinem Wort gestanden und Brienne zu ihrem. Podrick beklagte sich nicht. Jedes Mal, wenn er eine neue Blase an der Hand hatte, zeigte er sie ihr stolz. Er sorgte auch gut für ihre Pferde. *Trotzdem ist er kein Knappe,* rief sie sich ins Gedächtnis, *aber ich bin auch kein Ritter, ganz gleich, wie oft er mich »Ser« nennt.* Sie hätte ihn fortgeschickt, nur, wo sollte er hin? Außerdem mochte er, obwohl er behauptete, keine Ahnung zu haben, wohin Sansa Stark geflohen war, mehr wissen, als ihm selbst klar war. Eine beiläufige Bemerkung, die er halb vergessen hatte, konnte den Schlüssel zu Briennes Suche bergen.

»Ser? Mylady?« Podrick zeigte nach vorn. »Da fährt ein Karren.«

Brienne sah ihn: ein hölzerner Ochsenkarren mit zwei Rädern und hohen Seitenwänden. Ein Mann und eine Frau mühten sich in den Zugriemen ab und zogen den Wagen durch die Straßenfurchen in Richtung Maidenpool. *Bauersleute, dem Aussehen nach.* »Gemach«, mahnte sie den Jungen. »Sie könnten uns für Vogelfreie halten. Sag nicht mehr, als unbedingt notwendig, und benimm dich höflich.«

»Das werde ich tun. Mich höflich benehmen. Mylady.« Dem Jungen schien die Aussicht, für einen Geächteten gehalten zu werden, fast zu gefallen.

Die Bauersleute beobachteten sie wachsam, als sie näher trabten, doch nachdem Brienne klar gemacht hatte, dass sie niemandem ein Leid zufügen wollte, durften sie neben ihnen reiten. »Früher hatten wir einen Ochsen«, erzählte der alte Mann unterwegs zwischen den verwilderten Feldern, Seen aus weichem Schlamm und verkohlten Bäumen, »aber die Wölfe haben sich mit ihm davongemacht.« Sein Gesicht war vor Anstrengung gerötet. »Sie haben auch unsere Tochter mitgenommen, aber die ist nach der Schlacht wieder nach Duskendale zurückgekommen. Der Ochse nicht. Vermutlich haben ihn die Wölfe gegessen.«

Die Frau hatte wenig hinzuzufügen. Sie war zwanzig Jahre jünger als der Mann, sagte jedoch kein einziges Wort und sah Brienne an, als wäre sie ein zweiköpfiges Schaf. Die Jungfrau von Tarth kannte solche Blicke. Lady Stark war sehr freundlich zu ihr gewesen, doch die meisten Frauen verhielten sich ihr gegenüber genauso grausam wie Männer. Brienne wusste nicht einmal, was sie mehr verletzte, die bissigen Zungen und das scharfe Gelächter der hübschen Mädchen oder die kalten Blicke der Damen, die ihre Verachtung hinter einer Maske der Höflichkeit verbargen. Und gewöhnliche Frauen konnten noch schlimmer sein als beide. »Maidenpool lag in Ruinen, als ich das letzte Mal dort war«, sagte sie. »Die Tore waren zertrümmert, die halbe Stadt niedergebrannt.«

»Sie haben einiges wiederaufgebaut. Dieser Tarly ist ein harter Mann und ein mutigerer Lord als Mooton. Draußen in den Wäldern gibt es noch immer Geächtete, aber nicht mehr so viele. Tarly hat die übelsten Kerle gefangen genommen und mit seinem großen Schwert ein Stück kürzer gemacht.« Er drehte den Kopf zur Seite und spuckte aus. »Habt Ihr keine Vogelfreien auf der Straße gesehen?«

»Keine.« *Diesmal.* Je weiter sie sich von Duskendale entfernt hatten, desto leerer war die Straße geworden. Die wenigen Reisenden, die sie sahen, verschwanden im Wald, ehe Brienne und Podrick sie erreichten, außer einem großen bärtigen Septon, der mit drei Dutzend fußwunden Gefolgsleuten nach Süden wanderte. Die Gasthäuser, die sie passiert hatten, waren entweder geplündert und verlassen oder in bewaffnete Lager verwandelt worden. Gestern waren sie einer mit Langbögen und Lanzen bis an die Zähne bewaffneten Streife von Lord Randyll begegnet. Die Reiter hatten sie eingekreist, während der Hauptmann Brienne ausfragte, am Ende hatte er sie jedoch ihren Weg fortsetzen lassen. »Seid auf der Hut, Weib. Die nächsten Männer, denen Ihr begegnet, sind vielleicht nicht so anständig wie meine Jungs. Der Bluthund hat mit hundert Geächteten den Trident überquert, und es heißt, sie schänden jedes Weibsstück, das ihnen in die Hände fällt, und schneiden ihm die Titten als Trophäen ab.«

Brienne fühlte sich verpflichtet, diese Warnung an den Bauern und seine Ehefrau weiterzugeben. Der Mann nickte und spuckte wieder aus. »Hunde und Wölfe und Löwen, mögen die Anderen sie alle holen. Diese Geächteten werden sich nicht in die Nähe von Maidenpool wagen. Nicht, solange Lord Tarly dort das Sagen hat.«

Brienne kannte Lord Randyll Tarly aus ihrer Zeit in König Renlys Heer. Obwohl sie für den Mann nichts übrig hatte, konnte sie auch nicht vergessen, wie viel sie ihm schuldete. *Wenn die*

Götter es gut meinen, sind wir an Maidenpool vorbei, ehe er von meiner Anwesenheit erfährt. »Die Stadt wird wieder an Lord Mooton übergehen, sobald die Kämpfe beendet sind«, erklärte sie dem Bauern. »Seiner Lordschaft wurde vom König die Strafe erlassen.«

»Die Strafe erlassen?« Der alte Mann lachte. »Wofür? Dafür, dass er in seiner verdammten Burg auf dem Arsch gesessen hat? Er hat seine Männer nach Riverrun geschickt, damit sie dort kämpfen, er selbst hat sich aber nicht blicken lassen. Erst haben die Löwen die Stadt geplündert, dann die Wölfe und schließlich die Söldner, und seine Lordschaft saß sicher hinter seinen Mauern. Sein Bruder hätte sich niemals versteckt wie er. Ser Myles war ein unerschrockener Mann, bis dieser Robert ihn erschlagen hat.«

Noch mehr Geister, dachte Brienne. »Ich suche nach meiner Schwester, einer hübschen Jungfer von dreizehn. Vielleicht habt Ihr sie gesehen?«

»Ich habe keine Jungfer gesehen, keine schöne und keine schäbige.«

Niemand hat sie gesehen. Trotzdem musste sie fragen.

»Mootons Tochter, die ist eine Jungfer«, fuhr der Mann fort. »Jedenfalls bis zum Betten. Die Eier hier sind für ihre Hochzeit. Sie heiratet Tarlys Sohn. Die Köche brauchen Eier für Kuchen.«

»Sicherlich.« *Lord Tarlys Sohn. Der kleine Dickon wird vermählt.* Sie versuchte sich zu entsinnen, wie alt er war; acht oder zehn, glaubte sie. Brienne war mit sieben verlobt worden, mit einem Knaben, der drei Jahre älter war, Lord Carons jüngerem Sohn, einem schüchternen Jungen mit einem Muttermal über dem Mund. Sie waren sich nur einmal begegnet, und zwar bei diesem Verlöbnis. Zwei Jahre später war er tot, ihn hatte die gleiche schwere Erkältung hingerafft, der auch Lord und Lady Caron und ihre Töchter zum Opfer gefallen waren. Wäre er nicht gestorben, hätten sie innerhalb eines Jahres nach ihrem ersten Erblühen geheiratet, und ihr ganzes Leben wäre anders verlaufen.

Sie würde jetzt nicht hier in der Rüstung eines Mannes reiten und ein Schwert tragen und nach dem Kind einer toten Frau suchen. Vermutlich wäre sie in Nachtlied, würde ein eigenes Kind wickeln und ein anderes stillen. Der Gedanke war Brienne nicht neu. Er machte sie immer ein wenig traurig, gleichzeitig jedoch war sie auch ein bisschen erleichtert.

Die Sonne verbarg sich halb hinter einer Wolkenbank, als sie die verkohlten Bäume hinter sich ließen und Maidenpool und die Bucht dahinter vor sich sahen. Die Stadttore waren wieder aufgebaut und verstärkt worden, erkannte Brienne auf den ersten Blick. Über dem Torhaus flatterte König Tommens Banner, auf geteiltem Feld in Gold und Rot ein schwarzer Hirsch und ein goldener Löwe im Kampf. Andere Banner zeigten den Jägersmann von Tarly, doch der rote Lachs des Hauses Mooton wehte nur über der Burg auf dem Hügel.

Am Fallgitter trafen sie auf ein Dutzend Wachen, die mit Hellebarden bewaffnet waren. Ihren Abzeichen zufolge gehörten sie zu Lord Tarlys Heer, wenn auch nicht direkt zu seinen Männern. Sie sah zwei Zentauren, einen Blitz, einen blauen Käfer und einen grünen Pfeil, jedoch nicht den schreitenden Jägersmann von Horn Hill. Der Sergeant hatte einen Pfau auf der Brust, dessen leuchtend bunter Schwanz in der Sonne ausgeblichen war. Als die Bauern ihren Karren anhielten, stieß er einen Pfiff aus. »Was ist denn das? Eier?« Er nahm sich eins, warf es in die Luft, fing es auf und grinste. »Wir nehmen sie.«

Der alte Mann zeterte. »Unsere Eier sind für Lord Mooton. Für die Hochzeitskuchen und so.«

»Sollen deine Hennen noch mehr legen. Ich habe seit einem halben Jahr kein Ei mehr gegessen.« Er warf dem alten Mann eine Hand voll Pfennige vor die Füße.

Die Frau des Bauern meldete sich zu Wort. »Das reicht nicht«, sagte sie. »Nicht einmal annähernd.«

»Ich denke doch«, erwiderte der Sergeant. »Für die Eier und für dich. Bringt sie her, Jungs. Sie ist zu jung für diesen alten

Kerl.« Zwei der Wachen lehnten die Hellebarden an die Wand und zerrten die sich heftig sträubende Frau vom Karren weg. Der Bauer sah mit grauem Gesicht zu, wagte jedoch nicht, sich zu rühren.

Brienne trieb ihre Stute vor. »Lasst sie los.«

Ihre Stimme ließ die Wachen lange genug innehalten, dass sich die Bauersfrau befreien konnte. »Misch dich hier nicht ein«, fuhr der eine Mann Brienne an. »Hüte deine Zunge, Mädel.«

Stattdessen zog Brienne das Schwert.

»Aha«, meinte der Sergeant, »blanker Stahl. Scheint mir, ich rieche einen Geächteten. Weißt du, was Lord Tarly mit Vogelfreien anstellt?« Noch immer hielt er das Ei, das er vom Wagen genommen hatte. Seine Hand schloss sich darum, und der Dotter quoll zwischen seinen Fingern hervor.

»Ich weiß, was Lord Randyll mit Geächteten anstellt«, antwortete Brienne. »Und auch, was er mit Frauenschändern macht.«

Sie hatte gehofft, der Name würde sie einschüchtern, doch der Sergeant schüttelte lediglich das Ei von der Hand und gab seinen Männern ein Zeichen, Brienne zu umstellen. Plötzlich war sie von Stahlspitzen umzingelt. »Was hast du gesagt, Mädel? Was macht Lord Tarly mit …«

»Frauenschändern«, beendete eine tiefere Stimme den Satz. »Er kastriert sie oder schickt sie zur Mauer. Manchmal beides. Und Dieben schneidet er die Finger ab.« Ein schwerfälliger junger Mann trat aus dem Torhaus, um die Taille hatte er einen Schwertgurt geschnallt. Der Wappenrock, den er über dem Stahl trug, war einst weiß gewesen, und hier und dort war er es sogar noch, neben Grasflecken und getrocknetem Blut. Das Wappen auf der Brust zeigte einen braunen Hirsch, tot und an den Beinen von einer Stange hängend.

Er. Seine Stimme traf sie wie ein Schlag in den Magen, sein Gesicht wie eine Klinge in die Gedärme. »Ser Hyle«, sagte sie steif.

»Lasst sie lieber durch, Jungs«, warnte Ser Hyle Hunt. »Das ist

Brienne die Schöne, die Jungfrau von Tarth, die König Renly und seine halbe Regenbogengarde erschlagen hat. Sie ist ebenso niederträchtig wie hässlich, und es gibt niemanden, der hässlicher wäre, außer vielleicht dir, Pisspott, aber dein Vater war das hintere Ende eines Auerochsen, daher hast du eine gute Entschuldigung. *Ihr* Vater ist der Abendstern von Tarth.«

Die Wachen lachten, doch die Hellebarden teilten sich. »Sollten wir sie nicht ergreifen, Ser?«, fragte der Sergeant. »Weil sie Renly ermordet hat?«

»Warum? Renly war ein Rebell. Genau wie wir alle, Rebellen bis zum letzten Mann, aber jetzt sind wir Tommens Getreue.« Der Ritter winkte die Bauersleute durch das Tor. »Der Lord Haushofmeister wird sich freuen, diese Eier zu sehen. Ihr findet ihn auf dem Markt.«

Der alte Mann berührte unterwürfig seine Stirn. »Herzlichsten Dank, M'lord. Ihr seid ein wahrer Ritter, keine Frage. Komm, Weib.« Sie legten sich in die Riemen und zogen den Karren rumpelnd durch das Tor.

Brienne trabte hinterher, und Podrick folgte ihr. *Ein wahrer Ritter,* dachte sie und runzelte die Stirn. Hinter dem Tor zügelte sie das Pferd. Links in einer verschlammten Gasse sah sie die Ruine eines Stalls. Gegenüber davon standen drei halb bekleidete Huren auf dem Balkon eines Bordells und tuschelten. Eine ähnelte einer Soldatendirne, die Brienne einmal gefragt hatte, ob sie eine Möse oder einen Schwanz in ihrer Hose habe.

»Dieser Schecke ist vermutlich das hässlichste Vieh, das ich je gesehen habe«, meinte Ser Hyle und deutete auf Podricks Pferd. »Es überrascht mich, dass Ihr ihn nicht reitet, Mylady. Hattet Ihr die Absicht, mir für meine Hilfe zu danken?«

Brienne schwang sich von ihrer Stute. Sie überragte Ser Hyle um Haupteslänge. »Eines Tages werde ich Euch im Buhurt danken, Ser.«

»So wie Ihr Euch beim Roten Ronnet bedankt habe?« Hunt lachte. Er hatte ein sattes, volltönendes Lachen, obgleich sein

Gesicht eher reizlos war. Ein ehrliches Gesicht, hatte sie einst geglaubt, ehe sie ihren Irrtum einsehen musste; struppiges braunes Haar, nussbraune Augen, eine kleine Narbe am linken Ohr. Er hatte ein Kinngrübchen, seine Nase war krumm, doch er lachte oft und voller Inbrunst.

»Solltet Ihr nicht Euer Tor bewachen?«

Er verzog das Gesicht. »Mein Vetter Alyn ist auf der Jagd nach Geächteten. Ohne Zweifel wird er mit dem Kopf des Bluthunds zurückkehren, schadenfroh und mit Ruhm bedeckt. Währenddessen bin ich dazu verdammt, dieses Tor zu bewachen, und das verdanke ich Euch. Ich hoffe, Ihr seid damit zufrieden, meine Schöne. Wonach sucht Ihr?«

»Nach einem Stall.«

»Drüben am Osttor. Dieser hier ist abgebrannt.«

Das sehe ich. »Was Ihr zu diesen Männern gesagt habt … Ich war bei König Renly, als er starb, aber sein Tod wurde durch Zauberei herbeigeführt, Ser. Ich schwöre es bei meinem Schwert.« Sie legte die Hand auf das Heft, bereit zu kämpfen, falls Hunt sie eine Lügnerin nannte und ihr dies offen ins Gesicht sagte.

»Ja, und es war der Ritter der Blumen, der die Regenbogengarde zerstückelt hat. An einem guten Tag hättet Ihr vielleicht Ser Emmon besiegen können. Er war ein unbesonnener Kämpfer und wurde schnell müde. Royce? Nein. Ser Robar war ein doppelt so guter Fechter wie Ihr … wobei Ihr nicht einmal ein Fecht-*er* seid, oder? Gibt es ein Wort wie Fecht-*sie*? Welche Suche bringt die Maid nach Maidenpool, frage ich mich?«

Ich suche meine Schwester, eine Jungfer von dreizehn, wäre es ihr beinahe entfahren, doch Ser Hyle würde wissen, dass sie keine Schwester hatte. »Ich suche einen Mann, und zwar in der Stinkenden Gans.«

»Ich dachte, Brienne die Schöne hätte mit Männern nichts im Sinn.« Sein Lächeln hatte einen grausamen Zug. »In der Stinkenden Gans. Ein treffender Name … zumindest, was das Stinken angeht. Die Schenke ist am Hafen. Doch zuerst werdet Ihr mich zu seiner Lordschaft begleiten.«

Brienne fürchtete sich nicht vor Ser Hyle, doch er besaß den Rang eines Hauptmanns von Randyll Tarly. Ein Pfiff, und hundert Männer würden herbeieilen, um ihn zu verteidigen. »Stehe ich unter Arrest?«

»Was, wegen Renly? Wer war der denn? Seitdem haben wir alle den König gewechselt, manch einer zweimal. Niemand schert sich drum, niemand erinnert sich dran.« Er legte eine Hand auf ihren Arm. »Hier entlang, wenn es Euch recht ist.«

Sie riss sich los. »Ich wäre Euch dankbar, wenn Ihr mich nicht anfassen würdet.«

»Wenigstens dafür dankt Ihr mir«, erwiderte er und lächelte schief.

Bei ihrem letzten Besuch in Maidenpool war die Stadt verwüstet gewesen, ein trostloser Ort mit leeren Straßen und niedergebrannten Häusern. Jetzt wimmelte es in den Gassen von Schweinen und Kindern, und die meisten Brandruinen hatte man abgerissen. An manchen Stellen hatte man stattdessen Gemüse gepflanzt, an anderen standen die Zelte von Händlern und die Pavillons von Rittern. Brienne sah Häuser, die neu errichtet wurden, ein Gasthaus aus Stein dort, wo eines aus Holz abgebrannt war, ein neues Schieferdach auf der Stadtsepte. Durch die kühle Herbstluft hallte der Lärm von Sägen und Hämmern. Männer trugen Balken durch die Straßen, und Steinmetze fuhren mit ihren Wagen durch die schlammigen Gassen. Viele trugen den schreitenden Jäger auf der Brust. »Die Soldaten bauen die Stadt wieder auf«, stellte sie überrascht fest.

»Sie würden lieber würfeln, saufen und huren, daran zweifele ich nicht, aber Lord Randyll ist der Überzeugung, Müßiggänger müsse man arbeiten lassen.«

Sie hatte erwartet, dass er sie zur Burg bringen würde. Doch Hunt führte sie in den belebten Hafen. Die Kaufleute waren nach Maidenpool zurückgekehrt, wie sie erfreut feststellte. Eine

Galeere, eine Galleasse und eine große Zweimastkogge lagen vor Anker, dazu vielleicht zwanzig kleine Fischerboote. Weitere Fischer waren draußen in der Bucht zu sehen. *Wenn ich in der Stinkenden Gans nichts erreiche, schiffe ich mich ein,* entschied sie. Gulltown war nur eine kurze Reise entfernt. Von dort konnte sie leicht zur Eyrie gelangen.

Lord Tarly fanden sie auf dem Fischmarkt, wo er Recht sprach.

Am Wasser hatte man ein Podest errichtet, von dem aus seine Lordschaft auf die Männer herunterblicken konnte, die eines Verbrechens bezichtigt wurden. Zu seiner Linken stand ein langer Galgen mit genug Schlingen für zwanzig Männer. Vier Leichen baumelten daran. Eine sah frisch aus, die übrigen drei hingen offensichtlich schon eine Weile dort. Eine Krähe zupfte Fleisch von den Überresten eines der Toten. Die anderen Vögel waren auseinander gestoben und beäugten wachsam das versammelte Stadtvolk, das auf eine weitere Hinrichtung hoffte.

Lord Randyll teilte sich das Podest mit Lord Mooton, einem bleichen, korpulenten Mann in weißem Wams und roten Bundhosen, dessen Hermelinmantel von einer rotgoldenen Fibel in Form eines Lachses zusammengehalten wurde. Tarly trug eine Kettenbrünne, gekochtes Leder und einen Brustpanzer aus grauem Stahl. Das Heft eines Großschwertes ragte über seine linke Schulter. *Heartsbane* hieß es und war der Stolz seines Hauses.

Ein Jüngling in beflecktem Wams und einem Mantel aus grob gesponnenem Stoff wurde gerade verhört, als sie dazukamen. »Ich habe niemandem Schaden zugefügt, M'lord«, hörte Brienne ihn sagen. »Ich habe nur genommen, was die Septone bei ihrer Flucht zurückgelassen haben. Wenn Ihr mir dafür den Finger abhacken wollt, dann tut es.«

»Es ist üblich, einem Dieb einen Finger zu nehmen«, erwiderte Lord Tarly mit harter Stimme, »aber ein Mann, der aus einer Septe stiehlt, bestiehlt die Götter.« Er wandte sich an den Hauptmann seiner Wache. »Sieben Finger. Lasst ihm die Daumen.«

»Sieben?« Der Dieb erbleichte. Dann packten ihn die Wachen, und er versuchte sich zu wehren, jedoch nur schwach, als wäre er bereits verstümmelt. Während sie dem Geschehen zuschaute, musste Brienne unwillkürlich an Ser Jaime denken und daran, wie er geschrien hatte, als Zollos *arakh* blitzend niedergefahren war.

Der nächste Mann war ein Bäcker, dem vorgeworfen wurde, Sägemehl in sein Mehl gemischt zu haben. Lord Randyll erlegte ihm fünfzig Silberhirschen Strafe auf. Als der Bäcker schwor, so viel Silber besitze er nicht, verkündete seine Lordschaft, er könne jeden Hirschen, der ihm fehlte, gegen einen Peitschenhieb eintauschen. Dann folgte eine ausgezehrte Hure mit grauem Gesicht, die beschuldigt wurde, vier von Tarlys Soldaten mit der Lustseuche angesteckt zu haben. »Wascht ihre Geschlechtsteile mit Lauge aus, und werft sie in den Kerker«, befahl Tarly. Während die Hure schluchzend davongezerrt wurde, entdeckte seine Lordschaft Brienne am Rand der Menge, wo sie zwischen Podrick und Ser Hyle stand. Er bedachte sie mit einem Stirnrunzeln, doch seine Augen verrieten mit keinem Blinzeln, ob er sie erkannt hatte.

Es folgte ein Seemann von der Galleasse. Sein Ankläger war ein Bogenschütze aus Lord Mootons Truppe, mit einer verbundenen Hand und einem Lachs auf der Brust. »Wenn es M'lord beliebt, dieser Bastard hat mir mit dem Dolch die Hand durchbohrt. Hat behauptet, ich würde beim Würfeln betrügen.«

Lord Tarly wandte den Blick von Brienne ab und betrachtete die beiden Männer vor sich. »Hast du betrogen?«

»Nein, M'lord. Niemals.«

»Für Diebstahl verlange ich einen Finger. Belüg mich, und ich hänge dich auf. Muss ich dich erst bitten, mir diese Würfel zu zeigen?«

»Die Würfel?« Der Bogenschütze sah Mooton an, doch seine Lordschaft schaute zu den Fischerbooten hinüber. Der Bogenschütze schluckte. »Könnte sein, dass ich … Diese Würfel bringen mir Glück, das stimmt, aber …«

Tarly hatte genug gehört. »Nehmt ihm den kleinen Finger ab. Er kann sich die Hand aussuchen. Einen Nagel durch die Handfläche der anderen.« Er erhob sich. »Das wäre es für heute. Führt die Übrigen in den Kerker zurück, ich werde morgen über sie verhandeln.« Er wandte sich um und winkte Ser Hyle zu sich. Brienne folgte. »Mylord«, sagte sie, als sie vor ihm stand. Sie kam sich vor, als sei sie wieder acht Jahre alt.

»Mylady. Welchem Umstand verdanken wir diese … Ehre?«

»Ich suche nach … nach …« Sie zögerte.

»Wie wollt Ihr denjenigen finden, wenn Ihr seinen Namen nicht kennt? Habt Ihr Lord Renly ermordet?«

»Nein.«

Tarly wog ihre Antwort ab. *Er bildet sich ein Urteil über mich, so wie über diese anderen.* »Nein«, sagte er schließlich, »Ihr habt ihn lediglich sterben lassen.«

Renly war in ihren Armen gestorben, sein Lebensblut hatte ihre Haut genässt. »Es war Zauberei. Ich hätte niemals …«

»*Niemals*?« Seine Stimme wurde zu einer Peitsche. »Ja. Ihr hättet niemals die Rüstung anlegen oder ein Schwert umschnallen sollen. Ihr hättet niemals die Halle Eures Vaters verlassen sollen. Dies ist ein Krieg und kein Herbstfest. Bei den Göttern, ich sollte Euch nach Tarth zurückverfrachten.«

»Tut das, und verantwortet Euch vor dem Thron.« Ihre Stimme klang schrill und mädchenhaft, dabei sollte sie furchtlos erscheinen. »Podrick. In meiner Tasche findest du ein Pergament. Bring es seiner Lordschaft.«

Tarly nahm den Brief, rollte ihn auf und blickte finster darauf. Seine Lippen bewegten sich beim Lesen. »In Angelegenheiten des Königs. Was für Angelegenheiten?«

Belüg mich, und ich hänge dich auf. »S-sansa Stark.«

»Wenn das Stark-Mädchen hier wäre, wüsste ich es. Ich wette, sie ist in den Norden zurückgeflohen. Hofft gewiss, dort bei einem der Gefolgsleute ihres Vaters Zuflucht zu finden. Sie sollte lieber hoffen, dass sie sich den Richtigen aussucht.«

»Stattdessen könnte sie auch ins Tal gegangen sein«, hörte Brienne sich sagen, »zur Schwester ihrer Mutter.«

Lord Randyll warf ihr einen verächtlichen Blick zu. »Lady Lysa ist tot. Irgendein Sänger hat sie von ihrem Berg gestoßen. Littlefinger hält jetzt die Eyrie … wenn auch nicht mehr lange. Die Lords aus dem Tal gehören nicht zu denen, die das Knie vor einem naseweisen Emporkömmling beugen, dessen einzige Begabung darin besteht, Münzen zu zählen.« Er reichte ihr den Brief zurück. »Geht, wohin Ihr wollt, und tut, was Ihr möchtet … aber wenn man Euch schändet, verlangt keine Gerechtigkeit von mir. Das hättet Ihr für Eure Torheit verdient.« Er sah Ser Hyle an. »Und Ihr, Ser, solltet an Eurem Tor sein. Ich habe Euch doch damit beauftragt, oder?«

»Ja, Mylord«, erwiderte Hyle Hunt, »aber ich dachte –«

»Ihr denkt zu viel.« Lord Tarly schritt von dannen.

Lysa Tully ist tot. Brienne stand neben dem Galgen und hielt ihr kostbares Pergament in der Hand. Die Menge hatte sich zerstreut, die Krähen waren zu ihrem Festmahl zurückgekehrt. *Ein Sänger hat sie von ihrem Berg gestoßen.* Hatten sich die Krähen auch an Lady Catelyns Schwester gütlich getan?

»Ihr habt die Stinkende Gans erwähnt, Mylady«, sagte Ser Hyle. »Wenn Ihr möchtet, zeigte ich sie Euch –«

»Geht zu Eurem Tor zurück.«

Ärger huschte über sein Gesicht. *Ein offenes Gesicht, kein ehrliches.* »Wenn Ihr es wünscht.«

»Ja, ich wünsche es.«

»Es war nur ein Spiel, um uns die Zeit zu vertreiben. Wir wollten nichts Böses.« Er zögerte. »Ben ist tot, wisst Ihr. Erschlagen am Blackwater. Farrow ebenfalls, und Will der Storch. Und Mark Mullendore hat eine Wunde erlitten, die ihn den halben Arm gekostet hat.«

Gut, hätte Brienne am liebsten gesagt. *Gut, das hat er verdient.* Doch sie erinnerte sich an Mullendore, wie er im Kettenhemd vor seinem Pavillon saß, den Affen auf der Schulter, und wie sie einander Grimassen schnitten. Wie hatte Catelyn Stark sie damals in Bitterbridge genannt? *Die Ritter des Sommers*. Nun war es Herbst geworden, und sie fielen wie die Blätter.

Sie wandte Hyle Hunt den Rücken zu. »Podrick, komm.«

Der Junge trottete mit den Pferden hinter ihr her. »Suchen wir jetzt dieses Wirtshaus? Die Stinkende Gans?«

»Ich suche sie. Du gehst zum Stall am Osttor. Frag den Stallburschen, ob es ein Gasthaus gibt, in dem wir übernachten können.«

»Ja, Ser. Mylady.« Podrick starrte zu Boden, während sie weitergingen, und gelegentlich stieß er mit dem Fuß Steine zur Seite. »Wisst Ihr, wo das ist? Die Gans? Die Stinkende Gans, meine ich.«

»Nein.«

»Er hat gesagt, er würde sie uns zeigen. Dieser Ritter. Ser Kyle.«

»Hyle.«

»Hyle. Was hat er Euch getan, Ser? Ich meine, Mylady.«

Der Junge mag über seine Zunge stolpern, dumm ist er nicht. »In Highgarden haben ein paar Männer ein Spiel mit mir getrieben, als König Renly zu den Fahnen rief. Ser Hyle war einer von ihnen. Es war ein grausames Spiel, kränkend und unritterlich.« Sie blieb stehen. »Zum Osttor geht es da entlang. Warte dort auf mich.«

»Wie Ihr wünscht, Mylady. Ser.«

Die Stinkende Gans hatte kein Schild. Brienne brauchte fast eine Stunde, um die Schenke zu finden, die unter dem Stall eines Abdeckers lag. Eine Holztreppe führte hinunter in einen düsteren Keller mit niedriger Decke, und Brienne stieß sich den Kopf an einem Balken. Gänse waren nicht zu sehen. Ein paar Schemel standen herum, eine Bank hatte man an eine Wand aus Erde geschoben. Die Tische bestanden aus alten Weinfässern, grau und voller Wurmlöcher. Der versprochene Gestank durchdrang alles. Hauptsächlich roch es nach Wein und Feuchtigkeit und

Schimmel, verriet Brienne ihre Nase, jedoch auch ein wenig nach Abort und Totenhof.

Nur drei Seeleute aus Tyrosh tranken in einer Ecke und knurrten sich durch grüne und purpurrote Bärte an. Nachdem sie kurz prüfend zu ihr hinübergeschaut hatten, sagte einer etwas, und die anderen lachten. Die Eigentümerin stand hinter einer Planke, die quer über zwei Fässern lag. Sie war rund und bleich und hatte schütteres Haar, ihre riesigen Brüste bebten unter einem fleckigen Kittel. Die Frau sah aus, als hätten die Götter sie aus rohem Teig erschaffen.

Brienne wagte nicht, hier um Wasser zu bitten. Sie kaufte einen Becher Wein und sagte: »Ich suche einen Mann, den Flinken Dick.«

»Dick Crabb. Kommt fast jeden Abend.« Die Wirtin beäugte Briennes Kettenhemd und Schwert. »Wenn Ihr ihn umbringen wollt, tut es woanders. Wir wollen keinen Ärger mit Lord Tarly.«

»Ich will mit ihm reden. Warum sollte ich ihm etwas Böses wollen?«

Die Frau zuckte mit den Schultern.

»Wenn Ihr mir zunickt, sobald er hereinkommt, wäre ich Euch sehr dankbar.«

»Wie dankbar?«

Brienne legte einen Kupferstern auf die Planke und suchte sich einen Platz in einer dunklen Ecke, wo sie die Treppe im Auge hatte.

Sie probierte den Wein. Er schmeckte ölig, und ein Haar schwamm darin. *Ein Haar, so dünn wie meine Hoffnung, Sansa zu finden,* dachte sie, während sie es herausfischte. Ser Dontos nachzujagen hatte sich als fruchtlos erwiesen, und da Lady Lysa tot war, erschien das Tal auch keine wahrscheinliche Zuflucht mehr zu sein. *Wo seid Ihr, Lady Sansa? Seid Ihr nach Hause geflüchtet, nach Winterfell, oder seid Ihr bei Eurem Gemahl, wie Podrick vermutet?* Brienne wollte dem Mädchen nicht über die Meerenge nachjagen, wo ihr auch die Sprache fremd sein würde. *Dort wäre ich noch absonderlicher, wenn ich grunzend und gestikulierend versuche, mich verständlich zu machen. Sie würden mich auslachen, genauso wie in Highgarden.* Bei der Erinnerung stahl sich Röte in ihre Wangen.

Als Renly sich die Krone aufs Haupt gesetzt hatte, war die Jungfrau von Tarth quer durch die Weite geritten, um sich ihm anzuschließen. Der König selbst hatte sie höflich begrüßt und in seinen Diensten willkommen geheißen. Nicht so seine Lords und Ritter. Brienne hatte keinen herzlichen Empfang erwartet. Sie war auf Kälte, Spott und Feindseligkeit gefasst gewesen. Das hatte man ihr schon früher vorgesetzt. Doch war es nicht der Hohn der vielen, der sie verwirrte und verletzlich machte, sondern die Freundlichkeit einiger weniger. Die Jungfrau von Tarth war bereits dreimal verlobt gewesen, doch nie hatte jemand um sie geworben, nicht, ehe sie nach Highgarden kam.

Der Große Ben Bushy war der Erste, einer der wenigen Männer in Renlys Lager, der sie überragte. Er schickte ihr seinen Knappen, damit er ihre Rüstung säuberte, und schenkte ihr ein silbernes Trinkhorn. Ser Edmund Ambrose übertraf ihn noch, brachte ihr Blumen und bat sie, mit ihm auszureiten. Ser Hyle Hunt schlug sie alle. Er schenkte ihr ein Buch mit wundervollen Illustrationen und hundert Geschichten über ritterliche Tapferkeit. Er brachte Äpfel und Karotten für ihr Pferd und einen blauen Seidenbusch für ihren Helm. Auch erzählte er ihr den Lagerklatsch und machte kluge, scharfe Bemerkungen, die ihr ein Lächeln entlockten. Einmal übte er sogar den Schwertkampf mit ihr, was ihr mehr bedeutet hatte als alles andere.

Sie glaubte, seinetwegen hätten auch die anderen angefangen, höflich zu sein. *Mehr als höflich.* Bei Tisch stritten sich die Männer um den Platz neben ihr und erboten sich, ihr den Weinbecher zu füllen oder ihr Süßigkeiten zu holen. Ser Richard Farrow spielte vor ihrem Pavillon Liebeslieder auf der Laute. Ser Hugh Beesbury brachte ihr einen Topf mit Honig, »so süß wie die Jungfrauen von Tarth«. Ser Mark Mullendore erheiterte sie mit den Possen seines Affen, ein neugieriges kleines Geschöpf mit schwarz-weißem Fell von den Summer Islands. Ein Heckenritter mit Namen Will der Storch wollte ihr die Schultern massieren.

Brienne wies ihn ab. Sie wies sie alle ab. Als Ser Owen Inchfield sie eines Abends packte und ihr einen Kuss auf den Mund drückte, stieß sie ihn mit dem Hinterteil voran in ein Feuer. Danach betrachtete sie sich in einem Spiegel. Ihr Gesicht war so breit und sommersprossig wie eh und je, ihre Zähne standen vor wie immer, mit wulstigen Lippen, dickem Kinn, so hässlich. Alles, was sie wollte, war, ein Ritter sein und König Renly dienen, und trotzdem …

Es war nicht so, dass sie die einzige Frau gewesen wäre. Selbst die Soldatendirnen waren hübscher als sie, und oben in der Burg saßen Lord Tyrell und König Renly jede Nacht zu Tische, während die hochgeborenen Jungfern und die liebreizenden Ladys zur Musik von Dudelsack und Horn und Harfe tanzten. *Warum seid Ihr freundlich zu mir?*, hätte sie am liebsten geschrien, wann immer ein fremder Ritter ihr ein Kompliment machte. *Was wollt Ihr?*

Randyll Tarly löste das Rätsel; an jenem Tag schickte er zwei seiner Krieger, um sie in seinen Pavillon zu rufen. Sein kleiner Sohn Dickon hatte belauscht, wie sich vier Ritter beim Satteln ihrer Pferde lachend unterhielten, und er hatte seinem Vater erzählt, was sie gesagt hatten.

Es ging um eine Wette.

Drei der jüngeren Ritter hatten damit angefangen, erzählte er Brienne: Ambrose, Bushy und Hyle Hunt, von seinem eigenen Hof. Die Neuigkeit machte im Lager die Runde, und andere hatten sich angeschlossen. Jeder Mann musste einen goldenen Drachen Einsatz leisten, die ganze Summe würde am Ende an denjenigen gehen, der ihre Jungfräulichkeit eroberte.

»Ich habe diesem Spaß ein Ende bereitet«, erklärte Tarly ihr. »Einige der … Herausforderer … waren weniger ehrenwert, und der Einsatz wurde jeden Tag größer. Es war nur eine Frage der Zeit, bis einer entschieden hätte, sich den Gewinn mit Gewalt zu holen.«

»Sie waren doch Ritter«, sagte sie wie betäubt. »Gesalbte Ritter.«

»Und ehrenwerte Männer. Die Schuld liegt bei Euch.«

Bei diesem Vorwurf fuhr sie zusammen. »Ich würde niemals ... Mylord, ich habe sie auf keinerlei Weise ermutigt.«

»Eure bloße Anwesenheit hat sie ermutigt. Benimmt sich eine Frau wie eine Soldatendirne, kann sie sich nicht beschweren, wenn sie wie eine behandelt wird. Ein Kriegsheer ist kein Ort für eine Jungfrau. Wenn Euch Eure Tugend oder die Ehre Eures Hauses auch nur ein wenig wert ist, werdet Ihr das Kettenhemd ablegen, heimkehren und Euren Vater anflehen, einen Gemahl für Euch zu suchen.«

»Ich bin gekommen, um zu kämpfen«, beharrte sie. »Um ein Ritter zu sein.«

»Die Götter haben Männer für den Kampf geschaffen, und Frauen, um Kinder zu gebären«, erwiderte Randyll Tarly. »Der Krieg einer Frau findet im Kindbett statt.«

Jemand kam die Kellertreppe herunter. Brienne schob ihren Wein zur Seite, als ein zerlumpter, knochiger Mann mit scharfen Gesichtszügen und schmutzigem braunen Haar in die Gans hinunterstieg. Er warf den Seeleuten aus Tyrosh einen kurzen und Brienne einen längeren Blick zu, dann ging er zu der Planke. »Wein«, sagte er, »und zwar nicht von der Pferdepisse.«

Die Frau sah Brienne an und nickte.

»Ich spendiere Euch den Wein«, rief sie, »wenn Ihr auf ein Wort Zeit für mich habt.«

Der Mann wandte sich ihr mit misstrauischem Blick zu. »Ein Wort? Ich kenne eine Menge Wörter.« Er setzte sich ihr gegenüber auf einen Schemel. »Sagt mir, welches M'lady hören möchte, und der Flinke Dick wird es sagen.«

»Ich habe gehört, Ihr hättet einen Narren zum Narren gehalten.«

Der zerlumpte Mann nippte am Wein und dachte nach. »Könnte sein. Oder auch nicht.« Er trug ein ausgeblichenes, zerschlissenes Wams, von dem man das Abzeichen irgendeines Lords abgerissen hatte. »Wer will das wissen?«

»König Robert.« Sie legte einen Silberhirschen auf das Fass zwischen ihnen. Auf der einen Seite prangte Roberts Kopf, auf der anderen der Hirsch.

»Tatsächlich?« Der Mann nahm die Münze, ließ sie kreiseln und lächelte. »Ich schau einem König gern beim Tanzen zu, hey-nonny hey-nonny hey-nonny-ho. Könnte sein, dass ich Euern Narren gesehen habe.«

»War ein Mädchen bei ihm?«

»Zwei Mädchen«, antwortete er ohne Zögern.

»*Zwei* Mädchen?« *Könnte das andere Arya gewesen sein?*

»Also«, sagte der Mann, »ich habe die beiden Süßen nicht zu Gesicht bekommen, aber er wollte Überfahrt für drei.«

»Überfahrt wohin?«

»Zur anderen Seite des Meeres, wenn ich mich recht erinnere.«

»Entsinnt Ihr Euch, wie er ausgesehen hat?«

»Wie ein Narr.« Er schnappte sich die kreiselnde Münze vom Tisch, als sie langsamer wurde, und ließ sie verschwinden. »Wie ein verängstigter Narr.«

»Weshalb verängstigt?«

Er zuckte die Achseln. »Hat er nicht gesagt, aber der alte Flinke Dick kennt den Geruch von Angst. Er kam fast jeden Abend her, hat den Seeleuten Wein ausgegeben, machte Possen, sang seine Lieder. Nur sind eines Nachts ein paar Männer mit diesem Jäger auf der Brust reingekommen, und Euer Narr wurde weiß wie Milch und hielt den Mund, bis sie weg waren.« Er schob seinen Schemel näher zu ihr. »Dieser Tarly lässt seine Soldaten an den Kais herumschleichen, damit sie jedes Schiff im Auge behalten, das kommt oder abfährt. Wenn ein Mann einen Hirsch will, geht er in den Wald. Will er ein Schiff, geht er zum Hafen. Euer

Narr hat sich nicht getraut. Also habe ich ihm meine Hilfe angeboten.«

»Was für Hilfe?«

»Hilfe, die mehr als einen Silberhirschen kostet.«

»Erzählt es mir, und Ihr bekommt noch einen.«

»Lasst mal sehen«, gab er zurück. Sie legte einen zweiten Silberhirschen auf das Fass. Er ließ ihn kreiseln, lächelte und schnappte sich die Münze. »Ein Mann, der nicht zu den Schiffen gehen kann, will, dass die Schiffe zu ihm kommen. Ich habe ihm gesagt, ich kenne einen Ort, wo das passieren könnte. Einen geheimen Ort, sozusagen.«

Brienne bekam eine Gänsehaut auf dem Arm. »Eine Schmugglerbucht. Ihr habt den Narren zu Schmugglern geschickt.«

»Ihn und diese beiden Mädchen.« Er kicherte. »Nur, also, da, wo ich ihn hingeschickt habe, kommen schon seit einer Weile keine Schiffe mehr vorbei. Sagen wir mal, seit dreißig Jahren.« Er kratzte sich die Nase. »Was bedeutet Euch dieser Narr?«

»Die beiden Mädchen sind meine Schwestern.«

»Ach, ja? Arme Dinger. Hatte selbst mal eine Schwester. Ein mageres Ding mit Knubbelknien, dann hat sie zwei Titten gekriegt und einen Ritter zwischen ihre Beine gelassen. Als ich sie das letzte Mal gesehen habe, war sie nach King's Landing unterwegs, um sich ihren Lebensunterhalt auf dem Rücken zu verdienen.«

»Wo habt Ihr sie hingeschickt?«

Er zuckte mit den Schultern. »Daran kann ich mich nicht erinnern.«

»*Wohin?*« Brienne knallte den nächsten Silberhirschen auf den Tisch.

Er schnippte die Münze mit dem Zeigefinger zu ihr zurück. »Dorthin, wo ein Hirsch sie nicht findet … aber vielleicht ein Drache.«

Mit Silber würde sie die Wahrheit nicht aus ihm herausholen, das spürte sie. *Mit Gold vielleicht, oder vielleicht auch nicht. Stahl wäre sicherer.* Brienne berührte ihren Dolch, griff dann jedoch in ihren Beutel. Sie fand einen Golddrachen und legte ihn auf das Fass. »Wohin?«

Der zerlumpte Mann griff sich die Münze und biss hinein. »Süß. Da fällt mir Crackclaw Point ein. Oben im Norden, ein wildes Land, Hügel, Sümpfe, aber zufällig bin ich dort geboren und aufgewachsen. Dick Crabb heiße ich, aber die meisten nennen mich Flinker Dick.«

Sie sagte ihm ihren Namen nicht. »*Wo* in Crackclaw Point?«

»Zum Gewisper. Ihr habt doch bestimmt von Clarence Crabb gehört.«

»Nein.«

Das schien ihn zu überraschen. »*Ser* Clarence Crabb, meinte ich. Sein Blut fließt in meinen Adern. Er war acht Fuß groß und so stark, dass er mit einer Hand Kiefern ausreißen und eine halbe Meile weit schmeißen konnte. Kein Pferd konnte sein Gewicht tragen, deshalb hat er einen Auerochsen geritten.«

»Was hat er mit dieser Schmugglerbucht zu tun?«

»Sein Weib war eine Waldhexe. Jedes Mal, wenn Ser Clarence einen Mann getötet hatte, hat er den Kopf mit nach Hause gebracht, und sein Weib küsste ihn auf die Lippen und erweckte den Toten wieder zum Leben. Es waren Lords und Zauberer, berühmte Ritter und Piraten. Einer war König von Duskendale. Sie haben dem alten Crabb gute Ratschläge gegeben. Wenn man nur ein Kopf ist, kann man nicht so laut reden, aber sie haben trotzdem nie das Maul gehalten. Sie waren ja nur Köpfe, und so blieb ihnen nur das Schwatzen, um sich den Tag zu vertreiben. Daher wurde Crabbs Bergfried das Gewisper genannt. Und wird noch immer so genannt, obwohl es seit tausend Jahren eine Ruine ist. Ein einsamer Ort, das Gewisper.« Der Mann ließ die Münze geschickt über die Fingerknöchel wandern. »Ein Drache allein wird schnell einsam. Zehn dagegen …«

»Zehn Drachen sind ein Vermögen. Haltet Ihr mich für einen Narren?«

»Nein, aber ich kann Euch zu einem bringen.« Die Münze tanzte hin und wieder zurück. »Ich kann Euch zum Gewisper bringen, M'lady.«

Brienne gefiel es nicht, wie seine Finger mit der Goldmünze spielten. Und trotzdem … »Sechs Drachen, wenn wir meine Schwester finden. Zwei, wenn wir nur den Narren auftreiben. Nichts, wenn wir nichts finden.«

Crabb zuckte mit den Schultern. »Sechs sind gut. Sechs genügen.«

Zu schnell. Sie packte sein Handgelenk, ehe er das Gold einstecken konnte. »Treibt keine Spielchen mit mir. Ich bin keine leichte Beute.«

Nachdem sie losgelassen hatte, rieb sich Crabb den Unterarm. »Verfluchte Pisse«, murmelte er. »Ihr habt mir wehgetan.«

»Tut mir Leid. Meine Schwester ist ein Mädchen von dreizehn. Ich muss sie finden, ehe –«

»– ehe irgendein Ritter in ihre Spalte gerät. Ja, ich verstehe. Sie ist so gut wie gerettet. Ihr könnt Euch auf den Flinken Dick verlassen. Wir treffen uns morgen früh beim ersten Tageslicht am Osttor. Ich muss mir noch ein Pferd besorgen.«

SAMWELL

Auf dem Meer bekam Samwell Tarly die Grünkrankheit.

Das lag nicht nur an seiner Angst vor dem Ertrinken, obwohl die sicherlich dazu beitrug. Es war die Bewegung des Schiffes, die Art und Weise, wie das Deck unter seinen Füßen rollte. »Mir ist ganz flau im Bauch«, gestand er Dareon an dem Tag, an dem sie von Eastwatch-by-the-Sea in See stachen. Der Sänger schlug ihm auf den Rücken und sagte: »Bei einem Bauch wie deinem, Töter, muss eine Menge Flaues zusammenkommen.«

Sam versuchte, das Gesicht zu wahren und tapfer zu sein, schon allein wegen Goldy. Sie hatte noch nie das Meer gesehen. Als sie sich auf der Flucht aus Crasters Bergfried durch den Schnee gekämpft hatten, waren sie an mehreren Seen vorbeigekommen, und schon die waren ihr wie ein Wunder erschienen. Während sich die *Schwarzdrossel* von der Küste entfernte, begann das Mädchen zu zittern, und dicke, salzige Tränen rollten über ihre Wangen. »Bei den guten Göttern«, hörte Sam sie flüstern. Eastwatch verschwand als Erstes, und die Mauer wurde in der Ferne immer kleiner, bis man sie schließlich ebenfalls nicht mehr sehen konnte. Nun kam Wind auf. Die Segel waren so grau wie zu oft gewaschene schwarze Mäntel, und Goldys Gesicht war weiß vor Angst. »Das ist ein gutes Schiff«, versuchte Sam ihr zu versichern. »Du brauchst dich nicht fürchten.« Doch sie sah ihn nur an, hielt den Säugling fester und floh nach unten.

Bald umklammerte er das Schandeck und beobachtete das Pendeln der Ruder. Wie sie sich alle zusammen bewegten, war irgendwie schön anzuschauen und besser, als auf die Wasseroberfläche zu starren. Der Anblick des Wassers ließ ihn immer nur ans Ertrinken denken. Als er klein gewesen war, hatte ihm sein Hoher Vater das Schwimmen beibringen wollen, indem er Sam in den Teich unterhalb von Horn Hill geworfen hatte. Das Wasser war Sam in Nase, Mund und Lunge gedrungen, und er hatte stundenlang gejapst und gehustet, nachdem Ser Hyle ihn wieder herausgezogen hatte. Danach hatte er sich nie tiefer ins Wasser getraut als bis zum Bauch.

Die Seehundsbucht reichte allerdings *viel* tiefer als nur bis zum Bauch und war längst nicht so friedlich wie der kleine Fischteich unterhalb der Burg seines Vaters. Das Wasser war grau und grün und kabbelig, und vor der bewaldeten Küste, der sie folgten, wechselten sich Felsen und Strudel in wirrem Durcheinander ab. Selbst wenn er es mit Strampeln und Paddeln bis dorthin schaffte, würden die Wellen ihn vermutlich gegen diese Klippen schleudern und ihm den Kopf zerschmettern.

»Hältst du Ausschau nach Meerjungfrauen, Töter?«, fragte Dareon, der sah, wie Sam über die Bucht hinwegschaute. Mit seinem blonden Haar und den braunen Augen erinnerte der stattliche junge Sänger aus Eastwatch eher an einen düsteren Prinzen als an einen schwarzen Bruder.

»Nein.« Sam wusste nicht, wonach er Ausschau hielt, oder was er eigentlich auf diesem Boot zu suchen hatte. *Ich bin unterwegs zur Citadel, um mir eine Kette zu schmieden und Maester zu werden, damit ich der Wache besser dienen kann,* redete er sich ein, doch bei dem Gedanken befiel ihn eine fürchterliche Erschöpfung. Er wollte kein Maester werden und eine schwere Kette um den Hals tragen, die kalt auf der Haut lag. Er wollte seine Brüder nicht verlassen, die einzigen Freunde, die er je gehabt hatte. Und gewiss wollte er nicht seinem Vater gegenübertreten, der ihn zur Mauer geschickt hatte, damit er dort starb.

Für seine Gefährten lag der Fall anders. Für sie würde die Reise einen guten Ausgang nehmen. Goldy würde in Horn Hill Sicherheit finden, und zwischen ihr und den Schrecken, die sie im Verwunschenen Wald erlebt hatte, lag dann die gesamte Länge von Westeros. Als Dienstmädchen auf der Burg seines Vaters würde sie es warm haben und genug zu essen bekommen und ein kleiner Teil einer großen Welt sein, von der sie als Crasters Weib nicht zu träumen hätte wagen dürfen. Sie würde miterleben, wie ihr Sohn groß und stark heranwuchs und Jäger, Stallknecht oder Schmied wurde. Falls der Junge eine Begabung für Waffen zeigte, nahm ihn vielleicht sogar ein Ritter zum Knappen.

Maester Aemon war ebenfalls zu einem besseren Ort unterwegs. Es erfüllte Sam mit Freude, sich vorzustellen, wie er seine verbleibende Zeit in der lauen Luft von Oldtown verbringen, mit anderen Maestern plaudern und seine Weisheit an Akolythen und Novizen weitergeben würde. Diesen ruhigen Lebensabend hatte er hundertmal verdient.

Sogar Dareon würde es besser treffen als Sam. Er hatte stets seine Unschuld beteuert, was die Vergewaltigung betraf, wegen der man ihn zur Mauer geschickt hatte, und darauf beharrt, dass er an den Hof eines Lords gehöre, um für sein Essen zu singen. Jetzt würde er dazu Gelegenheit erhalten. Jon hatte ihn zum Anwerber ernannt, und als solcher sollte er an die Stelle eines Mannes namens Yoren treten, der verschollen war und für tot gehalten wurde. Seine Aufgabe würde darin bestehen, durch die Sieben Königslande zu ziehen und Lieder über den Heldenmut der Nachtwache zu singen, um von Zeit zu Zeit mit neuen Rekruten zur Mauer zurückzukehren.

Sie hatten eine lange, stürmische Reise vor sich, das wollte niemand leugnen, doch für die anderen würde sie zumindest ein gutes Ende nehmen. Das war Sams Trost. *Ich gehe für sie,* redete er sich ein, *für die Nachtwache, und damit alles ein gutes Ende nimmt.* Je länger er allerdings auf das Meer starrte, desto kälter und tiefer erschien es ihm.

Aber *nicht* aufs Wasser zu starren war noch schlimmer, stellte Sam in der engen Kabine unter dem Achterkastell fest, die sich die Passagiere teilten. Er versuchte, sich von dem Aufruhr in seinem Bauch abzulenken, indem er sich mit Goldy unterhielt, während sie ihren Sohn stillte. »Dieses Schiff bringt uns bis Braavos«, erklärte er ihr. »Dort suchen wir uns ein anderes, mit dem es nach Oldtown weitergeht. Als ich klein war, habe ich ein Buch über Braavos gelesen. Die ganze Stadt ist in einer Lagune auf hundert kleinen Inseln erbaut, und dort gibt es einen Titanen, einen Steinmann, der Hunderte von Fuß hoch ist. Anstelle von Pferden benutzen die Leute dort Boote, und ihre Mimen führen geschriebene Geschichten auf und nicht nur diese einfachen dummen Schwänke. Auch das Essen ist sehr gut, vor allem der Fisch. Es gibt alle Arten von Muscheln und Aalen und Austern, frisch aus der Lagune. Vielleicht haben wir ein paar Tage Aufenthalt zwischen den Schiffen. Dann können wir uns eine Vorstellung der Mimen anschauen und Austern essen.«

Er dachte, darauf würde sie sich freuen. Er hätte nicht falscher liegen können. Goldy blickte ihn mit matten Augen durch ein paar Strähnen ihres ungewaschenen Haares an. »Wenn du willst.«

»Was möchtest *du* denn?«, fragte Sam sie.

»Nichts.« Sie wandte sich ab und legte ihren Sohn von der einen Brust an die andere.

Die Bewegung des Schiffes brachte die Eier, den Speck und das geröstete Brot in Wallung, die Sam gegessen hatte, bevor sie in See gestochen waren. Auf einmal hielt er es keinen Moment länger in der Kabine aus. Er stand auf, stieg die Leiter hinauf und übergab sein Frühstück dem Meer. Die Übelkeit peinigte Sam so stark, dass er nicht erst prüfte, aus welcher Richtung der Wind wehte, daher erbrach er sich an der falschen Reling und besudelte sich noch dazu. Trotzdem fühlte er sich hinterher erleichtert … wenn auch nicht lange.

Das Schiff *Schwarzdrossel* war die größte Galeere der Wache. *Sturmkrähe* und *Kralle* waren schneller, hatte Cotter Pyke Maester Aemon in Eastwatch-by-the-Sea erklärt, aber es waren Kriegsschiffe, schlanke, schnelle Raubvögel, auf denen die Ruderer auf offenen Decks saßen. Die *Schwarzdrossel* blieb daher die bessere Wahl für die stürmischen Gewässer der Meerenge jenseits von Skagos. »Es hat bereits Stürme gegeben«, warnte Pyke sie. »Die Winterstürme sind die heftigsten, aber die im Herbst sind häufiger.«

Die ersten zehn Tage verliefen relativ ruhig, und die *Schwarzdrossel* schlich, niemals außerhalb Sichtweite der Küste, durch die Seehundsbucht. Wenn der Wind wehte, wurde es kalt, doch der Salzgeruch in der Luft hatte etwas Erfrischendes. Sam konnte kaum etwas zu sich nehmen, sobald er etwas hinuntergewürgt hatte, blieb es nicht lange im Magen, abgesehen davon ging es ihm nicht allzu schlecht. Er versuchte, Goldy Mut zu machen und sie aufzuheitern, doch das erwies sich als schwierig. Sie kam nicht an Deck, gleichgültig, was er sagte, und schien es zu bevorzugen, mit ihrem Sohn im Dunkeln zu kauern. Dem Säugling gefiel die Schiffsfahrt nicht mehr als seiner Mutter. Wenn er nicht schrie, spuckte er Muttermilch. Er hatte Durchfall und beschmutzte ständig die Felle, in die Goldy ihn gewickelt hatte, um ihn warm zu halten; dementsprechend erfüllte brauner Gestank die Luft. Gleichgültig, wie viele Talgkerzen Sam anzündete, der Kotgeruch wich nicht.

Draußen an der frischen Luft war es angenehmer, insbesondere wenn Dareon sang. Der Sänger war den Ruderern der *Schwarzdrossel* bekannt und spielte für sie, wenn sie arbeiteten. Er kannte all ihre Lieblingslieder: traurige wie »Der Tag, an dem sie den Schwarzen Robin hängten«, »Klagelied der Meerjungfrau« und »Herbst meiner Tage«; leidenschaftliche wie »Eiserne Lanzen« und »Sieben Schwerter für sieben Söhne«; zotige wie »Miladys Abendspeis«, »Ihre kleine Blume« und »Meggett war eine muntere Maid«. Wenn er »Der Bär und die Jungfrau hehr« sang, fielen alle Ruderer mit ein, und die *Schwarzdrossel* schien nur so über das Meer zu fliegen. Dareon war nie ein guter Schwertkämpfer gewesen, wie Sam noch aus den Tagen der Übungen unter Alliser Thorne wusste, aber er hatte eine wunderschöne Stimme. »Über Donner gegossener Honig«, hatte Maester Aemon den Gesang einst genannt. Er spielte die Waldharfe und auch die Fiedel, er verfasste sogar eigene Lieder … wenngleich Sam sie nicht für sehr gelungen hielt. Dennoch war es schön, dazusitzen und zu lauschen, obwohl die Truhe so hart und voller Splitter war, dass Sam fast dankbar für sein fleischiges Hinterteil war. *Dicke tragen ihr Kissen stets bei sich,* dachte er.

Maester Aemon zog es ebenfalls vor, seine Tage auf Deck zu verbringen und, zugedeckt mit einem Stapel Felle, aufs Wasser hinauszuschauen. »Wohin schaut er eigentlich?«, fragte Dareon eines Tages. »Für ihn dürfte es hier oben doch genauso dunkel sein wie in der Kabine.«

Der alte Mann hörte ihn. Zwar war Aemons Augenlicht dunkler geworden und erloschen, seine Ohren hatten jedoch keinen Schaden davongetragen. »Ich wurde nicht blind geboren«, erinnerte er sie. »Als ich das letzte Mal hier entlanggesegelt bin, habe ich noch jeden Stein und jeden Baum gesehen, und die weißen Kronen der Wellen, und ich habe die grauen Möwen beobachtet, die hinter uns herflogen. Fünfunddreißig war ich, und schon sechzehn Jahre ein Maester mit Kette. Ei wollte, dass ich ihm beim Herrschen half, aber ich wusste, mein Platz war hier. Er hat mich an Bord der *Golddrache* nach Norden geschickt und darauf bestanden, dass sein Freund Ser Duncan mich sicher nach Eastwatch geleitete. Seit Nymeria der Wache sechs Könige in goldenen Ketten geschickt hatte, war kein Rekrut mehr mit solchem Pomp an der Mauer eingetroffen. Ei hat auch die Kerker geleert, damit ich mein Gelübde nicht allein ablegen musste. Meine Ehrenwache, nannte er sie. Einer davon war kein Geringerer als Brynden Rivers. Später hat man ihn zum Lord Commander gewählt.«

»Blutrabe?«, fragte Dareon. »Ich kenne ein Lied über ihn. ›Eintausend Augen und eins‹ heißt es. Aber ich dachte, er hätte vor hundert Jahren gelebt.«

»Das stimmt wohl. Einst war ich auch jung.« Das schien ihn

traurig zu stimmen. Er hustete, schloss die Augen, schlief ein und schaukelte in seinen Fellen hin und her, wann immer eine Welle das Schiff schwanken ließ.

Unter grauem Himmel segelten sie dahin, nach Osten und nach Süden und wieder nach Osten, während die Seehundsbucht immer größer wurde. Der Kapitän, ein grauhaariger Bruder mit einem Bauch wie ein Bierfass, trug derart fleckiges und ausgebleichtes Schwarz, dass die Mannschaft ihn Lumpensalz nannte. Nur selten gab er ein Wort von sich. Sein Maat glich das wieder aus und schleuderte Flüche in die Salzluft, wann immer der Wind abflaute oder die Ruderer erlahmten. Morgens aßen sie Haferbrei, Erbsenbrei am Nachmittag, und gepökeltes Rind, gepökelten Kabeljau oder gepökelten Hammel am Abend, und sie spülten das Essen mit Bier herunter. Dareon sang, Sam übergab sich, Goldy weinte und stillte den Säugling, Maester Aemon schlief und zitterte, und der Wind wurde mit jedem Tag kälter und stürmischer.

Dennoch war diese Seereise besser als Sams letzte. Er war gerade zehn gewesen, als er auf Lord Redwynes Galeere, der *Arbor-Königin,* in See gestochen war. Das Schiff war fünfmal so groß gewesen wie die *Schwarzdrossel* und prächtig anzuschauen, es hatte drei große burgunderrote Segel gesetzt und Ruderbänke, die golden und weiß im Sonnenlicht blitzten. Beim Anblick der Ruder, wie sie sich hoben und senkten, als sie Oldtown verließen, hatte Sam den Atem angehalten … allerdings war dies seine letzte gute Erinnerung an die Straße von Redwyne. Denn auch damals hatte das Meer ihn krank gemacht, sehr zur Empörung seines Vaters.

Und als sie den Arbor erreichten, hatte sich das Schlechte zum noch Schlechteren gewendet. Lord Redwynes Zwillinge hatten Sam vom ersten Moment an verachtet. Jeden Morgen ersannen sie eine andere Möglichkeit, ihn auf dem Übungshof zu demütigen. Am dritten Tag ließ Horas Redwyne ihn wie ein Schwein quieken, als Sam um Schonung bat. Am fünften steckte sein Bruder Hobber ein Küchenmädchen in seine Rüstung und ließ es mit einem Holzschwert auf Sam eindreschen, bis dieser zu weinen begann. Als sich das Mädchen zu erkennen gab, heulten die Knappen und Pagen und Randylls Stallburschen vor Lachen.

»Der Junge muss nur erst ein wenig auf den Geschmack kommen, mehr nicht«, hatte sein Vater an diesem Abend zu Lord Redwyne gesagt, doch Redwynes Narr rasselte mit seiner Klapper und erwiderte: »Ja, mit einer Prise Pfeffer, ein paar Nelken und einem Apfel im Mund.« Danach verbot Lord Randyll Sam, Äpfel zu essen, solange sie sich unter Paxter Redwynes Dach aufhielten. Auch auf der Rückfahrt war Sam seekrank geworden, doch war er so erleichtert gewesen, weil es heimwärts ging, dass er sich fast über den Geschmack des Erbrochenen im Hals gefreut hatte. Erst als sie wieder in Horn Hill waren, verriet ihm seine Mutter, dass sein Vater Sams Rückkehr nicht vorgesehen hatte. »Eigentlich sollte Horas an deiner Stelle zu uns kommen, während du auf dem Arbor geblieben wärest, als Lord Paxters Page und Mundschenk. Wenn du ihm zugesagt hättest, wärst du mit seiner Tochter verlobt worden.« Sam konnte sich an die sanfte Berührung seiner Mutter erinnern, als sie ihm die Tränen aus dem Gesicht wischte, mit einem Stück Spitze, das sie mit ihrem Speichel angefeuchtet hatte. »Mein armer Sam«, murmelte sie, »mein armer, armer Sam.«

Es wird schön sein, sie wiederzusehen, dachte er, während er sich an die Reling der *Schwarzdrossel* klammerte und beobachtete, wie sich die Wellen an der felsigen Küste brachen. *Wenn sie mich in Schwarz sieht, ist sie vielleicht sogar stolz auf mich. »Ich bin jetzt ein Mann, Mutter«, könnte ich ihr erzählen, »ein Bursche und ein Mann der Nachtwache. Meine Brüder nennen mich manchmal Sam den Töter.«* Auch seinen Bruder Dickon würde er sehen und seine Schwester. *»Seht ihr«, könnte er zu ihnen sagen, »seht ihr, am Ende war ich doch für etwas gut.«*

Allerdings könnte auch sein Vater da sein, wenn er nach Horn Hill heimkehrte.

Bei diesem Gedanken drehte sich ihm wieder der Magen um. Sam beugte sich über das Schandeck und erbrach sich, allerdings nicht in den Wind. Diesmal hatte er sich auf die richtige Seite gestellt. Im Übergeben wurde er von Mal zu Mal besser.

Jedenfalls glaubte er das, bis die *Schwarzdrossel* die Küstengewässer hinter sich ließ und quer durch die Bucht auf Skagos zuhielt.

Die Insel lag am Ende der Seehundsbucht, massiv und bergig, ein ödes, abstoßendes Land, das von Wilden bevölkert war. Diese lebten in Höhlen und grausigen Bergfesten, hatte Sam gelesen, und ritten auf großen zotteligen Einhörnern in den Krieg. *Skagos* bedeutete »Stein« in der alten Sprache. Die Skagosi selbst nannten sich die Steinmänner, aber die anderen Nordmänner nannten sie Skaggs und hatten wenig für sie übrig. Erst vor hundert Jahren hatte sich Skagos in einer Rebellion erhoben. Es hatte Jahre gedauert, den Aufstand niederzuschlagen, und das Leben des Lords von Winterfell mitsamt dem Hundert seiner geschworenen Schwerter gekostet. In manchen Liedern war die Rede davon, dass die Skaggs Kannibalen waren; angeblich aßen die Krieger die Herzen und Lebern der Männer, die sie erschlagen hatten. In alten Tagen waren Skagosi bis zur nahen Insel Skane gesegelt, wo sie die Frauen einfingen, die Männer töteten und diese auf einem Kiesstrand bei einem vierzehntägigen Fest verspeisten. Skane war bis zum heutigen Tag entvölkert.

Dareon kannte diese Lieder ebenfalls. Als die kahlen grauen Gipfel von Skagos aus dem Meer auftauchten, gesellte er sich am Bug der *Schwarzdrossel* zu Sam und sagte: »Wenn die Götter es gut mit uns meinen, sehen wir ein Einhorn.«

»Wenn der Kapitän es gut mit uns meint, kommen wir der Insel gar nicht so nahe. Um Skagos herum muss man mit tückischen Strömungen rechnen, und es gibt Felsen, die den Rumpf eines Schiffes wie ein Ei aufbrechen können. Aber erwähne das Goldy gegenüber nicht. Sie ist schon verängstigt genug.«

»Sie und dieser schreiende Balg. Ich weiß nicht, wer von ihnen lauter ist. Er hört doch nur dann auf zu schreien, wenn sie ihm die Brust in den Mund stopft, und dann fängt *sie* an zu schluchzen.«

Sam war das auch aufgefallen. »Vielleicht tut der Kleine ihr weh«, brachte er zaghaft hervor. »Wenn er zahnt …«

Dareon zupfte mit einem Finger an seiner Laute und ließ einen spöttischen Ton erklingen. »Ich habe immer gehört, die Wildlinge seien tapferer.«

»Sie *ist* tapfer«, beharrte Sam, obwohl er zugeben musste, dass er Goldy noch nie in einem so jämmerlichen Zustand gesehen hatte. Obwohl sie meistens ihr Gesicht verbarg und in der Kabine für Dunkelheit sorgte, konnte er ihre verheulten Augen und die tränennassen Wangen sehen. Wenn er sie fragte, was los sei, schüttelte sie nur den Kopf und überließ es ihm, selbst Antworten zu finden. »Sie hat Angst vor dem Meer, das ist alles«, meinte er zu Dareon. »Ehe sie zur Mauer kam, kannte sie nur Crasters Bergfried und den Wald der Umgebung. Ich glaube nicht, dass sie sich je mehr als eine Meile von dem Ort entfernt hat, an dem sie geboren wurde. Sie hat Bäche und Flüsse gekannt, aber einen See hatte sie noch nie gesehen, bis wir zu einem kamen, und das Meer … das Meer ist eine schaurige Angelegenheit.«

»Bislang waren wir nicht außer Sichtweite der Küste.«

»Werden wir aber bald sein.« Darauf freute sich auch Sam nicht.

»Sicherlich wird doch ein bisschen Wasser dem Töter keine Angst einjagen.«

»Nein«, log Sam, »mir nicht. Aber Goldy … Wenn der Wiegenlieder für sie singst, würde es dem Säugling vielleicht beim Einschlafen helfen.«

Dareon verzog empört den Mund. »Nur, wenn sie ihm einen Korken in den Hintern steckt. Ich kann diesen Gestank nicht ertragen.«

Am nächsten Tag begann es zu regnen, und die See wurde

rauer. »Wir sollten lieber nach unten gehen, da ist es trocken«, sagte Sam zu Aemon, doch der alte Maester lächelte nur und antwortete: »Der Regen fühlt sich auf meinem Gesicht schön an, Sam. Wie Tränen. Lass mich noch ein bisschen bleiben, bitte. Ich habe schon so lange nicht mehr geweint.«

Da Maester Aemon, alt und gebrechlich, wie er war, auf Deck zu bleiben beabsichtigte, hatte Sam keine andere Wahl, als das Gleiche zu tun. Also saß er in seinen Mantel gehüllt fast eine Stunde neben dem alten Mann, während der leichte Dauerregen ihn nach und nach bis auf die Haut durchnässte. Aemon schien es kaum zu spüren. Der Alte seufzte und schloss die Augen, und Sam rückte näher an ihn heran, um ihn vor dem schlimmsten Wind zu schützen. *Bald wird er mich bitten, ihm in die Kabine zu helfen,* redete er sich ein. *Er muss ja.* Doch das geschah nicht, und schließlich grollte Donner in der Ferne, weit im Osten. »Wir *müssen* nach unten«, sagte Sam zitternd. Maester Aemon antwortete nicht. Erst jetzt bemerkte Sam, dass der alte Mann eingeschlafen war. »Maester«, sagte er und rüttelte ihn sanft an der Schulter. »Maester Aemon, wacht auf.«

Aemon schlug die blinden weißen Augen auf. »Ei?«, fragte er, während der Regen über seine Wangen lief. »Ei, ich habe geträumt, ich wäre alt.«

Sam wusste nicht, was er tun sollte. Er kniete nieder, nahm den Greis auf die Arme und trug ihn nach unten. Niemand hätte Sam jemals als stark bezeichnet, und Maester Aemons schwarze Kleidung hatte sich mit Regen voll gesogen, so dass er doppelt so schwer war wie sonst, dennoch wog er nicht mehr als ein Kind.

Während er sich mit Aemon in den Armen in die Kabine schob, stellte er fest, dass Goldy die Kerzen hatte ausgehen lassen. Der Säugling schlief, und sie hatte sich in einer Ecke zusammengerollt und schluchzte leise in dem großen schwarzen Mantel, den Sam ihr gegeben hatte. »Hilf mir«, bat er eindringlich, »hilf mir. Ich muss ihn trocknen und wärmen.«

Sofort erhob sie sich, und gemeinsam schälten sie den alten

Maester aus seiner feuchten Kleidung und begruben ihn unter einem Stapel Felle. Seine Haut war dennoch feucht und kalt und fühlte sich klamm an. »Leg dich zu ihm«, forderte Sam Goldy auf. »Schmieg dich an ihn. Wärm ihn mit deinem Körper. Wir müssen ihn aufwärmen.« Auch das tat sie, sagte jedoch kein Wort und schniefte die ganze Zeit. »Wo ist Dareon?«, fragte Sam. »Es wird wärmer sein, wenn wir alle zusammen sind. Er muss auch herkommen.« Er wollte gerade nach oben zurückkehren, als sich das Deck hob und plötzlich unter seinen Füßen nach unten sackte. Goldy jammerte, Sam verlor das Gleichgewicht und schlug hart auf, und der Säugling erwachte brüllend.

Das Schiff rollte abermals, während er sich noch auf die Beine kämpfte. Goldy taumelte ihm durch die Bewegung in die Arme, und das Wildlingsmädchen klammerte sich so fest an ihn, dass er kaum mehr atmen konnte. »Du brauchst dich nicht zu fürchten«, sagte er zu ihr. »Es ist nur ein Abenteuer. Eines Tages kannst du die Geschichte deinem Sohn erzählen.« Daraufhin grub sie ihre Fingernägel in seinen Arm. Sie zitterte, ihr ganzer Körper bebte unter der Heftigkeit ihres Schluchzens. *Was immer ich sage, es wird nur schlimmer.* Er hielt sie fest und spürte voller Unbehagen, wie sich ihre Brüste gegen seinen Körper drückten. So verängstigt er sein mochte, es genügte, damit er steif wurde. *Sie wird es spüren,* dachte er beschämt, doch falls es so war, ließ sie es sich nicht anmerken, sondern klammerte sich nur noch fester an ihn.

Danach verstrichen die Tage in gleichbleibendem Einerlei. Nie bekamen sie die Sonne zu sehen. Tagsüber herrschte Grau, nachts Schwarz, außer, wenn Blitze den Himmel über den Gipfeln von Skagos erleuchteten. Sam und die anderen waren ausgehungert, trotzdem konnte niemand essen. Der Kapitän stach ein Fass Feuerwein an, um seine Ruderer zu stärken. Sam versuchte einen Becher und seufzte, als sich heiße Schlangen durch seinen Hals und seine Brust wanden. Dareon fand Geschmack an dem Getränk und war danach nur noch selten nüchtern.

Die Segel wurden gesetzt, die Segel wurden eingeholt, und eins riss sich vom Mast los und flatterte wie ein großer grauer Vogel davon. Als die *Schwarzdrossel* die Südküste von Skagos umrundete, entdeckten sie das Wrack einer Galeere an den Felsen. Einige Mitglieder der Mannschaft waren an Land gespült worden, und die Saatkrähen und Krabben hatten sich versammelt, um ihnen zu huldigen. »Zu verflucht nah«, knurrte Kapitän Lumpensalz, als er es sah. »Eine ordentliche Böe, und wir zerschellen neben ihnen.« Ihrer Erschöpfung zum Trotz legten sich die Ruderer in die Riemen, und das Schiff glitt nach Süden auf die Meerenge zu, bis Skagos als dunkler Schemen hinter ihnen am Horizont zurückgeblieben war, der auch Gewitterwolken oder die Spitzen hoher schwarzer Berge oder auch beides hätte sein können. Danach konnten sie acht Tage und sieben Nächte ungehindert und ruhig dahinsegeln.

Es folgten weitere Stürme, schlimmere als zuvor.

Waren es drei Unwetter oder nur eines, das von kurzen Pausen unterbrochen war? Sam würde es nie erfahren, obwohl er ständig darüber nachdachte. »*Was spielt das schon für eine Rolle?*«, schrie ihn Dareon einmal an, als sie sich in der Kabine zusammendrängten. *Keine,* hätte Sam am liebsten geantwortet, *aber solange ich mich damit beschäftige, denke ich nicht ans Ertrinken oder an die Seekrankheit oder an Maester Aemons Schüttelfrost.* »Keine«, brachte er quiekend hervor, doch der Donner übertönte den Rest, und das Deck schlingerte und warf ihn zur Seite. Goldy schluchzte. Der Säugling schrie. Und von oben hörte er Lumpensalz, den Kapitän in seinem zerschlissenen Schwarz, der niemals sprach und nun seine Mannschaft anbrüllte.

Ich hasse das Meer, dachte Sam, *ich hasse das Meer, ich hasse das Meer, ich hasse das Meer.* Der nächste Blitz war so hell, dass er die Kabine durch die Ritzen zwischen den Planken erhellte. *Dies ist ein gutes, tadelloses Schiff, ein gutes, tadelloses Schiff, ein gutes Schiff,* redete er sich ein. *Es wird nicht sinken. Ich habe keine Angst.*

Während einer der Flauten zwischen den Sturmböen hing

Sam wieder einmal an der Reling und wollte sich am liebsten übergeben, als er einen Seemann murmeln hörte, dass solche Dinge eben geschähen, wenn man eine Frau an Bord eines Schiffes brachte, und noch dazu eine Wildlingsfrau. »Hat ihren eigenen Vater gevögelt«, hörte Sam einen Mann sagen, während der Wind wieder zulegte. »Das ist schlimmer als herumzuhuren. Schlimmer als *alles andere*. Wir werden noch alle ertrinken, wenn wir sie und diese Abscheulichkeit von einem Balg nicht loswerden.«

Sam wagte es nicht, ihnen zu widersprechen. Sie waren älter, zäh und sehnig, ihre Arme und Schultern waren von den Jahren an den Rudern gestählt. Doch er sorgte dafür, dass sein Messer scharf war, und wann immer Goldy die Kabine verließ, um sich zu erleichtern, begleitete er sie.

Sogar Dareon hatte nichts Gutes über das Wildlingsmädchen zu sagen. Einmal spielte er auf Sams Drängen hin ein Wiegenlied, um den Säugling zu beruhigen, doch noch während der ersten Strophe begann Goldy untröstlich zu schluchzen. »Bei den sieben verfluchten Höllen«, fauchte Dareon, »kannst du nicht einmal so lange aufhören zu heulen, um dir ein *Lied* anzuhören?«

»Spiel einfach weiter«, bat Sam, »sing das Lied einfach für sie.«

»Sie braucht kein Lied«, erwiderte Dareon. »Sie braucht eine Tracht Prügel, oder vielleicht muss sie mal ordentlich gevögelt werden. Geh mir aus dem Weg, Töter.« Er schob Sam zur Seite und verließ die Kabine, um sich mit einem Becher Feuerwein und der rauen Gesellschaft der Ruderer zu trösten.

Sam war inzwischen mit seiner Weisheit am Ende. Er hatte sich fast an den Gestank gewöhnt, doch wegen des Sturms und Goldys Schluchzen hatte er seit Tagen nicht geschlafen. »Gibt es denn nichts, was Ihr ihr geben könntet?«, fragte er Maester Aemon sehr leise, als er sah, dass der alte Mann wach war. »Ein Kraut oder einen Trank, damit sie nicht so viel Angst hat?«

»Es ist nicht die Angst, die du hörst«, erklärte ihm der alte

Mann. »So klingt der Gram, und dagegen gibt es keinen Trank. Lass ihre Tränen fließen, wie sie wollen, Sam. Du kannst sie nicht aufhalten.«

Sam begriff es nicht. »Sie ist zu einem sicheren Ort unterwegs. Einem *warmen* Ort. Warum sollte sie sich grämen?«

»Sam«, flüsterte der alte Mann, »du hast zwei gesunde Augen, und doch siehst du nichts. Sie ist eine Mutter, die um ihr Kind trauert.«

»Er ist grünkrank, mehr nicht. Wir sind alle grünkrank. Sobald wir den Hafen in Braavos erreichen ...«

»Wird das Kind immer noch Dallas Sohn sein, und nicht ihr eigener.«

Sam brauchte einen Augenblick, bis er begriff, worauf Aemon hinauswollte. »Das kann nicht ... sie würde niemals ... natürlich ist es ihr Kind. Goldy hätte die Mauer nie ohne ihren *Sohn* verlassen. Sie liebt ihn.«

»Sie hat beide gestillt und beide geliebt«, sagte Aemon, »aber nicht gleich. Keine Mutter liebt ihre Kinder gleich, nicht einmal die Mutter über uns. Goldy hat das Kind nicht bereitwillig zurückgelassen, dessen bin ich sicher. Was für Drohungen der Lord Commander ausgesprochen hat, was für Versprechungen, darüber kann ich nur mutmaßen ... aber gewiss waren es Drohungen und Versprechungen.«

»Nein. Nein, das stimmt nicht. Jon würde nie ...«

»Jon nicht. Lord Snow schon. Manchmal kann man keine gute Wahl treffen, Sam, nur eine, die weniger schmerzlich ist als die anderen.«

Keine gute Wahl. Sam dachte an all die Strapazen, die er und Goldy überstanden hatten, an Crasters Bergfried und den Tod des Alten Bären, an Schnee und Eis und bitterkalte Winde, an den tage- und tage- und tagelangen Marsch, an die Wiedergänger in Whitetree, Kalthand und den Baum der Raben, an die Mauer, die Mauer, die Mauer, an das Schwarze Tor unter der Erde. Was hatte es alles genützt? *Keine gute Wahl und kein gutes Ende.*

Am liebsten hätte er laut geschrien. Er wollte heulen und schluchzen und zittern und sich zusammenrollen und winseln. *Er hat die Kinder vertauscht,* sagte er sich. *Er hat die Säuglinge vertauscht, um den kleinen Prinzen zu schützen, um ihn vor Lady Melisandre und ihren Feuern und ihrem roten Gott zu retten. Wenn sie Goldys Jungen verbrennt, wen wird es kümmern? Niemanden außer Goldy. Er war bloß Crasters Balg, eine Abscheulichkeit, die aus Inzucht hervorgegangen ist, nicht der Sohn des Königs-jenseits-der-Mauer. Als Geisel taugt er nicht, auch nicht als Opfer, er taugt für gar nichts, er hat nicht einmal einen Namen.*

Wortlos taumelte Sam nach oben auf Deck und wollte sich übergeben, doch er hatte nichts im Bauch, was er hätte erbrechen können. Die Nacht war über sie hereingebrochen, eine eigenartig ruhige Nacht, wie sie es seit vielen Tagen nicht erlebt hatten. Das Meer war schwarz wie Glas. An den Rudern ruhten die Männer. Einer oder zwei schliefen im Sitzen. Der Wind blies in die Segel, und im Norden sah Sam sogar einige verstreute Sterne, darunter den roten Wanderer, den das freie Volk den Dieb nannte. *Das sollte mein Stern sein,* dachte Sam unglücklich. *Ich habe geholfen, Jon zum Lord Commander zu machen, ich habe ihm Goldy und das Kind gebracht. Ende gut, alles gut, das gibt es nicht.*

»Töter.« Dareon erschien neben ihm und bemerkte Sams Kummer nicht. »Ausnahmsweise eine angenehme Nacht. Sieh nur, die Sterne kommen heraus. Vielleicht sehen wir sogar den Mond. Es scheint, das Schlimmste haben wir hinter uns.«

»Nein.« Sam putzte sich die Nase und zeigte mit dem fetten Finger in die aufziehende Dunkelheit. »Dort«, sagte er. Kaum hatte er gesprochen, leuchtete lautlos und blendend grell ein Blitz auf. Die fernen Wolken glühten einen Herzschlag lang, Berge türmten sich zu Bergen auf, purpurn und rot und gelb, höher als die Welt. »Das Schlimmste haben wir noch nicht hinter uns. Das Schlimmste fängt gerade erst an, und nichts endet jemals gut.«

»Bei den guten Göttern«, lachte Dareon. »Töter, du bist *so* eine Memme.«

JAIME

Lord Tywin Lannister hatte auf einem Hengst Einzug in die Stadt gehalten, in roter, polierter Prunkrüstung mit funkelnden Edelsteinen und Goldverzierungen. Er verließ die Stadt in einem hohen Wagen mit roten Bannern, neben dem sechs Schweigende Schwestern ritten und seinen Gebeinen das Geleit gaben.

Der Leichenzug verließ King's Landing durch das Tor der Götter, das breiter und prächtiger war als das Löwentor. Diese Wahl erschien Jaime falsch. Sein Vater war ein Löwe gewesen, das konnte niemand leugnen, doch nicht einmal Lord Tywin hatte jemals behauptet, ein Gott zu sein.

Eine Ehrengarde von fünfzig Rittern umgab Lord Tywins Wagen, rote Wimpel flatterten an den Lanzen. Dicht dahinter folgten die Lords des Westens. Der Wind schnappte nach ihren Bannern und ließ die Wappen tanzen und knattern. Während er an der Kolonne entlangtrabte, passierte Jaime Keiler, Dachse und Käfer, einen grünen Pfeil und einen roten Ochsen, gekreuzte Hellebarden und gekreuzte Speere, eine Baumkatze, eine Erdbeere, einen Tütenärmel, vier Sonnen in entgegengesetzter Tinktur.

Lord Brax trug ein hellgraues, mit Silber unterlegtes Wams, über dem Herzen hatte er sich ein Einhorn aus Amethyst angesteckt. Lord Jast hatte eine Rüstung aus geschwärztem Stahl angelegt, und auf dem Brustpanzer prangten drei goldene Löwenköpfe. Die Gerüchte über seinen Tod waren der Wahrheit recht nahe gekommen, wenn man ihn so ansah; nach den Verwundungen und der Gefangenschaft war er nur noch ein Schatten des Mannes, der er einst gewesen war. Lord Banefort hatte die Schlacht besser überstanden und sah aus, als würde er liebend gern sofort wieder in den Krieg ziehen. Plumm trug Purpur, Prester Hermelin, Moreland Rotbraun und Grün, alle jedoch hatten zu Ehren des Mannes, dem sie das letzte Geleit gaben, einen roten Seidenmantel umgelegt.

Den Lords folgten hundert Bogenschützen und dreihundert Berittene, und auch von ihren Schultern wallte Rot. In seinem weißen Umhang und seinem weißen Schuppenpanzer fühlte Jaime sich in diesem roten Strom fehl am Platze.

Sein Onkel tat nichts, um dem entgegenzuwirken. »Lord Commander«, sagte Ser Kevan, als Jaime im Trab an der Spitze der Kolonne neben ihm auftauchte. »Haben Ihre Gnaden einen letzten Befehl für mich?«

»Ich bin nicht auf Cerseis Veranlassung hier.« Hinter ihnen begann eine Trommel zu schlagen, langsam, gemessen, düster. *Tot,* schien sie zu rufen, *tot, tot.* »Ich wollte mich nur verabschieden. Er war mein Vater.«

»Und der ihre.«

»Ich bin nicht Cersei. Ich habe einen Bart, sie hat Brüste. Wenn Ihr den Unterschied immer noch nicht begriffen habt, Onkel, zählt unsere Hände. Cersei hat zwei.«

»Ihr habt beide einen Hang zum Spott«, erwiderte sein Onkel. »Erspart mir Eure Scherze, Ser, sie sind nicht nach meinem Geschmack.«

»Wie Ihr wünscht.« *Das hier entwickelt sich nicht so gut, wie ich gehofft hatte.* »Cersei hätte sich gern von Euch verabschiedet, aber sie hat viele dringende Pflichten.«

Ser Kevan schnaubte. »Das haben wir alle. Wie geht es Eurem König?« Sein Tonfall machte einen Vorwurf aus der Frage.

»Gut«, antwortete Jaime abwehrend. »Balon Swann ist vormittags bei ihm. Ein guter, kühner Ritter.«

»Einst brauchte man das nicht ausdrücklich zu erwähnen, wenn über jene gesprochen wurde, die den weißen Mantel trugen.«

Niemand kann sich seine Brüder aussuchen, dachte Jaime. *Gebt mir die Erlaubnis, meine Männer selbst auszuwählen, und ich werde die Königsgarde zu neuer Größe führen.* Wenn man es so unverbrämt vorbrachte, klang es kläglich; leeres Geprahle von einem Mann, den das Reich den Königsmörder nannte. *Ein Mann, dessen Ehre einen Dreck wert ist.* Jaime ging nicht darauf ein. Er war nicht gekommen, um mit seinem Onkel zu streiten. »Ser«, sagte er, »Ihr müsst Frieden mit Cersei schließen.«

»Befinden wir uns im Krieg? Davon hat mich niemand in Kenntnis gesetzt.«

Jaime beachtete die Bemerkung nicht. »Zwist zwischen Lannister und Lannister kann nur den Feinden unseres Hauses helfen.«

»Falls es Zwist gibt, wird es nicht an mir liegen. Cersei will herrschen. Schön und gut. Das Reich gehört ihr. Ich bitte lediglich darum, mich in Ruhe zu lassen. Mein Platz ist in Darry bei meinem Sohn. Die Burg muss instand gesetzt, das Land bestellt und geschützt werden.« Verbittert lachte er auf. »Und Eure Schwester hat mir wenig anderes gelassen, womit ich mich beschäftigen kann. Außerdem muss ich mich um Lancels Vermählung kümmern. Seine Braut wartet inzwischen ungeduldig darauf, dass wir uns nach Darry aufmachen.«

Seine Witwe von den Twins. Vetter Lancel ritt zehn Schritte hinter ihnen. Mit seinen eingefallenen Augen und dem spröden weißen Haar sah er älter aus als Lord Jast. Jaime spürte, wie bei seinem Anblick seine Phantomfinger kribbelten ... *sie hat Lancel und Osmund Kettleblack gevögelt, und vermutlich auch Mondbub, nach allem, was ich weiß ...* Er hatte unzählige Male versucht, mit Lancel zu reden, ihn jedoch nie allein angetroffen. Wenn sein Vater nicht bei ihm war, dann irgendein Septon. *Er mag Kevans Sohn sein, aber er hat Milch in den Adern. Tyrion hat mich angelogen. Er wollte mich verletzen.*

Jaime verscheuchte den Vetter aus seinen Gedanken und wandte sich wieder seinem Onkel zu. »Bleibt Ihr nach der Hochzeit in Darry?«

»Vielleicht eine Weile. Sandor Clegane plündert anscheinend am Trident. Eure Schwester will seinen Kopf. Möglicherweise hat er sich Dondarrion angeschlossen.«

Der Angriff auf Saltpans war Jaime zu Ohren gekommen. Inzwischen hatte sich die Geschichte im halben Reich verbreitet. Der Überfall war außergewöhnlich brutal gewesen. Frauen waren geschändet und verstümmelt, Kinder in den Armen ihrer Mütter niedergemetzelt, die halbe Stadt niedergebrannt worden. »Randyll Tarly ist in Maidenpool. Soll er sich mit den Geächteten befassen. Ich würde Euch lieber in Riverrun wissen.«

»Dort führt Ser Daven den Befehl. Der Wächter des Westens. Er braucht mich nicht. Lancel schon.«

»Wie Ihr meint, Onkel.« Jaimes Kopf pochte im gleichen Takt wie die Trommel. *Tot, tot, tot.* »Ihr tätet gut daran, Eure Ritter in der Nähe zu behalten.«

Sein Onkel starrte ihn kalt an. »Ist das eine Drohung, Ser?«

Eine *Drohung?* Dieser Verdacht verblüffte ihn. »Eine Mahnung zur Vorsicht. Ich wollte lediglich ... Sandor ist gefährlich.«

»Ich habe bereits Vogelfreie gehängt, als Ihr noch in die Windeln geschissen habt. Es ist nicht sehr wahrscheinlich, dass ich persönlich ausziehe, um Clegane und Dondarrion zu stellen, falls Ihr das befürchtet, Ser. Nicht jeder Lannister macht sich für den Ruhm zum Narren.«

Wirklich, Onkel, ich glaube gar, Ihr sprecht von mir. »Addam Marbrand kann sich ebenso gut mit diesen Geächteten befassen wie Ihr. Oder Brax, Banefort, Plumm, jeder von ihnen. Aber keiner von ihnen würde eine gute Hand des Königs abgeben.«

»Eure Schwester kennt meine Bedingungen. Daran hat sich nichts geändert. Sagt Ihr das, wenn Ihr das nächste Mal in ihrem Schlafgemach seid.« Ser Kevan gab seinem Schlachtross die Sporen, galoppierte voraus und beendete das Gespräch auf diese Weise abrupt.

Jaime ließ ihn ziehen. Seine fehlende Schwerthand zuckte. Verzweifelt hatte er gehofft, dass Cersei den Onkel falsch verstanden hatte, doch offensichtlich war das nicht das Fall. *Er weiß über uns beide Bescheid. Über Tommen und Myrcella. Und Cersei weiß, dass er es weiß.* Ser Kevan war ein Lannister von Casterly Rock. Er konnte nicht glauben, dass sie ihm jemals etwas antun würde, und doch … *Ich habe mich in Tyrion getäuscht, warum nicht auch in Cersei?* Wenn Söhne ihren Vater töteten, was würde dann eine Nichte davon abhalten, ihren Onkel umbringen zu lassen? *Einen unbequemen Onkel, der zu viel weiß.* Obwohl Cersei vielleicht hoffte, der Bluthund würde ihr die Arbeit abnehmen. Wenn Sandor Clegane Ser Kevan tötete, würde sie es nicht mit eigener Hand tun müssen. *Und Clegane wird ihn umbringen, wenn sie sich begegnen sollten.* Kevan Lannister war einst ein beherzter Schwertkämpfer gewesen, doch er war nicht mehr jung, und der Bluthund …

Die Kolonne hatte zu ihm aufgeschlossen. Während sein Vetter, von zwei Septonen flankiert, vorbeiritt, rief Jaime ihm zu: »Lancel. Vetter. Ich wollte nur zur Hochzeit gratulieren. Leider erlauben es meine Pflichten nicht, dass ich zum Fest komme.«

»Seinen Gnaden müssen beschützt werden.«

»Und das wird er auch. Dennoch wäre ich zu gern beim Betten dabei gewesen. Ich höre, es ist deine erste und ihre zweite Heirat. Bestimmt werden Mylady dir mit Vergnügen zeigen, was wohin gehört.«

Diese derbe Bemerkung wurde von etlichen Lords in Hörweite mit Gelächter quittiert, und von Lancels Septonen mit einem missbilligenden Blick. Sein Vetter rutschte unbehaglich im Sattel hin und her. »Ich kenne meine Pflichten als Ehemann recht gut, Ser.«

»Genau das wünscht sich eine Braut in ihrer Hochzeitsnacht«, sagte Jaime. »Einen Gemahl, der weiß, wie er seine *Pflichten* zu erfüllen hat.«

Röte breitete sich auf Lancels Wangen aus. »Ich bete für Euch, Vetter. Und für Ihre Gnaden, die Königin. Möge das Alte Weib ihr Weisheit verleihen und der Krieger sie verteidigen.«

»Wozu braucht Cersei den Krieger? Sie hat mich.« Jaime wendete sein Pferd, sein weißer Mantel flatterte im Wind. *Der Gnom hat gelogen. Cersei hätte eher Roberts Leiche zwischen ihre Beine gelassen als einen frommen Narren wie Lancel. Tyrion, du boshafter Bastard, du hättest über jemanden lügen sollen, bei dem das wahrscheinlicher klingt.* Er galoppierte am Wagen mit der Leiche seines Vaters vorbei, auf die Stadt zu, die in der Ferne lag.

Die Straßen von King's Landing schienen beinahe verlassen, als Jaime Lannister zum Red Keep auf Aegons Roten Hügel zurückkehrte. Die Soldaten, die die Spielhöllen und Schenken bevölkert hatten, waren verschwunden. Garlan der Kavalier war mit der halben Streitmacht der Tyrells nach Highgarden aufgebrochen, seine Hohe Mutter und Großmutter hatten ihn begleitet. Die andere Hälfte war mit Mace Tyrell und Mathis Rowan losmarschiert, um Storm's End zu belagern.

Was das Heer der Lannisters betraf, so lagen weiterhin zweitausend erfahrene Veteranen vor den Mauern der Stadt und erwarteten die Ankunft von Paxter Redwynes Flotte, die sie über die Blackwater-Bucht nach Dragonstone bringen sollte. Lord Stannis schien dort lediglich eine kleine Truppe zurückgelassen zu haben, als er nach Norden gesegelt war, also dürften zweitausend Männer mehr als ausreichen, hatte Cersei angenommen.

Die übrigen Westermänner waren zu ihren Frauen und Kindern zurückgekehrt, um ihre Häuser wieder aufzubauen, ihre Felder zu bestellen und eine letzte Ernte einzubringen. Cersei hatte Tommen durch das Lager geführt, ehe sie abzogen, damit sie ihrem kleinen König zujubeln konnten. Sie hatte nie schöner ausgesehen als an jenem Tag, mit einem Lächeln auf den Lippen und der Herbstsonne in ihrem goldenen Haar. Was immer man auch sonst über seine Schwester sagen konnte, sie wusste, wie man Männer dazu brachte, sie zu lieben – wenn ihr nur genug daran lag.

Als Jaime durch das Burgtor trabte, stieß er auf zwei Dutzend Ritter, die im Außenhof Lanzenreiten auf eine Stechpuppe übten. *Das kann ich auch nicht mehr,* dachte er. Eine Lanze war schwerer und unhandlicher als ein Schwert, und ein Schwert hatte sich schon als schwierig genug erwiesen. Zwar könnte er versuchen, die Lanze mit der Linken zu halten, doch dann müsste er den Schild an den rechten Arm nehmen. Beim Tjost befand sich der Gegner stets auf der Linken. Ein Schild am rechten Arm wäre so nützlich wie Brustwarzen auf dem Harnisch. *Nein, mit dem Tjostieren hat es für mich ein Ende,* dachte er, während er abstieg … und trotzdem blieb er stehen und schaute eine Weile zu.

Ser Tallad der Stattliche flog vom Pferd, als der Sandsack herumschwenkte und ihn am Kopf traf. Der Starke Eber erwischte den Schild so hart, dass dieser splitterte, Kennos von Kayce gab ihm den Rest. Für Ser Dermot aus dem Regenforst wurde ein neuer Schild angebracht. Lambert Turnberry streifte das Ziel nur, doch der Bartlose Jon Bettley, Humfrey Swyft und Alyn Stackspear landeten solide Treffer, und der Rote Ronnet Connington brach sauber seine Lanze. Dann bestieg der Ritter der Blumen sein Pferd und beschämte alle seine Vorgänger.

Jaime war stets der Meinung gewesen, dass Tjostieren zu drei Vierteln aus Reitkunst bestand. Ser Loras ritt erstklassig und hielt die Lanze, als wäre er damit geboren worden … was die verkniffene Miene seiner Mutter erklärt hätte. *Er trifft mit der Spitze genau da, wo er will, und dabei scheint er das Gleichgewicht einer Katze zu besitzen. Vielleicht war es doch nicht nur einfach Glück, dass er mich aus dem Sattel gestoßen hat.* Jammerschade, aber er würde keine Gelegenheit mehr bekommen, erneut gegen den Jungen anzutreten. Er überließ die Männer ihren Übungen.

Cersei saß gemeinsam mit Tommen und Lord Merryweathers dunkelhaariger myrischer Gattin im Solar in Maegors Bergfried. Die drei lachten über Grand Maester Pycelle. »Habe ich irgendeinen schlauen Witz verpasst?«, fragte Jaime, als er eintrat.

»Oh, seht nur«, schnurrte Lady Merryweather, »Euer tapferer Bruder ist zurückgekehrt, Euer Gnaden.«

»Der größte Teil von ihm.« Die Königin war betrunken, stellte

Jaime fest. Neuerdings schien Cersei stets eine Flasche Wein bei der Hand zu haben, sie, die früher wegen seines Trinkens über Robert Baratheon gespottet hatte. Das missfiel ihm, allerdings missfiel ihm in letzter Zeit anscheinend alles an seiner Schwester. »Grand Maester«, sagte sie, »erzählt es dem Lord Commander, wenn Ihr so freundlich sein wollt.«

Pycelle fühlte sich offensichtlich nicht wohl in seiner Haut. »Ein Vogel ist eingetroffen«, sagte er. »Aus Stokeworth. Lady Tanda berichtet, dass ihre Tochter Lollys einen kräftigen, gesunden Sohn geboren hat.«

»Und Ihr werdet niemals erraten, wie sie den kleinen Bastard genannt haben, Bruder.«

»Sie wollten ihn Tywin nennen, wenn ich mich recht entsinne.«

»Ja, aber das habe ich verboten. Ich habe Falyse gesagt, ich lasse nicht zu, dass sie den unrechtmäßigen Abkömmling irgendeines Schweinehirten und einer schwachsinnigen Sau mit dem edlen Namen unseres Vaters ehren.«

»Lady Stokeworth erklärt nachdrücklich, sie habe mit dem Namen des Kindes nichts zu tun«, warf Grand Maester Pycelle ein. Schweißtropfen standen auf seiner faltigen Stirn. »Lollys' Gemahl habe die Wahl getroffen, schreibt sie. Dieser Bronn, er … es scheint, er …«

»Tyrion«, versuchte es Jaime. »Er hat das Kind *Tyrion* genannt.«

Der alte Mann nickte zitternd und wischte sich mit dem Ärmel seiner Robe über die Stirn.

Jaime musste lachen. »Seht Ihr, süße Schwester. Überall habt Ihr nach Tyrion gesucht, und die ganze Zeit hat er sich in Lollys' Bauch versteckt.«

»Sehr komisch. Ihr und Bronn, Ihr seid ja so komisch. Zweifellos liegt der Bastard gerade in diesem Moment an Lollys' Euter, während dieser Söldner zuschaut und sich hämisch über seine kleine Unverschämtheit freut.«

»Vielleicht ähnelt der Kleine Eurem Bruder«, schlug Lady Merryweather vor. »Möglicherweise ist er verkrüppelt oder hat keine Nase.« Sie lachte heiser.

»Wir werden dem süßen Jungen ein Geschenk schicken müssen«, verkündete die Königin. »Nicht wahr, Tommen.«

»Wir könnten ihm ja ein Kätzchen schicken.«

»Ein Löwenjunges«, meinte Lady Merryweather. *Dass ihm seine kleine Kehle herausreißt,* ließ ihr Lächeln vermuten.

»Ich hatte ein andere Art Geschenk im Sinn«, erwiderte Cersei.

Höchstwahrscheinlich einen neuen Stiefvater. Jaime kannte diesen Blick seiner Schwester. Er hatte ihn schon öfter gesehen, zuletzt am Abend von Tommens Hochzeit, als sie den Turm der Hand niedergebrannt hatte. Das Seefeuer hatte die Gesichter der Zuschauer in grünen Schein getaucht, so dass sie verwesenden Toten glichen, einer Schar ausgelassener Ghule, einige der Leichen jedoch waren hübscher als andere. Selbst in diesem unheilvollen Licht hatte Cersei sie mit ihrer Schönheit überstrahlt. Sie hatte dagestanden, eine Hand an der Brust, mit geöffnetem Mund und glänzenden Augen. *Sie weint,* hatte Jaime begriffen, doch ob aus Trauer oder Verzückung, hätte er nicht sagen können.

Der Anblick hatte ihn beunruhigt, hatte ihn an Aerys Targaryen erinnert, daran, wie ein Feuer ihn stets erregt hatte. Ein König hat keine Geheimnisse vor seiner Königsgarde. Die Beziehung zwischen Aerys und seiner Königin war während der letzten Jahre seiner Herrschaft angespannt gewesen. Sie hatten in getrennten Gemächern geschlafen und sich alle Mühe gegeben, sich tagsüber aus dem Wege zu gehen. Doch wann immer Aerys einen Mann den Flammen übergab, bekam Königin Rhaella in der Nacht Besuch. An dem Tag, an dem er seine Keule-und-Dolch-Hand hatte brennen lassen, hatten Jaime und Jon Darry vor ihrem Schlafgemach Wache gehalten, während sich der König vergnügte. »Ihr tut mir weh«, hörten sie Rhaellas Schreie durch die Eichentür. »Ihr tut mir *weh.*« Seltsamerweise war das schlimmer gewesen als Lord Chelsteds Gebrüll. »Wir haben geschworen, auch sie zu beschützen«, hatte Jaime schließlich gesagt. »Gewiss«, hatte Darry eingeräumt, »aber nicht vor ihm.«

Jaime hatte Rhaella danach nur noch ein einziges Mal gesehen, am Morgen des Tages, an dem sie nach Dragonstone aufbrach. Die Königin stieg, mit Mantel und Kapuze verhüllt, in das königliche Räderhaus, das sie Aegons Hohen Hügel hinunter zum wartenden Schiff brachte, doch er hatte das Getuschel der Zofen gehört, nachdem sie abgefahren war. Sie sagten, die Königin habe ausgesehen, als sei sie von einem wilden Tier angefallen worden, das ihre Schenkel aufgekratzt und ihr in die Brüste gebissen habe. *Ein gekröntes Tier,* wie Jaime wusste.

Am Ende war der Irre König so furchtsam geworden, dass er in seiner Gegenwart niemanden außer der Königsgarde Schwerter tragen ließ. Sein Bart war verfilzt und ungewaschen, sein Haar ein silbergoldenes Gewirr, das bis zur Taille reichte, seine Fingernägel waren gesplitterte gelbe Krallen von neun Zoll Länge. Trotzdem folterten ihn die Klingen, jene, denen er nicht entkommen konnte, die Klingen des Eisernen Throns. Seine Arme und Beine waren beständig mit Wundschorf und halb verheilten Schnitten übersät.

Mag er König über verkohlte Knochen und geröstetes Fleisch sein, dachte sich Jaime und betrachtete das Lächeln seiner Schwester. *Mag er König der Asche sein.* »Euer Gnaden«, sagte er, »wenn wir ein Wort unter vier Augen sprechen könnten?«

»Wie Ihr wünscht. Tommen, es ist Zeit für deinen Unterricht. Geh mit dem Grand Maester.«

»Ja, Mutter. Wir sind gerade bei Baelor dem Seligen.«

Lady Merryweather verabschiedete sich ebenfalls; sie küsste die Königin auf beide Wangen. »Soll ich zum Abendessen zurückkehren, Euer Gnaden?«

»Ich werde Euch sehr böse sein, wenn Ihr es nicht tut.«

Jaime konnte nicht umhin, die Art und Weise zu bemerken,

wie die myrische Frau beim Gehen die Hüften wiegte. *Jeder Schritt eine Verlockung.* Als sich die Tür hinter ihr schloss, räusperte er sich. »Zuerst die Kettleblacks, dann Qyburn, nun sie. Du hältst dir in letzter Zeit eine seltsame Menagerie.«

»Ich habe Lady Taena sehr lieb gewonnen. Sie erheitert mich.«

»Sie gehört zu Margaery Tyrells Gesellschaft«, erinnerte Jaime sie. »Sie erstattet der kleinen Königin Bericht über dich.«

»Natürlich.« Cersei ging zu einer Anrichte und füllte ihren Becher neu. »Margaery war begeistert, als ich sie gebeten habe, mir Taena als Gesellschafterin zu überlassen. Du hättest sie hören sollen. ›*Sie wird wie eine Schwester für Euch sein, so wie auch für mich. Natürlich überlasse ich sie Euch! Ich habe ja meine Kusinen und meine anderen Ladys.*‹ Unsere kleine Königin möchte nicht, dass ich einsam bin.«

»Wenn du weißt, dass sie eine Spionin ist, warum behältst du sie dann?«

»Margaery ist nicht halb so schlau, wie sie denkt. Sie hat keine Ahnung, was für eine süße Schlange sie in dieser myrischen Schlampe hat. Ich benutze Taena, um der kleinen Königin genau das aufzutischen, was ich sie wissen lassen möchte. Manches davon ist sogar wahr.« Cerseis Augen glitzerten boshaft. »Und Taena berichtet mir über alles, was Maid Margaery anstellt.«

»Wirklich? Wie gut kennst du diese Frau?«

»Sie ist Mutter eines jungen Sohnes, für den sie in dieser Welt viel erreichen möchte. Deshalb wird sie tun, was immer dazu notwendig ist. Mütter sind alle gleich. Lady Merryweather mag eine Schlange sein, aber sie ist bestimmt nicht dumm. Sie weiß, dass ich mehr für sie tun kann als Margaery, also macht sie sich nützlich für mich. Du wärst überrascht, was für interessante Geschichten sie mir erzählt.«

»Was denn für Geschichten?«

Cersei setzte sich ans Fenster. »Hast du gewusst, dass die Königin der Dornen eine Truhe mit Münzen in ihrem Räderhaus aufbewahrt? Altes Gold aus der Zeit vor der Eroberung. Wenn ein Händler so töricht ist und seinen Preis in Goldmünzen fordert, bezahlt sie ihn mit Händen aus Highgarden, von denen jede halb so schwer ist wie unsere Drachen. Welcher Kaufmann würde sich schon darüber beklagen, von Mace Tyrells Hoher Mutter betrogen worden zu sein?« Sie nippte an ihrem Wein. »Hast du deinen Ausritt genossen?«

»Unserem Onkel ist deine Abwesenheit aufgefallen.«

»Was unserem Onkel auffällt, interessiert mich nicht.«

»Es sollte dich aber interessieren. Du könntest ihn nutzen. Wenn schon nicht in Riverrun oder auf dem Rock, dann im Norden gegen Lord Stannis. Vater hat sich immer auf Kevan verlassen, wenn –«

»Roose Bolton ist unser Wächter des Nordens. Er wird sich mit Stannis befassen.«

»Lord Bolton sitzt unterhalb des Neck in der Falle und ist durch die Eisenmänner in Moat Cailin vom Norden abgeschnitten.«

»Nicht mehr lange. Boltons Bastard wird dieses kleine Hindernis bald beseitigen. Lord Bolton bekommt zweitausend Freys unter dem Befehl von Lord Walders Söhnen Hosteen und Aenys. Das sollte genügen, um mit Stannis und ein paar Gebrochenen fertig zu werden.«

»Ser Kevan –«

»– wird in Darry alle Hände voll damit zu tun haben, Lancel beizubringen, wie man sich den Hintern wischt. Vaters Tod hat ihn seiner Kraft beraubt. Er ist ein alter Mann und zu nichts mehr zu gebrauchen. Daven und Damion werden uns bessere Dienste leisten.«

»Sie werden genügen.« Jaime hatte nichts an seinen Vettern auszusetzen. »Trotzdem brauchst du eine Hand. Wenn es nicht unser Onkel wird, wer dann?«

Seine Schwester lachte. »Du nicht. In dieser Hinsicht brauchst du dir keine Sorgen zu machen. Vielleicht Taenas Gemahl. Sein Großvater war Hand unter Aerys.«

Die Füllhorn-Hand. Jaime erinnerte sich an Owen Merryweather; ein liebenswürdiger, jedoch untauglicher Mann. »Wenn ich mich recht entsinne, hat er so gute Arbeit geleistet, dass Aerys ihn verbannt und ihm seine Ländereien genommen hat.«

»Robert hat sie ihm zurückgegeben. Zum Teil wenigstens. Taena wäre höchst erfreut, wenn Orton auch den Rest zurückbekäme.«

»Geht es dir darum, eine hergelaufene myrische Hure zufrieden zu stellen? Ich dachte, es geht darum, das Reich zu regieren.«

»*Ich* regiere das Reich.«

Die Sieben mögen uns beistehen, das stimmt. Seine Schwester betrachtete sich gern als Lord Tywin mit Titten, doch da irrte sie. Ihr Vater war so unbarmherzig und unnachgiebig gewesen wie ein Gletscher, wohingegen Cersei reinstes Seefeuer war, besonders wenn man ihre Pläne durchkreuzte. Als sie erfahren hatte, dass Stannis aus Dragonstone abgerückt war, war sie so aufgeregt gewesen wie eine Jungfrau, weil sie überzeugt war, er hätte den Kampf aufgegeben und wäre unterwegs ins Exil. Als dann die Nachricht aus dem Norden eintraf, dass er zur Mauer gezogen war, hatte sie einen Furcht erregenden Zornausbruch bekommen. *Ihr mangelt es nicht an Verstand, wohl aber an Urteilsvermögen und Geduld.* »Du brauchst eine starke Hand, um dir zu helfen.«

»Ein *schwacher* Herrscher braucht eine starke Hand, so wie Aerys unseren Vater gebraucht hat. Ein starker Herrscher benötigt lediglich einen gewissenhaften Diener, der seine Befehle ausführt.« Sie schwenkte ihren Wein. »Lord Hallyne könnte dafür taugen. Er wäre nicht der erste Pyromantiker, der dem König als Hand dient.«

Nein. Den letzten habe ich umgebracht. »Es geht das Gerücht um, du willst Aurane Waters zum Meister der Schiffe machen.«

»Hat jemand über mich berichtet?« Als Jaime nicht antwortete, warf Cersei ihr Haar zurück und sagte: »Waters ist gut für dieses Amt geeignet. Er hat sein halbes Leben auf Schiffen verbracht.«

»Sein halbes Leben? Er kann nicht älter als zwanzig sein.«

»Zweiundzwanzig, und? Vater war nicht einmal einundzwanzig, als Aerys Targaryen ihn zur Hand ernannt hat. Langsam wird es Zeit, dass Tommen ein paar junge Männer um sich herum sieht, und nicht mehr diese verrunzelten Graubärte. Aurane ist stark und tatkräftig.«

Stark und tatkräftig und ansehnlich, dachte Jaime ... *sie hat Lancel und Osmund Kettleblack gevögelt, und vermutlich auch Mondbub, nach allem, was ich weiß ...* »Paxter Redwyne wäre eine bessere Wahl. Er befehligt die größte Flotte in Westeros. Aurane Waters könnte ein Ruderboot kommandieren, aber nur, wenn du ihm eins schenkst.«

»Du bist ein Kind, Jaime. Redwyne ist Tyrells Gefolgsmann und ein Neffe seiner schrecklichen Großmutter. Ich will keines von Lord Tyrells Geschöpfen in meinem Rat haben.«

»Tommens Rat, meinst du.«

»Du weißt genau, was ich meine.«

Leider nur zu gut. »Ich weiß, dass Aurane Waters eine schlechte Wahl wäre, und Hallyne eine noch schlechtere. Was Qyburn betrifft ... bei den guten Göttern, Cersei, er ist mit *Vargo Hoat* geritten. Die Citadel *hat ihm seine Kette abgenommen!*«

»Die grauen Schafe. Qyburn hat sich als sehr nützlich erwiesen. Und er ist loyal, was ich nicht einmal über meine eigene Verwandtschaft sagen kann.«

Die Krähen werden sich an uns allen laben, wenn du so weitermachst, süße Schwester. »Cersei, wenn du dich nur selbst hören könntest! In jedem Schatten siehst du einen Zwerg, und du machst dir deine Freunde zu Feinden. Onkel Kevan ist nicht dein Feind. *Ich* bin nicht dein Feind.«

Ihr Gesicht verzerrte sich vor Wut. »Ich habe dich um Hilfe gebeten. Ich bin auf die Knie gefallen, und *du hast mich abgewiesen!*«

»Mein Gelübde …«

»… hat dich nicht daran gehindert, Aerys zu ermorden. Worte sind Wind. Du hättest mich haben können, aber stattdessen hast du den Mantel gewählt. Geh mir aus den Augen.«

»Schwester …«

»*Geh mir aus den Augen,* habe ich gesagt. Ich habe es satt, mir deinen hässlichen Stumpf ansehen zu müssen. *Geh mir aus den Augen!*« Um ihren Worten Nachdruck zu verleihen, warf sie ihren Weinbecher nach seinem Kopf. Zwar verfehlte sie ihr Ziel, doch Jaime hatte verstanden.

So saß er allein im Gemeinschaftsraum des Turms der Weißen Schwerter vor einem Becher dornischen Roten und dem Weißen Buch. Mit dem Stumpf seiner Schwerthand blätterte er die Seiten um, als der Ritter der Blumen eintrat, Mantel und Schwertgurt ablegte und sie an einen Haken an der Wand neben Jaimes Sachen hängte.

»Ich habe Euch heute im Hof gesehen«, sagte Jaime. »Ihr seid gut geritten.«

»Doch wohl besser als *gut.*« Ser Loras schenkte sich einen Becher Wein ein und setzte sich auf die andere Seite des halbmondförmigen Tisches.

»Ein bescheidenerer Mann hätte geantwortet: ›Mylord ist zu gütig‹, oder ›Ich hatte ein gutes Pferd‹.«

»Das Pferd war passabel, und Mylord ist ebenso gütig wie ich bescheiden.« Loras deutete auf das Buch. »Lord Renly hat immer gesagt, Bücher seien etwas für Maester.«

»Dieses ist etwas für uns. Darin wurde die Geschichte jedes einzelnen Mannes aufgezeichnet, der je einen weißen Mantel getragen hat.«

»Ich habe einen Blick hineingeworfen. Die Schilde sind sehr hübsch. Ich bevorzuge Bücher mit mehr Illuminationen. Lord Renly hatte einige mit Zeichnungen, die einen Septon hätten erblinden lassen.«

Jaime musste lächeln. »So etwas gibt es in diesem Buch nicht,

Ser, aber die Geschichten werden Euch die Augen öffnen. Es würde Euch nicht schaden, wenn Ihr über das Leben jener Bescheid wisst, die Euch vorausgegangen sind.«

»Ich kenne sie. Prinz Aemon der Drachenritter, Ser Ryam Redwyne, das Großherz, Barristan der Kühne …«

»… Gwayne Corbray, Alyn Connington, der Dämon von Darry, ja. Auch von Lucamore Strong werdet Ihr gehört haben.«

»Von Ser Lucamore dem Lüsternen?« Ser Loras schien belustigt. »Drei Frauen und dreißig Kinder, nicht wahr? Sie haben ihm den Schwanz abgeschnitten. Soll ich das Lied für Euch singen, Mylord?«

»Und Ser Terrence Toyne?«

»Legte sich zur Geliebten des Königs und starb unter Schreien. Was wir daraus lernen: Männer, die weiße Hosen tragen, sollten sie fest zuschnüren.«

»Gyles Graumantel? Orivel der Freigebige?«

»Gyles war ein Verräter, Orivel ein Feigling. Diese Männer haben dem weißen Mantel Schande bereitet. Was will Mylord damit andeuten?«

»Nichts, überhaupt nichts. Sucht nicht nach einer Beleidigung, wo keine beabsichtigt war, Ser. Wie steht es mit dem Langen Tom Costayne?«

Ser Loras schüttelte den Kopf.

»Er war sechzig Jahre lang Ritter der Königsgarde.«

»Wann war das? Ich habe nie –«

»Ser Donnel von Duskendale?«

»Den Namen habe ich vielleicht schon einmal gehört, aber –«

»Addison Hill? Die Weiße Eule, Michael Mertyns? Jeffory Norcross? Sie nannten ihn Nimmerfüg. Der Rote Robert Flowers? Was könnt Ihr mir über sie sagen?«

»Flowers ist ein Bastardname. Und Hill ebenfalls.«

»Trotzdem sind beide Männer zum Befehlshaber über die Königsgarde aufgestiegen. Ihre Geschichten stehen in diesem Buch. Die von Rolland Darklyn ebenfalls. Vor mir war er der

Jüngste, der je in die Königsgarde eingetreten ist. Er hat seinen Mantel auf dem Schlachtfeld erhalten und ist eine Stunde später gefallen.«

»Er kann nicht besonders gut gewesen sein.«

»Gut genug. Er starb, aber sein König hat überlebt. Eine Menge tapferer Männer haben den weißen Mantel getragen. Die meisten sind in Vergessenheit geraten.«

»Die meisten verdienen nichts anderes, als vergessen zu werden. An die Helden wird man sich stets erinnern. An die Besten.«

»An die Besten und die Schlimmsten.« *Also wird einer von uns vermutlich in einem Lied weiterleben.* »Und an einige, die ein bisschen von beidem in sich tragen. So wie er.« Er tippte auf die Seite, die er gelesen hatte.

»Wer?« Ser Loras reckte den Hals. »Zehn schwarze Kugeln in scharlachrotem Feld. Das Wappen kenne ich nicht.«

»Es gehört Criston Cole, der dem ersten Viserys und dem zweiten Aegon gedient hat.« Jaime schloss das Weiße Buch. »Sie haben ihn Königsmacher genannt.«

CERSEI

Drei jämmerliche Narren mit einem Ledersack, dachte die Königin, als sie vor ihr auf die Knie sanken. Ihr Anblick ermutigte sie nicht. *Immerhin besteht wohl immer eine Chance.*

»Euer Gnaden«, sagte Qyburn leise, »der kleine Rat …«

»… wird auf mich warten. Möglicherweise kann ich die Nachricht vom Tode eines Verräters überbringen.« Aus der Stadt hallte das Trauerlied der Glocken von Baelors Septe herüber. *Für dich werden keine Glocken läuten, Tyrion,* dachte Cersei. *Ich werde deinen Kopf in Teer tauchen und deinen verkümmerten Leib den Hunden vorwerfen.* »Erhebt euch«, befahl sie den Männern, die so gern Lords werden wollten. »Zeigt mir, was ihr mitgebracht habt.«

Sie standen auf; drei hässliche Kerle in Lumpen. Einer hatte ein Furunkel am Hals, seit einem halben Jahr hatte keiner von ihnen sich gewaschen. Die Aussicht, solchen Gestalten den Titel eines Lords zu verleihen, erheiterte sie. *Ich könnte sie bei Festen neben Margaery setzen.* Als der Anführer der Narren den Sack aufband und seine Hand hineinsteckte, erfüllte ein fauliger Gestank den Raum, wie von einer widerlichen Rose. Der Kopf, den er herauszog, war graugrün und wimmelte von Maden. *Er riecht wie Vater.* Dorcas keuchte, und Jocelyn schlug die Hand vor den Mund und übergab sich.

Die Königin betrachtete ungerührt ihre Beute. »Ihr habt den falschen Zwerg umgebracht«, sagte sie schließlich widerwillig.

»Bestimmt nicht«, wagte einer der Narren zu widersprechen. »Das muss er sein. Ein Zwerg, seht Ihr? Er ist nur ein bisschen vergammelt.«

»Und ihm ist auch noch eine neue Nase gewachsen«, stellte

Cersei fest. »Eine Knollennase sogar, würde ich sagen. Tyrion wurde die Nase in der Schlacht abgehackt.«

Die drei Narren wechselten einen Blick. »Das hat uns niemand gesagt«, meinte der mit dem Kopf in der Hand. »Der kam einfach dreist anmarschiert, ein hässlicher Zwerg, da dachten wir …«

»Er hat ge*sagt*, er wäre ein Spatz«, warf der mit dem Furunkel ein, »und *du* hast gesagt, er würde lügen.« Letzteres war an den dritten Mann gerichtet.

Die Königin ärgerte sich bei dem Gedanken, dass sie ihren kleinen Rat wegen dieses Possenspiels hatte warten lassen. »Ihr habt meine Zeit verschwendet und einen Unschuldigen getötet. Ich sollte euch den Kopf abschlagen lassen.« Doch wenn sie das tat, würde der nächste Mann vielleicht zögern und den Gnom entschlüpfen lassen. Eher würde sie tote Zwerge zehn Fuß hoch stapeln, bevor sie das zuließ. »Geht mir aus den Augen.«

»Ja, Euer Gnaden«, sagte das Furunkel. »Wir bitten um Vergebung.«

»Wollt Ihr den Kopf?«, fragte der Mann, der ihn hielt.

»Gib ihn Ser Meryn. Nein, *in* dem Sack, du Einfaltspinsel. Ja. Ser Osmund, führt sie hinaus.«

Trant brachte den Kopf hinaus und Kettleblack die Scharfrichter, so dass nur mehr Lady Jocelyns Frühstück auf dem Boden von ihrem Besuch zeugte. »Putzt das sofort weg«, befahl die Königin ihr. Das war der dritte Kopf gewesen, den man ihr gebracht hatte. *Wenigstens war es diesmal ein Zwerg.* Beim letzten Mal hatte es sich lediglich um ein hässliches Kind gehandelt.

»Jemand wird den Zwerg finden, keine Angst«, versicherte Ser Osmund ihr. »Und dann wird er seinen Tod auskosten dürfen.«

Tatsächlich? Letzte Nacht hatte Cersei von der alten Frau mit den hängenden Wangen und der krächzenden Stimme geträumt. Maggy der Frosch hatte man sie in Lannisport genannt. *Wenn Vater je erfahren hätte, was sie zu mir gesagt hat, hätte er ihr die*

Zunge herausreißen lassen. Cersei hatte nie mit jemandem darüber gesprochen, nicht einmal mit Jaime. *Melara hat behauptet, wenn wir nie ein Wort über ihre Prophezeiungen verlieren, würden wir sie vergessen. Und vergessene Prophezeiungen würden nicht in Erfüllung gehen, hat sie gesagt.*

»Ich habe überall Lauscher, die nach dem Gnom Ausschau halten, Euer Gnaden«, sagte Qyburn. Er hatte eine Robe angelegt, die sehr der eines Maesters glich, doch statt grau war sie weiß, so makellos wie die Mäntel der Königsgarde. Goldene Spiralen zierten Saum, Ärmel und den hohen steifen Kragen, und um die Taille hatte Qyburn eine goldene Schärpe gebunden. »In Oldtown, Gulltown, Dorne, sogar in den Freien Städten. Wohin er auch immer fliehen mag, meine Ohrenbläser werden ihn finden.«

»Ihr nehmt an, dass er King's Landing verlassen hat. Nach allem, was wir wissen, könnte er sich in Baelors Septe verstecken und die Glocken läuten, die dieses entsetzliche Getöse veranstalten.« Cersei zog ein säuerliches Gesicht und ließ sich von Dorcas beim Aufstehen helfen. »Kommt, Mylord. Mein Rat wartet.« Sie nahm Qyburns Arm, als sie die Treppe hinuntergingen. »Habt Ihr Euch schon um diese kleine Angelegenheit gekümmert, die ich Euch aufgetragen habe?«

»Gewiss, Euer Gnaden. Entschuldigt, dass es so lange gedauert hat. So ein großer Kopf. Die Käfer haben viele Stunden gebraucht, um das Fleisch abzufressen. Als Entschuldigung habe ich eine Kiste aus Elfenbein und Silber mit Filz ausschlagen lassen, um den Schädel angemessen präsentieren zu können.«

»Ein einfacher Sack hätte gereicht. Prinz Doran geht es um den Kopf. Er wird sich nicht die Bohne darum scheren, in was für einer Kiste er bei ihm ankommt.«

Im Hof dröhnten die Glocken noch lauter. *Er war doch nur ein Hoher Septon. Wie lange müssen wir das erdulden?* Das Läuten war zwar melodischer als die Schreie des Berges, aber ...

Qyburn schien zu ahnen, was sie dachte. »Bei Sonnenuntergang wird das Läuten aufhören, Euer Gnaden.«

»Das wäre eine große Erleichterung. Woher wisst Ihr das?«

»Wissen ist die Grundlage meines Dienstes.«

Varys hat uns alle glauben gemacht, er sei unersetzlich. Was für Narren wir waren. Nachdem die Königin bekannt gegeben hatte, dass Qyburn von nun an den Platz des Eunuchen einnehmen würde, hatte das übliche Geschmeiß keine Zeit verloren, bei ihm vorzusprechen und ihm sein Gewisper für ein paar Münzen anzubieten. *Es war immer das Silber und nicht die Spinne. Qyburn wird uns ebenso gut dienen.* Sie freute sich schon auf Pycelles Blick, wenn Qyburn seinen Platz einnehmen würde.

Wenn der kleine Rat tagte, stand stets ein Ritter der Königsgarde vor der Tür des Saals. Heute hatte diese Aufgabe Ser Boros Blount übernommen. »Ser Boros«, grüßte die Königin freundlich, »Ihr seht heute Morgen ein wenig fahl aus. Habt Ihr vielleicht etwas Falsches gegessen?« Jaime hatte den Mann zum Vorkoster bestimmt. *Ein geschmackvolles Amt, aber eine Schande für einen Ritter.* Blount verabscheute diese Tätigkeit. Seine Hängebacken zitterten, als er ihnen die Tür aufhielt.

Die Ratsmitglieder verstummten bei ihrem Eintreten. Lord Gyles hustete zum Gruß laut und weckte damit Pycelle. Die anderen erhoben sich und gaben Nettigkeiten von sich. Cersei gestattete sich ein leises, sehr leises Lächeln. »Mylords, ich weiß, Ihr werdet mir meine Unpünktlichkeit verzeihen.«

»Wir sind hier, um Euch zu dienen, Euer Gnaden«, erwiderte Ser Harys Swyft. »Es ist uns eine Freude, auf Euer Eintreffen zu warten.«

»Gewiss kennt Ihr Lord Qyburn bereits.«

Grand Maester Pycelle enttäuschte sie nicht. »*Lord* Qyburn?«, brachte er hervor und lief dunkelrot an. »Euer Gnaden, dies … ein Maester legt heilige Gelübde ab, keine Ländereien zu besitzen und niemals in den Stand eines Lords zu treten …«

»Eure Citadel hat ihm die Kette genommen«, erinnerte Cersei ihn. »Wenn er kein Maester ist, kann man auch nicht von ihm verlangen, dass er sich an die Gelübde eines Maesters hält. Wir haben auch den Eunuchen *Lord* genannt, wie Ihr Euch vielleicht erinnert.«

Pycelle stotterte. »Dieser Mann ist … er ist ungeeignet …«

»Erdreistet Euch nicht, mir gegenüber von *Eignung* zu sprechen. Nicht nach der stinkenden Posse, zu der Ihr den Leichnam meines Vaters gemacht habt.«

»Euer Gnaden denken doch nicht etwa …« Er hob die fleckige Hand, als wolle er einen Schlag abwehren. »Die Schweigenden Schwestern haben Lord Tywins Gedärme und Organe entfernt und ihm das Blut abgezapft … ihm wurde jegliche Sorgfalt zuteil … sein Leib wurde mit Salzen und duftenden Kräutern gefüllt …«

»Oh, erspart mir diese schauderhaften Einzelheiten. Ich habe das Ergebnis Eurer *Sorgfalt* gerochen. Lord Qyburns Heilkünste haben meinem Bruder das Leben gerettet, und ich bezweifle nicht, dass er dem König besser dienen wird als dieser affektierte Eunuch. Mylord, Ihr kennt die anderen Ratsmitglieder?«

»Sonst wäre ich ein schlechter Ohrenbläser, Euer Gnaden.« Qyburn nahm zwischen Orton Merryweather und Gyles Rosby Platz.

Meine *Ratsmitglieder*. Cersei hatte alle Rosen ausgerissen und auch jeden, der ihrem Onkel und seinen Brüdern verpflichtet war. An ihre Stelle hatte sie Männer gesetzt, deren Loyalität ihr gehören würde. Sie hatte sich sogar neue Bezeichnungen für ihre Ämter ausgedacht, die sie aus den Freien Städten entlehnt hatte; die Königin würde am Hofe keine »Meister« neben sich dulden. Orton Merryweather war ihr Richter, Gyles Rosby ihr Lord Kämmerer, Aurane Waters, der schneidige junge Bastard von Driftmark, würde ihr Großadmiral sein.

Und Ser Harys Swyft ihre Hand.

Weich, kahlköpfig und unterwürfig, besaß Swyft dort, wo die meisten Männer ein Kinn hatten, ein absurdes Büschel weißen Haares. Der blaue Zwerghahn seines Hauses war mit Lapislazuliperlen vorn auf sein nobles gelbes Wams gestickt. Darüber trug er einen Überwurf aus blauem Samt, der mit hundert goldenen Händen verziert war. Ser Harys hatte sich sehr über seine Ernennung gefreut und war zu dumm, um zu begreifen, dass er mehr Geisel als Hand war. Seine Tochter war die Gemahlin ihres Onkels, und Kevan liebte seine kinnlose Lady mit der flachen Brust und den Hühnerbeinen. Solange die Königin Ser Harys in der Hand hatte, musste es sich Kevan Lannister zweimal überlegen, ob er sich gegen sie stellte. *Sicherlich ist ein Schwiegervater nicht die ideale Geisel, aber lieber einen schwachen Schild als gar keinen.*

»Wird sich der König zu uns gesellen?«, erkundigte sich Orton Merryweather.

»Mein Sohn spielt mit seiner kleinen Königin. Im Augenblick besteht seine Vorstellung davon, König zu sein, darin, Dokumente mit dem königlichen Siegel zu versehen. Seine Gnaden ist noch zu jung, um die Staatsgeschäfte zu verstehen.«

»Und unser tapferer Lord Commander?«

»Ser Jaime ist bei seinem Waffenschmied und bekommt eine Hand angepasst. Ich weiß, dass wir alle diesen hässlichen Stumpf leid sind. Und ich vermute, der Lord Commander würde unsere Tätigkeit ebenso langweilig finden wie Tommen.« Darüber lachte Aurane Waters leise. *Gut,* dachte Cersei, *je mehr sie lachen, desto weniger bedrohlich ist es. Sollen sie lachen.* »Gibt es Wein?«

»Gewiss, Euer Gnaden.« Mit seiner großen Nase und dem widerspenstigen rötlich-orangefarbenen Haar war Orton Merryweather kein schöner Mann, doch er war stets höflich. »Wir haben dornischen Roten und Arborgold, außerdem einen feinen süßen Hippokras aus Highgarden.«

»Das Gold, denke ich. Die dornischen Weine finde ich genauso sauer wie die Dornischen.« Während Merryweather ihren Becher füllte, sagte Cersei: »Ich glaube, wir können auch gleich mit ihnen anfangen.«

Grand Maester Pycelles Lippen bebten zwar immer noch, dennoch fand er irgendwie die Sprache wieder. »Wie Ihr befehlt.

Prinz Doran hat die aufsässigen Bastardtöchter seines Bruders in Gewahrsam genommen, doch es brodelt in Sunspear. Der Prinz schreibt, er könne die Wogen nicht glätten, solange ihm nicht die Gerechtigkeit gewährt worden sei, die ihm versprochen wurde.«

»Gewiss.« *Ein lästiger Zeitgenosse, dieser Prinz.* »Sein langes Warten hat beinahe ein Ende. Ich sende Balon Swann nach Sunspear, damit er ihm den Kopf von Gregor Clegane aushändigt.« Ser Balon sollte dabei zwar auch andere Aufgaben erledigen, darüber bewahrte man jedoch am besten Stillschweigen.

»Aha.« Ser Harys Swyft spielte mit Daumen und Zeigefinger an seinem komischen dünnen Bart herum. »Dann ist er also tot? Ser Gregor?«

»Das würde ich meinen, Mylord«, erwiderte Aurane Waters trocken. »Mir wurde gesagt, das Trennen des Kopfes vom Körper sei häufig tödlich.«

Cersei belohnte ihn mit einem Lächeln; ein wenig Witz gefiel ihr, solange sie nicht zur Zielscheibe wurde. »Ser Gregor ist seinen Wunden erlegen, so wie es Grand Maester Pycelle vorhergesagt hat.«

Pycelle räusperte sich und beäugte Qyburn säuerlich. »Der Speer war vergiftet. Niemand konnte ihn retten.«

»Das habt Ihr gesagt. Ich erinnere mich gut daran.« Die Königin wandte sich ihrer Hand zu. »Worüber habt Ihr gerade gesprochen, als ich eintraf, Ser Harys?«

»Spatzen, Euer Gnaden. Septon Raynard sagt, es könnten sich inzwischen fast zweitausend in der Stadt aufhalten, und jeden Tag treffen weitere ein. Ihre Führer predigen von Untergang und Dämonenverehrung …«

Cersei trank einen Schluck Wein. *Sehr gut.* »Und das wird auch höchste Zeit, stimmt Ihr mir da nicht zu? Wie würdet Ihr diesen roten Gott nennen, den Stannis anbetet, wenn nicht einen Dämon? Der Glauben sollte sich gegen solche Sünde stellen.« Qyburn, dieser kluge Mann, hatte sie daran erinnert. »Unser jüngst verschiedener Hoher Septon hat zu viel durchgehen lassen, fürchte ich. Das Alter hat seinen Blick getrübt und an seinen Kräften gezehrt.«

»Er war ein müder Greis, Euer Gnaden.« Qyburn lächelte Pycelle an. »Sein Dahinscheiden durfte uns nicht überraschen. Kein Mensch kann mehr verlangen, als im hohen Alter friedlich im Schlafe zu sterben.«

»Nein«, sagte Cersei, »aber hoffentlich wird sein Nachfolger ein wenig energischer auftreten. Meine Freunde auf dem anderen Hügel verraten mir, dass vermutlich Torbert oder Raynard gewählt wird.«

Grand Maester Pycelle räusperte sich. »Ich habe Freunde unter den Höchst Frommen, die von Septon Ollidor sprechen.«

»Man sollte auch diesen Luceon nicht vergessen«, meinte Qyburn. »Gestern Abend hat er dreißig der Höchst Frommen mit Spanferkel und Arborgold bewirtet, und am Tage verteilt er Brot an die Armen.«

Aurane Waters schien von diesem Geschwätz über Septone ebenso gelangweilt wie Cersei. Aus der Nähe betrachtet war sein Haar eher silbrig als golden, und seine Augen graugrün und nicht purpurn wie die von Prinz Rhaegar. Dennoch, diese Ähnlichkeit … Sie fragte sich, ob Waters sich wohl den Bart für sie rasieren würde. Obwohl er zehn Jahre jünger war, begehrte er sie; Cersei konnte es an der Art und Weise erkennen, wie er sie ansah. Die Männer hatten sie so angeschaut, seit ihr Brüste gewachsen waren. *Weil ich so schön wäre, sagten sie, aber Jaime war auch schön, und ihn haben sie nie auf diese Art angesehen.* Damals hatte sie manchmal zum Spaß die Kleidung ihres Bruders angezogen. Stets hatte es sie erstaunt, wie anders sie von Männern behandelt wurde, wenn diese glaubten, sie sei Jaime. Sogar Lord Tywin …

Pycelle und Merryweather stritten weiter darüber, wer nun der neue Septon werden würde. »Einer wird so gut sein wie der andere«, verkündete die Königin abrupt, »aber wer auch immer sich die Kristallkrone aufs Haupt setzt, muss einen Bannfluch gegen den Gnom aussprechen.« Der letzte Hohe Septon hatte sich in Hinsicht auf Tyrion in verdächtiges Schweigen gehüllt. »Was diese rosa Spatzen betrifft, so sind sie das Problem des Glaubens und nicht unseres, solange sie nicht zum Hochverrat aufrufen.«

Lord Orton und Ser Harys stimmten murmelnd zu. Gyles Rosby wollte sich anschließen, doch dabei überkam ihn ein Hustenanfall. Cersei wandte sich voller Ekel ab, während er blutigen Schleim herausräusperte. »Maester, habt Ihr den Brief aus dem Tal mitgebracht?«

»Gewiss, Euer Gnaden.« Pycelle holte ihn aus dem Stapel von Papieren vor sich und strich ihn glatt. »Es ist eher eine Erklärung als ein Brief. Unterzeichnet in Runestone vom Bronze Yohn Royce, Lady Waynwood, den Lords Hunter, Redfort und Belmore sowie Symond Templeton, dem Ritter von Ninestars. Alle haben ihr Siegel darunter gesetzt. Sie schreiben –«

Eine Menge Blödsinn. »Mylords, Ihr dürft den Brief lesen, wenn Ihr wollt. Royce und diese anderen versammeln Männer am Fuße der Eyrie. Sie beabsichtigen, Littlefinger als Lord Protektor des Tales abzusetzen, notfalls mit Gewalt. Es stellt sich die Frage, ob wir das gestatten sollen.«

»Hat Lord Baelish um Eure Hilfe ersucht?«, fragte Harys Swyft.

»Bislang nicht. Tatsächlich scheint er recht unbesorgt zu sein. Sein letzter Brief erwähnt die Rebellen nur kurz, ehe er mich anfleht, ihm ein paar alte Wandbehänge von Robert zu schicken.«

Ser Harys strich sich durch den Kinnbart. »Und die Lords dieser Erklärung, wenden sie sich an den König mit der Bitte einzugreifen?«

»Nein.«

»Dann … vielleicht brauchen wir gar nichts zu tun.«

»Ein Krieg im Tal wäre äußerst tragisch«, meinte Pycelle.

»Krieg?« Orton Merryweather lachte. »Lord Baelish ist ein höchst amüsanter Mann, aber einen Krieg trägt man nicht mit witzigen Bemerkungen aus. Ich bezweifle, dass es überhaupt zu Blutvergießen kommen wird. Und spielt es eine Rolle, wer der Regent des kleinen Lords Robert ist, solange das Tal seine Steuern abführt?«

Nein, entschied Cersei. Um die Wahrheit zu sagen, war ihr Littlefinger am Hof nützlicher gewesen. *Er hatte eine Begabung dafür, Gold aufzuspüren, und er hat nie gehustet.* »Lord Orton hat mich überzeugt. Maester Pycelle, teilt diesen Lords der Erklärung mit, dass Petyr kein Haar gekrümmt werden darf. Ansonsten sei die Krone mit allen Entscheidungen einverstanden, die sie bezüglich der Regierung des Tales während Robert Arryns Minderjährigkeit treffen.«

»Sehr wohl, Euer Gnaden.«

»Könnten wir jetzt über die Flotte sprechen?«, fragte Aurane Waters. »Das Inferno auf dem Blackwater haben weniger als ein Dutzend unserer Schiffe überstanden. Wir müssen unbedingt unsere Seemacht wiederherstellen.«

Merryweather nickte. »Stärke auf dem Meer ist von größter Bedeutung.«

»Können wir vielleicht die Eisenmänner einsetzen?«, fragte Orton Merryweather. »Den Feind unseres Feindes? Was würde der Meersteinstuhl von uns als Gegenleistung für ein Bündnis verlangen?«

»Sie wollen den Norden«, sagte Grand Maester Pycelle, »den der edle Vater unserer Königin dem Hause Bolton versprochen hat.«

»Wie ungelegen«, meinte Merryweather. »Allerdings ist der Norden groß. Man könnte das Land teilen. Er muss ja keine dauerhafte Einrichtung werden. Bolton würde vielleicht zustimmen, solange wir ihm zusichern, dass wir ihm zur Seite stehen, sobald Stannis vernichtet ist.«

»Balon Greyjoy ist tot, habe ich gehört«, berichtete Ser Harys Swyft. »Wissen wir denn, wer jetzt auf den Inseln regiert? Hatte Lord Balon einen Sohn?«

»Leo?«, hustete Lord Gyles. »Theo?«

»Theon Greyjoy ist als Mündel von Eddard Stark auf Winterfell aufgewachsen«, erklärte Qyburn. »Er wird vermutlich nicht unser Freund sein.«

»Mir kam zu Ohren, er sei getötet worden«, warf Merryweather ein.

»Gab es denn nur einen Sohn?« Ser Harys Swyft zupfte an seinem Kinnbart. »Brüder. Da waren doch Brüder. Nicht wahr?«

Varys hätte es gewusst, dachte Cersei gereizt. »Ich beabsichtige ohnehin nicht, mich mit dieser Schar armseliger Tintenfische ins Bett zu legen. Ihre Zeit wird kommen, nachdem wir uns mit Stannis befasst haben. Was wir brauchen, ist eine eigene Flotte.«

»Ich würde vorschlagen, wir bauen neue Dromonen«, sagte Aurane Waters. »Zehn, für den Anfang.«

»Und woher soll das Geld dafür kommen?«, wollte Pycelle wissen.

Lord Gyles nahm dies als Einladung, erneut einen Hustenanfall zu erleiden. Abermals warf er rosa Speichel aus, den er mit seinem Viereck aus roter Seide abtupfte. »Es gibt keine …«, stieß er hervor, ehe der Husten seine Worte verschlang. »… keine … wir haben nicht …«

Zumindest Ser Harys erwies sich als rege genug zu begreifen, was er sagen wollte. »Die Einnahmen der Krone waren nie größer«, widersprach er. »Das hat mir Ser Kevan mitgeteilt.«

Lord Gyles keuchte. »… Ausgaben … Goldröcke …«

Cersei kannte diese Einwände. »Unser Lord Kämmerer versucht zu sagen, dass wir zu viele Goldröcke und zu wenig Gold haben.« Rosbys Husten begann sie zu ärgern. *Vielleicht wäre Garth der Grobe gar nicht so schlecht gewesen.* »Obwohl die Einkünfte der Krone groß sind, reichen sie nicht aus, um mit Roberts Schulden Schritt zu halten. Folglich habe ich entschieden, die Rückzahlung der Summen, die wir dem Heiligen Glauben und der Eisenbank von Braavos schuldig sind, bis nach dem Krieg einzustellen.« Der neue Hohe Septon würde ohne Zweifel die Hände ringen, und die Braavosi würden kreischen und krakeelen, doch was machte das schon? »Das gesparte Geld werden wir für den Bau der neuen Flotte verwenden.«

»Euer Gnaden sind besonnen«, sagte Lord Merryweather. »Das ist eine weise Maßnahme. Und erforderlich, bis der Krieg beendet ist. Dem stimme ich zu.«

»Ich ebenfalls«, sagte Ser Harys.

»Euer Gnaden«, wandte Pycelle mit zitternder Stimme ein, »ich fürchte, das wird uns mehr Schwierigkeiten einbringen, als Ihr ahnt. Die Eisenbank …«

»… steht in Braavos, weit jenseits des Meeres. Sie wird ihr Gold bekommen, Maester. Ein Lannister begleicht seine Schulden.«

»Die Braavosi haben auch ein Sprichwort.« Pycelles edelsteinbesetzte Kette klimperte leise. »*Die Eisenbank bekommt, was ihr zusteht,* sagen sie.«

»Die Eisenbank bekommt, was ihr zusteht, sobald ich es sage. Bis dahin wird die Eisenbank respektvoll warten. Lord Waters, beginnt mit dem Bau Eurer Dromonen.«

»Sehr wohl, Euer Gnaden.«

Ser Harys blätterte einige Dokumente durch. »Die nächste Angelegenheit … Wir haben einen Brief von Lord Frey erhalten, in dem er einige Forderungen geltend macht …«

»Wie viel Land und Ehren will dieser Mann eigentlich?«, brauste die Königin auf. »Seine Mutter muss drei Zitzen gehabt haben.«

»Mylords, Ihr wisst es vielleicht nicht«, sagte Qyburn, »aber in den Weinspelunken und Schenken dieser Stadt geht ein Gerücht um, demzufolge die Krone möglicherweise an Lord Walders Verbrechen beteiligt gewesen sein könnte.«

Die anderen Ratsmitglieder starrten ihn unsicher an. »Bezieht Ihr Euch auf die Rote Hochzeit?«, wollte Aurane Waters wissen. »Verbrechen?«, fragte Ser Harys. Pycelle räusperte sich laut. Lord Gyles hustete.

»Vor allem diese Spatzen nehmen kein Blatt vor den Mund«, warnte Qyburn. »Die Rote Hochzeit war ein Verstoß gegen alle Gesetze von Göttern und Menschen, sagen sie, und diejenigen, die ihre Finger im Spiel hatten, sind verdammt.«

Cersei begriff sofort, worauf er hinauswollte. »Lord Walder wird schon bald vor das Gericht des Vaters treten. Er ist sehr alt. Mögen die Spatzen auf sein Andenken spucken. Damit haben wir nichts zu schaffen.«

»Genau«, sagte Ser Harys. »Eben«, sagte Lord Merryweather. »Niemand könnte so etwas denken«, sagte Pycelle. Lord Gyles hustete.

»Ein wenig Spucke auf Lord Walders Grab wird die Würmer kaum stören«, stimmte Qyburn zu, »aber es wäre nützlich, wenn jemand für die Rote Hochzeit *bestraft* würde. Ein paar Frey-Köpfe würden den Norden besänftigen.«

»Lord Walder wird niemals einen der seinen opfern«, wandte Pycelle ein.

»Schon«, sinnierte Cersei, »aber seine Erben sind vielleicht nicht so zimperlich. Lord Walder wird uns, wie wir hoffen dürfen, schon bald die Liebenswürdigkeit erweisen zu sterben. Wie könnte sich der neue Lord vom Kreuzweg besser ungelegener Halbbrüder, zänkischer Vettern und Ränke schmiedender Schwestern entledigen, als sie zu den Missetätern zu erklären?«

»Während wir auf Lord Walders Tod warten, gibt es da noch etwas«, sagte Aurane Waters. »Die Goldene Kompanie hat ihren Vertrag mit Myr aufgelöst. Im Hafen habe ich Männer reden gehört, Lord Stannis habe sie angeheuert und hole sie über das Meer.«

»Womit will er sie denn bezahlen?«, fragte Merryweather. »Mit Schnee? Sie heißen die *Goldene* Kompanie. Wie viel Gold hat Stannis?«

»Wenig, sehr wenig«, versicherte Cersei ihm. »Lord Qyburn hat mit der Mannschaft der myrischen Galeere in der Bucht gesprochen. Die Männer behaupten, die Goldene Kompanie sei nach Volantis aufgebrochen. Falls sie tatsächlich nach Westeros übersetzen will, marschiert sie in die falsche Richtung.«

»Vielleicht sind sie es leid, immer auf der Verliererseite zu kämpfen«, warf Lord Merryweather ein.

»Das kommt noch hinzu«, stimmte die Königin zu. »Nur ein Blinder könnte übersehen, dass unser Krieg so gut wie gewonnen ist. Lord Tyrell hat Storm's End eingeschlossen. Riverrun wird von den Freys und meinem Vetter Daven, unserem neuen Wächter des Westens, belagert. Lord Redwynes Schiffe haben die Straße von Tarth passiert und segeln rasch entlang der Küste weiter. Auf Dragonstone sind nur ein paar Fischerboote geblieben, die Widerstand gegen Redwynes Landung leisten können. Die Burg mag eine Zeit lang aushalten, doch wenn wir erst den Hafen eingenommen haben, sind die gegnerischen Truppen vom Meer abgeschnitten. Dann wird uns nur noch Stannis Ärger machen.«

»Falls wir Lord Janos Glauben schenken dürfen, versucht Stannis, mit den Wildlingen gemeinsame Sache zu machen«, warnte Grand Maester Pycelle.

»Wilde in Fellen«, behauptete Lord Merryweather. »Lord Stannis muss schon sehr verzweifelt sein, wenn er mit solchen Verbündeten paktiert.«

»Verzweifelt und töricht«, befand auch die Königin. »Die Nordmänner hassen die Wildlinge. Roose Bolton dürfte also keine Schwierigkeiten haben, sie für uns zu gewinnen. Einige haben sich bereits mit seinem Bastard vereint, um ihm zu helfen, diese elenden Eisenmänner von Moat Cailin zu vertreiben. Umber, Ryswell … die anderen Namen habe ich vergessen. Sogar White Harbor steht kurz davor, sich uns anzuschließen. Der Lord hat zugestimmt, seine beiden Enkelinnen mit unseren Frey-Freunden zu verheiraten und seinen Hafen für unsere Schiffe zu öffnen.«

»Ich dachte, wir hätten keine Schiffe«, meinte Ser Harys verwirrt.

»Wyman Manderly war ein treuer Vasall von Eddard Stark«, wandte Grand Maester Pycelle ein. »Kann man einem solchen Mann trauen?«

Man kann niemandem trauen. »Er ist ein fetter alter Mann, und er hat Angst. Jedenfalls bleibt er in einem Punkt stur. Er besteht darauf, das Knie nicht zu beugen, bis sein Erbe zu ihm zurückgekehrt ist.«

»Ist dieser Erbe in unserer Hand?«, fragte Ser Harys.

»Vermutlich befindet er sich in Harrenhal, falls er noch lebt. Gregor Clegane hat ihn gefangen genommen.« Der Berg verfuhr nicht immer sanft mit seinen Gefangenen, nicht einmal mit solchen, die ein gutes Lösegeld wert waren. »Sollte er tot sein, werden wir Lord Manderly vermutlich die Köpfe derjenigen schicken müssen, die ihn umgebracht haben, zusammen mit unserem tiefsten Bedauern.« Wenn sich ein Prinz von Dorne mit einem einzigen Kopf zufrieden gab, sollte ein ganzer Sack voll Köpfe für einen fetten Nordmann, der sich in Seehundfell hüllte, überaus angemessen sein.

»Wird Lord Stannis nicht ebenfalls versuchen, die Loyalität von White Harbor zu gewinnen?«, fragte Grand Maester Pycelle.

»Oh, das hat er längst versucht. Lord Manderly hat seinen Brief an uns weitergeleitet und ihm mit Ausflüchten geantwortet. Stannis verlangt von White Harbor Schwerter und Silber, und dafür bietet er … nun ja, *nichts*.« Eines Tages musste sie eine Kerze für den Fremden anzünden, der Renly geholt und Stannis übrig gelassen hatte. Hätte es sich andersherum verhalten, wäre ihr Leben deutlich schwieriger. »Heute Morgen ist ein weiterer Vogel eingetroffen. Stannis hat seinen Zwiebelschmuggler losgeschickt, um mit White Harbor zu verhandeln. Manderly hat den Kerl in eine Zelle gesperrt. Er fragt, was er mit ihm anstellen soll.«

»Er soll ihn herschicken, damit wir ihn befragen können«, schlug Lord Merryweather vor. »Der Mann weiß vielleicht eine Menge, das für uns von Wert sein könnte.«

»Lasst ihn sterben«, meinte Qyburn. »Sein Tod wäre eine Lektion für den Norden, damit man dort weiß, wie mit Verrätern verfahren wird.«

»Das sehe ich allerdings genauso«, stimmte die Königin zu. »Ich habe Lord Manderly angewiesen, ihm unverzüglich den Kopf abzuschlagen. Damit dürfte jede Möglichkeit ausgeräumt sein, dass White Harbor Stannis unterstützt.«

»Stannis wird eine neue Hand brauchen«, merkte Aurane Waters kichernd an. »Vielleicht den Rübenritter.«

»Den Rübenritter?«, fragte Ser Harys verwirrt. »Wer ist dieser Mann? Ich habe noch nie von ihm gehört.«

Waters antwortete nicht, sondern verdrehte nur die Augen.

»Und falls sich Lord Manderly weigert?«, wollte Merryweather wissen.

»Das wird er nicht wagen. Der Kopf des Zwiebelritters ist die Münze, mit der er das Leben seines Sohns kauft.« Cersei lächelte. »Der fette Narr mag den Starks auf seine Weise treu gewesen sein, doch nachdem die Wölfe von Winterfell ausgelöscht sind –«

»Euer Gnaden haben Lady Sansa vergessen«, warf Pycelle ein.

Die Königin fuhr auf. »Diese kleine Wölfin habe ich ganz bestimmt *nicht* vergessen.« Sie weigerte sich, den Namen des Mädchens auszusprechen. »Ich hätte sie in die schwarzen Zellen werfen sollen, als Tochter eines Verräters, doch stattdessen habe ich sie an meinem Hof aufgenommen. Sie hat unter meinem Dach gelebt und mit meinen Kindern gespielt. Ich habe sie genährt, gekleidet und versucht, diesem dummen Menschenkind ein wenig Wissen über die Welt zu vermitteln, und wie hat sie mir diese Güte gedankt? Sie hat dem Mörder meines Sohnes geholfen. Wenn wir den Gnom finden, finden wir auch Lady Sansa. Sie ist nicht tot … aber ehe ich mit ihr fertig bin, das verspreche ich Euch, wird sie Gebete zum Fremden schicken und ihn um seinen Kuss anflehen.«

Darauf folgte betretenes Schweigen. *Haben sie ihre Zungen ver-*

schluckt?, dachte Cersei gereizt. Es war genug, um sich zu fragen, warum sie sich überhaupt mit einem Rat abgab.

»In jedem Fall«, fuhr die Königin fort, »ist Lord Eddards *jüngere* Tochter bei Lord Bolton, und er wird sie mit seinem Sohn Ramsay vermählen, sobald Moat Cailin gefallen ist.« Solange das Mädchen seine Rolle spielte, um seinen Anspruch auf Winterfell zu untermauern, würde sich keiner der Boltons viel darum scheren, dass es eigentlich der Spross irgendeines Burschen und lediglich von Littlefinger herausgeputzt worden war. »Wenn der Norden einen Stark braucht, geben wir ihm einen.« Sie ließ sich von Lord Merryweather den Becher neu füllen. »Auf der Mauer hat sich indes ein weiteres Problem ergeben. Die Brüder der Nachtwache haben den Verstand verloren und Ned Starks Bastard zu ihrem Lord Commander gewählt.«

»Snow heißt der Junge«, sagte Pycelle, was wenig dienlich war.

»Ich habe ihn einmal kurz in Winterfell gesehen«, sagte die Königin, »obwohl die Starks ihr Bestes getan haben, um ihn zu verstecken. Er sieht seinem Vater sehr ähnlich.« Die unehelichen Kinder ihres Gemahls sahen ihrem Vater ebenfalls sehr ähnlich, allerdings hatte Robert wenigstens die Schicklichkeit besessen, sie ihr nicht unter die Augen kommen zu lassen. Einmal, nach dieser leidigen Sache mit der Katze, hatte er herumgelärmt, dass er irgendeine uneheliche Tochter an den Hof holen wolle. »Tut, was Ihr wollt«, hatte sie zu ihm gesagt, »aber Ihr könntet herausfinden, dass die Stadt kein gesunder Ort für ein heranwachsendes Mädchen ist.« Der Bluterguss, den sie sich damit eingehandelt hatte, war nur schwer vor Jaime zu verbergen gewesen, doch sie hatte nichts mehr von dem Bastardmädchen gehört. *Catelyn Tully war eine Maus, sonst hätte sie diesen Jon Snow noch in der Wiege erstickt. Stattdessen hat sie mir die Drecksarbeit hinterlassen.* »Snow teilt Lord Eddards Vorliebe für Verrat«, sagte sie. »Der Vater hätte Stannis das Reich gegeben. Der Sohn überlässt ihm Ländereien und Burgen.«

»Der Nachtwache ist es verboten, in einem Krieg innerhalb der Sieben Königslande Partei zu ergreifen«, erinnerte Pycelle die Anwesenden. »Seit Tausenden von Jahren sind die schwarzen Brüder dieser Tradition treu.«

»Bis jetzt«, meinte Cersei. »Der Bastard hat uns geschrieben, die Nachtwache würde keine Partei ergreifen, doch seine Taten strafen ihn Lügen. Er hat Stannis Unterkunft und Verpflegung gewährt, und dennoch maßt er sich an, uns um Waffen und Männer zu bitten.«

»Ein Skandal«, empörte sich Lord Merryweather. »Wir dürfen nicht zulassen, dass sich die Nachtwache Lord Stannis anschließt.«

»Wir müssen diesen Snow zum Verräter und Rebellen erklären«, stimmte Ser Harys Swyft zu. »Die schwarzen Brüder sollen ihn seines Amtes entheben.«

Grand Maester Pycelle nickte nachdenklich. »Ich würde vorschlagen, wir setzen Castle Black davon in Kenntnis, dass wir keine Männer mehr schicken, solange Snow diesen Posten innehat.«

»Unsere neuen Dromonen brauchten Ruderer«, sagte Aurane Waters. »Weisen wir die Lords an, dass sie ihre Wilderer und Diebe fortan zu mir anstatt zur Mauer senden.«

Qyburn beugte sich lächelnd vor. »Die Nachtwache verteidigt uns gegen Snarks und Grumkins. Mylords, ich finde, wir müssen den tapferen schwarzen Brüdern *helfen*.«

Cersei blickte ihn scharf an. »Worauf wollt Ihr hinaus?«

»Auf Folgendes«, fuhr Qyburn fort. »Seit Jahren bittet die Nachtwache um Männer. Lord Stannis hat ihr Flehen erhört. Kann Tommen sich dem entziehen? Seine Gnaden sollte der Mauer hundert Mann schicken. Vorgeblich, um das Schwarz anzulegen, doch in Wahrheit …«

»… um Jon Snow von seinem Posten zu entfernen«, beendete Cersei den Satz entzückt. *Ich wusste, es war richtig, ihn in meinen Rat zu holen.* »Genau das sollten wir tun.« Sie lachte. *Wenn dieser*

Bastard wirklich der Sohn seines Vaters ist, wird er keinen Verdacht hegen. Vielleicht wird er mir sogar dankbar sein, aber nur, bis er die Klinge zwischen seinen Rippen spürt. »Gewiss ist Vorsicht angeraten. Überlasst den Rest mir, Mylords.« So sollte man gegen einen Feind vorgehen: mit einem Dolch, nicht mit einer Erklärung. »Mylords, wir haben heute gute Arbeit geleistet. Ich danke Euch. Gibt es noch etwas?«

»Einen letzten Punkt, Euer Gnaden«, sagte Aurane Waters zaghaft. »Ich zögere, die Zeit des Rates mit Bagatellen zu verschwenden, doch es gibt im Hafen seit einiger Zeit merkwürdiges Gerede. Von den Seeleuten aus dem Osten. Sie sprechen von Drachen …«

»… und Mantikoren und bärtigen Snarks?« Cersei kicherte. »Meldet Euch wieder bei mir, wenn sie von *Zwergen* reden, Mylord.« Sie erhob sich und gab damit zu verstehen, dass die Sitzung beendet war.

Stürmischer Herbstwind wehte Cersei entgegen, als sie den Ratssaal verließ, und immer noch sangen die Glocken des Seligen Baelor ihr Klagelied. Im Hof droschen drei Dutzend Ritter mit Schwertern und Schilden aufeinander ein und verstärkten den Lärm noch. Ser Boros Blount eskortierte die Königin zu ihren Gemächern, wo sie Lady Merryweather vorfand, die mit Jocelyn und Dorcas scherzte. »Was gibt es denn so Amüsantes?«

»Die Redwyne-Zwillinge«, erklärte Taena. »Beide haben sich in Lady Margaery verliebt. Sie haben immer darum gestritten, wer der nächste Lord vom Arbor sein würde. Jetzt wollen beide in die Königsgarde eintreten, nur um ihrer kleinen Königin nahe zu sein.«

»Die Redwynes haben mehr Sommersprossen als Verstand.« Trotzdem war es gut, darüber Bescheid zu wissen. *Falls man Horror oder Schlabber bei Margaery im Bett findet …* Cersei fragte sich, ob die kleine Königin Sommersprossen mochte. »Dorcas, hol mir Ser Osney Kettleblack.«

Dorcas errötete. »Wie Ihr befehlt.«

Nachdem das Mädchen gegangen war, warf Taena Merryweather der Königin einen spöttischen Blick zu. »Warum ist sie denn so rot geworden?«

»Aus Liebe.« Nun war es an Cersei zu lachen. »Sie schwärmt für Ser Osney.« Er war der jüngste Kettleblack, der mit dem glatt rasierten Gesicht. Er hatte das gleiche schwarze Haar, die gleiche Hakennase und das gleiche sorglose Lächeln wie sein Bruder Osmund, doch auf einer Wange prangten drei lange Kratzer, die er einer von Tyrions Huren zu verdanken hatte. »Sie mag Narben, glaube ich.«

Lady Merryweather schaute der Schalk aus den dunklen Augen. »Genau. Narben lassen einen Mann gefährlich aussehen, und Gefahr ist aufregend.«

»Ihr erschüttert mich, Mylady«, erwiderte die Königin frotzelnd. »Wenn Euch Gefahr so erregt, warum habt Ihr dann Lord Orton geheiratet? Gewiss, wir alle schätzen ihn, und dennoch …« Petyr hatte einmal gesagt, das Füllhorn, welches das Wappen des Hauses Merryweather ziere, passe erstaunlich gut zu Lord Orton, denn sein Haar sei rot wie eine Karotte, seine Nase knollig wie eine rote Rübe und sein Verstand so weich wie Erbsenbrei.

Taena lachte. »Mylord ist eher mildtätig als gefährlich, das stimmt wohl. Und doch … Hoffentlich werden Euer Gnaden nicht schlecht von mir denken, aber Orton hat mich nicht ganz als Jungfrau ins Bett bekommen.«

In den Freien Städten seid ihr alle Huren, oder? Das war gut zu wissen; eines Tages würde ihr dieser Umstand vielleicht von Nutzen sein. »Und wer, bitteschön, war dieser Liebhaber, der Euch … so mit Gefahren gelockt hat?«

Taenas Olivenhaut wurde noch dunkler, als sie errötete. »Oh, ich hätte nicht darüber sprechen sollen. Euer Gnaden werden mein Geheimnis bewahren, nicht wahr?«

»Männer haben Narben, Frauen Geheimnisse.« Cersei küsste sie auf die Wange. *Ich erfahre den Namen noch früh genug.*

Als Dorcas mit Ser Osney Kettleblack zurückkehrte, entließ die Königin ihre Hofdamen. »Kommt und setzt Euch mit mir ans Fenster, Ser Osney. Möchtet Ihr einen Becher Wein?« Sie schenkte ihm und sich eigenhändig ein. »Euer Mantel ist schäbig. Ich habe die Absicht, Euch in einen neuen zu stecken.«

»Was, in einen weißen? Wer ist denn gestorben?«

»Bislang niemand«, sagte die Königin. »Ist es Euer Wunsch, Euch zu Eurem Bruder Osmund in der Königsgarde zu gesellen?«

»Lieber wäre mir die *Königinnen*garde, wenn ich mir die Bemerkung erlauben darf, Euer Gnaden.« Wenn Osney lächelte, wurden die Narben auf seiner Wange hellrot.

Cersei zog sie mit den Fingern nach. »Ihr habt eine kühne Zunge, Ser. Am Ende vergesse ich mich noch, wie schon einmal.«

»Gut.« Ser Osney ergriff ihre Hand und küsste die Finger grob. »Meine süße Königin.«

»Ihr seid ein schlimmer Mann«, flüsterte die Königin, »und kein wahrer Ritter, glaube ich.« Sie ließ zu, dass er durch die Seide ihres Gewands ihre Brüste berührte. »Genug.«

»Nein. Ich will Euch.«

»Ihr hattet mich schon.«

»Nur einmal.« Erneut packte er ihre linke Brust und quetschte sie linkisch, was sie an Robert erinnerte.

»Eine gute Nacht für einen guten Ritter. Ihr habt mir heldenhafte Dienste geleistet, und Ihr habt Eure Belohnung erhalten.« Cersei spazierte mit den Fingern über die Schnüre seiner Hose. Sie spürte, wie seine Männlichkeit unter dem Stoff steif wurde. »War das ein neues Pferd, das Ihr gestern Morgen auf dem Hof geritten habt?«

»Der schwarze Hengst? Ja. Ein Geschenk von meinem Bruder Osfryd. Ich habe ihn Mitternacht genannt.«

Wie überaus originell. »Ein hübsches Tier für die Schlacht. Zum Vergnügen jedoch gibt es nichts Schöneres, als auf einem feurigen Stutfohlen zu galoppieren.« Sie lächelte und drückte zu. »Sagt mir die Wahrheit. Findet Ihr unsere kleine Königin schön?«

Ser Osney wich misstrauisch zurück. »Ich denke schon. Für ein Mädchen. Mir ist eine Frau lieber.«

»Warum nicht beides?«, flüsterte sie. »Pflückt die kleine Rose für mich, und Ihr werdet sehen, dass ich nicht undankbar bin.«

»Die kleine ... Margaery, meint Ihr?« Ser Osneys Leidenschaft schmolz in seiner Hose dahin. »Sie ist die Gemahlin des Königs. Gab es da nicht ein Mitglied der Königsgarde, das seinen Kopf verloren hat, weil es sich zum Weib des Königs ins Bett gelegt hat?«

»Vor Ewigkeiten.« *Sie war die Geliebte des Königs, nicht seine Gemahlin, und sein Kopf war das Einzige, was er nicht verloren hat. Aegon hat ihn Stück für Stück zerlegt und die Frau dabei zusehen lassen.* Doch Cersei wollte nicht, dass Ser Osney sich Gedanken über diese alten, unerfreulichen Geschichten machte. »Tommen ist nicht Aegon der Unwerte. Ihr braucht keine Angst zu haben, er wird tun, was ich ihn heiße. Schließlich soll Margaery ihren Kopf verlieren, nicht Ihr.«

Das gab ihm zu denken. »Ihre Jungfernschaft, meint Ihr?«

»Die auch. Vorausgesetzt, sie ist noch Jungfrau.« Cersei zog die Narben nach. »Es sei denn, Ihr glaubt, Margaery würde sich Euren ... Reizen gegenüber unempfänglich zeigen?«

Osney sah sie gekränkt an. »Sie mag mich sehr wohl. Diese Kusinen von ihr ziehen mich immer mit meiner Nase auf. Wie groß sie sei und so. Als Megga mich das letzte Mal geärgert hat, hat Margaery ihnen gesagt, sie sollten aufhören, und ich hätte ein hübsches Gesicht.«

»Na, das ist doch schon etwas.«

»Ja, das ist etwas«, stimmte der Mann zweifelnd zu, »aber was wird sein, wenn sie ... wenn ich ... nachdem wir ...?«

»... nachdem Ihr es getan habt?« Cersei schenkte ihm ein spitzes Lächeln. »Sich zu einer Königin ins Bett zu legen ist Hochverrat. Tommen hätte keine andere Wahl, als Euch zur Mauer zu schicken.«

»Zur Mauer?«, wiederholte er bestürzt.

Sie musste sich zusammenreißen, um nicht laut loszulachen. *Nein, lieber nicht. Männer mögen es gar nicht, wenn man sie auslacht.* »Ein schwarzer Mantel würde gut zu Euren Augen und Eurem schwarzen Haar passen.«

»Von der Mauer kehrt man nicht zurück.«

»Ihr schon. Ihr müsst dort nur eins tun: einen Knaben töten.«

»Welchen Knaben?«

»Einen Bastard, der mit Stannis unter einer Decke steckt. Er ist jung und grün, und Ihr werdet hundert Mann haben.«

Kettleblack hatte Angst, sie roch es, doch er war zu stolz, diese Furcht einzugestehen. *So sind Männer eben.* »Ich habe mehr junge Burschen getötet, als ich zählen kann«, behauptete er. »Sobald dieser Junge tot ist, werde ich vom König begnadigt?«

»Das, und dazu bekommt Ihr den Titel eines Lords.« *Falls Snows Brüder Euch nicht vorher aufhängen.* »Eine Königin braucht einen Gefährten. Einen, der keine Angst kennt.«

»Lord Kettleblack?« Langsam breitete sich ein Lächeln auf seinem Gesicht aus, und seine Narben flammten rot auf. »Ja, das klingt gut. Ein vornehmer Lord …«

»… und würdig, eine Königin zu betten.«

Er runzelte die Stirn. »Auf der Mauer ist es kalt.«

»Bei mir findet Ihr Wärme.« Cersei legte ihm die Arme um den Hals. »Verführt ein Mädchen, tötet einen Knaben, und ich gehöre Euch. Habt Ihr den Mut dazu?«

Osney dachte einen Moment nach, ehe er nickte. »Ich bin Euer Mann.«

»Der seid Ihr, Ser.« Sie küsste ihn und ließ ihn den Geschmack ihrer Zunge kosten, ehe sie sich von ihm löste. »Genug für jetzt. Das andere muss warten. Werdet Ihr heute Nacht von mir träumen?«

»Ja.« Seine Stimme war belegt.

»Und wenn Ihr mit unserer Maid Margaery im Bett liegt?«, fragte sie ihn neckisch. »Wenn Ihr in ihr seid, werdet Ihr dann auch von mir träumen?«

»Gewiss«, schwor Osney Kettleblack.

»Gut.«

Nachdem er gegangen war, rief Cersei Jocelyn zu sich, damit sie ihr das Haar ausbürstete, während sie die Schuhe auszog und sich wie eine Katze rekelte. *Dafür wurde ich geschaffen,* sagte sie zu sich. Am besten gefiel ihr die Eleganz der ganzen Angelegenheit. Sogar Mace Tyrell würde es nicht wagen, seine geliebte Tochter zu verteidigen, wenn sie mit jemandem wie Osney Kettleblack erwischt würde, und weder Stannis noch Jon Snow würde es kümmern, dass ausgerechnet Ser Osmund derjenige gewesen war, der seinen Bruder bei der kleinen Königin entdeckt hatte; auf diese Weise würde die Loyalität der beiden anderen Kettleblacks nicht in Frage gestellt. *Wenn Vater mich jetzt sehen könnte, hätte er es nicht so eilig, mich wieder zu verheiraten. Schade, dass er so tot ist. Er und Robert und Jon Arryn und Ned Stark und Renly Baratheon, alle sind tot. Nur Tyrion lebt noch, und das nicht mehr lange.*

An diesem Abend ließ die Königin Lady Merryweather zu sich ins Schlafgemach rufen. »Möchtet Ihr einen Becher Wein mit mir trinken?«, fragte Cersei.

»Einen kleinen.« Die myrische Frau lachte. »Einen großen.«

»Ich möchte, dass Ihr morgen meiner Schwiegertochter einen Besuch abstattet«, sagte Cersei, während Dorcas sie fürs Bett kleidete.

»Lady Margaery freut sich stets, mich zu sehen.«

»Ich weiß.« Der Königin entging nicht, welchen Titel Taena benutzte, wenn sie von Tommens kleiner Gemahlin sprach. »Sagt Ihr, ich habe sieben Bienenwachskerzen zum Andenken des Hohen Septons in Baelors Septe geschickt.«

Taena lachte. »Dann wird sie selbst siebenundsiebzig Kerzen schicken, damit Ihr nicht mehr Trauer zeigen könnt als sie.«

»Ich werde sehr verärgert sein, wenn sie es nicht tut«, sagte die Königin und lächelte. »Erzählt Ihr außerdem, dass sie einen heimlichen Verehrer hat, einen Ritter, der vor lauter Bewunderung ihrer Schönheit nachts nicht mehr schlafen kann.«

»Darf ich Euer Gnaden fragen, um welchen Ritter es sich handelt?« Der Schalk funkelte in Taenas großen dunklen Augen. »Könnte es vielleicht Ser Osney sein?«

»Er könnte es sein«, meinte die Königin, »aber gebt ihr den Namen nicht freiwillig preis. Sie soll ihn Euch selbst entlocken. Wollt Ihr das für mich tun?«

»Wenn ich Euch damit dienen kann. Denn das ist alles, was ich möchte, Euer Gnaden.«

Draußen erhob sich ein kalter Wind. Sie blieben bis in den frühen Morgen auf, tranken Gold vom Arbor und erzählten einander Geschichten. Taena wurde betrunken, und Cersei entlockte ihr den Namen des geheimen Liebhabers. Er war ein myrischer Kapitän, ein halber Pirat, mit schulterlangem schwarzen Haar und einer Narbe, die vom Kinn bis zum Ohr quer über das Gesicht verlief. »Hundertmal habe ich nein gesagt, und er sagte doch«, erzählte die andere Frau, »bis ich endlich ebenfalls ja gesagt habe. Er gehörte nicht zu der Sorte Mann, der man einen Wunsch abschlagen kann.«

»Diese Sorte kenne ich«, antwortete die Königin und lächelte gequält.

»Haben Euer Gnaden jemals einen solchen Mann kennen gelernt?«

»Robert«, log sie und dachte an Jaime.

Doch als sie die Augen schloss, träumte sie von ihrem anderen Bruder und den drei armseligen Narren, mit denen ihr Tag begonnen hatte. In ihrem Traum hatten sie Tyrions Kopf in ihrem Sack. Sie ließ ihn mit Bronze überziehen und bewahrte ihn in ihrem Nachttopf auf.

Der Eiserne Kapitän

Der Wind wehte von Norden, als die *Eiserner Sieg* um die Landspitze bog und in die heilige Bucht einfuhr, die Naggas Wiege genannt wurde.

Victarion gesellte sich zu Nute dem Barbier am Bug. Vor ihnen tauchte die heilige Küste von Old Wyk auf, dahinter der grasbewachsene Hügel, aus dessen Erde Naggas Rippen aufragten wie die Stämme großer weißer Bäume, so dick wie der Mast einer Dromone, und doppelt so hoch.

Die Knochen der Halle des Grauen Königs. Victarion spürte die Magie dieses Ortes. »Balon stand unter diesen Knochen, als er sich zum König ernannte«, erinnerte er sich. »Er hat geschworen, unsere Freiheit zurückzugewinnen, und Tarle der Dreimal-Ertränkte setzte ihm die Treibholzkrone auf das Haupt. ›*BALON!*‹, riefen sie. ›*BALON! BALON KÖNIG!*‹«

»Euren Namen werden sie ebenso laut rufen«, erwiderte Nute.

Victarion nickte, obwohl er die Gewissheit des Barbiers nicht teilte. *Balon hatte drei Söhne und auch eine Tochter, die er sehr geliebt hat.*

Das hatte er seinen Kapitänen bei Moat Cailin erklärt, als sie ihn drängten, seinen Anspruch auf den Meersteinstuhl geltend zu machen. »Balons Söhne sind tot«, führte der Rote Ralf Stonehouse an, »und Asha ist eine Frau. Ihr wart Eures Bruders rechter Arm, Ihr müsst das Schwert aufnehmen, das er fallen ließ.« Als Victarion ihn daran erinnerte, dass Balon ihm befohlen hatte, den Moat gegen die Nordmänner zu halten, erwiderte Ralf Kenning: »Die Wölfe sind gebrochen, Lord. Was haben wir davon, diesen Sumpf zu gewinnen und die Inseln zu verlieren?«

Und Ralf der Hinker fügte hinzu: »Das Krähenauge war zu lange fort. Er kennt uns nicht.«

Euron Greyjoy, König der Inseln und des Nordens. Der Gedanke fachte einen alten Zorn in seinem Herzen an, und dennoch …

»Worte sind Wind«, sprach Victarion zu ihnen, »und der einzige gute Wind ist derjenige, der unsere Segel bläht. Wollt Ihr, dass ich gegen das Krähenauge kämpfe? Bruder gegen Bruder, Eisenmann gegen Eisenmann?« Euron war immerhin der Ältere, gleichgültig, wie viel böses Blut es zwischen ihnen geben mochte. *Kein Mann ist so verflucht wie der Brudermörder.*

Doch als sie Feuchthaars Ruf zum Königsthing erreichte, änderte sich alles. *Aeron spricht mit der Stimme des Ertrunkenen Gottes,* rief sich Victarion in Erinnerung, *und wenn der Ertrunkene Gott will, dass ich auf dem Meersteinstuhl sitze …* Am nächsten Tag übergab er den Befehl über Moat Cailin an Ralf Kenning und brach über Land zum Fluss Fever auf, wo die Eisenflotte zwischen Schilf und Weiden vor Anker lag. Raue See und launenhafter Wind hatten ihn aufgehalten, doch sie hatten nur ein einziges Schiff verloren, und jetzt war er zu Hause.

Die *Gram* und die *Eiserne Vergeltung* folgten ihnen dichtauf, als die *Eiserner Sieg* an der Landspitze vorbeifuhr. Dahinter kamen die *Harthand*, die *Eiserner Wind*, die *Grauer Geist*, die *Lord Quellon*, die *Lord Vickon*, die *Lord Dagon* und der Rest, neun Zehntel der Eisenflotte, die mit der Abendflut in einer meilenlangen, weit auseinander gezogenen Kolonne dem Ziel entgegenfuhr. Der Anblick der Segel erfüllte Victarion Greyjoy mit Befriedigung. Kein Mann hatte seine Frauen jemals auch nur halb so sehr geliebt wie der Lord Kapitän seine Schiffe.

Entlang der heiligen Küste von Old Wyk reihten sich Langschiffe, so weit das Auge reichte, und ihre Masten reckten sich Speeren gleich in die Höhe. Im tieferen Wasser lagen Prisen: Koggen, Galeonen und Dromonen, bei Raubzügen oder im Krieg erbeutet und zu groß, um auf dem Strand anzulanden. An Bug und Heck und Mast flatterten bekannte Banner.

Nute der Barbier blinzelte hinüber zum Strand. »Ist das Lord Harlaws *Seelied*?« Der Barbier war ein stämmiger Kerl mit O-Beinen und langen Armen, doch seine Augen waren nicht mehr so scharf wie in seiner Jugend. Damals hatte er die Axt so treffsicher geschleudert, dass die Männer sagten, er könne einen Mann damit rasieren.

»Die *Seelied*, ja.« Rodrik der Leser hatte sich von seinen Büchern getrennt, schien es. »Und dort liegt die *Donnerer* vom alten Drumm und daneben Blacktydes *Nachtflieger*.« Victarions Augen waren so gut wie eh und je. Obwohl die Segel eingeholt waren und die Banner schlaff herabhingen, erkannte er sie, wie es sich für den Lord Kapitän der Eisenflotte gehörte. »Auch die *Silberflosse*. Irgendein Verwandter von Sawane Botley.« Das Krähenauge hatte Lord Botley ertränkt, war Victarion zu Ohren gekommen, und sein Erbe war bei Moat Cailin gefallen, doch es gab Brüder, und auch die anderen Söhne. *Wie viele? Vier? Nein, fünf, und keiner von ihnen hat Grund, das Krähenauge zu mögen.*

Und dann sah er sie: eine einmastige Galeere, ein schlankes, niedriges Schiff mit dunkelrotem Rumpf. Ihre eingeholten Segel waren schwarz wie ein sternenloser Himmel. Auch wenn sie vor Anker lag, wirkte die *Schweigen* gleichermaßen grausam wie schnell. Am Bug trug sie eine schwarze Eisenjungfrau mit einem ausgestreckten Arm. Die Taille war schlank, die Brüste hoch und stolz, die Beine lang und wohl geformt. Eine windzerzauste schwarze Eisenmähne strömte vom Kopf herab, und die Augen waren aus Perlmutt, doch sie hatte keinen Mund.

Victarion ballte die Hände zu Fäusten. Mit diesen Händen hatte er vier Männer erschlagen, und auch eine seiner Frauen. Obwohl sein Haar von Raureif durchzogen war, hatte seine Kraft nicht nachgelassen, und er hatte die breite Brust eines Bullen und den flachen Bauch eines Knaben. *Der Brudermörder ist in den Augen von Göttern und Menschen verflucht,* hatte Balon ihn an jenem Tag erinnert, als er das Krähenauge fort auf See schickte.

»Er ist da«, teilte Victarion dem Barbier mit. »Holt das Segel ein. Wir fahren nur mit Rudern weiter. Gebt Befehl an die *Gram* und die *Eiserne Vergeltung*, sich zwischen der *Schweigen* und dem offenen Meer zu postieren. Der Rest der Flotte riegelt die Bucht ab. Niemand darf diesen Ort verlassen, außer auf meinen ausdrücklichen Befehl hin, kein Mann und keine Krähe.«

Die Männer am Ufer hatten die Segel entdeckt. Rufe hallten durch die Bucht, als Freunde und Verwandte sich Grüße zuschrien. Nicht jedoch von der *Schweigen*. Auf ihrem Deck sprach kein Mitglied der Mannschaft aus Stummen und Mischlingen auch nur ein Wort, als die *Eiserner Sieg* näher heranfuhr. Männer, schwarz wie Teer, starrten zu ihm hinaus, andere waren gedrungen und behaart wie die Affen von Sothoros. *Missgeburten*, schoss es Victarion durch den Kopf.

Zwanzig Schritte von der *Schweigen* entfernt warfen sie Anker. »Lasst ein Boot zu Wasser. Ich möchte an Land gehen.« Er schnallte den Schwertgurt um, während die Ruderer ihre Plätze einnahmen; sein Langschwert ruhte auf der einen Hüfte, der Dolch auf der anderen. Nute der Barbier hängte dem Lord Kapitän seinen Mantel um die Schultern. Das Kleidungsstück war aus neun Lagen golddurchwirktem Stoff genäht, in der Form des Kraken der Greyjoys, und die Arme hingen bis zu den Stiefeln herab. Darunter trug er ein schweres Kettenhemd über gekochtem schwarzem Leder. In Moat Cailin hatte er sich angewöhnt, die Rüstung Tag und Nacht zu tragen. Wunde Schultern und Rückenschmerzen ließen sich leichter hinnehmen als ein blutiger Bauch. Die vergifteten Pfeile der Sumpfteufel brauchten einen Mann nur zu ritzen, und ein paar Stunden später wand er sich schreiend, während ihm das Leben an den Beinen hinunterlief, schwallweise und gleichermaßen rot wie braun. *Wer auch immer den Meersteinstuhl gewinnt, mit den Sumpfteufeln werde ich mich noch befassen.*

Victarion setzte einen hohen schwarzen Kriegshelm auf, der in Form eines eisernen Kraken geschmiedet war und dessen

Arme sich um die Wangen schmiegten und sich unter dem Kinn trafen. Inzwischen war das Boot bereit. »Ich übergebe Euch die Verantwortung für die Truhen«, sagte er zu Nute, während er über die Seite kletterte. »Achtet darauf, dass sie gut bewacht werden.« Viel hing von diesen Truhen ab.

»Wie Ihr befehlt, Euer Gnaden.«

Victarion warf ihm einen säuerlichen Blick zu. »Noch bin ich nicht König.« Er stieg in das Boot.

Aeron Feuchthaar erwartete ihn in der Brandung, den Wasserschlauch unter dem Arm. Der Priester war hager und hoch gewachsen, wenn auch kleiner als Victarion selbst. Seine Nase ragte wie eine Haifischflosse aus dem knochigen Gesicht, und seine Augen waren wie Eisen. Der Bart reichte ihm bis zum Bauch, und wirre Haarstränge klatschten gegen seine Beine, wenn der Wind wehte. »Bruder«, sagte er, während sich die Wellen weiß und kalt um seine Knöchel brachen, »was tot ist, kann niemals sterben.«

»Doch erhebt es sich von neuem, härter und stärker.« Victarion nahm den Helm ab und kniete nieder. Das Meer kroch ihm in die Stiefel und durchnässte seine Hose, während Aeron ihm Salzwasser über den Kopf goss. Und so beteten sie.

»Wo ist unser Bruder Krähenauge?«, wollte der Lord Kapitän von Aeron Feuchthaar wissen, als sie die Gebete beendet hatten.

»Ihm gehört das große Zelt aus goldenem Tuch, dort, wo der Lärm am lautesten ist. Er umgibt sich mit gottlosen Männern und Missgeburten, schlimmer noch als früher. Bei ihm hat sich Vaters Blut zum Schlechten gewandelt.«

»Und das unserer Mutter auch.« Victarion würde an diesem frommen Ort unterhalb der Knochen von Nagga und der Halle des Grauen Königs nicht von Brudermord sprechen, doch in vielen Nächten hatte er davon geträumt, wie er Euron den Kettenhandschuh in sein Grinsen rammte, bis das Fleisch aufbrach und das böse Blut rot und frei hervorströmte. *Das darf ich nicht. Ich habe Balon mein Wort gegeben.* »Sind alle dem Ruf gefolgt?«, fragte er seinen Bruder, den Priester.

»Alle, auf die es ankommt. Die Kapitäne und Könige.« Auf den Iron Islands gab es beide in gleicher Zahl, denn jeder Kapitän war der König auf seinem Deck, und jeder König musste ein Kapitän sein. »Willst du Anspruch auf die Krone unseres Vaters erheben?«

Victarion stellte sich vor, wie er auf dem Meersteinstuhl saß. »Wenn es der Wille des Ertrunkenen Gottes ist.«

»Die Wellen werden sprechen«, antwortete Aeron Feuchthaar und drehte sich um. »Lausche den Wellen, Bruder.«

»Ja.« Er fragte sich, wie sein Name klingen würde, wenn er von den Wellen geflüstert und von den Kapitänen und Königen gebrüllt wurde. *Wenn mir der Kelch gereicht wird, werde ich ihn nicht an mir vorübergehen lassen.*

Viele Männer hatten sich versammelt, um ihm Glück zu wünschen und seine Gunst zu suchen. Victarion sah Männer von allen Inseln: Blacktydes, Tawneys, Orkwoods, Stonetrees, Wynches und viele mehr. Die Goodbrothers von Old Wyk, die Goodbrothers von Great Wyk und die Goodbrothers von Orkmont waren alle gekommen. Die Codds waren da, obwohl jeder anständige Mann sie verachtete. Einfache Shepherds, Weavers und Netleys standen Schulter an Schulter mit Männern aus alten und stolzen Häusern; sogar einfache Humbles, vom Blut der Leibeigenen und Salzweiber. Ein Volmark klopfte Victarion auf die Schulter; zwei Sparrs drückten ihm einen Weinschlauch in die Hände. Er trank einen tiefen Schluck, wischte sich den Mund und ließ sich von ihnen zu den Kochfeuern schleppen, lauschte ihrem Gerede von Krieg und Kronen und Raubzügen und dem Ruhm und der Freiheit unter seiner Herrschaft.

In dieser Nacht errichteten die Männer der Eisenflotte ein riesiges Zelt aus Segeltuch oberhalb der Flutlinie, damit Victarion ein halbes Hundert berühmter Kapitäne mit gebratener Ziege, gepökeltem Kabeljau und Hummer festlich bewirten konnte. Aeron erschien ebenfalls. Er aß Fisch und trank Wasser, während die Kapitäne eine Flut von Bier hinunterstürzten, auf der die Eisenflotte hätte schwimmen können. Viele versprachen ihm ihre Stimme: Fralegg der Starke, der kluge Alvyn Sharp, der bucklige Hotho Harlaw. Hotho bot ihm außerdem eine Tochter als Königin an. »Ich habe kein Glück mit Frauen«, erwiderte Victarion. Seine erste Frau war im Kindbett gestorben und hatte eine totgeborene Tochter zur Welt gebracht. Seine zweite hatten die Blattern geholt. Und die dritte …

»Ein König braucht einen Erben«, beharrte Hotho. »Das Krähenauge bringt drei Söhne mit, die er dem Königsthing zeigen kann.«

»Bastarde und Mischlinge. Wie alt ist diese Tochter?«

»Zwölf«, antwortete Hotho. »Schön und fruchtbar, jüngst erblüht, mit honigfarbenem Haar. Die Brüste sind zwar noch klein, aber sie hat gute Hüften. Das Mädchen kommt eher nach der Mutter als nach mir.«

Victarion wusste, das sollte heißen, dass die Kleine keinen Buckel hatte. Doch als er versuchte, sie sich vorzustellen, sah er nur die Frau, die er getötet hatte. Er hatte bei jedem Hieb geschluchzt, und hinterher hatte er sie zu den Felsen hinuntergetragen und sie den Krebsen übergeben. »Ich werde mir das Mädchen gern anschauen, wenn ich gekrönt bin«, sagte er. Mehr durfte sich Hotho nicht erhoffen, und er watschelte zufrieden davon.

So leicht hatte er es mit Baelor Blacktyde nicht. Dieser saß, glatt rasiert und ansehnlich, in einem Lammwollgewand mit schwarz-grünem Grauwerk neben Victarion. Sein Mantel war aus Zobel und wurde von einer Fibel in Form eines siebenzackigen Sterns gehalten. Acht Jahre hatte man ihn als Geisel in Oldtown festgehalten, und bei seiner Rückkehr hatte er die sieben grünen Landgötter verehrt. »Balon war wahnsinnig, Aeron ist noch wahnsinniger, und Euron ist mit Abstand der Wahnsinnigste«, sagte Lord Baelor. »Was ist mit Euch, Lord Kapitän? Wenn ich Euren Namen rufe, werdet Ihr diesen wahnsinnigen Krieg dann beenden?«

Victarion runzelte die Stirn. »Wollt Ihr etwa, dass ich das Knie beuge?«

»Wenn es sein muss. Wir können uns nicht allein gegen ganz Westeros behaupten. König Robert hat das zu unserem Leid bewiesen. Balon wollte den eisernen Preis für die Freiheit bezahlen, sagte er, aber unsere Frauen haben Balons Kronen mit leeren Betten erkauft. Meine Mutter gehörte dazu. Die Alten Sitten sind tot.«

»Was tot ist, kann niemals sterben; doch erhebt es sich von neuem, härter und stärker. In hundert Jahren werden Männer das Lied von Balon dem Beherzten singen.«

»Nennt ihn Balon den Witwenmacher. Ich würde seine Freiheit gern gegen einen Vater tauschen. Könnt Ihr mir einen geben?« Da Victarion nicht antwortete, schnaubte Blacktyde und ging davon.

Im Zelt wurde es heiß und rauchig. Zwei von Gorold Goodbrothers Söhnen warfen bei einer Rauferei einen Tisch um, Will Humble verlor eine Wette und musste seinen Stiefel essen, der Kleine Lenwood Tawney fiedelte, während Romny Weaver »Der Blutige Becher« und »Regen aus Stahl« und andere alte Räuberlieder sang. Qarl die Jungfrau und Eldred Codd tanzten den Fingertanz. Brüllendes Gelächter erhob sich, als einer von Eldreds Fingern im Weinbecher von Ralf dem Hinker landete.

Eine Frau gehörte zu denen, die am lautesten lachten. Victarion stand auf und sah sie am Zelteingang, wo sie Qarl der Jungfrau etwas ins Ohr flüsterte, woraufhin dieser ebenfalls lachte. Victarion hatte gehofft, sie wäre nicht so töricht, sich hier blicken zu lassen, und trotzdem musste er bei ihrem Anblick lächeln. »*Asha*«, rief er gebieterisch. »*Nichte.*«

Sie drängte sich zu ihm durch, schlank und geschmeidig in ihren hohen Lederstiefeln voller Salzflecken, einer grünen Wollhose, einem braunen gesteppten Wams und einer ärmellosen, halb aufgeschnürten Lederweste. »Onkel.« Asha Greyjoy war groß für eine Frau, dennoch musste sie sich auf die Zehenspitzen stellen, um ihn auf die Wange zu küssen. »Ich freue mich, Euch bei meinem Königinnenthing zu sehen.«

»Königinnenthing?« Victarion lachte. »Bist du betrunken, Nichte? Setz dich. Ich habe deine *Schwarzer Wind* nicht am Strand gesehen.«

»Ich habe unterhalb von Norne Goodbrothers Burg angelegt und bin über die Insel geritten.« Sie setzte sich auf einen Hocker und nahm sich den Wein, der vor Nute dem Barbier stand. Nute erhob keinen Einspruch; er war bereits vor einiger Zeit betrunken zusammengesackt. »Wer hält die Stellung im Moat?«

»Ralf Kenning. Da der Junge Wolf tot ist, plagen wir uns nur noch mit den Sumpfteufeln herum.«

»Die Starks waren nicht die einzigen Nordmänner. Der Eiserne Thron hat den Lord von der Dreadfort zum Wächter des Nordens ernannt.«

»Willst du mir eine Lektion in Kriegführung erteilen? Ich habe schon Schlachten ausgetragen, als du noch die Milch deiner Mutter getrunken hast.«

»Und Schlachten verloren.« Asha trank einen Schluck Wein.

Victarion ließ sich nicht gern an Fair Isle erinnern. »Jeder Mann sollte in seiner Jugend eine Schlacht verlieren, damit er keinen Krieg verliert, wenn er alt ist. Du bist doch nicht gekommen, um einen Anspruch geltend zu machen, hoffe ich.«

Sie schenkte ihm ein neckisches Lächeln. »Und wenn doch?«

»Es gibt Männer, die sich noch daran erinnern, wie du ein kleines Mädchen warst, das nackt im Meer geschwommen ist und mit seiner Puppe gespielt hat.«

»Ich habe auch mit Äxten gespielt.«

»Ja«, musste er einräumen, »aber eine Frau braucht einen Ehemann, keine Krone. Wenn ich König bin, bekommst du einen.«

»Mein Onkel ist so überaus großzügig. Soll ich eine hübsche Frau für Euch finden, wenn ich Königin bin?«

»Mit Frauen habe ich kein Glück. Wie lange bist du schon hier?«

»Lange genug, um festzustellen, dass Onkel Feuchthaar mehr geweckt hat, als er beabsichtigte. Der Drumm will einen Anspruch gelten machen, und Tarle der Dreimal-Ertränkte hat angeblich gesagt, Maron Volmark sei der wahre Erbe der schwarzen Linie.«

»Der König muss ein Krake sein.«

»Das Krähenauge ist ein Krake. Der ältere Bruder hat Vorrang vor dem jüngeren.« Asha beugte sich vor. »Aber ich bin das leibliche Kind von König Balon, also stehe ich vor Euch beiden. Hört mich an, Onkel ...«

Doch dann kehrte plötzlich Stille ein. Der Gesang verstummte, der Kleine Lenwood Tawney senkte die Fiedel, Männer wandten die Köpfe. Sogar das Klappern von Geschirr und Messern ebbte ab.

Ein Dutzend Neuankömmlinge hatten das Festzelt betreten. Victarion sah Knautschgesicht Jon Myre, Torwold Braunzahn, Linkshand Lucas Codd. Germund Botley verschränkte die Arme vor dem vergoldeten Brustharnisch, den er während Balons erster Rebellion einem Hauptmann der Lannisters abgenommen hatte. Orkwood von Orkmont stand neben ihm. Hinter ihnen kamen Steinhand, Quellon Humble und der Rote Ruderer mit dem flammenden, zu Zöpfen geflochtenen Haar. Ralf der Hirte auch, und Ralf von Lordsport und Qarl der Leibeigene.

Und das Krähenauge, Euron Greyjoy.

Er hat sich nicht verändert, dachte Greyjoy. *Er sieht genauso aus wie an dem Tag, an dem er mir ins Gesicht gelacht hat und fortgegangen ist.* Von Lord Quellons Söhnen war Euron der ansehnlichste, und drei Jahre im Exil hatten daran nichts geändert. Sein Haar war immer noch so schwarz wie das mitternächtliche Meer, nirgends ließ sich eine weiße Schaumkrone entdecken, und sein Gesicht war glatt und blass unter dem ordentlich getrimmten dunklen Bart. Eine schwarze Lederklappe bedeckte Eurons linkes Auge, das rechte jedoch war so blau wie der Sommerhimmel.

Sein lächelndes Auge, dachte Victarion. »Krähenauge«, sagte er.

»*König* Krähenauge, Bruder.« Euron lächelte. Seine Lippen sahen im Lampenlicht sehr dunkel aus, gequetscht und blau.

»Wir werden keinen König haben, der nicht aus dem Königsthing hervorgeht.« Das Feuchthaar stand auf. »Kein Gottloser –«

»– soll auf dem Meersteinstuhl sitzen, ja.« Euron blickte sich im Zelt um. »Zufällig habe ich in letzter Zeit häufig auf dem Meersteinstuhl gesessen. Der hat nichts dagegen.« Sein lächelndes Auge glitzerte. »Wer weiß mehr über Götter als ich? Pferdegötter und Feuergötter, Götter aus Gold mit Edelsteinaugen, Götter, die aus Zedernholz geschnitzt sind, Götter, die in Berge gemeißelt sind, Götter aus leerer Luft … ich kenne sie alle. Ich habe gesehen, wie ihre Völker sie mit Blumen kränzen und das Blut von Ziegen und Bullen und Kindern in ihrem Namen vergießen. Und ich habe die Gebete gehört, in einem halben Hundert Sprachen. Heile mein verkrüppeltes Bein, mach, dass die Jungfrau mich liebt, schenke mir einen gesunden Sohn. Rette mich, steh mir bei, mach mich reich … *beschütze* mich! Beschütze mich vor meinen Feinden, beschütze mich vor der Dunkelheit, beschütze mich vor den Krebsen in meinem Leib, vor den Pferdelords, vor den Sklavenjägern, vor den Söldnern vor meiner Tür. Beschütze mich vor der *Schweigen*.« Er lachte. »*Gottlos?* Wirklich, Aeron, ich bin der gottesfürchtigste Mann, der je ein Segel gehisst hat! Du dienst einem Gott, Feuchthaar, ich aber habe zehntausend gedient. Von Ib bis nach Asshai beten die Menschen, wenn sie *meine* Segel sehen.«

Der Priester hob den knorrigen Zeigefinger. »Sie beten zu Bäumen und goldenen Götzen und ziegenköpfigen Abscheulichkeiten. Zu falschen Göttern …«

»Ganz recht«, sagte Euron, »und für diese Sünde töte ich sie alle. Ich vergieße ihr Blut auf dem Meer und beschäle ihre schreienden Weiber mit meinem Samen. Ihre kleinen Götter können mich nicht aufhalten, also müssen es wohl falsche Götter sein. Ich bin noch frommer als selbst du, Aeron. Vielleicht solltest du vor mir niederknien und um meinen Segen bitten.«

Der Rote Ruderer lachte darüber laut, und die anderen fielen ein.

»*Narren*«, fauchte der Priester, »Narren und Hörige und Blinde, das seid ihr. Seht ihr nicht, was ihr da vor euch habt?«

»Einen König«, sagte Quellon Humble.

Das Feuchthaar spuckte aus und schritt hinaus in die Nacht.

Nachdem er gegangen war, richtete das Krähenauge sein lächelndes Auge auf Victarion. »Lord Kapitän, willst du den Bruder, der so lange fort war, nicht begrüßen? Und du auch nicht, Asha? Wie geht es deiner Hohen Mutter?«

»Schlecht«, antwortete Asha. »Jemand hat sie zur Witwe gemacht.«

Euron zuckte mit den Schultern. »Ich habe gehört, der Sturmgott habe Balon in den Tod geweht. Wer ist dieser Mann, der meinen Bruder erschlagen hat? Sag mir seinen Namen, Nichte, damit ich mich mit eigener Hand an ihm rächen kann.«

Asha sprang auf. »Ihr kennt den Namen ebenso gut wie ich. Drei Jahre wart Ihr fort, und dann kehrt die *Schweigen* innerhalb eines Tages nach dem Tod meines Hohen Vaters zurück.«

»Willst du mich beschuldigen?«, fragte Euron milde.

»Sollte ich?« Angesichts der Schärfe in Ashas Stimme runzelte Victarion die Stirn. Es war gefährlich, so mit dem Krähenauge zu sprechen, mochte sein lächelndes Auge noch so belustigt glänzen.

»Habe ich den Befehl über den Wind?«, fragte das Krähenauge seine Schoßhunde.

»Nein, Euer Gnaden«, sagte Orkwood von Orkmont.

»Kein Mann hat den Befehl über den Wind«, sagte Germund Botley.

»Ich wünschte, Ihr hättet ihn«, sagte der Rote Ruderer. »Ihr würdet segeln, wohin Ihr wollt, und niemals in eine Flaute geraten.«

»Da hast du es, aus dem Munde von drei tapferen Männern«, meinte Euron. »Die *Schweigen* war auf See, als Balon starb. Falls du dem Wort eines Onkels misstraust, erteile ich dir die Erlaubnis, die Mannschaft zu befragen.«

»Eine Mannschaft aus lauter Stummen befragen? Ja, das würde mir viel helfen.«

»Ein Ehemann würde dir helfen.« Euron wandte sich erneut an seine Gefolgsleute. »Torwold, ich weiß nicht mehr genau, habt Ihr eine Gemahlin?«

»Nur die eine.« Torwold Braunzahn grinste und zeigte dabei, wie er zu seinem Namen gelangt war.

»Ich bin nicht verheiratet«, verkündete Linkshand Lucas Codd.

»Und aus gutem Grund«, sagte Asha. »Denn auch alle *Frauen* verschmähen die Codds. Seht mich nicht so traurig an, Lucas. Ihr habt ja immer noch Eure berühmte Hand.« Sie machte eine eindeutige Bewegung mit der Faust.

Codd fluchte, bis das Krähenauge ihm die Hand auf die Brust legte. »War das höflich, Asha? Du hast Lucas in seinem Stolz verletzt.«

»Leichter als ihn am Schwanz zu verletzen. Ich werfe die Axt so gut wie jeder Mann, aber wenn das Ziel so klein ist …«

»Das Mädchen vergisst sich«, grollte Knautschgesicht Jon Myre. »Balon hat sie glauben lassen, sie sei ein Mann.«

»Euer Vater hat bei Euch denselben Fehler gemacht«, entgegnete Asha.

»Überlasst sie mir, Euron«, schlug der Rote Ruderer vor. »Ich versohle ihr den Hintern, bis er so rot ist wie mein Haar.«

»Kommt her und versucht es«, stichelte Asha, »und danach können wir Euch Roter Eunuch nennen.« Eine Axt lag in ihrer Hand. Sie warf sie in die Luft und fing sie sicher auf. »Hier ist mein Gemahl, Onkel. Jeder Mann, der mich will, sollte das mit ihm ausmachen.«

Victarion schlug mit der Faust auf den Tisch. »Ich werde hier kein Blutvergießen dulden. Euron, nimm deine … Schoßhunde … und geh.«

»Ich hätte doch einen wärmeren Empfang von dir erwartet, Bruder. Ich bin der Ältere … und bald dein rechtmäßiger König.«

Victarions Gesicht verdüsterte sich. »Wenn das Königsthing gesprochen hat, werden wir ja sehen, wer die Treibholzkrone trägt.«

»Da sind wir uns einig.« Euron hob zwei Finger an die Klappe, die sein linkes Auge bedeckte, und ging hinaus. Die anderen folgten ihm auf dem Fuße wie Köter. Hinter ihnen blieb Schweigen zurück, bis der Kleine Lenwood Tawney wieder auf seiner Fiedel zu spielen begann. Wein und Bier flossen weiter, einigen Gästen jedoch war der Durst vergangen. Eldred Codd schlich hinaus und hielt sich die blutende Hand. Dann gingen Will Humble, Hotho Harlaw und eine erkleckliche Anzahl von Goodbrothers.

»Onkel.« Asha legte ihm eine Hand auf die Schulter. »Kommt mit mir, wenn es Euch recht ist.«

Draußen nahm der Wind an Stärke zu. Wolken rasten am bleichen Mond vorbei. Sie erinnerten an Galeeren, die mit voller Fahrt zum Rammen ansetzen. Nur wenige Sterne schienen matt. Entlang des Ufers lagen die Langschiffe, deren hohe Masten sich wie ein Wald aus der Brandung erhoben. Victarion konnte das Ächzen der Rümpfe auf dem Sand hören. Die Leinen sangen, Banner flatterten. Dahinter, im tieferen Wasser der Bucht, wippten die größeren Schiffe vor Anker, grimmige Schemen, in Dunst gehüllt.

Sie gingen am Strand entlang, knapp oberhalb der Wellen, weit entfernt von Lagern und Feuern. »Sagt mir die Wahrheit, Onkel«, bat Asha, »warum ist Euron damals so plötzlich fortgegangen?«

»Das Krähenauge ist oft auf Raubzug ausgefahren.«

»Niemals so lange.«

»Er ist mit der *Schweigen* nach Osten gesegelt. Eine lange Reise.«

»Ich habe gefragt, *warum*, nicht wohin.« Als er darauf nicht antwortete, fuhr Asha fort: »Ich war nicht da, als die *Schweigen* in See stach. Ich war mit der *Schwarzer Wind* am Arbor vorbei zu den Stepstones aufgebrochen, um den Piraten aus Lys ihren Tand abzunehmen. Als ich heimkam, war Euron verschwunden, und Eure neue Gemahlin war tot.«

»Sie war nur ein Salzweib.« Er hatte keine andere Frau mehr angerührt, seit er sie den Krebsen übergeben hatte. *Ich werde mir eine Frau nehmen müssen, wenn ich König bin. Eine richtige Gemahlin, die meine Königin ist und mir Söhne schenkt. Ein König braucht einen Erben.*

»Mein Vater hat sich geweigert, von ihr zu sprechen«, sagte Asha.

»Es hilft nicht, über Dinge zu sprechen, an denen niemand etwas ändern kann.« Er war des Themas überdrüssig. »Ich habe das Langschiff des Lesers gesehen.«

»Ich musste meinen ganzen Liebreiz einsetzen, um ihn aus seinem Bücherturm zu locken.«

Dann hat sie also die Harlaws hinter sich. Die Falten auf Victarions Stirn wurden tiefer. »Du solltest dir keine Hoffnungen auf die Herrschaft machen. Du bist eine Frau.«

»Habe ich deshalb immer die Pinkelwettkämpfe verloren?« Asha lachte. »Onkel, es betrübt mich, dies zuzugeben, aber Ihr könntet Recht haben. Seit vier Tagen und vier Nächten trinke ich mit den Kapitänen und Königen und lausche dem, was sie sagen … und was sie nicht sagen. Meine eigenen Männer stehen hinter mir, dazu viele Harlaws. Auch Tris Botley und ein paar andere. Nicht genug.« Sie trat gegen einen Stein, der spritzend zwischen zwei Langschiffen im Wasser landete. »Ich habe mich entschieden, den Namen meines Onkels zu rufen.«

»Welches Onkels?«, wollte er wissen. »Du hast drei.«

»Vier. Onkel, hört mich an. Ich setze Euch die Treibholzkrone persönlich auf die Stirn … wenn Ihr Euch einverstanden erklärt, die Herrschaft zu teilen.«

»Die Herrschaft *teilen*? Wie sollte das gehen?« Was sie sagte, ergab keinen Sinn. *Will sie meine Königin werden?* Victarion ertappte sich dabei, dass er Asha auf eine Weise betrachtete wie nie zuvor. Er spürte, wie sich seine Männlichkeit regte. *Sie ist Balons Tochter,* ermahnte er sich. Er erinnerte sich an das kleine Mädchen, das Äxte auf eine Tür geworfen hatte. Er verschränkte die Arme vor der Brust. »Auf dem Meersteinstuhl ist nur Platz für einen.«

»Ihr mögt dort sitzen, Onkel«, sagte Asha. »Ich werde hinter Euch stehen, um Euch den Rücken zu decken und Euch ins Ohr zu flüstern. Kein König kann allein herrschen. Selbst die Drachen hatten Männer, die ihnen halfen, als sie noch auf dem Eisernen Thron saßen. Die Hand des Königs. Lasst mich Eure Hand sein, Onkel.«

Kein König der Inseln hatte je eine Hand gebraucht, geschweige denn eine Frau als Hand. *Die Kapitäne und Könige würden bei Bier und Wein über mich spotten.* »Warum möchtest du meine Hand werden?«

»Um diesem Krieg ein Ende zu bereiten, ehe er zu unserem Ende wird. Wir haben alles gewonnen, was wir vermutlich erreichen können … und können es genauso schnell wieder verlieren, wenn wir nicht Frieden schließen. Ich habe Lady Glover jegliche Höflichkeit erwiesen, und sie schwört, ihr Lord werde mit mir verhandeln. Wenn wir Deepwood Motte, Torrhen's Square und Moat Cailin zurückgeben, sagte sie, würden die Nordmänner uns Sea Dragon Point und die ganze Stony Shore überlassen. Diese Gebiete sind dünn besiedelt und trotzdem zehnmal größer als alle Inseln zusammen. Ein Austausch von Geiseln würde den Pakt besiegeln, und beide Seiten würden sich darauf einigen, gemeinsame Sache zu machen, sollte der Eiserne Thron –«

Victarion gluckste. »Diese Lady Glover macht sich über dich lustig, Nichte. Sea Dragon Point und die Stony Shore gehören längst uns. Warum sollten wir irgendetwas zurückgeben? Winterfell ist abgebrannt und liegt in Trümmern, der Junge Wolf verrottet ohne Kopf in der Erde. Wir haben den *ganzen* Norden, wie es sich dein Hoher Vater erträumt hat.«

»Wenn Langschiffe lernen, durch die Bäume zu rudern, vielleicht. Ein Fischer mag einen grauen Leviathan an den Haken bekommen, doch der wird ihn in den Tod ziehen, wenn er nicht die Schnur durchschneidet. Der Norden ist zu groß, als dass wir ihn halten könnten, und dort leben zu viele Nordmänner.«

»Geh zurück zu deinen Puppen, Nichte. Überlass die Kriege den Kriegern.« Victarion zeigte ihr seine Fäuste. »Ich habe zwei Hände. Kein Mann braucht drei.«

»Ich kenne allerdings einen Mann, der das Haus Harlaw braucht.«

»Buckel-Hotho hat mir seine Tochter als Königin angeboten. Wenn ich sie nehme, werde ich die Harlaws hinter mir haben.«

Das ließ das Mädchen stutzen. »Lord Rodrik ist Herr über Haus Harlaw.«

»Rodrik hat keine Töchter, nur Bücher. Hotho wird sein Erbe sein, und ich werde König.« Nachdem er das einmal laut ausgesprochen hatte, klang es wie eine Tatsache. »Das Krähenauge war zu lange fort.«

»Manche Männer sehen aus der Ferne größer aus«, warnte Asha. »Geht nur zu den Kochfeuern, wenn Ihr es wagt, und haltet die Ohren offen. Man erzählt nicht von Eurer Kraft oder meiner Schönheit, sondern nur vom Krähenauge; von den fernen Orten, die er aufgesucht, und den Frauen, die er geschändet hat, und von den Männern, die unter seiner Hand gefallen sind, den Städten, die er geplündert, und Lord Tywins Flotte, die er bei Lannisport verbrannt hat.«

»*Ich* habe die Flotte des Löwen niedergebrannt«, wandte Victarion ein. »Mit meinen eigenen Händen habe ich die erste Fackel auf das Flaggschiff geworfen.«

»Das Krähenauge hat den Plan ausgeheckt.« Asha legte ihm die Hand auf den Arm. »Und auch Eure Frau getötet … nicht wahr?«

Balon hatte ihnen befohlen, nicht darüber zu sprechen, aber Balon war tot. »Er hat ihr ein Kind gemacht und mir das Töten überlassen. Ich hätte ihn auch umgebracht, aber Balon wollte keinen Brudermord in seiner Halle. Er hat Euron in die Verbannung geschickt, und er sollte niemals zurückkehren …«

»… solange Balon lebte?«

Victarion starrte auf seine Fäuste. »Sie hat mir Hörner aufgesetzt. Ich hatte keine andere Wahl.« *Wäre es bekannt geworden, hätten die Männer über mich gelacht, so wie das Krähenauge gelacht hat, als ich ihn zur Rede gestellt habe. »Sie ist feucht und willig zu mir gekommen«,* hatte er geprahlt. *»Es scheint, Victarion ist überall groß, nur nicht dort, wo es darauf ankommt.«* Das jedoch konnte er ihr nicht sagen.

»Das tut mir Leid für Euch«, sagte Asha. »Und noch mehr für sie … aber Ihr lasst mir keine andere Wahl, als selbst Anspruch auf den Meersteinstuhl zu erheben.«

Das kannst du nicht tun. »Verschwende ruhig deinen Atem, er gehört ja dir, Weib.«

»In der Tat«, erwiderte sie und ließ ihn stehen.

Der Ertrunkene

Erst als seine Arme und Beine taub vor Kälte waren, kämpfte sich Aeron Greyjoy wieder ans Ufer und zog sein Gewand an.

Er war vor dem Krähenauge davongelaufen, als sei er immer noch das schwache Geschöpf, das er einst gewesen war, doch als die Wellen über seinen Kopf schlugen, erinnerten sie ihn daran, dass dieser Mann tot war. *Ich wurde aus dem Meer wiedergeboren, härter und stärker.* Kein Sterblicher konnte ihm Angst einjagen, nicht mehr als die Dunkelheit oder die Knochen seiner Seele, die grauen, grausigen Knochen seiner Seele. *Das Geräusch einer Tür, die sich öffnet, das Kreischen verrosteter Eisenangeln.*

Die Robe des Priesters knisterte, als er sie überstreifte, sie war noch steif vom Salz des letzten Waschens vor vierzehn Tagen. Die Wolle klebte auf seiner nassen Brust und saugte das Salzwasser auf, das aus seinem Haar rann. Er füllte seinen Wasserschlauch und schlang ihn sich über die Schulter.

Während er über den Strand schritt, stieß in der Dunkelheit ein Ertrunkener, der dem Ruf der Natur gefolgt war, mit ihm zusammen. »Feuchthaar«, murmelte er. Aeron legte ihm die Hand auf den Kopf, segnete ihn und ging weiter. Der Boden unter seinen Füßen stieg an, zunächst sanft, dann steiler. Als er das struppige Gras zwischen den Zehen fühlte, wusste er, dass der Strand hinter ihm lag. Langsam stieg er weiter und lauschte den Wellen. *Das Meer ist niemals erschöpft. Ebenso unermüdlich muss ich sein.*

Auf der Krone des Hügels erhoben sich vierundvierzig riesige Steinrippen wie die Stämme großer bleicher Bäume aus der Erde. Der Anblick ließ Aerons Herz schneller schlagen. Nagga war der erste Seedrache gewesen, das mächtigste Drachenweibchen, das sich je aus den Wellen erhoben hatte. Sie fraß Kraken und Leviathane und ertränkte in ihrem Zorn ganze Inseln, und doch hatte der Graue König sie erschlagen, und der Ertrunkene Gott hatte ihre Knochen in Steine verwandelt, damit die Menschen niemals aufhören sollten, den Mut des Ersten ihrer Könige zu bewundern. Naggas Rippen wurden zu den Säulen und Trägern seiner Langhalle, so wie ihre Kiefer seinen Thron bildeten. *Hier hat er seine Meerjungfrau zum Weib genommen und seinen Krieg gegen den Sturmgott geplant. Von hier aus herrschte er über Stein und Salz, trug Gewänder aus gewobenem Seegras und eine hohe, bleiche Krone aus Naggas Zähnen.*

Doch das hatte in der Morgendämmerung der Zeit stattgefunden, als noch mächtige Männer auf der Erde und dem Meer wandelten. Die Halle war von Naggas lebendem Feuer gewärmt worden, das sich der Graue König untertan gemacht hatte. An den Wänden hingen Behänge aus silbernem Seegras, ein wahrer Augenschmaus. Die Krieger des Grauen Königs taten sich am Reichtum des Meeres gütlich, sie saßen an einem Tisch in Form eines großen Seesterns, auf Thronen, die aus Perlmutt geschnitzt waren. *Dahin, all die Herrlichkeit ist dahin.* Heute waren die Männer kleiner. Ihr Leben währte kürzer. Der Sturmgott hatte Naggas Feuer nach dem Tod des Grauen Königs ertränkt, die Stühle und Wandbehänge waren gestohlen worden, das Dach und die Wände verrotteten. Sogar der große Thron des Grauen Königs aus Fangzähnen war vom Meer verschluckt worden. Nur Naggas Gebeine gab es noch, und sie erinnerten die Eisenmänner an die vergangenen Wunder.

Das genügt, dachte Aeron Greyjoy.

Neun breite Stufen waren in die felsige Hügelkuppe geschlagen. Dahinter erhoben sich in der Ferne die schroffen Berge von Old Wyk mit ihren schwarzen, rauen Gipfeln. Aeron hielt dort, wo sich einst die Türen befunden hatten, inne, zog den Korken aus seinem Wasserschlauch, trank einen Schluck Salzwasser und wandte sich der See zu. *Wir wurden aus dem Meer geboren, und ins Meer müssen wir zurückkehren.* Selbst hier hörte er noch das endlose Grollen der Wellen und spürte die Macht des Gottes, der unter der Wasseroberfläche schlummerte. Aeron fiel auf die Knie. *Du hast dein Volk zu mir geschickt,* betete er. *Sie haben ihre Hallen und Hütten verlassen, ihre Burgen und Bergfriede, und sie sind zu Naggas Gebeinen gekommen, aus allen Fischerdörfern und versteckten Tälern. Jetzt gewähre ihnen die Weisheit, den wahren König zu erkennen, wenn er vor ihnen steht, und die Kraft, den falschen zu meiden.* Die ganze Nacht betete er, denn wenn der Gott in ihm war, brauchte Aeron Greyjoy keinen Schlaf, genauso wenig wie die Wellen oder die Fische im Meer.

Dunkle Wolken trieb der Wind vor sich her, als sich das erste Licht in die Welt stahl. Der schwarze Himmel wurde grau wie Schiefer; das schwarze Meer verwandelte sich in Graugrün; die schwarzen Berge von Great Wyk jenseits der Bucht nahmen die blaugrüne Schattierung von Soldatenkiefern an. Während sich die Farbe wieder in die Welt schlich, erwachten hundert Banner und begannen zu flattern. Aeron sah den Silberfisch von Botley, den blutigen Mond von Wynch, die dunkelgrünen Bäume von Orkwood. Er sah Kriegshörner und Leviathane und Sensen und überall große und goldene Kraken. Darunter rührten sich die ersten Leibeigenen und Salzweiber, stocherten in der Glut der Feuer, bis diese neu aufloderten, oder nahmen Fische für das Frühstück der Kapitäne und Könige aus. Das Licht der Dämmerung breitete sich über dem steinigen Strand aus, und Aeron schaute zu, wie die Männer erwachten, die Decken aus Seehundfell zur Seite schlugen und nach dem ersten Horn Bier riefen. *Trinkt,* dachte er, *denn heute haben wir des Gottes Werk zu tun.*

Auch das Meer regte sich. Die Wellen wurden höher, als der Wind auffrischte und Gischt gegen die Langschiffe wehte. *Der Ertrunkene Gott erwacht,* dachte Aeron. Er hörte seine Stimme aus den Tiefen aufsteigen. *An diesem Tage werde ich bei dir sein, mein starker und getreuer Diener,* sagte die Stimme. *Kein Gottloser wird auf meinem Meersteinstuhl sitzen.*

Dort, unter dem Bogen von Naggas Rippen, fanden ihn seine Ertrunkenen, wie er aufrecht und streng dastand und ihm der Wind durch das lange schwarze Haar fuhr. »Ist es an der Zeit?«, fragte Rus. Aeron nickte. »Ja. Geh und lass den Ruf ertönen.«

Die Ertrunkenen nahmen ihre Treibholzknüppel und schlugen sie gegeneinander, während sie den Hügel hinuntergingen. Andere gesellten sich zu ihnen, und der Lärm breitete sich am Strand aus. Ein so Furcht erregendes Krachen und Klappern erhob sich, als würden hundert Bäume mit den Ästen aufeinander eintrommeln. Kesselpauken wurden geschlagen, *bum-bum-bum-bum-bum, bum-bum-bum-bum-bum.* Ein Kriegshorn brüllte, dann ein zweites. *AAAAAAooooooooooooooooooo.*

Die Männer machten sich von den Feuern auf zum Gerippe der Halle des Grauen Königs; Ruderer, Steuerleute, Segelmacher, Schiffszimmerleute, die Krieger mit ihren Äxten und die Fischer mit ihren Netzen. Manche hatten Leibeigene, die ihnen dienten; andere hatten Salzweiber. Wieder andere, die zu oft in die grünen Lande gesegelt waren, wurden von Maestern und Sängern und Rittern begleitet. Die gemeinen Männer versammelten sich in einem Halbkreis am Fuß des Hügels, mit den Leibeigenen, Kindern und Frauen hinter sich. Die Kapitäne und Könige stiegen die Hänge hinauf. Aeron Feuchthaar sah den fröhlichen Sigfry Stonetree, Andrik den Ernsten, den Ritter Ser Harras Harlaw. Lord Baelor Blacktyde in seinem Zobelmantel stand neben dem Stonehouse in zerlumptem Seehundfell. Victarion überragte sie alle außer Andrik. Sein Bruder trug keinen Helm, ansonsten jedoch volle Rüstung, und der Krakenmantel hing ihm golden von den Schultern. *Er soll unser König werden. Welcher Mann kann ihn anschauen und daran zweifeln?*

Als Feuchthaar die knochigen Hände hob, verstummten die Pauken und die Hörner, die Ertrunkenen senkten die Knüppel, und Stille breitete sich aus. Nur das Donnern der Wellen hielt an, ein Tosen, das kein Mensch zum Schweigen bringen konnte. »Wir wurden aus dem Meer geboren, und ins Meer kehren wir zurück«, begann Aeron, leise zunächst, damit sich die Männer bemühen mussten, ihn zu verstehen. »Der Sturmgott hat Balon in seinem Zorn aus seiner Burg gerissen und in die Tiefe geworfen, und nun sitzt er an der Tafel unter den Wellen in den Wasserhallen des Ertrunkenen Gottes.« Er richtete den Blick gen Himmel. *»Balon ist tot! Der eiserne König ist tot!«*

»Der König ist tot!«, riefen seine Ertrunkenen.

»Aber was tot ist, kann niemals sterben, doch erhebt es sich von neuem, härter und stärker!«, erinnerte er sie. »Balon ist gefallen, Balon mein Bruder, der die Alten Sitten ehrte und den eisernen Preis bezahlte. Balon der Tapfere, Balon der Gesegnete, Balon der Zweimal-Gekrönte, der uns die Freiheit und unseren Gott zurückerobert hat. Balon ist tot … doch soll sich ein Eisenkönig von neuem erheben, um auf dem Meersteinstuhl zu sitzen und die Inseln zu regieren.«

»Ein König soll sich erheben!«, antworteten sie. *»Er soll sich erheben!«*

»Das soll er. Das muss er.« Aerons Stimme donnerte wie die Wellen. »Aber wer? Wer soll an Balons Stelle sitzen? Wer wird diese heiligen Inseln regieren? Ist er jetzt unter uns?« Der Priester breitete die Arme aus. *»Wer soll unser König werden?«*

Hinter ihm kreischte eine Möwe. In die Menge kam Bewegung, als erwachten die Männer aus einem Traum. Ein jeder blickte sich unter seinen Nachbarn um, wer wohl Anspruch auf die Krone erheben würde. *Das Krähenauge war noch nie geduldig,* sagte Aeron zu sich. *Vielleicht wird er als Erster sprechen.* Wenn ja, würde es ihm das Genick brechen. Die Kapitäne und Könige hatten einen langen Weg zu diesem Fest zurückgelegt und würden nicht die erste Speise wählen, die man ihnen vorsetzte. *Sie werden probieren und schmecken wollen, einen Bissen von ihm, einen Stück von dem anderen, bis sie schließlich denjenigen finden, der ihnen am besten gefällt.*

Euron schien das ebenfalls zu wissen. Mit verschränkten Armen stand er zwischen seinen Stummen und Ungeheuern. Nur der Wind und die Wellen antworteten auf Aerons Ruf.

»Die Eisenmänner brauchen einen König«, wiederholte der Priester nach langer Stille. »Ich frage abermals: *Wer soll unser König werden?«*

»Ich«, rief jemand von unten.

Sofort wurde ein rauer Ruf laut: »Gylbert! Gylbert König!« Die Kapitäne machten Platz, um den Anwärter und seine Fürsprecher durchzulassen, damit sie den Hügel hinaufsteigen konnten zu Aeron, der unter Naggas Rippen stand.

Der Mann, der König werden wollte, war ein großer magerer Lord mit düsterem Gesicht, der die hohlen Wangen sauber rasiert hatte. Seine drei Fürsprecher nahmen ihren Platz zwei Stufen unter ihm ein, sie trugen Schwert und Schild und Banner. Sie waren dem großen Lord ähnlich, und Aeron hielt sie für seine Söhne. Einer entrollte das Banner, ein großes schwarzes Langschiff vor einer untergehenden Sonne. »Ich bin Gylbert Farwynd, Lord vom Lonely Light«, erklärte der Lord dem Königsthing.

Aeron kannte einige Farwynds, ein sonderbares Volk, das Land an der Westküste von Great Wyk und auf den verstreuten Inseln davor besaß, Felsen, die so klein waren, dass sie kaum eine einzige Familie ernähren konnten. Von diesen Inseln war das Lonely Light die fernste; acht volle Tage musste man nach Nordwesten segeln, um dorthin zu gelangen, durch die Kolonien von Seehunden und Seelöwen und die Weiten des grauen Ozeans. Diese Farwynds waren noch sonderbarer als die übrigen. Manche munkelten, sie seien Hautwandler, gottlose Kreaturen, die die Gestalt von Seelöwen, Walrossen und sogar gefleckten Walen, den Wölfen des Meeres, annehmen konnten.

Lord Gylbert ergriff das Wort. Er sprach von einem wundersamen Land jenseits des Meeres der Abenddämmerung, einem Land ohne Winter und Not, wo der Tod über keine Macht verfügte. »Macht mich zu eurem König, und ich werde euch dorthin führen«, rief er. »Wir bauen zehntausend Schiffe, wie einst Nymeria, und stechen mit unserem ganzen Volk in See zum Land jenseits der Abenddämmerung. Dort soll jeder Mann König und jede Frau eine Königin sein.«

Seine Augen, sah Aeron, schillerten mal grau, mal blau, so veränderlich wie das Meer. *Die Augen eines Irren*, dachte er, *die Augen eines Narren*. Die Vision, von der er sprach, war ohne Frage eine Schlinge, die der Sturmgott ausgelegt hatte, um die Eisenmänner in die Vernichtung zu locken. Unter den Gaben, die seine Männer vor dem Königsthing ausschütteten, waren Seehundfelle und Walrosshauer, Armringe aus Walknochen und mit Bronze gefasste Kriegshörner. Die Kapitäne sahen sie sich an, wandten sich ab und überließen sie Männern von niederem Rang. Als der Narr fertig war und seine Fürsprecher seinen Namen riefen, stimmten nur die Farwynds mit ein, und nicht einmal alle. Bald erstarb der Ruf »Gylbert! Gylbert König!«. Die Möwe kreischte laut über ihnen und landete auf einer der Rippen Naggas, während der Lord vom Lonely Light den Hügel wieder hinunterstieg.

Aeron Feuchthaar trat abermals vor. »So frage ich nun wieder. *Wer soll unser König werden?*«

»Ich!«, ertönte eine dröhnende Stimme, und erneut machte die Versammlung einen Weg frei.

Der Sprecher saß in einem aus Treibholz geschnitzten Stuhl, den seine Enkel auf den Schultern trugen. Es war eine riesige Ruine von einem Mann, von fünf Zentnern Gewicht und neunzig Jahre alt, und er war in ein weißes Bärenfell gehüllt. Sein eigenes Haar war ebenfalls weiß wie Schnee, und der riesige Bart überzog ihn wie eine Decke von den Wangen bis zu den Schenkeln, so dass sich nicht genau erkennen ließ, wo der Bart endete und der Pelz begann. Seine Enkel, stämmige Burschen, kämpften nichtsdestominder auf den Steinstufen mit seinem Gewicht. Vor der Halle des Grauen Königs setzten sie ihn nieder, und drei blieben als Fürsprecher bei ihm.

Vor sechzig Jahren hätte er vielleicht die Gunst des Things errungen, dachte Aeron, *doch seine Stunde ist längst vorüber.*

»Ja, ich!«, brüllte der Mann von seinem Sitzplatz aus mit einer Stimme, die ebenso gewaltig war wie sein Körperumfang. »Warum nicht? Wer sonst? Ich bin Erik Eisenmacher, für die unter euch, die blind sind. Erik der Gerechte. Erik Ambossbrecher. Zeig ihnen meinen Hammer, Thormor.« Einer der Fürsprecher hielt die Waffe in die Höhe, damit alle sie sehen konnten; es war ein monströses Ding, dessen Kopf aus einem Eisenziegel von der Größe eines Brotlaibs bestand und dessen Stiel in altes Leder gehüllt war. »Ich kann nicht mehr zählen, wie viele Hände ich mit diesem Hammer schon in Brei verwandelt habe«, sagte Erik, »aber mancher Dieb könnte euch davon berichten. Ich weiß auch nicht, wie viele Köpfe ich auf meinem Amboss zermalmt habe, einige der Witwen kennen die Zahl vielleicht. Ich könnte euch von meinen Heldentaten in der Schlacht berichten, aber ich bin achtundachtzig und würde wohl nicht lange genug leben, um euch zu Ende zu erzählen. Wenn Alter Weisheit bedeutet, ist niemand so weise wie ich. Wenn Größe Stärke bedeutet, bin ich der Stärkste. Wollt ihr einen König mit Erben? Ich habe mehr, als ich zählen könnte. König Erik, ja, es gefällt mir, wie das klingt. Kommt und sagt es mit mir: *ERIK! ERIK AMBOSSBRECHER! ERIK KÖNIG!*«

Während seine Enkel den Ruf aufgriffen, traten deren Söhne mit Truhen auf den Schultern vor. Als sie diese am Fuß der Steinstufen auskippten, ergoss sich ein Strom von Silber, Bronze und Stahl daraus; Armreife, Halsbänder, Dolche, Messer und Wurfäxte. Einige Kapitäne schnappten sich die besten Stücke und fielen in den Chor ein. Doch kaum begann der Ruf anzuschwellen, unterbrach ihn die Stimme einer Frau. »*Erik!*« Männer traten zur Seite, um die Frau durchzulassen. Mit einem Fuß auf der untersten Stufe sagte sie: »Erik, steht auf.«

Schweigen senkte sich herab. Der Wind wehte, die Wellen brachen sich an der Küste, die Männer murmelten. Erik Eisenmacher starrte auf Asha Greyjoy hinunter. »Mädchen. Dreimal verfluchtes Mädchen. Was hast du gesagt?«

»Steht auf, Erik«, rief sie. »Steht auf, und ich werde Euren Namen mit den anderen rufen. Steht auf, und ich bin die Erste, die sich Euch anschließt. Ihr wollt die Krone, gut. Steht auf und holt sie Euch.«

Irgendwo im Gedränge lachte das Krähenauge. Erik warf ihm einen finsteren Blick zu. Die Hände des großen Mannes schlossen sich um die Arme seines Treibholzthrons. Sein Gesicht wurde rot, dann purpurn. Die Arme zitterten vor Anstrengung. Aeron sah eine dicke blaue Ader, die am Hals pulsierte, während der Mann sich abmühte aufzustehen. Einen Augenblick lang schien es, als würde es ihm gelingen, doch plötzlich strömte der Atem aus ihm heraus, und er stöhnte und sank auf seine Kissen zurück. Euron lachte lauter. Der große Mann ließ den Kopf hängen und alterte von einem Moment zum anderen. Seine Enkel trugen ihn den Hügel hinunter.

»Wer soll die Eisenmänner regieren?«, rief Aeron Feuchthaar abermals. »Wer soll unser König werden?«

Männer sahen einander an. Manche blickten zu Euron, andere zu Victarion, einige zu Asha. Grün und weiß brachen sich die Wellen an den Langschiffen. Die Möwe schrie wieder, heiser, einsam. »Bringt Euren Anspruch vor, Victarion«, rief Der Merlyn. »Damit wir dieses Possenspiel endlich hinter uns haben.«

»Wenn ich so weit bin«, rief Victarion zurück.

Aeron war zufrieden. *Es ist besser, wenn er abwartet.*

Der Drumm kam als Nächster, ein weiterer alter Mann, wenngleich nicht ein solcher Greis wie Erik. Er stieg auf eigenen Beinen den Hügel hinauf, und auf seiner Hüfte ritt Red Rain, das berühmte Schwert, das in den Tagen vor dem Untergang aus valyrischem Stahl geschmiedet worden war. Er brachte bedeutende Männer als Fürsprecher mit: seine Söhne Denys und Donnel, beides wackere Kämpfer, und zwischen ihnen Andrik den Ernsten, einen Riesen von einem Mann mit Armen wie Baumstämmen. Es sprach für Den Drumm, dass sich ein solcher Mann für ihn einsetzen wollte.

»Wo steht geschrieben, dass ein König von den Kraken abstammen muss?«, begann Der Drumm. »Welches Recht hat Pyke, uns zu regieren? Great Wyk ist die größte Insel, Harlaw die reichste, Old Wyk die heiligste. Als die schwarze Linie vom Drachenfeuer verzehrt wurde, haben die Eisenmänner Vickon Greyjoy den Vorrang gegeben, ja … aber als *Lord*, nicht als König.«

Das war ein guter Anfang. Aeron hörte zustimmende Rufe, die jedoch verebbten, als der alte Mann vom Ruhm der Drumms zu reden begann. Er sprach von Dale dem Schrecklichen, Roryn dem Räuber und von den hundert Söhnen von Gormond Drumm dem Altvater. Er zog Red Rain und berichtete, wie Hilmar Drumm der Verschlagene die Klinge einem Ritter in Rüstung mit Gerissenheit und einem Holzknüppel abgenommen hatte. Er erzählte von lange versunkenen Schiffen und von Schlachten, die seit achthundert Jahren der Vergessenheit anheim gefallen waren, und die Menge wurde unruhig. Er redete und redete, und dann redete er noch weiter.

Und als Drumm seine Truhen öffnete, sahen die Kapitäne die Geschenke, die der Geizhals ihnen mitgebracht hatte. *Kein Thron wurde je auf Bronze errichtet,* dachte das Feuchthaar. Die Wahrheit dieser Worte war deutlich zu hören, als die Rufe *»Drumm! Drumm! Dunstan König!«* rasch leiser und leiser wurden.

Aeron spürte eine Spannung im Bauch, und es schien ihm, als stampften die Wellen lauter als zuvor. *Es ist an der Zeit,* dachte er. *Es ist an der Zeit für Victarion, seinen Anspruch anzumelden.* »Wer soll unser König werden?«, rief der Priester erneut, doch diesmal suchte sein grimmiger Blick den Bruder in der Menge. »Neun Söhne gingen aus den Lenden von Quellon Greyjoy hervor. Einer war mächtiger als die übrigen und kannte keine Furcht.«

Victarion sah ihm in die Augen und nickte. Die Kapitäne

machten ihm Platz, als er die Stufen hinaufstieg. »Bruder, erteile mir deinen Segen«, bat er, als er die Kuppe erreichte. Er kniete nieder und neigte den Kopf. Aeron entkorkte den Wasserschlauch und goss ihm Meerwasser auf die Stirn. »*Was tot ist, kann niemals sterben*«, verkündete der Priester, und Victarion antwortete: »*Doch erhebt es sich von neuem, härter und stärker.*«

Als sich Victarion erhob, hatten sich seine Fürsprecher auf der Stufe unter ihm aufgestellt, Ralf der Hinker, der Rote Ralf Stonehouse und Nute der Barbier, alles angesehene Krieger. Stonehouse trug das Banner der Greyjoys, den goldenen Kraken auf einem Feld, so schwarz wie das Meer zur Mitternachtsstunde. Sobald er es entrollt hatte, begannen die Kapitäne und Könige, den Namen des Lord Kapitäns zu rufen. Victarion wartete, bis sie sich beruhigt hatten, dann sagte er: »Ihr alle kennt mich. Wenn ihr süße Worte wollt, sucht anderswo. Ich habe keine Sängerzunge. Ich habe eine Axt, und ich habe diese hier.« Er hob seine gewaltigen, gepanzerten Pranken und zeigte sie, und Nute der Barbier hielt seine Axt in die Höhe, ein Furcht erregendes Stück Stahl. »Ich war ein treuer Bruder«, fuhr Victarion fort. »Als Balon heiraten wollte, war ich es, den er nach Harlaw schickte, um seine Braut zu holen. Ich habe seine Langschiffe in viele Schlachten geführt, und außer einem habe ich keines verloren. Als sich Balon die Krone zum ersten Mal aufs Haupt setzte, war ich es, der nach Lannisport segelte, um dem Löwen den Schwanz zu versengen. Beim zweiten Mal sandte er mich aus, um den Jungen Wolf zu häuten, sollte er heulend nach Hause kommen. Alles, was ihr von mir bekommen werdet, ist mehr als das, was ihr von Balon erhalten habt. Das ist es, was ich zu sagen habe.«

Damit begannen die Fürsprecher zu brüllen: »*VICTARION! VICTARION! VICTARION KÖNIG!*« Unten schütteten seine Männer die Truhen aus, eine Kaskade aus Silber und Gold und Edelsteinen, ein Vermögen an Plündergut. Die Kapitäne drängten vor, um die wertvollsten Stücke zu erhaschen, und riefen währenddessen: »*VICTARION! VICTARION! VICTARION KÖ-*

NIG!« Aeron schaute zum Krähenauge hinüber. *Wird er jetzt sprechen, oder lässt er dem Königsthing seinen Lauf?* Orkwood von Orkmont flüsterte Euron etwas ins Ohr.

Doch war es nicht Euron, der dem Rufen ein Ende bereitete, es war die *Frau*. Sie steckte zwei Finger in den Mund und *pfiff*, und das scharfe Schrillen schnitt durch den Tumult wie ein Messer durch geronnene Milch. »Onkel! *Onkel*!« Sie bückte sich, hob ein verbogenes Halsband auf und sprang die Stufen hinauf. Nute packte sie am Arm, und einen Augenblick lang hoffte Aeron, der Fürsprecher seines Bruders würde sie daran hindern, das Wort zu ergreifen, doch Asha riss sich aus dem Griff des Barbiers los und sagte etwas zum Roten Ralf, woraufhin dieser zur Seite trat. Sie schob sich an ihm vorbei, und der Jubel erstarb. Sie war Balon Greyjoys Tochter, und die Menge war neugierig, was sie zu sagen hatte.

»Es war freundlich von Euch, Onkel, solche Geschenke zu meinem Königinnenthing mitzubringen«, lobte sie Victarion, »aber Ihr hättet nicht so volle Rüstung anzulegen brauchen. Ich verspreche, Euch kein Leid zuzufügen.« Asha wandte sich an die Kapitäne. »Es gibt keinen tapfereren Mann als meinen Onkel, keinen stärkeren und keinen erbitterteren Kämpfer. Und er zählt zehnmal so schnell wie jeder andere, das habe ich selbst gesehen … auch wenn er sich die Stiefel auszieht, wenn er bis zwanzig gehen muss.« Damit brachte sie die Versammlung zum Lachen. »Allerdings hat er keine Söhne. Seine Frauen sterben immer wieder. Das Krähenauge ist älter und hat den größeren Anspruch …«

»Recht so!«, rief der Rote Ruderer von unten.

»Ah, aber mein Anspruch steht noch darüber.« Asha legte sich das Halsband keck auf den Kopf, und das Gold glänzte in ihrem dunklen Haar. »Balons Bruder kann nicht vor Balons Söhnen kommen!«

»Balons Söhne sind tot«, rief Ralf der Hinker. »Ich sehe hier lediglich Balons kleine Tochter.«

»Tochter?« Asha schob sich eine Hand unter das Wams. »Oho! Was ist das? Soll ich es Euch zeigen? Etwas, das Ihr nicht mehr gesehen habt, seit man Euch abgestillt hat?« Abermals lachten die Männer. »Zitzen an einem König sind des Guten zu wenig, geht nicht so das Lied? Ralf, Ihr habt mich erwischt, ich *bin* eine Frau … wenn auch nicht so ein *altes* Weib wie Ihr. Ralf der Hinker … sollte es nicht heißen: Ralf der Hänger?« Asha zog einen Dolch zwischen ihren Brüsten hervor. »Ich bin auch eine Mutter, und hier seht ihr meinen Säugling!« Sie hielt ihn in die Höhe. »Und hier meine Fürsprecher.« Sie drängte sich an Victarions drei vorbei und stellte sich vor die ihren: Qarl die Jungfrau, Tristifer Botley und der Ritter Ser Harras Harlaw, dessen Schwert Nightfall noch legendärer war als Dunstan Drumms Red Rain. »Mein Onkel sagt, ihr kennt ihn. Ihr kennt auch mich –«

»Ich möchte dich besser kennen lernen!«, rief jemand.

»Geh heim und erkenne dein Weib«, entgegnete Asha. »Mein Onkel sagt, er würde euch mehr von dem geben, was euch mein Vater gegeben hat. Nun, was war das? Gold und Ruhm, werden manche behaupten. *Freiheit*, ach so süß. Ja, so ist es, das hat er uns geschenkt … und dazu Witwen, wie euch Lord Blacktyde berichten kann. Wie vielen von euch wurde das Heim niedergebrannt, als Robert kam? Wie vielen wurden die Töchter geschändet und die Häuser ausgeraubt? Verbrannte Städte und geschleifte Burgen hat euch mein Vater gegeben. Die *Niederlage* hat er euch geschenkt. Mein Onkel hier wird euch davon mehr geben. Ich hingegen nicht.«

»Was bekommen wir denn von dir?«, fragte Lucas Codd. »Strickzeug?«

»Ja, Lucas. Ich stricke uns ein Königreich.« Sie warf den Dolch von einer Hand zur anderen. »Wir müssen die Lektion lernen, die dem Jungen Wolf erteilt wurde, der jede Schlacht gewonnen hat … und alles verlor.«

»Ein Wolf ist kein Krake«, widersprach Victarion. »Was der

Krake einmal gepackt hat, lässt er nicht mehr los, sei es ein Langschiff oder ein Leviathan.«

»Und was *haben* wir gepackt, Onkel? Den Norden? Was ist das schon, Land, das Meilen und Meilen und Meilen weit vom Rauschen des Meeres entfernt liegt? Wir haben Moat Cailin erobert, Deepwood Motte, Torrhen's Square, sogar *Winterfell*. Und was können wir dafür vorweisen?« Sie winkte, und die Männer von ihrer *Schwarzer Wind* drängten nach vorn, mit Truhen aus Eiche und Eisen auf den Schultern. »Ich gebe euch den Reichtum der Stony Shore«, sagte Asha, als die erste ausgeschüttet wurde. Eine Lawine von Kieseln rasselte die Treppe hinunter; graue, schwarze und weiße Kiesel, glattgespült vom Meer. »Ich gebe euch den Schatz von Deepwood«, sagte sie, und die zweite Truhe wurde entleert. Kiefernzapfen fielen heraus und rollten in die Versammlung. »Und als Letztes das Gold von Winterfell.« Aus der dritten Truhe kamen gelbe Rüben, rund und hart und so groß wie der Kopf eines Mannes. Sie landeten zwischen den Kieseln und den Kiefernzapfen. Asha spießte eine mit dem Dolch auf. »Harmund Sharp«, rief sie, »Euer Sohn Harrag ist in Winterfell gefallen, für das hier.« Sie zog die Rübe von der Klinge und warf sie ihm zu. »Ihr habt noch mehr Söhne, glaube ich. Wenn Ihr deren Leben gegen Rüben eintauschen wollt, ruft den Namen meines Onkels!«

»Und wenn ich *deinen* Namen rufe?«, wollte Harmund wissen. »Was dann?«

»Frieden«, erklärte Asha. »Land. Sieg. Ich gebe euch Sea Dragon Point und die Stony Shore, schwarze Erde, hohe Bäume und genug Steine, damit sich jeder jüngere Sohn eine Halle bauen kann. Wir bekommen auch die Nordmänner ... als Freunde, die an unserer Seite gegen den Eisernen Thron stehen. Eure Wahl ist leicht. Krönt mich, dann folgen Frieden und Sieg. Oder krönt meinen Onkel, dann gibt es Krieg und weitere Niederlagen.« Sie schob den Dolch in die Scheide. »Was wollt ihr, Eisenmänner?«

»*SIEG!*«, rief Rodrik der Leser, die Hände trichterförmig vor den Mund gelegt. »*Sieg und Asha!*«

»*ASHA!*«, wiederholte Lord Baelor Blacktyde. »*ASHA KÖNIGIN!*«

Ashas Mannschaft griff den Ruf auf. »*ASHA! ASHA! ASHA KÖNIGIN!*« Sie stampften mit den Füßen und schüttelten die Fäuste und schrien, während das Feuchthaar ungläubig zuhörte. *Sie würde das Werk ihres Vaters unvollendet lassen!* Dennoch war Tristifer Botley für sie, und mit ihm die Harlaws, einige Goodbrothers, der rotgesichtige Lord Merlyn, mehr Männer, als der Priester je erwartet hätte ... für eine *Frau*!

Aber andere schwiegen oder besprachen sich leise mit ihren Nachbarn. »*Gegen einen feigen Frieden!*«, brüllte Ralf der Hinker. Der Rote Ralf Stonehouse schwenkte das Banner der Greyjoys und schrie: »*Victarion! VICTARION! VICTARION!*« Die Männer begannen sich gegenseitig anzurempeln. Einer warf einen Kiefernzapfen nach Ashas Kopf, und als sie sich duckte, rutschte ihr die selbst gemachte Krone vom Kopf. Einen Augenblick lang erschien es dem Priester, als stände er auf einem riesigen Ameisenhügel, und um seine Füße wimmelten Tausende von Ameisen. Hin und her gingen die Rufe, »*Asha!*« und »*Victarion!*«, und es schien, als würde ein heftiger Sturm sie alle erfassen. *Der Sturmgott ist unter uns,* dachte der Priester, *und sät Zorn und Zwietracht.*

Scharf wie ein Schwertstoß schnitt ein Horn durch die Luft.

Hell und Unheil verkündend klang seine Stimme, ein zitterndes, grelles Schrillen, das die Knochen vibrieren ließ. Der Ruf hing in der feuchten Seeluft: *aaaaRREEEEeeeeeeeeeeeeeeeeeeeee.*

Alle Blicke wandten sich in die Richtung, aus der der Ton erscholl. Einer von Eurons Mischlingen brachte ihn hervor, ein riesiger Mann mit rasiertem Kopf. Ringe aus Gold und Jade glänzten auf seinen Armen, und auf die breite Brust war ein Raubvogel tätowiert, von dessen Krallen Blut troff.

aaaaRREEEEeeeeeeeeeeeeeeeeeeeee.

Das Horn, in das er stieß, glänzte schwarz und war in sich gedreht und höher als der Mann, der es mit beiden Händen hielt. Es war mit Bändern aus rotem Gold und dunklem Stahl gefasst, in die uralte valyrische Glyphen graviert waren, die rötlich zu glühen schienen, während der Laut anschwoll.

aaaaaaRRREEEEEEEEEEEEEeeeeeeeeeeeeeeeeeeeeeeeeeeeeeeee.

Der fürchterliche Klang, dieses zornige, schmerzvolle Klagen, brannte in den Ohren. Aeron Feuchthaar bedeckte die seinen mit den Händen und betete, der Ertrunkene Gott möge eine mächtige Welle schicken, das Horn zerschmettern und Stille bringen, doch das Kreischen dauerte fort und fort. *Das ist das Horn der Hölle,* hätte er am liebsten gebrüllt, nur hätte ihn niemand gehört. Der Mann hatte seine Wangen so stark aufgebläht, als wollten sie im nächsten Moment bersten, und die Muskeln in seiner Brust zuckten so, dass es schien, der tätowierte Vogel wolle sich aus dem Fleisch losreißen und sich in die Lüfte erheben. Und jetzt brannten die Glyphen heller, jede Zeile und jeder Buchstabe schimmerte in weißem Feuer. Fort und fort und fort klang der Ton und hallte über die wilden Berge hinter ihnen und über das Wasser von Naggas Wiege, um schließlich gegen die Berge von Great Wyk zu prallen, weiter und weiter und weiter, bis er die ganze nasse Welt erfüllte.

Und als es schien, der Schall würde niemals enden, erstarb er.

Endlich ging dem Hornbläser der Atem aus. Er taumelte und wäre fast gestürzt. Der Priester sah, wie Orkwood von Orkmont ihn an einem Arm packte und ihn aufrecht hielt, während Linkshand Lucas Codd ihm das gedrehte Horn aus den Händen nahm. Ein dünner Rauchfaden stieg von dem Instrument auf, und der Priester sah Blut und Blasen auf den Lippen des Mannes, der hineingestoßen hatte. Der Vogel auf seiner Brust blutete ebenfalls.

Euron Greyjoy stieg langsam den Hügel hinauf; alle Blicke ruhten auf ihm. Über ihnen kreiste und kreischte die Möwe. *Kein Gottloser darf auf dem Meersteinstuhl sitzen,* dachte Aeron, doch er wusste, dass er seinen Bruder sprechen lassen musste. Seine Lippen bewegten sich in stummem Gebet.

Ashas Fürsprecher traten zur Seite, ebenso Victarions. Der Priester machte einen Schritt zurück und legte eine Hand auf den kalten rauen Stein von Naggas Rippen. Das Krähenauge blieb oben an der Treppe stehen, an den Türen der Halle des Grauen Königs, und wandte sein lächelndes Auge den Kapitänen und Königen zu, doch Aeron spürte auch das andere, jenes, welches sein Bruder versteckt hielt.

»*EISENMÄNNER!*«, sagte Euron Greyjoy, »ihr habt mein Horn gehört. Jetzt hört meine Worte. Ich bin Balons Bruder, Quellons ältester lebender Sohn. Lord Vickons Blut fließt in meinen Adern, und das Blut der Alten Kraken. Und doch bin ich weiter gefahren als jeder von ihnen. Nur ein einziger lebender Krake wurde niemals besiegt. Nur einer hat niemals das Knie gebeugt. Nur einer ist bis Asshai am Schatten gelangt und hat Wunder und Schrecken jenseits jeglicher Vorstellung gesehen …«

»Wenn es Euch am Schatten so gut gefallen hat, geht doch wieder dorthin zurück«, rief Qarl die Jungfrau mit den rosa Wangen.

Das Krähenauge ging nicht auf ihn ein. »Mein kleiner Bruder würde Balons Krieg zu Ende führen und den Norden beanspruchen. Meine süße Nichte möchte uns Frieden und Fichtenzapfen bringen.« Seine blauen Lippen verzogen sich zu einem Lächeln. »Asha zieht den Sieg der Niederlage vor. Victarion will ein Königreich und nicht nur ein paar karge Fuß Erde. Von mir sollt ihr beides bekommen.

Krähenauge nennt ihr mich. Nun, wer hat ein schärferes Auge als die Krähe? Nach jeder Schlacht kommt die Zeit der Krähen, wenn sie zu Hunderten und Tausenden ihren Schmaus an den Gefallenen halten. Eine Krähe kann den Tod aus der Ferne erspähen. Und ich sage euch, Westeros liegt im Sterben. Jene, die mir folgen, werden bis zum Ende ihrer Tage schmausen.

Wir sind die Eisenmänner, und einst waren wir Eroberer. Unsere Befehle galten überall, wo das Rauschen der Wellen zu vernehmen war. Mein Bruder will euch mit dem kalten trüben Norden abspeisen, meine Nichte sogar mit noch weniger … aber ich werde euch Lannisport geben. Highgarden. Den Arbor. Oldtown. Die Flusslande und die Weite, den Königswald und den Regenforst, Dorne und die Marschen, die Mondberge und das Grüne Tal von Arryn, Tarth und die Stepstones. Ich sage, wir holen uns *alles*! Ich sage, wir nehmen uns *Westeros*.« Er sah den Priester an. »Alles zum Ruhme unseres Ertrunkenen Gottes, gewiss.«

Einen halben Herzschlag lang ließ sich Aeron von der Kühnheit seiner Worte hinwegtragen. Der Priester hatte sich demselben Traum hingegeben, als er den roten Kometen zum ersten Mal am Himmel gesehen hatte. *Wir sollen mit Feuer und Schwert über die Grünen Lande herfallen, die Sieben Götter der Septone mit Stumpf und Stiel ausrotten und die weißen Bäume der Nordmänner entwurzeln …*

»Krähenauge«, rief Asha, »habt Ihr Euren Verstand in Asshai gelassen? Wir können nicht einmal den Norden halten – wie sollten wir da die ganzen Sieben Königslande erobern?«

»Nun, das ist schon früher gelungen. Hat Balon seinem Mädchen so wenig über den Krieg beigebracht? Victarion, die Tochter unseres Bruders hat nie von Aegon dem Eroberer gehört, scheint es.«

»Aegon?« Victarion verschränkte die Arme vor der Brust. »Was hat der Eroberer mit uns zu tun?«

»Ich weiß genauso viel über Kriege wie Ihr, Krähenauge«, sagte Asha. »Aegon Targaryen hat Westeros mit *Drachen* erobert.«

»Und das werden wir ebenfalls tun«, versprach Euron Greyjoy. »Das Horn, das ihr gerade gehört habt, habe ich in den rauchenden Ruinen gefunden, die einst Valyria waren, dort, wo außer mir kein Mann den Fuß hinzusetzen wagte. Ihr habt seinen Ruf gehört und seine Macht gespürt. Es ist ein Drachenhorn, eingefasst mit Bändern aus rotem Gold und valyrischem Stahl, in die Zaubersprüche graviert sind. Die Drachenlords der alten Zeiten ließen solche Hörner erschallen, ehe der Untergang über sie kam. Mit diesem Horn, Eisenmänner, kann ich *Drachen* meinem Willen unterwerfen.«

Asha lachte laut auf. »Ein Horn, um Ziegen zu unterwerfen, wäre nützlicher, Krähenauge. Es gibt keine Drachen mehr.«

»Wieder irrst du, Mädchen. Es gibt drei, und ich weiß, wo sie zu finden sind. Gewiss ist das eine Treibholzkrone wert.«

»*EURON!*«, rief Linkshand Lucas Codd.

»*EURON! KRÄHENAUGE! EURON!*«, schrie der Rote Ruderer.

Die Stummen und Mischlinge von der *Schweigen* öffneten Eurons Truhen und schütteten die Geschenke vor den Kapitänen und Königen aus. Dann hörte der Priester Hotho Harlaw rufen, während sich der Mann die Arme mit Gold belud. Gorold Goodbrother stimmte ebenfalls mit ein, und auch Erik Ambossbrecher. »*EURON! EURON! EURON!*« Der Ruf schwoll an, wurde zum Brüllen. »*EURON! EURON! KRÄHENAUGE! EURON KÖNIG!*« Das Gebrüll rollte Naggas Hügel hinauf, als ließe der Sturmgott die Wolken grollen. »*EURON! EURON! EURON! EURON! EURON! EURON!*«

Auch ein Priester kann zweifeln. Auch ein Prophet kann Schrecken erfahren. Aeron Feuchthaar suchte tief in sich nach seinem Gott und fand nur Schweigen. Während tausend Stimmen den Namen seines Bruders riefen, hörte er nur das Kreischen einer verrosteten, eisernen Türangel.

BRIENNE

Östlich von Maidenpool erhoben sich wilde Hügel, und die Kiefern schlossen sich wie ein Heer schweigender graugrüner Soldaten um die Reiter.

Der Flinke Dick sagte, die Küstenstraße sei der kürzeste Weg, und der leichtere dazu, daher geriet die Bucht selten außer Sicht. Die Städtchen und Dörfer entlang der Küste wurden kleiner und seltener, je weiter sie kamen. Bei Einbruch der Nacht suchten sie ein Gasthaus auf. Crabb teilte sich das Gemeinschaftsbett mit anderen Reisenden, während Brienne für sich und Podrick ein Zimmer nahm. »Billiger wäre es, wenn wir uns alle ein Bett teilen würden, M'lady«, meinte der Flinke Dick. »Ihr könntet Euer Schwert zwischen uns legen. Der alte Dick ist ein harmloser Kerl. Edel wie ein Ritter, und so ehrlich wie der Tag lang ist.«

»Die Tage werden kürzer«, hielt Brienne dagegen.

»Nun, mag sein. Wenn Ihr mir im Bett nicht vertraut, könnte ich mich einfach auf dem Fußboden zusammenrollen, M'lady.«

»Nicht auf meinem Fußboden.«

»Man könnte fast denken, Ihr traut mir nicht.«

»Vertrauen muss man sich verdienen. Wie Gold.«

»Wie Ihr meint, M'lady«, gab Crabb zurück, »aber oben im Norden, wo die Straße endet, müsst Ihr Dick sowieso vertrauen. Wenn ich mir Euer Gold mit vorgehaltenem Schwert holen wollte, wer sollte mich aufhalten?«

»Ihr habt kein Schwert. Ich schon.«

Sie schloss die Tür zwischen ihnen und lauschte, bis sie sicher war, dass er gegangen war. Wie flink Dick auch sein mochte, er war nicht Jaime Lannister, nicht die Irre Maus, nicht einmal Humfrey Wagstaff. Er war dürr und schlecht ernährt; seine Rüstung bestand lediglich aus einem verbeulten Halbhelm mit Rostflecken. Anstelle eines Schwertes trug er einen alten schartigen Dolch. Solange sie wach war, stellte er keine Gefahr für sie dar. »Podrick«, sagte sie, »es wird eine Zeit kommen, wenn wir keinen Schutz in Gasthäusern mehr finden. Ich vertraue unserem Führer nicht. Wenn wir im Freien lagern, kannst du mich bewachen, während ich schlafe?«

»Wach bleiben, Mylady? Ser.« Er dachte nach. »Ich habe ein Schwert. Falls Crabb versucht, Euch etwas anzutun, kann ich ihn töten.«

»Nein«, erwiderte sie streng. »Du wirst nicht versuchen, gegen ihn zu kämpfen. Beobachte ihn nur, solange ich schlafe, und weck mich, falls er etwas Verdächtiges unternimmt. Ich bin immer sofort wach, wie du feststellen wirst.«

Crabb zeigte sein wahres Gesicht am nächsten Tag, als sie anhielten, um die Pferde zu tränken. Brienne trat hinter ein paar Büsche, um ihre Blase zu leeren. Während sie dort hockte, hörte sie Podrick sagen: »Was macht Ihr da? Geht weg dort!« Sie brachte ihr Geschäft zu Ende, zog sich die Hose hoch und kehrte zur Straße zurück, wo sich der Flinke Dick Mehl von den Fingern wischte. »In meinen Satteltaschen findet Ihr keine Drachen«, erklärte sie ihm. »Ich trage mein Gold am Körper.« Ein Teil befand sich in dem Beutel an ihrem Gürtel, der Rest war in eine verborgene Tasche in ihrer Kleidung eingenäht. Das pralle Säckchen in ihrer Satteltasche war mit großen und kleinen Kupferstücken gefüllt, mit halben und ganzen Pfennigen, mit Groschen und Sternen … und mit feinem weißem Mehl, wodurch der Beutel praller wirkte. Das Mehl hatte sie bei dem Koch in den Sieben Schwertern gekauft, an dem Morgen, an dem sie von Duskendale aufgebrochen war.

»Dick hat es nicht böse gemeint, M'lady.« Er wedelte mit den mehligen Fingern, um zu zeigen, dass er keine Waffe in der

Hand hielt. »Ich wollte nur nachschauen, ob Ihr die Drachen habt, die Ihr mir versprochen habt. Die Welt ist voller Lügner, die einen ehrlichen Mann jederzeit betrügen würden. Nicht, dass *Ihr* einer davon wärt.«

Brienne hoffte nur, dass er sich als besserer Führer erweisen würde denn als Dieb. »Wir sollten besser weiterreiten.« Sie stieg auf ihr Pferd.

Dick sang häufig, während sie unterwegs waren; nie ein ganzes Lied, nur eine Zeile von diesem und eine Strophe von jenem. Sie argwöhnte, dass er sich bei ihr einschmeicheln wollte, damit sie unvorsichtig wurde. Manchmal versuchte er, sie und Podrick zum Mitsingen zu bewegen, jedoch ohne Erfolg. Der Junge war zu schüchtern und gehemmt, und Brienne sang nie. *Habt Ihr für Euren Vater gesungen?*, hatte Lady Stark sie einmal in Riverrun gefragt. *Und für Lord Renly?* Das hatte sie nicht getan, niemals, obschon sie gewollt hätte … gewollt hätte …

Wenn er nicht sang, redete der Flinke Dick und unterhielt sie mit Geschichten über Crackclaw Point. Jedes düstere Tal habe einen eigenen Lord, sagte er, und sie alle einte nur das Misstrauen gegenüber Fremden. In ihren Adern floss stark und dunkel das Blut der Ersten Menschen. »Die Andalen haben versucht, Crackclaw einzunehmen, aber wir haben sie in den Tälern bluten lassen und in den Sümpfen ertränkt. Doch was ihre Söhne mit dem Schwert nicht erringen konnten, haben ihre hübschen Töchter mit Küssen gewonnen. Sie haben in die Häuser eingeheiratet, die sie nicht erobern konnten, ja.«

Die Darklyn-Könige von Duskendale hatten versucht, Crackclaw Point ihre Herrschaft aufzuzwingen, die Mootons von Maidenpool ebenfalls, und später die hochmütigen Celtigars von der Crab Isle. Doch die Crackclaws kannten ihre Sümpfe und Wälder besser als jeder Fremde, und wenn es hart auf hart kam, verschwanden sie in den Höhlen, von denen ihre Hügel durchzogen waren. Wenn sie sich nicht gegen Eroberungsversuche wehrten, bekriegten sie sich gegenseitig. Ihre Blutfehden waren so unerbittlich und düster wie die Sümpfe zwischen ihren Bergen. Von Zeit zu Zeit brachte irgendein Recke Frieden nach Crackclaw Point, doch der hielt nie länger an, als das Leben dieses Helden dauerte. Lord Lucifer Hardy war so ein Großer gewesen, und die Brüder Brune ebenfalls. Für den alten Crackbones galt das sogar besonders, denn die Crabbs waren die Mächtigsten von allen. Dick weigerte sich nach wie vor zu glauben, dass Brienne niemals von Ser Clarence Crabb und seinen Heldentaten gehört hatte.

»Warum sollte ich lügen?«, fragte sie ihn. »Jeder Ort hat seine eigenen Helden. Wo ich herkomme, singen die Sänger von Ser Galladon von Morne, dem Vollkommenen Ritter.«

»Ser Gallawer von Wo?« Er schnaubte. »Nie von dem gehört. »Warum war er denn so verflucht vollkommen?«

»Ser Galladon war ein Recke von solcher Tapferkeit, dass die Jungfrau persönlich ihr Herz an ihn verlor. Sie schenkte ihm als Pfand ihrer Liebe ein verzaubertes Schwert. Die Gerechte Maid wurde es genannt. Kein gewöhnliches Schwert konnte es mit ihm aufnehmen, keine Klinge dem Kuss der Maid widerstehen. Ser Galladon trug die Gerechte Maid voller Stolz, hat sie jedoch nur dreimal gezogen. Er wollte die Maid nicht gegen Menschen einsetzen, denn sie war so mächtig, dass jeder Kampf ungleich gewesen wäre.«

Crabb fand das urkomisch. »Der Vollkommene Ritter? Hört sich eher an wie der Vollkommene Narr. Was bringt einem denn ein magisches Schwert ein, wenn man es nicht benutzt?«

»Ehre«, sagte sie, »es bringt einem Ehre ein.«

Daraufhin lachte er nur umso lauter. »Ser Clarence Crabb hätte sich seinen haarigen Arsch mit Euerm Vollkommenen Ritter abgewischt, M'lady. Wenn sie sich je begegnet wären, hätte noch ein blutiger Kopf auf den Regalen im Gewisper gestanden, wenn Ihr mich fragt. ›Ich hätte das magische Schwert benutzen sollen‹, hätte er zu all den anderen Köpfen gesagt. ›Ich hätte das verfluchte Schwert benutzen sollen.‹«

Brienne konnte sich ein Lächeln nicht verkneifen. »Vielleicht«, räumte sie ein, »aber Ser Galladon war kein Narr. Gegen einen Feind von acht Fuß Größe, der auf einem Auerochsen sitzt, hätte er vermutlich auch die Gerechte Maid gezogen. Einmal hat er damit einen Drachen erschlagen, heißt es.«

Das beeindruckte den Flinken Dick wenig. »Crackbones hat auch gegen einen Drachen gekämpft, aber er hat dazu kein magisches Schwert gebraucht. Er hat ihm einfach einen Knoten in den Hals gemacht, und deshalb hat sich die Bestie jedes Mal, wenn sie Feuer spie, selbst den Hintern geröstet.«

»Und was hat Crackbones gemacht, als Aegon und seine Schwestern kamen?«, fragte Brienne ihn.

»Er war tot. Das muss M'lady doch wissen.« Crabb warf ihr einen Seitenblick zu. »Aegon hat seine Schwester, diese Visenya, nach Crackclaw geschickt. Die Lords hatten von Harrens Ende gehört. Da sie keine Narren waren, haben sie ihr ihre Schwerter zu Füßen gelegt. Die Königin nahm sie zu Vasallen und sagte, sie wären weder Maidenpool noch Crab Isle zur Treue verpflichtet, und auch Duskendale nicht. Was die verfluchten Celtigars nicht davon abhält, Männer an die Ostküste zu schicken, um die Steuern einzutreiben. Wenn sie genug schicken, kommen sogar ein paar zurück ... ansonsten neigen wir das Haupt nur vor unseren eigenen Lords und dem König. Dem *wahren* König, nicht Robert und seiner Sippschaft.« Er spuckte aus. »Crabbs und Brunes und Boggses waren bei Prinz Rhaegar am Trident und auch in der Königsgarde. Ein Hardy, ein Cave, ein Pyne und *drei* Crabbs, Clement und Rupert und Clarence der Kurze. Sechs Fuß groß war er, und trotzdem kurz im Vergleich mit dem *richtigen* Ser Clarence. Wir sind alle gute Drachenmänner, hier oben in Crackclaw.«

Je weiter sie nach Nordosten kamen, desto weniger Verkehr war auf der Straße, bis sie schließlich keine Gasthäuser mehr fanden. Inzwischen bestand die Küstenstraße mehr aus Unkraut als aus Furchen. In dieser Nacht fanden sie Obdach in einem Fischerdorf. Brienne zahlte den Bewohnern ein paar Kupferstücke dafür, dass sie in einer Scheune übernachten durften. Den Heuboden beanspruchte sie für sich und Podrick und zog die Leiter hinter ihnen hoch.

»Wenn Ihr mich hier unten allein lasst, könnte ich verflucht leicht Eure Pferde stehlen«, rief Crabb von unten hoch. »Am besten nehmt Ihr die Tiere mit nach oben, M'lady.« Da sie ihn nicht beachtete, fuhr er fort: »Heute Nacht wird es regnen. Heftig und kalt regnen. Ihr und Pod werdet es warm und behaglich haben, und der arme alte Dick wird hier unten ganz allein zittern.« Er schüttelte den Kopf, murmelte vor sich hin und bereitete sich ein Lager auf einem Heuhaufen. »Ich habe noch nie ein so misstrauisches Mädel wie Euch gesehen.«

Brienne wickelte sich in ihren Mantel, Podrick gähnte neben ihr. *Ich war nicht immer so wachsam,* hätte sie Crabb zurufen können. *Als ich noch ein kleines Mädchen war, habe ich geglaubt, alle Männer wären so edel wie mein Vater.* Sogar die Männer, die ihr sagten, was für ein hübsches Mädchen sie sei, wie groß und klug, wie anmutig, wenn sie tanzte. Erst Septa Roelle hatte ihr die Augen geöffnet. »Das sagen sie alle nur, um die Gunst deines Vaters zu erringen. In deinem Spiegel siehst du die Wahrheit, die dir die Zungen der Männer verschweigen.« Diese Lektion hatte ihr hart zugesetzt, sie hatte geweint, doch sie war ihr in Harrenhal zustatten gekommen, als Ser Hyle und seine Freunde ihr Spielchen mit ihr getrieben hatten. *In dieser Welt muss eine Jungfrau misstrauisch sein, sonst bleibt sie nicht lange jungfräulich,* dachte sie, während es zu regnen begann.

Im Buhurt von Bitterbridge hatte sie sich ihre Freier vorgenommen und einen nach dem anderen verprügelt. Farrow und Ambrose und Bushy, Mark Mullendore und Raymond Nayland und Will den Storch. Sie hatte Harry Sawyer niedergeritten und Robin Potters Helm zerschmettert, wobei sie ihm eine hässliche Narbe zugefügt hatte. Und nachdem der Letzte zu Boden gegangen war, hatte die Mutter sie zu Connington geführt. Diesmal hatte Ser Ronnet ein Schwert und keine Rose in der Hand. Jeder Hieb, den sie austeilte, war süßer als ein Kuss.

Loras Tyrell war an diesem Tag der Letzte gewesen, der ihren Zorn zu spüren bekam. Er hatte ihr nie den Hof gemacht, sie eigentlich kaum je angeschaut, doch er trug die drei goldenen Rosen auf dem Schild, und Brienne hasste Rosen. Der Anblick hatte ihr die Kraft der Wut verliehen. In dieser Nacht träumte sie von jenem Kampf und davon, wie Ser Jaime ihr einen Regenbogenmantel um die Schultern legte.

Am nächsten Morgen regnete es immer noch. Beim Frühstück schlug der Flinke Dick vor, dass sie abwarten sollten, bis es aufhörte.

»Wann wird das sein? Morgen? In vierzehn Tagen? Wenn es wieder Sommer wird? Nein. Wir haben Mäntel und noch viele Meilen vor uns.«

Der Regen dauerte den ganzen Tag an. Der schmale Weg, dem sie folgten, verwandelte sich rasch in Schlamm. Die Bäume waren kahl, im steten Niederschlag bildete das gefallene Laub eine glitschige braune Masse. Trotz des Eichhörnchenfellfutters ließ Dicks Mantel die Nässe durch, und Brienne sah, dass er zitterte. Einen Moment lang verspürte sie Mitleid mit dem Mann. *Er hat nicht gut gegessen, das ist offensichtlich.* Sie fragte sich, ob es wirklich eine Schmugglerbucht oder eine Burgruine namens das Gewisper gab. Hungrige Männer begehen verzweifelte Taten. All dies diente vielleicht nur dazu, sie zu täuschen. Der Argwohn schlug ihr auf den Magen.

Eine Zeit lang schien es, als sei das unablässige Prasseln des Regens das einzige Geräusch auf der Welt. Der Flinke Dick trottete achtlos dahin. Sie beobachtete ihn genau und sah, wie er den Rücken beugte, als würde er in dieser gebückten Haltung im Sattel trockener bleiben. Diesmal fanden sie bei Einbruch der Dunkelheit kein Dorf. Auch gab es keine Bäume, die Schutz gewährt hätten. Also mussten sie ihr Lager zwischen einigen Felsen aufschlagen, fünfzig Schritte oberhalb der Flutlinie. Die Felsen würden wenigstens den Wind abhalten. »Am besten halten wir heute Nacht Wache, M'lady«, meinte Crabb, während sie sich abmühte, ein Feuer aus Treibholz in Gang zu bringen. »An einem Ort wie diesem könnten Quatscher auftauchen.«

»Quatscher?« Brienne warf ihm einen argwöhnischen Blick zu.

»Ungeheuer«, antwortete der Flinke Dick genussvoll. »Sie sehen aus wie Menschen, bis sie ganz nahe sind, aber ihre Köpfe sind zu groß, und sie haben Schuppen anstelle von Haar. Weiß wie ein Fischbauch sind sie, und zwischen den Fingern haben sie Schwimmhäute. Immer sind sie feucht und riechen nach Fisch, doch hinter diesen wulstigen Lippen haben sie reihenweise grüne Zähne, spitz wie Nadeln. Manche behaupten, die Ersten Menschen hätten alle getötet, aber darauf würde ich mich nicht verlassen. Sie kommen des Nachts, holen unartige Kinder und machen dabei mit ihren schwimmhäutigen Füßen so ein leises *Quatsch-quatsch.* Die Mädchen lassen sie leben, um mit ihnen ihre Nachkommenschaft zu zeugen, aber die Jungen fressen sie auf, sie zerreißen sie mit den scharfen grünen Zähnen.« Er grinste Podrick an. »Dich fressen sie, Junge. Und zwar *roh.*«

»Wenn sie es versuchen, töte ich sie.« Podrick tätschelte sein Schwert.

»Versuch es nur. Versuch es nur. Quatscher lassen sich nicht so leicht umbringen.« Er zwinkerte Brienne zu. »Seid Ihr ein unartiges kleines Mädchen, M'lady?«

»Nein.« *Nur eine Närrin.* Das Holz war zu feucht und brannte nicht, ganz gleich, wie viele Funken Brienne mit Stahl und Stein schlug. Das Anmachholz qualmte, das war alles. Widerwillig setzte sie sich und lehnte sich mit dem Rücken an einen Fels, zog den Mantel zusammen und fand sich damit ab, eine kalte und feuchte Nacht vor sich zu haben. Sie träumte von einer warmen Mahlzeit und knabberte an einem Streifen harten Pökelfleischs, während der Flinke Dick schilderte, wie Ser Clarence Crabb gegen den Quatscherkönig gekämpft hatte. *Er kann spannend erzäh-*

len, musste sie zugeben, *aber Mark Mullendore war auch lustig, mit seinem kleinen Affen.*

Es war zu feucht, um den Sonnenuntergang zu sehen, zu grau, um den Mondaufgang zu verfolgen. Die Nacht war schwarz und sternenlos. Crabb gingen die Geschichten aus, er legte sich schlafen. Podrick schnarchte ebenfalls. Brienne lehnte mit dem Rücken an dem Felsen und lauschte den Wellen. *Seid Ihr nahe am Meer, Sansa?*, fragte sie sich. *Wartet Ihr im Gewisper auf ein Schiff, das niemals kommen wird? Wen habt Ihr bei Euch? Überfahrt für drei, hat er gesagt. Hat sich der Gnom zu Euch und Ser Dontos gesellt, oder habt Ihr Eure kleine Schwester gefunden?*

Es war ein langer Tag gewesen, und die Müdigkeit übermannte Brienne. Obwohl sie aufrecht an dem Stein saß und der Regen leise um sie herum niederging, wurden ihr die Lider schwer. Zweimal dämmerte sie ein. Beim zweiten Mal erwachte sie plötzlich mit Herzklopfen und war überzeugt, jemand stünde vor ihr. Ihre Glieder waren steif, ihr Mantel hatte sich um ihre Knöchel gewickelt. Sie befreite sich und stand auf. Der Flinke Dick hatte sich an einen Felsen geschmiegt und schlief, halb vergraben unter feuchtem, schwerem Sand. *Ein Traum. Nur ein Traum.*

Vielleicht hatte sie einen Fehler gemacht, als sie sich von Ser Creighton und Ser Illifer getrennt hatte. Die waren ihr wie ehrliche Männer erschienen. *Ich wünschte, Jaime hätte mich begleitet,* dachte sie ... doch er gehörte der Königsgarde an, und sein Platz war bei seinem König. Außerdem war es Renly, nach dem sie sich sehnte. *Ich habe geschworen, ihn zu beschützen, und ich habe versagt. Dann habe ich geschworen, ihn zu rächen, und ich habe noch einmal versagt. Stattdessen bin ich mit Lady Catelyn davongerannt, und auch sie habe ich enttäuscht.* Der Wind hatte gedreht, der Regen rann ihr über das Gesicht.

Von der Straße blieb am nächsten Tag nur noch ein Kiespfad, und schließlich war auch der so gut wie verschwunden. Gegen Mittag endete er abrupt am Fuße einer vom Wind zerschundenen Klippe. Oben ragte düster eine kleine Burg über den Wellen auf, die ihre drei schiefen Türme in den bleiernen Himmel reckte. »Ist das das Gewisper?«, fragte Podrick.

»Sieht das vielleicht wie eine verfluchte Ruine aus?« Crabb spuckte aus. »Das ist Dyre Den, der Sitz vom alten Lord Brune. Allerdings ist die Straße hier zu Ende. Von nun an geht es zwischen den Kiefern hindurch.«

Brienne betrachtete die Klippe. »Wie kommen wir da hinauf?«

»Ganz leicht.« Der Flinke Dick wendete sein Pferd. »Bleibt dicht bei Dick. Die Quatscher holen sich gern die Nachzügler.«

Der Weg nach oben erwies sich als steiler, steiniger Pfad, der in einer Felsspalte verborgen war. Der größte Teil war natürlichen Ursprungs, hier und dort hatte man jedoch Stufen in den Stein gehauen, um den Aufstieg zu erleichtern. Senkrechte Felswände, die in Jahrhunderten von Wind und Gischt zerfressen worden waren, schlossen sie zu beiden Seiten ein. An manchen Stellen nahm der Stein phantastische Formen an. Der Flinke Dick zeigte auf einige, während sie hinaufgingen. »Das ist ein Ogerkopf, seht Ihr?«, sagte er, und Brienne musste lächeln, als sie den Kopf erblickte. »Und dort, ein Steindrache. Der andere Flügel ist abgebrochen, als mein Vater noch ein Junge war. Darüber ist das hängende Euter, wie die Titten einer alten Hexe.« Er drehte sich um und warf einen raschen Blick auf ihre Brust.

»Ser? Mylady?«, meldete Podrick. »Da ist ein Reiter.«

»Wo?« Keiner der Felsen sah für sie wie ein Reiter aus.

»Auf der Straße. Nicht aus Stein. Ein richtiger. Folgt uns. Dort unten.« Pod zeigte in die Richtung.

Brienne drehte sich im Sattel um. Sie waren inzwischen so hoch, dass sie meilenweit an der Küste entlangschauen konnte. Das Pferd kam dieselbe Straße hinauf, die sie gerade hinter sich gelassen hatten, und befand sich etwa zwei oder drei Meilen hinter ihnen. *Schon wieder?* Sie beäugte den Flinken Dick misstrauisch.

»Schaut nicht mich an«, wehrte Crabb ab. »Wer auch immer das ist, der Flinke Dick hat nichts mit ihm zu schaffen. Irgendein Mann von Brune wahrscheinlich, der aus dem Krieg heimkommt. Oder einer der Sänger, die von Ort zu Ort wandern.« Er wandte den Kopf ab und spuckte aus. »Jedenfalls kein Quatscher, so viel ist verflucht noch mal sicher. Die reiten nicht auf Pferden.«

»Nein«, pflichtete Brienne ihm bei. Darin wenigstens waren sie sich einig.

Die letzten hundert Fuß des Aufstiegs waren die steilsten und heimtückischsten. Unter den Hufen der Pferde lösten sich Kiesel und rollten den Steinpfad hinunter. Als sie aus der Spalte kamen, standen sie vor der Burgmauer. Von der Brustwehr spähte ein Gesicht zu ihnen herab und verschwand dann. Brienne meinte, es sei eine Frau gewesen, und sagte das dem Flinken Dick.

Der stimmte zu. »Brune ist zu alt, um auf die Wehrgänge zu steigen, und seine Söhne und Enkel sind in den Krieg gezogen. Niemand mehr da außer Mädels und ein paar rotznäsigen Säuglingen.«

Die Frage, für welchen König Lord Brune eingetreten war, lag ihr auf der Zunge, aber das spielte keine Rolle mehr. Brunes Söhne waren fort; manche würden nicht zurückkommen. *Wir werden hier keine Gastfreundschaft für die Nacht finden.* Alte Männer, Frauen und Kinder würden das Tor ihrer Burg wohl kaum bewaffneten Fremden öffnen. »Ihr sprecht von Lord Brune, als würdet Ihr ihn kennen«, sagte sie zum Flinken Dick.

»Früher einmal vielleicht.«

Sie betrachtete die Brust seines Wamses. Lose Fäden und ein durchlöcherter, ausgefranster Fleck dunkleren Stoffes zeigten, wo ein Abzeichen entfernt worden war. Ihr Führer war ein Fahnenflüchtiger, daran zweifelte sie nicht. Konnte der Reiter hinter ihnen einer seiner Waffenbrüder sein?

»Wir sollten weiterreiten«, drängte er, »ehe Brune anfängt, sich zu wundern, warum wir hier vor seinen Mauern stehen.

Selbst ein Mädel kann eine verfluchte Armbrust spannen.« Dick deutete auf die Kalksteinhügel mit ihren bewaldeten Hängen, die sich hinter der Burg erhoben. »Von jetzt an gibt es keine Straße mehr, nur Bäche und Wildpfade, aber M'lady braucht keine Angst zu haben. Der Flinke Dick kennt sich aus.«

Genau davor hatte Brienne Angst. Der Wind pfiff über die Klippen, und doch alles, was sie riechen konnte, war eine Falle. »Was ist mit dem Reiter?« Solange sein Pferd nicht über die Wellen laufen konnte, würde er bald die Klippe heraufkommen.

»Was soll schon mit ihm sein? Wenn er irgendein Idiot aus Maidenpool ist, findet er vielleicht den verfluchten Pfad nicht. Und wenn doch, schütteln wir ihn im Wald ab. Dort wird er keine Straße mehr haben, der er folgen kann.«

Nur unsere Spuren. Brienne fragte sich, ob es nicht besser wäre, den Reiter hier zu erwarten, mit der Klinge in der Hand. *Ich würde dastehen wie eine vollendete Närrin, wenn es tatsächlich ein fahrender Sänger oder einer von Lord Brunes Söhnen ist.* Crabb hatte wohl Recht. *Wenn er morgen noch hinter uns ist, kann ich mich dann mit ihm befassen.* »Wie Ihr wollt«, sagte sie und lenkte die Stute auf die Bäume zu.

Lord Brunes Burg blieb hinter ihnen zurück, und bald war sie außer Sicht. Wachbäume und Soldatenkiefern wuchsen um sie herum in die Höhe, hohe grüne Speere, die in den Himmel stachen. Auf dem Waldboden bildeten gefallene Nadeln eine Schicht, die so dick wie eine Burgmauer war, dazwischen lagen Kiefernzapfen. Die Hufe ihrer Pferde schienen keine Geräusche zu verursachen. Es regnete leicht, hörte für eine Weile auf und begann von neuem, doch unter den Kiefern spürten sie kaum einen Tropfen.

Im Wald kamen sie deutlich langsamer voran. Brienne ließ ihre Stute durch das grüne Dämmerlicht trotten und lenkte sie zwischen den Bäumen hindurch. Hier konnte man sich sehr leicht verirren, wurde ihr bewusst. Wohin sie auch schaute, überall sah alles gleich aus. Sogar die Luft wirkte grau und grün und still. Kiefernäste kratzten an ihren Armen und scharrten laut über ihren frisch bemalten Schild. Die unheimliche Stille setzte ihr mit jeder Stunde, die verstrich, mehr zu.

Auch dem Flinken Dick schien sie zu schaffen zu machen. Spät am Tage, als die Dämmerung anbrach, versuchte er zu singen. *»Es lebte ein Bär, ein Bär, ein Bär! Ganz schwarz und braun und voll Fell war er«*, sang er, und seine Stimme klang so kratzig wie eine Wollhose. Die Kiefern verschluckten sein Lied, so wie sie auch den Wind und den Regen auftranken. Nach einer Weile hörte er auf.

»Hier ist es unheimlich«, sagte Podrick. »Das ist ein schrecklicher Ort.«

Brienne empfand dasselbe, allerdings würde es niemanden helfen, wenn sie das eingestand. »In einem Kiefernwald ist es düster, aber es ist auch nur ein Wald. Hier gibt es nichts, wovor wir uns fürchten müssten.«

»Was ist mit den Quatschern? Und den Köpfen?«

»Der Junge ist schlau«, meinte der Flinke Dick und lachte.

Brienne warf ihm einen verärgerten Blick zu. »Es gibt keine Quatscher«, erklärte sie Podrick. »Und auch keine Köpfe.«

Es ging die Hügel hinauf und die Hügel hinunter. Brienne ertappte sich dabei, wie sie betete, der Flinke Dick möge ein ehrlicher Bursche sein und wissen, wohin er sie führte. Sich selbst traute sie kaum zu, zum Meer zurückzufinden. Tag oder Nacht, der Himmel war grau verhangen, und weder Sonne noch Sterne würden ihr helfen, den Weg zu finden.

An diesem Abend schlugen sie ihr Lager früh auf, nachdem sie einen Hang hinuntergeritten waren und plötzlich am Rand eines glitzernden Sumpfes standen. Im graugrünen Licht wirkte der Boden fest, doch wären ihre Pferde dort bis zum Widerrist eingesunken. Also mussten sie umkehren und sich auf festen Boden zurückmühen. »Nicht schlimm«, versicherte Crabb ihnen. »Wir reiten den Hügel wieder hinauf und suchen uns einen anderen Weg.«

Am nächsten Tag blieb alles wie gehabt. Sie ritten durch Pinienwald und Sumpf unter einem dunklen Himmel und zeitweise im Regen dahin, an Schlucklöchern und Höhlen und den Ruinen alter Festungen vorbei, deren Steine mit Moos überzogen waren. Jeder Trümmerhaufen hatte seine Geschichte, und der Flinke Dick erzählte sie ihnen alle. Wenn man ihm so zuhörte, mussten die Männer von Crackclaw Point ihre Kiefern mit Blut gegossen haben. Brienne verlor bald die Geduld. »Wie lange noch?«, wollte sie schließlich wissen. »Wir haben doch inzwischen vermutlich schon jeden Baum in Crackclaw Point gesehen.«

»Wohl kaum«, antwortete Crabb. »Aber wir sind nahe am Gewisper. Seht Ihr, der Wald lichtet sich schon. Bald sind wir an der Meerenge.«

Bei diesem Narren, den er mir versprochen hat, wird es sich wahrscheinlich um mein Spiegelbild in einem Tümpel handeln, dachte Brienne, doch es erschien ihr sinnlos, jetzt umzukehren, nachdem sie so weit gekommen war. Allerdings war sie müde, das konnte sie nicht leugnen. Ihre Schenkel waren vom Reiten verhärtet wie Eisen, und in den letzten Nächten hatte sie nur vier Stunden geschlafen, während Podrick Wache hielt. Falls der Flinke Dick beabsichtigte, sie zu ermorden, würde es wohl hier geschehen, in einer Gegend, die er gut kannte. Vielleicht führte er sie zu einer Räuberhöhle, wo er Kumpane hatte, die ebenso niederträchtig waren wie er selbst. Oder er ließ sie einfach im Kreis laufen, bis der Reiter sie eingeholt hatte. Von dem Mann hatten sie nichts mehr gesehen, seit sie Lord Brunes Burg hinter sich gelassen hatten, trotzdem musste das nicht heißen, dass er die Jagd aufgegeben hatte.

Vielleicht werde ich ihn töten müssen, sagte sie sich eines Nachts, während sie im Lager auf und ab schritt. Bei dem Gedanken wurde ihr übel. Ihr alter Waffenmeister hatte stets bezweifelt, dass sie hart genug für den Kampf war. »In Euren Armen steckt die Kraft eines Mannes«, hatte Ser Goodwin ihr mehr als einmal gesagt, »aber Euer Herz ist so weich wie das einer Jungfrau. Es ist eine Sache, im Hof mit stumpfem Schwert zu üben, und eine ganz andere, einem Mann den scharfen Stahl einen Fuß tief in die Gedärme zu stoßen und zu sehen, wie das Licht in seinen Augen erlischt.« Um sie abzuhärten, hatte Ser Goodwin sie zum Metzger ihres Vaters geschickt, wo sie Lämmer und Ferkel schlachten sollte. Die Ferkel quiekten, und die Lämmer schrien wie verängstigte Kinder. Danach hatte Brienne vor Tränen in den Augen nichts mehr sehen können, und ihre Kleidung war so mit Blut besudelt gewesen, dass sie ihrer Zofe befohlen hatte, die Sachen zu verbrennen. Dennoch hegte Ser Goodwin weiterhin seine Zweifel. »Ein Ferkel ist ein Ferkel. Ein Mann ist etwas anderes. Als ich in Eurem Alter war, ein Knappe damals, hatte ich einen Freund, der stark und schnell und behände war, ein wahrer Recke auf dem Übungshof. Wir alle wussten, dass aus ihm eines Tages ein ruhmreicher Ritter werden würde. Dann kam der Krieg zu den Stepstones. Ich sah, wie mein Freund seinen Gegner auf die Knie zwang und ihm die Axt aus der Hand schlug, doch als er es hätte beenden müssen, hat er einen halben Herzschlag lang innegehalten. In der Schlacht bedeutet ein halber Herzschlag ein Leben. Der Mann zog den Dolch und fand eine Fuge in der Rüstung meines Freundes. Seine Kraft, seine Schnelligkeit, seine Tapferkeit, sein hart erarbeitetes Geschick … das alles war weniger wert als der Furz eines Mimen, *weil er vor dem Töten zurückscheute.* Vergesst das nicht, Mädchen.«

Nein, versprach sie seinem Schatten dort im Kiefernwald. Sie setzte sich auf einen Stein, zog ihr Schwert aus der Scheide und begann, es zu schärfen. *Ich werde es nicht vergessen, und ich bete darum, dass ich nicht zurückscheuen werde.*

Der nächste Tag dämmerte trüb und kalt und wolkenverhangen. Der Sonnenaufgang war nicht zu sehen, doch als die Schwärze sich in Grau verwandelte, wusste Brienne, dass es an der Zeit war, abermals die Pferde zu satteln. Sie ritten durch die

Kiefern, der Flinke Dick voran. Brienne blieb dicht hinter ihm, und Podrick bildete auf seinem gescheckten Traber den Schluss.

Die Burg tauchte ohne Vorwarnung vor ihnen auf. Eben befanden sie sich noch im tiefsten Wald, wo meilenweit nur Kiefern zu sehen waren. Dann ritten sie um einen großen Felsen, und vor ihnen tauchte eine Lücke auf. Eine Meile weiter endete der Wald abrupt. Jenseits davon sah sie Himmel und Meer … und eine alte, verfallene Burg, verlassen und überwuchert, am Rande der Klippen. »Das Gewisper«, sagte der Flinke Dick. »Horcht. Ihr könnt die Köpfe hören.«

Podrick stand der Mund offen. »Ich höre sie.«

Brienne vernahm es ebenfalls. Ein fernes, leises Murmeln, das aus dem Boden und aus der Burg zu kommen schien. Das Geräusch wurde lauter, als sie sich den Klippen näherten. Das Meer, begriff sie plötzlich. Die Wellen hatten unten Löcher in die Klippen gefressen und rauschten nun durch die Höhlen und Gänge unter der Erde. »Es gibt keine Köpfe«, sagte sie, »das sind nur die Wellen, die du flüstern hörst.«

»Wellen flüstern nicht. Es sind Köpfe.«

Die Burg war ohne Mörtel aus alten Steinen errichtet worden, von denen keiner dem anderen glich. Dickes Moos wuchs in den Spalten, und Bäume sprossen aus den Fundamenten. Die meisten alten Festungen hatten einen Götterhain. Dem Anschein nach hatte das Gewisper sonst kaum etwas. Brienne ließ ihre Stute bis zum Rand der Klippe gehen, wo die äußere Mauer eingestürzt war. Auf den zerbröckelten Steinen wuchs roter Giftefeu. Sie band das Pferd an einen Baum und wagte sich näher an den Abgrund heran. Fünfzig Fuß unter ihr umwirbelten die Wellen die Überreste eines eingestürzten Turms. Dahinter entdeckte sie den Eingang einer Höhle.

»Das ist der alte Leuchtturm«, sagte der Flinke Dick, der von hinten an sie herantrat. »Er ist eingestürzt, als ich halb so alt war wie Pod. Es gab mal eine Treppe hinunter zur Bucht, aber als die Klippe eingestürzt ist, wurde sie mitgerissen. Danach sind hier auch keine Schmuggler mehr gelandet. Sie konnten zwar noch mit den Booten in die Höhle rudern, aber weiter nicht. Seht Ihr?« Er legte ihr die Hand auf den Rücken und zeigte mit der anderen hinunter.

Briennes Haut kribbelte. *Ein Stoß, und ich bin unten bei dem Turm.* Sie trat zurück. »Nehmt die Hände von mir.«

Crabb verzog das Gesicht. »Ich wollte nur …«

»Es kümmert mich nicht, was Ihr *nur* wolltet. Wo ist das Tor?«

»Auf der anderen Seite.« Er zögerte. »Euer Narr, der ist doch nicht nachtragend, oder?«, fragte er nervös. »Ich meine, letzte Nacht habe ich nachgedacht, und ich denke, er könnte dem Flinken Dick vielleicht böse sein, weil ich ihm die Karte verkauft und nicht gesagt habe, dass die Schmuggler nicht mehr hier anlanden.«

»Mit dem Gold, das Ihr bekommen werdet, könnt Ihr ihm zurückgeben, was immer er Euch für Eure *Hilfe* gezahlt hat.« Brienne konnte sich nicht vorstellen, dass Dontos Hollard eine Bedrohung darstellte. »Wenn er überhaupt hier ist.«

Sie gingen um die Mauer herum. Die dreieckige Burg hatte an jedem Winkel einen quadratischen Turm. Das Tor war völlig verrottet. Als Brienne an dem einen Flügel zerrte, brach das Holz und löste sich in langen nassen Splittern, und das halbe Tor stürzte über ihr zusammen. Dahinter sah sie die gleiche grüne Düsternis wie überall. Der Wald hatte Breschen in die Mauer geschlagen und Bergfried und Hof erobert. Doch hinter dem Tor gab es ein Fallgitter, dessen Zähne sich tief in den schlammigen Boden gebohrt hatten. Das Eisen war rot vor Rost, doch es gab nicht nach, als Brienne daran rüttelte. »Dieses Tor hat seit langer Zeit niemand mehr benutzt.«

»Ich könnte hinüberklettern«, bot sich Podrick an. »Bei den Klippen. Wo die Mauer eingestürzt ist.«

»Zu gefährlich. Die Steine sehen locker aus, und der rote Efeu ist giftig. Es muss ein Seitentor geben.«

Sie entdeckten es an der Nordseite der Burg, halb verborgen

hinter einem riesigen Brombeergebüsch. Die Beeren waren sämtlich gepflückt, und jemand hatte die Hälfte der Sträucher abgehackt und so einen Pfad zur Tür freigehauen. Der Anblick der abgebrochenen Zweige erfüllte Brienne mit Unbehagen. »Hier ist erst kürzlich jemand gewesen.«

»Euer Narr und diese Mädchen«, sagte Crabb. »Ich habe es Euch doch gesagt.«

Sansa? Brienne mochte es nicht glauben. Selbst ein Säufer wie Dontos Hollard musste mehr Verstand haben, als das Mädchen in diese Ödnis zu führen. Irgendetwas an der Ruine machte sie unruhig. Sie würde das Stark-Mädchen hier nicht finden … aber wenigstens musste sie suchen. *Hier war jemand,* dachte sie. *Jemand, der sich verstecken musste.* »Ich gehe hinein«, sagte sie. »Crabb, Ihr kommt mit. Podrick, du bewachst die Pferde.«

»Ich will auch mitgehen. Ich bin ein Knappe. Ich kann kämpfen.«

»Deshalb möchte ich, dass du draußen wartest. Es könnten sich Geächtete im Wald herumtreiben. Wir dürfen die Pferde nicht unbewacht lassen.«

Podrick stieß mit dem Fuß gegen einen Stein. »Wie Ihr befehlt.«

Sie drängte sich durch die Brombeeren und zog an einem verrosteten Eisenring. Das Seitentor leistete einen Moment lang Widerstand, dann öffnete es sich, wobei die Angeln protestierend knarrten. Bei dem Geräusch stellten sich Brienne die Nackenhaare auf. Sie zog das Schwert. Trotz Kettenhemd und gekochtem Leder fühlte sie sich nackt.

»Geht weiter, M'lady«, drängte der Flinke Dick hinter ihr. »Worauf wartet Ihr? Der alte Crabb ist seit tausend Jahren tot.«

Worauf *wartete* sie? Brienne redete sich ein, dass sie sich töricht benahm. Das Geräusch war nur das Meer, das endlos durch die Höhlen unter der Burg hallte und mit jeder Welle an- und abschwoll. Es klang tatsächlich wie ein Wispern, und einen Moment lang konnte sie beinahe die Köpfe vor sich sehen, die in den Regalen lagen und miteinander tuschelten. »*Ich hätte das Schwert ziehen sollen!*«, sagte der eine. »*Ich hätte das magische Schwert ziehen sollen.*«

»Podrick«, sagte Brienne. »In meiner Schlafdecke ist ein Schwert mit Scheide eingewickelt. Bring es mir.«

»Ja, Ser. Mylady. Sofort.« Der Junge rannte davon.

»Ein Schwert?« Der Flinke Dick kratzte sich hinter dem Ohr. »Ihr habt ein Schwert in der Hand. Wozu braucht Ihr ein zweites?«

»Dieses ist für Euch.« Brienne hielt ihm das Heft hin.

»Ernsthaft?« Crabb streckte zögernd die Hand aus, als könnte die Klinge ihn beißen. »Die misstrauische Maid gibt dem alten Dick ein Schwert?«

»Wisst Ihr, wie man damit umgeht?«

»Ich bin ein Crabb.« Er riss ihr das Langschwert aus der Hand. »In mir fließt dasselbe Blut wie im alten Ser Clarence.« Er schlug durch die Luft und grinste sie an. »Manche sagen, das Schwert ist es, das den Lord macht.«

Als Podrick Payne zurückkehrte, hielt er Oathkeeper so vorsichtig in den Händen wie ein Kind. Der Flinke Dick stieß beim Anblick der verzierten Scheide mit den aufgereihten Löwenköpfen einen Pfiff aus, verstummte jedoch, als sie die Klinge herauszog und probeweise einen Hieb führte. *Sogar das Geräusch ist schärfer als das eines gewöhnlichen Schwertes.* »Kommt mit«, forderte sie Crabb auf. Sie schob sich seitlich durch den Nebeneingang und duckte sich, um sich nicht den Kopf am Torbogen zu stoßen.

Vor ihr lag der überwucherte Burghof. Zur Linken sah sie das Haupttor und die eingestürzten Außenmauern eines Gebäudes, das einst ein Stall gewesen sein mochte. Schösslinge sprossen aus der Hälfte der Stände und wuchsen durch die braun getrockneten Überreste des Strohdaches. Zur Rechten befand sich eine verrottete Holztreppe, die in die Dunkelheit eines Verlieses oder eines Rübenkellers hinuntergeführt haben mochte. Wo sich der

Wohnturm erhoben hatte, war ein Haufen mit grünem und purpurnem Moos überzogener Steine geblieben. Unkraut und Kiefernnadeln bedeckten den Hof. Überall wuchsen Soldatenkiefern in ehrwürdigen Reihen. In ihrer Mitte stand ein bleicher Fremder; ein schlanker junger Wehrholzbaum mit einem Stamm, so weiß wie eine klösterliche Jungfrau. Dunkelrote Blätter sprossen an den ausladenden Ästen. Dahinter sah Brienne die Leere von Himmel und Meer, wo die Mauer abgestürzt war …

… und die Überreste eines Feuers.

Das Gewisper nagte beharrlich an ihren Ohren. Brienne kniete neben der Feuerstelle nieder. Sie hob ein verkohltes Stück Holz auf, roch daran und stocherte in der Asche. *Hier hat gestern Nacht jemand versucht, sich warm zu halten. Oder einem vorbeifahrenden Schiff ein Zeichen zu geben.*

»Hallooo«, rief der Flinke Dick. »Ist hier irgendjemand?«

»Still«, befahl Brienne.

»Hier versteckt sich vielleicht jemand. Der sich erst zeigen will, nachdem er einen Blick auf uns geworfen hat.« Er ging zu der Treppe, die unter die Erde führte, und spähte in die Düsternis. »*Hallooo*«, rief er abermals. »Ist irgendwer dort unten?«

Brienne sah einen Schössling schwanken. Aus den Büschen glitt ein Mann hervor, der so mit Schmutz bedeckt war, dass man meinen mochte, er sei direkt aus der Erde gewachsen. Er hielt ein abgebrochenes Schwert in der Hand, doch es war eher sein Gesicht, das Brienne zögern ließ, die kleinen Augen und die breiten flachen Nasenflügel.

Sie kannte diese Nase. Sie kannte diese Augen. *Pyg,* hatten ihn seine Freunde genannt.

Alles schien sich innerhalb eines einzigen Herzschlags zu ereignen. Ein zweiter Mann glitt über den Rand des Brunnens und verursachte nicht mehr Geräusche als eine Schlange, die durch einen nassen Laubhaufen kriecht. Er trug einen eisernen Halbhelm, der mit schmutziger roter Seide umwickelt war, und hielt einen kurzen, dicken Wurfspeer in der Hand. Auch ihn kannte

Brienne. Hinter sich hörte sie ein Rascheln, als sich ein Kopf aus dem roten Laub der Äste hervorschob. Crabb stand unter dem Wehrbaum. Er blickte auf und sah das Gesicht. »Hier«, rief er Brienne zu. »Da ist Euer Narr.«

»Dick«, rief sie eindringlich, »zu mir.«

Shagwell ließ sich aus dem Wehrbaum fallen und lachte wiehernd. Er trug ein Narrengewand, doch es war so ausgeblichen und schmutzig, dass man mehr Braun als Grau oder Rosa sah. Anstelle einer Narrenkeule hielt er einen dreifachen Morgenstern, drei Stachelkugeln, die mit einer Kette an einem hölzernen Stiel befestigt waren. Den schwang er schnell und tief, und eines von Crabbs Knien zerbarst in Gischt aus Blut und Knochen. »*Das* ist lustig«, krähte Shagwell, als Dick zu Boden ging. Das Schwert, das sie ihm gegeben hatte, flog ihm aus der Hand und verschwand im Unkraut. Dick wand sich auf dem Boden, brüllte und umklammerte die Trümmer seines Knies. »Ach, seht nur«, sagte Shagwell, »es ist Schmuggler-Dick, der die Karte für uns gemacht hat. Bist du eigens den weiten Weg gekommen, um uns unser Gold zurückzugeben?«

»*Bitte*«, wimmerte Dick, »bitte nicht, mein Bein ...«

»Tut es weh? Ich kann dafür sorgen, dass es aufhört.«

»Lass ihn in Ruhe«, befahl Brienne.

»*NEIN!*«, kreischte Dick und hob die blutigen Hände schützend vor den Kopf. Shagwell wirbelte die Stachelkugeln einmal um seinen Kopf und ließ sie in Crabbs Gesicht niederkrachen. Ein grässliches Knirschen ertönte. In der anschließenden Stille hörte Brienne ihr eigenes Herz klopfen.

»Böser Shags«, sagte der Mann, der aus dem Brunnen gekrochen war. Als er Briennes Gesicht sah, lachte er. »Du schon wieder, Weib? Wie, bist du gekommen, um uns zur Strecke zu bringen? Oder vermisst du unsere freundlichen Gesichter?«

Shagwell tanzte und hüpfte von einem Fuß auf den anderen und ließ seinen Morgenstern kreisen. »Sie ist meinetwegen gekommen. Jede Nacht träumt sie von mir, wenn sie sich den Finger in die Spalte schiebt. Sie ist heiß auf mich, Junge, das große Pferd vermisst seinen lustigen Shags! Ich werde sie in den Arsch vögeln und mit buntem Narrensamen voll pumpen, bis sie einen kleinen Shagwell wirft.«

»Dazu musst du ein anderes Loch nehmen, Shags«, sagte Timeon mit seiner breiten dornischen Aussprache.

»Am besten nehme ich mir all ihre Löcher vor. Nur um sicherzugehen.« Er schob sich auf ihre rechte Seite, während Pyg sich von links heranschlich und sie so auf den zerklüfteten Rand der Klippe zudrängte. *Überfahrt für drei,* erinnerte sich Brienne. »Ihr seid nur zu dritt.«

Timeon zuckte mit den Schultern. »Wir sind alle unserer Wege gezogen, nachdem wir aus Harrenhal abgehauen sind. Urswyck und sein Haufen sind in Richtung Oldtown losgeritten. Rorge dachte, er könnte vielleicht in Saltpans hinausschlüpfen.« Der Dornische hob seinen Speer. »Du hast es Vargo mit diesem Biss schön besorgt. Sein Ohr wurde schwarz und hat angefangen zu eitern. Rorge und Urswyck waren dafür zu verschwinden, aber die Ziege hat gesagt, wir müssten seine Burg halten. Lord von Harrenhal sei er, hat er gesagt, niemand würde ihm das wegnehmen. Das hat er sabbernd verkündet, so wie er immer geredet hat. Wir haben gehört, der Berg habe ihn ganz langsam sterben lassen, Stück für Stück. Einen Tag eine Hand, am nächsten ein Fuß, sauber abgehackt. Sie haben die Stümpfe verbunden, damit Hoat nicht stirbt. Den Schwanz hat sich der Berg für den Schluss aufgehoben, aber irgendein Vogel hat ihn nach King's Landing gerufen, also hat er dem Ganzen ein Ende gemacht und ist davongeritten.«

»Ich bin nicht wegen euch hier. Ich suche nach …« Beinahe hätte sie *nach meiner Schwester* gesagt. »… nach einem Narren.«

»*Ich* bin ein Narr«, verkündete Shagwell fröhlich.

»Der falsche Narr«, platzte Brienne heraus. »Der, den ich suche, hat ein hochgeborenes Mädchen bei sich, die Tochter von Lord Stark von Winterfell.«

»Dann musst du den Bluthund finden«, meinte Timeon. »Der ist zufällig auch nicht hier. Nur wir.«

»Sandor Clegane?«, fragte Brienne. »Was meinst du damit?«

»Der hat das Stark-Mädchen. Wie ich gehört habe, war sie nach Riverrun unterwegs, und er hat sie sich geschnappt. Verdammter Köter.«

Riverrun, dachte Brienne. *Sie war nach Riverrun unterwegs. Zu ihren Onkeln.* »Woher weißt du das?«

»Hab's von einem aus Berics Haufen. Der Blitzlord sucht auch nach ihr. Er hat seine Männer ausgeschickt, die schnüffeln überall am Trident nach ihr herum. Wir sind zufällig drei von ihnen hinter Harrenhal begegnet, und aus dem einen haben wir die Geschichte herausgeholt, ehe er abgekratzt ist.«

»Er könnte gelogen haben.«

»Könnte er, hat er aber nicht. Später haben wir gehört, der Bluthund hätte drei Männer seines Bruders in einem Gasthaus an der Kreuzung erschlagen. Das Mädchen war bei ihm. Der Wirt hat es geschworen, ehe Rorge ihn umgebracht hat, und die Huren haben dasselbe gesagt. Ein hässlicher Haufen waren die. Nicht so hässlich wie du, wohlgemerkt, aber trotzdem …«

Er will mich ablenken, begriff Brienne, *will mich mit seiner Stimme einlullen.* Pyg schob sich näher heran. Shagwell machte einen Hüpfer in ihre Richtung. Sie wich vor ihnen zurück. *Die drängen mich von der Klippe, wenn ich nichts dagegen unternehme.* »Bleibt weg«, warnte sie.

»Ich glaube, ich werde dich in die Nase vögeln, Mädel«, verkündete Shagwell. »Wäre das nicht lustig?«

»Er hat einen sehr kleinen Schwanz«, erklärte Timeon. »Lass das hübsche Schwert fallen, und vielleicht sind wir dann nett zu dir, Weib. Wir brauchen Gold, um diese Schmuggler zu bezahlen, das ist alles.«

»Und wenn ich euch Gold gebe, lasst ihr uns ziehen.«

»Ja.« Timeon lächelte. »Nachdem du uns alle gevögelt hast. Wir werden dich bezahlen wie eine anständige Hure. Ein Silberstück für jeden Fick. Sonst nehmen wir dir dein Gold ab und schänden dich trotzdem und machen mit dir dasselbe, was der Berg mit Lord Vargo angestellt hat. Wofür entscheidest du dich?«

»Hierfür.« Brienne stürzte sich auf Pyg.

Er riss seine geborstene Klinge hoch, um sein Gesicht zu schützen, doch während er die Waffe hob, schlug sie tief zu. Oathkeeper biss durch Leder, Wolle, Haut und Muskeln in den Schenkel des Söldners. Pyg kippte nach hinten, als das Bein unter ihm nachgab. Sein Stummelschwert kratzte über ihr Kettenhemd, ehe er auf dem Rücken landete. Brienne durchbohrte ihm die Kehle, drehte die Klinge, zog sie heraus und fuhr gerade in dem Moment herum, als Timeons Speer an ihrem Gesicht vorbeizischte. *Ich habe nicht gezögert,* dachte sie, während rotes Blut über ihre Wange lief. *Habt Ihr gesehen, Ser Goodwin?* Sie spürte die Schnittwunde kaum.

»Du bist an der Reihe«, sagte sie zu Timeon, als der Dornische einen zweiten Speer hervorzog, kürzer und dicker als der erste. »Wirf nur.«

»Damit du zur Seite springst und mich angreifen kannst? Dann wäre ich bald so tot wie Pyg? Nein. Schnapp sie dir, Shags.«

»Schnapp sie dir doch selber«, gab Shagwell zurück. »Hast du gesehen, was sie mit Pyg gemacht hat? Die ist irre vom Mondblut.« Der Narr war hinter ihr, Timeon vor ihr. Gleichgültig, wie sie sich drehte, einen hatte sie im Rücken.

»Schnapp sie dir«, drängte Timeon, »dann kannst du ihre Leiche vögeln.«

»Oh, du liebst mich *wirklich.*« Der Morgenstern kreiste. *Entscheide dich für einen,* sagte Brienne sich. *Entscheide dich, und töte ihn rasch.* Dann kam aus dem Nichts ein Stein geflogen und traf Shagwell am Kopf. Brienne zögerte nicht. Sie warf sich auf Timeon.

Er war besser als Pyg, doch er hatte nur einen kurzen Wurfspeer und sie eine valyrische Stahlklinge. Oathkeeper erwachte in ihren Händen zum Leben. Nie zuvor war sie so schnell gewesen. Die Klinge wurde zu einem verschwommenen grauen Schemen. Timeon verwundete sie an der Schulter, als sie auf ihn losging, doch sie schlug ihm das Ohr und die halbe Wange ab, hackte die Spitze von seinem Speer und stieß ihm einen Fuß geriffelten Stahls durch das lange Kettenhemd in den Bauch.

Timeon versuchte noch immer weiterzukämpfen, als sie die Klinge aus ihm herauszog; durch die Hohlkehlen lief rotes Blut. Er griff zu seinem Gürtel und zog einen Dolch hervor, also schlug Brienne ihm die Hand ab. *Das war für Jaime.* »Mutter, sei gnädig«, keuchte der Dornische, während Blut aus seinem Mund quoll und aus seinem Armstumpf spritzte. »Bring es zu Ende. Schick mich nach Dorne zurück, du verdammtes Miststück.«

Und das tat sie.

Shagwell hockte auf den Knien, als sie sich umdrehte, er sah benommen aus und tastete nach dem Morgenstern. Als er taumelnd auf die Füße kam, traf ihn erneut ein Stein am Ohr. Podrick war auf die eingestürzte Mauer geklettert, stand mit finsterem Blick im Efeu und hielt schon den nächsten Stein in der Hand. »Ich habe Euch doch *gesagt*, dass ich kämpfen kann!«, rief er ihr zu.

Shagwell versuchte davonzukrabbeln. »Ich ergebe mich«, schrie der Narr. »Ich *ergebe mich.* Ihr dürft dem süßen Shagwell nicht wehtun, ich bin zu spaßig zum Sterben.«

»Du bist nicht besser als die anderen. Geraubt und geschändet und gemordet hast du.«

»Oh, ja, ja, das will ich nicht leugnen … aber ich bin *lustig*, mit meinen Späßen und Luftsprüngen. Ich bringe die Männer zum Lachen.«

»Und die Frauen zum Weinen.«

»Ist das meine Schuld? Frauen haben keinen Humor.«

Brienne senkte Oathkeeper. »Heb ein Grab aus. Dort, unter dem Wehrbaum.« Sie zeigte mit der Klinge auf die Stelle.

»Ich habe keinen Spaten.«

»Du hast zwei Hände.« *Eine mehr als Jaime.*

»Wozu die Mühe? Lasst sie für die Krähen liegen.«

»Timeon und Pyg mögen die Krähen fressen. Der Flinke Dick bekommt ein Grab. Er war ein Crabb. Das hier ist seine Burg.«

Der Boden war vom Regen aufgeweicht, dennoch brauchte der Narr den Rest des Tages, um tief genug zu graben. Die Nacht senkte sich bereits über die Burg, als er seine Arbeit beendete, und seine Hände waren blutig und voller Blasen. Brienne schob Oathkeeper in die Scheide zurück, hob Dick Crabb auf und trug ihn zu dem Loch. Sein Gesicht bot einen grauenhaften Anblick. »Es tut mir Leid, dass ich Euch nie getraut habe. Ich weiß nicht mehr, wie man das macht.«

Während sie sich hinkniete und die Leiche ablegte, dachte sie: *Jetzt wird der Narr es versuchen, während ich ihm den Rücken zukehre.*

Einen halben Herzschlag, bevor Podrick seine Warnung rief, hörte sie Shagwells rauen Atem. Der Narr hatte einen zackigen Steinbrocken in der Hand. Brienne hatte ihren Dolch im Ärmel.

Ein Dolch wird sich gegen einen Stein beinahe jedes Mal durchsetzen.

Sie schlug seinen Arm zur Seite und trieb ihm den Stahl in die Gedärme. »Lache!«, fauchte sie ihn an. Stattdessen stöhnte er. »Lache!«, wiederholte sie, packte seine Kehle mit einer Hand und stach ihm mit der anderen erneut in den Bauch. *»Lache!«* Wieder und wieder sagte sie es, bis ihre Hand bis zum Unterarm rot gefärbt war und der Gestank, den der Narr im Sterben verbreitete, ihr fast den Atem raubte. Aber Shagwell lachte nicht. Das Schluchzen, das Brienne hörte, stammte von ihr selbst. Als sie das bemerkte, warf sie das Messer hin und schauderte.

Podrick half ihr, den Flinken Dick in sein Loch zu legen. Als sie damit fertig waren, ging der Mond auf. Brienne rieb sich den Dreck von den Händen und warf zwei Drachen in das Grab.

»Warum habt Ihr das getan, Mylady? Ser?«, fragte Pod.

»Das war die Belohnung, die ich ihm versprochen habe, wenn wir den Narren finden.«

Gelächter erscholl hinter ihnen. Brienne riss Oathkeeper aus der Scheide und fuhr herum, da sie weitere Männer vom Blutigen Mummenschanz erwartete … doch es war nur Hyle Hunt, der mit gekreuzten Beinen auf der bröckelnden Mauer saß. »Wenn es in der Hölle Hurenhäuser gibt, wird der arme Tropf Euch dankbar sein«, rief der Ritter herunter. »Ansonsten ist es eine Verschwendung von gutem Gold.«

»Ich halte meine Versprechen. Was macht *Ihr* hier?«

»Lord Randyll hat mich gebeten, Euch zu folgen. Falls Ihr durch irgendeinen absonderlichen Zufall tatsächlich über Sansa Stark stolpert, soll ich sie ihm nach Maidenpool bringen, hat er mir aufgetragen. Keine Angst, mir wurde nicht befohlen, Euch etwas anzutun.«

Brienne schnaubte. »Als wärt Ihr dazu in der Lage.«

»Was werdet Ihr nun tun, Mylady?«

»Ihn zuschaufeln.«

»In Hinsicht auf das Mädchen, meinte ich. Lady Sansa.«

Brienne dachte einen Moment lang nach. »Sie war unterwegs nach Riverrun, wenn Timeon die Wahrheit gesagt hat. Irgendwo hat sie der Bluthund aufgelesen. Wenn ich ihn finde …«

»… bringt er Euch um.«

»Oder ich ihn«, erwiderte sie stur. »Helft Ihr mir, den armen Crabb zu begraben, Ser?«

»Kein wahrer Ritter könnte einer solchen Schönheit etwas abschlagen.« Ser Hyle stieg von der Mauer. Gemeinsam schoben sie die Erde auf den Flinken Dick, und während der Mond am Himmel höher stieg, wisperten die Köpfe vergessener Könige tief unter ihnen ihre Geheimnisse.

Die Königinmacherin

Unter der sengenden Sonne von Dorne maß man Reichtum nicht nur in Gold, sondern ebenso in Wasser, und jede Quelle wurde gut bewacht. Der Brunnen bei Shandystone war allerdings vor hundert Jahren versiegt, und seine Wächter hatten sich einen feuchteren Ort gesucht und ihre bescheidene Festung mit den kannelierten Säulen und dreifachen Bögen aufgegeben. Daraufhin waren die Sande herangekrochen, um zurückzuerobern, was ihnen gehörte.

Arianne Martell traf bei Sonnenuntergang, als der Westen ein Wandbehang aus Gold und Purpur war und die Wolken rot erstrahlten, mit Drey und Sylva ein. Die Ruinen schienen ebenfalls zu leuchten; die eingestürzten Säulen schimmerten rosa, rote Schatten erstreckten sich über die aufgebrochenen Steinböden, und die Sande selbst verfärbten sich von Gold zu Orange und dann in Purpur, während das Licht schwand. Garin war bereits vor einigen Stunden angekommen, und der Ritter namens Dunkelstern am Tage zuvor.

»Schön hier«, bemerkte Drey, während er Garin beim Tränken der Pferde half. Sie hatten Wasser mitgebracht. Die Sandrösser von Dorne waren schnell und ausdauernd und konnten noch viele Meilen zurücklegen, wenn andere Pferde längst aufgeben mussten, doch ohne Wasser konnten auch sie nicht laufen. »Woher kennt Ihr diesen Ort?«

»Mein Onkel hat mich einmal hergebracht, mit Tyene und Sarella.« Bei der Erinnerung daran lächelte Arianne. »Er hat Vipern gefangen und Tyene gezeigt, wie man ihnen am sichersten das Gift abzapft. Sarella hat Steine umgedreht und Sand von den

Mosaiken gefegt und wollte alles über die Menschen wissen, die einst hier gelebt haben.«

»Und was habt Ihr getan, Prinzessin?«, fragte Sprenkel-Sylva.

Ich habe neben dem Brunnen gesessen und so getan, als habe mich ein Raubritter verschleppt, um mit mir anzustellen, was er will, dachte sie, *ein großer harter Mann mit schwarzen Augen und spitzem Haaransatz.* Die Erinnerung erfüllte sie mit Beklommenheit. »Ich habe geträumt«, antwortete sie, »und als die Sonne unterging, habe ich zu Füßen meines Onkels gesessen und um eine Geschichte gebettelt.«

»Prinz Oberyn kannte jede Menge Geschichten.« Garin hatte sie an jenem Tag begleitet; er war Ariannes Milchbruder, und sie waren unzertrennlich gewesen, seit sie laufen konnten. »Er hat von Prinz Garin erzählt, daran erinnere ich mich, von dem, nach dem ich benannt wurde.«

»Garin der Große«, meinte Drey, »das Wunder von der Rhoyne.«

»Genau der. Er ließ Valyria erbeben.«

»Sie bebten«, erwiderte Ser Gerold, »und dann brachten sie ihn um. Wenn ich eine Viertelmillion Männer in den Tod führte, würden sie mich dann Gerold den Großen nennen?« Er schnaubte. »Ich bleibe lieber der Dunkelstern, denke ich. Zumindest gehört der Name mir.« Er zog sein Langschwert, setzte sich auf den Rand des versiegten Brunnens und begann, die Klinge mit einem Ölstein abzuziehen.

Arianne beobachtete ihn wachsam. *Er wäre hochgeboren genug, um einen würdigen Gatten abzugeben,* dachte sie. *Vater würde zwar an meinem Verstand zweifeln, aber unsere Kinder wären so schön wie die Drachenlords.* Wenn es einen ansehnlicheren Mann in Dorne gab, so kannte sie ihn nicht. Ser Gerold Dayne hatte eine Adlernase, hohe Wangenknochen und ein energisches Kinn. Sein Gesicht war glatt rasiert, doch das dichte Haar fiel wie ein silberner Gletscher bis zum Kragen herab, von einem mitternachtsschwarzen Streifen geteilt. *Um den Mund hat er einen grausamen*

Zug, und seine Zunge ist noch grausamer. Wie er so dasaß, sich in der untergehenden Sonne als Silhouette abzeichnete und seinen Stahl schärfte, sahen seine Augen schwarz aus, doch sie hatte sie schon in besserem Licht gesehen und wusste, dass sie purpurn waren. *Dunkelpurpurn. Dunkel und zornig.*

Er musste ihren Blick gespürt haben, denn er blickte von seinem Schwert auf, sah sie an und lächelte. Arianne fühlte Hitze in ihrem Gesicht aufsteigen. *Ich hätte ihn nicht mitnehmen sollen. Wenn er mir in Arys' Gegenwart einen solchen Blick zuwirft, wird Blut in den Sand fließen.* Wessen, vermochte sie nicht zu sagen. Der Tradition nach waren die Männer der Königsgarde die besten Ritter der Sieben Königslande … doch der Dunkelstern war der Dunkelstern.

In den dornischen Nächten wurde es auf den Sanden kalt. Garin sammelte Holz, ausgeblichene weiße Äste von Bäumen, die vor hundert Jahren vertrocknet und abgestorben waren. Drey schichtete das Brennmaterial auf und pfiff, während er mit einem Feuerstein Funken schlug.

Nachdem der Zunder aufgeflammt war, saßen sie um das Feuer und ließen einen Schlauch mit Sommerwein herumgehen … nur Dunkelstern zog es vor, ungesüßtes Zitronenwasser zu trinken. Garin erzählte angeregt die neuesten Geschichten aus der Plankenstadt an der Mündung des Greenblood, wo die Waisen des Flusses mit den Karacken, Koggen und Galeeren von jenseits der Meerenge Handel trieben. Wenn man den Seeleuten Glauben schenken durfte, war der Osten voller Wunder und Schrecken: eine Sklavenrevolte in Astapor, Drachen in Qarth, die Pest in Yi Ti. Auf den Basiliskeninseln hatte sich ein neuer Seeräuberkönig erhoben und Hohebaumstadt geplündert, und in Qohor hatten die Anhänger der roten Priester einen Aufstand angezettelt und versucht, die Schwarze Ziege niederzubrennen. »Und die Goldene Kompanie hat ihren Vertrag mit Myr gelöst, gerade als die Myrischen in den Krieg gegen Lys ziehen wollten.«

»Die Lyseni haben sie gekauft«, vermutete Sylva.

»Schlau von den Lyseni«, meinte Drey, »schlau und feige.«

Arianne wusste es besser. *Wenn Quentyn die Goldene Kompanie hinter sich hat …* »Unter dem Gold der bittere Stahl«, lautete ihr Schlachtruf. *Du wirst bitteren Stahl und mehr brauchen, Bruder, wenn du mich verdrängen willst.* Arianne war in Dorne beliebt, Quentyn hingegen nur wenigen bekannt. Daran konnte auch eine Söldnerkompanie nichts ändern.

Ser Gerold erhob sich. »Ich denke, ich gehe mal pissen.«

»Passt auf, wohin Ihr den Fuß setzt«, warnte Drey. »Es ist schon eine Weile her, seit Prinz Oberyn den Vipern hier zum letzten Mal das Gift abgezapft hat.«

»Ich wurde mit Gift von der Mutterbrust entwöhnt, Dalt. Jede Viper, die mich beißt, wird es bereuen.« Ser Gerold verschwand hinter einem eingestürzten Bogen.

Nachdem er gegangen war, wechselten die anderen Blicke. »Verzeiht mir, Prinzessin«, sagte Garin leise, »aber ich mag diesen Mann nicht.«

»Wie schade«, erwiderte Drey. »Ich glaube, er ist halb in Euch verliebt.«

»Wir brauchen ihn«, mahnte Arianne sie. »Vielleicht brauchen wir sein Schwert, ganz sicher aber brauchen wir seine Burg.«

»High Hermitage ist nicht die einzige Burg in Dorne«, wandte Sprenkel-Sylva ein, »und Ihr habt andere Ritter, die Euch lieben. Drey ist ein Ritter.«

»In der Tat«, beteuerte er. »Ich habe ein wunderbares Ross und ein feines Schwert, und was die Größe meines Mutes angeht, so stehe ich nur … wenigen nach.«

»Eher einigen wenigen Hundert, Ser«, gab Garin zurück.

Arianne überließ sie ihrem Geplänkel. Drey und Sprenkel-Sylva waren ihre besten Freunde, abgesehen von ihrer Kusine Tyene, und Garin hatte sie schon gehänselt, als sie noch von den Brüsten seiner Mutter getrunken hatte, doch im Augenblick war sie nicht zu Scherzen aufgelegt. Die Sonne war untergegangen, der Himmel stand voller Sterne. *So viele.* Sie lehnte sich mit dem Rücken an eine kannelierte Säule und fragte sich, ob ihr Bruder heute Nacht dieselben Sterne betrachtete, wo immer er auch sein mochte. *Hast du den weißen gesehen, Quentyn? Das ist Nymerias Stern, der hell brennt, und der milchige Streifen hinter ihr, das sind zehntausend Schiffe. Sie strahlte so hell wie jeder Mann, und so werde auch ich leuchten. Du wirst mich meines Geburtsrechts nicht berauben!*

Quentyn war sehr jung gewesen, als er nach Yronwood geschickt wurde; zu jung, wie ihre Mutter gemeint hatte. Norvoshi gaben ihre Kinder nicht als Mündel fort, und Lady Mellario hatte Prinz Doran niemals verziehen, dass er ihr den Sohn genommen hatte. »Mir gefällt das auch nicht besser als Euch«, hatte Arianne ihren Vater sagen hören, »aber es gibt eine Blutschuld, und Quentyn ist das einzige Entgelt, das Lord Ormond akzeptieren wird.«

»*Entgelt?*«, hatte ihre Mutter geschrien. »Er ist Euer *Sohn*. Was ist das für ein Vater, der sein eigenes Fleisch und Blut benutzt, um seine Schulden zu begleichen?«

»Ein Vater, der auch Prinz ist«, hatte Doran Martell geantwortet.

Prinz Doran gab noch immer vor, ihr Bruder sei bei Lord Yronwood, doch Garins Mutter hatte ihn in der Plankenstadt gesehen, wo er sich als Händler ausgab. Einer seiner Begleiter hatte ein Schielauge, genauso wie auch Cletus Yronwood, Lord Anders' ungehobelter Sohn. Ein Maester war mit ihnen gereist, ein Maester, der in Sprachen bewandert war. *Mein Bruder ist nicht so klug, wie er denkt. Ein kluger Mann wäre von Oldtown aus in See gestochen, wenn er eine längere Reise unternehmen will. In Oldtown hätte ihn niemand erkannt.* Arianne hatte Freunde unter den Waisen in der Plankenstadt, und manche waren neugierig geworden, warum ein Prinz und der Sohn eines Lords unter falschem Namen Überfahrt über die Meerenge suchten. Einer von ihnen war in der Nacht durch ein Fenster eingestiegen, hatte das

Schloss an Quentyns Kassette geöffnet und die Schriftrollen darin gefunden.

Arianne hätte viel dafür gegeben zu erfahren, dass die geheime Reise über die Meerenge allein auf Quentyns eigenes Betreiben geschah … doch die Pergamente, die er mit sich führte, waren mit der Sonne und dem Speer von Dorne versiegelt. Garins Vetter hatte nicht gewagt, die Siegel zu brechen, um sie zu lesen, doch …

»Prinzessin.« Ser Gerold Dayne stand halb im Sternenlicht und halb im Schatten hinter ihr.

»Wie war das Pissen?«, fragte Arianne kokett.

»Die Sande haben mir den gebührenden Dank erwiesen.« Dayne stellte den Fuß auf den Kopf einer Statue, die vielleicht die Jungfrau dargestellt hatte, bis der Sand ihr das Gesicht abgescheuert hatte. »Aber beim Pissen kam mir der Gedanke, dass Euer Plan Euch möglicherweise nicht das einbringen könnte, was Ihr anstrebt.«

»Und das wäre, Ser?«

»Die Befreiung der Sandschlangen. Rache für Oberyn und Elia. Habe ich das Lied richtig erkannt? Ihr wollt ein wenig Löwenblut schmecken.«

Das, und mein Geburtsrecht. Ich will Sunspear und den Sitz meines Vaters. Ich will Dorne. »Ich will Gerechtigkeit.«

»Nennt es, wie immer Ihr mögt. Das Lannister-Mädchen zu krönen ist eine leere Geste. Auf dem Eisernen Thron wird die Kleine niemals sitzen. Auch werdet Ihr so nicht den Krieg herbeiführen, auf den Ihr aus seid. So leicht lässt sich der Löwe nicht reizen.«

»Der Löwe ist tot. Wer weiß, welches von ihren Jungen die Löwin bevorzugt.«

»Das in ihrer Höhle.« Ser Gerold zog sein Schwert. Es glänzte im Sternenlicht, scharf wie Lügen. »So bekommt Ihr Euren Krieg. Nicht mit einer Krone aus Gold, sondern mit einer Klinge aus Stahl.«

Ich bin kein Kindermörder. »Steckt sie weg. Myrcella steht unter meinem Schutz. Und Ser Arys wird nicht zulassen, dass seiner kostbaren Prinzessin auch nur ein Haar gekrümmt wird, das wisst Ihr.«

»Nein, Mylady. Ich weiß nur eins: Daynes haben schon seit mehreren tausend Jahren Oakhearts getötet.«

Seine Arroganz raubte ihr den Atem. »Mir scheint, Oakhearts haben schon genauso lange Daynes umgebracht.«

»Wir haben eben alle unsere Familientraditionen.« Der Dunkelstern schob sein Schwert in die Scheide. »Der Mond geht auf, und ich sehe Euren Helden nahen.«

Er hatte scharfe Augen. Der Reiter auf dem großen grauen Zelter war in der Tat Ser Arys, dessen weißer Mantel stattlich hinter ihm flatterte, während er über den Sand sprengte. Prinzessin Myrcella saß hinter ihm auf dem Pferd, in eine Kapuzenrobe gehüllt, die ihre goldenen Locken verbarg.

Während Ser Arys ihr vom Pferd half, ging Drey vor ihr auf ein Knie nieder. »Euer Gnaden.«

»Meine Lehnsherrin.« Sprenkel-Sylva kniete neben ihm.

»Meine Königin, ich gehöre Euch.« Garin fiel auf beide Knie.

Verwirrt klammerte sich Myrcella an Arys Oakhearts Arm. »Warum nennen sie mich ›Euer Gnaden‹?«, fragte sie mit kläglicher Stimme. »Ser Arys, was für ein Ort ist dies, und wer sind diese Leute?«

Hat er ihr nichts erzählt? Arianne trat in einem Wirbel aus Seide vor und lächelte, um das Kind zu beruhigen. »Sie sind meine treuen und wahren Freunde, Euer Gnaden … und sie werden auch Eure Freunde sein.«

»Prinzessin Arianne?« Das Mädchen schlang die Arme um sie. »Warum nennen sie mich Königin? Ist Tommen etwas zugestoßen?«

»Er ist von bösen Männern umgeben, Euer Gnaden«, sagte Arianne, »und ich fürchte, sie haben sich mit ihm verschworen, Euch Euren Thron zu stehlen.«

»Meinen Thron? Meint Ihr den *Eisernen* Thron?« Die Verwirrung des Mädchens wurde noch größer. »Er hat ihn nicht gestohlen, Tommen ist …«

»Jünger als Ihr, nicht wahr?«

»Ich bin ein Jahr älter.«

»Das heißt, der Eiserne Thron gehört dem Gesetze nach Euch«, fuhr Arianne fort. »Euer Bruder ist noch ein kleiner Junge, ihm dürft Ihr nicht die Schuld geben. Er hat Berater … doch *Ihr* habt Freunde. Erweist Ihr mir die Ehre, sie vorzustellen?« Sie nahm das Kind an der Hand. »Euer Gnaden, ich gebe Euch Ser Andrey Dalt, den Erben von Lemonwood.«

»Meine Freunde nennen mich Drey«, sagte er, »und es wäre mir eine Ehre, wenn Euer Gnaden es ebenfalls so halten würden.«

Obwohl Drey ein offenes Gesicht hatte und unbefangen lächelte, betrachtete Myrcella ihn misstrauisch. »Bis ich Euch besser kenne, muss ich Euch *Ser* nennen.«

»Welchen Namen Euer Gnaden auch bevorzugt, ich gehöre Euch.«

Sylva räusperte sich, bis Arianne sagte: »Darf ich Euch Lady Sylva Santagar vorstellen, meine Königin? Meine teure Sprenkel-Sylva, die Erbin von Spottswood?«

»Warum nennt man Euch so?«, wollte Myrcella wissen.

»Wegen meiner Sommersprossen, Euer Gnaden«, antwortete Sylva, »obwohl alle vorgeben, sie täten es, weil ich die Erbin von Spotswood bin.«

Garin war als Nächster an der Reihe, ein geschmeidiger, dunkelhäutiger Bursche mit langer Nase und einem Jadestecker im Ohr. »Hier steht der fröhliche Garin von den Waisen, der mich stets zum Lachen bringt«, sagte Arianne. »Seine Mutter war meine Amme.«

»Mein Beileid zu ihrem Tod«, sagte Myrcella.

»Sie ist nicht tot, liebste Königin.« Garin ließ den Goldzahn aufblitzen, den Arianne ihm gekauft hatte, um jenen zu ersetzen, den sie ihm ausgeschlagen hatte. »Ich gehöre zu den Waisen vom Greenblood, das meint Mylady.«

Myrcella würde auf der Reise flussaufwärts noch Zeit genug finden, um die Geschichte der Waisen zu hören. Arianne führte die zukünftige Königin zum letzten Mitglied der kleinen Schar. »Zuletzt, wenn auch dem Mute nach an erster Stelle, gebe ich Euch Ser Gerold Dayne, einen Ritter von Starfall.«

Ser Gerold beugte das Knie. Das Mondlicht ließ seine dunklen Augen glänzen, während er das Kind kühl musterte.

»Es gab mal einen Arthur Dayne«, sagte Myrcella. »Er war Ritter der Königsgarde, in den Tagen des Irren Königs Aerys.«

»Er war das Schwert des Morgens. Er ist tot.«

»Seid Ihr jetzt das Schwert des Morgens?«

»Nein. Man nennt mich den Dunkelstern, und ich gehöre der Nacht.«

Arianne zog das Mädchen beiseite. »Ihr müsst hungrig sein. Wir haben Datteln, Käse und Oliven, und dazu Zitronensüß zu trinken. Ihr solltet allerdings nicht zu viel essen und trinken. Nach einer kleinen Rast müssen wir aufbrechen. Hier draußen in den Sanden ist die Nacht die beste Zeit zum Reisen, die Stunden, bevor die Sonne aufgeht. Das ist besser für die Pferde.«

»Und für die Reiter«, fügte Sprenkel-Sylva hinzu. »Kommt, Euer Gnaden, wärmt Euch auf. Ich würde mich geehrt fühlen, Euch zu bedienen.«

Während sie die Prinzessin zum Feuer führte, bemerkte Arianne Ser Gerold hinter sich. »Mein Haus besteht seit zehntausend Jahren, seit der Dämmerung der Zeiten«, beklagte er sich. »Warum ist mein Vetter Dayne der Einzige, an den sich alle erinnern?«

»Er war ein großer Ritter«, warf Ser Arys Oakheart ein.

»Er hatte ein großes Schwert«, erwiderte der Dunkelstern.

»Und ein großes Herz.« Ser Arys nahm Arianne am Arm. »Prinzessin, dürfte ich Euch vielleicht einen Moment sprechen?«

»Kommt.« Sie führte Ser Arys tiefer in die Ruine. Unter seinem Mantel trug der Ritter ein golddurchwirktes Wams, auf das die drei grünen Eichenblätter seines Hauses gestickt waren. Auf dem Kopf trug er einen leichten Helm aus Stahl, von einem gezackten Dorn gekrönt, um den nach dornischer Gepflogenheit ein gelbes Tuch gewickelt war. Er wäre als gewöhnlicher Ritter durchgegangen, hätte er nicht diesen Mantel getragen. Aus schimmernder weißer Seide war er, bleich wie das Mondlicht und luftig wie der Wind. *Er trägt unverkennbar den Umhang der Königsgarde, dieser ritterliche Narr.* »Wie viel weiß das Kind?«

»Wenig. Ehe wir King's Landing verließen, hat ihr Onkel ihr eingeschärft, dass ich ihr Beschützer sei und dass alles, wozu ich sie auffordere, ihrer Sicherheit dient. Sie hat auch die Menschen in den Straßen gehört, die nach Rache schreien. Dass das hier kein Spiel ist, weiß sie. Das Mädchen hat Mut und ist klüger, als man es in ihrem Alter erwarten dürfte. Sie hat alles getan, was ich von ihr verlangt habe, und keine Fragen gestellt.« Der Ritter nahm sie am Arm, blickte sich um und senkte die Stimme. »Es gibt allerdings Nachrichten, die Ihr erfahren müsst. Tywin Lannister ist tot.«

Das war ein Schock. »Tot?«

»Ermordet vom Gnom. Die Königin hat die Regentschaft übernommen.«

»Tatsächlich?« *Eine Frau auf dem Eisernen Thron?* Arianne dachte einen Moment lang darüber nach und entschied, das sei nur zum Besten. Wenn die Lords der Sieben Königslande sich an die Herrschaft von Königin Cersei gewöhnten, würde es ihnen viel leichter fallen, das Knie vor Königin Myrcella zu beugen. Und Lord Tywin war ein gefährlicher Gegner gewesen; ohne ihn würden Dornes Feinde sehr viel schwächer sein. *Lannisters bringen Lannisters um, wie schön.* »Was ist mit dem Zwerg geschehen?«

»Er ist geflohen«, antwortete Ser Arys. »Cersei bietet jedem den Titel eines Lords an, der ihr seinen Kopf bringt.« In einem gefliesten Innenhof, der halb unter Flugsand vergraben lag, drückte er sie an eine Säule, küsste sie und griff nach ihrer Brust.

Er küsste sie lange und leidenschaftlich und hätte ihr auch die Röcke hochgeschoben, wäre sie ihm nicht lachend entschlüpft. »Wie ich sehe, erregt Euch das Königinmachen, Ser, aber wir haben keine Zeit dafür. Später, das verspreche ich Euch.« Sie berührte seine Wange. »Hat es irgendwelche Probleme gegeben?«

»Nur Trystane. Er wollte an Myrcellas Bett sitzen und *Cyvasse* mit ihr spielen.«

»Die Rotflecken hatte er schon, als er vier war, habe ich Euch gesagt. Die bekommt man nur einmal. Ihr hättet behaupten sollen, Myrcella leide unter den Grauschuppen, das hätte ihn fern gehalten.«

»Den Jungen vielleicht, aber nicht den Maester Eures Vaters.«

»Caleotte«, sagte sie. »Wollte er sie untersuchen?«

»Nicht, nachdem ich die roten Flecken beschrieben hatte. Er sagte, man könne nichts tun, bis die Krankheit ihren Lauf genommen habe, dazu hat er mir ein Töpfchen mit Salbe gegeben, die den Juckreiz lindern soll.«

Niemand unter zehn war je an den Rotflecken gestorben, für Erwachsene jedoch konnte die Krankheit tödlich enden, und Maester Caleotte war als Kind nicht daran erkrankt. Arianne wusste dies, seit sie die Flecken selbst mit acht bekommen hatte. »Gut«, sagte sie. »Und die Zofe? Ist sie überzeugend?«

»Wenn man sie nicht gerade aus der Nähe ansieht. Der Gnom hat sie persönlich zu diesem Zwecke ausgewählt und ihr gegenüber vielen Mädchen von edlerer Geburt den Vorzug gegeben. Myrcella hat ihr geholfen, Locken in die Haare zu machen, und ihr die Flecken aufs Gesicht gemalt. Sie sind entfernt verwandt. In Lannisport wimmelt es von Lannys, Lannetts, Lantells und niederen Lannisters, und die Hälfte von ihnen hat dieses gelbe Haar. In Myrcellas Morgenrock und mit der Salbe des Maesters im Gesicht … sie hätte auch mich fast getäuscht, im Dämmerlicht zumindest. Es war viel schwieriger, einen Mann zu finden, der meine Stelle einnimmt. Dake ist ungefähr so groß wie ich, aber zu fett, also habe ich Rolder in meine Rüstung gesteckt und ihm gesagt, er soll das Visier heruntergeklappt lassen. Der Mann ist zwar drei Zoll kleiner als ich, aber vielleicht fällt das niemandem auf, solange ich nicht daneben stehe. Er wird jedenfalls in Myrcellas Zimmer bleiben.«

»Wir brauchen lediglich ein paar Tage. Dann ist die Prinzessin außerhalb der Reichweite meines Vaters.«

»Wo?« Er zog sie an sich heran und rieb das Gesicht an ihrem Hals. »Es ist an der Zeit, dass Ihr mich in den Rest des Plans einweiht, meint Ihr nicht?«

Sie lachte und schob ihn von sich. »Nein, es ist an der Zeit, dass wir uns auf den Weg machen.«

Der Mond hatte die Mondmaid gekrönt, als sie aus den staubigen Ruinen von Shandystone nach Südwesten aufbrachen. Arianne und Ser Arys übernahmen die Führung, Myrcella ritt auf einer munteren Stute zwischen ihnen. Garin folgte ihnen mit Sprenkel-Sylva dichtauf, während die beiden dornischen Ritter den Schluss bildeten. *Wir sind sieben,* fiel Arianne auf. Daran hatte sie zuvor nicht gedacht, doch es schien ein gutes Omen für ihre Sache zu sein. *Sieben Reiter auf dem Weg zum Ruhm. Eines Tages werden uns die Sänger unsterblich machen.* Drey hatte sich mehr Männer gewünscht, aber dadurch hätten sie nur unerwünschte Aufmerksamkeit auf sich gelenkt, und jeder zusätzliche Mann verdoppelte das Risiko eines Verrats. *So viel wenigstens hat mir mein Vater beigebracht.* Selbst als Doran Martell noch jünger und kräftiger gewesen war, hatte die Vorsicht sein Wesen geprägt, und er hatte viel auf Verschwiegenheit und Geheimhaltung gegeben. *Es wird Zeit, dass er seine Bürde niederlegt, aber ich werde keine Verletzung seiner Ehre oder seiner Person dulden.* Sie würde ihn in seine Wassergärten schicken, wo er die Jahre, die ihm noch blieben, inmitten lachender Kinder und umgeben vom Duft der Limonen und Orangen verbringen konnte. *Ja, und Quentyn kann ihm Gesellschaft leisten. Nachdem ich Myrcella gekrönt und die Sandschlangen befreit habe, wird sich ganz Dorne unter meinen Bannern sammeln.* Die Yronwoods würden sich für Quentyn erklären, sie allein stellten jedoch keine Bedrohung dar. Wenn sie zu Tommen und den Lannisters überliefen, würde sie die Yronwoods von Dunkelstern mit Stumpf und Stiel ausrotten lassen.

»Ich bin müde«, klagte Myrcella nach einigen Stunden im Sattel. »Ist es noch weit? Wohin reiten wir denn?«

»Prinzessin Arianne bringt Euer Gnaden an einen Ort, wo Ihr in Sicherheit seid«, versprach Ser Arys.

»Die Reise dauert lange«, sagte Arianne, »aber sie wird weniger beschwerlich, wenn wir den Greenblood erreicht haben. Dort treffen wir uns mit Freunden von Garin, den Waisen vom Fluss. Sie leben auf Booten und staken den Greenblood und seine Zuflüsse hinauf und hinunter, fischen und pflücken Obst und erledigen alle Arbeiten, die notwendig sind.«

»Ja«, rief Garin fröhlich, »und wir singen und tanzen und spielen auf dem Wasser, und wir verstehen sehr viel von Heilkunst. Meine Mutter ist die beste Hebamme in ganz Westeros, und mein Vater kann Warzen behandeln.«

»Wie könnt Ihr Waisen sein, wenn Ihr Mütter und Väter habt?«, fragte das Mädchen.

»Sie sind die Rhoynar«, erklärte Arianne, »und ihre ›Mutter‹ war der Fluss Rhoyne.«

Myrcella begriff nicht. »Ich dachte, *Ihr* wärt die Rhoynar. Ihr Dornischen, meine ich.«

»Zum Teil sind wir das auch, Euer Gnaden. Nymerias Blut fließt in meinen Adern, zusammen mit dem von Mors Martell, dem dornischen Lord, den sie geheiratet hat. An dem Tag, an dem sie sich vermählten, setzte Nymeria ihre Schiffe in Brand, damit ihr Volk verstand, dass es keine Möglichkeit zur Umkehr mehr gab. Die meisten freuten sich über die Flammen, denn die Reisen, die sie unternommen hatten, ehe sie in Dorne landeten, waren lang und voller Schrecken gewesen, und viele, viele, viele waren Opfer von Stürmen und Krankheiten geworden oder in Sklaverei geraten. Dennoch gab es manche, die um die Heimat trauerten. Ihr Herz hing nicht an diesem trockenen roten Land und seinem siebengesichtigen Gott, daher klammerten sie sich an die alten Sitten, zimmerten aus den Rümpfen der verbrannten Schiffe ihre Kähne und wurden zu den Waisen des Greenblood. Die ›Mutter‹ in ihren Liedern ist nicht *unsere* Mutter, sondern die Mutter Rhoyne, deren Wasser sie von der Morgendämmerung der Zeiten an genährt hat.«

»Ich habe gehört, die Rhoynar hätten einen Schildkrötengott«, sagte Ser Arys.

»Der Alte Mann vom Fluss ist einer der niederen Götter«, erklärte Garin. »Er wurde ebenfalls aus der Mutter Fluss geboren und hat gegen den Krebskönig gekämpft, um die Herrschaft über alle zu erlangen, die unter dem fließenden Wasser leben.«

»Oh«, sagte Myrcella.

»Wie mir zu Ohren kam, habt Ihr auch bereits einige mächtige Schlachten geschlagen, Euer Gnaden«, sagte Drey so freundlich wie möglich. »Es heißt, Ihr gewährt unserem tapferen Prinzen Trystane am *Cyvasse*-Tisch keine Gnade.«

»Er stellt seine Vierecke immer gleich auf, alle Berge nach vorn und die Elefanten in die Pässe«, sagte Myrcella. »Also schicke ich meinen Drachen los, damit er seine Elefanten frisst.«

»Und beherrscht Eure Zofe das Spiel ebenfalls?«, erkundigte sich Drey.

»Rosamund?«, fragte Myrcella. »Nein. Ich habe versucht, es ihr beizubringen, aber sie sagt, die Regeln sind zu schwer.«

»Ist sie auch eine Lannister?«, wollte Lady Sylva wissen.

»Eine Lannister aus *Lannisport*, nicht vom Casterly Rock. Ihr Haar hat die gleiche Farbe wie meins, aber es ist glatt und nicht lockig. Rosamund sieht mir eigentlich nicht besonders ähnlich, aber wenn sie meine Kleider trägt, wird jemand, der mich nicht kennt, uns kaum auseinander halten können.«

»Habt Ihr das schon einmal ausprobiert?«

»Oh, ja. Wir haben schon auf der *Seeschwalbe* auf dem Weg nach Braavos die Rollen getauscht. Septa Eglantine hat mein Haar braun gefärbt. Sie sagte, es wäre ein Spiel, aber in Wirklichkeit ging es um meine Sicherheit, falls das Schiff von meinem Onkel Stannis gekapert würde.«

Das Mädchen war offensichtlich sehr müde, also ließ Arianne Rast machen. Erneut tränkten sie die Pferde, ruhten sich ein wenig aus und aßen etwas Käse und Obst. Myrcella teilte sich eine Orange mit Sprenkel-Sylva, während Garin Oliven aß und die Kerne auf Drey spuckte.

Arianne hatte gehofft, den Fluss vor Sonnenaufgang zu erreichen, doch sie waren wesentlich später aufgebrochen als geplant, daher saßen sie noch im Sattel, als sich im Osten der Himmel rot färbte. Dunkelstern schloss im Galopp zu ihr auf. »Prinzessin«, sagte er, »ich würde ein höheres Tempo vorlegen, es sei denn, Ihr habt die Absicht, das Kind zu töten. Wir haben keine Zelte, und bei Tage sind die Sande grausam.«

»Ich kenne die Sande ebenso gut wie Ihr, Ser«, erwiderte sie. Dennoch befolgte sie seinen Rat. Es war hart für die Sandrösser, doch besser sechs Pferde verlieren als eine Prinzessin.

Bald schon trieb der heiße, trockene Wind aus Westen Sand vor sich her. Arianne zog sich den Schleier vors Gesicht. Er war aus schimmernder Seide genäht, hellgrün oben und gelb darunter, und die Farben verschmolzen miteinander. Kleine grüne Perlen verliehen dem Stoff Gewicht und rasselten beim Reiten leise.

»Ich weiß, warum meine Prinzessin einen Schleier trägt«, sagte Ser Arys, als sie ihn an den Bügeln ihres Kupferhelms befestigte. »Denn sonst würde ihre Schönheit die Sonne überstrahlen.«

Sie musste lachen. »Nein, Eure Prinzessin trägt einen Schleier, damit ihr das grelle Licht nicht in die Augen scheint und sie nicht so viel Sand einatmet. Ihr solltet meinem Beispiel folgen, Ser.« Sie fragte sich, wie lange ihr weißer Ritter über dieser schwerfälligen Galanterie gegrübelt hatte. Ser Arys war ein angenehmer Bettgefährte, aber mit großem Verstand war er nicht gesegnet.

Ihre Dornischen bedeckten die Gesichter ebenfalls, Sprenkel-Sylva half der kleinen Prinzessin, sich vor der Sonne zu verschleiern, doch Ser Arys blieb stur. Schon bald rann ihm der Schweiß über das Gesicht, und seine Wangen leuchteten rosa. *Eine Weile noch, dann kocht er in dieser schweren Kleidung,* dachte sie. Er wäre nicht der Erste. In den vergangenen Jahrhunderten waren viele Heere mit wehenden Bannern durch den Prinzenpass heruntergezogen, um dann in den heißen roten dornischen Sanden zu verdorren und zu rösten. »Das Wappen des Hauses Martell zeigte die Sonne und den Speer, die bevorzugten Waffen der Dornischen«, hatte der Junge Drache einst in seiner prahlerischen *Eroberung von Dorne* geschrieben, »aber von beiden ist die Sonne die tödlichere.«

Glücklicherweise mussten sie nicht die tiefen Sande, sondern nur ein Stück trockenes Land durchqueren. Als Ariane einen Falken erspähte, der hoch über ihnen im wolkenlosen Himmel seine Kreise zog, wusste sie, dass das Schlimmste hinter ihnen lag. Bald kamen sie an einem Baum vorbei. Zwar hatte das knorrige, verkümmerte Ding so viele Dornen wie Blätter und gehörte zu der Sorte, die man Sandbettler nannte, dennoch kündigte er an, dass sie nicht mehr weit von Wasser entfernt waren.

»Wir sind fast da, Euer Gnaden«, sagte Garin fröhlich zu Myrcella, als sie weitere Sandbettler vor sich erspähten, ein ganzes Dickicht, das an einem ausgetrockneten Bachbett wuchs. Die Sonne drosch auf sie ein wie ein glühender Hammer, doch das spielte keine Rolle mehr, da sich die Reise nun dem Ende näherte. Sie hielten erneut an, um die Pferde zu tränken, selbst einen kräftigen Schluck aus den Wasserschläuchen zu nehmen und ihre Schleier anzufeuchten, dann stiegen sie wieder in den Sattel und brachen zur letzten Etappe auf. Nach anderthalb weiteren Meilen ritten sie über Teufelsgras und an Olivenhainen vorbei. Hinter einer Reihe steiniger Hügel wuchs das Gras grüner und üppiger, und hier sahen sie die ersten Zitronengärten, die durch ein Spinnennetz alter Kanäle bewässert wurden. Garin entdeckte das schimmernde Grün des Flusses als Erster. Er stieß einen Schrei aus und preschte voran.

Arianne Martell hatte einmal den Mander überquert, als sie mit drei der Sandschlangen Tyenes Mutter besucht hatte. Verglichen mit jener mächtigen Wasserstraße, mochte man den Greenblood kaum mit dem Begriff Fluss ehren, und doch bildete er die Lebensader von Dorne. Den Namen bezog er vom dunklen Grün des träge fließenden Wassers; aber als sie jetzt näher kamen, schien das Sonnenlicht die Oberfläche in glänzendes Gold zu verwandeln. Selten hatte sie einen süßeren Anblick gesehen. *Der nächste Teil sollte gemächlich und leicht vonstatten gehen,* dachte sie, *den Greenblood und den Vaith hinauf, so weit uns ein Stechkahn bringen kann.* So hätte sie genug Zeit, Myrcella auf das vorzubereiten, was ihr bevorstand. Jenseits von Vaith warteten die tiefen Sande. Sie würden Hilfe aus Sandstone und dem Hellholt brauchen, um die Sande zu durchqueren, doch sie zweifelte nicht daran, dass sie ihr zuteil werden würde. Die Rote Viper war als Mündel in Sandstone gewesen, und Prinz Oberyns Buhle Ellaria Sand war eine uneheliche Tochter von Lord Uller; vier der Sandschlangen waren seine Enkelinnen. *Ich werde Myrcella im Hellholt krönen und dort meine Banner aufstellen.*

Anderthalb Meilen flussabwärts entdeckten sie das Boot, das unter den herabhängenden Ästen einer großen Weide versteckt war. Mit niedrigem Dach und ausladender Breite hatten die Stechkähne kaum nennenswerten Tiefgang; der Junge Drache hatte sie abschätzig als »Hütten auf Flößen« bezeichnet, doch das war ungerecht. Abgesehen von den ärmlichsten Waisenbooten, waren sie mit wunderbaren Schnitzereien und Malereien verziert. Dieses vor ihnen war in Grüntönen gehalten, hatte ein geschwungenes Holzruder in Form einer Meerjungfrau, und Fischgesichter spähten durch die Reling. Auf Deck herrschte ein Durcheinander aus Staken, Seilen und Gefäßen voller Olivenöl, und Eisenlaternen hingen an Bug und Heck. Arianne sah keine Waisen. *Wo ist die Mannschaft?*, fragte sie sich.

Garin zügelte sein Pferd neben der Weide. »Wacht auf, ihr fischäugigen Faulpelze«, rief er, während er aus dem Sattel sprang. »Eure *Königin* ist hier, und sie wünscht einen königlichen Empfang. Kommt her, kommt raus, wir haben Lieder und Süßwein. Mein Mund –«

Die Kajütentür des Stechkahns wurde aufgerissen. Ins Sonnenlicht trat Areo Hotah, die Langaxt in der Hand.

Garin blieb wie versteinert stehen. Arianne fühlte sich, als hätte die lange Axt sie in den Bauch getroffen. *So sollte es nicht enden. Das sollte nicht geschehen.* Als sie Drey sagen hörte: »Dieses Gesicht habe ich hier als Letztes zu sehen gehofft«, wusste sie, dass sie handeln musste. »*Fort!*«, rief sie und schwang sich wieder in den Sattel. »Arys, beschützt die Prinzessin –«

Hotah stieß den Schaft der Langaxt auf das Deck. Hinter der verzierten Reling des Stechkahns erhoben sich ein Dutzend Wachen, die mit Wurfspeeren oder Armbrüsten bewaffnet waren. Weitere erschienen auf dem Kajütendach. »Ergebt Euch, meine Prinzessin«, rief der Hauptmann, »sonst müssen wir auf Befehl Eures Vaters alle außer dem Kind und Euch töten.«

Prinzessin Myrcella saß reglos auf ihrem Pferd. Garin wich langsam und mit erhobenen Händen von dem Stechkahn zurück. Drey schnallte seinen Schwertgurt los. »Sich ergeben erscheint mir am weisesten«, rief er Arianne zu, während sein Schwert zu Boden fiel.

»*Nein!*« Ser Arys Oakheart lenkte sein Pferd zwischen Arianne und die Armbrüste, seine Klinge glänzte silbern in seiner Hand. Er hatte seinen Schild vom Rücken genommen und den linken Arm durch die Riemen geschoben. »Ihr werdet sie nicht bekommen, solange ich atme.«

Ihr leichtfertiger Narr, was glaubt Ihr, was Ihr tut? Mehr Zeit blieb Arianne nicht.

Dunkelstern lachte schallend. »Seid Ihr blind oder mit Torheit geschlagen, Oakheart? Es sind zu viele. Legt das Schwert nieder.«

»Tut, was er sagt, Ser Arys«, drängte Drey.

Wir sitzen in der Falle, hätte Arianne rufen können. *Euer Tod wird uns daraus nicht befreien. Wenn Ihr Eure Prinzessin liebt, ergebt Euch.* Doch als sie sprechen wollte, blieben ihr die Worte in der Kehle stecken.

Ser Arys Oakheart warf ihr einen letzten sehnsüchtigen Blick zu, dann gab er seinem Pferd die goldenen Sporen und griff an.

Er sprengte auf den Stechkahn zu, sein weißer Mantel wallte hinter ihm. Arianne Martell hatte noch nie etwas erlebt, das halb so mutig und halb so dumm gewesen wäre. »*Neiinn!*«, schrie sie, doch sie hatte die Sprache zu spät wiedergefunden. Eine Armbrust schnappte, dann eine zweite. Hotah brüllte einen Befehl. Auf so kurze Entfernung hätte die Rüstung des weißen Ritters genauso gut aus Pergament sein können. Der erste Bolzen durchschlug seinen schweren Schild und heftete ihn an seine Schulter. Der zweite streifte die Schläfe. Ein Wurfspeer traf Ser Arys' Pferd in die Flanke, dennoch preschte das Tier weiter und taumelte, als es die Laufplanke erreichte. »*Nein!*«, rief ein Mädchen, irgendein törichtes kleines Mädchen, »*nein, bitte, das sollte nicht geschehen.*« Sie hörte auch Myrcella schreien, schrill und voller Angst.

Ser Arys schlug mit dem Langschwert nach rechts und links, und zwei Speerwerfer gingen zu Boden. Das Pferd bäumte sich auf und trat einem Armbrustschützen, der gerade nachlud, ins Gesicht, die anderen hingegen schossen und fiederten das große Schlachtross mit ihren Bolzen. Die Wucht der Treffer warf das Pferd zur Seite. Die Beine gaben unter ihm nach, und es krachte auf das Deck. Irgendwie befreite sich Arys Oakheart. Er schaffte es sogar, sein Schwert in der Hand zu behalten. Neben dem sterbenden Tier kämpfte er sich auf die Knie hoch …

… und vor ihm stand Areo Hotah.

Der weiße Ritter hob die Klinge, doch zu langsam. Hotahs Langaxt trennte ihm den rechten Arm an der Schulter ab, drehte sich in einer Gischt aus Blut weiter und kam blitzend in einem beidhändig geführten Hieb zurück, der Arys Oakhearts Kopf vom Rumpf trennte und ihn durch die Luft wirbeln ließ. Das Haupt des Ritters landete im Schilf, und der Greenblood verschlang das Rot mit leisem Platschen.

Arianne erinnerte sich nicht daran, vom Pferd gestiegen zu sein. Vielleicht war sie heruntergefallen. Daran erinnerte sie sich allerdings auch nicht. Dennoch fand sie sich plötzlich auf Händen und Füßen im Sand wieder, und sie zitterte und schluchzte und erbrach ihr Abendmahl. *Nein! Nein! Nein!*, einen anderen Gedanken brachte sie nicht zustande, *niemandem sollte etwas zustoßen, es war alles geplant, ich war so vorsichtig.* Sie hörte Areo Hotah brüllen: »Ihm nach. Er darf nicht entkommen. *Ihm nach!*« Myrcella lag am Boden, jammerte, zitterte und hielt das bleiche Gesicht in den Händen, und Blut strömte durch ihre Finger. Arianne begriff nicht. Männer kletterten auf Pferde, während andere über sie und ihre Gefährten herfielen, doch das alles ergab keinen Sinn. Sie war in einen Traum gestürzt, einen entsetzlichen roten Albtraum. *Das kann nicht wirklich sein. Gleich wache ich auf und lache über meine nächtlichen Schrecken.*

Als man ihr die Hände auf den Rücken band, leistete sie keinen Widerstand. Eine der Wachen zerrte sie auf die Beine. Er trug die Farben ihres Vaters. Ein anderer bückte sich und zog das Wurfmesser, ein Geschenk ihrer Kusine Lady Nym, aus ihrem Stiefel.

Areo Hotah nahm es dem Mann ab und betrachtete es stirnrunzelnd. »Der Prinz sagte, ich muss Euch nach Sunspear zurückbringen«, verkündete er. Seine Wangen und seine Stirn waren mit Arys Oakhearts Blut gesprenkelt. »Es tut mir Leid, kleine Prinzessin.«

Arianne hob das tränenüberströmte Gesicht. »Wie konnte er davon wissen?«, fragte sie den Hauptmann. »Ich war so vorsichtig. Woher hat er es gewusst?«

»Jemand hat geplaudert.« Hotah zuckte mit den Schultern. »Irgendwer plaudert immer.«

ARYA

Jede Nacht vor dem Einschlafen murmelte sie ihr Gebet ins Kissen. »Ser Gregor«, ging es, »Dunsen, Raff der Liebling, Ser Ilyn, Ser Meryn, Königin Cersei.« Sie hätte auch die Namen der Freys vom Kreuzweg geflüstert, wenn sie sie gewusst hätte. *Eines Tages werde ich sie erfahren,* sagte sie sich, *und dann bringe ich sie alle um.*

Kein Flüstern war zu leise, um nicht im Haus von Schwarz und Weiß gehört zu werden. »Kind«, fragte der gütige Mann eines Tages, »was für Namen wisperst du da jede Nacht?«

»Ich wispere keine Namen«, erwiderte sie.

»Du lügst«, sagte er. »Alle Menschen lügen, wenn sie Angst haben. Manche erzählen viele Lügen, andere nur einige wenige. Manche haben nur eine einzige große Lüge, die sie so oft erzählen, dass sie fast selbst daran glauben … obwohl ein kleiner Teil von ihnen stets wissen wird, dass es eine Lüge ist und dass sie sich in ihrem Gesicht offenbaren wird. Sag mir, was es mit den Namen auf sich hat.«

Sie kaute auf ihrer Lippe. »Die Namen sind nicht wichtig.«

»Doch«, beharrte der gütige Mann. »Erzähl es mir, Kind.«

Erzähl es mir, oder wir jagen dich fort, hörte sie. »Das sind Menschen, die ich hasse. Ich wünsche mir ihren Tod.«

»Solcherlei Gebete hören wir viele in diesem Haus.«

»Ich weiß«, sagte Arya. Jaqen H'ghar hatte ihr drei dieser Gebete erfüllt. *Ich brauchte sie ihm nur zuzuflüstern, mehr nicht …*

»Bist du aus diesem Grund zu uns gekommen?«, fuhr der gütige Mann fort. »Um unsere Künste zu lernen, damit du die Männer töten kannst, die du hasst?«

Arya wusste nicht recht, was sie darauf antworten sollte. »Vielleicht.«

»Dann hast du den falschen Ort aufgesucht. Dir steht es nicht zu zu entscheiden, wer leben und wer sterben soll. Diese Gabe gehört Ihm mit den Vielen Gesichtern. Wir sind nur seine Diener und haben geschworen, seinen Willen auszuführen.«

»Oh.« Arya blickte zu den Statuen hinüber, die entlang der Wände standen und zu deren Füßen Kerzen glommen. »Welcher Gott ist er?«

»Nun, alle«, sagte der Priester in Schwarz und Weiß.

Er hatte ihr nie seinen Namen genannt. Das Gleiche galt für die Herrenlose, das kleine Mädchen mit den großen Augen und dem eingefallenen Gesicht, das Arya an ein anderes Mädchen namens Wiesel erinnerte. Wie Arya wohnte die Herrenlose unter dem Tempel, zusammen mit drei Akolythen, zwei Dienern und einer Köchin namens Umma. Umma redete gern viel, während sie arbeitete, aber Arya verstand kein Wort. Die anderen hatten keine Namen oder verrieten sie ihr jedenfalls nicht. Einer der Diener war sehr alt, sein Rücken war krumm wie ein Bogen. Der zweite hatte ein rotes Gesicht, und ihm wuchsen Haare aus den Ohren. Beide hielt sie für stumm, bis sie ihre Gebete hörte. Die Akolythen waren jünger. Der Älteste war so alt wie ihr Vater; die beiden anderen mochten nicht viel älter sein als Sansa, die ihre Schwester gewesen war. Die Akolythen trugen ebenfalls schwarz und weiß, doch ihre Gewänder hatten keine Kapuzen, und das Schwarz war auf der linken und das Weiß auf der rechten Seite. Bei dem gütigen Mann und der Herrenlosen verhielt es sich genau andersherum. Arya bekam Dienerkleidung: ein Hemd aus ungefärbter Wolle, eine Pluderhose, Leinenwäsche und Stoffpantoffeln für die Füße.

Nur der gütige Mann beherrschte die Gemeine Zunge. »Wer bist du?«, fragte er sie jeden Tag.

»Niemand«, antwortete sie dann, sie, die einst Arya aus dem Hause Stark gewesen war, Arya im Wege, Arya Pferdegesicht.

Sie war auch Arry gewesen und Wiesel und Jungtaube und Salty, Nan der Mundschenk, eine graue Maus, ein Schaf, der Geist von Harrenhal … aber nicht wirklich; nicht im Grunde ihres Herzens. Tief im Innersten war sie Arya von Winterfell, die Tochter von Lord Eddard Stark und Lady Catelyn, die früher Brüder namens Robb und Bran und Rickon und eine Schwester namens Sansa gehabt hatte, einen Schattenwolf, der Nymeria und einen Halbbruder, der Jon Snow hieß. Im Innersten war sie jemand … doch das war nicht die Antwort, die der gütige Mann hören wollte.

Ohne eine gemeinsame Sprache konnte sich Arya nicht mit den anderen unterhalten. Trotzdem hörte sie ihnen zu und wiederholte für sich die Worte, die sie mitbekam, während sie ihrer Arbeit nachging. Obwohl der jüngste Akolyth blind war, kümmerte er sich um die Kerzen. Er ging in weichen Pantoffeln durch den Tempel, umgeben vom Gemurmel der alten Frauen, die jeden Tag zum Beten kamen. Auch ohne Augen wusste er stets, welche Kerzen ausgegangen waren. »Er kann sich doch vom Geruch leiten lassen«, erklärte ihr der gütige Mann, »und da, wo die Kerzen brennen, ist die Luft wärmer.« Er sagte Arya, sie solle die Augen schließen und es selbst ausprobieren.

Sie beteten im Morgengrauen, vor dem Frühstück, und knieten um das stille schwarze Becken. An manchen Tagen sprach der gütige Mann das Gebet. An anderen die Herrenlose. Arya verstand nur wenige Worte Braavosi, diejenigen, die die Sprache mit dem Hochvalyrischen gemeinsam hatte. Also richtete sie ihr eigenes Gebet an den Vielgesichtigen Gott, jenes, das lautete: »Ser Gregor, Dunsen, Raff der Liebling, Ser Ilyn, Ser Meryn, Königin Cersei.« Sie betete stumm. Wenn der Vielgesichtige ein richtiger Gott war, würde er sie trotzdem hören.

Jeden Tag kamen Gläubige in das Haus von Schwarz und Weiß. Die meisten traten allein ein und blieben allein; sie entzündeten Kerzen an dem einen oder dem anderen Altar, beteten neben dem Becken, und manche weinten. Einige tranken aus dem schwarzen Becher und legten sich schlafen; die meisten tranken nicht. Es gab keine Andachten, keine Lieder, keine Lobgesänge zum Wohlgefallen des Gottes. Im Tempel herrschte niemals großer Andrang. Von Zeit zu Zeit bat ein Gläubiger darum, einen Priester zu sprechen, und der gütige Mann oder die Herrenlose führten denjenigen dann nach unten ins Allerheiligste, doch das geschah nicht oft.

Dreißig verschiedene Götter standen, umgeben von ihren kleinen Lichtern, entlang der Wände. Die Weinende war der Liebling der alten Frauen, stellte Arya fest; reiche Männer bevorzugten den Löwen der Nacht, Arme den Wanderer mit der Kapuze. Soldaten entzündeten ihre Kerze für Bakkalon das Bleiche Kind, Seeleute hingegen für die Mondbleiche Jungfrau und für den Meerlingkönig. Der Fremde hatte ebenfalls einen Altar, den jedoch selten jemand besuchte. Meistens flackerte nur eine einzige Kerze zu seinen Füßen. Der gütige Mann sagte, es spiele keine Rolle. »Er hat viele Gesichter und viele Ohren zum Hören.«

Die Kuppe, auf welcher der Tempel stand, war von Gängen durchlöchert, die aus dem Fels gehauen waren. Die Priester und Akolythen hatten ihre Schlafzellen auf der ersten Ebene, Arya und die Diener auf der zweiten. Die unterste Ebene durfte außer den Priestern niemand betreten. Dort befand sich das Allerheiligste.

Wenn sie nicht arbeitete, durfte sich Arya frei in den Gewölben und Kammern bewegen, solange sie den Tempel nicht verließ oder in den dritten Keller hinunterstieg. Sie entdeckte einen Raum mit Waffen und Rüstungen: verzierte Helme und seltsame alte Brustpanzer, Langschwerter, Dolche und Messer, Armbrüste und lange Speere mit blattförmigen Spitzen. Ein anderes Gewölbe quoll über von Kleidungsstücken, von dicken Pelzen und prächtigen Seiden in einem halben Hundert Farben, von Haufen mit stinkenden Lumpen und fadenscheinigen groben Stoffen. *Es muss auch eine Schatzkammer geben,* überlegte sich Arya. Sie stellte sich Stapel goldener Teller vor, Beutel voller

Silbermünzen, Saphire, so blau wie das Meer, Schnüre, auf denen dicke grüne Perlen aufgezogen waren.

Eines Tages kam der gütige Mann unerwartet vorbei und fragte, was sie mache. Sie erzählte ihm, dass sie sich verirrt habe.

»Du lügst. Schlimmer noch, du lügst *schlecht*. Wer bist du?«

»Niemand.«

»Schon wieder eine Lüge.« Er seufzte.

Weese hätte sie blutig geprügelt, wenn er sie bei einer Lüge ertappt hätte, doch im Haus von Schwarz und Weiß war das anders. Wenn sie in der Küche half, gab ihr Umma manchmal einen Klaps mit dem Löffel, wenn sie im Weg stand, doch die Köchin erhob nie die Hand gegen sie. *Sie heben die Hand nur, um zu töten,* dachte sie.

Sie kam gut mit der Köchin zurecht. Umma drückte ihr ein Messer in die Hand und zeigte auf eine Zwiebel, und Arya hackte sie. Umma schob sie zu einem Berg von Teig, und Arya knetete ihn, bis die Köchin Halt sagte (*Halt* war das erste Braavosi-Wort, das sie lernte). Umma reichte ihr einen Fisch, und Arya entgrätete und filetierte ihn und wälzte ihn in den Nüssen, die die Köchin zerstieß. Im Brackwasser, das Braavos umgab, wimmelte es von Fischen und Schalentieren jeder Art, erklärte ihr der gütige Mann. Ein langsam fließender Fluss mündete im Süden in die Lagune und durchzog weite Schilfflächen, Gezeitentümpel und Watt. Klaffmuscheln und Herzmuscheln gab es im Überfluss; Miesmuscheln und Moschusfisch, Frösche und Schildkröten, Schlammkrabben und Leopardenkrabben und Kletterkrabben, rote Aale, schwarze Aale, gestreifte Aale, Neunaugen und Austern; alle kamen sie häufig auf den geschnitzten Holztisch, an dem die Diener des Vielgesichtigen Gottes ihre Mahlzeiten einnahmen. An manchen Abenden würzte Umma den Fisch mit Meersalz und zerdrückten Pfefferkörnern, oder sie kochte die Aale mit gehacktem Knoblauch. Von Zeit zu Zeit verwendete die Köchin sogar Safran. *Heiße Pastete hätte es hier gefallen,* dachte Arya.

Das Abendessen war ihre Lieblingszeit. Es war schon eine Weile her, seit Arya jede Nacht mit vollem Bauch zu Bett gegangen war. An manchen Abenden erlaubte ihr der gütige Mann, ihm Fragen zu stellen. Einmal wollte sie wissen, warum die Menschen, die den Tempel aufsuchten, immer so friedlich wirkten; zu Hause hatten die Menschen immer Angst vor dem Sterben gehabt. Sie erinnerte sich an den pickeligen Knappen, der geweint hatte, als sie ihm den Stich in den Bauch versetzt hatte, und daran, wie Ser Armory Lorch um sein Leben gefleht hatte, als die Ziege ihn in die Bärengrube hatte stoßen lassen. Auch das Dorf am God's Eye fiel ihr ein, das Schreien und Kreischen und Wimmern der Dorfbewohner, wenn der Kitzler anfing, sie nach Gold zu befragen.

»Der Tod ist nicht das Schlimmste«, erwiderte der gütige Mann. »Er ist Seine Gabe an uns, ein Ende von Armut und Schmerz. An dem Tag, an dem wir geboren werden, schickt der Vielgesichtige Gott jedem von uns einen dunklen Engel, der uns auf dem Gang durchs Leben begleitet. Wenn unsere Sünden oder unsere Leiden zu unerträglich werden, nimmt uns der Engel bei der Hand und führt uns in die Länder der Nacht, wo die Sterne ewig hell leuchten. Jene, die kommen, um aus dem schwarzen Becher zu trinken, suchen nach ihren Engeln. Wenn sie Angst haben, spenden die Kerzen ihnen Trost. Woran denkst du, wenn du unsere brennenden Kerzen riechst, mein Kind?«

Winterfell, hätte sie sagen können. *Ich rieche Schnee und Rauch und Kiefernnadeln. Ich rieche Ställe. Ich rieche Hodors Lachen und Jon und Robb, die im Hof fechten, und Sansa, die ein Lied über irgendeine dumme holde Lady singt. Ich rieche die Gruft, wo die steinernen Könige sitzen, ich rieche heißes Brot im Ofen, ich rieche den Götterhain. Ich rieche meine Wölfin, ihr Fell, fast so, als würde sie neben mir sitzen.* »Ich rieche gar nichts«, antwortete sie, um zu sehen, was er sagen würde.

»Du lügst«, gab er zurück, »aber behalte deine Geheimnisse für dich, wenn du möchtest, Arya aus dem Hause Stark.« So nannte er sie nur, wenn sie ihn verärgerte. »Du weißt, dass du diesen Ort verlassen kannst. Du bist keine von uns, noch nicht. Du kannst jederzeit gehen, wenn du möchtest.«

»Ihr habt gesagt, wenn ich gehe, kann ich nicht wiederkommen.«

»Genau.«

Dieses Wort machte sie traurig. *Syrio hat auch oft »genau« gesagt,* erinnerte sich Arya. *Er hat es andauernd gesagt.* Syrio Forel hatte ihr den Umgang mit Needle beigebracht und sein Leben für sie gegeben. »Ich will nicht gehen.«

»Dann bleib ... aber vergiss nicht, das Haus von Schwarz und Weiß ist kein Heim für Waisen. Alle Menschen unter diesem Dach müssen dienen. *Valar dohaeris* sagen wir hier dazu. Bleib, wenn du möchtest, aber wisse, wir verlangen Gehorsam von dir. Zu jeder Zeit und in jeder Hinsicht. Wenn du nicht gehorchen kannst, musst du uns verlassen.«

»Ich kann gehorchen.«

»Wir werden sehen.«

Sie hatte noch andere Aufgaben, außer Umma zu helfen. Sie kehrte den Fußboden des Tempels; sie trug beim Essen auf und schenkte ein; sie sortierte die Haufen von Kleidung der Toten, leerte ihre Geldbeutel und zählte die Stapel der eigentümlichen Münzen. Jeden Morgen begleitete sie den gütigen Mann auf seinem Rundgang durch den Tempel, um die Toten zu suchen. *Leise wie ein Schatten,* sagte sie zu sich und erinnerte sich an Syrio. Sie trug eine Laterne mit einer dicken Eisenblende. Bei jeder Nische öffnete sie die Blende einen Schlitz weit und hielt nach Leichen Ausschau.

Die Toten waren nicht schwer zu finden. Sie kamen in das Haus von Schwarz und Weiß, beteten eine Stunde oder einen Tag oder ein Jahr lang, dann tranken sie das süße dunkle Wasser aus dem Becken und streckten sich auf einem der Steinbetten hinter dem einen oder dem anderen Gott aus. Sie schlossen die Augen, schliefen ein und erwachten niemals wieder. »Das Geschenk des Vielgesichtigen Gottes nimmt Myriaden von Formen an«, erzählte ihr der gütige Mann, »aber hier zeigt es sich stets milde.« Wenn sie eine Leiche fanden, sprach er ein Gebet und vergewisserte sich, dass alles Leben den Betreffenden verlassen hatte, und Arya holte die Diener, deren Aufgabe es war, die Toten in die Kellergewölbe zu tragen. Dort zogen die Akolythen die Leiche aus und wuschen sie. Die Kleidung der Toten sowie ihr Geld und ihre Wertsachen wurden in einem großen Behältnis gesammelt, um sie später zu sortieren. Das kalte Fleisch wurde nach unten in das Allerheiligste gebracht, wo nur die Priester Zutritt hatten; was dort vor sich ging, durfte Arya nicht wissen. Einmal, als sie ihr Abendessen zu sich nahm, keimte plötzlich ein fürchterlicher Verdacht in ihr, und sie legte ihr Messer hin und starrte das helle Fleisch auf ihrem Teller misstrauisch an. Der gütige Mann las ihr das Entsetzen vom Gesicht ab. »Das ist Schweinefleisch, Kind«, sagte er, »nur Schweinefleisch.«

Ihr Bett war aus Stein und erinnerte sie an Harrenhal und das Bett, in dem sie geschlafen hatte, als sie für Weese Treppen schrubben musste. Die Matratze war mit Lumpen gefüllt, nicht mit Stroh, deshalb war sie klumpiger als die in Harrenhal, pikte jedoch nicht so sehr. Arya durfte sich so viele Decken nehmen, wie sie wollte, rote und grüne und karierte. Und ihre Zelle hatte sie für sich allein. Dort bewahrte sie ihre Schätze auf: die Silbergabel und den Schlapphut und die fingerlosen Handschuhe, die ihr die Seeleute auf der *Tochter des Titans* geschenkt hatten, ihren Dolch, ihre Stiefel und ihren Gürtel, ihren kleinen Vorrat an Münzen, die Kleider, die sie getragen hatte …

Und Needle.

Obwohl ihre Pflichten ihr wenig Zeit für Needle ließen, übte sie, wann immer sie konnte und duellierte sich im Schein einer blauen Kerze mit ihrem Schatten. Eines Nachts kam die Herrenlose zufällig vorbei und sah Arya beim Fechten. Das Mädchen sagte kein Wort, am nächsten Tag jedoch führte der gütige Mann

Arya in ihre Zelle. »Du musst dich von diesen Dingen trennen«, sagte er und meinte ihre Schätze.

Arya war niedergeschlagen. »Die Sachen gehören mir.«

»Und wer bist du?«

»Niemand.«

Er nahm ihre Silbergabel in die Hand. »Die gehört Arya aus dem Hause Stark. All diese Dinge gehören ihr. Für diese Sachen ist hier kein Platz. Und auch nicht für Arya aus dem Hause Stark. Ihr Name ist zu stolz, und für Stolz haben wir ebenfalls keinen Platz. Wir sind Diener.«

»Ich diene«, erwiderte sie verletzt. Die Silbergabel gefiel ihr.

»Du spielst nur, eine Dienerin zu sein, aber tief in deinem Herzen bist du die Tochter eines Lords. Du hast andere Namen angenommen, aber du hast sie so leichtfertig getragen wie ein Kleid. Unter ihnen versteckte sich stets Arya.«

»Ich trage keine *Kleider*. In einem blöden *Kleid* kann man nicht kämpfen.«

»Warum solltest du kämpfen? Bist du ein Braavo, der durch die Gassen stolziert und auf Blut aus ist?« Er seufzte. »Ehe du aus dem kalten Becher trinkst, musst du alles, was du bist, Ihm mit den Vielen Gesichtern opfern. Deinen Körper. Deine Seele. *Dich selbst.* Wenn du dich dazu nicht überwinden kannst, musst du diesen Ort verlassen.«

»Die Eisenmünze –«

»– hat für die Überfahrt gereicht. Von nun an musst du mit deinen eigenen Mitteln bezahlen, und der Preis ist hoch.«

»Ich habe kein Gold.«

»Was wir anbieten, kann niemand mit Gold kaufen. Der Preis ist alles von dir. Menschen schlagen viele Pfade durch dieses Tal des Jammers und des Leids ein. Der Unsere ist der schwierigste. Wenigen ist es bestimmt, ihm zu folgen. Er erfordert ungewöhnliche Stärke von Leib und Seele, und zudem ein Herz, das gleichermaßen hart und stark sein muss.«

Ich habe ein Loch an der Stelle, wo mein Herz sein sollte, dachte sie, *und ich habe keinen anderen Ort, wohin ich gehen kann.* »Ich bin stark. So stark wie Ihr. Ich bin hart.«

»Du glaubst, dies sei der einzige Ort für dich.« Es war, als hätte sie ihre Gedanken laut ausgesprochen. »Da irrst du. Im Haus eines Händlers würdest du eine angenehmere Arbeit finden. Oder möchtest du lieber Kurtisane werden, damit man Lieder über deine Schönheit singt? Sag es nur, und wir schicken dich zur Schwarzen Perle oder zur Tochter der Dämmerung. Dort wirst du auf Rosenblüten schlafen und seidene Röcke tragen, die bei jeder Bewegung rascheln, und große Lords werden sich für dein Jungfrauenblut an den Bettelstab bringen. Oder wenn du dich nach Heirat und Kindern sehnst, nur heraus damit, und wir finden einen Gemahl für dich. Einen ehrlichen Lehrjungen, einen reichen alten Mann, einen Seefahrer, was immer du dir wünschst.«

Nichts davon wollte sie. Wortlos schüttelte sie den Kopf.

»Träumst du von Westeros, Kind? Luco Prestayns *Strahlende Lady* läuft morgen aus, nach Gulltown, Duskendale, King's Landing und Tyrosh. Sollen wir auf dem Schiff einen Platz für dich finden?«

»Ich *komme* doch gerade aus Westeros.« Manchmal hatte sie das Gefühl, es seien schon tausend Jahre vergangen, seit sie aus King's Landing geflohen war, und dann wieder kam es ihr vor wie gestern, doch sie wusste, zurück konnte sie nicht. »Ich werde fortgehen, wenn Ihr mich nicht mehr hier haben wollt, aber nicht *dorthin*.«

»Meine Wünsche spielen keine Rolle«, erwiderte der gütige Mann. »Vielleicht hat der Vielgesichtige Gott dich hergeführt, damit du zu Seinem Werkzeug wirst, aber wenn ich dich so anschaue, sehe ich ein Kind … und schlimmer noch, ein Mädchen. Im Laufe der Jahrhunderte haben Ihm mit den Vielen Gesichtern etliche gedient, aber nur wenige Seiner Diener waren Frauen. Frauen bringen Leben in die Welt. Wir bringen das Geschenk des Todes. Niemand kann beides.«

Er versucht, mich zu vertreiben, dachte Arya, *genauso wie mit dem Wurm.* »Das ist mir gleich.«

»Das sollte dir aber nicht gleich sein. Bleib hier, und der Vielgesichtige Gott wird deine Ohren nehmen, deine Nase, deine Zunge. Er wird deine traurigen grauen Augen nehmen, die so viel gesehen haben. Er wird deine Hände, deine Füße, deine Arme und deine Beine nehmen, dein Geschlecht. Er nimmt deine Hoffnungen und deine Träume, deine Liebe und deinen Hass. Wer in Seinen Dienst eintritt, muss alles aufgeben, was ihn zu dem macht, der er ist. Kannst du das?« Er legte ihr die Hand unter das Kinn und sah ihr tief in die Augen, so tief, dass sie erschauerte. »Nein«, sagte er, »ich glaube, das kannst du nicht.«

Arya schlug seine Hand zur Seite. »Ich könnte, wenn ich *wollte.*«

»Das sagt Arya aus dem Hause Stark, die sogar Grabwürmer isst.«

»Ich kann *alles* aufgeben, was ich will!«

Er deutete auf ihre Schätze. »Dann fang damit an.«

An diesem Abend ging Arya nach dem Essen in ihre Zelle, zog ihre Robe aus und flüsterte ihre Namen, doch der Schlaf wollte sich nicht einstellen. Sie warf sich auf ihrer Lumpenmatratze von einer Seite auf die andere und nagte an ihrer Unterlippe. An der Stelle in ihrem Innern, wo sich einst ihr Herz befunden hatte, spürte sie das Loch.

In tiefschwarzer Nacht stand sie wieder auf, zog die Kleider an, die sie auf dem Weg von Westeros hierher getragen hatte, und schnallte sich den Schwertgurt um. Needle hing an einer Hüfte, der Dolch an der anderen. Sie setzte den Schlapphut auf, steckte die fingerlosen Handschuhe in den Gürtel, nahm die Silbergabel in die Hand und stahl sich die Treppe hinauf. *Das hier ist nicht der rechte Ort für Arya aus dem Hause Stark,* dachte sie. Aryas Platz war in Winterfell, aber Winterfell gab es nicht mehr. *Wenn der Schnee fällt und die weißen Winde wehen, stirbt der einsame Wolf, doch das Rudel überlebt.* Sie jedoch hatte kein Rudel. Ihr Rudel hatten sie umgebracht. Ser Ilyn und Ser Meryn und die Königin, und als sie sich ein neues hatte suchen wollen, hatten sie alle im Stich gelassen, Heiße Pastete und Gendry und Yoren und Lommy Grünhand, sogar Harwin, der ein Mann ihres Vaters gewesen war. Sie schob sich durch die Flügeltür hinaus in die Nacht.

Zum ersten Mal, seit sie den Tempel betreten hatte, war sie im Freien. Der Himmel war bewölkt, und Nebel hatte sich wie eine ausgefranste graue Decke über den Boden gelegt. Rechts hörte sie Ruderschläge vom Kanal. *Braavos, die Geheime Stadt,* dachte sie. Der Name erschien ihr ausgesprochen passend. Sie schlich die steile Treppe zu dem überdachten Anleger hinunter, und der Nebel waberte um ihre Beine. Im dichten Dunst konnte sie das Wasser nicht sehen, doch sie hörte, wie es leise an die Steinpfeiler schwappte. In der Ferne brannte ein Licht im Dunkel: das Nachtfeuer am Tempel der roten Priester, dachte sie.

Am Rande des Kanals blieb sie mit der Silbergabel in der Hand stehen. Sie war aus echtem Silber, durch und durch massiv. *Das ist nicht meine Gabel. Salty hat sie geschenkt bekommen.* Sie schleuderte die Gabel fort und hörte das leise *Plumps,* mit dem sie im Wasser versank.

Ihr Schlapphut folgte als Nächstes, dann die Handschuhe. Die gehörten ebenfalls Salty. Sie leerte ihren Geldbeutel in die Hand: fünf Silberhirschen, neun Kupfersterne, einige Pfennige, halbe Pfennige und Groschen. Sie verstreute die Münzen im Wasser. Nun waren die Stiefel dran. Sie platschten am lautesten. Schließlich der Dolch, den sie dem Bogenschützen abgenommen hatte, der den Bluthund um Gnade angefleht hatte. Ihr Schwertgurt fiel in den Kanal. Ihr Mantel, ihr Hemd, die Hose, die Leibwäsche, alles. Alles außer Needle.

Sie stand am Rande des Anlegers im Nebel, blass, zitternd und mit Gänsehaut überzogen. Needle lag in ihrer Hand und schien ihr etwas zuzuflüstern. *Zustechen mit dem spitzen Ende,* wisperte das Schwert, und: *Sag Sansa nichts davon.* Mikkens Zeichen war auf der Klinge. *Es ist nur ein Schwert.* Wenn sie ein Schwert brauchte, gab es hundert Stück unter dem Tempel. Needle war für ein *richtiges* Schwert zu klein, kaum mehr als ein Spielzeug. Sie war ein dummes kleines Mädchen gewesen, als Jon es für sie hatte machen lassen. »Es ist nur ein Schwert«, sagte sie, diesmal laut.

… doch das stimmte nicht.

Needle war Robb und Bran und Rickon, war ihre Mutter und ihr Vater, sogar Sansa. Needle war für sie Winterfells graue Mauer und das Lachen seiner Menschen. Needle war der Sommerschnee, die Geschichten von Old Nan, der Herzbaum mit den roten Blättern und dem unheimlichen Gesicht, der warme Erdgeruch des Glasgartens, das Geräusch des Windes, der die Fensterläden klappern ließ. Needle war Jons Lächeln. *Er hat mich immer »kleine Schwester« genannt,* erinnerte sie sich, und plötzlich standen ihr Tränen in den Augen.

Polliver hatte ihr das Schwert gestohlen, als die Männer des Reitenden Bergs sie gefangen genommen hatten, doch als sie und der Bluthund das Gasthaus an der Kreuzung betreten hatten, war es plötzlich wieder aufgetaucht. *Die Götter wollten, dass ich es zurückbekomme.* Nicht die Sieben, nicht Er mit den Vielen Gesichtern, sondern die Götter ihres Vaters, die alten Götter des Nordens. *Der Vielgesichtige Gott kann den Rest haben,* dachte sie, *dies nicht.*

Nackt wie an ihrem Namenstag tappte sie die Treppe hinauf und umklammerte Needle. Auf halbem Weg nach oben wackelte einer der Steine unter ihren Füßen. Arya kniete nieder und packte die Kanten mit den Fingern. Zuerst wollte er sich nicht bewegen, doch sie gab nicht auf und kratzte den bröckelnden Mörtel mit den Nägeln heraus. Schließlich lockerte sich der Stein. Sie ächzte, bekam beide Hände in die Fuge und zog. Vor ihr öffnete sich ein Spalt.

»Hier bist du in Sicherheit«, sagte sie zu Needle. »Niemand außer mir wird wissen, wo du bist.« Sie schob das Schwert und die Scheide hinter die Stufe, dann schob sie den Stein wieder an Ort und Stelle zurück, so dass er sich von den anderen nicht unterschied. Während sie zum Tempel hinaufstieg, zählte sie die Stufen, um sich die Stelle zu merken, wo sie das Schwert versteckt hatte. Eines Tages würde sie es vielleicht brauchen. »Eines Tages«, flüsterte sie.

Dem gütigen Mann erzählte sie nicht, was sie getan hatte, dennoch wusste er Bescheid. Am nächsten Abend kam er nach dem Essen in ihre Zelle. »Kind«, sagte er, »komm, setz dich zu mir. Ich muss dir eine Geschichte erzählen.«

»Was für eine Geschichte?«, fragte sie argwöhnisch.

»Die Geschichte von unseren Anfängen. Wenn du eine von uns werden willst, solltest du wissen, wer wir sind und woher wir gekommen sind. Die Menschen munkeln allerlei über die Männer ohne Gesicht aus Braavos, dabei sind wir älter als die Geheime Stadt. Schon bevor sich der Titan erhob, vor der Entlarvung von Uthero, vor der Gründung hat es uns gegeben. Wir sind in Braavos zur Blüte gelangt, hier in den Nebeln des Nordens, aber unsere ersten Wurzeln haben wir in Valyria geschlagen, unter den elenden Sklaven, die in den tiefen Minen geschuftet haben, unter den Vierzehn Flammen, die die Nächte des alten Allods erhellten. Die meisten Minen, die aus dem toten Gestein geschlagen sind, sind kalte, feuchte Orte, doch die Vierzehn Flammen waren lebendige Berge mit Adern aus geschmolzenem Fels und Herzen aus Feuer. Daher war es in den Minen des alten Valyria heiß, und die Hitze nahm zu, je tiefer die Schächte getrieben wurden, tiefer und tiefer. Die Sklaven plagten sich in einem Glutofen. Der Fels um sie herum war zu heiß, um ihn anzufassen. In der Luft lag Schwefelgestank, und die Dünste verätzten die Lungen jener, die sie einatmeten. Die Fußsohlen der Sklaven verbrannten selbst durch die dicksten Sandalen und bekamen Blasen. Wenn sie auf der Suche nach Gold eine Wand durchbrachen, stießen sie manchmal stattdessen auf Dampf, kochendes Wasser oder geschmolzenes Gestein. Manche Schächte waren so niedrig, dass die Sklaven nicht aufrecht stehen konnten, sondern gebückt gehen oder gar kriechen mussten. Und es gab auch Würme in dieser roten Dunkelheit.«

»Regenwürmer?«

»Wür*me*. Feuerwürme. Manche behaupten, sie seien mit den Drachen verwandt, denn Würme speien ebenfalls Feuer. Doch anstatt durch die Lüfte zu schweben, bohren sie sich durch Stein und Erde. Wenn man den alten Erzählungen glauben darf, gab es schon Würme unter den Vierzehn Flammen, bevor die Drachen kamen. Die Jungen sind nicht größer als dein dürrer Arm, aber sie können zu ungeheuerlicher Größe heranwachsen und mögen Menschen nicht.«

»Haben sie die Sklaven getötet?«

»In Schächten, wo der Fels voller Risse und Löcher war, wurden häufig verbrannte und verkohlte Leichen gefunden. Dennoch trieb man die Minen immer tiefer. Sklaven gingen dutzendweise zugrunde, doch ihre Herren kümmerte das wenig. Rotes Gold, gelbes Gold und Silber hielt man für wertvoller als das Leben von Sklaven, denn Sklaven waren im alten Allod billig. In Kriegszeiten machten die Valyrianer Tausende von Sklaven. In Friedenszeiten züchteten die Valyrianer sie, wenngleich man nur die Übelsten in den sicheren Tod der roten Dunkelheit schickte.«

»Haben sich die Sklaven nicht erhoben und gekämpft?«

»Einige schon«, fuhr er fort. »Revolten kamen in den Minen oft vor, aber viel wurde dadurch nicht erreicht. Die Drachenlords des alten Allods waren mächtige Zauberer, und gewöhnlichere Menschen gingen große Gefahren ein, wenn sie ihnen trotzten. Der erste Mann ohne Gesicht war einer derjenigen, die den Widerstand wagten.«

»Wer war er?«, platzte Arya heraus, ehe sie recht überlegt hatte.

»Niemand«, antwortete der gütige Mann. »Manche sagen, er sei selbst Sklave gewesen. Andere beharren darauf, dass er der

Sohn eines Lehnsfreien gewesen sei und von edler Herkunft. Einige werden dir sogar erzählen, er sei ein Aufseher gewesen, der aus Mitleid mit seinen Untergebenen gehandelt habe. In Wirklichkeit weiß es niemand. Wer auch immer er war, er wandelte unter den Sklaven und hörte ihre Gebete. Männer aus hundert verschiedenen Völkern arbeiteten in den Minen, und jeder betete zu seinem eigenen Gott, in seiner eigenen Sprache, und dennoch erflehten alle dasselbe. Sie baten um Erlösung, um ein Ende der Qualen. Eine Kleinigkeit, und einfach dazu. Dennoch erhörten ihre Götter sie nicht, und ihr Leid dauerte fort. *Sind ihre Götter taub?*, fragte er sich … bis er eines Nachts in der roten Dunkelheit zu einer Erkenntnis kam.

Alle Götter haben ihre Werkzeuge, Männer und Frauen, die ihnen dienen und helfen, ihren Willen auf Erden auszuführen. Die Sklaven riefen nicht hundert verschiedene Götter an, wie es den Anschein hatte, sondern einen einzigen Gott mit hundert verschiedenen Gesichtern … und *er* war das Werkzeug dieses Gottes. In dieser Nacht wählte er den unglücklichsten der Sklaven aus, denjenigen, der am aufrichtigsten um Erlösung gebetet hatte, und befreite ihn aus seiner Knechtschaft. Das erste Geschenk war gemacht worden.«

Arya wich von ihm zurück. »Er hat den *Sklaven* getötet?« Das hörte sich nicht richtig an. »Er hätte die *Herren* umbringen sollen!«

»Auch ihnen würde er die Gabe noch bringen … aber das ist eine Geschichte für einen anderen Tag, eine, die man am besten niemandem erzählen sollte.« Er legte den Kopf schief. »Und wer bist du, Kind?«

»Niemand.«

»Eine Lüge.«

»Woher *wisst* Ihr das? Durch Magie?«

»Man braucht kein Zauberer zu sein, um Wahrheit von der Unwahrheit zu unterscheiden, nicht, wenn man Augen im Kopf hat. Man braucht nur zu lernen, in einem Gesicht zu lesen. Sieh dir die Augen an. Den Mund. Die Muskeln hier an den Rändern des Kiefers, und hier, wo der Hals in die Schultern übergeht.« Er berührte sie leicht mit zwei Fingern. »Manche Lügner blinzeln. Andere starren. Wieder andere sehen zur Seite. Manche fahren sich mit der Zunge über die Lippen. Viele bedecken den Mund, ehe sie eine Lüge aussprechen, als wollten sie die Falschheit verbergen. Andere Zeichen mögen weniger auffällig sein, aber sie sind immer vorhanden. Ein falsches Lächeln und ein echtes sehen womöglich gleich aus, dennoch sind sie so unterschiedlich wie Morgen- und Abenddämmerung. Kannst du die Morgen- und die Abenddämmerung voneinander unterscheiden?«

Arya nickte, obwohl sie sich nicht sicher war.

»Dann kannst du auch lernen, eine Lüge zu erkennen ... und wenn du das kannst, wird kein Geheimnis mehr vor dir sicher sein.«

»Lehrt es mich.« Sie würde niemand sein, wenn das der Preis war. Niemand hatte kein Loch im Innern.

»*Sie* wird es dich lehren«, sagte der gütige Mann, als die Herrenlose vor ihrer Tür erschien. »Zunächst wird sie mit der Sprache von Braavos beginnen. Wozu taugst du, wenn du nicht sprechen oder verstehen kannst? Und du wirst ihr deine eigene Sprache beibringen. Ihr beiden werdet gemeinsam lernen, eine von der anderen. Bist du damit einverstanden?«

»Ja«, sagte sie, und von diesem Augenblick an war sie Novizin im Haus von Schwarz und Weiß. Das Dienergewand nahm man ihr ab, stattdessen erhielt sie eine Robe, eine schwarz-weiße Robe, die so weich war wie die alte rote Decke, die sie einst in Winterfell gehabt hatte. Darunter trug sie Wäsche aus feinem weißen Leinen und ein schwarzes Hemd, das bis zum Knie herabhing.

Danach verbrachten sie und die Herrenlose viel Zeit damit, auf Dinge zu zeigen, um sich so gegenseitig die entsprechenden Wörter der jeweils anderen Sprache beizubringen. Zunächst waren es einfache Begriffe, Becher, Kerze und Schuh; dann schwierigere, am Ende Sätze. Syrio Forel hatte Arya oft auf einem Bein stehen lassen, bis sie zitterte. Später hatte er sie auf Katzenjagd geschickt. Sie hatte den Wassertanz auf den Ästen von Bäumen getanzt, mit einem Stock als Schwert. Das alles war schwer gewesen, dies hier jedoch war noch schwerer.

Sogar Nähen macht mehr Spaß, als eine Sprache zu lernen, sagte sie sich nach einem Abend, an dem sie die Hälfte der Worte, die sie eigentlich zu kennen glaubte, vergessen und die andere Hälfte so schrecklich ausgesprochen hatte, dass die Herrenlose Arya auslachte. *Meine Sätze sind genauso unbeholfen wie früher meine Stiche.* Wäre das Mädchen nicht so klein und ausgehungert gewesen, hätte Arya ihr das dumme Gesicht zerschlagen. Stattdessen kaute sie auf ihrer Lippe. *Zu dumm zum Lernen und zu dumm, um aufzugeben.*

Die Herrenlose eignete sich die Gemeine Zunge rascher an. Eines Tages beim Abendessen wandte sie sich an Arya und fragte: »Wer bist du?«

»Niemand«, antwortete Arya in Braavosi.

»Du lügst«, sagte die Herrenlose. »Du musst guter lügen.«

Arya lachte. »Guter? Du meinst *besser*, Dummkopf.«

»Besser Dummkopf. Ich werde dir zeigen.«

Am nächsten Tag begann das Lügenspiel, bei dem sie einander abwechselnd Fragen stellten. Manchmal antworteten sie ehrlich, dann wieder logen sie. Die Fragende musste entscheiden, was wahr und was falsch war. Die Herrenlose schien es jedes Mal zu wissen. Arya musste raten. Meistens riet sie falsch.

Einmal fragte die Herrenlose in der Gemeinen Zunge: »Wie viele Jahre hast du?« »Zehn«, antwortete Arya und hob zehn Finger. Sie *dachte*, sie sei immer noch zehn, obwohl sie es nicht mit Sicherheit sagen konnte. Die Braavosi zählten die Tage anders, als man es in Westeros hielt. Nach allem, was sie wusste, war ihr Namenstag bereits verstrichen.

Die Herrenlose nickte. Arya erwiderte das Nicken und fragte in ihrem besten Braavosi: »Wie viele Jahre hast du?«

Die Herrenlose zeigte zehn Finger. Dann wieder zehn und

noch einmal. Schließlich sechs. Ihr Gesicht blieb so reglos wie ein stiller See. *Sie kann nicht sechsunddreißig sein,* dachte Arya. *Sie ist ein kleines Mädchen.* »Du lügst«, sagte sie. Die Herrenlose schüttelte den Kopf und zeigte ihr die Finger erneut: zehn, zehn, zehn und sechs. Sie sagte das Wort für sechsunddreißig und ließ es von Arya wiederholen.

Am nächsten Tag erzählte sie dem gütigen Mann, was die Herrenlose behauptet hatte. »Sie hat nicht gelogen«, erwiderte der Priester mit leisem Lachen. »Diejenige, die du die *Herrenlose* nennst, ist eine erwachsene Frau, die ihr ganzes Leben lang Ihm mit den Vielen Gesichtern gedient hat. Sie hat Ihm alles gegeben, was sie war, alles, was sie hätte werden können, alle Leben, die in ihr waren.«

Arya biss sich auf die Lippe. »Werde ich so werden wie sie?«

»Nein«, sagte er, »nicht, solange du es nicht selbst willst. Es ist das Gift, das sie zu dem gemacht hat, was du siehst.«

Gift. Dann begriff sie. Jeden Abend nach dem Gebet leerte die Herrenlose eine irdene Flasche in das Wasser des schwarzen Beckens.

Die Herrenlose und der gütige Mann waren nicht die einzigen Diener des Vielgesichtigen Gottes. Von Zeit zu Zeit besuchten auch andere das Haus von Schwarz und Weiß. Der Fette hatte harte schwarze Augen, eine Hakennase und einen breiten Mund voller gelber Zähne. Das Strenge Gesicht lächelte nie, seine Augen waren hell, seine Lippen voll und dunkel. Der Ansehnliche hatte jedes Mal, wenn sie ihn sah, eine andere Bartfarbe und eine andere Nase, allerdings war er stets schön anzuschauen. Diese drei kamen am häufigsten, aber es erschienen auch noch weitere: der Schieler, der kleine Lord, der Verhungerte. Umma schickte Arya, um ihnen einzuschenken. »Wenn du gerade nicht einschenkst, musst du still stehen, als wärst du aus Stein gemeißelt«, sagte der gütige Mann. »Kannst du das?«

»Ja.« *Ehe du lernen kannst, dich zu bewegen, musst du lernen, stillzuhalten,* hatte Syrio Forel ihr vor langer Zeit in King's Landing beigebracht, und sie hatte es gelernt. Sie hatte als Roose Boltons Mundschenk in Harrenhal gedient, und der ließ einem die Haut abziehen, wenn man seinen Wein verschüttete.

»Gut«, meinte der gütige Mann. »Es wäre am besten, wenn du auch blind und taub wärst. Möglicherweise hörst du Dinge, die dir besser zum einen Ohr hinein- und zum anderen hinausgehen. Hör nicht hin.«

An diesem Abend hörte Arya vieles, allerdings wurde das meiste in der Sprache von Braavos gesagt, und sie verstand kaum ein Wort von zehn. *Still wie Stein,* sagte sie zu sich. Am schwierigsten war es, das Gähnen zu unterdrücken. Ehe der Abend vorüber war, gingen ihre Gedanken auf Wanderschaft. Sie stand mit der Flasche in der Hand da und träumte, sie sei ein Wolf, der frei durch einen mondbeschienenen Wald streifte und dem ein großes Rudel heulend folgte.

»Sind die anderen Männer alle Priester?«, fragte sie den gütigen Mann am nächsten Morgen. »Waren das ihre richtigen Gesichter?«

»Was denkst du, Kind?«

Sie dachte, *nein.* »Ist Jaqen H'ghar auch Priester? Wisst Ihr, ob Jaqen nach Braavos zurückkommen wird?«

»Wer?«, fragte er, ganz die Unschuld in Person.

»Jaqen *H'ghar.* Er hat mir die Eisenmünze geschenkt.«

»Ich kenne niemanden, der so heißt, Kind.«

»Ich habe ihn gefragt, wie er sein Gesicht verändert hat, und er hat gesagt, das sei nicht schwieriger, als einen neuen Namen anzunehmen, wenn man nur wisse, wie.«

»Wusste er es?«

»Werdet Ihr mir zeigen, wie ich mein Gesicht verändern kann?«

»Wenn du möchtest.« Er fasste ihr Kinn mit der Hand und drehte ihren Kopf. »Blas die Wangen auf, und streck die Zunge heraus.«

Arya blies die Backen auf und streckte die Zunge heraus.

»Da. Dein Gesicht ist verändert.«

»So habe ich es nicht gemeint. Jaqen hat Magie benutzt.«

»Jegliche Zauberei hat ihren Preis, Kind. Jahre des Gebets und des Verzichts und des Lernens sind notwendig, um einen richtigen Blendzauber zu wirken.«

»*Jahre?*«, fragte sie bestürzt.

»Wenn es leicht wäre, täte es jeder. Man muss gehen können, ehe man rennt. Warum einen Zauber benutzen, wenn ein einfacher Mimentrick genügt?«

»Ich kenne auch keine Mimentricks.«

»Dann übe, Fratzen zu schneiden. Unter deiner Haut hast du Muskeln. Lerne, sie zu benutzen. Es ist dein Gesicht. Deine Wangen, deine Lippen, deine Ohren. Ein Lächeln oder ein böser Blick sollte nicht zufällig sein wie eine plötzliche Windböe. Ein Lächeln muss ein Diener sein und nur erscheinen, wenn du es rufst. Lerne, dein Gesicht zu *beherrschen*.«

»Zeigt mir, wie.«

»Blas die Wangen auf.« Das tat sie. »Zieh die Augenbrauen hoch. Nein, höher.« Auch das tat sie. »Gut. Probier aus, wie lange du es halten kannst. Lange wird es nicht sein. Versuche es morgen wieder. In den Kellergewölben findest du einen myrischen Spiegel. Übe jeden Tag eine Stunde davor. Augen, Nasenflügel, Wangen, Ohren, Lippen, lerne sie zu beherrschen.« Er legte ihr die Hand unter das Kinn. »Wer bist du?«

»Niemand.«

»Eine Lüge. Eine jämmerliche kleine Lüge, Kind.«

Am nächsten Tag fand sie den myrischen Spiegel, und jeden Morgen und Abend saß sie davor, links und rechts von sich jeweils eine Kerze, und schnitt Grimassen. *Beherrsche dein Gesicht,* sagte sie zu sich, *und du kannst lügen.*

Kurze Zeit später befahl ihr der gütige Mann, den anderen Akolythen beim Herrichten der Leichen zu helfen. Die Arbeit war nicht annähernd so schwer wie das Treppenschrubben für Weese. Manchmal kämpfte sie mit dem Gewicht, wenn der Tote groß oder fett war, die meisten Verstorbenen jedoch bestanden nur aus alten trockenen Knochen in runzliger Haut. Arya betrachtete sie, während sie sie wusch, und fragte sich, was sie zu dem schwarzen Becken geführt haben mochte. Sie erinnerte sich an eine Geschichte, die sie von Old Nan gehört hatte, darüber, dass zuweilen in harten Wintern Männer, die ihre Jahre überlebt hatten, verkündeten, sie wollten auf die Jagd gehen. *Und ihre Töchter weinten, und ihre Söhne wandten die Gesichter dem Feuer zu,* hörte sie Old Nan sagen, *aber niemand hielt sie auf oder fragte sie, welches Wild sie jagen wollten, wo doch der Schnee so hoch lag und der kalte Wind heulte.* Sie fragte sich, was die alten Braavosi ihren Söhnen und Töchtern erzählten, wenn sie sich zum Haus von Schwarz und Weiß aufmachten.

Der Mond nahm zu und ab und wieder zu, doch Arya bekam ihn niemals zu Gesicht. Sie diente, sie wusch die Toten, sie schnitt Grimassen vor dem Spiegel, sie lernte die Sprache von Braavos und versuchte, nicht zu vergessen, dass sie niemand war.

Eines Tages schickte der gütige Mann nach ihr. »Deine Aussprache ist fürchterlich«, sagte er, »aber du kennst genug Worte, um dich einigermaßen verständlich zu machen. Es ist an der Zeit, dass du uns für eine Weile verlässt. Nur auf eine einzige Weise wirst du jemals lernen, unsere Sprache richtig zu beherrschen, und zwar indem du sie jeden Tag von früh bis spät sprichst. Du musst gehen.«

»Wann?«, fragte sie. »Wohin?«

»Jetzt«, antwortete er. »Jenseits dieser Mauern findest du die hundert Inseln von Braavos im Meer. Du hast die Worte für Miesmuschel, Herzmuschel und Klaffmuschel gelernt, nicht wahr?«

»Ja.« Sie wiederholte sie in ihrem besten Braavosi.

Ihr bestes Braavosi brachte ihn zum Lächeln. »Es wird schon reichen. An den Kais unterhalb der Überfluteten Stadt findest du einen Fischhändler namens Brusco, einen guten Mann mit einem argen Rückenleiden. Er braucht ein Mädchen, das seinen Karren schiebt und seine Herzmuscheln, Klaffmuscheln und Miesmuscheln an die Seeleute von den Schiffen verkauft. Dieses Mädchen wirst du sein. Verstehst du?«

»Ja.«

»Und wenn Brusco dich fragt, wer du bist?«

»Niemand.«

»Nein. Außerhalb dieses Hauses ist das nicht angebracht.«

Sie zögerte. »Ich könnte Salty aus Saltpans sein.«

»Salty ist Ternesio Terys und den Männern von der *Tochter des Titans* bekannt. Allein durch die Art, wie du sprichst, fällst du auf, deshalb musst du ein Mädchen aus Westeros sein … aber ein anderes, denke ich.«

Sie biss sich auf die Lippen. »Könnte ich Cat sein?«

»Cat.« Er dachte nach. »Ja. Braavos ist voller Katzen. Eine mehr wird keine Aufmerksamkeit erregen. Du bist Cat, eine Waise aus …«

»King's Landing.« Sie hatte White Harbor zweimal mit ihrem Vater besucht, doch in King's Landing kannte sie sich besser aus.

»Genau. Dein Vater war Rudermeister auf einer Galeere. Als deine Mutter starb, hat er dich mit auf See genommen. Dann ist er auch gestorben, und sein Kapitän hatte keine Verwendung für dich, also hat er dich in Braavos von Bord geschickt. Und wie hieß das Schiff?«

»*Nymeria*«, antwortete sie ohne zu überlegen.

In dieser Nacht verließ sie das Haus von Schwarz und Weiß. An der rechten Hüfte trug sie ein langes Eisenmesser, verborgen von ihrem Mantel, einem geflickten, ausgeblichenen Kleidungsstück von der Art, die eine Waise tragen mochte. Ihre Schuhe drückten an den Zehen, ihr Gewand war so zerschlissen, dass der Wind hindurchblies. Doch Braavos lag vor ihr. Die Nachtluft roch nach Rauch und Salz und Fisch. Die Kanäle waren verschlungen, die Gassen verschlungener. Männer warfen ihr im Vorbeigehen neugierige Blicke zu, und Bettelkinder riefen ihr

Worte zu, die sie nicht verstand. Nach kurzer Zeit hatte sie sich verirrt.

»Ser Gregor«, murmelte sie, während sie eine Steinbrücke überquerte, die auf vier Bögen ruhte. Von der Mitte aus konnte sie die Masten der Schiffe im Lumpensammlerhafen sehen. »Dunsen, Raff der Liebling, Ser Ilyn, Ser Meryn, Königin Cersei.« Es begann zu regnen. Arya hob das Gesicht, ließ die Tropfen über die Wangen rinnen und war so glücklich, dass sie am liebsten getanzt hätte. »*Valar morghulis*«, sagte sie. »*Valar morghulis, valar morghulis.*«

In der Zwischenzeit auf der Mauer …

»Augenblick mal«, wird mancher sagen. »Halt, halt, halt! Halt! Wo sind Dany und die Drachen? Wo ist Tyrion? Wir haben auch Jon Snow kaum zu Gesicht bekommen. Das kann doch nicht alles sein …«

Ist es auch nicht. Es geht weiter. Es folgt noch ein Buch, ebenso dick wie dieses.

Ich habe die anderen Figuren nicht vergessen. Ganz bestimmt nicht.

Ich habe viel über sie geschrieben. Viele, viele, viele Seiten. Ein Kapitel nach dem anderen. Und ich schrieb und schrieb, und dann dämmerte mir, dass das Buch viel zu dick geworden war, und es in einem Band zu veröffentlichen … obwohl ich dem Ende noch nicht einmal halbwegs nahe war. Um die ganze Geschichte zu erzählen, die ich erzählen wollte, musste ich das Buch teilen (im Deutschen in vier Teile, A.d.Ü.)

Am einfachsten hätte ich das bewerkstelligen können, indem ich einfach das, was ich hatte, genommen und ungefähr in der Mitte geteilt hätte, mit einem »Fortsetzung folgt« als Schluss.

Doch je länger ich darüber nachdachte, desto stärker spürte ich, dass meinen Lesern besser damit gedient wäre, wenn sie zuerst die ganze Geschichte der einen Hälfte der Figuren bekämen, und nicht die halbe Geschichte aller Figuren. Diesen Weg habe ich dann eingeschlagen.

Tyrion, Jon, Dany, Stannis, Melisandre, Davos Seaworth und all die anderen, die Sie lieben oder mit Freuden verabscheuen, werden also erst in einem späteren Band wieder erscheinen (im übernächsten für die deutschen Leser, A.d.Ü.), in dem der Schwerpunkt auf den Ereignissen an der Mauer und jenseits des Meeres liegen wird, so wie in diesem Buch in King's Landing.

George R. R. Martin
Juli 2005

Anhang

Die Könige und ihre Höfe

DIE KÖNIGLICHE REGENTIN

CERSEI LANNISTER, die Erste Ihres Namens, Witwe von {König Robert I. Baratheon}, Königinwitwe, Protektor des Reiches, Lady von Casterly Rock und königliche Regentin,

- Königin Cerseis Kinder:
  - {KÖNIG JOFFREY I. BARATHEON}, vergiftet bei seinem Hochzeitsfest, ein zwölfjähriger Junge,
  - PRINZESSIN MYRCELLA BARATHEON, ein neunjähriges Mädchen, Mündel des Prinzen Doran Martell in Sunspear,
  - KÖNIG TOMMEN I. BARATHEON, ein achtjähriger Kindkönig,
    - seine Kätzchen, Ser Sprung, Lady Schnurrharr, Bursche,
- Königin Cerseis Brüder:
  - SER JAIME LANNISTER, ihr Zwillingsbruder, genannt DER KÖNIGSMÖRDER, Lord Commander der Königsgarde,
  - TYRION LANNISTER, genannt DER GNOM, ein Zwerg, des Königsmordes angeklagt und verurteilt,
    - PODRICK PAYNE, Tyrions Knappe, ein zehnjähriger Junge,
- Königin Cerseis Onkel, Tanten und Vettern:
  - SER KEVAN LANNISTER, ihr Onkel,
    - SER LANCEL, Ser Kevans Sohn, ihr Vetter, ehemals Knappe von König Robert und Liebhaber von Cersei, jüngst zum Lord von Darry ernannt,
    - {WILLEM}, Ser Kevans Sohn, in Riverrun ermordet,
    - MARTYN, Zwillingsbruder von Willem, ein Knappe,
    - JANEI, Ser Kevans Tochter, ein dreijähriges Mädchen,
  - LADY GENNA LANNISTER, Cerseis Tante, vermählt mit Ser Emmon Frey,

– {SER CLEOS FREY}, Gennas Sohn, getötet von Geächteten,
  – SER TYWIN FREY, genannt TY, Cleos' Sohn,
  – WILLEM FREY, Cleos' Sohn, ein Knappe,
– SER LYONEL FREY, Lady Gennas zweitgeborener Sohn,
– {TION FREY}, Gennas Sohn, ermordet in Riverrun,
– WALDER FREY, genannt ROTER WALDER, Lady Gennas jüngster Sohn, ein Page in Casterly Rock,

– TYREK LANNISTER, Cerseis Vetter, Sohn von Tygett, dem verstorbenen Bruder ihres Vaters,
  – LADY ERMESANDE HAYFORD, Tyreks Kindfrau,
– JOY HILL, Bastardtochter von Königin Cerseis verschollenem Onkel Gerion, ein elfjähriges Mädchen,
– CERENNA LANNISTER, Cerseis Kusine, Tochter ihres verstorbenen Onkels Stafford, des Bruders ihrer Mutter,
– MYRIELLE LANNISTER, Cerseis Kusine und Cerennas Schwester, Tochter ihres Onkels Stafford,
– SER DAVEN LANNISTER, ihr Vetter, Staffords Sohn,
– SER DAMION LANNISTER, ein entfernter Vetter, vermählt mit Shiera Crakehall,
  – SER LUCION LANNISTER, ihr Sohn,
  – LANNA, ihre Tochter, vermählt mit Lord Antario Jast,
– LADY MARGOT, eine noch entferntere Kusine, vermählt mit Lord Titus Peake,

– König Tommens kleiner Rat:
  – {LORD TYWIN LANNISTER}, Hand des Königs,
  – SER JAIME LANNISTER, Lord Commander der Königsgarde,
  – SER KEVAN LANNISTER, Meister der Gesetze,
  – VARYS, ein Eunuch, Meister der Ohrenbläser,
  – GRAND MAESTER PYCELLE, Berater und Heilkundiger,
  – LORD MACE TYRELL, LORD MATHIS ROWAN, LORD PAXTER REDWYNE, Berater

- Tommens Königsgarde:
  - SER JAIME LANNISTER, Lord Commander,
  - SER MERYN TRANT,
  - SER BOROS BLOUNT, entlassen und später wieder aufgenommen,
  - SER BALON SWANN,
  - SER OSMUND KETTLEBLACK,
  - SER LORAS TYRELL, der Ritter der Blumen,
  - SER ARYS OAKHEART, bei Prinzessin Myrcella in Dorne,

- Cerseis Haushalt in King's Landing:
  - LADY JOCELYN SWIFT, ihre Gesellschafterin,
  - SENELLE und DORCAS, ihre Kammerzofen und Dienerinnen,
  - LUM, der ROTE LESTER, HOKE – genannt PFERDEFUSS, KURZOHR, PUCKENS, Wachen,

- KÖNIGIN MARGAERY aus dem Hause Tyrell, eine Jungfrau von sechzehn, verwitwete Braut von König Joffrey I. Baratheon und zuvor von Lord Renly Baratheon,
  - Margaerys Hof in King's Landing:
    - MACE TYRELL, Lord von Highgarden, ihr Vater,
    - LADY ALERIE aus dem Hause Hightower, ihre Mutter,
    - LADY OLENNA TYRELL, ihre Großmutter, eine alte Witwe, genannt DIE KÖNIGIN DER DORNEN,
      - ARRYK und ERRYK, Lady Olennas Wachen, Zwillingsbrüder von sieben Fuß Größe, genannt LINKS und RECHTS,
    - SER GARLAN TYRELL, Margaerys Bruder, genannt DER KAVALIER,
      - seine Gemahlin, LADY LEONETTE aus dem Hause Fossoway,
    - SER LORAS TYRELL, ihr jüngster Bruder, der Ritter der Blumen, ein Geschworener Bruder der Königsgarde,

- Margaerys Gefährtinnen:
  - ihre Kusinen MEGGA, ALLA und ELINOR TYRELL,
  - Elinors Verlobter, ALYN AMBROSE, ein Knappe,
  - LADY ALYSANNE BULWER, ein achtjähriges Mädchen,
  - MEREDYTH CRANE, genannt MERRY,
  - LADY TAENA MERRYWEATHER,
  - LADY ALYCE GRACEFORD,
  - SEPTA NYSTERICA, eine Schwester des Glaubens,
- PAXTER REDWYNE, Lord vom Arbor,
  - seine Zwillingssöhne SER HORAS und SER HOBBER,
  - MAESTER BALLABAR, sein Heilkundiger und Berater,
- MATHIS ROWAN, Lord von Goldengrove,
- SER WILLAM WYTHERS, Margaerys Hauptmann der Wache,
  - HUGH CLIFTON, ein gut aussehendes Mitglied der Wache,
- SER PORTIFER WOODWRIGHT und sein Bruder SER LUCANTINE,

- Cerseis Hof in King's Landing:
  - SER OSFRYD KETTLEBLACK und SER OSNEY KETTLEBLACK, jüngere Brüder von Ser Osmund Kettleblack,
  - SER GREGOR CLEGANE, genannt DER REITENDE BERG, liegt wegen einer vergifteten Wunde unter Qualen im Sterben,
  - SER ADDAM MARBRAND, Kommandant der Stadtwache von King's Landing (den »Goldröcken«),
  - JALABHAR XHO, ein Prinz aus dem Tal der Roten Blume, ein Verbannter von den Summer Isles,
  - GYLES ROSBY, Lord von Rosby, von schwerem Husten geplagt,
  - ORTON MERRYWEATHER, Lord von Longtable,
    - TAENA, seine Gemahlin, eine Frau aus Myr,
  - LADY TANDA STOKEWORTH,

- LADY FALYSE, ihre ältere Tochter und Erbin,
  - SER BALMAN BYRCH, Lady Falyses Gemahl,
- LADY LOLLYS, ihre jüngere Tochter, hochschwanger und schlichten Verstandes,
  - SER BRONN VOM BLACKWATER, Lady Lollys' Gemahl, ein früherer Söldner,
  - {SHAE}, eine Marketenderin, die Lollys als Kammerzofe diente und in Lord Tywins Bett erdrosselt wurde,
- MAESTER FRENKEN, in Lady Tandas Diensten,

- SER ILYN PAYNE, des Königs Richter, ein Henker,
- RENNIFER LONGWATERS, Hauptunterkerkermeister der Verliese im Red Keep,
  - RUGEN, Unterkerkermeister für die schwarzen Zellen,
- LORD HALLYNE DER PYROMANTIKER, ein Weiser aus der Gilde der Alchimisten,
- NOHO DIMITTIS, ein Gesandter der Eisenbank in Braavos,
- QYBURN, ein Nekromantiker, einst Maester der Citadel, später bei den Tapferen Kameraden,
- MONDBUB, der königliche Hofnarr,
- PATE, ein achtjähriger Junge, König Tommens Prügelknabe,
- ORMOND VON OLDTOWN, der königliche Harfenspieler und Barde,
- SER MARK MULLENDORE, der während der Schlacht am Blackwater den halben Arm und einen Affen verloren hat,
- AURANE WATERS, der Bastard von Driftmark,
- LORD ALESANDER STAEDMON, genannt PFENNIGFUCHSER,
- SER RONNET CONNINGTON, genannt DER ROTE RONNET, der Ritter von Griffin's Roost,
- SER LAMBERT TURNBERRY, SER DERMOT AUS DEM REGENFORST, SER TALLAD – genannt DER STATTLICHE –, SER BAYARD NORCROSS, SER BONIFER HASTY – genannt BONIFER DER GUTE –, SER HUGO VANCE, Ritter, die dem Eisernen Thron verschworen sind,

- SER LYLE CRAKEHALL – genannt DER STARKE EBER –, SER ALYN STACKSPEAR, SER JON BETTLEY – genannt DER BARTLOSE JON –, SER STEFFON SWYFT, SER HUMFREY SWYFT, Ritter, die Casterly Rock verschworen sind,
- JOSMYN PECKLEDON, ein Knappe und Held vom Blackwater,
- GARRETT PAEGE und LEW PIPER, Knappen und Geiseln,

- das Volk von King's Landing:
  - DER HOHE SEPTON, Vater der Gläubigen, Stimme der Sieben auf Erden, ein alter, gebrechlicher Mann,
    - SEPTON TORBERT, SEPTON RAYNARD, SEPTON LUCEON, SEPTON OLLIDOR, alle von den Höchst Frommen, in Diensten der Sieben in der Großen Septe von Baelor,
    - SEPTA MOELLE, SEPTA AGLANTINE, SEPTA HELICENT, SEPTA UNELLA, alle von den Höchst Frommen, in Diensten der Sieben in der Großen Septe von Baelor,
    - die »Spatzen«, die demütigsten Menschen, glühend im Glauben,
    - CHATAYA, Eignerin eines teuren Bordells,
      - ALAYAYA, ihre Tochter,
      - DANCY, MAREI, zwei von Chatayas Mädchen,
    - BRELLA, eine Dienerin, zuletzt in Diensten von Lady Sansa Stark,
    - TOBHO MOTT, ein Meister der Waffenschmiedekunst,
    - HAMISH DER HARFENSPIELER, ein alter Sänger,
    - ALARIC VON EYSEN, ein weit gereister Sänger,
    - WAT, ein Sänger, der sich DER BLAUE BARDE nennt,
    - SER THEODAN WELLS, ein frommer Ritter, später genannt SER THEODAN DER AUFRICHTIGE.

König Tommens Banner zeigt kämpfend den gekrönten Hirschen der Baratheons, schwarz auf gold, und den Löwen der Lannister, gold auf rot.

DER KÖNIG AUF DER MAUER

STANNIS BARATHEON, der Erste Seines Namens, zweitgeborener Sohn von Lord Steffon Baratheon und Lady Cassana aus dem Hause Estermont, Lord von Dragonstone, selbst ernannter König von Westeros,

- KÖNIGIN SELYSE aus dem Hause Florent, seine Gemahlin, gegenwärtig in Eastwatch-by-the-Sea,
  - PRINZESSIN SHIREEN, ihre Tochter, ein elfjähriges Mädchen,
    - FLICKENFRATZ, Shireens schwachsinniger Narr,
  - EDRIC STORM, sein Bastard-Neffe, König Roberts Sohn mit Lady Delena Flower, ein zwölfjähriger Junge, der auf der *Verrückter Prendos* auf der Meerenge unterwegs ist,
    - SER ANDREW ESTERMONT, König Stannis' Vetter, ein Mann des Königs, der Edrics Eskorte befehligt,
    - SER GERALD GOWER, LEWYS – genannt DAS FISCHWEIB –, SER TRISTON VON TALLY HILL, OMER BLACKBERRY, Männer des Königs, Edrics Wachen und Beschützer,

- Stannis' Hof in Castle Black:
  - LADY MELISANDRE VON ASSHAI, genannt DIE ROTE FRAU, Priesterin von R'hllor, dem Herrn des Lichts,
  - MANCE RAYDER, König-Jenseits-der-Mauer, ein Gefangener, zum Tode verurteilt,
    - Rayders Sohn von seiner Frau {DALLA}, ein Neugeborenes noch ohne Namen, »der Wildlingsprinz«,
      - GOLDY, die Amme des Säuglings, ein Wildlingsmädchen,

- ihr Sohn, ebenfalls ein Neugeborener ohne Namen, der von ihrem Vater {CRASTER} gezeugt wurde,
- SER RICHARD HORPE, SER JUSTIN MASSEY, SER CLAYTON SUGGS, SER GODRY FARRING – genannt RIESENTÖTER –, LORD HARWOOD FELL, SER CORLISS PENNY, Männer und Ritter der Königin,
- SER DEVAN SEAWORTH und BRYEN FARRING, Knappen des Königs,

- Stannis' Hof in Eastwatch-by-the-Sea:
  - SER DAVOS SEAWORTH, genannt DER ZWIEBELRITTER, Lord vom Regenforst, Admiral der Meerenge und Hand des Königs,
  - SER AXELL FLORENT, Königin Selyses Onkel, an erster Stelle der Männer der Königin,
  - SALLADHAR SAAN aus Lys, Pirat und Herr über die *Valyria,*

- Stannis' Besatzung auf Dragonstone:
  - SER ROLLAND STORM, genannt DER BASTARD VON NACHTLIED, Mann des Königs, Kastellan von Dragonstone,
  - MAESTER PYLOS, Heilkundiger, Lehrer, Berater,
  - »HAFERBREI« und »NEUNAUGE«, zwei Kerkermeister,

- Lords, die sich mit einem Eid an Dragonstone gebunden haben:
  - MONTERYS VELARYON, Lord der Gezeiten und Herr von Driftmark, ein sechsjähriger Junge,
  - DURAM BAR EMMON, Lord von Sharp Point, ein fünfzehnjähriger Knabe,

- Stannis' Besatzung in Storm's End:
  - SER GILBERT FARRING, Kastellan von Storm's End,
    - LORD ELWOOD MEADOWS, Ser Gilberts Stellvertreter,
    - MAESTER JURNE, Ser Gilberts Berater und Heilkundiger,

- Lords, die sich mit einem Eid an Storm's End gebunden haben:
  - ELDON ESTERMONT, Lord von Greenstone, Onkel von König Stannis, Großonkel von König Tommen, ein umsichtiger Freund von beiden,
    - SER AEMON, Lord Eldons Sohn und Erbe, bei König Tommen in King's Landing,
      - SER ALYN, Ser Aemons Sohn, ebenfalls bei König Tommen in King's Landing,
    - SER LOMAS, Bruder von Lord Eldon, Onkel und Unterstützer von König Stannis, auf Storm's End,
      - SER ANDREW, Ser Lomas' Sohn, Beschützer von Edric Storm auf der Meerenge,
  - LESTER MORRIGEN, Lord von Krähenhort,
  - LORD LUCAS CHYTTERING, genannt KLEIN LUCOS, ein Jugendlicher von sechzehn Jahren,
  - DAVOS SEAWORTH, Lord vom Regenforst,
    - MARYA, seine Gemahlin, die Tochter eines Zimmermanns,
      - {DALE, ALLARD, MATTHOS, MARIC}, ihre vier ältesten Söhne, die in der Schlacht vom Blackwater verschollen sind,
      - DEVAN, ein Knappe bei König Stannis in Castle Black,
      - STANNIS, ein zehnjähriger Junge, bei Lady Marya auf Cape Wrath,
      - STEFFON, ein sechsjähriger Junge, bei Lady Marya auf Cape Wrath.

Stannis hat sich das feurige Herz des Herrn des Lichts zum Banner erwählt: ein rotes Herz, umrahmt von orangefarbenen Flammen in hellgelbem Feld. Innerhalb des Herzens befindet sich der gekrönte Hirsch des Hauses Baratheon in Schwarz.

Die Greyjoys von Pyke betrachten sich als Nachfahren des Grauen Königs aus dem Zeitalter der Helden. Den Legenden zufolge herrschte der Graue König über das Meer selbst und nahm eine Meerjungfrau zur Gemahlin. Aegon der Drache beendete die Linie der Könige auf den Iron Islands, erlaubte den Eisenmännern jedoch, ihre alten Sitten und Gebräuche zu bewahren und selbst zu entscheiden, wer die Vorrangstellung unter ihnen haben solle. Sie wählten Lord Vickon Greyjoy von Pyke. Das Wappen der Greyjoys ist der goldene Krake auf schwarzem Feld. Ihre Worte lauten: *Wir Säen Nicht*.

Balon Greyjoys erste Rebellion gegen den Eisernen Thron wurde von König Robert I. Baratheon und Lord Eddard Stark von Winterfell niedergeschlagen, doch in dem Chaos, das auf Roberts Tod folgte, krönte sich Lord Balon abermals zum König und schickte seine Schiffe aus, um den Norden anzugreifen.

{BALON GREYJOY}, der Neunte Seines Namens seit dem Grauen König, König der Iron Islands und des Nordens, König von Salz und Fels, Sohn des Seewinds und Lord Schnitter von Pyke, gestorben durch einen Sturz,

- König Balons Witwe, KÖNIGIN ALANNYS aus dem Hause Harlaw,
- ihre Kinder:
  - {RODRIK}, gefallen während Balons erster Rebellion,
  - {MARON}, gefallen während Balons erster Rebellion,
  - ASHA, ihre Tochter, Kapitänin der *Schwarzer Wind* und Eroberin von Deepwood Motte,

- THEON, selbst ernannter Prinz von Winterfell, von den Nordmännern THEON DER ABTRÜNNIGE genannt,

- König Theons Brüder und Halbbrüder:
  - {HARLON}, starb in seiner Jugend an den Grauschuppen,
  - {QUENTON}, starb im Kindesalter,
  - {DONEL}, starb im Kindesalter,
  - EURON, genannt KRÄHENAUGE, Kapitän der *Schweigen*,
  - VICTARION, Lord Kapitän der Eisenflotte, Herr der *Eiserner Sieg*,
  - {URRIGON}, starb an einer brandigen Wunde,
  - AERON, genannt FEUCHTHAAR, ein Priester des Ertrunkenen Gottes,
    - RUS und NORJEN, zwei seiner Jünger von den »Ertrunkenen«,
  - {ROBIN}, starb im Kindesalter,

- König Balons Haushalt auf Pyke:
  - MAESTER WENDAMYR, Heilkundiger und Berater,
  - HELYA, Hüterin der Burg,

- König Balons Krieger und Geschworene Schwerter:
  - DAGMER, genannt SPALTKINN, Kapitän der *Gischttrinker*, Befehlshaber der Eisenmänner in Torrhen's Square,
  - BLAUZAHN, ein Langschiffkapitän,
  - ULLER, SKYTE, Ruderer und Krieger.

Anwärter auf den Meersteinstuhl beim Königsthing auf Old Wyk

- GYLBERT FARWYND, Lord vom Lonely Light,
  - Gylberts Fürsprecher: seine Söhne GYLES, YGON, YOHN,

- ERIK EISENMACHER, genannt ERIK AMBOSSBRECHER und ERIK DER GERECHTE, ein alter Mann, einst ein berüchtigter Kapitän und Plünderer,
  - Eriks Fürsprecher: seine Enkel UREK, THORMOR, DAGON,

- DUNSTAN DRUMM, DER DRUMM, DIE KNOCHENHAND, Lord von Old Wyk,
  - Dunstans Fürsprecher: seine Söhne DENYS und DONNEL sowie ANDRIK DER ERNSTE, ein Hüne von einem Mann,

- ASHA GREYJOY, einzige Tochter von Balon Greyjoy, Kapitänin der *Schwarzer Wind*,
  - Ashas Fürsprecher: QARL DIE JUNGFRAU, TRISTIFER BOTLEY und SER HARRAS HARLAW,
  - Ashas Kapitäne und Unterstützer: LORD RODRIK HARLAW, LORD BAELOR BLACKTYDE, LORD MELDRED MERLYN, HARMUND SHARP,

- VICTARION GREYJOY, Bruder von Balon Greyjoy, Herr der *Eiserner Sieg* und Lord Kapitän der Eisenflotte,
  - Victarions Fürsprecher: DER ROTE RALF STONEHOUSE, RALF DER HINKER und NUTE DER BARBIER,
  - Victarions Kapitäne und Unterstützer: HOTHO HARLAW, ALWYN SHARP, FRALEGG DER STARKE, ROMNY WEAVER, WILL HUMBLE, DER KLEINE LENWOOD TAWNEY, RALF KENNING, MARON VOLMARK, GOROLD GOODBROTHER,
  - Victarions Mannschaft: WULF EINOHR, RAGNOR PYKE
  - Victarions Bettgenossin, eine dunkelhäutige Frau, stumm und ohne Zunge, ein Geschenk von seinem Bruder Euron,

- EURON GREYJOY, genannt KRÄHENAUGE, Bruder von Balon Greyjoy und Kapitän der *Schweigen*,
  - Eurons Fürsprecher: GERMUND BOTLEY, LORD ORKWOOD VON ORKMONT, DONNOR SALTCLIFFE,

- Eurons Kapitäne und Unterstützer: TORWOLD BRAUNZAHN, KNAUTSCHGESICHT JON MYRE, RODRIK FREEBORN, DER ROTE RUDERER, LINKSHAND LUCAS CODD, QUELLON HUMBLE, HARREN HALBHOARE, KEMMETT PYKE DER BASTARD, QARL DER LEIBEIGENE, STEINHAND, RALF DER HIRTE, RALF VON LORDSPORT,
- Eurons Mannschaft: CRAGORN

Balons Gefolgsleute, die Lords der Iron Islands:

auf Pyke

- {SAWANE BOTLEY}, Lord von Lordsport, ertränkt von Euron Krähenauge,
  - {HARREN}, sein ältester Sohn, gefallen bei Moat Cailin,
  - TRISTIFER, sein Zweitgeborener und rechtmäßiger Erbe, des Titels enthoben von seinem Onkel,
  - SYMOND, HARLON, VICKON und BENNARION, seine jüngeren Söhne, ebenfalls ihrer Titel enthoben,
  - GERMUND, sein Bruder, zum Lord von Lordsport ernannt,
    - Germonds Söhne BALON und QUELLON,
  - SARGON und LUCIMORE, Sawanes Halbbrüder,
    - WEX, ein stummer Zwölfjähriger, Bastardsohn von Sargon, Knappe von Theon Greyjoy,
- WALDON WYNCH, Lord von Iron Holt,

auf Harlow

- RODRIK HARLAW, genannt DER LESER, Lord von Harlaw, Lord von Ten Towers, Harlaw von Harlaw,
  - LADY GWYNESSE, seine ältere Schwester,
  - LADY ALANNYS, seine jüngere Schwester, Witwe von König Balon Greyjoy,
  - SIGFRYD HARLAW, genannt SIGFRYD SILBERHAAR, sein

Großonkel und Herr von Harlaw Hall,
- HOTHO HARLAW, genannt BUCKEL-HOTHO, vom Tower of Glimmering, ein Vetter,
- SER HARRAS HARLAW, genannt DER RITTER, der Ritter von Grey Garden, ein Vetter,
- BOREMUND HARLAW, genannt BORMUND DER BLAUE, Herr von Harridan Hill, ein Vetter,
- Lord Rodriks Gefolgsleute und geschworene Schwerter:
  - MARON VOLMARK, Lord von Volmark,
  - MYRE, STONETREE und KENNING,
- Lord Rodriks Haushalt:
  - DREIZAHN, seine Haushälterin, eine Greisin,

auf Blacktyde

- BAELOR BLACKTYDE, Lord von Blacktyde, Kapitän der *Nachtflieger*,
- DER BLINDE BEN BLACKTYDE, ein Priester des Ertrunkenen Gottes,

auf Old Wyk

- DUNSTAN DRUMM, DER DRUMM, Kapitän der *Donnerer*,
- NORNE GOODBROTHER von Shatterstone,
- DER STONEHOUSE,
- TARLE, genannt TARLE DER DREIMAL-ERTRÄNKTE, ein Priester des Ertrunkenen Gottes,

auf Great Wyk

- GOROLD GOODBROTHER, Lord vom Hammerhorn,
  - seine Söhne, GREYDON, GRAN und GORMOND, Drillinge,
  - seine Töchter, GYSELLA und GWIN,
  - MAESTER MURENMURE, Lehrer, Heilkundiger und Berater,

- TRISTON FARWYND, Lord von Sealskin Point,
- DER SPARR,
  - sein Sohn und Erbe STEFFARION,
- MELDRED MERLYN, Lord von Pebbleton,

auf Orkmont

- ORKWOOD VON ORKMONT,
- LORD TAWNEY,

auf Saltcliffe

- LORD DONNER SALTCLIFFE,
- LORD SUNDERLY,

auf kleineren Inseln und Felsen

- GYLBERT FARWYND, Lord vom Lonely Light,
- DIE ALTE GRAUE MÖWE, ein Priester des Ertrunkenen Gottes.

Weitere große und kleine Häuser

HAUS ARRYN

Die Arryns stammen von den Königen des Bergs und des Tals ab. Das Wappen des Hauses zeigt Mond und Falke, weiß in himmelblauem Feld. Im Krieg der Fünf Könige hat das Haus Arryn für keine Seite Partei ergriffen. Die Worte der Arryns lauten: *Hoch Wie Die Ehre*.

ROBERT ARRYN, Lord der Eyrie, Beschützer des Grünen Tals, von seiner Mutter zum Wahren Wächter des Ostens ernannt, ein kränklicher Junge von acht Jahren, der manchmal SÜSSROBIN genannt wird,

- seine Mutter, {LADY LYSA aus dem Hause Tully}, Witwe von Lord Jon Arryn, durch die Mondtür in den Tod gestoßen,
- sein Stiefvater, PETYR BAELISH, genannt LITTLEFINGER, Lord von Harrenhal, Oberster Lord vom Trident und Lord Protektor des Tales,
  - ALAYNE STONE, Lord Petyrs uneheliche Tochter, eine dreizehnjährige Maid, eigentlich Sansa Stark,
  - SER LOTHOR BRUNE, ein Söldner in Lord Petyrs Diensten, auf der Eyrie Hauptmann der Wache,
  - OSWELL, ein ergrauter Krieger in Lord Petyrs Diensten, manchmal KETTLEBLACK genannt,

- Lord Roberts Haushalt auf der Eyrie:
  - MARILLION, ein gut aussehender junger Sänger, der in der Gunst von Lady Lysa stand und des Mordes an ihr angeklagt ist,
  - MAESTER COLEMON, Berater, Heilkundiger und Lehrer,

- MORD, ein brutaler Kerkermeister mit Zähnen aus Gold,
- GRETCHEL, MADDY und MELA, Dienerinnen,

- Lord Roberts Gefolgsleute, die Lords des Tales:
  - LORD NESTOR ROYCE, Haushofmeister des Tales und Kastellan der Tore des Mondes,
    - SER ALBAR, Lord Nestors Sohn und Erbe,
    - MYRANDA, genannt RANDA, Lord Nestors Tochter, eine Witwe, doch noch recht unverbraucht,
    - Lord Nestors Haushalt:
      - SER MARWYN BELMORE, Hauptmann der Wache,
      - MYA STONE, eine Maultierführerin, Bastard-Tochter von König Robert I. Baratheon,
      - OSSY und KAROTTE, Maultierführer,
  - LYONEL CORBRAY, Lord von Heart's Home,
    - SER ILYN CORBRAY, sein Bruder und Erbe, Besitzer der berühmten Klinge Lady Forlorn,
    - SER LUCAS CORBRAY, sein jüngerer Bruder,
  - JON LYNDERLY, Lord vom Snakewood,
    - TERRENCE, sein Sohn und Erbe, ein junger Knappe,
  - EDMUND WAXLEY, der Ritter von Wickenden,
  - GEROLD GRAFTON, der Lord von Gulltown,
    - GYLES, sein jüngster Sohn, ein Knappe,
  - TRISTON SUNDERLAND, Lord von den Three Sisters,
    - GODRIC BORRELL, Lord von Sweetsister,
    - ROLLAND LONGTHORPE, Lord von Longsister,
    - ALESANDOR TORRENT, Lord von Littlesister,

- die Lords der Erklärung, Gefolgsleute des Hauses Arryn, die sich zur Verteidigung des jungen Lords Robert zusammengeschlossen haben:
  - YOHN ROYCE, genannt BRONZE YOHN, Lord von Runestone, einziger noch lebender Sohn und Erbe von Runestone, aus dem höheren Zweig des Hauses Royce,

- SER ANDAR, Bronze Yohns einzig überlebender Sohn und Erbe von Runestone,
- Bronze Yohns Haushalt:
  - MAESTER HELLIWEG, Lehrer, Heilkundiger und Berater,
  - SEPTON LUCOS,
  - SER SAMWELL STONE, genannt STARKER SAM STONE, Waffenmeister,
- Bronze Yohns Gefolgsleute und geschworene Schwerter:
  - ROYCE COLDWATER, Lord von Coldwater Burn,
  - SER DAMON SHETT, Ritter von Gull Tower,
  - UTHOR TOLLETT, Lord vom Grey Glen,

- ANYA WAYNWOOD, Lady von Ironoaks Castle,
  - SER MORTON, ihr ältester Sohn und Erbe,
  - SER DONNEL, ihr zweitgeborener Sohn, der Ritter vom Tor,
  - WALLACE, ihr jüngster Sohn,
  - HARROLD HARDYNG, ihr Mündel, ein Knappe, der häufig HARRY DER ERBE genannt wird,
- BENEDAR BELMORE, Lord von Strongsong,
- SER SYMOND TEMPLETON, der Ritter von Ninestars,
- {EON HUNTER}, Lord von Longbow Hall, jüngst verstorben,
  - SER GILWOOD, Lord Eons ältester Sohn und Erbe, nun genannt DER JUNGE LORD HUNTER,
  - SER EUSTACE, Lord Eons zweitgeborener Sohn,
  - SER HARLAN, Lord Eons jüngster Sohn,
- Der Haushalt des Jungen Lord Hunter:
  - MAESTER WILLAMEN, Berater, Heilkundiger, Lehrer
- HORTON REDFORT, Lord von Redfort, dreimal verheiratet,
  - SER JASPER, SER CREIGHTON, SER JON, seine Söhne,
  - SER MYCHEL, sein jüngster Sohn, vor kurzem zum Ritter erhoben, vermählt mit Ysilla Royce von Runestone,

- Clanhäuptlinge aus den Mondbergen:
  - SHAGGA SOHN VON DOLF, VON DEN STONE CROWS, führt gegenwärtig eine Truppe im Königswald an,
  - TIMETT SOHN VON TIMMETT, VON DEN BURNED MEN,
  - CHELLA TOCHTER VON CHEYK, VON DEN BLACK EARS,
  - CRAWN SOHN VON CALOR, VON DEN MOON BROTHERS.

HAUS FLORENT

Die Florents von Brightwater Keep sind Vasallen von Highgarden. Beim Ausbruch des Krieges der Fünf Könige folgte Lord Alester Florent seinem Lehnsherrn und erklärte sich für König Renly, doch sein Bruder Ser Axell wählte König Stannis, den Gemahl seiner Nichte Selyse. Nach Renlys Tod bei Storm's End schlossen sich die Florents mit ihrer gesamten Streitmacht von Brightwater Stannis an. Stannis ernannte Lord Alester zu seiner Hand und übergab den Befehl über seine Flotte Ser Imry Florent, dem Bruder seiner Gemahlin. Die Flotte und Ser Imry gingen in der Schlacht am Blackwater verloren, und Lord Alesters Bemühungen, nach der Niederlage einen Frieden auszuhandeln, wurden von König Stannis als Hochverrat betrachtet. Lord Alester wurde der roten Priesterin Melisandre übergeben, die ihn als Opfer an R'hollor verbrannte.

Der Eiserne Thron bezichtigte die Florents ebenfalls des Hochverrats, da sie Stannis und seine Rebellion unterstützt hatten. Titel und Ländereien wurden ihnen genommen und Ser Garlan Tyrell zugesprochen.

Das Wappen des Hauses Florent zeigt einen Fuchskopf in einem Kranz aus Blumen.

{ALESTER FLORENT}, Lord von Brightwater, als Verräter verbrannt,
- seine Gemahlin, LADY MELARA, aus dem Hause Crane,
- ihre Kinder:
  - ALEKYNE, entrechteter Lord von Brightwater, der nach Oldtown geflohen ist und im Hightower um Asyl ersucht hat,

- MELESSA, vermählt mit Lord Randyll Tarly,
- RHEA, vermählt mit Lord Leyton Hightower,

- seine Geschwister:
  - SER AXELL, ein Mann der Königin, in Diensten seiner Nichte Königin Selyse in Eastwatch-by-the-Sea,
  - {SER RYAM}, gestorben bei einem Sturz vom Pferd,
    - SELYSE, seine Tochter, Gemahlin und Königin von König Stannis I. Baratheon,
      - SHIRREEN BARATHEON, ihr einziges Kind,
    - {SER IMRY}, sein ältester Sohn, gefallen in der Schlacht am Blackwater,
    - SER ERREN, sein zweitgeborener Sohn, Gefangener in Highgarden,
  - SER COLIN, Kastellan von Brightwater Keep,
    - DELENA, seine Tochter, vermählt mit Ser Hosmann Norcross,
    - ihr unehelicher Sohn EDRIC STORM, gezeugt von König Robert I. Baratheon,
      - ALESTER NORCROSS, ihr ältester ehelicher Sohn, ein Neunjähriger,
      - RENLY NORCROSS, ihr zweitgeborener ehelicher Sohn, ein Dreijähriger,
    - MAESTER OMER, Ser Colins ältester Sohn, in Diensten in Old Oak,
    - MERRELL, Colins jüngster Sohn, ein Knappe auf dem Arbor,
  - RYLENE, Lord Alesters Schwester, vermählt mit Ser Rycherd Crane.

HAUS FREY

Die Freys sind Gefolgsleute des Hauses Tully, haben ihre Pflichten jedoch nicht immer treu erfüllt. Zu Beginn des Kriegs der Fünf Könige gewann Robb Stark Lord Walder als Verbündeten, indem er gelobte, eine seiner Töchter oder Enkelinnen zu heiraten. Als er stattdessen Lady Jeyne Westerling ehelichte, verschworen sich die Freys mit Roose Bolton und ermordeten den Jungen Wolf und seine Anhänger bei der inzwischen als Rote Hochzeit bezeichneten Feier.

WALDER FREY, Lord vom Kreuzweg,
- von seiner ersten Gemahlin {LADY PERRA aus dem Hause Royce}:
  - {SER STEVRON}, ihr ältester Sohn, starb nach der Schlacht von Oxcross,
    - vermählt mit {Corenna Swann}, an Schwindsucht verschieden,
    - Stevrons ältester Sohn SER RYMAN, Erbe der Twins,
      - Rymans Sohn EDWYN, vermählt mit Janyce Hunter,
        - Edwyns Tochter WALDA, ein achtjähriges Mädchen,
      - Rymans Sohn WALDER, genannt SCHWARZER WALDER,
      - Rymans Sohn {PETYR, genannt PETYR PIMPLE}, vermählt mit Mylenda Caron, wurde bei Altestein gehängt,
        - Petyrs Tochter PERRA, ein fünfjähriges Mädchen,
    - vermählt mit {JEYNE LYDDEN}, die bei einem Sturz vom Pferd starb,

- Stevrons Sohn {AEGON} genannt GLÖCKCHEN, starb bei der Roten Hochzeit durch Catelyn Starks Hand,
- Stevrons Tochter {MAEGELLE}, vermählt mit Ser Dafyn Vance, im Kindbett verstorben,
  - Maegelles Tochter MARIANNE VANCE, eine junge Frau,
  - Maegelles Sohn WALDER VANCE, ein Knappe,
  - Maegelles Sohn PATRICK VANCE,
- vermählt mit {MARSELLA WAYNWOOD}, im Kindbett verstorben,
- Stevrons Sohn WALTON, vermählt mit Deana Hardyng,
  - Waltons Sohn STEFFON, genannt DER SÜSSE,
  - Waltons Tochter WALDA, genannt BLONDE WALDA,
  - Waltons Sohn BRYAN, ein Knappe,

- SER EMMON, Lord Walters zweitgeborener Sohn, vermählt mit Genna aus dem Hause Lannister,
  - Emmons Sohn {SER CLEOS}, vermählt mit Jeyne Darry, getötet von Geächteten in der Nähe von Maidenpool,
    - Cleos' Sohn TYWIN, ein zwölfjähriger Knappe,
    - Cleos' Sohn WILLEM, Page in Ashemark, zehn,
  - Emmons Sohn SER LYONEL, vermählt mit Melesa Crakehall,
  - Emmons Sohn {TION}, während seiner Gefangenschaft in Riverrun von Rickard Karstark ermordet,
  - Emmons Sohn WALDER, genannt ROTER WALDER, vierzehn, Page in Casterly Rock,

- SER AENYS, Lord Walders drittgeborener Sohn, vermählt mit {Tyana Wylde}, die im Kindbett starb,
  - Aenys' Sohn AEGON BLOODBORN, ein Geächteter,
  - Aenys' Sohn RHAEGAR, vermählt mit {Jeyne Beesbury}, die an der Schwindsucht starb,
    - Rhaegars Sohn ROBERT, dreizehn,
    - Rhaegars Tochter WALDA, eine Elfjährige, genannt WEISSE WALDA,

– Rhaegars Sohn JONOS, ein Achtjähriger,
– PERRIANE, Lord Walders Tochter, vermählt mit Ser Leslyn Haigh,
– Perrianes Sohn SER HARYS HAIGH,
– Harys' Sohn WALDER HAIGH, ein Fünfjähriger,
– Perrianes Sohn SER DONNEL HAIGH,
– Perrianes Sohn ALYN HAIGH, ein Knappe,

– von seiner zweiten Gemahlin {LADY CYRENNA aus dem Hause Swann}:
– SER JARED, Lord Walders viertgeborener Sohn, vermählt mit {Alys Frey},
– Jareds Sohn {SER TYTOS}, vermählt mit Zhoe Blanetree, erschlagen von Sandor Clegane während der Roten Hochzeit,
– Tytos' Tochter ZIA, eine junge Frau von vierzehn,
– Tytos' Sohn ZACHERY, ein zwölfjähriger Junge, der in der Septe in Oldtown ausgebildet wird und dem Glauben das Gelübde abgelegt hat,
– Jareds Tochter KYRA, vermählt mit {Ser Garse Goodbrook}, der während der Roten Hochzeit ums Leben kam,
– Kyras Sohn WALDER GOODBROOK, neun,
– Kyras Tochter JEYNE GOODBROOK, sechs,
– SEPTON LUCEON, in Diensten der Großen Septe des Baelor in King's Landing,

– von seiner dritten Gemahlin {LADY AMAREI aus dem Hause Crakehall}:
– SER HOSTEEN, ihr ältester Sohn, vermählt mit Bellena Hawick,
– Hosteens Sohn SER ARWOOD, vermählt mit Ryella Royce,
– Arwoods Tochter RYELLA, ein fünfjähriges Mädchen,
– Arwoods Zwillingssöhne ANDROW und ALYN, vier,
– Arwoods Tochter HOSTELLA, ein Neugeborenes,

- LYTHENE, Lord Walders Tochter, vermählt mit Lord Lucias Vypren,
  - Lythenes Tochter ELYANA, vermählt mit Ser Jon Wylde,
    - Elyanas Sohn RICKARD WYLDE, vier,
  - Lythenes Sohn SER DAMON VYPREN,
- SYMOND, vermählt mit Betharios von Braavos,
  - Symonds Sohn ALESANDER, ein Sänger,
  - Symonds Tochter ALYX, eine Jungfrau von siebzehn,
  - Symonds Sohn BRADAMAR, ein zehnjähriger Junge, der in Braavos von Oro Tendyris, einem reichem Kaufmann, als Mündel aufgezogen wird,
- SER DANWELL, Lord Walders achtgeborener Sohn, vermählt mit Wynafrei Whent,
  - {mehrere Fehlgeburten},
- {MERRETT}, bei Altestein gehängt, vermählt mit Mariya Darry,
  - Merretts Tochter AMEREI, genannt AMI, vermählt mit {Ser Pate vom Blauen Arm}, der von Ser Gregor Clegane getötet wurde,
  - Merretts Tochter WALDA, genannt FETTE WALDA, vermählt mit Roose Bolton, dem Lord von der Dreadfort,
  - Merretts Tochter MARISSA, dreizehn,
  - Merretts Sohn WALDER, genannt KLEINER WALDER, ein Achtjähriger, als Knappe in Diensten von Ramsay Bolton,
- {SER GEREMY}, ertrunken, vermählt mit Carolei Waynwood,
  - Geremys Sohn SANDOR, ein zwölfjähriger Knappe,
  - Geremys Tochter CYNTHEA, eine Neunjährige, Mündel von Lady Anya Waynwood,
- SER RAYMUND, vermählt mit Beony Beesbury,
  - Raymunds Sohn ROBERT, Akolyth in der Citadel,
  - Raymunds Sohn MALWYN, in Diensten eines Alchimisten in Lys,
  - Raymunds Zwillingstöchter SERRA und SARRA,
  - Raymunds Tochter CERSEI genannt KLEINE BIENE,
  - Raymunds Zwillingssöhne JAIME und TYWIN, Neugeborene,

– von seiner vierten Gemahlin {LADY ALYSSA aus dem Hause Blackwood}:
– LOTHAR, Lord Walders zwölftgeborener Sohn, genannt LAHMER LOTHAR, vermählt mit Leonella Lefford,
  – Lothars Tochter TYSANE, sieben,
  – Lothars Tochter WALDA, fünf,
  – Lothars Tochter EMBERLEI, drei,
  – Lothars Tochter LEANA, ein Neugeborenes,
– SER JAMMOS, Lord Walders dreizehntgeborener Sohn, vermählt mit Sallei Paege,
  – Jammos' Sohn WALDER, genannt GROSSER WALDER, ein Achtjähriger, Knappe in Diensten von Ramsey Bolton,
  – Jammos' Zwillingssöhne DICKON und MATHIS, fünf,
– SER WHALEN, Lord Walders vierzehntgeborener Sohn, vermählt mit Sylwa Paege,
  – Whalens Sohn HOSTER, zwölf, Knappe in Diensten von Ser Damon Paege,
  – Whalens Tochter MERIANNE, genannt MERRY, ein elfjähriges Mädchen,
– MORYA, Lord Walders Tochter, vermählt mit Ser Flement Brax,
  – Moryas Sohn ROBERT BRAX, neun, Page auf Casterly Rock,
  – Moryas Sohn WALDER BRAX, sechs,
  – Moryas Sohn JON BRAX, ein Kind von drei Jahren,
– TYTA, Lord Walders Tochter, genannt TYTA DIE JUNGFER,

– von seiner fünften Gemahlin {LADY SARYA aus dem Hause Whent}:
  – keine Nachkommenschaft,

– von seiner sechsten Gemahlin {LADY BETHANY aus dem Hause Rosby}:
– SER PERWYN, Lord Walders fünfzehntgeborener Sohn,
– {SER BENFREY}, Lord Walders sechzehntgeborener Sohn,

verstorben an einer Wunde, die ihm während der Roten Hochzeit zugefügt wurde, vermählt mit Jyanna Frey, einer Kusine,

- Benfreys Tochter DELLA, genannt TAUBE DELLA, drei,
- Benfreys Sohn OSMUND, zwei,

- MAESTER WILLAMEN, Lord Walders siebzehntgeborener Sohn, in Diensten in Longbow Hall,
- OLYVAR, Lord Walders achtzehntgeborener Sohn, früher Knappe in Diensten Robb Starks,
- ROSLIN, sechzehn, vermählt mit Lord Edmure Tully bei der Roten Hochzeit,

- von seiner siebten Gemahlin {LADY ANNARA aus dem Hause Farring}:
- ARWYN, Lord Walders Tochter, eine junge Frau von vierzehn,
- WENDEL, Lord Walders neunzehntgeborener Sohn, dreizehn, Page in Seagard,
- COLMAR, Lord Walders zwanzigstgeborener Sohn, elf und dem Glauben versprochen,
- WALTYR, genannt TYR, Lord Walders einundzwanzigstgeborener Sohn, ein Zehnjähriger,
- ELMAR, Lord Walders letztgeborener Sohn, der kurzzeitig mit Arya Stark verlobt war, ein Neunjähriger,
- SHIREI, Lord Walders jüngstes Kind, ein siebenjähriges Mädchen,

- von seiner achten Gemahlin LADY JOYEUSE aus dem Hause Erenford:
  - zurzeit guter Hoffnung,

- Lord Walders leibliche Kinder von verschiedenen Müttern:
  - WALDER RIVERS, genannt BASTARD WALDER,
    - Bastard Walders Sohn SER AEMON RIVERS,
    - Bastard Walders Tochter WALDA RIVERS,

- MAESTER MELWYS, in Diensten in Rosby,
- JEYNE RIVERS, MARTYN RIVERS, RYGER RIVERS, RONEL RIVERS, MELLARA RIVERS und andere.

HAUS HIGHTOWER

Die Hightowers von Oldtown gehören zu den ältesten und stolzesten Großen Häusern von Westeros und können ihre Abstammung bis zu den Ersten Menschen nachweisen. Einst waren sie Könige und herrschen in Oldtown und Umgebung seit der Dämmerung der Zeit, wobei sie die Andalen lieber willkommen hießen, als ihnen Widerstand zu leisten. Später beugten sie sich den Königen der Weite und gaben ihre Krone auf, wobei sie jedoch ihre althergebrachten Rechte behalten konnten. Obwohl sie über große Macht und immensen Reichtum verfügen, haben die Lords vom High Tower traditionell den Handel der Schlacht vorgezogen und selten eine größere Rolle in den Kriegen von Westeros gespielt. Die Hightowers waren an der Gründung der Citadel beteiligt und übernehmen bis zum heutigen Tage ihren Schutz. Mit ihrer Feinsinnigkeit und ihrer Weltklugheit haben sie stets Gelehrtheit und Glauben in großem Maße gefördert, und es heißt, manche Mitglieder des Hauses hätten sich mit Alchemie, Nekromantie und anderen Zauberkünsten befasst.

Das Wappen des Hauses Hightower zeigt einen gestuften weißen Turm gekrönt mit Feuer auf rauchgrauem Feld. Die Worte des Hauses lauten: *Wir Erleuchten Den Weg.*

LEYTON HIGHTOWER, Stimme von Oldtown, Lord des Hafens, Lord vom High Tower, Verteidiger der Citadel, Leuchtfeuer des Südens, genannt DER ALTE MANN VON OLDTOWN,

– LADY RHEA aus dem Hause Hightower, seine vierte Gemahlin,

- Lord Leytons ältester Sohn und Erbe SER BAELOR, genannt BAELOR BREITLÄCHELN, vermählt mit Rhonda Rowan,
- Lord Leytons Tochter MALORA, genannt DIE IRRE JUNGFER,
- Lord Leytons Tochter ALERIE, vermählt mit Lord Mace Tyrell,
- Lord Leytons Sohn SER GARTH, genannt GRAUSTAHL,
- Lord Leytons Tocher DENYSE, vermählt mit Ser Desmond Redwyne,
  - ihr Sohn DENYS, ein Knappe,
- Lord Leytons Tochter LEYLA, vermählt mit Ser Jon Cupps,
- Lord Leytons Tochter ALYSANNE, vermählt mit Lord Arthur Ambrose,
- Lord Leytons Tochter LYNESSE, vermählt mit Lord Jorah Mormont, gegenwärtig Hauptkonkubine von Trega Ormollen von Lys,
- Lord Leytons Sohn SER GUNTHOR, vermählt mit Jeyne Fossoway von den Grünapfel-Fossoways,
- Lord Leytons jüngster Sohn SER HUMFREY,

- Lord Leytons Gefolgsleute:
  - TOMMEN COSTAYNE, Lord von Three Towers,
  - ALYSANNE BULWER, Lady von Blackcrown, eine Achtjährige,
  - MARTYN MULLENDORE, Lord von Uplands,
  - WARRYN BEESBURY, Lord von Honeyholt,
  - BRANSTON CUY, Lord von Sunflower Hall,

- das Volk von Oldtown:
  - EMMA, eine Schankmagd im Federkiel und Fässchen, wo die Frauen willig sind und der Apfelwein grässlich stark ist,
    - ROSEY, ihre Tochter, ein Mädchen von fünfzehn, dessen Jungfräulichkeit einen goldenen Drachen kosten wird,

- die Erzmaester der Citadel:
  - ERZMAESTER NORREN, Seneschall im ablaufenden Jahr, mit Ring und Stab und Maske aus Elektrum,
  - ERZMAESTER THEOBALD, Seneschall für das kommende Jahr, mit Ring und Stab und Maske aus Blei,
  - ERZMAESTER EBROSE, der Heilkundige, mit Ring und Stab und Maske aus Silber,
  - ERZMAESTER MARWYN, genannt MARWYN DER MAGIER, mit Ring und Stab und Maske aus valyrischem Stahl,
  - ERZMAESTER PERESTAN, der Historiker, mit Ring und Stab und Maske aus Kupfer,
  - ERZMAESTER VAELLYN, genannt WEINESSIG-VAELLYN, der Sternschauer, mit Ring und Stab und Maske aus Bronze,
  - ERZMAESTER RYAM, mit Ring und Stab und Maske aus gelbem Gold,
  - ERZMAESTER WALGRAVE, ein alter Mann von zweifelhaftem Verstand, mit Ring und Stab und Maske aus schwarzem Eisen,
  - GALLARD, CASTOS, BENEDICT, ZARABELLO, GARIZON, NYMOS, CETHERES, WILLIFER, MOLLOS, HARODON, GUYNE, AGRIVANE, OCLEY, allesamt Erzmaester,

- Maester, Akolythen und Novizen der Citadel:
  - MAESTER GORMON, der häufig für Walgrave einspringt,
  - ARMEN, ein Akolyth mit vier Kettengliedern, genannt DER AKOLYTH,
  - ALLERAS, genannt DIE SPHINX, ein Akolyth mit zwei Kettengliedern,
  - ROBERT FREY, sechzehn, ein Akolyth mit zwei Kettengliedern,
  - LORCAS, ein Akolyth mit neun Kettengliedern, in Diensten des Seneschalls,
  - LEO TYRELL, genannt DER FAULE LEO, ein hochgeborener Novize,

- MOLLANDER, ein Novize, von Geburt an durch einen Klumpfuß behindert,
- PATE, der sich um Erzmaester Walgraves Raben kümmert, ein nicht eben viel versprechender Novize,
- ROONE, ein junger Novize.

HAUS LANNISTER

Die Lannisters von Casterly Rock bleiben die bedeutendsten Unterstützer von König Tommens Anspruch auf den Eisernen Thron. Sie brüsten sich der Abstammung von Lann dem Klugen, dem legendären Schwindler aus dem Zeitalter der Helden. Das Gold von Casterly Rock und Golden Tooth hat sie zum wohlhabendsten der Großen Häuser gemacht. Ihr Wappen zeigt den goldenen Löwen in rotem Feld. Die Worte der Lannisters lauten: *Hört Mich Brüllen!*

{TYWIN LANNISTER}, Lord von Casterly Rock, Wächter des Westens, Schild von Lannisport und Hand des Königs, auf dem Abort von seinem Zwergensohn ermordet,

- Lord Tywins Kinder:
  - CERSEI, Zwillingsschwester von Jaime, jetzt Lady von Casterly Rock,
  - SER JAIME, Zwillingsbruder von Cersei, genannt DER KÖNIGSMÖRDER,
  - TYRION, genannt DER GNOM, Zwerg und Vatermörder,
- Lord Tywins Geschwister und deren Nachkommenschaft:
  - SER KEVAN LANNISTER, vermählt mit Dorna aus dem Hause Swyft,
  - LADY GENNA, vermählt mit Ser Emmon Frey, dem jetzigen Lord von Riverrun,
    - Gennas ältester Sohn {SER CLEOS FREY}, vermählt mit Jeyne aus dem Hause Darry, getötet von Geächteten,

- Cleos' ältester Sohn SER TYWIN FREY, genannt TY, nun Erbe von Riverrun,
- Cleos' zweitgeborener Sohn, WILLEM FREY, ein Knappe,
- Gennas zweitgeborener Sohn, SER LYONEL FREY,
- Gennas drittgeborener Sohn, {TION FREY}, ein Knappe, ermordet während seiner Gefangenschaft in Riverrun,
- Gennas jüngster Sohn, WALDER FREY, genannt ROTER WALDER, ein Page in Casterly Rock,
- DER WEISSLÄCHELNDE WAT, ein Sänger in Diensten von Lady Genna,
- {SER TYGETT LANNISTER}, verstorben an den Pocken,
  - TYREK, Tygetts Sohn, vermisst und für tot gehalten,
    - LADY ERMESANDE HAYFORD, Tyreks Kindweib,
- {GERION LANNISTER}, verschollen auf See,
  - JOY HILL, Gerions Bastardtochter, elf,

- Lord Tywins weitere nahe Verwandtschaft:
  - {SER STAFFORD LANNISTER}, Vetter und Bruder von Lord Tywins Gemahlin, gefallen in der Schlacht bei Oxcross,
    - CERENNA und MYRIELLE, Staffords Töchter,
    - SER DAVON LANNISTER, Staffords Sohn,
  - SER DAMION LANNISTER, ein Vetter, vermählt mit Lady Shiera Crakehall,
    - ihr Sohn SER LUCION,
    - ihre Tochter LANNA, vermählt mit Lord Antario Jast,
  - LADY MARGOT, eine Kusine, vermählt mit Lord Titus Peake,

- der Haushalt in Casterly Rock:
  - MAESTER CREYLEN, Heilkundiger, Lehrer und Berater,
  - VYLARR, Hauptmann der Wache,
  - SER BENEDICT BROOM, Waffenmeister,
  - DER WEISSLÄCHELNDE WAT, ein Sänger,

- Vasallen und geschworene Schwerter, Lords des Westens:
  - DAMON MARBRAND, Lord von Ashemark,
    - SER ADDAM MARBRAND, sein Sohn und Erbe, Kommandant der Stadtwache von King's Landing,
  - ROLAND CRAKEHALL, Lord von Crakehall,
    - Rolands Bruder {SER BURTON CRAKEHALL}, getötet von Geächteten,
    - Rolands Sohn und Erbe SER TYBOLT,
    - Rolands Sohn SER LYLE, genannt DER STARKE EBER,
    - Rolands jüngster Sohn SER MERLON,
  - SEBASTON FARMAN, Lord von Fair Isle,
    - JEYNE, seine Schwester, vermählt mit Ser Gareth Clifton,
  - TYTOS BRAX, Lord von Hornvale,
    - SER FLEMENT BRAX, sein Bruder und Erbe,
  - QUENTEN BANEFORT, Lord von Banefort,
  - SER HARYS SWYFT, Schwiegervater von Ser Kevan Lannister,
    - Ser Harys' Sohn, SER STEFFON SWYFT,
      - Ser Steffons Tochter JOANNA,
    - Ser Harys' Tochter SHIERLE, vermählt mit Ser Melwyn Sarsfield,
  - REGENARD ESTREN, Lord von Wyndhall,
  - GAWEN WESTERLING, Lord von Crag,
    - seine Gemahlin LADY SYBELL aus dem Hause Spicer,
      - ihr Bruder, SER ROLPH SPICER, jüngst zum Lord von Castamere ernannt,
      - ihr Vetter, SER SAMWELL SPICER,
    - ihre Kinder:
      - SER RAYNALD WESTERLING,
      - JEYNE, Witwe von Robb Stark,
      - ELEYNA, eine Zwölfjährige,
      - ROLLAM, ein Neunjähriger,
  - LORD SELMOND STACKSPEAR,

- sein Sohn SER STEFFON STACKSPEAR,
- sein jüngerer Sohn SER ALYN STACKSPEAR,
- TERRENCE KENNING, Lord von Kayce,
  - SER KENNOS VON KAYCE, ein Ritter in seinen Diensten,
- LORD ANTARIO JAST,
- LORD ROBIN MORELAND,
- LADY ALYSANNE LEFFORD,
- LEWYS LYDDEN, Lord vom Deep Den,
- LORD PHILIP PLUMM,
  - seine Söhne SER DENNIS PLUMM, SER PETER PLUMM und SER HARWYN PLUMM, genannt HARTSTEIN,
- LORD GARRISON PRESTER,
  - SER FORLEY PRESTER, sein Vetter,
- SER GREGOR CLEGANE, genannt DER REITENDE BERG,
  - SANDOR CLEGANE, sein Bruder,
- SER LORENT LORCH, ein Ritter mit Landbesitz,
- SER GARTH GREENFIELD, ein Ritter mit Landbesitz,
- SER LYMOND VIKARY, ein Ritter mit Landbesitz,
- SER RAYNARD RUTTIGER, ein Ritter mit Landbesitz,
- SER MANFREY YEW, ein Ritter mit Landbesitz,
- SER TYBOLT HETHERSPOON, ein Ritter mit Landbesitz,
  - {MELARA HETHERSPOON}, seine Tochter, als Mündel in Casterly Rock in einem Brunnen ertrunken.

HAUS MARTELL

Dorne war das letzte der Sieben Königslande, welches dem Eisernen Thron die Lehnstreue schwor. Dem Blute, den Sitten, der geographischen Lage und der Geschichte nach unterscheidet sich Dorne stark von den anderen Königslanden. Beim Ausbruch des Kriegs der Fünf Könige nahm Dorne für niemanden Partei. Erst mit dem Verlöbnis von Myrcella Baratheon und Prinz Trystane erklärte Sunspear seine Unterstützung für König Joffrey. Das Banner der Martells zeigt eine rote Sonne, die von einem Speer durchbohrt wird. Die Worte des Hauses lauten: *Ungebeugt, Ungezähmt, Ungebrochen.*

DORAN NYMEROS MARTELL, Lord von Sunspear, Prinz von Dorne,

- seine Gemahlin MELLARIO aus der Freien Stadt Norvos,
- ihre Kinder:
  - PRINZESSIN ARIANNE, Erbin von Sunspear,
    - GARIN, Ariannes Milchbruder und Gefährte, ein Waise vom Greenblood,
  - PRINZ QUENTYN, jüngst ernannter Ritter, der lange als Mündel bei Lord Yronwood von Yronwood weilte,
  - PRINZ TRYSTANE, verlobt mit Myrcella Baratheon,

- Prinz Dorans Geschwister:
  - {PRINZESSIN ELIA}, geschändet und ermordet während der Plünderung von King's Landing,
    - {RHAENYS TARGARYEN}, ihre kleine Tochter, ermordet während der Plünderung von King's Landing,

- {AEGON TARGARYEN}, ein Säugling, ermordet während der Plünderung von King's Landing,
- {PRINZ OBERYN}, genannt DIE ROTE VIPER, von Ser Gregor Clegane während eines gerichtlichen Zweikampfes erschlagen,
  - ELLARIA SAND, Prinz Oberyns Buhle, uneheliche Tochter von Lord Harman Uller,
  - DIE SANDSCHLANGEN, Oberyns Bastard-Töchter:
    - OBARA, achtundzwanzig, Oberyns Tochter mit einer Hure aus Oldtown,
    - NYMERIA, genannt LADY NYM, fünfundzwanzig, seine Tochter mit einer Edlen aus Volantis,
    - TYENE, dreiundzwanzig, Oberyns Tochter mit einer Septa,
    - SARELLA, neunzehn, seine Tochter mit einer Kauffrau, Kapitänin der *Gefiederter Kuss*,
    - ELIA, vierzehn, eine Tochter mit Ellaria Sand,
    - OBELLA, zwölf, eine Tochter mit Ellaria Sand,
    - DOREA, acht, eine Tochter mit Ellaria Sand,
    - LOREZA, sechs, eine Tochter mit Ellaria Sand,

- Prinz Dorans Hof in den Wassergärten:
  - AREO HOTAH aus Norvos, Hauptmann der Wache,
  - MAESTER CALEOTTE, Berater, Heilkundiger und Lehrer,
  - fünf Dutzend Kinder von hoher und niederer Geburt, Söhne und Töchter von Lords, Rittern, Waisen, Händlern, Handwerkern und Bauern, seine Mündel,

- Prinz Dorans Hof in Sunspear:
  - PRINZESSIN MYRCELLA BARATHEON, sein Mündel, die Verlobte von Prinz Trystane,
    - SER ARYS OAKHEART, ihr geschworener Schild,
    - ROSAMUND LANNISTER, Myrcellas Kammerzofe und Gesellschafterin, eine entfernte Kusine,

- SEPTA EGLANTINE, Myrcellas Beichtmutter,
- MAESTER MYLES, Berater, Heilkundiger und Lehrer,
- RICASSO, Seneschall in Sunspear, alt und blind,
- SER MANFREY MARTELL, Kastellan von Sunspear,
- LADY ALYSE LADYBRIGHT, Schatzmeisterin,
- SER GASCOYNE VOM GREENBLOOD, Prinz Trystanes geschworener Schild,
- BORS und TIMOTH, Diener in Sunspear,
- BELANDRA, CEDRA, die Geschwister MORRA und MELLEI, Dienerinnen in Sunspear,

- Prinz Dorans Gefolgsmänner, die Lords von Dorne:
  - ANDERS YRONWOOD, Lord von Yronwood, Wächter des Steinwegs,
    - SER CLETUS, sein Sohn, bekannt für sein Schielauge,
    - MAESTER KEDRY, Heilkundiger, Lehrer und Berater,
  - HARMEN ULLER, Lord von Hellholt,
    - ELLARIA SAND, seine uneheliche Tochter,
    - SER ULWYCK ULLER, sein Bruder,
  - DELONNE ALLYRION, Lady von Godsgrace,
    - SER RYON, ihr Sohn und Erbe,
      - SER DAEMON SAND, Ryons unehelicher Sohn, der Bastard von Godsgrace,
  - DAGOS MANWOODLY, Lord von Kingsgrave,
    - MORS und DICKON, seine Söhne,
    - SER MYLES, sein Bruder,
  - LARRA BLACKMONT, Lady von Blackmont,
    - JYNESSA, ihre Tochter und Erbin,
    - PERROS, ihr Sohn, ein Knappe,
  - NYMELLA TOLAND, Lady von Ghost Hill,
  - QUENTYN QORGYLE, Lord von Sandstone,
    - SER GULIAN, sein ältester Sohn und Erbe,
    - SER ARRON, sein zweitgeborener Sohn,
  - SER DEZIEL DALT, der Ritter von Lemonwood,

- SER ANDREY, sein Bruder und Erbe, genannt DREY,
- FRANKLYN FOWLER, Lord von Skyreach, genannt DER ALTE FALKE, der Wächter des Prinzenpasses,
  - JEYNE und JENNELYN, seine Zwillingstöchter,
- SER SYMON SANTAGAR, der Ritter von Spottswood,
  - SYLVA, seine Tochter und Erbin, genant SPRENKEL-SYLVA, wegen ihrer Sommersprossen,
- EDRIC DAYNE, Lord von Starfall, ein Knappe,
  - SER GEROLD DAYNE, genannt DUNKELSTERN, der Ritter von High Hermitage, sein Vetter und Gefolgsmann,
- TREBOR JORDAYNE, Lord vom Hügel,
  - MYRIA, seine Tochter und Erbin,
- TREMOND GARGALEN, Lord von Salt Shore,
- DAERON VAITH, Lord von den Red Dunes.

HAUS STARK

Die Starks führen ihre Herkunft auf Brandon den Erbauer und die Könige des Winters zurück. Tausende von Jahren regierten sie in Winterfell als Könige im Norden, bis Torrhen Stark der Kniende König sich entschloss, Aegon dem Drachen die Lehnstreue zu schwören. Als Lord Eddard Stark von Winterfell auf König Joffreys Befehl hingerichtet wurde, entsagten die Nordmänner ihrem Eid gegenüber dem Eisernen Thron und krönten Lord Eddards Sohn Robb Stark zum König des Nordens. Während des Krieges der Fünf Könige gewann er jede Schlacht, wurde jedoch verraten und von den Freys und Boltons in den Twins beim Hochzeitsfest seines Onkels ermordet.

{ROBB STARK}, König des Nordens und König vom Trident, Lord von Winterfell, ältester Sohn von Lord Eddard Stark und Lady Catelyn aus dem Hause Tully, ein junger Mann von sechzehn, genannt DER JUNGE WOLF, ermordet während der Roten Hochzeit,

- {GREYWIND}, sein Schattenwolf, getötet während der Roten Hochzeit,
- seine ehelichen Geschwister:
  - SANSA, seine Schwester, vermählt mit Tyrion aus dem Hause Lannister,
    - {LADY}, ihr Schattenwolf, getötet auf Burg Darry,
  - ARYA, eine Elfjährige, die vermisst und für tot gehalten wird,
    - NYMERIA, ihr Schattenwolf, der durch die Flusslande streift,

– BRANDON, genannt BRAN, ein verkrüppelter Neunjähriger, Erbe von Winterfell, wird für tot gehalten,
  – SUMMER, sein Schattenwolf,
  – Brans Gefährten und Beschützer:
    – MEERA REED, eine sechzehnjährige Jungfrau, Tochter von Lord Howland Reed von Greywater Watch,
    – JOJEN REED, ihr Bruder, dreizehn,
    – HODOR, ein schwachsinniger Bursche, sieben Fuß groß,
– RICKON, ein Vierjähriger, der für tot gehalten wird,
  – SHAGGYDOG, sein Schattenwolf, schwarz und wild,
  – Rickons Gefährtin OSHA, eine Wildlingsfrau, die einst eine Gefangene auf Winterfell war,

– sein Bastardbruder JON SNOW von der Nachtwache,
  – GHOST, Jons Schattenwolf, weiß und stumm,
– Robbs geschworene Schwerter:
  – {DONNEL LOCKE, OWEN NORREY, DACEY MORMONT, SER WENDEL MANDERLY, ROBIN FLINT}, erschlagen während der Roten Hochzeit,
  – HALLIS MOLLEN, Hauptmann der Wache, der Eddard Starks Gebeine zurück nach Winterfell geleitet,
    – JACKS, QUENT, SHADD, Männer der Wache,
– Robbs Onkel, Tanten, Vettern und Kusinen:
  – BENJEN STARK, der jüngere Bruder seines Vaters, verschollen während einer Streife jenseits der Mauer und für tot gehalten,
  – {LYSA ARRYN}, die Schwester seiner Mutter, Lady der Eyrie, vermählt mit Lord Jon Arryn, wurde durch einen Stoß getötet,
    – ihr Sohn ROBERT ARRYN, Lord der Eyrie und Beschützer des Grünen Tales, ein kränklicher Junge,
  – EDMURE TULLY, Lord von Riverrun, Bruder seiner Mutter, wurde während der Roten Hochzeit gefangen genommen,

- LADY ROSLIN aus dem Hause Frey, Edmures Braut,
- SER BRYNDEN TULLY, genannt der BLACKFISH, der Onkel seiner Mutter, Kastellan von Riverrun,

- die Gefolgsleute des Jungen Wolfs und die Lords des Nordens:

  - ROOSE BOLTON, Lord von der Dreadfort, der Abtrünnige,
    - {DOMERIC}, sein leiblicher Sohn und Erbe,
    - RAMSAY BOLTON (ursprünglich RAMSAY SNOW), Roose Boltons unehelicher Sohn, genannt DER BASTARD VON BOLTON, Kastellan der Dreadfort,
      - WALDER FREY und WALDER FREY, genannt DER GROSSE WALDER und DER KLEINE WALDER, Ramsays Knappen,
      - {STINKER}, ein Krieger, der für seinen Gestank berüchtigt war und erschlagen wurde, als er sich für Ramsay ausgab,
    - »ARYA STARK«, Lord Rooses Gefangene, eine falsche Arya Stark, die mit Ramsay verlobt ist,
    - WALTON, genannt STAHLBEIN, Rooses Hauptmann,
    - BETH CASSELL, KYRA, RÜBE, PALLA, BANDY, SHYRA und OLD NAN, Frauen von Winterfell, die an der Dreadfort gefangen gehalten werden,

  - JON UMBER, genannt GREATJON, Lord vom Letzten Herd, Gefangener in den Twins,
    - {JON, genannt DER SMALLJON}, der älteste Sohn und Erbe von Greatjon, getötet bei der Roten Hochzeit,
    - MORS, genannt KRÄHENFRESSER, Onkel von Greatjon, Kastellan des Letzten Herds,
    - HOTHER, genannt HURENTOD, Onkel von Greatjon und ebenfalls Kastellan vom Letzten Herd,

- {RICKARD KARSTARK}, Lord von Karhold, geköpft wegen Hochverrat und Mord an einem Gefangenen,
  - {EDDARD}, sein Sohn, gefallen in der Schlacht im Flüsterwald,
  - {TORRHEN}, sein Sohn, gefallen im Flüsterwald,
  - HARRION, sein Sohn, Gefangener in Maidenpool,
  - ALYS, Lord Rickards Tochter, eine fünfzehnjährige Jungfrau,
  - Rickards Onkel ARNOLF, Kastellan von Karhold,

- GALBART GLOVER, Herr von Deepwood Motte, nicht verheiratet,
  - ROBETT GLOVER, sein Bruder und Erbe,
    - seine Gemahlin SYBELLE aus dem Hause Locke,
    - ihre Kinder:
      - GAWEN, ein Dreijähriger,
      - ERENA, ein Säugling,
  - Galbarts Mündel LARENCE SNOW, ein unehelicher Sohn von {Lord Halys Hornwood}, ein dreizehnjähriger Junge,

- HOWLAND REED, Lord von Greywater Watch, ein Pfahlbaumann,
  - seine Gemahlin JYANA vom Pfahlbauvolk,
  - ihre Kinder:
    - MERRA, eine junge Jägerin,
    - JONJEN, ein Junge, der mit dem Grünen Blick gesegnet ist,

- WYMAN MANDERLY, Lord von White Harbor, ein äußerst fetter Mann,
  - SER WYLIS MANDERLY, sein ältester Sohn und Erbe, sehr fett, ein Gefangener in Harrenhal,
  - Wylis' Gemahlin LEONA aus dem Hause Woolfield,

– WYNAFRYD, ihre Tochter, eine Maid von neunzehn Jahren,
– WYLLA, ihre Tochter, eine Maid von fünfzehn,
– {SER WENDEL MANDERLY}, sein zweitgeborener Sohn, getötet bei der Roten Hochzeit,
– SER MARLON MANDERLY, sein Vetter, Kommandant der Truppen in White Harbor,
– MAESTER THEOMORE, Berater, Lehrer, Heilkundiger,

– MAEGE MORMONT, Lady von Bear Island,
– {DACEY}, ihre ältere Tochter und Erbin, getötet bei der Roten Hochzeit,
– ALYSANNE, LYRA, JORELLE, LYANNA, ihre Töchter,
– {JEOR MORMONT}, ihr Bruder, Lord Commander der Nachtwache, wurde von seinen eigenen Männern getötet,
– SER JORAH MORMONT, Lord Jeors Sohn, einst Lord von Bear Island von eigenem Recht, ein Ritter, der enteignet und verbannt wurde,

– {SER HELMAN TALLHART}, Herr von Torrhen's Square, getötet bei Duskendale,
– {BENFRED}, sein Sohn und Erbe, von Eisenmännern an der Stony Shore getötet,
– EDDARA, seine Tochter, eine Gefangene in Torrhen's Square,
– {LEOBALD}, sein Bruder, getötet in Winterfell,
– Leobalds Gemahlin BERENA aus dem Hause Hornwood, eine Gefangene in Torrhen's Square,
– ihre Söhne BRANDON und BEREN, ebenfalls Gefangene in Torrhen's Square,

– RODRIK RYSWELL, Lord von den Bächen,
– BARBREY DUSTIN, seine Tochter, Lady von Barrowton, Witwe von {Lord Willam Dustin},

– HARWOOD STOUT, ihr Lehnsmann, ein kleiner Lord in Barrowton,
– {BETHANY BOLTON}, seine Tochter, zweite Gemahlin von Lord Roose Bolton, verstorben an einem Fieber,
– ROGER RYSWELL, RICKARD RYSWELL, ROOSE RYSWELL, seine streitsüchtigen Vettern und Gefolgsleute,

– {CLEY CERWYN}, Lord von Cerwyn, getötet in Winterfell,
– JONELLE, seine Schwester, eine Jungfrau von zweiunddreißig,
– LYESSA FLINT, Lady von Witwenwacht,
– ONDREW LOCKE, Lord von Alteburg, ein alter Mann,
– HUGO WULL, genannt DER GROSSE EIMER, Häuptling seines Clans,
– BRANDON NORREY, genannt DER NORREY, Häuptling seines Clans,
– TORREN LIDDLE, genannt DER LIDDLE, Häuptling seines Clans.

Das Wappen der Starks zeigt den grauen Schattenwolf, rennend, in einem eisweißen Feld. Die Worte der Starks lauten: *Der Winter Naht*.

HAUS TULLY

Lord Edmyn Tully von Riverrun war einer der ersten Flusslords, die Aegon dem Eroberer die Treue schworen. Der siegreiche Aegon belohnte das Haus Tully, indem er ihm die Vorherrschaft über die Ländereien am Trident verlieh. Das Wappen der Tullys ist eine springende Forelle in Silber auf einem Feld mit Wellenbalken in Blau und Rot. Die Worte der Tullys lauten: *Familie, Pflicht, Ehre.*

EDMURE TULLY, Lord von Riverrun, wurde bei seiner Hochzeit von den Freys gefangen genommen,

- LADY ROSLIN aus dem Hause Frey, Edmures junge Braut,
- {LADY CATELYN STARK}, seine Schwester, Witwe von Lord Eddard Stark von Winterfell, getötet während der Roten Hochzeit,
- {LADY LYSA ARRYN}, seine Schwester, Witwe von Lord Jon Arryn aus dem Grünen Tal, getötet durch einen Stoß von der Eyrie,
- SER BRYNDEN TULLY, genannt DER BLACKFISH, Edmures Onkel, Kastellan von Riverrun,
- Lord Edmures Haushalt in Riverrun:
  - MAESTER VYMAN, Berater, Heilkundiger und Lehrer,
  - SER DESMOND GRELL, Waffenmeister,
  - SER ROBIN RYGER, Hauptmann der Wache,
    - DER LANGE LEW, ELWOOD, DELP, Wachen,
  - UTHERYDES WAYN, Haushofmeister von Riverrun,

- Edmures Vasallen, die Lords vom Trident:
  - TYTOS BLACKWOOD, Lord von Raventree Hall,
    - {LUCAS}, sein Sohn, getötet bei der Roten Hochzeit,
  - JONOS BRACKEN, Lord von der Stone Hedge,
  - JASON MALLISTER, Lord von Seagard, ein Gefangener in seiner eigenen Burg,
    - PATREK, sein Sohn, gefangen mit seinem Vater,
    - SER DENYS MALLISTER, Lord Jasons Onkel, ein Mann der Nachtwache,
  - CLEMENT PIPER, Lord von Burg Pinkmaiden,
    - sein Sohn und Erbe SER MARQ PIPER, geriet bei der Roten Hochzeit in Gefangenschaft,
  - KARYL VANCE, Lord von Wanderers Ruh,
    - seine älteste Tochter und Erbin, LIANA,
    - seine jüngeren Töchter RHIALTA und EMPHYRIA,
  - NORBERT VANCE, der blinde Lord von Atranta,
    - sein ältester Sohn und Erbe, SER RONALD VANCE,
    - seine jüngeren Söhne SER HUGO, SER ELLERY, SER KIRTH und MAESTER JON,
  - THEOMAR SMALLWOOD, Lord von Acorn Hall,
    - seine Gemahlin LADY RAVELLA aus dem Hause Swann,
      - ihre Tochter CARELLEN,
  - WILLIAM MOOTON, Lord von Maidenpool,
  - SHELLA WHENT, enteignete Lady von Harrenhal,
    - SER WILLIS WODE, ein Ritter in ihren Diensten,
  - SER HALMON PAEGE,
  - LORD LYMOND GOODBROOK.

HAUS TYRELL

Zu Macht kamen die Tyrells als Haushofmeister der Könige der Weite, obwohl sie behaupten, von Garth Grünhand, dem Gärtnerkönig der Ersten Menschen abzustammen. Als der letzte König des Hauses Gardener auf dem Feld des Feuers getötet wurde, übergab sein Haushofmeister Harlen Tyrell Highgarden an Aegon den Eroberer. Aegon verlieh ihm die Burg und die Herrschaft über die Weite. Mace Tyrell erklärte sich zu Beginn des Kriegs der Fünf Könige für Renly Baratheon und gab ihm die Hand seiner Tochter Margaery. Nach Renlys Tod schloss Highgarden ein Bündnis mit dem Haus Lannister, und Margaery wurde mit König Joffrey verlobt.

MACE TYRELL, Lord von Highgarden, Wächter des Südens, Verteidiger der Marschen und Hochmarschall der Weite,

- seine Gemahlin, LADY ALERIE aus dem Hause Hightower in Oldtown,
- ihre Kinder:
  - WILLAS, ihr ältester Sohn, Erbe von Highgarden,
  - SER GARLAN, genannt DER KAVALIER, ihr zweitgeborener Sohn, jüngst ernannt zum Lord von Brightwater,
    - Garlans Gemahlin LADY LEONETTE aus dem Hause Fossoway,
  - SER LORAS, der Ritter der Blumen, ihr jüngster Sohn, ein Geschworener Bruder der Königsgarde,
  - MARGAERY, ihre Tochter, dreimal vermählt und zweimal verwitwet,
    - Margaerys Gesellschafterinnen und Kammerfrauen:

– ihre Kusinen MEGGA, ALLA und ELINOR TYRELL,
– Elinors Verlobter ALYN AMBROSE, ein Knappe,
– LADY ALYSANNE BULWER, LADY ALYCE GRACEFORD, LADY TAENA MERRYWEATHER, MEREDYTH CRANE – genannt MERRY –, SEPTA NYSTERICA, ihre Gesellschafterinnen,
– Mace' verwitwete Mutter, LADY OLENNA aus dem Hause Redwyne, genannt DIE KÖNIGIN DER DORNEN,
– ARRYK und ERRYK, ihre Wachen, Zwillinge von sieben Fuß Größe, genannt LINKS und RECHTS,
– Mace' Schwestern:
– LADY MINA, vermählt mit Paxter Redwyne, Lord vom Arbor,
– ihre Kinder:
– SER HORAS REDWYNE, Zwillingsbruder von Hobber, genannt HORROR,
– SER HOBBER REDWYNE, Zwillingsbruder von Horas, genannt SCHLABBER,
– DESMERA REDWYNE, eine sechzehnjährige Jungfer,
– LADY JANNA, vermählt mit Ser Jon Fossoway,
– Mace' Onkel und Vettern:
– Mace' Onkel GARTH, genannt DER GROBE, Lord Seneschall von Highgarden,
– Garths uneheliche Söhne GARSE und GARRETT FLOWERS,
– Mace' Onkel SER MORYN, Lord Commander der Stadtwache von Oldtown,
– Moryns Sohn {SER LUTHOR}, vermählt mit Lady Elyn Norridge,
– Luthors Sohn SER THEODORE, vermählt mit Lady Lia Serry,
– Theodores Tochter ELINOR,
– Theodores Sohn LUTHOR, ein Knappe,
– Luthors Sohn MAESTER MEDWICK,

- Luthors Tochter OLENE, vermählt mit Ser Leo Blackbar,
  - Moryns Sohn LEO, genannt DER FAULE LEO, ein Novize in der Citadel von Oldtown,
- Mace' Onkel MAESTER GORMON, ein Gelehrter der Citadel,
- Mace' Vetter {SER QUENTIN}, starb in Ashford,
  - Quentins Sohn SER OLYMER, vermählt mit Lady Lisa Meadows,
    - Olymers Söhne RAYMUND und RICKARD,
    - Olymers Tochter MEGGA,
- Mace' Vetter MAESTER NORMUND, in Diensten in Blackcrown,
- Mace' Vetter {SER VICTOR}, wurde vom Lächelnden Ritter der Königswald-Bruderschaft erschlagen,
  - Victors Tochter VICTARIA, vermählt mit {Lord Jon Bulwer}, der am Sommerfieber starb,
    - ihre Tochter LADY ALYSANNE BULWER, acht,
  - Victors Sohn SER LEO, vermählt mit Lady Alys Beesbury,
    - Leos Töchter ALLA und LEONA,
    - Leos Söhne LYONEL, LUCAS und LORENT,

- Mace' Haushalt in Highgarden:
  - MAESTER LOMYS, Berater, Heilkundiger und Hauslehrer,
  - IGON VYRWEL, Hauptmann der Garde,
  - SER VORTIMER CRANE, Waffenmeister,
  - BUTTERSTAMPFER, ein sehr fetter Narr,

- seine Vasallen, die Lords der Weite:
  - RANDYLL TARLY, Lord von Horn Hill,
  - PAXTER REDWYNE, Lord vom Arbor,
    - SER HORAS und SER HOBBER, seine Zwillingssöhne,
    - Lord Paxters Heilkundiger MAESTER BALLABAR,
  - ARWYN OAKHEART, Lady von Old Oak,
    - Lady Arwyns jüngster Sohn SER ARYS, ein Geschworener Bruder der Königsgarde,

- MATHIS ROWAN, Lord von Goldengrove, vermählt mit Bethany aus dem Hause Redwyne,
- LEYTON HIGHTOWER, Stimme von Oldtown, Lord des Ports,
- HUMFREY HEWETT, Lord von Oakenshield,
  - FALIA FLOWERS, seine Bastardtochter,
- OSBERT SERRY, Lord von Southshield,
  - SER TALBERT, sein Sohn und Erbe,
- GUTHOR GRIMM, Lord von Greyshield,
- MORIBALD CHESTER, Lord von Greenshield,
- ORTON MERRYWEATHER, Lord von Longtable,
  - LADY TAENA, seine Gemahlin, eine Frau aus Myr,
    - RUSSELL, ihr achtjähriger Sohn,
- LORD ARTHUR AMBROSE, vermählt mit Lady Alysanne Hightower,

- seine Ritter und geschworenen Schwerter:
  - SER JON FOSSOWAY von den Grünapfel-Fossoways,
  - SER TANTON FOSSOWAY von den Rotapfel-Fossoways.

Das Wappen der Tyrells zeigt eine goldene Rose in grasgrünem Feld. Ihre Worte lauten: *Kräftig Wachsen.*

Rebellen und Schurken gemeines Volk und geschworene Brüder

KLEINE LORDS, WANDERER UND GEMEINES VOLK

- SER CREIGHTON LONGBOUGH und SER ILLIFER DER MITTELLOSE, Heckenritter und Gefährten,
- HIBALD, ein geiziger und furchtsamer Händler,
  - SER SHADRICH AUS DEM SHADY GLEN, genannt DIE IRRE MAUS, ein Heckenritter in Hibalds Diensten,
- BRIENNE, DIE JUNGFRAU VON TARTH, auch genannt BRIENNE DIE SCHÖNE, eine Jungfer auf Ritterzug,
  - LORD SELWYN DER ABENDSTERN, Lord von Tarth, ihr Vater,
  - {DER GROSSE BEN BUSHY}, SER HYLE HUNT, SER MARK MULLENDORE, SER EDMUND AMBROSE, {SER RICHARD FARROW}, {WILL DER STORCH}, SER HUGH BEESBURY, SER RAYMOND NAYLAND, HARRY SAWYER, SER OWEN INCHFIELD, ROBIN POTTER, ihre einstigen Verehrer,
- RENFRED RYKKER, Lord von Duskendale,
  - SER RUFUS LEEK, ein einbeiniger Ritter in seinen Diensten, Kastellan von Dun Fort in Duskendale,
- WILLIAM MOOTON, Lord von Maidenpool,
  - ELEANOR, seine älteste Tochter und Erbin, dreizehn,
- RANDYLL TARLY, Lord von Horn Hill, Kommandant von König Tommens Truppen am Trident,
  - DICKON, sein Sohn und Erbe, ein junger Knappe,
  - SER HYLE HUNT, dem Dienste am Hause Tarly verschworen,
  - SER ALYN HUNT, Ser Hyles Vetter, ebenfalls in Lord Randylls Diensten,
- DICK CRABB, genannt FLINKER DICK, ein Crabb von Crackclaw Point,

- EUSTACE BRUNE, Lord von Dyre Den,
  - BENNARD BRUNE, der Ritter von Brownhollow, sein Vetter,
- SER ROGER HOGG, der Ritter von Sow's Horn,
- SEPTON MERIBALD, ein barfüßiger Septon,
  - sein Hund, HUND,
- DER ÄLTERE BRUDER von der Stillen Insel,
  - BRUDER NARBERT, BRUDER GILLAM, BRUDER RAWNEY, bußfertige Brüder von der Stillen Insel,
- SER QUINCY COX, der Ritter von Saltpans, ein alter, seniler Mann,

- im Gasthaus an der Kreuzung:
  - JEYNE HEDDLE, genannt LANGE JEYNE, Gastwirtin, eine große junge Maid von achtzehn Jahren,
    - WILLOW, ihre Schwester, streng mit dem Löffel,
  - TANSY, PATE, JON PENNY, BEN, Waisen im Gasthaus,
  - GENDRY, ein Lehrling des Schmiedehandwerks und Bastardsohn von König Robert I. Baratheon, der jedoch nichts über seine Abstammung weiß,

- in Harrenhal:
  - RAFFORD, genannt RAFF DER LIEBLING, DRECKSCHNAUZE, DUNSEN, Männer der Besatzung,
  - BEN SCHWARZDAUMEN, ein Schmied und Rüstungsmacher,
  - PIA, ein Dienstmädchen, einst hübsch,
  - MAESTER GULIAN, Heilkundiger, Lehrer und Berater,

- in Darry:
  - LADY AMEREI FREY, genannt TORHAUS-AMI, eine amouröse junge Witwe, die mit Lord Lancel Lannister verlobt ist,
    - Lady Amereis Mutter, LADY MARIYA aus dem Hause Darry, verwitwete Gemahlin von Merrett Frey,

- Lady Amereis Schwester MARISSA, eine dreizehnjährige Jungfrau,
- SER HARWYN PLUMM, genannt HARTSTEIN, Kommandant der Besatzung,
- MAESTER OTTOMORE, Heilkundiger, Lehrer und Berater,

- im Gasthaus zum Knienden Mann:
  - SHARNA, die Gastwirtin, Köchin und Hebamme,
    - ihr Ehemann, genannt EHEMANN,
    - JUNGE, eine Kriegswaise,
    - HEISSE PASTETE, ein Bäckerjunge, nun Waise.

GEÄCHTETE UND GEBROCHENE

{BERIC DONDARION}, einst Lord von Blackhaven, sechsmal getötet,

- EDRIC DAYNE, Lord von Starfall, ein Zwölfjähriger, Lord Berics Knappe,
- DER WAHNSINNIGE JÄGERSMANN von Steinsepte, ein gelegentlicher Verbündeter,
- GRÜNBART, ein Tyroshi-Söldner, ein unsteter Freund,
- ANGUY DER SCHÜTZE, ein Bogenschütze aus den dornischen Marschen,
- MERRIT VON MONDSTADT, WATTY DER MÜLLER, JON O' NUTTEN, Geächtete seiner Bande,

LADY STEINHERZ, eine verhüllte Frau, manchmal genannt MUTTER GNADENLOS, DIE SCHWEIGENDE SCHWESTER und DIE HENKERIN,

- ZIT, genannt ZIT ZITRONENMANTEL, ein einstiger Soldat,
- THOROS VON MYR, ein roter Priester,
- HARWIN, Sohn von Hullen, ein Nordmann in Diensten von Lord Eddard Stark von Winterfell,
- HANS IM GLÜCK, ein Gesuchter, dem ein Auge fehlt,
- TOM SIEBENBÄCHEN, ein Sänger von zweifelhaftem Ruf, der TOM SIEBENSAITEN oder TOM DER SIEBEN genannt wird,
- DER WAHRSCHEINLICHE LUKE, MUDGE, DER BARTLOSE DICK, Geächtete,

SANDOR CLEGAE, genannt DER BLUTHUND, einst König Joffreys Geschworener Schild, später ein Geschworener Bruder der

Königsgarde, zuletzt gesehen, als er fiebernd und sterbend am Trident lag,

{VARGO HOAT} aus der Freien Stadt Qohor, genannt DIE ZIEGE, ein Söldnerhauptmann mit feuchter Aussprache, der in Harrenhal von Ser Gregor Clegane getötet wurde,
- seine TAPFEREN KAMERADEN, auch DER BLUTIGE MUMMENSCHANZ genannt:
  - URSWYCK, genannt DER TREUE, sein Leutnant,
  - {SEPTON UTT}, von Beric Dondarrion gehängt,
  - TIMEON VON DORNE, RORGE, DER FETTE ZOLLO, BEISSER, TOGG JOTH von Ibben, PYG, SHAGWELL DER NARR, DREI ZEHEN, verstreut und auf der Flucht,

im Pfirsich, einem Bordell in Steinsepte:
- Tansy, die rothaarige Inhaberin,
  - ALYCE, CASS, LANNA, JYZENE, HELLY, BELLA, einige ihrer Pfirsiche,

in Acorn Hall, dem Sitz des Hauses Smallwood:
- LADY RAVELLA, früher dem Hause Swann angehörig, Gemahlin von Lord Theomar Smallwood,

hier und dort und anderswo:
- LORD LYMOND LYCHESTER, ein alter Mann mit verwirrtem Verstand, der einst Ser Maynard auf der Brücke widerstand,
  - sein junger Pfleger MAESTER ROONE,
- der Geist von Hohes Herz,
- die Lady des Laubs,
- der Septon von Sallydance.

DIE GESCHWORENEN BRÜDER DER NACHTWACHE

JON SNOW, der Bastard von Winterfell, neunhundertachtundneunzigster Lord Commander der Nachtwache,
- GHOST, sein Schattenwolf,
- sein Bursche EDDISON TOLLETT, genannt der SCHWERMÜTIGE EDD,

die Männer von Castle Black:
- BENJEN STARK, Erster Grenzer, seit langem vermisst und für tot gehalten,
  - SER WYNTON STOUT, ein alter Grenzer, schwachen Verstandes,
  - KEDGE WEISSAUGE, BEDWYCK – genannt DER RIESE –, MATTHAR, DYWEN, GARTH GRAUFEDER, ULMER AUS DEM KÖNIGSWALD, ELRON, PYPAR genannt PYP, GRENN – genannt AUEROCHS –, BERNARR – genannt DER SCHWARZE BERNARR –, GOADY, TIM STONE, DER SCHWARZE JACK BULWER, GEOFF – genannt DAS EICHHÖRNCHEN –, DER BÄRTIGE BEN,
- BOWEN MARSH, Lord Verwalter und Kastellan,
  - DREI-FINGER HOBB, Bursche und Oberster Koch,
  - {DONAL NOYE}, Waffenschmied, Schmied und Bursche, einarmig, erschlagen am Tor von Mag dem Mächtigen,
  - OWEN – genannt DER OCHSE –, TIM WIRRZUNGE, MULLY, CUGEN, DONNEL HILL – genannt DER SÜSSE DONNEL –, DER LINKSHÄNDIGE LEW, JEREN, WICK WHITTLESTICK, Burschen,
- OTHELL YARWICK, Erster Baumeister,

- HALDER, ALBETT, KEGS, LEERER STIEFEL, Baumeister,
- CONWY, GUEREN, »Wanderkrähen«, die Männer für den Dienst auf der Mauer rekrutieren,
- SEPTON CELLADOR, ein betrunkener Frömmler,
- SER ALLISER THORNE, früherer Waffenmeister,
- LORD JANOS SLYNT, früherer Kommandant der Stadtwache von King's Landing, kurz auch Lord von Harrenhal,
- MAESTER AEMON (TARGARYEN), Heilkundiger und Berater, ein blinder Mann, einhundertzwei Jahre alt,
  - Aemons Bursche CLYDAS,
  - Aemons Bursche SAMWELL TARLY, fett und in Bücher vernarrt,
- DER EISERNE EMMETT, früher in Eastwatch, Waffenmeister,
  - HARETH – genannt PFERD –, die Zwillinge ARRON und EMRICK, SATIN, HOP-ROBIN, Rekruten in der Ausbildung,

die Männer vom Shadow Tower:
- SER DENYS MALLISTER, Kommandant des Shadow Tower,
  - sein Bursche und Knappe WALLACE MASSEY,
  - MAESTER MULLIN, Heilkundiger und Berater,
  - {QHORIN HALBHAND}, Hauptgrenzer, der von Jon Snow jenseits der Mauer getötet wurde,
  - Brüder vom Shadow Tower:
    - {KNAPPE DALBRIDGE, EGGEN}, Grenzer, die im Klagenden Pass getötet wurden,
    - STONESNAKE, ein Grenzer, der im Klagenden Pass verschollen ist,

die Männer von Eastwatch-by-the-Sea:
- COTTER PYKE, Kommandant,
  - MAESTER HARMUNE, Heilkundiger und Berater,
  - LUMPENSALZ, Kapitän der *Schwarzdrossel*,
  - SER GLENDON HEWETT, Waffenmeister,

- Brüder von Eastwatch:
  - DAREON, Bursche und Sänger,

in Crasters Bergfried (die Verräter):

- DOLCH, der Craster, seinen Gastgeber, ermordet hat,
- OLLO LOPHAND, der seinen Lord Commander Jeor Mormont getötet hat,
- GARTH VON GREENAWAY, MAWNEY, GRUBBS, ALAN VON ROSBY, frühere Grenzer,
- KLUMPFUSS KARL, DIE WAISE OSS, DER MURMELNDE BILL, frühere Burschen.

DIE WILDLINGE ODER DAS FREIE VOLK

MANCE RAYDER, König-jenseits-der-Mauer, ein Gefangener in Castle Black,
- {DALLA}, seine Frau, verstorben bei der Geburt ihres Sohnes,
- ihr neugeborener Sohn, der während der Schlacht das Licht der Welt erblickte, noch ohne Namen,
  - VAL, Dallas jüngere Schwester, »die Wildlingsprinzessin«, eine Gefangene in Castle Black,

- Wildlingshäuptlinge und Hauptmänner:
  - {HARMA}, genannt HUNDEKOPF, wurde jenseits der Mauer getötet,
    - HALLECK, ihr Bruder,
  - DER LORD DER KNOCHEN, verspottet als RASSELHEMD, Anführer einer Gruppe Krieger, Gefangener in Castle Black,
    - {YGRITTE}, eine junge Speerfrau, Jon Snows Geliebte, getötet während des Angriffs auf Castle Black,
    - RYK, genannt LANGSPEER, ein Mitglied seiner Bande,
    - RAGWYLE, LENYL, Mitglieder seiner Bande,
  - {STYR}, Magnar von Thenn, wurde beim Angriff auf Castle Black getötet,
    - SIGORN, Styrs Sohn, der neue Magnar von Thenn,
  - TORMUND, Metkönig der Rötlichen Halle, genannt RIESENTOD, GROSSSPRECHER, HORNBLÄSER, BRECHER DES EISES, und außerdem DONNERFAUST, BÄRENGEMAHL, SPRECHER ZU GÖTTERN und VATER VON HEERSCHAREN,
    - Tormunds Söhne TOREGG DER GROSSE, TORWYRD DER

ZAHME, DORMUND und DRYN sowie seine Tochter MUNDA,

- DER WEINER, ein Räuber und Anführer einer Gruppe Krieger,
- {ALFYN KRÄHENTÖTER}, ein Räuber, der von Qhorin Halbhand aus der Nachtwache erschlagen wurde,
- {ORELL}, genannt ORELL DER ADLER, ein Hautwandler, der von Jon Snow im Klagenden Pass getötet wurde,
- {MAG MAR TUN DOH WEG}, genannt MAG DER MÄCHTIGE, ein Riese, der von Donal Noye am Tor von Castle Black getötet wurde,
- VARAMYR, genannt SECHSHÄUTE, ein Hautwandler, Herr dreier Wölfe, einer Schattenkatze und eines Schneebären,
- {JARL}, ein junger Räuber, Vals Liebhaber, starb bei einem Sturz von der Mauer,
  - GRIGG DIE ZIEGE, ERROK, BODGER, DEL, DER GROSSE FURUNKEL, HANF-DAN, HENK DER HELM, LENN, ZEHENFINGER, Wildlinge und Räuber,

CRASTER, Herr von Crasters Bergfried, getötet von DOLCH von der Nachtwache, der Gast unter seinem Dach war,
- GOLDY, seine Tochter und sein Weib,
  - Goldys neugeborener Sohn, noch ohne Namen,
- DYAH, FERNY, NELLA, drei von Crasters neunzehn Frauen.

Jenseits der Meerenge

DIE KÖNIGIN JENSEITS DES MEERES

DAENARYS TARGARYEN, die Erste Ihres Namens, Königin von Meereen, Königin der Andalen und der Rhoynar und der Ersten Menschen, Herrin der Sieben Königslande, Proktektor des Reiches, *Khaleesi* des Großen Grasmeers, genannt DAENERYS STORMBORN, DIE STURMGEBORENE, DIE UNVERBRANNTE, MUTTER DER DRACHEN,

- ihre Drachen DROGON, VISERION, RHAEGAR,
- ihr Bruder {RHAEGAR}, Prinz von Dragonstone, getötet von Robert Baratheon am Trident,
  - Rhaegars Tochter {RHAENYS}, ermordet während der Plünderung von King's Landing,
  - Rhaegars Sohn {AEGON}, ermordet während der Plünderung von King's Landing,
- ihr Bruder {VISERYS}, der Dritte Seines Namens, genannt DER BETTLERKÖNIG, gekrönt mit geschmolzenem Gold,
- ihr Gemahl {DROGO}, ein *khal* der Dothraki, der am Wundbrand starb,
- ihr tot geborener Sohn {RHAEGO}, von der *maegi* Mirri Maz Duuri noch im Mutterleib ermordet,

- ihre Königinnengarde:
  - SER BARRISTAN SELMY, genannt BARRISTAN DER KÜHNE, einst Lord Commander von König Roberts Königsgarde,
  - JHOGO, *ko* und Blutreiter, die Peitsche,
  - AGGO, *ko* und Blutreiter, der Bogen,
  - RAKHARO, *ko* und Blutreiter, der *arakh*,
  - DER STARKE BELWAS, Eunuch und früherer Kampfsklave,

– ihre Hauptleute und Kommandanten:
  – DAARIO NAHARIS, ein großspuriger Söldner aus Tyrosh, Hauptmann bei den Sturmkrähen,
  – BEN PLUMM, genannt BRAUNER BEN, ein Mischling und Söldner, Feldwebel bei den Zweitgeborenen,
  – GRAUER WURM, ein Eunuch, der die Unberührten anführt, eine Fußvolkkompanie von Eunuchensoldaten,
  – GROLEO von Pentos, früherer Kapitän der großen Kogge *Saduleon*, jetzt Admiral ohne Flotte,

– ihre Dienerinnen:
  – IRRI und JHIQUI, zwei Mädchen der Dothraki,
  – MISSANDEI, eine Naathi-Schreiberin und Übersetzerin,

– ihre bekannten und vermuteten Feinde:
  – GRAZDAN MO ERAZ, ein Edelmann aus Yunkai,
  – KHAL PONO, einst *ko* von Khal Drogo,
  – KHAL JHAGO, einst *ko* von Khal Drogo,
    – MAGGO, sein Blutreiter,
  – DIE UNSTERBLICHEN VON QARTH, eine Bande von Hexenmeistern,
    – PYAT PREE, ein Hexenmeister aus Qarth,
  – DIE BETRÜBTEN MÄNNER, eine Gilde von Meuchelmördern aus Qarth,
  – SER JORAH MORMON, einstmals Lord von Bear Island,
  – {MIRRI MAZ DURRI}, Maegi, Götterweib und Dienerin des Großen Hirten von Lhazar,

– ihre unsicheren Verbündeten, einst und heute:
  – XARO XHOAN DAXOS, ein reicher Kaufmann aus Qarth,
  – QUAITHE, eine maskierte Schattenbinderin aus Asshai,
  – ILLYRIO MOPATIS, ein Magister aus der Freien Stadt Pentos, der die Heirat mit Khal Drogo vermittelte,
  – CLEON DER GROSSE, Metzgerkönig von Astapor,

– KHAL MORO, früher ein Verbündeter von Khal Drogo,
  – ROGHORO, sein Sohn und *khalaka*,
– KHAL JOMMO, früher ein Verbündeter von Khal Drogo.

Die Targaryens sind das Blut der Drachen, die von den hohen Lords des alten Allods von Valyria abstammen, und ihr Erbe zeigt sich in lila-, indigo- und violettfarbenen Augen sowie in silbergoldenem Haar. Um ihr Blut zu bewahren und rein zu erhalten, haben im Hause Targaryen häufig Bruder und Schwester, Vetter und Kusine, Onkel und Nichte geheiratet. Der Gründer der Dynastie, Aegon der Eroberer, nahm seine beiden Schwestern als Gemahlinnen und zeugte mit beiden Söhne. Das Banner der Targaryens stellt den dreiköpfigen Drachen dar, rot auf schwarz, wobei die drei Köpfe Aegon und seine Schwestern versinnbildlichen. Die Worte der Targaryens lauten: *Feuer Und Blut*.

IN BRAAVOS

FERREGO ANTARYON, Seelord von Braavos,
- QARRO VOLENTIN, Erstes Schwert von Braavos, sein Protektor,
- BELLEGERE OTHERYS, genannt DIE SCHWARZE PERLE, eine Kurtisane, die von der Piratenkönigin gleichen Namens abstammt,
- DIE VERSCHLEIERTE DAME, DIE MEERLINGKÖNIGIN, DER MONDSCHATTEN, DIE TOCHTER DER DÄMMERUNG, DIE NACHTIGALL, DIE POETIN, berühmte Kurtisanen,
- TERNESIO TERYS, Kaufmann-Kapitän auf der *Tochter des Titans*,
  - YORKO und DENYO, zwei seiner Söhne,
- MOREDO PRESTAYN, Kaufmann-Kapitän der *Füchsin*,
- LOTHO LORNEL, handelt mit alten Büchern und Schriftrollen,
- EZZELYNO, ein roter Priester, häufig betrunken,
- TERRO und ORBELO, zwei Braavos,
- DER BLINDE BEQQO, ein Fischhändler,
- BRUSCO, ein Fischhändler,
  - seine Töchter TALEA UND BREA,
- MERALYN, genannt MERRY, Besitzerin des Hafens der Glückseligkeit, eines Bordells in der Nähe des Lumpensammlerhafens,
  - DAS SEEMANNSWEIB, eine Hure im Hafen der Glückseligkeit,
    - LANNA, ihre Tochter, eine junge Hure,
  - DIE ERRÖTENDE BETHANY, DIE EINÄUGIGE YNA, ASSADORA VON IBBEN, die Huren im Hafen der Glückseligkeit,

- DER ROTE ROGGO, GYLORO DOTHARE, GYLENO DOTHARE, ein Schreiberling namens FEDERKIEL, COSSOMO DER ZAUBERER, Gäste im Hafen der Glückseligkeit,
- TAGGANARO, ein Taschendieb im Hafenviertel,
  - CASSO, KÖNIG DER SEEHUNDE, sein dressierter Seehund,
  - KLEINER NARBO, sein gelegentlicher Partner,
- MYRMELLO, DER DÜSTERE JOSS, QUENCE, ALLAQUO, SLOEY, Mimen, die ihre Künste abends auf dem Schiff ausüben,
- S'VRONE, eine Hafenhure mit Hang zum Mörderischen,
- DIE BETRUNKENE TOCHTER, eine Hure mit wechselhaften Launen,
- GESCHWÜR-JEYNE, eine Hure von ungewissem Geschlecht,
- DER GÜTIGE MANN und DIE HERRENLOSE, Diener des Vielgesichtigen Gottes im Hause von Schwarz und Weiß,
  - UMMA, die Tempelköchin,
  - DER STATTLICHE, DER FETTE, DER KLEINE LORD, DAS ERNSTE GESICHT, DER SCHIELER und DER VERHUNGERTE, geheime Diener des Gottes mit den Vielen Gesichtern,
- ARYA AUS DEM HAUSE STARK, ein Mädchen mit einer Eisenmünze, auch bekannt als ARRY, NAN, WIESEL, JUNGTAUBE, SALTY und CAT,
- QUHURU MO aus Hohebaumstadt auf den Summer Isles, Herr des Handelsschiffes *Zimtwind,*
  - KOJJA MO, seine Tochter, die rote Bogenschützin,
  - XHONDO DHORU, Maat auf der Zimtwind.

Danksagung

Dieses Buch hatte es in sich.

Mein Dank gilt abermals jenen tapferen Seelen, meinen Lektoren: Nita Taublib, Joy Chamberlain, Jane Johnson und besonders Anne Lesley Groell für ihren Rat, ihre gute Laune und ihre unendliche Nachsicht.

Dank geht auch an meine Leser für ihre freundlichen und hilfreichen E-Mails und für ihre Geduld.

Ein ganz besonderer Salut gebührt Lodey von den Three Fists, Pod dem Devil Bunny, Trebla und Daj, den Trivial Kings, der süßen Caress von der Mauer, Lannister dem Squirrel Slayer und dem Rest der Bruderschaft ohne Banner, dieser Gemeinschaft halb verrückter und angetrunkener Ritter und lieblicher Ladys, die die besten Partys auf den Worldcons geschmissen haben, und zwar jedes Jahr mindestens so gut wie im Jahr davor.

Ich lasse die Fanfare erklingen für Elio und Linda, die die Sieben Königslande anscheinend besser kennen als ich und mir geholfen haben, die Kontinuität zu wahren. Ihre Westeros-Webseite und ihre Konkordanz sind gleichermaßen Freude wie Wunder.

Dank auch an Walter Jon Williams, der mich über weitere salzige Meere geführt hat, an Sage Walker für Aderlass und Fieber und gebrochene Knochen, und Pati Nagle für HTML und rotierende Schilde und dafür, dass all meine Neuigkeiten rasch hochgeladen wurden, an Melinda Snodgrass und Daniel Abraham für Dienste, welche die Pflichterfüllung bei weitem überschritten. *I get by with a little help from my friends.*

Für Parris können Worte nicht das ausdrücken, was sie verdient. Sie war an den guten und den schlechten Tagen dabei, bei jeder einzelnen Seite. Mehr muss dazu nicht gesagt werden; dieses Lied hätte ich ohne sie nicht singen können.